Pour le bonheur de son fils

*

Le doute dans ton regard

*

Sombres missives

JANIE CROUCH

Pour le bonheur de son fils

Traduction française de
KAREN DEGRAVE

BLACK ROSE

HARLEQUIN

Collection : BLACK ROSE

Ce roman a déjà été publié en 2019

Titre original :
MAJOR CRIMES

HARPERCOLLINS FRANCE
83-85, boulevard Vincent-Auriol, 75646 PARIS CEDEX 13
Service Clients — www.harlequin.fr
ISBN 978-2-2805-0898-8 — ISSN 1950-2753

Édité par HarperCollins France.
Composition et mise en pages Nord Compo.
Imprimé en juin 2024 par CPI Black Print (Barcelone)
en utilisant 100% d'électricité renouvelable.
Dépôt légal : juillet 2024.

FSC
www.fsc.org
MIXTE
Papier issu de sources responsables
FSC® C159065

Pour limiter l'empreinte environnementale de ses livres, HarperCollins France s'engage à n'utiliser que du papier fabriqué à partir de bois provenant de forêts gérées durablement et de manière responsable.

Prologue

L'agent du Secteur Omega Cain Bennett était assis au fond d'une salle d'audience de Géorgie. Il attendait que le juge revienne pour prononcer la sentence de la femme qu'il aimait depuis qu'il avait quinze ans.

Hayley Green, que Cain avait arrêtée.

Il se passa la main sur le visage, puis posa les coudes sur ses genoux. Hayley, elle, était assise bien droite en face de l'estrade du juge. Elle portait l'uniforme orange des prisonniers de Fulton County et ses cheveux blonds étaient attachés en queue-de-cheval. Elle ignorait superbement les murmures de la foule venue assister à son procès. Il y avait des journalistes, des hommes politiques locaux et même quelques habitants de leur petite ville qui voulaient avoir des ragots de première main à colporter.

On aurait cru qu'Hayley était jugée pour meurtre, et non pour une affaire de piratage informatique.

Cain n'avait toujours pas compris pourquoi Hayley avait choisi d'employer ses super-connaissances informatiques illégalement en piratant le programme qui gérait les examens d'entrée à l'université. Grâce à ce programme, les élèves obtenaient leurs résultats immédiatement au lieu de les attendre des mois, comme précédemment. Ce programme était censé être d'une sécurité à toute épreuve. Les questions étaient générées aléatoirement.

Hayley et ses complices n'avaient pas vraiment piraté les examens : ils avaient trouvé un moyen d'introduire de faux examens dans le système, qui donnaient de vraies notes aux élèves qui les « passaient ».

Certains élèves issus de familles aisées étaient prêts à payer de coquettes sommes pour ces examens, qui leur ouvraient les portes de toutes les universités. C'était une bonne combine, mais Cain ne comprenait pas pourquoi Hayley s'en était mêlée. La fille qu'il connaissait au lycée n'aurait jamais agi ainsi.

Et Hayley n'était pas près de lui fournir une explication puisqu'elle refusait de lui parler.

Il grinça des dents. Il vivait dans une tension constante depuis des mois car il avait renoué avec Hayley à cause de cette affaire. S'il l'avait fait, c'était parce qu'il pensait qu'elle pourrait le mettre en contact avec les coupables, pas parce qu'elle était l'un d'eux.

Et voilà qu'Hayley croyait maintenant qu'il n'avait couché avec elle que pour la piéger.

Il observa son dos bien droit. Il avait tout gâché... Mais elle aussi ! Pourquoi avait-il fallu qu'elle devienne une criminelle ? Elle savait qu'il appartenait aux forces de l'ordre. En violant la loi, c'est lui qu'elle avait atteint directement.

Heureusement, il y avait de bonnes chances pour que le juge prenne en compte le fait qu'Hayley n'avait commis aucun autre crime. Elle avait plaidé coupable pour ne pas prolonger la procédure et coûter plus d'argent aux contribuables. Cain, qui avait dirigé l'enquête, avait recommandé une peine avec sursis.

Elle écoperait sans doute d'une liberté conditionnelle avec restriction de son accès à l'informatique, mais elle n'était pas dangereuse. Elle ne voulait faire de mal à personne. Le temps qu'elle avait déjà passé derrière des barreaux suffisait.

Et, que cela plaise ou non à Hayley, il avait l'intention d'être bien plus présent dans sa vie. Il avait eu tort de s'éloigner d'elle pendant ses études, puis durant sa formation au FBI, avant d'intégrer le Secteur Omega. Ils avaient communiqué via les réseaux sociaux, mais il n'était visiblement pas informé de ce qui occupait son temps : à savoir des activités criminelles.

Ce qui était en train de changer à cet instant précis.

Aujourd'hui, elle recouvrait sa liberté, demain, il se ferait une place dans sa vie — de force, s'il le fallait. Elle serait furieuse — lui aussi était furieux —, mais les choses s'arrangeraient. Il y avait trop de passion entre eux pour qu'ils se séparent longtemps. Hayley Green était à lui, comme il lui appartenait, depuis plus de dix ans.

Dès demain, sa petite délinquante aurait son propre agent des forces de l'ordre pour la maintenir dans le droit chemin. Cain esquissa un sourire. Ce ne serait pas facile, mais elle en valait la peine. *Ils* en valaient la peine.

L'huissier demanda au public de se lever avant que le juge entre dans la salle. Tout le monde se rassit quand celui-ci ordonna à Hayley de se lever.

Cain écouta le juge expliquer à Hayley que les crimes informatiques faisaient des victimes, même s'ils n'étaient pas violents. Il insista sur le fait qu'elle n'avait pas seulement volé la compagnie qui avait développé le programme, mais aussi tous les élèves qui avaient perdu leur place dans une université à cause des examens qu'elle avait vendus.

Un goût de bile envahit la bouche de Cain quand le juge accusa Hayley d'avoir volé l'avenir de ces élèves.

Ce n'était pas bon signe.

— Il me paraît important de faire un exemple de cette affaire, poursuivit le juge. Nous devons montrer que les gens intelligents, comme vous, capables de travailler, sont traités avec sévérité lorsqu'ils violent la loi. Il faut décourager ceux qui seraient tentés de vous imiter.

Cain avait envie de se lever, de suspendre le cours du temps, de faire *quelque chose*... Car il savait que les prochains mots du juge allaient bouleverser son univers.

Il ne pouvait pas imaginer quel effet ils auraient sur Hayley.

— Hayley Green, vous avez plaidé coupable pour une accusation de fraude informatique, délit passible d'une peine de vingt ans d'emprisonnement. Je vous condamne à dix ans de prison ferme à l'Institut correctionnel de Géorgie avec une période de sûreté de quatre ans.

Hayley sursauta quand le juge abattit son marteau. Il dit encore quelques mots, puis leva la séance.

Cain n'en croyait pas ses oreilles. Il lui semblait qu'il ne restait plus une molécule d'oxygène dans la salle. Hayley était toujours aussi droite. Son avocat lui murmurait quelque chose à l'oreille. Ariel, la cousine d'Hayley, sanglotait au premier rang.

Quatre ans. Hayley passerait au moins quatre ans en prison.

Et c'était lui qui l'y avait envoyée.

Les gens commencèrent à sortir, mais Cain ne trouva pas la force de bouger. Il continua à fixer Hayley en se demandant comment arranger les choses.

Rien ne serait plus jamais pareil.

Un policier s'approcha d'Hayley et lui demanda de passer de l'autre côté de la table pour qu'il la menotte. Elle lui obéit lentement, comme si elle était en état de choc — ce qui devait être le cas.

Quatre ans.

Leurs regards se rencontrèrent quand Hayley se retourna. Cain se leva et fit un pas vers elle sans le vouloir.

Il s'attendait à lire du chagrin, de la terreur ou de la haine dans son regard, mais celui-ci n'exprimait aucune émotion. Ses yeux étaient morts. Elle le regardait comme si elle ne le connaissait pas.

Le policier l'entraîna vers la porte du fond de la salle.

1

Quatre ans plus tard

Cain avait souvent affaire au pire de l'humanité en travaillant pour le Secteur Omega.

La protection rapprochée et la gestion de crise faisaient partie de sa routine. Ses collègues et lui étaient aussi régulièrement chargés d'affaires d'enlèvement ou de piratage.

Cette fois, sa mission ne consistait pas à sauver quelqu'un, mais le Secteur Omega lui-même, qui avait été piraté.

Ils avaient un psychopathe sur les bras, qui avait décidé d'anéantir les membres de l'équipe l'un après l'autre en tuant ceux qu'ils aimaient. Et quelqu'un l'aidait de l'intérieur dans sa quête.

Cain regardait la vidéo sur laquelle Damien Freihof — le psychopathe en question — tranchait la gorge du psychiatre du Secteur Omega, le Dr Grace Parker. Il avait commis ce crime la semaine précédente.

Freihof et son complice avaient trouvé amusant de montrer le meurtre aux agents du Secteur Omega grâce à une transmission directe. Cain et ses collègues avaient regardé le Dr Parker se faire tuer sans pouvoir intervenir.

Et Cain pouvait maintenant voir le meurtre en boucle. Il pouvait voir encore et encore le regard de Grace — une belle femme d'une cinquantaine d'années qui travaillait pour le Secteur Omega depuis longtemps — se ternir, et la joie de Freihof devant son corps sans vie.

Freihof voulait faire payer au Secteur Omega la mort de sa

femme, qui s'était produite des années plus tôt au cours d'une prise d'otages.

Il voulait que tous ses membres ressentent la douleur qui le hantait, celle de perdre un être cher.

Grace Parker n'était pas la seule victime de Freihof. Depuis cinq mois, il avait attaqué une dizaine d'agents ou leurs proches. Grace était morte la semaine précédente. Deux agents étaient à l'hôpital à cause d'une explosion.

Et Freihof était aux anges.

Il devait être mis hors d'état de nuire. Il était tout aussi important de mettre la taupe hors d'état de nuire — l'agent qui fournissait à Freihof les informations qui lui permettaient de les attaquer aussi efficacement. Steve Drackett, qui dirigeait l'unité de crise du Secteur Omega, ne savait plus à qui se fier.

Cain s'était vu confier l'enquête parce qu'il appartenait à une autre unité — l'unité de recherche et d'extraction.

Il regarda une nouvelle fois l'enregistrement en espérant remarquer quelque chose qui lui aurait échappé jusque-là. Il ne connaissait pas personnellement Grace, ce qui lui permettait de voir ces images plus objectivement que ceux qui tenaient à elle.

Cain était apprécié pour sa capacité à séparer ses émotions de son travail. C'était ce qui lui avait permis, à tout juste trente ans, de devenir le directeur adjoint de l'unité de recherche et d'extraction.

Il faisait ce qui devait être fait, quoi qu'il lui en coûte.

Il l'avait prouvé quatre ans plus tôt.

Cain chassa Hayley Green de son esprit pour se concentrer sur la vidéo. Il devait essayer de comprendre Damien Freihof. Tout ce qu'il découvrait sur lui pouvait l'aider à identifier l'indicateur.

En un sens, Freihof lui semblait plus facile à comprendre que la taupe. Au moins, sa motivation à lui était claire.

Mais que voulait le traître ?

Freihof ne devait pas avoir beaucoup d'argent. Il payait peut-être son complice, mais sans doute pas à un prix pour lequel on risquait sa réputation ou sa vie.

Le traître pouvait être motivé par la vengeance, lui aussi. Freihof avait peut-être trouvé quelqu'un qui partageait son délire. La taupe pouvait aussi être un extrémiste politique qui voulait détruire le Secteur Omega depuis le début.

À moins que Freihof n'ait un moyen de pression sur son complice et ne le fasse chanter.

Les motivations de la taupe n'intéressaient pas Cain pour des raisons morales, mais seulement dans la mesure où elles pouvaient aider à l'identifier.

Cain travaillait dans une salle de conférences attenante au bureau de Steve Drackett. Steve lui avait assuré que c'était l'un des seuls endroits où la taupe n'avait pas pu placer de mouchard.

Cain avait confiance en Steve, mais il ne laissait jamais rien au hasard. Il avait donc apporté son propre matériel de contre-surveillance qui lui permettait d'être sûr que personne ne l'épiait.

Les dossiers de tous les employés de l'unité de crise étaient posés sur la grande table de conférence. Cain avait déjà passé huit heures à les éplucher.

Il avait quatre piles : les « innocentés », les « improbables », les « manquant d'informations » et les « suspects ».

Il avait écarté des gens comme Steve Drackett, qu'il connaissait depuis des années et qui avait passé la plus grande partie de sa vie à combattre des criminels comme Freihof. Il avait aussi innocenté ceux qui avaient été attaqués par Freihof au cours des derniers mois, ainsi que les employés qui avaient été embauchés récemment et ceux qui n'avaient pas accès aux informations que la taupe avait fournies à Freihof.

Mais il restait une foule de gens dans les trois autres catégories.

Cain avait classé les agents qu'il connaissait depuis longtemps dans les « improbables ». Il se leva et se mit à tourner autour de la table en se massant la nuque. L'idée que l'un d'eux soit le coupable lui nouait l'estomac. Il noya la sensation sous une gorgée de café froid. Il voulait innocenter ces agents, mais il ne le pouvait pas.

Les émotions n'avaient pas leur place dans une enquête. Il était bien placé pour savoir que ce n'était pas parce qu'on voulait que quelqu'un soit innocent qu'il l'était.

Il recommença à éplucher la pile des « manquant d'informations ». C'étaient des gens assez compétents en informatique pour aider Freihof sans se faire repérer. Ils ne savaient qu'une chose sur le traître : c'était un crack dans ce domaine.

Mais bien des gens avaient ces compétences. Même des employés dont les tâches ne nécessitaient pas qu'ils les possèdent pouvaient les avoir sans qu'on le sache.

Cain ramassa le dossier de John Carnell. C'était un génie. Son esprit fonctionnait comme un ordinateur. Il était difficile de travailler avec lui parce qu'il était brusque et renfrogné, mais dans un groupe, c'était presque toujours lui le plus intelligent.

Cain posa le dossier sur la pile des « suspects », qui en contenait une dizaine d'autres. Deux d'entre eux étaient des agents qui s'étaient plaints à Washington parce qu'ils n'avaient pas eu la promotion qu'ils espéraient. L'un d'eux l'avait peut-être assez mal pris pour les trahir. Il avait aussi mis là le dossier de Saul Poniard, un nouveau membre des forces spéciales, parce que la perfection de son profil le perturbait.

Cain prit celui de Lillian Muir, un autre membre des forces spéciales. Il avait d'autant moins aimé le mettre dans cette pile que Lillian avait été blessée au cours de l'explosion qui s'était produite quelques jours plus tôt. Elle avait reçu un éclat de bois dans l'épaule. C'était une blessure douloureuse, mais pas grave.

Le mal que Lillian s'était donné pour cacher son passé la rendait suspecte. Quelqu'un qui voulait à ce point-là que sa vie reste secrète avait quelque chose à perdre.

Cain était en train de glisser le dossier de Lillian sous un autre quand Steve Drackett entra dans la pièce. Il savait que Steve avait trop d'affection pour les membres de son équipe pour accepter l'idée que l'un d'eux l'ait trahi.

— Ça va, là-dedans ? demanda Steve.

— J'avoue que je préférerais être dehors, à contempler les montagnes du Colorado, plutôt que dans cette pièce sans fenêtre, répondit Cain.

Steve posa la main sur son épaule.

— Je me tue à te dire que tu dois te faire transférer chez nous. Invoque ton droit à une qualité de vie décente, plaisanta-t-il.

Ses yeux tombèrent sur la vidéo du meurtre de Grace Parker, que Cain avait mise sur pause.

Cain ferma l'ordinateur. Steve n'avait pas besoin de revoir cette vidéo.

— Tu progresses ? demanda Steve en indiquant les dossiers d'un signe de tête.

— J'ai des théories et des catégories, répondit Cain. Pour être honnête, je pense qu'il vaudrait mieux que tu ne saches pas à qui je m'intéresse.

Il ne comptait rien lui dire, de toute manière, mais il espérait que Steve n'insisterait pas. Il le connaissait depuis longtemps et il le respectait. Il ne voulait pas que cette enquête abîme leur relation. Mais il s'y résignerait s'il devait en passer par là pour démasquer la taupe.

Steve fit rouler sa tête sur ses épaules.

— Pour être honnête, je n'aime pas ça, dit-il. Mais j'aime encore moins l'idée qu'il y a un traître parmi nous et que d'autres agents pourraient se faire tuer.

— Je comprends, murmura Cain. On l'aura, Steve. On *les* aura, Freihof et la taupe.

— As-tu des pistes ?

— Très vagues pour le moment. Ce qui peut vraiment m'aider à l'identifier, c'est l'informatique.

— C'est pour ça que tu vas voir Hayley Green.

Cain songea au regard mort d'Hayley, au tribunal. C'était la dernière fois qu'il l'avait vue. Il avait essayé de lui rendre visite à de nombreuses reprises pendant sa première année d'incarcération, mais elle avait toujours refusé de le recevoir. Alors il avait arrêté d'essayer.

Mais il n'avait pas cessé de penser à elle.

— Je ne suis pas assez doué pour trouver la taupe de cette manière, elle si, répondit-il.

Steve haussa un sourcil.

— Tu sais qu'Hayley est une criminelle, puisque c'est toi qui l'as arrêtée.

L'estomac de Cain se noua, comme à chaque fois qu'il y pensait.

— C'est aussi la meilleure pirate informatique que nous ayons sous la main.

— Es-tu sûr qu'elle acceptera de nous aider ?

Hayley avait été libérée sur parole quatre mois plus tôt. Cain avait demandé à être informé de la date exacte de sa sortie de prison. Il avait été surpris d'apprendre qu'elle était retournée à Gainesville, en Géorgie — l'endroit qu'elle avait toujours rêvé de quitter.

Ils voulaient tous les deux s'échapper de cette ville. Combien d'heures avaient-ils passées à en parler quand ils étaient au lycée ? Mais Hayley avait peut-être eu besoin de retrouver un environnement familier.

— Cain ? Es-tu sûr qu'Hayley acceptera de nous aider ? répéta Steve. Après tout ce qui s'est passé ?

Cain inspira profondément.

— Hayley était coupable. Maintenant qu'elle est libre, je suis sûr qu'elle est prête à tourner la page.

— Mais tourner la page et aider l'homme qui l'a mise en prison sont deux choses différentes, répliqua Steve.

Aider l'homme qui s'était servi de leur relation pour la mettre en prison…

Steve ne le lui rappela pas, mais c'était inutile. Ils y pensaient tous les deux.

Cain essaya d'ignorer son malaise. Il avait fait ce qu'il devait faire, quatre ans plus tôt, même si cela lui avait brisé le cœur. La loi était de son côté. Il ne devait pas l'oublier.

Et il ignorait que le juge se montrerait aussi peu clément… Mais cela ne changeait rien au fait qu'Hayley était coupable.

— Ne t'inquiète pas, je réponds d'Hayley, conclut-il.

Quoi qu'il se soit passé entre eux, il ne pouvait pas croire qu'elle refuse de l'aider à attraper un meurtrier.

— Si tu le dis.

Steve eut la sagesse de ne rien ajouter.

— Je vais devoir cesser tout contact avec le Secteur Omega, déclara Cain en commençant à ranger les dossiers qui allaient l'accompagner en Géorgie. La participation d'Hayley doit rester secrète.

— Et si tu as besoin de renforts ? s'inquiéta Steve. C'est risqué.

— Hayley doit rester hors du radar du Secteur Omega tant que nous ignorons l'identité du traître, insista Cain. S'il est aussi bon que je le crois, il découvrirait vite ce que nous faisons.

Ils ne voulaient surtout pas que le traître se terre. Il leur serait bien plus difficile d'appréhender Freihof si la taupe leur échappait.

— Seules trois personnes sauront ce que je fais : Ren McClement, à Washington, toi, et moi, ajouta-t-il.

Steve hocha la tête. De toute évidence, il comprenait qu'il valait mieux impliquer le moins de gens possible. McClement était un haut gradé du Secteur Omega, chargé de coordonner les unités. C'était une légende. Cain avait autant confiance en lui qu'en Steve.

— Sois prudent, insista Steve. Tu prends des risques en agissant seul.

— Ça en vaut la peine si ça me permet d'identifier le traître.

Steve le regarda droit dans les yeux.

— Il arrive qu'il y ait des victimes collatérales, rappela-t-il. Hayley était peut-être coupable il y a quatre ans, mais tu lui fais aussi courir des risques en la mêlant à nos problèmes.

— Ne t'inquiète pas, je la protégerai.

Même si elle ne s'en rendait pas compte, il n'avait jamais cessé de le faire depuis le lycée.

— Et je m'assurerai que tout est en règle pour qu'on ne l'accuse pas de violer les conditions de sa libération anticipée en nous aidant, ajouta-t-il. Je ne laisserai personne lui faire du mal.

Steve hocha encore la tête et se dirigea vers la porte.

— J'espère que c'est comme ça qu'elle le prendra, conclut-il.

Cain l'espérait aussi.

2

Hayley empila les assiettes sales sur son plateau et essuya la table que des clients du Bluewater Grill venaient de quitter. Elle glissa sur la banquette en cuir gris pour atteindre le bout de la table. Après l'avoir essuyé, elle écarta du dos de la main une mèche qui s'était échappée de sa longue tresse, puis elle espéra que le liquide qu'elle s'était étalé sur le front n'était pas du produit nettoyant.

Elle faillit gémir de soulagement tant il était bon de s'asseoir, même quelques secondes. Il était 2 heures de l'après-midi. Cela faisait déjà six heures qu'elle travaillait et elle devait tenir huit heures de plus. Comme la veille.

Comme l'avant-veille.

C'était le seul moyen de joindre les deux bouts en ne gagnant que le salaire minimum. Moins que le salaire minimum, en réalité. Mais elle ne protestait pas parce qu'elle avait un emploi.

Elle avait découvert quatre mois plus tôt, quand elle était sortie de l'Institut correctionnel de Géorgie, que peu de gens étaient disposés à embaucher une ex-détenue. Heureusement, le restaurant dans lequel elle travaillait à temps partiel quand elle était au lycée n'avait pas changé de propriétaire. C'était maintenant le fils, Timothy Smittle, qui tenait l'établissement. Comme ils avaient été dans la même classe, il avait accepté de lui laisser sa chance.

Timothy ne l'autorisait pas à servir les clients. Il lui avait bien expliqué qu'il ne pouvait pas laisser une ex-détenue interagir avec la clientèle, ni toucher à la caisse. Mais il lui avait généreusement proposé de nettoyer les tables, les assiettes et tout le restaurant.

C'était ce même Timothy qui la fixait à cet instant, un sourcil levé, parce qu'elle n'essuyait plus la table et ne faisait que se reposer. Elle bondit sur ses pieds dans l'espoir d'échapper à une nouvelle leçon de morale. Timothy lui avait déjà dit cent fois qu'elle avait beaucoup de chance d'avoir un emploi dans un établissement aussi respectable que le sien.

Elle ne réfléchissait pas trop à son avenir. Elle évitait de s'appesantir sur le fait qu'elle avait vingt-huit ans, qu'elle ne possédait aucun diplôme, qu'elle était une ex-détenue et qu'elle essuierait sans doute encore les tables du Bluewater dans vingt ans.

Elle songeait aussi le moins possible à l'éventualité qu'il lui faille prendre la fuite dès qu'elle retrouverait le droit d'utiliser un ordinateur.

Elle emporta son plateau dans la cuisine en se réjouissant que l'arrivée de nouveaux clients ait détourné Timothy du sermon qu'il s'apprêtait à lui faire.

Il lui était interdit de se servir d'un ordinateur jusqu'à ce qu'un juge l'y autorise à nouveau. Le bracelet électronique qu'elle portait à la cheville déclencherait une alarme si elle se connectait plus de deux minutes toutes les six heures. Même les réseaux sociaux étaient exclus — bien qu'elle soit sans doute capable d'écrire un tweet en moins de deux minutes.

Ce bracelet était un prototype. Elle aurait sans doute dû se sentir honorée d'être l'une des premières cybercriminelles sur lesquelles il était testé. Voilà ce qu'on récoltait quand on commettait un crime qui avait attiré l'attention de sénateurs. Tout le monde tenait à s'assurer qu'on ne recommence pas.

Hayley devait reconnaître que ses doigts la démangeaient. Elle avait hâte de retrouver un monde sans Timothy Smittle ni assiettes à laver. Elle avait un don pour l'informatique.

Il était bien dommage qu'elle ait laissé ce don gâcher ce qui aurait pu être un avenir très confortable. Elle ne pouvait s'en prendre qu'à elle-même.

Enfin… Elle pouvait peut-être blâmer quelqu'un d'autre, mais à quoi bon diriger sa colère vers Cain Bennett puisqu'elle ne le reverrait sans doute jamais ?

Elle massa un point douloureux situé dans la même zone que

son cœur en songeant à Cain, puis elle se maudit pour avoir eu la faiblesse de penser à lui.

Par ailleurs, c'est parce qu'il lui était interdit de se servir d'un ordinateur qu'elle était en sécurité pour le moment. Les responsables de la situation qui avait mené à son arrestation n'avaient rien à craindre. Elle savait bien que sa vie deviendrait plus compliquée dès qu'elle aurait les moyens de rechercher leur identité.

Mais l'informatique lui était interdit pour encore au moins deux ans. Elle s'inquiéterait de ce problème quand elle y serait confrontée. Elle en avait d'autres plus urgents à régler.

Cette idée ramena ses pensées vers la grande joie de sa vie, son petit garçon qu'elle entendit entrer dans le restaurant un instant plus tard.

— Maman Hay-lay !

Hayley s'essuya les mains sur son tablier, le retira et le posa près du lave-vaisselle. Elle traversa la salle du restaurant sans prendre la peine de s'arrêter devant Timothy.

— Je prends mon heure de repos, annonça-t-elle.

Timothy ne protesta pas. Cette pause avait été la seule exigence d'Hayley quand ils avaient négocié son contrat. Timothy lui avait accordé une heure, au creux de l'après-midi, qu'elle passait avec sa cousine Ariel et le petit Mason.

Mason, son fils de trois ans et demi.

Elle le serra dans ses bras, le chatouilla et inspira son odeur, qui avait le pouvoir de l'apaiser.

Elle était avec lui. Ils étaient tous les deux en bonne santé, heureux et libres. Il avait suffi qu'elle remplisse un formulaire pour faire d'Ariel la gardienne légale de Mason quelques heures après sa naissance. Sa cousine avait élevé son fils, mais elle avait tout fait pour qu'il comprenne qu'Hayley était sa mère.

Hayley se redressa et prit Ariel dans ses bras.

— Bonjour, cousine, lui dit-elle. Merci encore.

Elle savait qu'il devait être difficile pour Ariel de lui amener Mason tous les jours. Elles essayaient de le préparer à vivre avec Hayley sans lui faire subir une transition trop brutale.

— De rien, répondit Ariel. C'est le meilleur moment de la journée.

Hayley considérait cet arrangement avec sa cousine comme une bénédiction. Si Ariel n'avait pas accepté de s'occuper de Mason pendant qu'elle était en prison, son fils lui aurait été arraché par les services sociaux.

Parce qu'elle n'avait jamais envisagé de dire à Cain qu'il avait un fils. Il lui avait bien fait comprendre quelle valeur leur relation avait à ses yeux quand il avait couché avec elle pour mieux la coffrer.

— Puisqu'il pleut, veux-tu aller à l'aire de jeux du centre commercial, champion ? demanda-t-elle à Mason.

Son fils hocha vigoureusement la tête.

— Oui !

Il ne leur fallut que cinq minutes pour atteindre les jeux. Hayley et sa cousine s'installèrent sur un banc pour regarder Mason jouer au milieu de grands cubes de mousse découpés en forme de voitures et de navettes spatiales. C'était l'une de ses aires de jeux préférées.

Mason ressemblait à Hayley. Il était élancé, avec des cheveux blonds et un enthousiasme pour la vie qu'elle avait malheureusement perdu en prison. Hayley adorait regarder jouer son fils. Son énergie la nourrissait, surtout quand les journées de travail lui semblaient interminables.

— Tu vas m'accuser d'être un disque rayé, mais tu as l'air à bout de forces, dit Ariel avant de boire une gorgée du café qu'elle venait d'acheter.

Hayley se frotta les yeux et regarda le verre de sa cousine avec envie. Elle aurait adoré s'offrir une dose de caféine, mais ce n'était pas dans ses moyens.

— Ça va. Ne t'inquiète pas, répondit-elle.

Elle ne voulait pas avouer à quel point elle appréciait de s'asseoir une heure.

— Tu travailles douze à quatorze heures par jour, six jours par semaine, lui rappela Ariel. Tu ne peux pas aller bien.

— Ça ne durera pas toujours. Je veux juste m'assurer une stabilité financière avant que tu partes.

Ariel but une nouvelle gorgée de café en évitant soigneusement son regard.

— À ce propos… J'ai réfléchi. Ce n'est peut-être pas le bon moment. Il y aura d'autres bourses l'année prochaine.

— Non ! répondit Hayley avec autorité. Tu nous as donné trois ans de ta vie, à Mason et à moi. Il est temps que tu fasses ce que tu veux.

En d'autres termes, il était temps qu'elle aille étudier la littérature médiévale à Oxford, comme elle en rêvait depuis toujours. Elle avait mis ce rêve entre parenthèses pour s'occuper de Mason. Hayley ne voulait pas qu'elle se sacrifie plus longtemps.

Ariel posa sa tête sur son épaule.

— Je n'ai renoncé à rien, murmura-t-elle. J'ai gagné quelque chose, au contraire. Mason est adorable.

— Je suis sûre que tu ne te disais pas ça quand tu lui donnais son biberon en pleine nuit, répliqua Hayley.

Elle aurait tant aimé le faire elle-même... Mais elle essaya d'ignorer son chagrin. L'important, c'était que Mason ait été protégé et élevé par quelqu'un qui l'aimait.

— Tu t'épuises pour mettre un peu d'argent de côté pour quand je ne serai plus là, insista Ariel. Tout serait plus simple pour toi si je remettais mon départ à l'année prochaine.

Ce n'était pas seulement en prévision du départ d'Ariel qu'Hayley faisait des économies, mais elle ne voulait pas alourdir le fardeau de sa cousine en lui confiant ses problèmes.

— Tu sais très bien que tu as peu de chances d'obtenir une autre bourse si tu refuses celle-ci, Ariel.

Sa cousine ne répondit pas tout de suite. Elles regardèrent Mason jouer sous un pont en mousse avec un autre petit garçon et une petite fille.

— Oxford n'est pas la seule université au monde, finit par dire Ariel. Et certaines d'entre elles ne sont pas de l'autre côté d'un océan.

— Tu as rempli ton rôle, Ariel. Je ne sais pas comment j'aurais survécu sans toi. Il est temps que tu prennes soin de toi. Et Mason et moi avons besoin de devenir une vraie famille.

Hayley vivait avec Ariel et Mason dans le petit appartement de sa cousine depuis qu'elle était sortie de prison. Elle passait tout son temps libre avec son fils. Elle ne pourrait plus travailler autant quand Ariel serait partie à Oxford. Il allait falloir que quelqu'un s'occupe de Mason et elle avait la ferme intention d'être cette personne.

Si elle devait se tuer à la tâche pendant encore deux mois pour s'en sortir quand Ariel ne serait plus là, elle le ferait.

Elle était prête à tout pour mener une existence normale avec son fils.

— Je sais que tu n'aimes pas que je mette ça sur le tapis, mais pourquoi ne contactes-tu pas le père de Mason ? demanda Ariel.

— Ce n'est pas une option, répondit Hayley sans hésiter.

Ariel leva les yeux au ciel.

— Tu sais que je n'ai jamais cru que Mason était « de père inconnu », comme tu l'as déclaré sur son certificat de naissance. Tu n'es pas le genre de fille à passer une nuit avec un homme sans savoir comment il s'appelle.

Hayley haussa les épaules.

— Tout le monde commet des erreurs.

Son erreur à elle s'appelait Cain Bennett.

Le moment de retourner au Bluewater arriva bien trop tôt. Ils entrèrent dans le restaurant quelques minutes avant la fin de la pause d'Hayley pour servir sa glace du mercredi à Mason.

Hayley s'assit sur une banquette, à côté de Mason qui lui parla du garçon qu'il avait rencontré à l'aire de jeux.

— Il m'a montré sa voiture rouge et il m'a laissé jouer avec, dit Mason entre deux bouchées de glace.

Hayley déposa un baiser sur sa tête.

— On dirait que tu t'es fait un grand ami, répondit-elle.

Mason leur parla ensuite de ses jouets préférés à la maternelle.

Hayley était soulagée que Mason l'ait acceptée dans sa vie aussi facilement. Le fait qu'Ariel lui ait montré des photos d'elle, lui ait répété qu'elle était sa mère et l'ait emmené lui rendre visite en prison avait beaucoup aidé. Ariel et elle faisaient tout ce qu'elles pouvaient pour que la transition soit la plus naturelle et la moins dramatique possible. Hayley était d'abord allée les voir tous les jours pendant deux semaines avant d'emménager avec eux.

Elle savait que Mason l'aimait et c'était le plus important. Le départ d'Ariel serait dur pour lui, mais ils seraient encore plus proches à ce moment-là.

Hayley rencontra le regard de Timothy, qui tapota sa montre. Elle soupira.

— Il faut que je retourne travailler, les amis, annonça-t-elle avant de se lever.

— Je vais ramener ce petit lapin gavé de sucre à la maison, répondit Ariel en lui souriant.

— J'espère finir vers 19 h 30, ce qui me permettra d'être là pour le bain et un peu de lecture.

Quand elle vit le sourire de Mason, Hayley se jura de faire tout son possible pour s'y tenir.

— J'aime quand tu me racontes des histoires ! s'écria-t-il. Le livre du camion de pompier ! Et la grosse banane ! Et l'histoire du jambon vert et des œufs !

— Je te les lirai tous. Ça te va ?

Elle éclata de rire, prit son fils dans ses bras et le serra sans doute un peu trop fort.

— Tu m'écrases ! se plaignit-il en lui rendant son étreinte.

Il ne l'avait jamais repoussée, même au début. Hayley aimait à penser que c'était l'affection instinctive qu'un enfant devait éprouver pour sa mère…

Mais c'était sans doute juste parce qu'il était un bon garçon et qu'il ne voulait pas lui faire de peine.

Hayley le posa et l'embrassa.

— Sors les livres et prépare-toi, lui dit-elle. On se voit ce soir.

Elle regarda Mason et Ariel sortir du restaurant, main dans la main.

— Ça fait une heure et six minutes, Hayley, dit Timothy qui s'était approché d'elle.

— Ne t'inquiète pas, Timothy, je ferai tout ce que j'ai à faire, répondit-elle en ramassant la coupe et la cuillère.

— Je t'ai accordé cette pause, mais je commence à penser que tu pousses le bouchon un peu trop loin.

Hayley réprima de justesse un soupir agacé.

— Ce ne sont que six minutes, dit-elle. Il n'y a presque aucun client et j'ai largement le temps de tout faire avant le début du service.

— C'est juste que je ne voudrais pas que ces six minutes deviennent dix minutes, puis trente. Après tout, nous t'avons rendu un grand service en t'embauchant.

Hayley essuya la table sans protester. Timothy Smittle n'aurait jamais pu trouver une employée à un tarif aussi dérisoire. Elle gagnait tout juste un salaire normal en faisant le travail de deux personnes.

Mais elle gardait son opinion pour elle parce qu'elle n'avait pas le choix. Cette situation était provisoire. Mason était là pour toujours. Elle pouvait tout supporter si cela l'aidait à mieux s'occuper de lui.

— Voilà des clients, dit Timothy. Comme toutes les serveuses sont en pause, tu prendras la commande. Mais ne l'encaisse pas ! Je m'en chargerai.

Ce qui lui permettrait de garder le pourboire, songea-t-elle amèrement.

Elle soupira.

— Comme tu voudras, Timothy, répondit-elle. Laisse-moi juste le temps d'enfiler mon tablier.

Elle tâcha d'ignorer son épuisement. Elle travaillerait dur jusqu'à la fin du service, puis elle retrouverait son fils.

Elle remplit un verre d'eau pour le poser sur la table du nouveau client, se força à sourire et se tourna vers lui.

Le verre lui échappa et se brisa sur le sol.

Cain Bennett.

Il n'avait presque pas changé depuis quatre ans. Il avait toujours le menton volontaire, les pommettes hautes et une ombre de barbe. Ses cheveux bruns étaient encore coupés court et il avait toujours une boucle rebelle qui lui retombait sur le front.

Elle lut de l'inquiétude dans ses yeux verts. Cain n'était pas entré par hasard dans ce restaurant. Il était là pour elle.

Cela n'augurait rien de bon.

3

Cain avança lentement vers Hayley, les bras écartés, comme s'il s'approchait d'une personne gravement traumatisée.

Parce que c'était exactement ce dont elle avait l'air. Même au tribunal, quatre ans plus tôt, elle ne lui avait pas semblé aussi tendue et épuisée.

Ses yeux étaient cernés et elle avait perdu au moins dix kilos depuis la dernière fois qu'il l'avait vue.

De plus, elle le regardait avec une expression de terreur sur le visage.

Cain pensait bien qu'elle ne serait pas ravie de le voir, mais il ne s'attendait pas non plus à ce qu'elle ait l'air de porter le monde entier sur ses épaules. Son estomac se noua.

Il fit un pas de plus vers elle. Elle recula.

— Qu'as-tu fait, Hayley ? s'écria le patron. Nettoie ça tout de suite !

L'homme se tourna vers Cain.

— Je suis désolé. Je vous sers immédiatement un autre…

Il s'interrompit et écarquilla les yeux en s'écriant :

— Cain ? Cain Bennett ?

Cain détourna son regard d'Hayley pour observer l'homme qui connaissait ainsi son nom.

— Oui ?

— Je suis Timothy Smittle. On était au lycée ensemble, tu te souviens ?

— Je vais chercher une serpillière, annonça Hayley avant de s'enfuir presque en courant dans la cuisine.

— J'imagine que tu te souviens d'Hayley Green, ajouta Timothy en la montrant du pouce. Vous étiez inséparables, à l'époque.

— Bien sûr, répondit Cain.

Il s'installa sur une banquette sans quitter des yeux la porte par laquelle Hayley était sortie.

Timothy prit place en face de lui et baissa la voix alors que personne ne pouvait les entendre.

— Je suppose que tu as aussi entendu parler des ennuis qu'Hayley a eus avec la justice… C'était peu après ton départ. Elle a fait de la prison.

Cain se contenta d'acquiescer.

— Quand elle est venue me supplier de lui rendre son ancien travail, je me suis dit que c'était le moins que je pouvais faire, vu qu'on était allés au lycée ensemble.

Timothy semblait très content de lui, comme s'il s'attendait à recevoir des bons points.

Cain quitta la porte des yeux pour le regarder.

— Elle vous aidait pour la comptabilité, n'est-ce pas ? C'est ce qu'elle fait ? demanda-t-il.

Timothy ricana.

— Tu plaisantes ? Nous ne pouvons pas la laisser s'approcher de l'argent.

Cain pinça les lèvres, mais il savait qu'il ne pouvait pas vraiment en vouloir à Timothy.

— Tu l'as embauchée pour servir les clients, alors ?

Il avait du mal à accepter l'idée qu'une femme aussi intelligente qu'Hayley travaille comme serveuse, mais cela n'aurait pas dû le surprendre. Ses options professionnelles devaient être limitées, pour le moment.

Un peu mal à l'aise, Timothy se tortilla sur la banquette.

— Non, si elle servait en salle, il faudrait qu'elle touche à la caisse, répondit-il. Elle s'occupe… d'autres choses.

Hayley réapparut avec un balai et une serpillière avant même que Cain ne demande à Timothy de préciser.

— Je vais t'aider, proposa Cain en s'apprêtant à se lever.

Timothy éclata de rire.

— Reste assis, Cain ! C'est le travail d'Hayley.

Hayley s'attela à la tâche sans leur accorder un regard, mais Cain la vit rougir.

— Alors, comment ça va ? demanda Timothy comme s'ils avaient été les meilleurs amis du monde au lycée.

Pour sa part, Cain se rappelait à peine lui avoir adressé la parole.

— Tu as continué à jouer au football à la fac, après nous avoir emmenés jusqu'au championnat national, j'imagine ? poursuivit Timothy.

— Oui, pendant deux ans, répondit Cain. Et puis je me suis bousillé le genou. Ça ne m'empêche pas de mener une vie normale, mais ça a mis un terme à ma carrière de footballeur.

Hayley avait fini de nettoyer le sol. Cain sentit qu'elle ne savait pas si elle devait repartir en cuisine ou non. Timothy s'en aperçut, lui aussi.

— Tu peux retourner travailler, dit-il en agitant la main. Je m'occupe de Cain.

Mais Cain ne voulait pas qu'elle disparaisse, même si elle continuait à éviter son regard.

— En fait, je suis venu voir Hayley, dit-il.

Timothy se raidit.

— Mais Hayley vient de prendre une pause avec Ariel et le petit. Elle n'en aura pas d'autre avant plusieurs heures, répondit-il.

Cain sentit Hayley se tendre. Il balaya la salle du regard. Il était 3 heures de l'après-midi et il n'y avait presque personne.

— Tu ne sembles pas avoir un besoin urgent de ses services, insista Cain. Je ne te l'emprunterai que quelques minutes.

Timothy fusilla Hayley du regard comme si elle avait tout manigancé.

— C'est l'après-midi qu'elle fait le gros de la vaisselle, répondit-il. Après ça, elle aide en salle pendant le service.

Hayley était la *plongeuse* ? se dit Cain.

— Ne t'inquiète pas, Timothy, dit Hayley, les yeux toujours baissés. Je ne prendrai pas d'autre pause. Je n'ai rien à dire à Cain, de toute manière.

Cain craignait de devoir en arriver là. Il tira son insigne de sa poche et le mit sous les yeux de Timothy.

— C'est une requête officielle, déclara-t-il. Hayley n'a rien fait de mal, mais j'ai besoin de m'entretenir avec elle. J'apprécierais que tu coopères.

Du coin de l'œil, il vit Hayley se raidir davantage.

Timothy se leva.

— Je ne veux pas faire obstruction à la justice, mais je ne paie pas Hayley pour qu'elle bavarde avec d'anciens petits amis, grommela-t-il. Je vais te chercher un verre d'eau.

Il s'éloigna en secouant la tête.

— Il a raison : ce n'est pas le bon moment, dit Hayley en soutenant enfin le regard de Cain. Je travaille.

Le fait de lui parler semblait vraiment la mettre mal à l'aise. Avait-elle peur de perdre son emploi ?

— Je peux passer chez toi plus tard, si tu préfères, proposa-t-il.

L'adresse actuelle d'Hayley était dans son dossier.

— Non, répondit-elle aussitôt. Je ne veux pas que tu viennes chez moi.

— Très bien. Si tu ne veux me parler ni ici ni chez toi, que dirais-tu qu'on se retrouve pour dîner quelque part ?

Elle secoua la tête.

— Je ne peux pas. Je finis à 19 h 30 et je dois rentrer directement.

Cain s'obligea à rester patient.

— Demain matin, alors ? suggéra-t-il. À quelle heure commences-tu ?

— À 7 heures, répondit-elle.

Il serra les dents.

— Tu as commencé à 7 heures, aujourd'hui aussi ?

Elle haussa les épaules.

— Je fais beaucoup d'heures, cette semaine.

À en juger par ses traits tirés et le poids qu'elle avait perdu, il ne s'agissait pas seulement de cette semaine.

— Que fais-tu ici, Hayley ? Pourquoi travailles-tu dans cet endroit ?

Elle plissa les yeux.

— Crois-le ou non, mais une ex-détenue sans diplôme n'a guère de choix. Et j'en ai d'autant moins qu'il ne me sera pas permis de me servir d'un ordinateur plus de deux minutes d'affilée tant que je serai en liberté conditionnelle.

Elle souleva l'une des jambes de son pantalon pour lui montrer le bracelet électronique qui lui enserrait la cheville.

— C'est un prototype, reprit-elle. Grâce à lui, la police serait informée immédiatement si je faisais des bêtises. Alors j'ai accepté l'offre de Timothy quand il m'a généreusement proposé de laver le sol et la cuisine.

Même si elle refusait de le voir, Cain avait essayé d'avoir de ses nouvelles quand elle purgeait sa peine. La vie était moins pénible dans les prisons à sécurité minimum, comme celle où elle se trouvait, que dans les autres, mais ce n'était pas la liberté.

Il devait admettre qu'il n'avait pas vraiment réfléchi à ce qui attendait Hayley à sa sortie de prison. Il n'avait pas imaginé qu'on l'empêcherait de se servir de ses capacités.

Et voilà qu'elle lavait des assiettes et passait la serpillière alors qu'elle avait un QI largement supérieur à la moyenne et un talent inouï pour l'informatique.

La mauvaise conscience le gagna, mais il la repoussa. Hayley avait violé la loi. Il n'avait fait que son travail en l'arrêtant. Pourtant il savait que le fait d'avoir couché avec elle pendant l'enquête avait été la plus grave erreur de sa vie professionnelle. Il le regretterait jusqu'à la fin de ses jours et il ne pouvait pas en vouloir à Hayley de le haïr pour cela.

Timothy revint avec un verre d'eau.

— Veux-tu commander quelque chose ? demanda-t-il.

Cain se tourna vers lui.

— Non, je vais juste voler cinq minutes du temps d'Hayley, répondit-il. Je te remercie de m'accorder ça au nom du bon vieux temps.

Se sentant valorisé, Timothy lui décocha un grand sourire.

— Aucun problème. Je ne demande qu'à rendre service au plus grand footballeur de l'histoire du lycée de Gainesville.

— Ça remonte à des années, mon ami, répondit Cain. Et il y a eu de meilleurs joueurs que moi.

— Pas pour ceux d'entre nous qui sont restés dans le coin, insista Timothy avant de se tourner vers Hayley. Je compterai que tu as pris une heure et demie de pause aujourd'hui, ça te va ?

Hayley pinça les lèvres, mais elle acquiesça. Timothy s'éloigna.

— Que veux-tu, Cain ? demanda-t-elle. Que fais-tu ici ? Quand es-tu arrivé ?

— En ville ?

— Non, dans le restaurant.

— Je suis entré il y a une minute. Pourquoi ?

Hayley parut soulagée.

— Peu importe. Que veux-tu ?

— Et si tu t'asseyais ? suggéra-t-il. J'ai l'impression que quelques minutes de pause ne te feraient pas de mal.

Hayley haussa un sourcil, mais elle s'assit sans protester.

— As-tu faim ? Je pourrais commander quelque chose pour nous deux.

Elle avait l'air de ne pas avoir pris un vrai repas depuis des mois.

Elle ignora sa question.

— Que fais-tu là, Cain ? répéta-t-elle. Je sais que ce n'est pas pour déjeuner et tu n'es pas assez stupide pour me rendre une visite de courtoisie.

Cain serra les dents.

— Non. Je suis ici pour mon travail.

Il vit Hayley se raidir.

— Je n'ai pas violé les conditions de ma remise en liberté, se défendit-elle. Je n'ai violé aucune loi.

Il était logique que ce soit la première idée qui lui vienne à l'esprit.

— Ce n'est pas ça, s'empressa-t-il de dire. C'est mon travail qui m'amène, mais pas parce que tu aurais des ennuis.

Cela ne parut pas la rassurer.

— Soit. De quoi veux-tu me parler, alors ? Je dois retourner travailler. Certains d'entre nous sont payés à l'heure.

— Et combien d'heures par semaine dois-tu travailler pour joindre les deux bouts ? Tu as l'air épuisé.

Cain posa sa main sur celle d'Hayley sans réfléchir.

Elle retira la sienne comme s'il l'avait brûlée.

— Non, dit-elle d'une voix rauque. Tu n'as pas le droit de t'inquiéter pour moi. Tu as perdu ce droit il y a quatre ans.

— Quand je t'ai arrêtée ? Tu étais coupable, Hayley. Tu t'es servie de tes talents d'informaticienne pour violer la loi.

Elle éclata d'un rire qui ne contenait aucune trace d'amusement.

— Tu sais quoi ? J'ai eu tout le temps dont j'avais besoin pour réfléchir à tout ça. Tu étais un agent fédéral ; j'étais une criminelle. Tu n'as fait que ton travail en m'arrêtant. Je ne t'en ai jamais voulu pour ça. Je n'ai pas été vraiment surprise quand les flics ont fait irruption dans mon appartement. Je pense que je savais depuis le début que je finirais par me faire prendre.

Cain aurait dû être soulagé qu'elle ne lui reproche pas d'avoir fait son travail, mais il sentait que ce n'était pas tout.

Elle le fixait. Il regrettait presque de ne pas lire plus de fureur que d'épuisement dans son regard.

— Alors, je t'ai vu, reprit-elle. J'ai compris que c'était toi qui menais l'enquête. J'ai pris conscience que tu t'étais servi des sentiments qu'il y avait entre nous pour obtenir des informations.

Il ouvrit la bouche, mais elle tendit la main pour lui interdire de l'interrompre.

— Tu m'as séduite pour m'arrêter et c'est à cause de ça que j'ai tout perdu, poursuivit-elle en se levant. Alors ce dont tu voulais me parler ? Tu peux l'oublier. Nous n'avons rien à nous dire.

4

Le lendemain matin, avant le lever du soleil, Cain entra dans un café qui se trouvait à quelques centaines de mètres du Bluewater Grill. Hayley était censée le rejoindre vingt minutes plus tard.

Elle avait intérêt à venir. Il l'avait laissée faire quand elle s'était esquivée, la veille, mais il était resté. Il avait déjeuné au Bluewater et il avait même supporté d'écouter Timothy lui raconter ses souvenirs pendant une heure.

Quand Hayley était sortie de la cuisine pour remplir le bac à glaçons du bar, leurs regards s'étaient croisés. Il l'avait vue écarquiller ses yeux noisette, puis les plisser, à l'autre bout du restaurant. Elle avait fini par revenir le voir.

— Pourquoi es-tu encore là ? avait-elle demandé.

Il s'était enfoncé dans la banquette comme s'il n'avait rien de mieux à faire.

— Parce que tu n'as pas écouté ce que j'avais à te dire.

Pendant quelques secondes, elle l'avait regardé comme si elle rêvait de le pousser sous une voiture. Il s'en moquait. Il préférait cela à la fragilité qu'il avait perçue une heure plus tôt.

— Très bien, avait-elle soupiré. Si je t'écoute, tu t'en vas ?

— Ça prendra plus de deux phrases. Il faut que tu t'asseyes et que tu m'accordes quelques minutes.

Hayley avait jeté un coup d'œil à Timothy, qui la fusillait du regard. Alors sa colère s'était dissipée et sa fragilité était réapparue.

— Je ne peux pas, avait-elle répondu en débarrassant sa table. Je n'ai plus de pause d'ici la fin de mon service.

Cain avait eu envie de frapper sur quelque chose ou sur quelqu'un.

Cela aurait pu tomber sur Timothy s'il avait recommencé à harceler Hayley, mais il savait que cela n'aurait fait que rendre les choses encore plus compliquées.

— Tu fais un double service demain aussi ? avait-il demandé.

Elle avait acquiescé avant d'essuyer sa table.

— Alors retrouve-moi pour le petit déjeuner dans le café du bout de la rue, avant ton service.

Elle avait grimacé, mais répondu :

— D'accord. À 6 heures et demie. Tu auras une demi-heure.

Il était parti juste après — surtout parce qu'il ne supportait pas de voir Hayley se tuer à la tâche et paraître aussi fragile.

Il n'aspirait qu'à oublier la taupe et à emmener Hayley dans une cabane sur la plage, quelque part très loin de là, pour la forcer à prendre des bains de soleil.

Et pour la nourrir — repas après repas jusqu'à ce qu'elle ait repris assez de poids pour qu'on la juge *mince*. Et jusqu'à ce que l'épuisement qui voilait son regard ait disparu.

Il se passa la main sur le visage. Il avait l'impression qu'il lui manquait une pièce importante du puzzle. Il pouvait comprendre qu'Hayley ait accepté cet emploi au Bluewater parce qu'elle avait eu du mal à en trouver un autre. Mais pourquoi faisait-elle autant d'heures ? Le coût de la vie n'était pas très élevé en Géorgie. Il n'était pas nécessaire de travailler quatre-vingts heures par semaine pour s'en sortir.

Que lui était-il arrivé ? Son incarcération avait-elle été plus pénible qu'il ne le croyait ? Avait-elle du mal à se réadapter à la société ? Elle était si intelligente ! Il avait pensé qu'elle emploierait peut-être son temps en prison à faire des projets ou à passer un diplôme. Bien sûr, l'interdiction de s'approcher d'un ordinateur devait avoir bouleversé ses plans.

Elle semblait avoir désespérément besoin d'argent. Le Secteur Omega était prêt à lui verser une jolie somme en tant que consultante si elle les aidait à identifier la taupe.

Bien sûr, il lui faudrait la surveiller de près pour savoir à quoi elle emploierait cet argent. Il y avait quelques bonnes raisons pour qu'elle s'épuise comme elle le faisait, mais il y en avait beaucoup de mauvaises.

S'acheter un billet retour dans le monde du crime était la plus évidente. Elle avait peut-être besoin de disposer d'une certaine somme quand elle retrouverait un libre accès à l'informatique.

Cain serra les poings. Il n'était pas question qu'il la laisse repartir sur cette voie.

Cette mission avait désormais deux buts : identifier la taupe et sauver Hayley d'elle-même.

Avant tout, il fallait qu'elle vienne à ce rendez-vous. Au moins pour qu'il puisse la nourrir.

Dix minutes avant l'heure du rendez-vous, il commanda du café et deux petits déjeuners complets. Il ne la laisserait pas prétexter qu'elle manquait de temps pour refuser de manger. Il espérait même la dissuader d'aller travailler. Son chèque de consultante équivaudrait sans doute à cinq fois son salaire mensuel au Bluewater.

Il la vit dès qu'elle poussa la porte du café. Ses longs cheveux blonds étaient tressés. Elle portait un grand sac en toile sur une épaule et elle avait déjà revêtu son uniforme. Ce maudit restaurant n'ouvrait que quatre heures plus tard. Pourquoi devait-elle commencer si tôt ?

Il comprit qu'elle venait de l'apercevoir quand il la vit se raidir. Il se leva tandis qu'elle approchait. Au moins, elle avait l'air un peu moins épuisée que la veille.

— Je n'ai pas beaucoup de temps, dit-elle en guise d'introduction. Je dois être à mon poste à 7 heures.

— Bonjour, répondit-il en ignorant sa brusquerie.

— Ce n'est pas un rendez-vous, Cain, répliqua-t-elle. Ce n'est même pas un petit déjeuner entre amis. Dis-moi pourquoi je suis là.

Il s'assit après elle.

— Nous parlerons en mangeant, annonça-t-il.

— Je n'ai pas le temps de prendre le petit déjeuner !

— Dommage, parce que j'ai déjà commandé.

Elle le fusilla du regard à cet instant, et elle recommença quand la serveuse apporta leur commande moins d'une minute plus tard.

— Présomptueux, non ? commenta-t-elle.

Il se contenta de hausser les épaules.

— Tout le monde a besoin de manger — toi plus que la plupart des gens.

— Que veux-tu dire, Bennett ?

Il ne voulait surtout pas se disputer avec elle, ce qui pouvait l'inciter à refuser de manger par pur dépit.

— Je veux dire qu'un double service t'attend. Tu as besoin de prendre des forces.

Il s'attaqua au contenu de son assiette et fut soulagé de la voir en faire autant quelques secondes plus tard.

— Tu as commandé ce que j'aime, murmura-t-elle. Merci.

Des œufs au plat, des pommes de terre rissolées, des saucisses et du bacon. Rien de sucré. Hayley lui avait toujours dit que les pâtisseries rendaient son café — qu'elle prenait avec de la crème et beaucoup de sucre — trop amer. Il n'avait pas oublié. Il était sûr qu'il ne l'oublierait jamais.

Il hocha la tête, continua à manger et attendit qu'elle ait la bouche pleine pour commencer à l'interroger.

— Pourquoi travailles-tu autant, Hayley ? Pourquoi fais-tu autant d'heures supplémentaires ?

Elle eut l'air de vouloir l'étrangler. Il s'y attendait. C'était précisément pour cela qu'il avait posé la question à un moment où il lui était difficile de répondre.

— Je sais qu'il n'est pas facile de se faire embaucher quand on sort de prison et que tu as pris ce que tu as trouvé, poursuivit-il. Mais je ne comprends pas pourquoi tu as besoin de t'épuiser comme ça. Timothy m'a dit que tu faisais un maximum d'heures supplémentaires.

Et il le lui avait dit comme s'il était convaincu de faire une grande faveur à Hayley en l'autorisant à travailler autant.

Elle haussa les épaules et avala sa bouchée.

— On n'a pas le choix quand on ne gagne même pas le salaire minimum, répondit-elle.

Cain plissa les yeux.

— Comment ça ? grogna-t-il. Si tu ne fais pas un travail qui te permet de gagner des pourboires, Timothy est obligé de te payer au salaire minimum.

— Ne t'en mêle pas. Je m'occupe de Timothy, répondit-elle d'un ton hostile.

— Même s'il ne te paie pas correctement, insista Cain en songeant qu'il allait regarder cela de plus près, tu ne devrais pas avoir besoin de travailler quatre-vingts heures par semaine à Gainesville. Le coût de la vie n'y est pas absurdement élevé.

— Est-ce pour ça que tu m'as demandé de venir ? Pour me rappeler que j'ai un boulot merdique et pas d'avenir ?

— Hayley...

— Je crois t'avoir dit ce que je pensais de mon arrestation hier, poursuivit-elle. Quant au reste de ma vie, y compris mon temps de travail, il ne te regarde pas.

Cain leva les mains en signe de reddition. Il ne voulait pas que la situation devienne incontrôlable.

— Comme tu voudras, mais finis ton assiette, d'accord ?

Si cela n'avait tenu qu'à lui, elle en aurait mangé une deuxième dans la foulée.

Il se détendit un peu quand elle prit une bouchée, mais il savait que le temps lui filait entre les doigts.

Et qu'espérait-il ? Qu'elle lui raconte tout ce qui se passait dans sa vie ? Elle avait d'innombrables raisons de ne pas le faire — surtout si elle était impliquée dans des activités criminelles.

— Je t'ai demandé de venir pour te proposer un travail de consultante auprès du Secteur Omega, déclara-t-il.

Elle plissa les yeux.

— Qu'attendez-vous de moi ?

— Que tu nous aides à identifier quelqu'un qui fournit des informations sensibles à un criminel.

— Le Secteur Omega n'a-t-il pas ses propres informaticiens ?

Cain acquiesça.

— Si, mais nous avons une taupe parmi nous — une taupe très douée. J'ai besoin de quelqu'un d'encore plus doué qui n'appartient pas aux forces de l'ordre. C'est toi.

— Il y a d'autres bons informaticiens.

— Tu es la seule en qui j'aie confiance.

Elle écarquilla les yeux.

— Je n'en reviens pas que tu arrives à dire ça en me regardant en face !

Il posa son café.

— Parce que j'ai confiance en toi, Hayley. Entièrement. Tu as fait des choix discutables il y a quatre ans pour une raison que j'ignore, mais je sais que tu ne ferais de mal à personne. Le traître qu'on doit démasquer aide un meurtrier.

Il songea au regard de Grace Parker à l'instant où Freihof lui avait tranché la gorge. Ils avaient de bonnes chances de le mettre à l'ombre pour l'éternité s'ils démasquaient son informateur.

— Oui, au moins, je ne suis pas une meurtrière, commenta amèrement Hayley.

— Bien sûr que non. Je ne t'ai jamais crue capable de faire du mal à qui que ce soit, j'espère que tu le sais. Même si tu peux faire beaucoup de dégâts avec un ordinateur, je sais que tu es compatissante et généreuse.

Elle se mit à déplacer ses dernières pommes de terre dans son assiette.

— Écoute, Cain..., répondit-elle sur le ton le plus doux qu'il ait entendu jusqu'ici. Je n'ai pas le temps de faire un autre travail. Et tu sembles oublier que je n'ai pas le droit de me servir d'un ordinateur.

— À vrai dire, j'espérais que tu arriverais à identifier la taupe en examinant des pages de code que j'ai imprimées pour toi. Tu n'aurais pas besoin d'un ordinateur.

Il sortit le contrat de sa mallette et le posa devant Hayley. Il fut soulagé de voir ses yeux s'écarquiller un peu lorsqu'ils tombèrent sur la somme que le Secteur Omega lui proposait — même si cela confirmait que le Bluewater Grill la payait une misère.

— C'est ce que nous avons l'intention de te payer pour que tu identifies le traître, que ça te prenne une journée ou trois semaines, dit-il. Si c'est plus long que je ne l'imagine, nous négocierons une rallonge.

Cain savait qu'elle avait déjà lu le contrat. Elle lisait deux fois plus vite que la plupart des gens. Mais elle avait toujours les yeux rivés sur la feuille, et rien dans son expression ne lui permettait de deviner ce qu'elle pensait.

Il posa sa main sur la sienne.

— Je t'aiderai, Hays, promit-il en employant le surnom qu'il lui avait donné au lycée. Quels que soient tes problèmes, je t'aiderai. Si tu identifies ma taupe, je t'aiderai à te débarrasser du poids qui pèse sur tes épaules.

Hayley regarda la grande main de Cain posée sur la sienne, une main forte et habile.

Sa promesse lui rappelait le bon vieux temps, quand c'était eux deux contre le reste du monde.

Elle était si fatiguée… Elle avait envie de s'appuyer sur lui. Elle avait envie de tout lui dire, de lui parler de Mason et des gens qui risquaient de la traquer quand elle retrouverait le droit de se servir d'un ordinateur… De *tout*.

Mais c'était la pire erreur qu'elle pouvait commettre. Elle pouvait lui coûter tout ce qui lui était cher. Il n'était pas question qu'elle perde Mason. Si Cain découvrait qu'il avait un fils et s'il voulait en obtenir la garde, quel juge lui préférerait une mère encombrée d'un casier judiciaire à l'avenir incertain ?

Elle retira sa main de dessous la sienne. Ce contact lui rappelait trop douloureusement ce qu'ils avaient perdu. Elle n'en voulait pas à Cain de l'avoir arrêtée, mais leur relation appartenait maintenant au passé.

Elle ramassa le contrat et le relut. Cette somme pouvait faire une énorme différence. Elle lui permettrait de disparaître avec Mason en cas de besoin.

Elle ne pouvait pas renoncer à autant d'argent, même s'il était risqué de travailler avec Cain.

— Très bien, dit-elle. J'accepte.

Elle lut du soulagement sur son beau visage. Sa mèche rebelle glissa sur son front, comme d'habitude. Son T-shirt et son jean noirs lui allaient à merveille… Elle se força à baisser les yeux. Il n'était pas juste qu'elle ait encore envie de lui après toutes ces années et après tout ce qui s'était passé entre eux.

— Tu devras démissionner, dit-il.

— J'aurai besoin de ce travail quand j'aurai fini ton projet, répondit-elle. Il est minable, mais stable.

Il eut l'air de vouloir protester, mais il se contenta de dire :

— Très bien, mais tu devras prendre quelques semaines de congé.

Hayley acquiesça même si elle n'avait aucune intention de le faire. D'abord, Timothy n'accepterait jamais qu'elle prenne un « congé ». Il la virerait, tout simplement. Ensuite, si elle devait juste examiner des pages de code, elle pouvait faire cela pendant son temps libre. Elle devrait peut-être renoncer à quelques heures supplémentaires, mais cela en valait la peine.

— Peux-tu commencer aujourd'hui ? demanda Cain. Nous devons attraper ce type le plus vite possible.

— Ce type ? répéta-t-elle en haussant un sourcil. Tu présumes que ta taupe est un homme ?

— L'un de mes suspects est une femme, répondit-il. Je t'assure que je ne fais aucune différence entre les genres quand il s'agit d'arrêter un criminel.

Était-ce une insulte voilée ou l'énoncé d'un simple fait ? Un bon agent ne se laissait pas influencer par des préjugés, et elle était sûre que Cain était un excellent agent.

— Il faut que j'aille au Bluewater au moins quelques heures, dit-elle. Je ne peux pas les laisser en plan. Mais je te promets de dégager le plus de temps possible.

Cain hocha la tête.

— Je me suis dit qu'on pourrait travailler dans la maison de mes parents. Ils ont déménagé en Floride, mais ils ne l'ont pas vendue.

Elle pinça les lèvres. Elle ne tenait pas à remettre les pieds dans une maison où ils avaient passé beaucoup de temps ensemble quand ils étaient au lycée. Mais avait-elle le choix ? Elle voulait encore moins que Cain vienne chez elle et rencontre Mason.

— Très bien, concéda-t-elle. Je t'y rejoindrai dans quelques heures. Tu sais que j'irais bien plus vite si je pouvais examiner ce code sur un écran, n'est-ce pas ?

Cain prit aussitôt un air méfiant.

— On travaille sur papier, répondit-il d'un ton sec. C'est le marché. Pas d'ordinateur.

Il craignait qu'elle ne s'attire des complications si elle accédait à Internet. Il ne se doutait pas de l'ampleur des ennuis qui l'y guettaient...

Mais c'était un problème qu'elle réglerait plus tard. Dans l'immédiat, elle devait trouver comment travailler quotidiennement avec l'un des meilleurs agents fédéraux du pays en lui cachant deux énormes secrets.

5

Les lignes de code commencèrent à se brouiller sous les yeux d'Hayley. Un instant plus tard, elle se redressa alors que sa tête tombait.

— Ça va, ma fille ? s'inquiéta Mara, la nouvelle employée du Bluewater, avant de poser une tasse de café à côté de la liasse qu'elle examinait.

L'odeur merveilleuse du breuvage ranima assez Hayley pour qu'elle ouvre les yeux.

— Du café ! Tu es une déesse, Mara. Merci !

— Je sais qu'on ne se connaît pas bien et que ça ne me regarde pas, chérie, mais pourquoi passes-tu ton temps le nez fourré dans ces papiers ? Tu es plongée dedans avant ton service, après ton service, pendant tes pauses... Je parie que tu les emportes quand tu vas aux toilettes.

Cela faisait quatre jours qu'Hayley examinait le code que Cain avait imprimé. Le premier jour, elle était allée le retrouver dans la maison de ses parents. Ils avaient travaillé en faisant semblant de ne pas savoir que le lit dans lequel ils avaient fait l'amour pour la première fois se trouvait juste au-dessus de leurs têtes.

Ce jour-là, il avait reçu un appel et il avait dû quitter la ville pour répondre à une convocation d'un supérieur. Il lui avait laissé la copie du code — qui occupait six grosses boîtes en carton — pour qu'elle continue à progresser en son absence.

Il s'attendait à ce qu'elle y travaille tous les jours et c'était bien ce qu'elle avait fait. Elle avait rapporté les boîtes chez elle le soir même et y avait passé une partie de la nuit après avoir mis Mason au lit.

Elle avait ensuite emporté un carton au Bluewater et, comme Mara venait de le lui faire remarquer, elle avait consacré toutes ses secondes de liberté au déchiffrement du code. Malheureusement, elle n'avait pas eu beaucoup de temps parce qu'elle avait fait trois doubles services de suite — quatorze heures de travail par jour.

Elle avait dit à Timothy qu'elle voulait réduire ses heures, mais elle avait compris que c'était impossible quand il avait commencé à parler de la remplacer. L'embauche de Mara l'avait déjà suffisamment effrayée alors que cette dernière était serveuse et ne risquait pas de vouloir prendre sa place.

Hayley devait avancer plus vite, mais elle ne pouvait pas se permettre de perdre ce qui lui permettrait de survivre quand Cain serait reparti. Bien sûr, lui aussi pouvait décider de la remplacer si elle ne lui fournissait pas des réponses rapides.

— C'est quoi, ce truc, chérie ? demanda Mara tandis qu'Hayley buvait une gorgée de café. J'y ai jeté un coup d'œil, mais c'est du charabia pour moi.

Hayley sourit à sa collègue, une quinquagénaire aux cheveux blond cuivré.

— C'est du code informatique, répondit-elle.

— Pourquoi lis-tu du code informatique ? Pour t'amuser ?

À en juger par son expression, Mara plaçait cette activité juste au-dessus d'une anesthésie générale dans l'échelle de l'amusement.

— J'avoue que j'aime l'informatique, mais non, je ne fais pas ça pour m'amuser. C'est une sorte de travail.

— Pour Timothy ? Ça a un rapport avec le restaurant ?

Hayley se leva et s'étira.

— En parlant de Timothy, il faut que je retourne travailler. Je suis sûre qu'il me cherche.

C'était sa pause d'un quart d'heure dans la soirée, qu'elle avait consacrée au code de Cain comme toutes les autres.

— Ça ne le dérangera pas que tu aies un peu de retard si tu fais quelque chose pour lui, dit Mara.

Hayley secoua la tête.

— Ce n'est pas pour lui. Je fais ça à côté.

— Oh ! s'écria Mara en écarquillant les yeux. Je ne savais pas que tu travaillais dans l'informatique à côté.

Hayley se frotta les yeux.

— Seulement quand mon passé revient me hanter.

Elle entra dans l'arrière-salle de la cuisine sans attendre de voir ce que cette réponse énigmatique inspirait à Mara. Elle rangea le carton dans un placard. Peu de gens l'ouvraient à part elle et il n'aurait pas été bien grave que quelqu'un jette un œil sur le code. Il était impossible de comprendre ces pages sans de solides connaissances en informatique.

Elle était à bout de forces. Ses muscles étaient endoloris et son cerveau engourdi. Elle avait besoin de dormir plus que les quatre heures qu'elle s'accordait chaque nuit. Elle avait besoin de faire autre chose que laver des assiettes ou éplucher des pages de code.

Elle n'avait même pas vu Mason depuis deux jours. Elle chargea le lave-vaisselle en se répétant que ce n'était pas grave. Elle ne pouvait pas laisser passer cette chance de gagner une grosse somme d'un seul coup.

Mais elle était tenaillée par la peur que son fils l'oublie. Elle craignait qu'il ne la rejette malgré tous les efforts d'Ariel.

Déchirée entre la culpabilité et l'épuisement, elle se réjouit d'être noyée dans la vapeur du lave-vaisselle où elle pouvait cacher ses larmes.

Trois heures plus tard, elle était au bord de l'évanouissement, mais elle avait fini de mettre la cuisine en ordre. Mara et les autres serveuses étaient parties. Timothy avait fermé la devanture du restaurant avant d'aller déposer la recette de la journée à la banque. Elle n'avait plus qu'à passer la serpillière et elle pourrait rentrer chez elle.

Cela lui semblait impossible, pour le moment. Elle allait commencer par prendre un café en parcourant quelques pages de plus. Elle passerait la serpillière quand le café lui aurait donné un peu d'énergie.

Après cela, elle irait dormir quatre ou cinq heures, puis elle reviendrait pour faire la même chose le lendemain.

Il n'y avait qu'une lueur dans son tunnel : elle venait de repérer une bizarrerie dans le code. Ce n'était peut-être rien, mais la manière dont les données avaient été encodées au cours d'une transmission était curieuse, comme si cela cachait un autre message.

Ce n'était pas grand-chose, mais elle espérait tomber sur d'autres occurrences de cette bizarrerie. C'était en repérant une irrégularité répétitive qu'elle trouverait comment la taupe communiquait avec son complice.

Bien sûr, elle avancerait plus vite si elle pouvait faire défiler le code sur un écran plutôt que de faire un geste à chaque changement de page, mais elle ne comptait pas s'en plaindre. Elle gagnait de l'argent.

Cain rentrerait bientôt — il était censé revenir la veille. Il allait sûrement griller un fusible quand il découvrirait qu'elle travaillait *encore* au Bluewater au lieu de travailler à temps plein pour lui. Il faudrait qu'elle lui fasse comprendre qu'elle avait besoin de conserver cet emploi.

Elle se prépara un café en espérant que Timothy ne le considérerait pas comme du vol, puis regagna le petit bureau qu'elle s'était aménagé dans la réserve.

Le café lui rendit assez de lucidité pour qu'elle acquière la certitude que la transmission qu'elle avait examinée plus tôt était louche. Elle n'avait qu'à retrouver la même faille pour tenir une piste.

Mais ses paupières s'alourdirent de nouveau une heure plus tard. Elle avait fait tout ce qu'elle pouvait pour aujourd'hui. Elle devait passer la serpillière et rentrer dormir.

Le son que produisit la vitrine du restaurant en se brisant la fit bondir sur ses pieds. Elle oublia instantanément sa fatigue, ouvrit la porte de la réserve et trouva le couloir envahi par des flammes.

Le bâtiment était en feu ? Comment l'incendie avait-il pu se propager aussi vite ?

Surtout, comment allait-elle sortir de là si le passage était bloqué ?

Elle toussait déjà quand elle referma la porte de la réserve. Elle prit son téléphone et appela le 911. Il fallut quelques secondes pour que quelqu'un lui réponde. Une fumée de plus en plus épaisse glissait sous la porte.

— 911. Que puis-je faire pour vous ? demanda l'opératrice.

— Je suis au Bluewater Grill, dit Hayley avant de fournir l'adresse entre deux quintes de toux. Il y a un incendie. Je suis coincée à l'intérieur.

La panique la gagna quand elle prononça cette phrase. Elle était coincée à l'intérieur ! Elle ne pouvait pas avancer dans le couloir !

L'opératrice lui recommanda de rester près du sol et lui dit que les pompiers arrivaient. Hayley toussait tant qu'elle l'entendait à peine.

Elle ne survivrait pas jusqu'à l'arrivée des pompiers. Elle devait s'échapper de cette pièce avant que les flammes l'atteignent. Les produits chimiques qui étaient rangés là dégageraient des fumées toxiques — s'ils n'explosaient pas.

Elle remonta son T-shirt pour se couvrir le nez et la bouche avant de rouvrir la porte. La chaleur qui l'enveloppa lui coupa le souffle. À travers ses larmes, elle vit que le couloir était entièrement en feu. Elle allait devoir courir dans un brasier sur sept ou huit mètres.

— Hayley !

Quelqu'un l'appelait de l'autre côté du couloir.

Cain.

— Cain ! essaya-t-elle de crier, mais sa gorge ne produisit qu'un gémissement rauque.

Il ne pouvait pas l'entendre. Il ne savait pas qu'elle était là. Elle s'empressa de ramasser un bidon de peinture et une clé à molette sur une étagère.

Pourvu que ça suffise !

Elle se rapprocha de la porte et frappa le bidon avec la clé de toutes les forces qu'il lui restait.

— C'est toi, Hayley ?

Elle frappa encore plus fort.

— Tiens bon ! J'arrive !

Elle posa le bidon et la clé en reculant parce que les flammes gagnaient du terrain. Cain revint quelques instants plus tard. Elle entendit le bruit d'un extincteur, puis elle le vit s'approcher d'elle en écartant les flammes devant lui. Il était grand, fort et efficace.

Il l'attira dans ses bras.

— Ça va ? lui demanda-t-il.

Elle acquiesça.

— Reste près de moi, ordonna-t-il. Nous devons faire vite.

Il se plaça derrière elle, enroula un bras autour de sa taille pour la garder collée à lui et leur ouvrit un chemin avec l'extincteur. La chaleur était étouffante, mais Hayley ne se sentait pas brûlée. En la tenant comme il le faisait, Cain protégeait efficacement son dos des flammes qui rejaillissaient derrière eux.

Le danger devint moins pressant quand ils eurent franchi le couloir, mais la salle du restaurant était aussi en feu. Cain la lui fit traverser en courant et la poussa dehors. Tous deux aspirèrent avidement de grandes goulées d'oxygène dès qu'ils le purent.

— Ça va ? demanda Cain quand il eut retrouvé son souffle.

Ils s'étaient assis au bout du parking en attendant l'arrivée des pompiers.

— Oui, répondit-elle.

Sa voix était éraillée, mais ses poumons avaient retrouvé un fonctionnement presque normal.

Cain l'attira de nouveau dans ses bras. Elle tressaillit, mais ne le repoussa pas. Elle avait vu la mort d'un peu trop près. La situation était passée de normale à critique si vite qu'elle n'était pas sûre de comprendre ce qui s'était passé.

Elle essaya de ne pas penser à ce qui serait arrivé si Cain ne l'avait pas secourue. Elle voulut s'écarter de lui pour le regarder, mais il ne relâcha pas son étreinte.

— Que faisais-tu au Bluewater ? demanda-t-elle d'une voix rauque.

— Je suis passé chez toi.

Elle s'écarta brusquement de lui. Avait-il vu Mason ? Mon Dieu ! Qu'était-elle censée dire ?

— J'ai parlé à ta cousine — qui, bien sûr, ne m'a pas laissé entrer, ajouta-t-il.

Le soulagement envahit Hayley. Ariel ne savait pas que Cain était le père de Mason, mais elle aurait dû se douter que sa cousine ne dirait rien, même si elle le suspectait. Elle n'avait pas pardonné à Cain de l'avoir arrêtée.

— Imagine ma surprise quand Ariel m'a dit que tu étais au travail, poursuivit-il avec un regard féroce. Au Bluewater. Alors que, si mes souvenirs sont bons, tu m'avais promis de prendre un congé.

— J'ai essayé, mais ça n'a pas marché et je ne peux pas me faire renvoyer. Ne t'inquiète pas : j'ai quand même travaillé pour toi. J'ai juste...

Cain l'interrompit par un juron.

— Je m'en moque, Hayley ! Tu étais déjà épuisée quand je suis parti. Et tu as trouvé malin d'examiner le code *pendant ton temps libre* ?

Hayley tourna la tête vers le restaurant, qui n'était plus qu'un brasier. Les pages de code qu'elle avait examinées et annotées pendant quatre jours avaient disparu.

Mieux valait sans doute qu'elle attende que Cain se soit calmé pour le lui dire. Elle n'avait pas la force de se disputer avec lui. Elle avait tout juste la force de rester assise là et de respirer.

Mais les pompiers finirent par maîtriser l'incendie et tout le monde eut des questions à lui poser, tout à coup. Cain resta auprès d'elle, les traits tendus, tandis qu'elle expliquait qu'elle était en train de lire dans la réserve. Il confirma que le Secteur Omega l'avait embauchée comme consultante.

Quand le chef de l'escouade leur expliqua que tout l'arrière du bâtiment avait été détruit, Hayley tourna la tête vers Cain.

— Tout mon travail des derniers jours était dans la réserve, lui dit-elle. Je n'ai plus rien.

— Avant tout, tu n'aurais pas dû te trouver là, grommela-t-il. Je pourrai toujours imprimer une nouvelle copie.

Au moins, il ne lui en voulait pas pour ce contretemps. Ce qui l'exaspérait, c'était qu'elle se soit trouvée au restaurant.

Timothy les rejoignit quelques minutes plus tard et Hayley se réjouit d'avoir Cain sous la main pour le calmer. Timothy tenait à savoir exactement ce qui s'était passé et elle n'en avait aucune idée.

— Tu as dû laisser quelque chose sur le feu ! cria Timothy. C'est ta faute !

— Sans doute pas, intervint le chef de l'escouade. Nous avons la preuve qu'il s'agit d'un incendie criminel.

— Criminel ? répéta Timothy. C'est ridicule ! Vous voulez dire que quelqu'un aurait brûlé mon restaurant *exprès* ?

Timothy recommença à fusiller Hayley du regard.

— Une copine de prison, peut-être ? lui lança-t-il.

Hayley ne savait pas quoi répondre à cela, mais elle n'eut pas besoin de le faire. Cain glissa un bras autour de sa taille pour l'écarter un peu de Timothy et se placer entre eux.

— Quelle preuve avez-vous ? demanda-t-il au pompier.

— Les débris de trois bons vieux cocktails Molotov. Ils ont été jetés à travers la vitrine.

— Qu'est-ce qu'un cocktail Molotov ? aboya Timothy.

— La grenade du pauvre, marmonna Cain.

Le pompier acquiesça.

— On les appelle aussi des bombes en bouteilles, dit-il. Il s'agit d'une bouteille remplie d'un produit combustible dans laquelle on enfonce un chiffon enflammé. On la lance et tout ce qu'elle touche prend feu.

— Hayley n'y est forcément pour rien si ces cocktails Molotov ont été jetés à travers la vitrine, fit remarquer Cain à Timothy.

— Nous avons l'intention d'enquêter davantage, ajouta le pompier. J'apprécierais que vous restiez tous joignables.

— Je suis sûr qu'elle y est pour quelque chose, dit Timothy en montrant Hayley du doigt. Elle sort de prison.

— Je sais que nous sommes allés au lycée ensemble, Timmy, mais nous allons avoir un problème si tu continues comme ça, intervint Cain d'un ton sec.

Le pompier se tourna vers Timothy.

— De ce que je sais, les gens qui manquent de mourir dans un incendie ne l'ont pas provoqué, lui dit-il. Et d'après mon expérience également, lorsqu'il s'agit d'une affaire commerciale, le propriétaire y est souvent pour quelque chose.

Hayley se retint de justesse d'éclater de rire en voyant l'air outragé de Timothy.

— Mon Dieu ! Ça va, chérie ? s'écria Mara en accourant auprès d'elle. J'ai vu l'incendie aux infos et je suis venue tout de suite. Je savais que tu étais la dernière à quitter le restaurant.

Cain s'éloigna de quelques pas avec le pompier.

— J'avoue que j'ai eu peur, répondit Hayley, qui n'avait vraiment pas envie qu'on lui rappelle qu'elle avait frôlé la mort. Je serais restée coincée à l'intérieur si mon ami Cain n'était pas intervenu.

Mara la serra dans ses bras.

— Je suis contente que tu ailles bien ! soupira-t-elle. As-tu perdu tous tes papiers, ceux sur lesquels tu travaillais si dur ?

Hayley hocha la tête.

— J'ai eu de la chance d'avoir la vie sauve.

Sa collègue la serra une nouvelle fois dans ses bras.

— C'est le plus important, répondit-elle.

Hayley se sentait de nouveau épuisée. Il était urgent qu'elle rentre dormir — même si personne ne viendrait au Bluewater le lendemain matin.

— On dirait qu'aucun de nous ne travaillera pendant quelque temps, soupira-t-elle. Nous devrons trouver de nouveaux emplois.

Comme Timothy la croyait responsable de l'incendie, Hayley était à peu près sûre qu'elle ne travaillerait plus jamais au Bluewater.

— Oui, c'est un coup dur, répondit Mara. Mais j'espère qu'on restera en contact quand on travaillera ailleurs.

Hayley acquiesça. Elle n'avait pas d'amis. Depuis qu'elle était sortie de prison, elle avait employé tout son temps à survivre et à s'organiser.

— Ça me ferait plaisir.

Mara la serra une fois de plus dans ses bras avant de regagner sa voiture. Cain parlait toujours avec le pompier. Hayley s'approcha d'eux.

— Je rentre, murmura-t-elle. Je suis fatiguée.

Et « fatiguée » était un euphémisme. Elle n'était pas sûre d'avoir la force de marcher jusqu'à sa voiture, et encore moins de pouvoir conduire jusque chez elle.

Mais elle s'en sortirait, comme toujours.

Cain la retint par le bras quand elle voulut s'éloigner.

— Non.

— Quoi que tu veuilles me dire, ça devra attendre, insista-t-elle.

Le monde commençait à tanguer. Merde. Elle devait regagner sa voiture, ne serait-ce que pour s'asseoir un moment.

— Je conduis, répondit Cain. Mais nous n'allons pas chez toi. Je t'amène chez mes parents.

— Non.

Elle aurait aimé trouver une réponse plus élaborée, lui expliquer qu'elle avait besoin de dormir dans son propre lit et que tout irait mieux le lendemain, mais les mots refusèrent de sortir de sa bouche.

Cain la força à se tourner vers lui. Elle se concentra sur ses yeux verts comme s'ils avaient le pouvoir de l'empêcher de s'évanouir.

— Hays, murmura-t-il en lui effleurant la joue. Tu ne tiens plus debout. Tu n'es pas en état de conduire.

— Très bien, mais je veux que tu me ramènes chez moi.

Cain pinça les lèvres et jeta un coup d'œil aux ruines fumantes du Bluewater.

— Nous devons rester ensemble, répondit-il. Vu la manière dont le feu s'est propagé dans le couloir, le pompier pense que tu étais la cible de celui qui a fait ça.

6

Quatorze heures plus tard, Cain buvait un café dans le salon de la maison dans laquelle il avait grandi en essayant de contrôler la rage qui l'aveuglait à chaque fois qu'il pensait à l'incendie.

Il avait déjà soulevé les haltères de son père pendant une heure et couru cinq kilomètres sur le tapis roulant que sa mère s'était acheté après son opération du genou.

Cela n'avait pas changé grand-chose.

Plus Hayley dormait, plus il était furieux.

Elle était si épuisée qu'elle avait déjà dormi quatorze heures.

Quatorze heures.

Elle avait travaillé sur le code tout en continuant à faire des doubles services au Bluewater ? Il sentit ses dents grincer et essaya de se détendre. Si on ne l'avait pas rappelé à Washington — à cause d'une tout autre affaire — il aurait été là pour l'en empêcher. Hayley était déjà à bout de forces avant de travailler pour lui.

Il se frotta la mâchoire.

Ariel lui avait passé un savon quand il avait décroché le téléphone d'Hayley. Celle-ci dormait si profondément qu'elle ne l'avait pas entendu sonner encore et encore. Comme il craignait de faire sauter tout son émail à force de grincer des dents, il avait fini par répondre.

Il avait raconté à Ariel ce qui s'était passé. Il lui avait parlé de l'incendie et lui avait dit qu'Hayley était peut-être en danger de mort. Il lui avait expliqué que sa cousine dormait si profondément qu'elle n'avait pas entendu son téléphone sonner.

Ariel lui avait ordonné de garder ses distances vis-à-vis d'Hayley

— dans une version qui contenait beaucoup de gros mots et à un volume sonore digne d'un moteur d'avion. Elle ne lui avait sans doute pas pardonné d'avoir arrêté Hayley.

Il fallait décidément qu'il trouve un moyen de contrôler sa rage s'il ne voulait pas passer des heures chez le dentiste...

Mais il savait pourquoi il tenait tant à sa colère : elle était plus facile à gérer que la peur.

La veille, la panique avait failli le paralyser quand il s'était garé devant le Bluewater en flammes.

Son cœur se serra.

Heureusement qu'Hayley avait eu l'idée de frapper sur un pot de peinture ! Sans cela, il n'aurait pas pensé à la chercher dans la réserve. Il n'aurait pas réussi à la sortir de là.

L'idée de la perdre... Il posa sa tasse de café sur la table basse. L'incendie l'avait forcé à regarder la vérité en face. Même si leur relation avait pris fin quatre ans plus tôt, il aimait toujours Hayley.

Au fond, la recruter pour qu'elle identifie la taupe du Secteur Omega n'était qu'un prétexte pour revenir dans sa vie. Dans une situation différente, il aurait trouvé autre chose.

Pendant quatre ans, il avait attendu qu'elle sorte de prison pour que leur histoire renaisse. Il comprenait maintenant qu'il n'avait jamais eu l'intention de tourner la page.

Elle lui cachait encore des choses, il en était certain, mais il découvrirait ses secrets et il éliminerait ce qui les empêchait d'être ensemble.

Malheureusement, il l'avait mise en danger. La taupe savait-elle qu'il l'avait recrutée ? Si le pompier avait raison, quelqu'un venait d'essayer de tuer Hayley.

Bien sûr, le pompier lui avait dit qu'il était aussi possible que l'incendie se soit propagé rapidement dans le couloir à cause des produits chimiques entreposés dans la réserve. Dans ce cas, ce ne serait qu'un malheureux accident.

Mais il était bien décidé à ne plus prendre aucun risque. Il ne quitterait pas Hayley d'une semelle et il se moquait éperdument de ce qu'elle, Ariel et la ville tout entière pouvaient en penser.

Et protéger Hayley n'était pas sa seule raison de rester auprès d'elle en permanence.

Il venait de recevoir le code et la clé du bracelet électronique qui l'empêchait de se servir d'un ordinateur.

Il avait pris la décision la veille au soir. Puisque la copie sur laquelle Hayley travaillait était perdue, elle avait besoin d'un ordinateur. Continuer à travailler sur papier — surtout si elle devait tout reprendre depuis le début — serait bien trop long.

Il avait fait porter sa demande à un juge local à la première heure parce qu'il fallait une ordonnance du tribunal pour ouvrir le bracelet électronique.

Un policier lui avait apporté l'ordonnance, le code et la clé trois heures plus tard. Le juge lui avait confié l'entière responsabilité des activités informatiques d'Hayley. Il devait savoir exactement ce qu'elle faisait et lui remettre le bracelet s'il n'était pas dans la même pièce qu'elle.

Cela ne poserait aucun problème.

Il préparait le déjeuner quand Hayley se réveilla enfin. Elle avait les cheveux mouillés et elle portait le T-shirt et le pantalon de jogging qu'il avait posés sur une chaise près du lit.

La voir porter ses vêtements lui fit quelque chose... La goutte de graisse de bacon qui lui sauta sur la main le ramena à la réalité.

— J'ai changé les draps, dit Hayley. Ils sentaient le putois. Tu aurais dû me forcer à prendre une douche avant de me laisser dormir.

— Crois-le ou non, j'ai essayé de te réveiller, répondit-il. Mais je crois qu'il aurait fallu que je te place sous une douche froide.

En réalité, il n'avait pas eu le cœur de faire beaucoup d'efforts pour la réveiller.

— J'étais fatiguée.

La fragilité qu'il entendit dans sa voix l'empêcha de lui faire des reproches. Il était de retour. Il ne la laisserait plus s'épuiser.

— Tu te sens mieux ? demanda-t-il.

Elle leva les bras au-dessus de sa tête et s'étira en se cambrant. Sans l'intervention d'une nouvelle goutte de graisse de bacon, il se serait mis à baver.

— Oh oui ! soupira-t-elle. Je sens que mon cerveau fonctionne de nouveau à plein régime. Tu avais raison. Je n'aurais pas dû essayer de tout faire en même temps.

Il plaça les tranches de bacon dans deux assiettes et cassa des œufs dans la poêle.

— Puisque le Bluewater n'est plus une option, il ne te reste qu'à te concentrer sur ton travail de consultante. Assieds-toi !

Elle haussa les sourcils, mais elle s'assit. Il posa une tasse de café, de la crème et du sucre devant elle.

— J'avais progressé avant l'incendie, dit-elle en se massant le front. J'essaierai de me souvenir de là où j'en étais pour ne pas avoir à tout relire.

Quand les œufs furent cuits, il posa une assiette sous le nez d'Hayley et s'assit en face d'elle.

— J'ai mieux à proposer, déclara-t-il. Nous ne ferons pas d'autre copie. Tu travailleras sur ordinateur.

Elle tendit la jambe et lui montra sa cheville.

— Que fais-tu de ça ? demanda-t-elle.

— Je viens de recevoir l'ordonnance du tribunal qui me permet de te l'enlever tant qu'on reste ensemble.

Cela ne parut pas la réjouir autant qu'il s'y attendait.

— Ne m'as-tu pas dit que ça irait plus vite ? demanda-t-il alors qu'elle mâchait un morceau de bacon.

— Si, répondit-elle avec un manque d'enthousiasme certain. Ce sera plus rapide et moins fatigant pour moi.

— Alors finis de manger, qu'on s'y mette !

Hayley s'assit sur le canapé et Cain posa son ordinateur sur la table basse.

— Tu n'as le droit de t'en servir que quand je suis à côté de toi, dit-il. Tu auras accès à la version électronique du code et au réseau du Secteur Omega, mais à rien d'autre. C'est bien compris ?

Étrangement, lui permettre d'accéder au réseau du Secteur Omega ne l'inquiétait pas le moins du monde. Il ne craignait pas qu'elle l'endommage ou qu'elle divulgue les secrets sur lesquels elle risquait de tomber.

Mais sa confiance en elle s'arrêtait là.

Il savait qu'elle lui cachait quelque chose — qu'elle avait des ennuis ou qu'elle les cherchait — et il lui fournissait le moyen de s'enfoncer.

— Oui, c'est compris, répondit-elle.

Aucune trace d'ironie. Il était soulagé qu'elle prenne tout cela aussi sérieusement que lui.

À vrai dire, elle semblait presque effrayée quand il avait posé l'ordinateur sur la table. Comme elle avait eu l'air effrayé, dix minutes plus tôt, lorsqu'il lui avait retiré son bracelet.

Elle prit l'ordinateur pour le poser sur ses genoux, puis elle resta un long moment sans rien faire.

— Ça va ? finit-il par demander d'un ton inquiet.

— Oui. C'est juste que ça fait longtemps... Il n'y avait aucun ordinateur là où j'ai purgé ma peine, pas même en système fermé.

On ne lui avait même pas fourni un ordinateur sans connection, de peur qu'elle ne s'en serve à des fins criminelles...

La mauvaise conscience gagna Cain. Il l'avait privée de quelque chose qui avait beaucoup d'importance pour elle.

Agirait-il différemment s'il pouvait revenir en arrière ?

Il avait toujours pensé que non. Puisque Hayley était coupable, il était juste qu'elle paie sa dette envers la société. Mais la voir tenir avec appréhension un objet qui avait toujours semblé être un prolongement de sa personne lui fendit le cœur.

— Hays ? murmura-t-il en lui effleurant la joue.

Elle tressaillit et il s'empressa d'écarter sa main.

— Désolée, dit-elle. Allons-y.

Elle posa les doigts sur le clavier et se mit au travail.

Il ne fallut que quelques minutes pour que ses aptitudes exceptionnelles se réveillent. Hayley pouvait écrire et lire des codes informatiques avec autant d'aisance qu'une personne normale lisant une comptine.

Il n'était pas aussi doué qu'elle, mais il avait assez de connaissances pour s'assurer qu'elle respectait les règles de leur arrangement.

Elle fit défiler des pages et des pages qui n'auraient eu aucun sens pour la plupart des gens et s'arrêta à chaque fois que quelque chose attirait son attention. Elle découpa les morceaux de code qui lui semblaient louches pour les placer dans un dossier. Elle en supprima quelques-uns un peu plus tard, sans doute parce qu'elle avait acquis la certitude que ce n'était pas ce qu'elle cherchait.

— Ta taupe est douée, commenta-t-elle quand elle fit une pause, quatre heures plus tard.

Elle fit craquer ses doigts, qui devaient s'être déshabitués de cet exercice.

— Plus douée que toi ?

Elle lui décocha un sourire plein d'assurance, un sourire qu'il n'avait pas vu depuis quatre ans et qui lui avait manqué bien plus qu'il ne le croyait.

— Ne m'insulte pas, s'il te plaît, répondit-elle. J'aurai débusqué ce traître dans vingt-quatre heures — s'il a beaucoup de chance.

— Tant mieux ! As-tu faim ? Je peux nous commander quelque chose à manger.

Elle perdit son sourire.

— Quelle heure est-il ? demanda-t-elle.

— Presque 17 heures. Tu n'es pas déjà fatiguée, j'espère ?

Cela lui était venu sous forme de plaisanterie, ce qu'il regretta aussitôt. Elle avait peut-être besoin de davantage de repos.

— Non, mais il faut que j'y aille, répondit-elle.

— Où ?

— Chez moi. Juste pour quelques heures. Je peux revenir vers 21 heures, si tu veux, mais il faut que j'y aille.

— Travaillons encore un peu, insista-t-il. Tu étais sur une bonne lancée.

Les traits d'Hayley se tendirent.

— Il faudra que ça attende.

Merde. Cela devait avoir un rapport avec ce qu'elle lui cachait. Se jouait-elle de lui ? Avait-elle réussi à envoyer un message à quelqu'un sans qu'il s'en aperçoive ?

Il baissa les yeux vers la cheville d'Hayley. Que mijotait-elle ?

— Si tu t'en vas, quelle qu'en soit la raison, je te remets ton bracelet, la prévint-il.

Il fut surpris qu'elle ne proteste pas.

— Très bien.

Il alla chercher le bracelet électronique dans la cuisine en sentant la mauvaise humeur le gagner.

— Ton pied ! ordonna-t-il quand il fut revenu dans le salon.

— Cain..., dit-elle d'une voix suppliante.

— Ne commence pas ! la coupa-t-il. Tu étais prête à faire des doubles services dans ce stupide restaurant et tu ne peux même pas accorder huit heures de travail à la recherche d'un tueur ?

Ils tressaillirent tous les deux quand il ferma le bracelet trop brutalement.

Hayley plongea son regard dans le sien.

— J'ai quelque chose à faire, c'est tout, répondit-elle. Je te promets de revenir dans quelques heures.

— Tu sais qu'il y a une balise GPS sur ce truc, j'espère ? Puisque j'ai le code, je peux savoir où tu vas.

— Je rentre chez moi, comme je te l'ai dit. Si tu veux t'en assurer grâce à la balise, fais-le. Tu ne me connais plus, Cain. Tu ne sais rien de ma vie.

Il lui prit le bras en faisant bien attention à ne pas serrer trop fort.

— Alors explique-moi ! Dis-moi ce qui t'arrive !

— Désolée, Cain, répondit-elle, le regard dur. Le grand footballeur du lycée peut peut-être reconquérir les cœurs de tous les habitants de la ville, mais pas le mien. Notre relation est strictement professionnelle.

Elle lui arracha son bras et il la laissa partir. La poursuivre maintenant aurait un effet désastreux.

Mais il comptait bien se servir de cette balise !

Il prit l'ordinateur et examina ce qu'Hayley avait fait. Il y passa une heure sans rien trouver de louche. Elle semblait n'avoir rien fait d'autre que d'isoler des morceaux de code.

Elle avait peut-être seulement besoin d'une pause, comme elle le lui avait dit. Elle avait raison : il ne savait plus rien de sa vie.

Mais c'était un problème auquel il avait la ferme intention de remédier.

7

Hayley savait que Cain était furieux et elle comprenait sa frustration, mais elle s'en moquait éperdument.

Elle rentrait voir son fils. Elle grommela un juron quand elle se rendit compte qu'elle devait prendre un taxi pour regagner le Bluewater où elle avait laissé sa voiture. Peu importait. Dîner avec Mason, lui faire la lecture et le mettre au lit valaient tous les efforts du monde.

Cela lui avait manqué pendant les quatre jours où elle avait essayé de tout faire en même temps. Il n'était pas question qu'elle manque un dîner de plus, maintenant que ce n'était plus strictement nécessaire. Elle était passée à côté de bon nombre de petites joies quotidiennes pendant son incarcération. Elle s'était juré de leur accorder la priorité désormais.

Elle avait dit à Cain qu'elle reviendrait à 21 heures et elle le ferait. Elle travaillerait toute la nuit, s'il le fallait.

Même si le fait d'être assise à côté de Cain titillait dangereusement sa libido.

C'était peut-être parce qu'elle avait trop dormi, ou à cause de cette maison qui abritait tant de souvenirs, ou encore parce qu'elle n'avait pas fait l'amour depuis quatre ans. Quelle qu'en soit la cause, elle avait une conscience aiguë de la beauté, du charme et du parfum envoûtant de Cain.

C'était un miracle qu'elle ait passé l'après-midi à côté de lui sans poser l'ordinateur pour grimper sur ses genoux.

Son esprit et son cœur lui interdisaient de s'approcher de lui, mais son corps était d'un autre avis. Elle avait essayé de lui rappeler que Cain s'était servi de leur relation pour l'arrêter.

Cela n'avait pas changé grand-chose.

Heureusement, ses sens étaient habitués à la frustration. Elle venait de passer quatre ans à désirer des choses qu'elle ne pouvait pas avoir. Elle devait être capable de cohabiter quelques jours avec Cain Bennett.

Elle cessa brusquement de penser à lui quand elle atteignit son appartement. Elle ouvrit la porte et entendit la voix de Mason qui racontait quelque chose à Ariel.

— Que se passe-t-il par ici ? lança-t-elle.

— Maman Hayley ! cria Mason en courant vers elle.

Elle le prit dans ses bras et le fit tourner dans les airs pour l'amuser. Son rire était la plus belle des musiques.

Elle le reposa et lui tapota le nez.

— Devine quoi ? lui demanda-t-elle. J'ai vu de vrais camions de pompiers, hier soir.

Mason écarquilla les yeux.

— C'est vrai ?

Ils préparèrent une pizza tous ensemble, chacun d'eux ajoutant les garnitures qui lui faisaient envie, et Hayley raconta une version très édulcorée de l'incendie. Mason posa toutes sortes de questions et affirma à plusieurs reprises qu'il serait pompier quand il serait grand. Hayley sentait qu'Ariel avait des questions d'adulte à lui poser, mais elle savait que sa cousine ne le ferait pas devant Mason.

Après le dîner, ils regardèrent un épisode de la série préférée de Mason, puis ils colorièrent quelques dessins. Mason lui offrit sa version d'un camion de pompier.

L'heure du coucher arriva sans qu'Hayley ait vu le temps passer. Elle donna un bain à Mason, lui lut ses histoires préférées — plusieurs fois chacune — et le borda.

— On est mercredi, demain ! dit-il avec un sourire qui se transforma en bâillement.

— Mercredi..., répondit-elle en se tapotant les lèvres. Il se passe quelque chose de spécial, le mercredi, mais j'ai oublié quoi.

— La glace ! cria Mason. On mange une glace le mercredi !

Hayley lui sourit et le chatouilla — en s'arrêtant vite pour ne pas l'exciter.

— Bien sûr, c'est ça ! répondit-elle. On ira manger une glace demain parce que c'est mercredi.

Elle avait instauré cette tradition dès son retour. Il n'était pas question qu'elle y déroge le lendemain, même si elle devait se montrer imaginative pour échapper à Cain au beau milieu de l'après-midi.

— Je t'aime, chéri, ajouta-t-elle. Fais de jolis rêves.

— Bonne nuit, maman.

Il avait déjà fermé les yeux — ce qui était une bonne chose, car ainsi il ne vit pas les larmes qui emplirent ceux de Hayley.

Il l'avait appelée « maman », et non « maman Hayley ». Un jour, il l'appellerait toujours comme cela, pas seulement quand il était à moitié endormi.

Ariel faisait la vaisselle lorsqu'elle regagna la cuisine. Elle prit un torchon pour essuyer les assiettes.

— Je suis contente que tu ailles bien, dit Ariel. J'ai parlé à Cain Bennett deux fois hier soir, la première quand il te cherchait, la deuxième quand il a fini par me répondre sur ton téléphone. Il a dit que tu dormais si profondément que tu ne l'entendais pas sonner.

Hayley grimaça. Elle avait envoyé un texto à Ariel depuis le Bluewater parce qu'elle ne voulait pas que sa cousine découvre l'incendie aux informations et s'inquiète. Elle comptait lui téléphoner plus tard.

— Oui, si tu as appelé, je n'ai rien entendu, répondit-elle.

Elle raconta à Ariel tout ce qu'elle ne pouvait pas dire devant Mason. Quand elle se tut, Ariel avait les yeux écarquillés par l'horreur.

— Heureusement que Cain t'a trouvée ! s'écria-t-elle. Tu aurais pu mourir !

Hayley n'avait pas oublié la chaleur des flammes, ni la fumée irrespirable.

— J'en ai bien conscience, grommela-t-elle.

— Cain était furieux quand je lui ai dit que tu travaillais encore au Bluewater, dit Ariel.

Hayley fit la grimace.

— Ça me semblait une bonne idée, sur le coup, se défendit-elle. En parlant de Cain, il faut que j'y retourne. On commence à progresser.

Hayley essuya le moule de la pizza et le rangea.

— Il faudra que tu le lui dises, tu sais, murmura Ariel.

Hayley se figea, mais elle respectait trop sa cousine pour faire semblant de ne pas avoir compris de quoi elle parlait.

— Quand l'as-tu découvert ? demanda-t-elle.

— Je l'ai compris quand il est passé hier, mais j'aurais dû le savoir. Cain Bennett a toujours été « le bon » pour toi.

Cain avait plutôt été *le seul* pour elle. C'était le seul homme avec lequel elle ait jamais couché, le seul qu'elle ait jamais aimé.

Elle serra le torchon dans ses mains.

— Je ne peux pas le lui dire, répondit-elle sans trouver le courage de soutenir le regard d'Ariel. J'ai trop peur de perdre Mason.

— Ce n'est pas parce que tu as un casier judiciaire qu'un juge confierait la garde de Mason à Cain s'il la demandait, répondit Ariel. Tu n'as commis aucun acte violent, tu ne t'es jamais droguée, et on ne peut pas t'accuser de négliger Mason. On peut même prouver tout le soin que tu as mis à planifier son avenir quand tu me l'as confié.

Hayley soupira.

— Il n'y a pas que ça, dit-elle. C'est... compliqué. Cain n'est pas mon seul problème.

Mais elle ne voulait pas fournir trop d'informations à Ariel. Cela pouvait être dangereux.

Ce qu'elle avait fait, pirater un logiciel d'examens pour vendre des billets d'entrée dans les grandes universités à de riches imbéciles, était presque bénin en comparaison de ce qu'elle avait découvert quand elle s'apprêtait à cesser ses activités.

Quelqu'un se servait de ce logiciel d'examens pour vendre des secrets d'État à des puissances étrangères. Quelqu'un qui avait une grande influence politique.

Si elle était encore en vie, c'est parce qu'elle ne savait pas *qui*. Elle avait été arrêtée avant de le démasquer.

Mais elle avait les moyens de découvrir son identité. Dès qu'elle pourrait se servir librement d'un ordinateur, il lui suffirait de s'introduire dans le programme grâce à la trappe qu'elle y avait installée.

Le problème était que le coupable saurait instantanément qu'elle savait. S'il avait trouvé la trappe, il la suspectait peut-être déjà.

Dans tous les cas, elle devait être prête à disparaître.

— Je sais que tu as des problèmes dont tu ne me parles pas, dit Ariel d'une voix douce. Je sais que c'est pour ça que tu travailles autant — pas seulement pour que je puisse aller à Oxford.

Hayley avait fait de son mieux pour protéger Ariel, mais elle aurait dû savoir que sa cousine était trop intelligente pour ne s'apercevoir de rien.

— Moins tu en sais, mieux ça vaut, répondit-elle.

Ariel hocha la tête.

— Je n'en doute pas. Mais Cain ? Quels que soient tes problèmes, je suis sûre qu'il a les moyens de t'aider.

— Il m'a arrêtée, lui rappela Hayley.

Ariel pinça les lèvres.

— Je ne suis pas près de le lui pardonner, crois-moi — et encore moins depuis que je sais qu'il a dû coucher avec toi juste avant ton arrestation. Mais je sais qu'il t'aidera. Il te protégera de ce dont tu as peur, surtout si tu lui parles de Mason.

Le ferait-il ? La croirait-il seulement si elle essayait de lui expliquer la situation ? Elle n'était même pas sûre que sa trappe soit encore là. Comme elle avait pris soin de la placer dans les profondeurs du programme, il y avait peu de chance qu'on l'ait découverte, mais c'était possible.

Non… Cain ne croirait jamais qu'elle était tombée sur quelque chose de grave par accident. Il penserait qu'elle essayait de le manipuler pour accéder à Internet.

Le mieux qu'elle pouvait faire était de temporiser. Le travail qu'elle faisait pour Cain n'était pas repérable. Elle s'occuperait de la trappe et de ses conséquences quand elle aurait retrouvé le droit d'utiliser un ordinateur. À ce moment-là, elle serait prête à disparaître avec Mason, et Ariel serait en train d'étudier sur un autre continent.

Et elle ne comptait pas dire à Cain qu'il avait un fils. À une époque, elle n'aspirait qu'à fonder une famille avec lui, mais il avait prouvé qu'il ne voulait pas lier son destin au sien quatre ans plus tôt.

Lui parler de Mason ne ferait que compliquer les choses — et elles étaient bien assez complexes comme cela.

8

Cain se réveilla sur le canapé dans les bras d'Hayley. Son esprit flottait encore entre rêves et réalité, et il soupira de plaisir. Il était si bon de sentir le corps d'Hayley contre le sien...

Il l'attira plus près, glissa une jambe entre les siennes et posa une main sur sa hanche.

Hayley changea de position à son tour pour mieux se lover contre lui et ronronna presque. Il la serra plus fort.

Ils avaient toujours dormi de cette manière, comme s'ils n'étaient jamais assez près l'un de l'autre — tout comme ils n'étaient jamais assez près l'un de l'autre quand ils étaient réveillés. Bien sûr, ils n'avaient que rarement passé une nuit entière ensemble, d'abord à cause du lycée et des parents, puis à cause de la distance quand ils étaient à la fac, ensuite parce qu'Hayley était partie...

Il reprit brusquement conscience de la situation et ouvrit les yeux.

Mais il ne trouva pas la force de s'écarter d'Hayley.

Ils avaient travaillé tard, la veille, après le retour d'Hayley. Il était resté à côté d'elle, sur le canapé, et il l'avait surveillée attentivement pour s'assurer qu'elle ne profitait pas de son travail pour communiquer avec l'extérieur.

Il savait qu'elle était rentrée chez elle la veille, comme elle le lui avait dit. Mais quelqu'un pouvait l'attendre dans son appartement. Il avait eu tort de ne pas la suivre pour savoir ce qu'elle fabriquait.

C'était une erreur qu'il ne répéterait pas.

Hayley avait progressé dans la soirée. Elle avait trouvé comment le traître communiquait avec son complice. Elle n'avait pas encore réussi à extraire le contenu des messages, mais le cœur de Cain s'était serré quand elle lui avait montré leur origine.

Ils ne l'avaient pas encore identifiée, mais la taupe semblait appartenir aux forces spéciales du Secteur Omega. Il espérait qu'ils se trompaient et il n'accuserait personne tant qu'Hayley ne lui aurait pas fourni une preuve irréfutable, ce qu'elle ferait sans doute bientôt.

Quand elle avait commencé à piquer du nez, vers 4 heures du matin, il lui avait pris l'ordinateur des mains pour le poser sur la table. Il avait prévu qu'Hayley et lui dorment dans des chambres différentes, mais il avait hésité au moment de lui remettre son maudit bracelet électronique.

Sauf qu'il ne pouvait ni la surveiller toute la nuit ni courir le risque qu'elle s'absente pendant qu'il dormait.

Il s'apprêtait à annoncer qu'il allait chercher le bracelet quand il l'avait entendue ronfler doucement. Il n'avait pas eu le cœur de la réveiller.

À la place, il s'était allongé et l'avait attirée contre lui — position qui avait beaucoup évolué au cours des heures suivantes.

Pour le moment, il voulait juste la laisser se reposer, tout en se délectant de ses sensations.

Il finit par se rendormir. Quand il se réveilla de nouveau, au milieu de la matinée, Hayley était toujours dans ses bras. Il la sentit se réveiller. Du moins, il sut à quel instant précis elle prit pleinement conscience de la situation.

Elle se raidit brusquement et se redressa en s'appuyant sur son torse pour le regarder droit dans les yeux.

— Je me suis endormie, balbutia-t-elle.

— Je m'en suis rendu compte, répondit-il.

Elle essaya de se lever, mais leur position l'empêchait de bouger.

— Vas-tu me lâcher ? demanda-t-elle.

Il glissa un bras derrière sa nuque.

— Je ne sais pas encore.

Il étala davantage ses doigts sur la hanche d'Hayley et y traça de petits cercles.

— Que fais-tu ? demanda-t-elle en se rallongeant.

— Tu te souviens de ce canapé ?

Ils avaient l'habitude de s'y caresser, au risque de se faire surprendre, quand ils étaient au lycée.

— Je me souviens qu'il fallait toujours tendre l'oreille au cas où la porte s'ouvrirait et être prêts à se rhabiller vite, répondit-elle avec une pointe de nostalgie.

Ses parents étaient rentrés plus d'une fois à de très mauvais moments.

— Ils avaient le sens du timing, n'est-ce pas ? pouffa-t-il.

Hayley releva la tête pour répondre, mais il l'en empêcha en l'embrassant. C'était presque comme s'il n'avait aucun contrôle sur son corps.

Leurs baisers avaient toujours été passionnés. Celui-ci ne fit pas exception. Leurs langues roulèrent l'une contre l'autre et Hayley glissa ses doigts dans ses cheveux. Elle avait autant envie de lui qu'il avait envie d'elle.

Il la força à pencher la tête pour couvrir sa gorge de baisers. Ses petits coups de langue furent récompensés par des gémissements.

Une série de bips — pourquoi cela ne s'arrêtait-il pas ? — émise par son ordinateur le ramena à la réalité.

— C'est l'alarme de l'algorithme que j'ai écrit pour repérer les anomalies que j'ai constatées, dit Hayley contre ses lèvres.

Ces mots firent à Cain l'effet d'un seau d'eau en plein visage. Il repoussa Hayley au lieu de l'attirer contre lui.

— Tu as fait quoi ?

Elle cligna des yeux.

— Ce n'est qu'un programme de reconnaissance que j'ai lancé pour procéder par élimination. C'est bien plus rapide que si j'avais dû faire ce travail manuellement.

C'était logique. Raisonnable. Ce qui le mettait hors de lui, c'est qu'il ne s'était aperçu de rien. Il ne l'avait vue ni écrire ni lancer aucun programme.

— Quand l'as-tu fait ? demanda-t-il.

Elle se redressa.

— Je ne sais plus… Un peu après avoir trouvé le modèle de communication que je t'ai montré. On a décidé que je devais me concentrer dessus et c'est ce que j'ai fait.

— Mais tu ne m'as pas dit que tu avais lancé un programme pour le faire à ta place.

Hayley haussa les épaules.

— Je n'ai pas essayé de te le cacher. Et je ne l'ai pas installé dans le réseau du Secteur Omega, si c'est ce qui t'inquiète. Il tourne ici, sur ton ordinateur.

— Ce n'est pas le problème.

— Alors quel est le problème ? J'essaie de faire ce que tu me demandes le plus efficacement possible.

Elle repoussa ses cheveux derrière ses épaules et glissa jusqu'à l'autre bout du canapé.

— Le problème, c'est que je ne savais pas ce que tu faisais.

Il était resté assis à côté d'elle et il n'avait rien vu. Si elle pouvait faire *ça* sans qu'il s'en aperçoive, n'était-elle pas aussi capable de contacter quelqu'un sous son nez comme si de rien n'était ?

Elle haussa un sourcil.

— Je n'avais pas compris que j'étais censée t'expliquer tout ce que je faisais, dit-elle. Je croyais que tu voulais attraper ton tueur le plus vite possible.

— Et qu'as-tu fait d'autre depuis que je t'ai fourni un ordinateur en n'ayant visiblement aucune idée de ce que tu allais fabriquer avec ?

Il croisa les bras sur son torse et scruta son visage.

— De quoi parles-tu ? s'écria-t-elle. Je n'ai rien fait. Tu le sais, puisque tu regardais par-dessus mon épaule en permanence.

— Sous-entends-tu que ce n'est pas nécessaire ?

— Je te dis juste que je fais le travail pour lequel tu me paies.

— Mais nous savons tous les deux qu'il te serait facile de contacter quelqu'un quand j'ai le dos tourné — et même quand *je n'ai pas* le dos tourné, comme tu viens de le prouver.

Hayley pinça les lèvres.

— Je n'ai rien fait d'autre que ce que tu m'as demandé. Rien.

— Tu me pardonneras si j'ai du mal à te croire puisqu'il est évident que tu me caches des choses, répliqua-t-il.

Elle pâlit. Il tenait une piste.

— Merde, Hayley ! Je ne veux pas que tu aies de nouveaux ennuis. N'as-tu donc rien appris, la dernière fois ?

Elle se leva.

— Si : j'ai appris que la personne en qui j'avais le plus confiance était prête à coucher avec moi pour faire progresser sa carrière, répondit-elle en se dirigeant vers la cuisine.

Il bondit sur ses pieds.

— C'est faux !

Hayley s'arrêta et se massa le front comme si une migraine la gagnait.

— Tu sais quoi ? Ça n'a aucune importance, dit-elle. Mangeons quelque chose et remettons-nous au travail. Mon programme diabolique a trouvé une nouvelle anomalie — qu'il m'aurait peut-être fallu des jours pour repérer sans son aide.

Cain grimaça. Elle avait raison. Ils devaient rester concentrés. Leurs problèmes personnels pouvaient attendre qu'ils aient démasqué la taupe.

— Très bien, grommela-t-il.

Il entra dans la cuisine, alluma la cafetière et sortit de quoi préparer des sandwichs.

— Veux-tu que j'aille chercher l'ordinateur pour continuer à travailler ? proposa Hayley.

Il grimaça. Il avait clairement besoin de la surveiller de près quand elle travaillait, ce qu'il ne pouvait pas faire en préparant des sandwichs.

— Non, répondit-il. On s'y remettra après le déjeuner.

Cela revenait à lui dire qu'il n'avait pas confiance en elle et Hayley se raidit.

— Très bien, mais il faut que je parte à 15 heures, alors dépêchons-nous, conclut-elle d'un ton sec.

Elle s'absentait *encore* ? Hier soir, et maintenant cet après-midi ? Il ne s'agissait pas que de passer du temps avec Ariel. Il voulait lui demander ce qu'elle comptait faire, mais il savait qu'elle ne répondrait pas et que se disputer avec elle n'arrangerait rien.

Et elle pouvait faire tout ce qu'elle voulait tant qu'elle ne violait aucune des règles de sa liberté conditionnelle. Il ne pouvait pas la garder prisonnière.

Il serra les poings. Non : si elle voulait rencontrer l'un de ses complices, il ne pouvait pas l'en empêcher.

Il ne pouvait rien faire si elle voulait commettre de nouveaux crimes. À la vitesse où elle travaillait, d'ici une semaine ou deux, il ne serait même plus là pour lui répéter qu'elle devait rester dans le droit chemin. Il refusait de croire qu'elle voulait mener la vie d'une criminelle. Ce n'était pas ce qu'aurait voulu la femme qu'il avait connue et aimée.

Mais cette Hayley n'existait peut-être plus... Son cœur se serra.

Ils n'avaient jamais eu l'occasion de discuter des raisons qui l'avaient poussée à pirater ce programme d'examens. Pourquoi n'avait-elle pas poursuivi ses études, puis trouvé un travail ? Il était sûr que ce n'était pas pour choisir la voie de la facilité. Elle n'avait jamais été paresseuse.

Il ne le lui demanda pas. Ils déjeunèrent en silence.

Quand ils eurent terminé, elle apporta l'ordinateur dans la cuisine, sans doute parce qu'elle n'était pas pressée de retrouver le canapé. Elle lui expliqua tout ce qu'elle faisait sans qu'il le lui demande. Il apprécia sa bonne volonté, mais cela la ralentit considérablement.

À un moment, alors qu'elle lui parlait tout en pianotant, la vérité le frappa.

— Ce n'est pas la peine que tu m'expliques tout, dit-il. Je sais que ça te ralentit. Contente-toi de faire le boulot.

Hayley se détendit un peu.

— Alors, tu as confiance en moi ? Tu sais que je n'en profiterai pas pour faire autre chose ?

Cain secoua la tête. Il se sentait stupide, mais il lui devait au moins d'être honnête.

— Non. Je viens juste de comprendre que tu pourrais faire quelque chose qui m'échappe tout en me parlant si tu le voulais. Que j'aie confiance en toi ou non n'a aucune importance.

Quand elle quitta la maison, à 15 heures, il la suivit.

Il n'avait pas protesté contre son départ. En fait, ils n'avaient pas échangé deux mots sans rapport avec le travail d'Hayley depuis le déjeuner. Elle lui avait promis de rentrer avant la tombée de la nuit et il s'était contenté d'acquiescer.

Ils avaient de nouveau tressailli quand il lui avait remis son bracelet électronique.

Il avait allumé la balise dès qu'elle était sortie, puis il était monté dans sa voiture avec son ordinateur.

Elle rentrait peut-être simplement chez elle. Très bien. Mais, si quelqu'un l'y rejoignait, il le saurait.

Il ne voulait pas croire Hayley perdue. Elle ne l'était pas. Elle cherchait peut-être les ennuis, mais elle ne les trouverait pas. Pas cette fois. Si elle avait besoin d'argent, il l'aiderait. Si elle avait besoin d'un emploi, il l'aiderait.

Elle ne se droguait pas. Elle n'avait pas des goûts de luxe. Ses problèmes ne pouvaient pas être très graves...

Il pinça les lèvres quand la balise lui indiqua qu'elle ne s'était pas arrêtée devant son appartement. Cela ne changeait rien. Il n'en fut que plus déterminé à la sauver d'elle-même.

Quand la voiture d'Hayley s'arrêta devant ce qui semblait être un restaurant, Cain accéléra. Elle avait bien rendez-vous avec quelqu'un. La rage lui noua l'estomac — avec en plus la peur de ne pas réussir à tirer Hayley de ce mauvais pas.

Il vit en arrivant que ce n'était pas un restaurant, mais le glacier local. Il repéra la voiture d'Hayley, se gara à l'autre bout du parking et attendit. Hayley n'en était pas encore sortie.

Le mieux était peut-être d'agir immédiatement, d'intervenir *avant* ce qui était sur le point de se produire.

Il commençait à ouvrir sa portière quand une voiture se gara à côté de celle d'Hayley. Il fut surpris de voir Ariel en sortir. Elle ouvrit une portière arrière et aida un petit garçon à en sortir.

Cain eut l'impression d'être le pire crétin de la planète. Hayley avait rendez-vous avec sa cousine — Et qui ? Son neveu ? Un petit cousin ? — pour manger une glace.

Il se passa la main sur le visage. Il avait tant cherché les mauvaises raisons pour lesquelles Hayley pouvait avoir besoin d'argent qu'il n'avait pas pris en considération qu'elle pouvait en avoir de *bonnes*. Comme aider sa cousine, qui avait eu un enfant pendant qu'elle était en prison, apparemment. Hayley et Ariel avaient toujours été aussi proches que des sœurs. Ne pas avoir été là pour sa cousine quand elle avait besoin d'elle devait avoir brisé le cœur d'Hayley. Elle essayait peut-être de se rattraper.

L'enfant, qui devait avoir deux ou trois ans, adorait les deux femmes. Il fit un câlin à Hayley, qui le porta à l'intérieur. Cain sortit ses jumelles pour les observer encore un peu.

Il avait envie de les rejoindre. Il aurait aimé avoir le *droit* de les rejoindre. Hayley l'aurait-elle invité à passer l'après-midi avec eux s'il avait été moins stupide ?

Elle ne s'attirait pas d'ennuis et n'avait pas besoin qu'on la sauve. Elle essayait juste de reconstruire sa vie après un coup dur.

Il les regarda plus longtemps qu'il n'aurait dû en sachant qu'il devait ressembler à un pervers. Mais Hayley était si heureuse qu'il ne pouvait plus détourner les yeux de son visage. En la voyant ainsi, il comprit à quel point elle était tendue en sa présence.

Les deux femmes se jetèrent sur des serviettes quand le garçon mordit la pointe de son cône. Cain pouffa. Son frère et lui faisaient la même chose lorsqu'ils étaient petits. Cela rendait leurs parents fous.

Le garçon suça sa glace par le cône, se tortilla quand Hayley voulut lui essuyer la bouche, puis dit quelque chose qui la fit rire.

Alors que Cain était sur le point de ranger ses jumelles après avoir constaté qu'Hayley ne menaçait pas la sécurité nationale, elle attira le garçon dans ses bras. Ses doigts soulevèrent les cheveux de l'enfant, qui étaient un peu trop longs, et révélèrent une tache de naissance d'un centimètre de diamètre qu'il avait dans la nuque.

Cain eut brusquement l'impression qu'il n'y avait plus une molécule d'oxygène dans sa voiture.

Il avait la même tache de naissance au même endroit.

9

Cain démarra et rentra chez lui en état de choc. Son cerveau fit le calcul des dizaines de fois. Il n'était pas possible qu'Hayley ait un enfant… À moins que ?

Il téléphona à Ren McClement — la seule personne, avec Steve Drackett, à savoir ce qu'il faisait — avant même d'ouvrir la porte de la maison. Il avait besoin d'informations qu'il ne pouvait pas chercher lui-même pour ne pas risquer d'attirer l'attention de la taupe.

— Que se passe-t-il, Cain ? demanda Ren. Tu progresses ? Je ne m'attendais pas à avoir de tes nouvelles aussi vite.

— J'ai besoin que tu me rendes un service personnel, répondit Cain sans prendre la peine de le saluer.

— Quoi ? demanda Ren sans hésiter, ce qui prouvait que c'était un véritable ami.

— Je veux que tu jettes un œil sur le dossier médical d'Hayley Green pendant sa première année d'incarcération.

— C'est comme si c'était fait, répondit Ren. Je cherche quelque chose de précis ?

— Tu le sauras quand tu tomberas dessus, fais-moi confiance.

— C'est bien la même Hayley Green pour laquelle tu voulais une ordonnance du tribunal hier, non ? Celle avec laquelle tu travailles ?

— Oui, grommela Cain qui faisait les cent pas en attendant la réponse.

— Ça y est, j'ai son dossier. On dirait qu'elle… Ça alors !

Cain ferma les yeux.

— Je t'écoute.

— Hayley a accouché d'un garçon cinq mois après son admission à la prison pour femmes de Géorgie. Il a été déclaré de père inconnu. Hayley en a confié la garde à une certaine Ariel Green le jour de l'accouchement.

Hayley avait un fils. *Son* fils. Auquel elle avait donné naissance en prison. Seigneur !

— Cain ? Ça va ? Je ne veux pas me mêler de ce qui ne me regarde pas, mais...

Cain soupira.

— Oui. On dirait que l'enquête se complique un peu.

— Suis-je censé te féliciter ? demanda Ren.

Cain pouffa sans humour.

— On dirait bien. Je n'en ai pas encore parlé à Hayley. Tout ce que je sais, c'est que le garçon et moi avons une tache de naissance identique.

— Ça trompe rarement.

— Je te le dirai si ça change quelque chose pour l'enquête, conclut-il. Merci, Ren. À charge de revanche.

— Non, mon ami : ce service-là est gratuit.

Après avoir raccroché, Cain fixa le vide un long moment en essayant de se souvenir en détail des événements de l'époque.

Comment avait-il pu ne pas savoir qu'Hayley était enceinte ?

Son procès avait été expédié grâce à l'intervention du sénateur Ralph Nelligar. Dans d'autres circonstances, quelqu'un accusé d'un crime informatique aurait attendu des mois avant de se retrouver devant un juge. Hayley n'aurait pas pu lui cacher sa grossesse si elle était restée plus longtemps en détention préventive.

Mais tout allait plus vite quand un sénateur s'en mêlait, et Hayley avait encore accéléré le processus en plaidant coupable. Elle devait être enceinte de quatre mois la dernière fois qu'il l'avait vue. Ce n'était pas visible quand on ne savait pas qu'il y avait quelque chose à voir.

Et il ne savait rien.

Il se remit à faire les cent pas et effleura machinalement sa tache de naissance. Il comprenait mieux pourquoi elle avait refusé de le voir la première année. Après cela, il avait veillé sur elle de loin, au cas où elle aurait eu des ennuis ou un problème de santé, mais il avait préféré ne pas insister.

Comment avait-elle pu ne rien lui dire ? Comment avait-il pu être aussi inattentif ?

Il était furieux. Contre Hayley et contre lui-même. Contre la situation tout entière.

Mais il était aussi soulagé parce qu'il avait découvert son secret. Il savait maintenant que ce n'était pas pour replonger dans le monde du crime qu'elle lui faisait des cachotteries.

Cela ne l'empêchait pas d'être furieux.

Quand Hayley réapparut, deux heures plus tard, il avait retrouvé son calme. Il savait que crier ne le mènerait à rien.

Même s'il n'était pas sûr de savoir ce qu'il voulait faire.

— Cain ? appela Hayley en franchissant la porte.

Il n'y avait presque aucune lumière dans la maison.

— Je suis dans la cuisine ! répondit-il.

Elle s'arrêta dans l'embrasure de la porte. Elle semblait plus détendue qu'avant son départ.

— Tu te sens mieux ? lui demanda-t-il. Cette pause t'a fait du bien ?

Elle entra dans la pièce.

— Oui. Je suis prête à m'y remettre. Et je suis désolée pour tout à l'heure. Je t'expliquerai plus clairement ce que je fais pour que tu n'aies pas peur que je sorte des limites que tu m'as imposées.

C'était un autre problème qui le préoccupait, pour le moment.

— Assieds-toi, répondit-il.

Elle s'assit en face de lui et tendit sa jambe pour qu'il lui retire son bracelet électronique. À la place, il poussa vers elle l'album de photos qu'il avait posé sur la table.

Hayley le feuilleta en souriant.

— Mon Dieu ! C'est ta mère ? As-tu vu cette coiffure ?

Cain ne lui rendit pas son sourire.

— Je sais. Les styles ont beaucoup changé depuis cette époque.

— Qu'y a-t-il, Bennett ? Tu ne savais pas quoi faire de ton temps, alors tu t'es replongé dans ton passé ?

Il tourna les pages de l'album et lui montra une photo.

— Non, je voulais juste te montrer cette photo-là, répondit-il.

C'était une photo de lui quand il avait trois ans. Comme son père lui ébouriffait les cheveux, sa marque de naissance — la même qu'il venait d'apercevoir sur le garçon — était bien visible.

Hayley regarda la photo, blêmit et éloigna sa chaise de la table comme si elle songeait à prendre la fuite.

— Pourquoi me montres-tu cette photo ? balbutia-t-elle.

— Je sais que tu as un fils, Hayley, répondit-il parce qu'il n'avait pas l'intention de tourner autour du pot.

Elle perdit le peu de couleur qu'il lui restait et s'agrippa à sa chaise comme si elle risquait d'en tomber.

— Comment l'as-tu découvert ?

— Je croyais que tu essayais de reprendre contact avec d'anciens complices. C'est pour ça que j'étais aussi méfiant quand tu travaillais.

— Ce n'est pas le cas, répondit-elle, l'air surpris.

— Quand tu es partie, hier soir et cet après-midi, j'ai cru que c'était pour rejoindre quelqu'un.

— Alors tu m'as suivie, murmura-t-elle.

Il acquiesça.

— Mes intentions étaient louables, se défendit-il. Je voulais t'aider. Je voulais te tenir à l'écart des criminels que tu t'apprêtais à rencontrer. J'ai découvert que les criminels en question étaient Ariel et un enfant que j'ai pris pour son fils.

Hayley baissa les yeux.

— Mais j'ai compris que je me trompais quand j'ai vu la tache de naissance, poursuivit-il. Il m'a suffi d'un coup de fil pour avoir la confirmation que tu avais accouché en prison — que tu étais la mère de *mon fils*.

— Il s'appelle Mason, dit Hayley sans le regarder. Il a trois ans et demi.

Mason.

— Comment as-tu pu me cacher son existence ? s'écria-t-il en abattant son poing sur la table.

Hayley releva la tête.

— Et quand étais-je censée t'en parler ? riposta-t-elle. On se voyait peu à cette époque.

— Tu aurais dû faire un effort.

— Tu venais de prouver que tu ne tenais pas beaucoup à moi.

Cain leva les yeux au ciel.

— Pourquoi ? Parce que je t'ai arrêtée pour un crime que tu as bien commis ?

— Non, parce que tu as couché avec moi en sachant que tu m'arrêterais quelques jours plus tard, répondit-elle en frappant la table à son tour. Tu t'es servi des sentiments que j'avais pour toi pour me jeter en prison. J'en ai déduit que tu ne tenais pas beaucoup à moi.

Cette réponse eut raison de la colère de Cain. Était-ce vraiment ce qu'elle croyait ? Qu'il n'avait couché avec elle, quatre ans plus tôt, que pour la piéger ?

— Je reconnais que je suis venu te trouver parce qu'on avait découvert le piratage du programme d'examens, mais je n'avais pas l'intention de t'arrêter, lui assura-t-il.

Il était évident qu'elle ne le croyait pas.

— Quand je t'ai appelée, je ne te savais pas impliquée. J'admets que j'espérais obtenir des informations grâce à toi, mais je n'ai découvert que tu faisais partie des coupables que plus tard, alors qu'on avait déjà couché ensemble.

Ils n'avaient pas pu s'en empêcher — comme d'habitude. Ils s'attiraient comme des aimants depuis le lycée.

Il avait repris ses distances quand il avait compris que son équipe arrêterait Hayley, mais il ne pouvait ni défaire ce qu'il avait fait ni empêcher l'arrestation. La veille, il s'était soûlé parce qu'il ne pouvait pas aider Hayley sans violer la loi qu'il avait juré de servir.

Cela lui avait brisé le cœur.

— J'étais furieux quand j'ai découvert ce que tu avais fait, ajouta-t-il en soutenant son regard. Je n'arrivais pas à croire que tu aies pu être aussi stupide. Mais je te jure que je n'avais pas l'intention de t'arrêter le jour où je t'ai appelée.

S'il avait su plus tôt dans quel pétrin elle s'était fourrée, il aurait au contraire tout fait pour l'en tirer.

Elle secoua la tête.

— Ce n'est pas l'impression que j'ai eue quand on m'a passé les menottes.

Il savait. Cain savait enfin.

Sa colère, son chagrin et sa frustration se lisaient sur son visage — et Hayley était sûre qu'elle aurait lu la même chose sur le sien si elle s'était vue dans un miroir.

Mais elle ressentait aussi du soulagement. Il *savait*.

— J'étais furieuse, murmura-t-elle. Et terrifiée. Je ne savais pas quoi faire. Je ne savais pas ce qui allait nous arriver, au bébé et à moi. Je croyais que tu t'étais servi de notre relation pour faire progresser ta carrière.

— Tu as pensé que je refuserais de reconnaître l'enfant.

Elle baissa les yeux. Il était trop douloureux de soutenir son regard.

— Je pensais que je n'étais qu'une ancienne conquête qui avait fait quelque chose d'illégal. Et j'ai eu peur de m'attirer encore plus d'ennuis si je disais que l'un des policiers qui m'avaient arrêtée m'avait mise enceinte.

Elle avait bien vu la manière dont il la regardait, au tribunal. Ce n'était pas de la colère qu'elle avait lue dans ses yeux. Il avait l'air *déçu* — presque autant qu'elle l'était elle-même. C'était sans doute par faiblesse, mais elle ne voulait pas non plus *lui* attirer des ennuis.

Cain jura.

— Merde, Hayley ! Pourquoi ?

Quelle autre raison pouvait-elle lui donner ?

— Je...

— Je ne parle pas du bébé — même si je veux tout savoir sur lui, la coupa-t-il. Pourquoi t'es-tu retrouvée sur mon chemin ? Pourquoi as-tu fait quelque chose d'illégal ?

Sa voix était si triste qu'Hayley sentit sa colère l'abandonner.

— Mon père est tombé malade, répondit-elle. Un cancer. J'étais à un an de mon diplôme quand il a fallu que je rentre à la maison pour m'occuper de lui. Tu sais comment c'est : il n'y a jamais assez d'argent. Son assurance maladie était minable.

Mon Dieu ! Cela devait ressembler à une excuse pathétique aux yeux de Cain, qui avait toujours vécu dans un monde en noir et blanc où le bien et le mal étaient nettement séparés. Entrer dans la police était son rêve d'enfant.

— Je travaillais au Bluewater, mais ça ne suffisait pas,

poursuivit-elle. Un jour, un vieil ami est venu me demander si je voulais faire quelques travaux en free-lance.

— Kenneth Vargas.

Elle acquiesça.

— Cela semblait être une réponse à mes prières. C'était un travail que je pouvais faire de chez moi en m'occupant de mon père. Pendant six mois, il m'a bien payée pour faire des travaux qui n'avaient rien d'illégal. En fait, ce n'était qu'une sorte d'audition. Quand il a compris ce dont j'étais capable et à quel point j'étais désespérée, il m'a parlé d'autres options qui résoudraient mes problèmes financiers. Kenneth était un bon vendeur. Il a dit que je ne ferais de mal à personne, qu'il ne s'agissait que de vendre des résultats d'examens à des enfants gâtés.

Il n'était pas possible de pirater les examens eux-mêmes, mais les résultats et les rapports étaient vulnérables. Pour éviter toute détection, il fallait les modifier manuellement à chaque commande.

Elle avait fini par découvrir que Vargas employait une dizaine de personnes dans tout le pays. Son avidité avait causé leur perte.

— Pour être honnête, je me suis vite laissé convaincre, reconnut-elle. J'aimais le défi que ça représentait et ça m'a fourni l'argent dont j'avais besoin.

Elle releva un peu la tête, mais elle ne trouva pas la force de soutenir le regard de Cain.

— Je ne sais pas si tu me croiras, ni si ça change quelque chose pour toi, mais j'acceptais de moins en moins de commandes quand on s'est fait prendre. Je voulais arrêter.

Du coin de l'œil, elle vit Cain se passer la main sur le visage.

— C'est sans doute pour ça que tu n'étais pas sur ma liste de suspects, dit-il. Je savais que tu connaissais Vargas, mais je ne savais pas que tu faisais partie du groupe que je recherchais.

Qu'il n'ait pas couché avec elle avec l'intention de l'arrêter changeait beaucoup de choses. Au moins, elle n'avait plus l'impression que leur relation n'avait aucune valeur à ses yeux.

Elle haussa les épaules.

— J'étais coupable. Même si je m'apprêtais à arrêter, j'avais violé la loi.

Son père était mort et ses problèmes financiers s'étaient tassés.

Quand elle avait cessé d'être aveuglée par la panique, elle avait pris conscience de ce qu'elle avait fait et elle en avait eu honte.

Si elle avait arrêté un mois plus tôt, sa vie aurait été entièrement différente. Elle aurait sans doute échappé à l'attention de Cain et à la prison.

Surtout, elle ne serait pas tombée sur l'information qui allait peut-être finir par lui coûter la vie.

Quelqu'un se servait de ce programme d'examens pour vendre des secrets d'État par l'intermédiaire d'écoles américaines à l'étranger. Elle avait trouvé « quand », « où » et « comment ». Elle était sur le point de découvrir « qui » quand on l'avait arrêtée.

Cain s'accouda sur la table.

— Je ne me doutais pas que le juge serait aussi sévère, dit-il. Je pensais qu'il prendrait en considération le fait que ton casier était vierge. Je n'aurais jamais imaginé qu'il te condamnerait à quatre ans ferme.

Elle haussa les épaules une nouvelle fois.

— L'affaire a attiré l'attention des médias. Et cela aurait-il changé quoi que ce soit, si tu l'avais su ? J'étais du mauvais côté de la loi.

Elle eut le courage de soutenir son regard.

— Peut-être, répondit-il après une longue hésitation. Peut-être.

— Je suis désolée de ne pas t'avoir parlé de Mason. J'étais furieuse, terrifiée et je pensais sincèrement que tu en avais fini avec moi. J'étais une criminelle. Comment aurais-tu pu vouloir de moi ou de mon enfant ?

Ils se fixèrent un long moment. Il y avait un secret de moins entre eux. Elle aurait aimé lui dire le reste, mais elle ne pouvait pas le faire sans preuve.

Finalement, Cain se pencha vers elle et murmura :

— Il y a une chose que tu devrais te mettre dans le crâne : je n'ai jamais cessé de vouloir vivre avec toi.

10

Le lendemain matin, Cain était de nouveau assis sur le canapé sur lequel il s'était réveillé la veille, mais Hayley n'était pas dans ses bras. Ils s'étaient remis au travail après leur discussion, qui leur avait permis de conclure une sorte de trêve émotionnelle. Ils s'étaient arrêtés deux heures plus tard parce que Hayley avait annoncé qu'elle avait besoin d'accéder au réseau du Secteur Omega sur place pour être sûre de ce qu'elle avait découvert. Cela leur avait permis de dormir quelques heures.

Il s'était calmé. Il ne pouvait pas rester furieux s'il se forçait à envisager la situation du point de vue d'Hayley.

Ils avaient eu tort l'un et l'autre. Ils avaient tous les deux fait de mauvais choix. Ils ne pouvaient pas changer le passé, mais leur avenir restait à écrire.

Il avait un fils.

Il avait envie d'entrer dans la vie de Mason et d'apprendre à le connaître, mais il se rendait compte qu'Hayley elle-même le connaissait à peine. Elle avait perdu autant de temps que lui.

Il avait bien vu qu'Hayley adorait Mason quand il l'avait observée chez le glacier. Elle voulait son bonheur. Lui aussi.

Il pouvait attendre. Il valait sans doute mieux qu'il entre progressivement dans la vie de son fils — mais il y entrerait, que cela plaise ou non à Hayley.

Il tourna la tête vers elle. Elle dormait à l'autre bout du canapé. Il voulait aussi retrouver une place dans sa vie. Elle avait toujours été importante à ses yeux, même pendant les années où ses études, puis sa carrière, les avaient séparés.

C'est pour cela qu'il avait perçu son crime comme une trahison. Comment avait-elle pu violer la loi alors qu'il avait toujours rêvé de la faire respecter ? Avoir entendu ses explications l'apaisait un peu, comme le fait de savoir qu'elle assumait ses responsabilités.

Mais cette discussion n'avait pas tout résolu. Il continuait à avoir l'impression qu'Hayley lui cachait quelque chose. Ce qu'il savait ne suffisait pas à expliquer l'inquiétude qu'il lisait dans ses yeux.

Des coups frappés à la porte réveillèrent Hayley et le firent sursauter. Il se leva et ramassa son arme dans la cuisine par réflexe avant d'ouvrir.

Il entrebâilla la porte. Merde. Deux policiers qu'il n'attendait pas se tenaient sur le perron. Et il n'avait pas particulièrement envie de leur parler avec une arme cachée dans le dos.

Il les salua d'un signe de tête.

— Messieurs.

L'un des deux lui tendit un document.

— Nous avons l'ordre d'arrêter Hayley Green pour violation des conditions de sa remise en liberté, déclara-t-il. D'après nos renseignements, elle se trouve dans cette maison.

Quoi ?

— Il doit s'agir d'une erreur, répondit Cain. Je suis un agent fédéral et j'ai une ordonnance du tribunal qui autorise Mlle Green à se servir d'un ordinateur dans certaines conditions.

— Est-elle dans la maison, monsieur ? demanda l'autre policier.

— Laissez-moi juste le temps d'aller chercher mon insigne et l'ordonnance…

Flic n° 1 glissa son pied dans l'embrasure de la porte pour empêcher Cain de la fermer.

— Mlle Green est-elle ici ?

Merde. La situation risquait de lui échapper.

— Oui, répondit Cain en regardant les deux policiers tour à tour. Et je dois vous informer que je tiens une arme à feu.

La tension s'accrut brutalement quand Cain écarta son bras — le plus doucement possible pour leur montrer qu'il n'était pas hostile.

Comme il le craignait, cela ne rassura pas les policiers, qui dégainèrent d'un même mouvement.

Flic n° 1 recula d'un pas.

— Les mains en l'air ! cria-t-il.

Cain leva les mains en tenant son arme par le canon. Ils devaient bien voir qu'il ne pouvait pas leur tirer dessus... Mais les policiers étaient à cran dans tout le pays. Ceux-là ne courraient aucun risque face à un inconnu armé.

— Je vais vous donner mon arme, d'accord ?

Ils étaient jeunes tous les deux. Il ne voulait leur fournir aucun prétexte pour faire usage de la force.

— Ensuite, j'irai chercher mon insigne et nous tirerons tout ça au clair.

— Que se passe-t-il, Cain ?

Flic n° 1 ouvrit la porte en grand d'un coup de pied quand il entendit la voix d'Hayley, puis pointa son arme sur elle. Sa nervosité était inquiétante.

— Les mains en l'air ! ordonna-t-il. Êtes-vous armée ?

Comme les deux mains d'Hayley étaient visibles, la question semblait superflue.

Hayley blêmit.

— Non, répondit-elle. Que se passe-t-il ?

Flic n° 2, qui était un peu plus calme que son collègue, se tourna vers elle.

— Êtes-vous Hayley Green ?

Hayley acquiesça.

— Nous avons l'ordre de vous arrêter pour violation des conditions de votre remise en liberté, expliqua-t-il.

Hayley écarquilla les yeux.

— Cain ? demanda-t-elle d'une voix terrifiée.

Il lui offrit le sourire le plus rassurant qu'il put produire.

— On va tirer ça au clair, lui promit-il.

Il se tourna vers le plus calme des deux policiers.

— Comment vous appelez-vous ? lui demanda-t-il.

— Perowne.

— Je m'appelle Cain Bennett et je travaille pour le Secteur Omega. Hayley Green m'assiste dans une enquête. Comme je vous l'ai dit, j'ai une ordonnance du tribunal qui m'autorise à lui retirer son bracelet électronique.

— Je comprends, monsieur, mais vous devrez expliquer ça au tribunal. Nous avons l'ordre de l'arrêter.

Flic n° 1 entra dans la maison et força Hayley à se tourner face au mur.

— Posez vos mains sur le mur et écartez les jambes, ordonna-t-il. Il n'était pas violent, mais il n'était pas tendre non plus. Il pressa sa main entre les omoplates d'Hayley pour la plaquer contre le mur le temps de rengainer.

La frustration de Cain s'accrut quand il vit une larme rouler sur la joue d'Hayley. Flic n° 1 tira l'un de ses bras dans son dos, puis l'autre, pour la menotter.

— Ce n'est pas la peine de faire du zèle, Brickman, grommela Perowne.

— Contente-toi de surveiller l'agent secret, répondit Brickman.

Après avoir lu ses droits à Hayley, il tâta ses jambes, puis son torse, pour s'assurer qu'elle ne portait pas d'arme.

Une nouvelle larme roula. Hayley était si pâle que Cain commençait à craindre qu'elle ne s'évanouisse.

— Ça va aller, lui dit-il. Je vais tout arranger, tu m'entends ?

Elle hocha timidement la tête.

À part désarmer les deux policiers — ce qui l'aurait tenté si Hayley n'avait couru aucun risque —, il ne pouvait rien faire. Même si cela allait à l'encontre de son instinct protecteur, il devait les laisser l'arrêter.

Brickman plaqua une nouvelle fois Hayley contre le mur tout en fixant Cain. C'était de la provocation. Il voulait lui montrer que c'était lui qui commandait.

Cain dut mobiliser toute sa volonté pour ne pas lui montrer à quel point sa position de force était fragile quand il entendit Hayley gémir.

— Ça suffit, Paul ! intervint Perowne. Emmène-la dans la voiture.

Cain effleura le bras d'Hayley quand elle passa devant lui.

— Je serai juste derrière toi, murmura-t-il.

— Je vous rendrai votre arme si vous me montrez votre insigne, lui dit Perowne.

Cain alla chercher son insigne et l'ordonnance du tribunal.

— Je suis désolé pour ce malentendu, agent Bennett, dit

Perowne en lui rendant son revolver. Et cette ordonnance m'a l'air officielle… Je ne comprends pas quel est le problème. Je suis sûr que tout rentrera dans l'ordre si vous la présentez au tribunal.

Cain lui tendit le bracelet électronique d'Hayley.

— Vous aurez besoin de ça.

Perowne le remercia d'un signe de tête. Ils sortirent ensemble de la maison. Hayley, assise à l'arrière de la voiture de patrouille, luttait visiblement contre les larmes. Elle était dans une position bizarre à cause des menottes.

Il ne la laisserait pas retourner en prison. Cela lui avait brisé le cœur la première fois alors qu'elle était coupable. Il ne pouvait pas revivre cela.

La terreur coupait le souffle d'Hayley comme si quelqu'un l'étranglait. Elle devait retrouver son calme. La panique l'empêchait de réfléchir. Ce n'était qu'un malentendu, une erreur administrative. Cain arrangerait tout.

Cain, l'homme qui venait de découvrir qu'elle avait eu un enfant de lui et le lui avait caché. L'homme qui n'avait toujours pas confiance en elle.

La panique regagna du terrain.

— Certaines personnes n'arrivent jamais à se réadapter à la liberté, dit le policier qui l'avait menottée avec un plaisir évident. Elles feraient n'importe quoi pour retourner à l'ombre. On dirait que tu en fais partie.

La part raisonnable de son cerveau lui conseilla de l'ignorer, mais sa terreur fut la plus forte.

— Relâchez-moi, s'il vous plaît ! le supplia-t-elle. C'est un malentendu. J'ai le droit de retirer mon bracelet.

— Ah oui ? C'est fou ce que les gens sont « autorisés » à faire jusqu'à ce qu'on les arrête.

Les menottes la forçaient à rester dans une position inconfortable et lui rappelaient qu'elle s'était juré de ne plus jamais se retrouver dans cette position. Combien de temps la garderaient-ils ? Elle devait appeler Ariel pour la prévenir. Avait-elle besoin d'un avocat ? Et où était l'autre policier ? Pourquoi était-ce si long ?

L'autre policier réapparut enfin avec Cain. Hayley scruta le visage de Cain en espérant y découvrir l'indice d'une bonne nouvelle. Avait-il prouvé au policier qu'elle travaillait officiellement pour lui ?

— Il semblerait que M. Bennett soit bien un agent fédéral, dit le gentil policier — dont elle avait oublié le nom. Il semblerait aussi qu'il ait l'autorisation de retirer le bracelet électronique de Mlle Green.

Le méchant policier ricana.

— Ce n'est pas mon problème, répondit-il. Ils devront se débrouiller avec le tribunal.

— C'est ce que je lui ai dit.

Cain s'approcha de la voiture.

— Eh ! Recule ! lui lança le méchant policier. Tu es peut-être un agent fédéral, mais c'est *ma* prisonnière.

— Du calme, Brickman ! grommela le gentil policier.

Cain les ignora l'un et l'autre.

— Six heures, d'accord ? lui dit-il. Je te promets d'avoir tout arrangé dans six heures. Tout ce que je te demande, c'est de tenir jusque-là.

Elle acquiesça. Le regard déterminé de Cain lui disait qu'elle pouvait se fier à lui. Il trouverait une solution.

— D'accord, murmura-t-elle.

Son sort était entre les mains de Cain, à présent. Il ne lui restait plus qu'à espérer qu'elle ne venait pas de commettre la plus grosse erreur de sa vie.

11

Cain appela Ren en chemin.

— Tu sais qu'on ne sort pas ensemble, n'est-ce pas ? lui demanda son ami. Je te parle plus souvent qu'à certaines de mes maîtresses.

En d'autres circonstances, Cain l'aurait taquiné sur sa vie sentimentale, mais le regard d'Hayley dans la voiture de patrouille lui avait fait perdre tout sens de l'humour.

— Deux policiers ont arrêté Hayley il y a quelques minutes parce que je lui avais retiré son bracelet électronique, expliqua-t-il sans préambule.

Ren jura.

— Tu es passé par le circuit officiel, répondit-il. Quel est le problème ?

— C'est ce que j'essaie de découvrir. Je sens que quelque chose cloche.

— C'est certain. Tu lui retires son bracelet depuis quoi ? Trente-six heures ? C'est rapide pour tomber sur quelqu'un qui n'a pas commis de crime violent... Laisse-moi deux minutes.

Cain entendit cliqueter un clavier. Après quelques minutes, Ren poussa un juron plus vulgaire que le précédent.

— Quoi ? s'inquiéta Cain.

— Tu as toujours ta copie de l'ordonnance du tribunal, j'espère ?

— Oui, pourquoi ?

— Parce que sa version informatique et notre demande ont disparu du système, répondit Ren.

— Quoi ? Comment est-ce possible ?

— Ça ne peut pas être une erreur. Quelqu'un s'est introduit dans le système pour les effacer.

Cain jura à son tour.

— Est-ce notre taupe ? Sait-elle que nous sommes sur ses traces ? Ou Damien Freihof ? Il a une longueur d'avance sur nous depuis le début.

— Il me faudra un moment pour identifier le responsable, répondit Ren. Ironiquement, c'est ta copine Hayley qui l'aurait fait le plus vite.

— Ça m'étonnerait beaucoup qu'ils me laissent entrer dans sa cellule avec mon ordinateur.

Les mâchoires crispées, Cain se gara sur le parking du tribunal.

— Et je ne peux demander l'aide de personne du Secteur Omega sans risquer d'alerter la taupe, grommela-t-il.

— Laisse-moi voir ce que je peux faire d'ici, répondit Ren.

Ren McClement travaillait à Washington, pas dans les bureaux du Secteur Omega à Colorado Springs. Avec un peu de chance, la taupe ne le surveillait pas.

— Très bien. En attendant, je vais voir si ma copie de l'ordonnance me mène quelque part.

Il avait promis à Hayley de la tirer de là en moins de six heures et il avait l'intention de tenir cette promesse.

— Tu as raison : quelque chose cloche, ajouta Ren. D'abord l'incendie, et maintenant ça ? C'est peut-être Freihof ou son informateur, mais nous avons été prudents. Ils ne devraient pas être au courant de vos activités.

Cain coupa le moteur.

— Donc soit la taupe a le bras plus long que nous ne le pensions...

— ... Soit il s'agit de quelqu'un d'autre, acheva Ren.

— Quelqu'un qui serait impliqué dans une autre enquête et qui s'en prendrait à Hayley ?

Cela n'avait pas beaucoup de sens.

— Je te rappelle dès que je trouve quelque chose, conclut Ren.

— Je lui ai promis de la tirer de là. Elle a plus que purgé sa peine pour le crime qu'elle a commis il y a quatre ans.

La pâleur et le regard terrifié d'Hayley le hantaient.

— Je fais le plus vite possible, lui assura Ren.

Dans le tribunal, les choses ne firent qu'empirer.

Le juge qui avait signé l'ordonnance était parti en vacances sur un coup de tête. Il était allé pêcher dans une région où l'on ne pouvait pas le joindre. Cain faillit grogner de frustration quand on l'informa qu'il ne pourrait pas être reçu par un autre juge avant la fin de la journée.

Il décida de se servir de son statut d'agent fédéral pour rendre visite à Hayley. Il pouvait au moins lui expliquer où il en était et lui promettre que tout s'arrangerait — en partie pour se rassurer lui-même.

Mais il découvrit qu'Hayley avait été transférée dans un autre secteur parce qu'on avait déjà organisé la lecture de son acte d'accusation.

Comment était-ce possible ? Il n'avait jamais vu cela. Normalement, les gens passaient une journée entière en cellule, parfois deux, avant qu'un juge ne trouve le temps d'établir l'acte d'accusation pour les inculper officiellement.

Ce n'était pas normal, mais ce n'était pas une catastrophe. Hayley devait avoir eu le droit d'appeler un avocat. Elle devait lui avoir dit qu'il s'agissait d'un malentendu et qu'ils disposaient du document qui le prouvait.

Avec un peu de chance, le juge conclurait à une erreur administrative et tout s'arrêterait là.

Il ne comprenait pas pourquoi personne ne l'avait appelé, mais il trouva vite la salle où se tenait la lecture de l'acte d'accusation d'Hayley.

Elle était assise à la place de l'accusé. Il y avait une avocate à côté d'elle. Bien. Elle avait peut-être trouvé une copie de l'ordonnance qui permettait à Hayley de se servir d'un ordinateur. Tout serait sans doute bientôt fini.

Ce n'était pas l'avis du juge, apparemment. Cain eut l'impression de revivre la condamnation d'Hayley, quatre ans plus tôt, dans le même état d'impuissance.

— On m'a informé que vous aviez violé les conditions de votre remise en liberté et que vous étiez en contact avec des criminels violents, ce que la cour ignorait jusqu'ici.

— Votre Honneur..., essaya d'intervenir l'avocate.

Le juge tendit le bras pour la faire taire.

— Comme je ne suis pas en possession de tous les éléments, je n'établirai aucun acte d'accusation aujourd'hui. Mais j'ordonne que Mlle Green soit remise en prison en attendant une nouvelle audition quand nous disposerons de tous les faits.

Quoi ?

Cain s'approcha du juge en sortant son insigne.

— Je suis l'agent Cain Bennett, Votre Honneur. C'est moi qui ai demandé l'allégement des conditions d'Hayley Green, qui m'assiste dans une enquête. J'ai ici l'ordonnance du tribunal qui m'autorise à lui retirer son bracelet électronique. Je peux vous assurer qu'elle n'a rien fait d'illégal.

Cain vit Hayley tourner la tête vers lui du coin de l'œil, mais il garda son attention fixée sur le juge.

— Quand bien même ce serait vrai, agent Bennett, je n'ai pas les éléments nécessaires pour prendre une décision immédiatement, répondit celui-ci. Mlle Green retourne en prison. Mais je suis sûr que votre parole et cette ordonnance lui permettront d'en ressortir d'ici une semaine ou deux.

— Votre Honneur...

Le juge abattit son marteau.

— C'est ma décision ! déclara-t-il. Qu'on prépare Mlle Green pour son transfert !

Désemparé, Cain se précipita vers Hayley.

— Je trouverai une solution, je te le promets ! lui dit-il.

— Je retourne en prison, balbutia-t-elle, livide.

Contrairement à la fois précédente, où elle avait accueilli stoïquement la décision du juge, ses yeux étaient emplis de terreur.

Cain ne put s'empêcher de lui effleurer la joue.

— Je suis désolé, chérie, lui dit-il. Mais je jure de tout faire pour te tirer de là. Ce n'est pas comme la dernière fois. Ça ne prendra que quelques jours. Je te promets que tu retrouveras Mason très vite.

Un policier s'approcha d'Hayley. Il lui demanda de se lever et de se retourner pour qu'il la menotte.

Elle jeta un coup d'œil à Cain par-dessus son épaule.

— Prends soin de Mason, dit-elle d'une voix étranglée.

— Ce ne sera pas nécessaire, lui assura-t-il. Tu seras de retour dans moins d'une semaine.

Elle ne répondit pas. Elle se laissa entraîner par le policier, la tête basse. Cain la suivit des yeux jusqu'à ce qu'elle ait quitté la salle.

Il avait envie de frapper quelque chose ou de renverser la table qu'il avait devant lui, mais il ne serait d'aucune utilité à Hayley s'il se faisait arrêter aussi. Il devait se concentrer sur le problème.

Cain passa l'après-midi à interroger des gens. Il appela Ren pour savoir s'il avait du nouveau, mais il tomba sur sa boîte vocale.

C'était un réflexe idiot, de toute manière. Il savait que Ren l'appellerait s'il découvrait quelque chose.

Il guetta l'avocate d'Hayley dans les couloirs et réussit à l'aborder alors qu'elle quittait le tribunal.

— J'aimerais vous parler d'Hayley Green, madame Rincon, dit-il en la suivant.

Elle lui jeta un regard hautain. À en juger par son tailleur hors de prix, ce n'était pas une avocate habituellement commise d'office. Une heure de son attention devait coûter des centaines de dollars. Hayley ne pouvait pas s'offrir ses services et elle n'avait sûrement pas une avocate de ce calibre dans son carnet d'adresses.

— J'apprécie que vous ayez pris la défense de ma cliente tout à l'heure, agent Bennett, mais je ne peux parler de son dossier avec personne sans son autorisation, dit-elle.

— J'essaie juste de comprendre ce qui se passe, se défendit Cain. Pourquoi l'a-t-on arrêtée alors qu'un juge lui avait permis de travailler avec moi ?

Rincon haussa les épaules.

— Je vais être honnête envers vous : je n'aurais pas dû m'occuper de son dossier, répondit-elle. J'ai remplacé un collègue. Cette audition a été organisée très vite et il avait besoin d'aide. Il m'a appelée à 10 heures, ce matin, pour me demander de le remplacer. Comme je lui devais un service, je l'ai fait.

À 10 heures ? C'était à peu près l'heure à laquelle les policiers étaient arrivés pour arrêter Hayley. Comment un avocat pouvait-il avoir été contacté avant même qu'Hayley soit incarcérée ?

— Tout ça n'est pas normal, madame Rincon.

L'avocate haussa encore les épaules.

— Je vous accorde que cette situation sort de l'ordinaire, mais ça ne veut pas dire qu'elle n'est pas normale. Quoi qu'il en soit, mon rôle s'arrête là. Quelqu'un d'autre représentera Mlle Green à sa prochaine audition. Elle peut engager qui elle veut. Si elle n'en a pas les moyens, un avocat sera commis d'office.

C'était une impasse.

— Merci de m'avoir accordé quelques minutes, conclut Cain.

Rincon le salua d'un signe de tête et s'éloigna.

Un avocat inconnu demandait à se charger du dossier d'Hayley avant qu'elle soit arrêtée ? Elle passait devant un juge en un temps record ? Une ordonnance du tribunal disparaissait et le juge qui l'avait signée partait brusquement en vacances ?

Oui, quelque chose clochait.

Cain rentra dans le bâtiment. Ce qu'il s'apprêtait à faire pouvait lui coûter sa carrière, mais il s'en moquait éperdument. Son instinct lui disait qu'Hayley était en danger et il comptait l'écouter.

Il dut attendre une heure pour que la situation qu'il espérait se présente. La secrétaire du juge Nicolaides — celui qui venait de renvoyer Hayley en prison — quitta enfin son poste.

Cain entra dans le bureau du juge sans permission. Il espérait que cela ne lui coûterait pas trop cher, mais il y était prêt.

Le juge leva les yeux de son journal et haussa un sourcil.

— Êtes-vous perdu, mon garçon ?

— Non, répondit Cain. Il faut que je vous parle, Votre Honneur.

— Vous avez bien conscience que vous n'êtes pas censé vous trouver ici, agent Bennett ?

Cain fut surpris que le juge se souvienne de son nom.

— Oui, Votre Honneur.

— Je vous accorde cinq minutes — et seulement parce que j'ai assisté au match qui a permis aux Spartans d'accéder au championnat national.

Quelle que soit la raison pour laquelle Nicolaides lui accordait ces cinq minutes, Cain comptait les mettre à profit.

— Je vous ai dit la vérité, tout à l'heure, commença-t-il. J'ai obtenu une ordonnance du tribunal pour qu'Hayley Green m'assiste dans une enquête.

— Alors n'oubliez pas d'en faire parvenir une copie au juge qui se chargera de sa prochaine audition.

Cain serra les dents. Il avait le pressentiment qu'Hayley ne survivrait pas jusqu'à sa prochaine audition.

— Cette situation n'est pas normale, dit-il.

Le juge s'enfonça dans son fauteuil.

— N'importe quel autre jour, je mettrais cette déclaration sur le compte du désespoir, répondit-il. Aujourd'hui, il se trouve que je suis d'accord avec vous.

— Pouvez-vous me dire pourquoi ?

— Toutes mes auditions de cet après-midi ont été annulées, répondit Nicolaides. À la place, on ne m'a chargé que de celle de Mlle Green. Je ne me plains pas d'avoir moins de travail que prévu, mais j'admets que j'ai trouvé ça bizarre.

— Hayley a été arrêtée ce matin, environ deux heures avant l'audition.

Le juge haussa les sourcils.

— Il ne s'est écoulé que deux heures entre son arrestation et l'audition ? Il faudrait que Mlle Green ait des amis haut placés pour paraître aussi vite devant un juge.

— Elle n'en a pas.

— Je trouve aussi bizarre qu'on m'ait averti que j'auditionnerais une criminelle avec... Laissez-moi retrouver la formule exacte.

Il fouilla dans ses papiers et en tira un document.

— Avec « un lourd penchant pour la violence et la destruction, qui doit être remise en prison jusqu'à ce que de nouveaux éléments soient ajoutés au dossier », lut-il.

Cain écarquilla les yeux.

— Quelqu'un a dit ça d'Hayley Green ? Elle a été arrêtée pour un piratage informatique. Elle n'a jamais été violente et elle a purgé sa peine dans une prison à sécurité minimale.

— Soit vous connaissez mal votre amie, mon garçon, soit quelqu'un de très haut placé est mal renseigné sur elle. Je suis désolé, je ne peux pas vous dire qui.

— Haut placé à quel point ?

— Très haut : Washington.

— Je n'y comprends rien.

— Moi non plus, avoua le juge. Tout ce que je peux vous dire, c'est que quelqu'un s'est donné beaucoup de mal pour s'assurer qu'Hayley Green retourne en prison aujourd'hui.

12

Cain ne pouvait pas rentrer chez lui en sachant qu'Hayley était dans une cellule. Il avait essayé de lui rendre visite, mais on lui avait répondu qu'elle était détenue ailleurs dans l'attente de son transfert. Personne ne pourrait la voir avant qu'elle soit retournée en prison.

Avait-elle peur ? Forcément. Ce devait être son pire cauchemar.

Ren ne l'avait pas rappelé, ce qui signifiait qu'il n'avait encore rien trouvé. Comme il n'avait plus aucune carte dans sa manche, il décida de faire ce qu'Hayley lui avait demandé : veiller sur Mason.

Il se gara devant l'appartement qu'Hayley et Ariel partageaient sans avoir l'intention d'y entrer — pas sans Hayley, pas avant qu'elle soit prête à lui présenter Mason. Il lui devait bien cela. Il pouvait surveiller l'appartement de l'extérieur. Comme il était sûr qu'il ne pourrait pas dormir, il ne voyait pas de meilleure manière d'employer son temps.

Demain, il trouverait le juge qui était en vacances, celui qui avait signé l'ordonnance qui autorisait Hayley à travailler pour le Secteur Omega. Cain n'avait pas l'intention d'attendre la deuxième audition d'Hayley pour fournir la preuve de son innocence.

Elle devait être transférée à la prison pour femmes de Géorgie le lendemain dans l'après-midi. Au moins, il lui serait possible de la voir quand elle serait là-bas.

Alors que le soleil s'approchait de l'horizon, Ariel et Mason sortirent de l'immeuble. Ils marchèrent en se tenant par la main jusqu'à un petit parc qui se trouvait à quelques centaines de mètres. Cain sortit de sa voiture et les suivit de loin.

Ariel s'assit sur un banc et Mason se mit à jouer avec d'autres enfants. Il courut sur un pont, s'agrippa à des barres et grimpa sur un toboggan avant de glisser sur la pente et de recommencer, encore et encore. Il semblait inépuisable.

— Tu vas rendre les autres parents nerveux si tu restes planté là comme un pervers, lui lança Ariel.

Il s'approcha mais il ne s'assit pas sur son banc.

— Comment savais-tu que j'étais là ? lui demanda-t-il.

— J'ai repéré ta voiture avant de quitter l'appartement. Et Hayley m'a prévenue que tu risquais d'être dans le coin.

— T'a-t-elle expliqué la situation ?

— Dans les grandes lignes, au cours d'un coup de fil très bref. J'ai résisté à la tentation de lui rappeler que tu n'étais jamais loin quand elle avait des problèmes. Elle a assez de raisons de s'inquiéter comme ça.

— Je la tirerai de là.

— Je compte sur toi, répondit Ariel, qui ne semblait pas vouloir lui dire grand-chose de plus.

— Elle m'a parlé de Mason, ajouta-t-il. Je sais que je suis son père.

— Être un donneur de sperme ne fait pas de toi son père, répliqua sèchement Ariel.

— J'ai l'intention de le devenir dans la mesure où Hayley me le permettra.

Ariel tourna la tête pour le fusiller du regard.

— Tu as de la chance qu'elle pardonne plus facilement que moi. Je t'aurais envoyé au diable.

— J'ai compris : tu m'en veux parce que je l'ai arrêtée, répondit-il en hochant la tête. Mais Hayley était coupable. Tu le sais, n'est-ce pas ?

— Oui, je le sais. Mais je sais aussi que sa peine était particulièrement lourde. Elle a plus que payé sa dette envers la société.

Cain soupira.

— Je ne me doutais pas qu'elle écoperait de quatre ans de prison.

— Tu aurais dû veiller sur elle, Cain. Ce qu'il lui est arrivé dans cette prison… Personne ne devrait vivre ça. Surtout pas une personne douce et gentille comme Hayley.

Cain ne comprit pas de quoi elle parlait. Il avait pris des nouvelles d'Hayley. À sa connaissance, il ne lui était rien arrivé de grave... Mais les paroles d'Ariel suggéraient que quelque chose lui avait échappé.

— Que s'est-il passé ? demanda-t-il. Lui a-t-on fait du mal ?

— Si on lui a fait du mal ? s'écria Ariel. Elle a accouché *menottée* à un lit d'hôpital. Ils ne l'ont même pas laissée tenir Mason, le savais-tu ? Pas une seule fois !

— Mon Dieu, murmura-t-il en s'asseyant.

Non, il ne le savait pas. Il n'avait pas interrogé Hayley sur les circonstances de l'accouchement. Elle ne lui aurait sûrement rien dit, de toute manière.

Ariel secoua lentement la tête.

— Ça a brisé quelque chose en elle, ajouta-t-elle. Ça et tout le temps qu'elle n'a pas pu consacrer à Mason.

— Ça ne se passerait pas comme ça si je pouvais revenir en arrière, crois-moi, répondit-il.

Il ne savait pas très bien ce qu'il aurait fait différemment, mais il aurait trouvé un moyen d'épargner ces souffrances à Hayley.

— Mais je peux juste essayer d'arranger les choses à partir de maintenant, soupira-t-il.

— Et tu fais du bon boulot, champion, puisque Hayley est de nouveau en prison, ironisa Ariel.

— Je la ferai relâcher. Je la protégerai.

— La protéger ? De quoi parles-tu ? Il se passe autre chose, n'est-ce pas ?

— Qu'est-ce qui te fait dire ça ? répliqua-t-il.

Ariel haussa les épaules.

— Une conversation que j'ai eue avec Hayley sur les raisons pour lesquelles elle s'épuise au travail — sur les raisons pour lesquelles elle a accepté de t'aider, *toi*.

— Ça m'inquiète depuis le début. Elle ne devrait pas avoir besoin d'autant d'argent.

— Pour commencer, il lui faut de l'argent pour qu'elle n'ait pas besoin de travailler autant quand je serai à Oxford, répondit Ariel en regardant courir Mason.

C'était une raison valable.

— Mais tu penses que ce n'est pas tout, l'encouragea-t-il.

— Je *sais* que ce n'est pas tout. Et crois-le ou non, je lui ai conseillé de t'en parler. Elle ne l'a pas fait, je suppose. Elle économise de l'argent au cas où elle aurait besoin de disparaître avec Mason.

— A-t-elle dit pourquoi ?

Ariel secoua la tête.

— Non. Elle a prétendu qu'il valait mieux que j'en sache le moins possible. Mais je suis sûre que ça a un rapport avec le piratage du programme d'examens.

Cela ne fournissait rien de concret à Cain. Si Hayley voulait fuir des problèmes, il pouvait l'aider. Mais elle pouvait aussi vouloir préparer une porte de sortie au cas où elle aurait besoin d'échapper à la police.

Il vit que Mason commençait à se fatiguer et se leva.

— Tu ne veux pas rencontrer Mason ? s'étonna Ariel.

Il en mourait d'envie. Il voulait serrer le garçon dans ses bras, ou lui ébouriffer les cheveux, ou lui serrer la main — ce qui conviendrait le mieux au petit garçon. Il voulait lui montrer qu'il avait une tache de naissance semblable à la sienne.

— Pas sans Hayley, répondit-il.

Pour la première fois depuis son retour, Ariel lui jeta un regard qui ne contenait pas que de la colère et de la rancune.

— Alors, va la chercher, Bennett ! Elle a passé assez de temps comme ça loin de Mason.

— Je la ramènerai, c'est juré.

Il vit l'enfant s'approcher du banc et fila.

Le lendemain matin, Cain était convaincu qu'Ariel avait raison. Depuis sa voiture, devant l'immeuble d'Hayley, il avait passé la nuit à faire des recherches sur le scandale du piratage du programme d'examens. Celui-ci cachait quelque chose de plus grave.

Onze personnes avaient été arrêtées en même temps qu'Hayley, quatre ans et demi plus tôt. C'était en grande partie parce que le sénateur Nelligar s'en était mêlé que le juge avait été particulièrement sévère. Ils avaient tous été condamnés à de la prison ferme, même si la plupart d'entre eux avaient un casier vierge.

Ils étaient tous sortis dans les mois précédents.

Tous sauf les deux qui étaient morts en prison. L'un d'eux avait été tué au cours d'une bagarre, l'autre — qui avait toujours été mentalement instable —, s'était suicidé.

Cela pouvait se produire, même dans une prison à sécurité minimale.

Sauf que trois des autres étaient morts depuis leur remise en liberté : crise cardiaque pour l'un, accident de voiture pour le second et overdose pour le dernier.

Cinq des douze personnes impliquées dans le scandale étaient donc mortes. Ce ne pouvait pas être une coïncidence.

Cette hécatombe, l'incendie, l'arrestation de la veille... Cain était maintenant certain qu'Hayley était en danger — *en danger de mort.*

Il en eut la confirmation quand Ren le rappela quelques heures plus tard.

— Je suis en route pour te rejoindre, annonça-t-il en guise de salutations.

C'était une mauvaise nouvelle. La situation était encore plus grave si Ren voulait être sur place.

— Alors tu sais qu'on a des problèmes ? demanda Cain.

— C'est amusant : j'allais te poser la même question, répondit Ren.

Cain lui parla des cinq complices d'Hayley qui étaient morts.

— Tu peux ajouter une autre crise cardiaque à ta liste, dit Ren.

— Un autre membre de la bande dont la mort m'aurait échappé ?

— Le juge qui a signé l'ordonnance autorisant Hayley à travailler pour nous, répondit Ren.

— Celui qui était parti pêcher ?

— Oui. Crise cardiaque.

Merde.

— Alors la seule personne qui aurait pu confirmer nos dires vient de mourir...

— Il y a pire, Cain.

— Pire que six morts suspectes ?

— Comme je ne trouvais rien par les voies officielles, j'ai emprunté des voies détournées, dit Ren.

Personne, dans le Secteur Omega, ne savait précisément en quoi consistait le travail de Ren. On prononçait toujours son nom avec respect. D'après la rumeur, il supervisait les missions d'infiltration — celles que ne pouvaient accomplir que les gens sans attache, parce que les groupes qu'ils infiltraient n'auraient pas hésité à tuer l'un de leurs proches.

McClement ne rendait de comptes qu'à très peu de gens et il parvenait toujours à ses fins, quels que soient les moyens.

Si les ennuis d'Hayley étaient encore plus gros qu'il ne le devinait, Cain se réjouissait d'avoir quelqu'un comme Ren à ses côtés.

— Et qu'as-tu découvert ?

Ren soupira.

— Que la tête d'Hayley a été mise à prix.

Cain lança une bordée de jurons.

— Par qui ? Pourquoi ?

— Je ne le sais pas encore, mais c'est quelqu'un de très haut placé.

Cain songea au juge Nicolaides, qui s'était servi des mêmes mots.

— Quand ? Comment ? demanda-t-il.

Voilà les questions qu'il aurait dû poser d'abord. « Qui » et « pourquoi » pouvaient attendre.

— Quelqu'un a payé très cher pour qu'Hayley meure dans une fausse tentative d'évasion pendant son transfert, cet après-midi.

Cain abattit son poing sur le comptoir de sa cuisine.

— Très bien, dit-il. Je les appelle tout de suite et je fais annuler le transfert. S'il n'y a pas de transfert collectif aujourd'hui, ce qui est le plus probable, ils ont sans doute prévu de l'emmener en voiture de patrouille.

— C'est le cas. Ma source m'a aussi prévenu qu'il y avait des policiers corrompus dans le coup. Je ne sais pas à qui nous pouvons nous fier.

— Alors je vais la tirer de là immédiatement, avant le transfert !

Cette fois, il s'acharnerait jusqu'à ce qu'on la lui livre.

— Tu n'y arriveras pas, répondit Ren. Quelqu'un est en train de modifier tous les fichiers qui la concernent. Elle est considérée maintenant comme une criminelle violente qui était en fuite quand on l'a arrêtée.

Cain s'empressa d'ouvrir son ordinateur pour vérifier. Ren disait vrai. Hayley n'était plus dans la catégorie des cybercriminels. Son dossier prétendait qu'elle avait été condamnée pour coups et blessures et tentative d'homicide, qu'elle s'était évadée et qu'elle avait été arrêtée alors qu'elle s'apprêtait à quitter le pays.

On ne lui confierait jamais la garde d'une prisonnière avec un tel profil.

— Ce n'est pas tout, ajouta Ren. C'est dans une prison à sécurité maximale qu'ils l'emmènent. Si, par miracle, elle survit au trajet, elle deviendra du gibier à la seconde où elle franchira la porte.

13

C'était du manque d'intimité qu'Hayley avait le plus souffert en prison — mais cela s'était joué à peu avec l'ennui.

Comme elle n'avait pas le droit de s'approcher d'un ordinateur, les livres l'avaient aidée à lutter contre l'ennui. Elle avait dévoré tous ceux que contenait la bibliothèque de la prison. Elle avait lu des livres théoriques sur des sujets qui la concernaient : l'éducation des enfants, la psychologie, la cuisine et la nutrition. Elle en avait lu d'autres sur des sujets qui la concernaient moins : l'ascension de l'Everest, la cuisine thaïlandaise ou la semaine de trente-cinq heures. Elle avait aussi lu des romans d'aventure, d'horreur et de science-fiction. Les seuls qui lui étaient tombés des mains étaient les romans d'amour. Les fins heureuses ne lui parlaient pas.

Voilà qu'elle n'avait plus d'intimité et même pas de livre. La cellule dans laquelle on l'avait enfermée était aussi fréquentée qu'un fast-food ouvert vingt-quatre heures sur vingt-quatre. Des femmes y entraient ou en sortaient à tout bout de champ. Comme elle ne pouvait pas dormir, Hayley avait passé la nuit à les observer.

En prison, la plupart des gens l'avaient ignorée. Il ne s'était rien passé de traumatisant pendant ses quatre années d'incarcération. Personne ne l'avait frappée ni n'avait essayé de lui soutirer quoi que ce soit comme cela se passait fréquemment dans les prisons à sécurité maximale, où se trouvaient les détenus les plus violents.

Les établissements à sécurité minimale n'avaient même pas de clôtures barbelées. C'était un peu comme un camp de vacances, à ceci près qu'on ne pouvait pas en partir et que les moniteurs étaient armés. Et les moniteurs n'accordaient leur attention qu'à ceux qui posaient des problèmes.

Cette fois, les gardes ne l'ignoraient pas. Tous ceux qui passaient devant la cellule la fusillaient du regard. Qu'avait-elle donc fait pour mériter autant d'hostilité ?

Elle continua à observer ce qui se passait autour d'elle et à essayer de se souvenir des titres de tous les livres qu'elle avait lus. Tout était bon pour éviter de songer qu'on la remettrait en prison quelques heures plus tard, pour longtemps peut-être.

L'hystérie la gagnait à chaque fois qu'elle y songeait et sa lucidité ne tenait plus qu'à un fil.

Elle voulait son fils. Elle voulait serrer Mason dans ses bras. Il commençait juste à s'habituer à sa présence et voilà qu'elle se trouvait de nouveau derrière des barreaux.

Et Cain... Tout dépendait de lui alors qu'il ne manquait pas de raisons de la haïr.

— Hayley Green ? appela un garde.

Elle s'approcha de la porte de la cellule.

— On vous transfère dans la prison pour femmes à sécurité maximale de Géorgie, annonça-t-il.

À sécurité maximale ?

— Il doit y avoir une erreur, répondit-elle. J'attends bien un transfert, mais dans une prison à sécurité minimale.

Elle entendit des détenues ricaner derrière elle.

Le garde la menotta et la fit sortir de la cellule.

— Je prépare juste les prisonniers pour leur transfert, dit-il. Ce n'est pas moi qui décide de leur destination.

Il la regarda de la tête aux pieds et parut en conclure qu'elle ne ressemblait pas à une criminelle dangereuse.

— Mais je vais vérifier, ajouta-t-il.

La panique la gagna. Une prison à sécurité maximale ? Tout ce qu'elle savait sur ces endroits provenait de récits de codétenues.

Cela suffisait pour qu'elle sache que les gens comme elle n'y survivaient pas longtemps.

Elle se força à respirer profondément pour maîtriser ses nerfs. Les menottes ne l'aidaient pas. C'était fou comme deux petits cercles de métal pouvaient rendre claustrophobe.

Ils s'arrêtèrent devant un bureau pour que le garde consulte son ordre de transfert.

— Désolé, petite, dit-il gentiment et il lui tendit le document.

De fait, il était écrit qu'elle devait être transférée dans une prison à sécurité maximale, à une centaine de kilomètres au sud de Gainesville. L'ordre avait été signé par un juge.

Inspire. Expire.

Elle se concentra sur cette activité tandis que le garde l'entraînait hors du bâtiment. Cette fois, ce n'était pas en bus, mais dans une voiture de patrouille qu'on la transférait.

— Quand vous y serez, faites-vous discrète, lui conseilla le garde après l'avoir installée à l'arrière de la voiture. Ne demandez rien devant d'autres prisonnières et exigez de voir votre avocat dès que vous le pourrez. Il peut vous sortir de là.

Hayley était si terrorisée qu'elle comprenait à peine ce qu'il disait, mais elle hocha la tête.

Inspire. Expire.

— Tiens, tiens ! Comme on se retrouve ! ricana quelqu'un quand le garde s'éloigna.

C'était Brickman, le policier qui l'avait arrêtée la veille.

— On dirait que j'ai l'honneur de te servir de chauffeur, ajouta-t-il.

Elle ne répondit pas. Un autre policier — très jeune celui-là — s'approcha de la voiture.

— Je m'appelle Jarod Abrams, dit-il à Brickman. Je suis ton coéquipier pour ce transfert.

Cela ne parut pas ravir Brickman.

— Je leur avais pourtant dit que je pouvais me débrouiller tout seul quand mon coéquipier habituel a été assigné ailleurs, grommela-t-il. Elle ne s'échappera pas.

Abrams haussa les épaules.

— J'obéis aux ordres, c'est tout, répondit-il. Et je crois que le règlement exige qu'il y ait au moins deux policiers lors d'un transfert de prisonnier.

Les mâchoires de Brickman se crispèrent, mais il n'insista pas.

— Allons-y ! lança-t-il.

Il laissa le volant à Abrams.

Hayley se recroquevilla sur elle-même quand la voiture démarra.

Quelle que soit la position dans laquelle elle se mettait, les menottes lui faisaient mal aux poignets. Brickman et Jarod Abrams se mirent à bavarder, mais elle n'écouta pas ce qu'ils disaient. À un moment, ils se disputèrent parce que Brickman voulait prendre un raccourci qui coupait à travers la campagne. Abrams n'aimait pas cette idée, mais il quitta quand même l'autoroute.

Hayley regardait dans le vide en se demandant si elle allait perdre la raison quand elle se rendit compte que Brickman lui parlait.

— C'est vrai, Green ?

Elle cligna des yeux et tourna la tête vers lui.

— Quoi ?

— Que tu es douée pour te débarrasser d'une paire de menottes ? C'est ce que j'ai entendu dire.

Hayley ne savait pas de quoi il parlait. Elle n'était pas plus capable de se débarrasser d'une paire de menottes que de faire un saut périlleux arrière.

Elle se tourna un peu pour lui montrer qu'elle était bien menottée.

— C'est une fausse rumeur, on dirait, répondit-elle.

Brickman pouffa.

— Ce n'est pas grave. C'est quand même ce que je dirai.

— Ce que tu diras quand ? demanda Abrams en lui jetant un regard surpris.

— Quand on me demandera comment Green s'y est prise pour essayer de s'échapper.

Avant qu'Hayley comprenne ce qui se passait, Brickman attrapa le volant et fit perdre le contrôle de la voiture à Abrams. Celle-ci fit un tête-à-queue et finit sa course dans le fossé qui bordait la route.

Hayley, que les menottes empêchaient de se cramponner, fut violemment projetée contre la portière.

— Que fais-tu, Brickman ? cria Abrams.

Brickman dégaina et pointa son arme sur Abrams.

— Sors de la voiture ! ordonna-t-il.

— Que se passe-t-il ? demanda encore Abrams.

Brickman secoua la tête.

— Je ne voulais pas faire d'autre victime, dit-il. Je me suis donné beaucoup de mal pour me débarrasser de mon coéquipier habituel parce que je savais qu'il ne marcherait pas dans la combine.

— Quelle combine ? demanda Abrams.

— Sors ! grogna Brickman.

Hayley se recroquevilla sur elle-même. Elle ne savait pas ce qui se passait, mais elle ne voulait pas y participer.

Dès qu'Abrams sortit de la voiture, Brickman lui tira deux balles dans le torse.

Hayley sursauta et regarda le jeune policier s'effondrer.

— Il aurait dû porter son gilet pare-balles, ricana Brickman. Ça lui servira de leçon.

Il se tourna vers la voiture et ouvrit la portière d'Hayley. Au lieu de l'exécuter sur-le-champ, comme elle s'y attendait, il la tira dehors en la tenant par les cheveux. Elle poussa un cri de douleur.

— Allez viens ! Nous avons une grande évasion à mettre en scène, dit-il. Ça me coûtera mon boulot, tu sais... Mais le demi-million que ta mort me rapportera compensera largement. Je dirai que j'ai demandé à Abrams de s'arrêter parce que j'avais besoin de pisser — et c'est à cause de ça qu'on me renverra. Ensuite, comme le garçon était un tendre et qu'il ne savait pas à quel point tu étais dangereuse, il t'a laissée sortir de la voiture.

Hayley ne comprenait rien.

— Vous vous êtes battus, poursuivit Brickman en la traînant hors du fossé. Quand je suis arrivé pour l'aider, tu m'as volé mon arme et tu l'as descendu.

Hayley, qui cherchait désespérément le sens de ce qu'il lui arrivait, ne s'attendait pas au coup de poing qu'elle reçut dans la mâchoire. Elle s'effondra.

— J'adorerais m'amuser avec toi, mais on est un peu trop exposés, ricana Brickman. Malheureusement, il vaut mieux que je passe tout de suite à l'exécution.

Hayley roula sur le dos. Le revolver de Brickman était pointé sur elle. Elle ne comprenait décidément rien à ce qu'il venait de dire, mais elle savait qu'elle ne resterait pas bêtement là à attendre qu'il tire.

Parce qu'elle avait aussi lu un livre sur l'autodéfense, quand elle était en prison.

Elle balança ses jambes sur le côté pour prendre de l'élan et le frappa aux genoux. Il bascula en jurant.

Elle essaya d'en profiter pour fuir, mais il attrapa une de ses jambes et la tira vers lui. Le coup de poing qu'elle reçut dans l'estomac lui coupa le souffle.

— Tu rends mon histoire plus crédible en te défendant, tu sais, ricana-t-il.

Hayley lui donna un coup de coude au visage et eut la satisfaction de voir du sang gicler de son nez.

— Merde ! rugit Brickman.

Quand il pointa son arme sur elle, elle comprit qu'elle n'en réchapperait pas.

Du moins, elle le pensa pendant deux secondes avant qu'un véhicule percute la voiture de patrouille accidentée.

Elle ne savait pas ce qui s'était passé, mais elle comprit que c'était sa dernière chance de s'enfuir. Elle entendit Brickman jurer derrière elle et elle s'échappa en priant pour qu'il soit trop occupé pour se soucier d'elle.

Malheureusement, il la plaqua au sol quelques instants plus tard. Il roula sur le dos en la tenant contre lui, puis il se releva. Le bras qu'il avait replié autour de sa gorge la força à en faire autant.

— Jette ton arme sinon je la tue, rugit-il.

Hayley sentit le canon de son revolver se poser sur sa tête.

— C'est fini, Brickman. Tu ne verras pas la couleur de cet argent, alors tu ferais mieux de la lâcher, dit quelqu'un à côté d'eux.

Hayley faillit sangloter de soulagement quand elle reconnut la voix de Cain. Elle ne savait pas comment il avait su qu'elle était en danger ni comment il les avait trouvés, mais elle s'en moquait éperdument.

— Nous savons que sa tête est mise à prix, mais personne ne touchera ce pactole, poursuivit Cain.

— Je n'aurai peut-être pas l'argent, mais je peux encore la tuer, répondit Brickman en appuyant plus fort sur la gorge d'Hayley.

Elle essaya de se débattre, mais les menottes ne lui laissaient presque aucune marge de manœuvre.

Brickman éclata de rire.

— Tu sais quoi, Bennett ? Je me demande combien de fois je peux la faire tomber dans les pommes par manque d'oxygène pendant qu'on discute. C'est un jeu amusant, non ?

La vue d'Hayley se brouilla et la voix de Brickman lui parut venir de très loin. Alors que ses jambes se dérobaient, la pression du bras de Brickman sur sa gorge s'allégea. Elle aspira une grande goulée d'oxygène.

Brickman recommença à serrer avant qu'elle n'ait repris son souffle. Elle gémit et se débattit vainement.

— C'est à toi de décider quand j'arrête, dit calmement Brickman.

— D'accord ! répondit Cain d'une voix tendue à l'extrême. Laisse-la respirer. Je pose mon arme.

Brickman desserra son étreinte quelques instants plus tard. Hayley inspira avec soulagement. Pourtant elle voulait crier à Cain de garder son arme car Brickman les tuerait tous les deux s'il le pouvait...

— Tu vois ? ricana Brickman. C'est le problème avec vous, les agents fédéraux. Vous croyez que tout le monde respecte vos règles.

Brickman pointa son arme sur Cain. Alors qu'Hayley se demandait comment réagir, quelqu'un poussa brutalement Brickman sur le côté, puis l'assomma d'un seul coup de poing.

L'homme s'était approché par-derrière, si discrètement qu'Hayley ne s'était rendu compte de rien. D'un petit coup de pied, il éloigna l'arme de Brickman de sa main inerte.

— Tu as pris ton temps ! lui lança Cain en se précipitant vers Hayley.

— Je ne voulais pas courir le risque qu'il fasse sauter la cervelle de cette jolie dame, répondit l'autre homme en se tournant vers elle. Ren McClement, à votre service.

Hayley eut à peine le temps de le saluer d'un signe de tête avant de se retrouver dans les bras de Cain.

— Ça va ? lui demanda-t-il en prenant son visage entre ses mains.

— Il allait me tuer, répondit-elle d'une voix rauque.

— Bébé flic est encore en vie, annonça Ren. Nous devons appeler une ambulance.

— Mais Hayley ne peut pas se trouver là quand la police arrivera, répondit Cain qui s'était mis à la tâter pour s'assurer qu'elle n'était pas blessée. Ils la remettraient dans une cellule et on retournerait à la case départ.

— Je reste avec eux, proposa Ren. Je leur ferai le coup du Texan qui est tombé sur une scène d'action. Je dirai qu'il n'y avait qu'eux quand je suis arrivé.

Cain hocha la tête.

— Nous devons partir à pied, alors retiens-les le plus longtemps possible.

Ren esquissa un sourire espiègle.

— Tu n'imagines pas le temps qu'il faut à un Texan pour raconter une histoire, parfois.

— Heureusement que je sais que tu n'es pas texan, répliqua Cain.

Il fouilla les poches de Brickman. Quand il eut trouvé la clé des menottes, il libéra Hayley et lui massa doucement les poignets avant de menotter Brickman.

— On doit courir, dit-il. Tu t'en sens capable ? Tu es sur le point de devenir une fugitive, mais c'est moins dangereux que d'être détenue par la police tant que nous ne savons pas à qui nous avons affaire.

— Nous devons rejoindre Mason et Ariel, répondit-elle. Je pense qu'ils sont en danger, eux aussi.

Cain acquiesça.

— J'ai déjà envoyé quelqu'un les chercher.

— Qui ? Un policier ? Peut-on lui faire confiance ?

Elle doutait de tout et de tout le monde, à présent.

— Perowne, le coéquipier de Brickman, répondit Cain. Nous savions que quelqu'un essaierait de te tuer pendant le transfert, mais nous n'aurions pas eu l'idée de te chercher sur cette route s'il ne nous avait pas dit que Brickman avait l'habitude de prendre ce raccourci. Sans lui, nous n'aurions pas pu te sauver.

Elle hocha la tête. Elle ne comprenait toujours pas grand-chose et elle ne songeait plus qu'à retrouver son fils.

— Vous feriez bien de filer ! leur lança Ren, qui faisait pression sur les blessures d'Abrams. Je viens d'appeler police secours. L'ambulance est en route et les flics ne seront pas loin derrière.

Ils traversèrent un champ à grands pas pour s'éloigner de la route.

— La ville la plus proche est à six kilomètres, annonça Cain. Je nous y trouverai une voiture.

— D'accord, répondit-elle, le souffle court.

Elle avait encore mal à la gorge.

— Alors tu me raconteras tout, Hayley, ajouta-t-il. *Absolument* tout. Tu me diras ce que tu as fait, ou ce que tu sais, pour que quelqu'un ait autant envie de te tuer. Je ne veux plus qu'il y ait le moindre secret entre nous.

14

Leur fuite rendait toute discussion impossible. Il ne s'écoula que quelques minutes avant qu'ils entendent des sirènes approcher, ce qui les incita à accélérer.

— Ne t'en fais pas, dit Cain. Ren les retiendra.

Cela ne l'empêcha pas de l'encourager à presser le pas en posant sa main dans le bas du dos de Hayley.

— Alors il n'est pas texan ?

— Il est de Boston, je crois — mais on ne peut jamais être sûr de rien en ce qui le concerne.

— Il travaille pour le Secteur Omega ?

— Oui. C'est l'un de nos meilleurs agents.

Ils accélérèrent encore et marchèrent en silence pendant un long moment.

— Brickman devait toucher un demi-million de dollars pour me tuer, finit-elle par dire.

Cain lui jeta un coup d'œil.

— Et sais-tu qui allait le payer ?

Elle savait qu'elle devait tout lui dire. Elle regrettait juste de ne pas pouvoir prouver ce qu'elle avancerait.

— Je ne sais pas qui c'est, mais je pense avoir un moyen de le découvrir, répondit-elle.

Cain acquiesça.

— Tu m'en diras plus quand nous serons moins exposés.

Elle fut soulagée qu'il soit disposé à l'écouter au lieu de la considérer d'emblée comme une criminelle. Vu tout ce qu'elle lui avait caché, elle ne pouvait guère espérer mieux.

Il ne fallut pas longtemps pour que leur marche forcée devienne trop dure pour elle. Le manque de sommeil, l'hypoglycémie et le fait d'avoir failli se faire tuer avaient entamé ses forces. Elle trébucha.

Cain lui prit le bras et l'aida à se relever.

— Ralentissons un peu, suggéra-t-il.

Elle secoua la tête.

— Non, ça va. Je sais qu'on ne doit pas traîner.

Mais elle sentit qu'elle commençait à trembler. Sa gorge lui faisait mal à chaque fois qu'elle avalait et ses poignets étaient douloureux.

Cain posa les mains sur ses épaules et l'observa, l'air inquiet.

— Hayley...

Elle ne pouvait pas craquer maintenant. L'enjeu était trop important et ils avaient encore beaucoup de chemin à faire... Mais elle ne put empêcher ses larmes de couler.

— Je suis désolée. C'est idiot...

Cain la fit taire d'un geste et l'attira contre son torse avant de passer les bras autour d'elle. Elle eut l'impression de se retrouver dans un cocon.

— Ce n'est pas grave, murmura-t-il. Il est normal de pleurer après ce que tu as traversé.

Tandis qu'elle sanglotait, il lui répéta qu'elle était courageuse et qu'elle n'était plus seule.

Elle crut presque sentir la force de Cain s'insinuer en elle. Il pouvait tout gérer. Avec lui à ses côtés, tous ses problèmes lui semblaient soudain moins graves.

— Ça va mieux ? finit-il par demander.

Elle soupira.

— À part que je me sens bête.

Il secoua la tête.

— Tu as tort. J'ai vu des agents bien entraînés craquer pour bien moins que ça. Et pleurer deux minutes et demie ne compte pas pour un craquage.

Il la serra un peu plus fort.

Elle inspira son parfum unique en songeant qu'elle n'aurait jamais imaginé revivre cela.

— Es-tu prête à repartir ? demanda-t-il.

Elle acquiesça.

— Allons chercher notre fils !

Ils atteignirent enfin la ville après une heure et demie d'efforts.

— Qu'est-ce qu'on fait ? demanda-t-elle. On appelle un taxi ?

Cain secoua la tête.

— Non. On est trop loin de Gainesville et c'est la première chose que la police vérifiera.

— Veux-tu que j'appelle Ariel pour qu'elle vienne nous chercher ?

Elle n'aimait pas l'idée de faire courir des risques à Ariel et à Mason, mais elle savait que Cain et elle devaient vite partir de là.

— Non, on va voler une voiture. On est des fugitifs, après tout, répondit Cain en haussant les épaules.

Comme cela ne semblait pas beaucoup l'inquiéter, elle ne lui posa aucune question. Ils trouvèrent une vieille camionnette garée derrière la quincaillerie locale. Le temps que Cain arrache un panneau et croise deux fils, ils étaient en route.

— Je sais que c'est moi l'ex-détenue, mais tu as plus de talent que moi pour certaines activités illégales, commenta-t-elle.

Cain lui décocha ce sourire qu'elle n'avait pas vu depuis le lycée — celui qui la faisait fondre à coup sûr. Elle se retint de justesse de tendre la main pour écarter la boucle qui lui était tombée sur le front.

— Parfois, il faut savoir violer la loi pour préserver la paix, répondit-il.

Elle fut surprise d'entendre cette réplique dans sa bouche.

Un coup de fil de Perowne les fit changer de destination. Cain mit son téléphone sur haut-parleur.

— J'étais avec eux, comme tu me l'as demandé, quand j'ai entendu un appel à la radio pour intervenir dans une dispute domestique avec un enfant en danger, expliqua Perowne.

— Laisse-moi deviner : c'était à l'adresse d'Ariel et d'Hayley, répondit Cain.

— Oui. Je les ai fait sortir tout de suite, mais j'ai failli ne pas être assez rapide. Une voiture de patrouille est arrivée à peu près vingt secondes après.

— As-tu vu qui c'était ? demanda Cain. Ces policiers faisaient sans doute partie du complot.

— Non. Je ne pensais qu'à emmener Ariel et Mason en lieu sûr.

Hayley serra les poings. Savoir Mason en danger réveillait sa panique. Cain échangea encore quelques mots avec Perowne, lui demanda son adresse et raccrocha.

— Tu crois qu'ils allaient les tuer ? murmura-t-elle. Qu'ils étaient là pour ça ?

— J'en doute, répondit Cain. Tuer Mason et Ariel tout de suite n'apporterait rien à personne. Je pense plutôt qu'ils voulaient placer Mason dans un foyer.

— Pour que je sois à leur merci...

Cain acquiesça.

— Je suppose. Quelqu'un veut t'éliminer parce que tu sais ou parce que tu as la capacité de faire quelque chose.

Elle hocha la tête à son tour.

— C'est lié au piratage du programme d'examens.

— Je l'avais deviné.

— Comment ?

— Parce que cinq de tes anciens complices sont morts. Ces décès n'ont rien de suspect individuellement, mais si on les rapproche...

Hayley eut l'impression qu'il n'y avait plus d'oxygène dans la voiture.

— Quelqu'un nous traque, murmura-t-elle.

Cain lui jeta un bref coup d'œil.

— Oui. À mon avis, c'est parce qu'ils ne savent pas lequel d'entre vous détient l'information qui les préoccupe. Je présume que c'est toi.

Elle n'était pas sûre que Cain la croie. Par moments, elle-même avait du mal à croire ce qu'elle avait découvert.

— Je t'ai déjà dit que j'avais l'intention d'arrêter avant de me faire prendre, commença-t-elle.

Cain hocha la tête. Elle fut soulagée de ne pas voir ses mâchoires se crisper comme à chaque fois qu'ils avaient parlé de son arrestation.

— Je n'étais pas stupide, poursuivit-elle. Comme je ne voulais pas aller en prison, je suis retournée dans le programme pour effacer mes traces.

Elle laissa son regard se perdre au loin.

— Vargas était notre seul lien, expliqua-t-elle. Je ne connaissais pas les autres et ils ne me connaissaient pas. C'est également Vargas qui était en contact avec les clients. Chacun d'entre nous aurait pu pirater le serveur, mais nous n'aurions pas su comment en tirer de l'argent.

— Vargas était donc le cerveau de l'opération et son commercial, résuma Cain.

— Oui. Ce programme était difficile à pirater, même pour nous. Il était impossible de toucher aux questionnaires eux-mêmes, qui sont générés aléatoirement et différents d'un centre d'examen à l'autre.

— C'est pour ça que les concepteurs de ce programme prétendaient qu'il était impossible à pirater.

Elle haussa les épaules.

— En tant qu'unité, il l'est, répondit-elle. Mais nous ne cherchions pas à altérer l'ensemble.

Ce programme avait beaucoup de succès parce qu'il permettait aux candidats d'avoir leur résultat immédiatement au lieu d'attendre des semaines. Mais il était impossible de fournir les résultats aussi vite sans tout automatiser.

Quiconque disait qu'un programme était impossible à pirater était un menteur. S'il fonctionnait en système ouvert, il était vulnérable.

— Tout ça a été expliqué pendant le procès et je ne vois pas ce qui sort de l'ordinaire, intervint Cain.

— À ce niveau, rien, répondit-elle. C'est quand j'ai creusé davantage pour couvrir mes traces que je suis tombée sur le vrai problème.

— Je t'écoute.

— Ce programme est employé par de nombreux lycées dans tout le pays, mais aussi par des lycées situés à l'étranger, sur des bases militaires, par exemple. J'ai découvert que quelqu'un s'en servait pour transmettre des informations qui n'avaient rien à voir avec les examens.

Cain lui jeta un nouveau coup d'œil.

— Quel genre d'informations ?

Elle déglutit. Soit il la croirait, soit il la traiterait de folle.

— Des secrets d'État, répondit-elle. J'avoue que je n'ai pas compris grand-chose à ce que j'ai vu, mais j'ai bien reconnu des plans d'armes sophistiquées dans l'une des transmissions.

Cain jura.

— Quelqu'un se sert de ce programme pour faire de l'espionnage, grommela-t-il.

Elle soupira, soulagée.

— Oui. Je n'ai aucune idée de l'ampleur du problème. Je commençais juste à creuser quand on m'a arrêtée.

— Alors celui qui vend ces secrets d'État sait que quelqu'un a découvert quelque chose, mais il ne sait pas qui. Et c'est sans doute lui qui a lancé la police à vos trousses.

C'était vraisemblable.

— Ça lui a permis de savoir qui on était. Quand on s'est retrouvés en prison...

— Il ne lui restait plus qu'à vous attaquer un par un jusqu'à ce qu'il trouve celui qu'il cherchait ou jusqu'à ce qu'il vous ait tous éliminés, acheva Cain à sa place.

Elle se détendit un peu. Il la croyait même si elle ne pouvait lui fournir aucune preuve.

— J'ai installé une trappe dans le programme avant mon arrestation, ajouta-t-elle. Quand je pourrai de nouveau me servir d'un ordinateur, elle me permettra de découvrir l'identité du coupable.

— Est-ce dangereux ? demanda Cain.

Elle hocha la tête.

— Il saura immédiatement que c'est moi qui l'ai démasqué.

— Alors il faut agir vite. Tu devras mettre cette information entre de bonnes mains avant qu'il ne te trouve, conclut Cain, les mains crispées sur le volant. C'est pour ça que tu économisais de l'argent, n'est-ce pas ? Pour disparaître en cas de besoin ?

Elle acquiesça, puis haussa les épaules.

— Je pensais que je ne pourrais pas m'approcher d'un ordinateur avant encore deux ans et que ça me protégeait.

— Mais tu as retrouvé ce droit plus vite que prévu parce que je t'ai embauchée... Et il est évident que celui qui est derrière tout ça a des amis dans la police.

Elle effleura sa mâchoire endolorie par le coup de poing de Brickman.

— Qui sont à mes trousses, compléta-t-elle. Alors, qu'est-ce qu'on fait ?

— Pour le moment, on fuit.

15

Les explications d'Hayley clarifiaient beaucoup de choses. Cain n'avait aucune raison de ne pas la croire, puisque le fait que sa tête soit mise à prix corroborait son histoire. Ren s'était occupé de Brickman. Il irait d'autant plus sûrement en prison que le policier sur lequel il avait tiré avait miraculeusement survécu et pourrait témoigner contre lui. Mais Hayley n'était pas en sécurité pour autant. D'autres essaieraient bientôt de l'éliminer.

Il était temps de faire d'une pierre deux coups.

Il avait décidé d'emmener Hayley là où il pouvait la protéger et où elle pourrait traquer la taupe : au quartier général du Secteur Omega à Colorado Springs.

Il avait déjà tout organisé avec Steve. Hayley travaillerait dans un recoin du bâtiment, loin des agents — c'est-à-dire loin du traître. Cela lui permettrait de faire avancer leurs recherches, à la fois sur l'informateur de Freihof et sur l'espion qui la traquait. Il ne restait plus à Cain qu'à l'emmener dans le Colorado. Puisqu'ils ne pouvaient pas prendre l'avion, ils devaient faire le trajet en voiture.

Ils n'étaient pas repassés par l'appartement d'Hayley après avoir récupéré Ariel et Mason. C'était trop risqué. Hayley était une fugitive aux yeux de la police et elle représentait un gros chèque pour les flics corrompus.

Ils avaient donc expliqué au petit Mason qu'ils partaient en voyage.

Cain avait rencontré son fils. Il avait encore du mal à y croire. À leur arrivée, Mason s'était précipité dans les bras de « maman Hayley », qui l'avait longuement serré contre son cœur avant d'embrasser sa cousine. Cain — qui voyait bien qu'Ariel le regardait toujours d'un sale œil — avait expliqué la situation à Perowne et l'avait remercié pour son aide.

Après cela, il s'était accroupi devant son fils, qui avait les mêmes yeux verts que lui.

— Mason, je te présente Cain, avait dit Hayley sans fournir de détails.

Mason était trop jeune pour comprendre les relations familiales, de toute manière.

Cain avait tendu la main sans trop savoir ce que Mason en ferait. La serrerait-il ?

Mason avait frappé dedans, lui avait décoché un sourire et s'était enfui en parlant de voyage.

Maintenant qu'ils étaient sur la route, Cain ne pouvait pas s'empêcher de regarder son fils dans le rétroviseur. Hayley, qui était à l'arrière avec lui, l'aidait à faire du coloriage. Avant cela, elle avait chanté avec lui et lui avait fait la lecture.

— Elle l'aime plus que tout, grommela Ariel, qui était assise à côté de Cain, quand Hayley et Mason se remirent à chanter. C'est une très bonne mère. Tu n'as pas intérêt à essayer de lui prendre Mason.

Cain lui jeta un coup d'œil surpris.

— Ça ne me viendrait même pas à l'idée ! se défendit-il. Je vois bien à quel point elle l'aime. Je veux les protéger tous les deux.

— Tant mieux, parce qu'Hayley mérite qu'on s'occupe d'elle. Elle mérite aussi de passer du temps avec son fils. Et elle mérite d'avoir quelqu'un dans sa vie qui ne lui rappelle pas qu'elle a commis une erreur à tout bout de champ…

— Ariel ! intervint Hayley. Ça suffit.

Elle avait arrêté de chanter et Mason s'était endormi.

— Pourquoi ? s'insurgea Ariel. Il faut bien que quelqu'un lui parle franchement.

Cette fois, ce fut Hayley que Cain vit quand il jeta un coup d'œil dans le rétroviseur. Elle fusillait la nuque d'Ariel du regard.

— Cain n'est pas le méchant de l'histoire, lui dit-elle.

— Je ne suis pas sûre qu'il soit le héros pour autant, répliqua Ariel.

— Nous avons fait des erreurs l'un et l'autre, intervint Cain. Des erreurs que nous regrettons.

Il rencontra le regard d'Hayley dans le rétroviseur et la vit hocher la tête.

— Mais seul l'avenir compte, pour le moment, ajouta-t-elle. Nous ne pouvons pas nous permettre de perdre notre temps à ressasser le passé.

Elle baissa les yeux vers Mason.

Cain savait qu'Ariel avait raison. S'il voulait avoir une place dans la vie d'Hayley, il devait enterrer le passé. Il devait accepter le fait qu'ils avaient fait des erreurs l'un et l'autre.

Mais Hayley avait encore plus raison. S'ils ne résolvaient pas les problèmes du présent, ceux du passé n'auraient plus aucune importance.

Ils roulèrent autant qu'ils purent pendant que Mason dormait. Ils savaient en effet qu'ils devraient s'arrêter pour le laisser se défouler quand il se réveillerait. Cain appela Ren, qui le rassura en lui disant que la police ne semblait pas savoir dans quelle direction ils étaient partis.

Plus tard, Cain eut l'occasion de faire la connaissance de son fils. Quand Hayley lui proposa de conduire pour qu'il puisse passer à l'arrière, il commença par refuser par crainte de faire peur à Mason ou de le mettre mal à l'aise. Après quelques encouragements — et quand on lui eut fourni une arme secrète : un petit camion de pompier que Mason adorait — il accepta. Il découvrit vite que son fils aimait les petites voitures, mais qu'il aimait encore plus les imaginer sur des montagnes russes.

Les deux cousines grognèrent quand Mason commença à faire un bruit bizarre en levant le camion aussi haut que son petit bras pouvait le faire, avant de le baisser d'un coup avec un cri aigu.

— Il adore ça, expliqua Ariel. Il n'est pas encore monté dans un manège, bien sûr, mais il en a vu à la télé. Il joue comme ça avec tous les véhicules qu'on lui met entre les mains.

Cain éclata de rire. Son frère et lui avaient passé leur enfance à harceler leurs parents pour qu'ils les emmènent dans des parcs d'attractions.

— Ça ne sort pas de nulle part, pouffa-t-il.

Cain joua avec Mason pendant des heures et lui promit de lui faire faire un tour de montagnes russes dès qu'il serait assez grand. Il était sûr que ses parents adoreraient se faire traîner une nouvelle fois dans un parc d'attractions pour le plaisir de leur petit-fils.

Il était impatient de leur présenter Mason. Il ne connaissait son fils que depuis vingt-quatre heures et il était déjà conquis.

Ils roulèrent toute la nuit en se relayant au volant. Le soir du deuxième jour, alors qu'ils n'étaient plus qu'à huit heures de route de Colorado Springs, ils décidèrent de s'arrêter. Tout le monde avait besoin de se dégourdir les jambes et de dormir dans un lit.

Comme les deux femmes s'étaient débarrassées de leur téléphone pour qu'on ne puisse pas les localiser, Cain prêta son téléphone jetable à Ariel pour qu'elle consulte son répondeur. Il l'avait d'abord proposé à Hayley, mais elle avait répondu que personne ne risquait de l'appeler.

Elle se trompait.

— Une certaine Mara m'a laissé un message pour toi, dit Ariel, les sourcils froncés. Elle dit qu'elle n'arrive pas à te joindre et qu'elle s'inquiète. Elle dit aussi qu'elle connaît un endroit où vous pourriez travailler toutes les deux et que tu dois la rappeler vite si ça t'intéresse.

Cain et Hayley regardèrent Ariel écouter ce qui semblait être d'autres messages de Mara, chacun plus long que le précédent.

— Je peux l'appeler ? finit par demander Hayley. Elle continuera à laisser des messages si je ne le fais pas. Elle était gentille avec moi, au Bluewater. Ça me désole qu'elle s'inquiète autant.

Cain acquiesça.

— Mais ne lui dis pas où nous sommes. Dis-lui juste que tu la rappelleras quand tu rentreras.

Il accepta pour qu'elle rassure son amie, tout en songeant qu'il ne la laisserait plus jamais laver des assiettes douze heures par jour. Il avait des contacts. Des gens qui offriraient des opportunités à Hayley parce qu'il se porterait garant pour elle. Malgré son passé.

Cette idée lui parut brusquement évidente. Bien sûr qu'il se porterait garant pour elle.

En l'entendant parler à Mara, il se souvint qu'il avait croisé la serveuse le soir de l'incendie.

— Je te rappellerai pour le poste, Mara, dit Hayley. J'ai deux ou trois choses à régler d'abord.

Hayley éclata de rire.

— Non, je ne me suis pas rendue aveugle à force de loucher sur mes pages de code, je te le jure, ajouta-t-elle. Merci d'avoir pris de mes nouvelles.

Cain entendit la voix de Mara à l'autre bout du fil, mais il ne comprit pas sa réponse.

— Merci, Mara, conclut Hayley. Je te rappelle bientôt. Au revoir.

Elle raccrocha et lui rendit son téléphone.

— On dirait que j'ai un emploi à la crêperie locale, si je le souhaite, résuma-t-elle.

Elle devrait d'abord lui passer sur le corps, songea Cain.

— Finissons ce qu'on a commencé avant de nous soucier de ton prochain emploi, si tu veux bien, répondit-il.

Hayley acquiesça. Cain loua deux chambres dans un hôtel. Ils durent porter Mason, qui dormait encore. Cain avait choisi une petite ville assez loin de l'autoroute. Juste une grande rue bordée de bâtiments de deux ou trois étages.

Dans une ville de cette taille, où le taux de criminalité était très bas, il n'était pas nécessaire de présenter une carte d'identité dans les hôtels. Cain paya par avance et en liquide pour une nuit dans deux chambres adjacentes. Il alla ensuite garer la voiture un peu plus loin, à un endroit facilement accessible. Il ne s'attendait pas vraiment au pire, mais il resterait aux aguets jusqu'à ce qu'ils aient atteint le quartier général du Secteur Omega.

Mason se réveilla dès qu'ils entrèrent dans la chambre. Le trajet avait complètement détraqué son horloge interne. Il était près de minuit, mais il se réveilla en pleine forme. Cain, Hayley et Ariel se relayèrent pour jouer avec lui tandis que les autres prenaient une douche.

— Ce n'est pas juste, dit Cain quand Mason se mit à brosser les longs cheveux blonds d'Hayley, qui était assise par terre.

Hayley éclata de rire.

— Tu changeras d'avis quand il retournera la brosse par accident et t'en donnera un coup sur le crâne.

Mason escalada le lit, sur lequel Cain était assis, et entreprit de lui brosser les cheveux.

Hayley avait raison : c'était loin d'être aussi agréable que cela en avait l'air.

Son expression la fit rire.

— Je te l'avais dit !

Cain s'en moquait. Il était prêt à subir bien des tortures pour entendre le rire d'Hayley. Celui-ci parut avoir le pouvoir de détendre aussi Mason. Il descendit du lit et se laissa distraire par un en-cas.

Cain les rejoignit par terre et joua aux montagnes russes avec les crackers.

Quand Mason fut rassasié, il se calma et bâilla. Hayley lui brossa les dents et le mit en pyjama.

— Je vais dormir à côté, dit Ariel, qui venait de se doucher. Vous n'avez qu'à rester dans cette chambre.

— Tu es sûre ? demanda Hayley, l'air inquiet.

Cain comprenait très bien que la situation était délicate. Ariel jouait le rôle de mère de substitution pour Mason depuis sa naissance. Hayley ne voulait pas faire de peine à sa cousine en lui donnant l'impression qu'elle l'écartait du tableau.

Ariel le comprenait aussi. Elle serra Hayley dans ses bras et embrassa Mason avant de quitter la pièce. Elle ne fusilla même pas Cain du regard, ce qu'il considéra comme une victoire.

Mason avait déjà du mal à garder les yeux ouverts.

— Mettons-le au lit avant qu'il s'endorme sur toi, suggéra Cain à Hayley.

Il tira les draps de l'un des lits pour qu'elle y couche Mason.

— Je vais en profiter pour dormir aussi, annonça-t-elle en s'allongeant à côté de lui.

Elle passa un bras protecteur autour de son précieux fils.

Cain alla éteindre. Il laissa de la lumière dans la salle de bains, la porte entrouverte et le ventilateur de la chambre en route, puis il retira ses chaussures et s'allongea sur l'autre lit.

— Je ne suis pas loin, dit-il.

Et il était exactement là où il avait envie d'être.

16

Cain ouvrit brusquement les yeux et retint son souffle. Quelque chose l'avait réveillé. Quoi ?

Il entendait les respirations d'Hayley et de Mason dans le lit voisin. Était-ce Mason qui l'avait réveillé en bougeant dans son sommeil ?

Son instinct sentait un danger. Après quelques secondes, il comprit que c'était le silence qui avait perturbé son subconscient. Le ventilateur ne tournait plus et il n'y avait plus de lumière dans la salle de bains. Il tourna la tête vers le réveil, qui n'affichait plus rien. Il y avait une coupure de courant.

Il se leva lentement et alla jeter un coup d'œil dans la chambre d'Ariel. Là non plus, il n'y avait pas de courant.

Cela arrivait. Les hôtels pouvaient avoir des problèmes électriques. Mais il n'allait pas commettre l'erreur de croire que cela leur tombait dessus par hasard — pas après les événements des deux derniers jours.

Il marcha à pas de loup jusqu'à une fenêtre, se colla contre le mur et regarda dehors en faisant bien attention à ne pas faire bouger le rideau.

La rue était déserte, comme on pouvait s'y attendre au beau milieu de la nuit. Il scruta les ténèbres et finit par voir ce qu'il redoutait.

Quelqu'un observait le bâtiment avec des jumelles depuis une camionnette blanche garée un peu plus bas.

Il recula sans faire de mouvements brusques.

Ils devaient filer, et vite.

Il s'approcha d'Hayley et colla presque ses lèvres à son oreille pour ne pas réveiller Mason.

— Réveille-toi, Hays ! chuchota-t-il.

Elle ouvrit les yeux.

— Cain ?

— On a des ennuis, dit-il. Quelqu'un a coupé le courant et le bâtiment est surveillé.

Il ne savait pas à combien d'ennemis ils avaient affaire et il ne pouvait pas prévoir la rapidité ni la violence de leur approche.

Hayley s'écarta doucement de Mason et se redressa.

— Que faisons-nous ? demanda-t-elle.

— Mets tes chaussures et va réveiller Ariel. Nous devons sortir d'ici.

Hayley acquiesça et quitta la pièce sur la pointe des pieds.

L'arme au poing, Cain ouvrit la porte de la chambre et jeta un coup d'œil dans le couloir. Personne — ce qui était bon signe. Si ceux qui les traquaient avaient eu l'intention de leur tomber dessus en tirant sur tout ce qui bouge, ils l'auraient déjà fait.

Il ferma la porte et se tourna vers Hayley et Ariel, qui semblaient aussi inquiètes l'une que l'autre.

— Y a-t-il quelqu'un dehors ? chuchota Ariel.

— Pas encore, répondit-il. Ils doivent surveiller les deux entrées du bâtiment. Je pense qu'ils ont l'intention de déclencher l'alarme à incendie et de nous capturer quand on sortira.

Hayley blêmit.

— Je ne peux pas les laisser prendre Mason, balbutia-t-elle. Je préfère me livrer.

— Nous n'aurons pas besoin d'en arriver là, lui promit-il en prenant son visage entre ses mains.

Hayley attrapa ses poignets.

— Jure-moi d'emmener Ariel et Mason en lieu sûr, quoi qu'il arrive.

Il hocha la tête. Il comprenait qu'elle fasse passer la sécurité de Mason avant la sienne, mais il n'était pas question qu'il la perde en route.

Il retourna jeter un coup d'œil par la fenêtre.

Il y avait plus d'activité dehors. Une voiture de police venait d'arriver. Il était impossible de savoir si c'était un agent en patrouille qui faisait simplement son travail ou un flic corrompu qui espérait gagner le demi-million que valait la tête d'Hayley.

Un policier en uniforme sortit de la voiture de patrouille et alla frapper à la portière de la camionnette blanche.

Son conducteur baissa la vitre, pointa un revolver muni d'un silencieux sur le policier et tira.

Cain grommela un juron. Voilà qui répondait à sa question.

— Nous devons partir *maintenant*, dit-il.

— Que s'est-il passé ? demanda Hayley.

Elle était en train de mettre ses chaussures à Mason, qui dormait toujours.

— Nous avons affaire à des types de la même trempe que Brickman, répondit-il. Ils tirent à vue.

Hayley prit Mason dans ses bras.

— Alors, allons-y ! lança-t-elle.

Cain jeta un nouveau coup d'œil dans le couloir avant d'ouvrir la porte en grand.

— Comment ferons-nous pour leur échapper s'ils surveillent les deux entrées ? demanda Ariel.

— Nous prendrons un autre chemin.

Il n'avait pas choisi cet hôtel seulement parce qu'il n'avait pas besoin de présenter une carte d'identité. C'était aussi celui qui avait le plus d'issues.

Il entraîna les deux femmes vers la cage d'escalier et commença à grimper les marches. Ariel et Hayley le suivaient le plus discrètement possible. Mason dormait toujours et Cain pria pour qu'il ne se réveille pas en chemin. Il entendait Hayley s'essouffler derrière lui, mais il ne pouvait pas lui proposer de porter leur fils. La manœuvre risquait de le réveiller et ils se feraient immédiatement repérer s'il se mettait à pleurer. Deux étages plus haut, ils tombèrent sur une petite échelle en métal.

— Ça va ? demanda-t-il à Hayley.

Elle hocha la tête.

Cain monta les cinq barreaux de l'échelle, qui permettait d'accéder à une trappe. Elle était vieille et si rouillée qu'il n'aurait aucun mal à forcer, mais il était impossible de le faire discrètement.

L'alarme à incendie se déclencha. Comme faire du bruit n'était plus un problème, il ne perdit pas un instant. Il ouvrit la trappe d'un grand coup d'épaule et ignora la douleur qui s'ensuivit.

Ariel laissa Hayley passer la première. Mason s'était mis à pleurer et elle s'arrêta au milieu de l'échelle parce qu'il s'agitait.

Craignant qu'il ne les fasse tomber tous les deux, Cain s'agenouilla, glissa ses mains sous les bras d'Hayley et la hissa sur le toit.

— Merci, souffla-t-elle.

Cain referma la trappe derrière Ariel.

— Et maintenant ? demanda Hayley.

Elle n'allait pas aimer son plan. Il ne l'aimait pas beaucoup lui-même.

Il les entraîna vers l'est de l'hôtel, du côté où il touchait le bâtiment voisin. De là, ils passèrent sur le toit d'un troisième immeuble. Cain songea avec reconnaissance aux architectes d'un temps lointain qui avaient collé les bâtiments les uns aux autres pour faire des économies.

L'immeuble suivant avait un escalier de secours extérieur qui leur permettrait de redescendre dans la rue. Malheureusement, il y avait un espace d'un mètre cinquante entre les deux bâtiments.

Hayley écarquilla les yeux quand elle le découvrit et secoua la tête.

— Nous devons nous dépêcher, lui dit-il. Il ne leur faudra pas longtemps pour constater que nous ne sommes plus dans nos chambres et pour comprendre par où nous sommes sortis.

— Je n'y arriverai pas en le portant, répondit Hayley, terrifiée.

— Moi si.

Elle hocha la tête.

— Veux-tu jouer à un jeu ? demanda Cain à Mason.

Le garçon prit un air sceptique, ce qui pouvait se comprendre.

— On va faire semblant d'être sur des montagnes russes, d'accord ?

Le visage de Mason s'illumina aussitôt. Il tendit les bras vers Cain, qui porta son fils pour la toute première fois.

Si seulement cela n'avait pas été parce que quelqu'un risquait de faire irruption sur le toit et de leur tirer dessus à tout instant...

— Je passe la première au cas où vous auriez besoin d'aide, annonça Ariel.

Elle prit de l'élan, franchit l'obstacle avec facilité et se tourna vers eux.

Cain sentit la main d'Hayley se poser sur son bras. Il se tourna vers elle et l'embrassa.

— Tout se passera bien, lui assura-t-il.

Mason pouffa.

— Tu as embrassé maman Hayley !

— Accroche-toi, lui chuchota Cain à l'oreille. Le manège va démarrer.

Cain prit plus d'élan que nécessaire, juste au cas où. Quelques instants plus tard, il était dans les airs. Mason éclata de rire.

Ils atterrirent sur le toit de l'immeuble voisin sans difficulté. Cain ébouriffa les cheveux de Mason et le tendit à Ariel.

— Fais le moins de bruit possible, chuchota-t-il.

Ariel hocha la tête et partit vers l'escalier de secours. Cain se tourna vers Hayley, qui prenait déjà son élan.

La trappe du toit de l'hôtel s'ouvrit derrière elle. Comme il était trop tard pour la prévenir, Cain se contenta de pointer son arme sur leur poursuivant, qui venait de dégainer. L'homme tira le premier, mais Cain qui avait plongé sur le côté fit feu deux fois après avoir roulé sur lui-même. Il atteignit l'homme en plein torse.

Malheureusement, l'homme avait eu le temps de tirer une deuxième fois — sur Hayley.

Cain l'entendit crier quand elle reçut la balle pendant son saut, ce qui la fit dévier de sa trajectoire.

Elle allait rater le toit.

Elle heurta le bord du toit avec le torse, les bras tendus pour essayer de s'accrocher à quelque chose. Du coin de l'œil, Cain vit Ariel mettre sa main sur les yeux de Mason.

Cain plongea une deuxième fois et attrapa les doigts d'Hayley juste avant qu'elle ne bascule dans le vide.

— Je te tiens ! cria-t-il.

Hayley attrapa son poignet de son autre main, ce qui parut la faire souffrir.

— C'est bon, dit-elle.

Cain la tira sur le toit et l'aida à s'asseoir.

— Où as-tu été touchée ? demanda-t-il.

— Au côté.

Il souleva son T-shirt et vit tout de suite la blessure. La balle avait traversé la partie charnue du bord de sa taille. La blessure saignait, mais assez peu. Aucun organe n'avait été touché.

— Je sais que ça doit faire mal, chérie, mais on ne peut pas traîner, lui dit-il. Ils sauront de quel côté nous sommes partis dès qu'ils trouveront leur complice.

Hayley hocha la tête.

— Ça ira.

Il l'aida à se relever et l'entraîna vers l'escalier de secours qu'Ariel avait commencé à descendre avec Mason.

— Veux-tu que je te porte ? proposa-t-il à Hayley.

Il devrait la porter sur l'épaule, ce qui la ferait sans doute souffrir, mais l'étroitesse de l'escalier ne permettait pas qu'il s'y prenne autrement.

— Non, je peux marcher, répondit-elle.

Il la soutint jusqu'au niveau de la rue, mais il n'eut pas besoin d'en faire plus.

Ils filèrent discrètement jusqu'à la voiture. Heureusement, le chaos qui régnait autour de l'hôtel mobilisait l'attention générale, ce qui facilita leur fuite.

— Monte à l'arrière avec Mason, dit Cain à Ariel.

Celle-ci hocha la tête et s'occupa de Mason tandis que Cain aidait Hayley à s'asseoir à l'avant.

— Nous devons t'emmener à l'hôpital, dit-il.

Hayley secoua vigoureusement la tête.

— Non. Ils surveilleront les hôpitaux s'ils comprennent que l'un d'entre nous a été blessé. Nous ne pouvons pas courir ce risque.

Sa blessure ne semblait pas grave, mais elle devait être très douloureuse. Hayley était blanche et en nage.

— Ça ira, Cain, lui assura-t-elle.

— Je l'espère bien, grommela-t-il.

Il réprima un juron. Ils devaient prendre la fuite avant qu'on les remarque. Ariel sortit un T-shirt propre de son sac et le tendit à Hayley.

— Fais bien pression sur ta blessure, dit Cain avant de faire le tour de la voiture pour se mettre au volant.

Il démarra et s'éloigna. Il n'alluma les phares que lorsqu'il fut à plus d'un kilomètre de la ville. Quelques minutes plus tard, ils étaient sur l'autoroute.

— Qu'allons-nous faire ? demanda Ariel en écartant une mèche trempée de sueur du front d'Hayley.

— Y a-t-il une infirmerie dans votre quartier général ? demanda Hayley.

Cain lui jeta un regard inquiet. La douleur la faisait grimacer, mais elle ne semblait pas sur le point de perdre connaissance.

— Oui, nous avons d'excellents médecins de terrain et tu y seras en sécurité, répondit-il. Mais Colorado Springs est encore à six heures de route — si je roule à tombeau ouvert.

— Alors roule à tombeau ouvert, conclut Hayley en le regardant droit dans les yeux.

17

Hayley avait mal partout. Ils roulaient depuis trois heures et elle tentait de se consoler en se répétant qu'ils avaient fait plus de la moitié du chemin.

Ils s'étaient arrêtés deux heures plus tôt pour que Cain achète du désinfectant et des bandages dans une pharmacie de garde.

Les premiers soins avaient fait mal.

Mais elle avait été soulagée que Cain ne décide pas de l'emmener dans un hôpital après avoir vu sa blessure de plus près. Il ne la croyait pas en danger de mort. Comme il avait reçu une formation basique en médecine, elle avait confiance en son jugement.

Elle changea de position et fit la grimace.

— Tu tiens le coup ? demanda Cain sans quitter la route des yeux — ce qu'il ne pouvait pas faire à cette vitesse.

— Comment font les gens dans les films pour courir un marathon avec le teint frais après s'être fait tirer dessus ? grommela-t-elle.

— Ils ont des doublures. Ils n'ont même pas besoin de jouer la scène où ils se font tirer dessus, répondit-il.

— Je veux une doublure pour ma prochaine aventure.

Elle changea encore de position, mais ses efforts étaient vains. Elle ne pouvait plus trouver aucun confort, ni physiquement ni mentalement.

Les gens qui la traquaient les avaient trouvés. Ils les avaient trouvés et ils leur avaient tiré dessus.

Que se serait-il passé si l'homme qui l'avait blessée était apparu quinze secondes plus tôt, alors que Cain sautait avec Mason ?

Elle n'aurait rien pu faire. Cain et Mason auraient fait une chute mortelle.

Cette idée lui glaça le sang.

Mais cet incident avait un bon côté : il lui avait ouvert les yeux.

— Je ne peux pas continuer à fuir, dit-elle à Cain. Je dois me battre.

Cain haussa les épaules.

— Il est difficile de se battre quand on ne sait pas qui est l'ennemi, répondit-il.

— Je voulais temporiser. Puisque je ne pouvais pas me servir d'un ordinateur, je voulais profiter de ce temps pour mettre assez d'argent de côté pour disparaître en cas de besoin. Mais ça ne marchera pas. As-tu vu à quelle vitesse ils nous ont retrouvés ?

— De toute manière, tu n'aurais jamais économisé assez d'argent pour échapper à quelqu'un d'aussi puissant. Celui qui nous traque a le bras très long.

Elle hocha la tête. Elle l'avait compris.

— J'étais sérieuse quand je t'ai demandé de veiller sur Mason avant qu'on s'enfuie, dit-elle après s'être assurée que Mason et Ariel dormaient. Rien n'est plus important que sa sécurité et celle d'Ariel. Ils sont innocents.

— Tu n'es pas non plus coupable de ces crimes, Hayley.

— Je sais, mais nous en sommes là à cause de mes erreurs. On doit commencer par mettre Ariel et Mason en lieu sûr le temps que je réfléchisse à la suite.

— Le temps qu'*on* réfléchisse à la suite, la corrigea-t-il. Tu n'es plus seule, Hayley.

Elle ne voulait pas que Cain risque sa vie à cause d'elle.

C'était son erreur et son combat, mais elle avait besoin de lui.

Et elle avait envie de s'appuyer sur lui. Quand elle aurait découvert qui la traquait, elle livrerait son identité à Cain et le laisserait faire son travail.

Mais elle ne le laisserait pas prendre une balle à sa place.

Elle avait l'impression d'avoir un poids écrasant sur les épaules. Elle regarda défiler le paysage en se demandant comment la bonne élève qu'elle avait été avait pu devenir une fugitive blessée par balle.

— M'as-tu entendu ? demanda Cain en posant la main sur son genou. Je suis sérieux : tu n'es plus seule.

Sa main quitta son genou pour effleurer son visage. Hayley ne put s'empêcher de presser sa joue contre ses doigts.

— D'accord, murmura-t-elle.

— Je connais un endroit où Mason et Ariel seront en sécurité. Chez un ami du Secteur Omega.

— Comment peux-tu être sûr que ce n'est pas votre taupe ?

Elle ne voulait pas insulter son ami, mais elle ne pouvait faire courir aucun risque à Mason.

— Parce que le traître et son complice, Damien Freihof, ont failli le tuer avec sa fiancée il y a quelques mois.

C'était un bon argument.

— Comme Ashton et Summer ont une fille de l'âge de Mason, ils auront des jouets et tout ce qu'il faut pour s'occuper de lui, ajouta Cain.

— Et ça ne les dérangera pas ?

— Je les crois prêts à tout — et surtout à quelque chose d'aussi facile que d'accueillir Ariel et Mason — pour nous aider à traîner ces criminels devant la justice.

Elle ne put s'empêcher de sourire.

— « Traîner ces criminels devant la justice », répéta-t-elle d'une voix grave pour le taquiner. Tu devrais porter une cape quand tu prononces cette phrase.

— J'en ai une, à la maison. Je te la montrerai si tu es sage.

Elle n'avait pas flirté depuis si longtemps qu'elle ne savait plus comment s'y prendre. Elle chercha une réplique spirituelle, mais elle finit par renoncer et se contenta de sourire.

Cain posa encore sa main sur son genou pendant quelques secondes. Elle crut sentir la chaleur de ses doigts traverser son jean.

— Repose-toi, dit-il d'une voix douce. Dans quelques heures, on sort les capes et on attrape des criminels.

Elle tourna la tête vers la vitre et mit un long moment à s'endormir.

— Elle est stupéfiante ! dit Steve Drackett à Cain trente-six heures plus tard. Et elle est capable de ça après avoir reçu une balle ? Je n'en reviens pas.

Ils se trouvaient dans une pièce à peine plus grande qu'un

placard dans un recoin du bâtiment. Les agents qui travaillaient dans les bureaux voisins étaient chargés de l'archivage numérique de divers documents. Aucun d'eux n'avait le niveau d'autorisation qui devait être celui de la taupe.

Steve leur avait fourni les ressources informatiques dont Hayley avait besoin pour mener à bien ses deux tâches. Elle travaillait sur deux ordinateurs reliés entre eux — avec deux claviers et deux écrans. Ses doigts frappaient les touches si rapidement que Cain se demandait s'il irait aussi vite en frappant une table avec ses doigts.

Elle était dans son élément.

— Oui, elle est impressionnante, répondit-il. Et elle est motivée.

Ils l'observaient à travers une vitre, ce qui leur permettait de la regarder travailler sans la déranger.

Il n'avait pas demandé à Steve d'installer Hayley dans une pièce équipée d'une glace sans tain, mais il devait admettre qu'il appréciait son initiative. Devait-il en déduire qu'il n'avait pas encore entièrement confiance en Hayley ?

— Même les animaux les plus inoffensifs se battent quand on attaque leurs petits, lui rappela Steve. Sa motivation est bien compréhensible. Mes félicitations, au fait ! J'ai entendu dire que tu étais papa.

Cain avait compris que la nouvelle ferait le tour du Secteur Omega dès qu'Ashton et Summer avaient posé les yeux sur Mason. Bien sûr, il s'était interdit de leur mentir quand ils lui avaient demandé de but en blanc s'il était son fils.

— Oui, répondit Cain à Steve. C'est une grosse surprise.

Steve pouffa.

— J'imagine. Je suis resté sans voix quand Rosalyn a frappé à ma porte enceinte de six mois. Je suppose qu'un enfant surprise fait encore plus d'effet qu'une grossesse surprise.

— C'est sûr que ça m'a pris de court.

— Mais est-elle une bonne mère ? demanda Steve.

Hayley avait commis des erreurs, mais il était impossible de douter de son amour pour Mason.

— Je n'aurais pas pu rêver d'une meilleure mère pour mon fils, répondit-il. Elle l'aime de tout son cœur.

— Je suis content d'entendre ça ! dit Steve en lui posant une main sur l'épaule. Et j'espère que tu ne feras pas les erreurs que j'ai faites avec Rosalyn.

— Lesquelles ? Je doute que tu aies commis autant d'erreurs que moi.

— Parce que Rosalyn m'avait blessé — non : parce qu'elle avait blessé ma fierté — j'ai eu du mal à passer l'éponge. Je ne voulais pas croire qu'elle avait changé. J'ai failli la perdre à cause de ça.

Cain tourna la tête vers Hayley, non pour surveiller ce qu'elle faisait, mais pour l'observer, elle.

— J'ai confiance en elle, dit-il.

— Tant mieux. C'est important. Tu me préviens dès que vous trouvez quelque chose ?

— C'est promis, mais je veux le faire de vive voix, répondit Cain. Je me méfie des téléphones.

Steve hocha la tête.

— Sage précaution.

Steve ouvrit la porte, mais il se retourna avant de sortir.

— Un vieil homme peut-il se permettre de te donner un conseil ? demanda-t-il.

Ce fut au tour de Cain de pouffer.

— Tu as une femme magnifique de vingt-cinq ans, un bébé de trois mois et demi et je ne crois pas qu'on soit vieux à quarante et un ans, répondit-il.

— Soit.

— Mais j'écouterai quand même ton conseil, surtout s'il a un rapport avec l'enquête, ajouta Cain.

— Non, il a un rapport avec ton Hayley.

Cain haussa un sourcil. *Son* Hayley ?

— Je suis content que vous ayez résolu vos problèmes et que tu n'éprouves plus le besoin de regarder par-dessus son épaule en permanence, dit Steve en indiquant Hayley du menton. Mais cette femme n'a pas seulement besoin de ta confiance. Elle a besoin que quelqu'un veille sur elle.

— Je tiens à elle, lui assura Cain. Je tiens à elle depuis qu'on a eu quinze ans.

— Eh bien, elle a besoin que tu tiennes à elle d'une manière active, insista Steve. Tu dois lui faire comprendre que tu te battras à ses côtés et *pour elle*, même si ça va à l'encontre de ce qu'elle croit attendre de toi.

Steve quitta la pièce sans lui fournir de plus amples explications.

Après son départ, Cain regarda Hayley travailler un long moment. Elle ne cessa pas un instant de pianoter sur les claviers. Les lignes de code qui défilaient sur l'un des écrans rappelaient des scènes de *Matrix* à Cain. Sur l'autre écran, un programme analysait les communications des agents du Secteur Omega. De temps à autre, Hayley faisait glisser des données d'un écran à l'autre.

Elle changeait souvent de position, sans doute parce que sa blessure la faisait souffrir. Le médecin avait confirmé que celle-ci n'était pas grave et il s'était contenté de recoudre les plaies, mais Hayley avait quand même reçu une balle dans le ventre.

Cela ne l'empêchait pas de travailler assidûment trente-six heures plus tard en n'ayant dormi que six ou sept heures depuis leur arrivée.

Elle se pencha vers l'un des écrans, ce qu'elle avait fait plusieurs fois dans les cinq dernières minutes. Cain pensa qu'elle avait trouvé quelque chose d'intéressant jusqu'à ce qu'il la voie se frotter les yeux.

Sa vue se brouillait, mais elle continuait à avancer comme un bon petit soldat.

Et elle continuerait jusqu'à ce qu'elle s'effondre sur ses claviers.

« Bats-toi pour elle, même si ça va à l'encontre de ce qu'elle croit attendre de toi. »

Steve avait raison.

Il ouvrit la porte.

— C'est la pause ! annonça-t-il.

Hayley ne lui accorda même pas un regard.

— C'est bon : j'ai mangé un sandwich il y a quelques heures, répondit-elle.

Il attrapa le dossier de sa chaise à roulettes et la tira loin du bureau.

— Eh ! s'écria-t-elle.

— C'est la pause, répéta-t-il.

Elle poussa un profond soupir.

— Faire une pause ne m'aidera pas, répondit-elle. Trouver

l'identité de celui qui a essayé de me tuer et qui menace notre fils m'aidera.

Cain s'accroupit près de la chaise.

— Mason est bien protégé, lui assura-t-il. Tu as reçu une balle il y a trente-six heures et tu ne t'es pas beaucoup reposée depuis. Les nuits d'avant, tu étais soit dans une voiture, soit dans une cellule. Je suis sûr que tu n'as pas beaucoup dormi non plus.

Elle se massa la nuque.

— C'est vrai, mais...

Il déposa un baiser sur son front.

— Six heures de sommeil, c'est tout ce que je te demande, insista-t-il. Tu sais aussi bien que moi que tu risques de passer à côté de quelque chose si tu es trop fatiguée.

Elle risquait aussi de s'évanouir.

— Mais...

— La journée est finie, la coupa-t-il.

— Juste une heure de plus...

Il glissa un bras sous ses genoux, l'autre dans son dos, et il la souleva de sa chaise. Hayley poussa un petit cri de surprise avant d'enrouler les bras autour de son cou.

— Non, parce que dans une heure, tu en voudras une autre. Tu as besoin de te reposer.

De près, son visage trahissait son épuisement.

Il aurait dû la forcer à s'arrêter plus tôt. Steve avait décidément raison. Il ne devait pas dire à Hayley qu'il tenait à elle, il devait le lui *prouver*.

— Je ne suis pas si fatiguée que...

Un grand bâillement l'empêcha de finir sa phrase.

— Tu disais ? demanda-t-il en haussant un sourcil.

— Soit, répondit-elle avec une moue adorable. Pose-moi sur le premier canapé que tu trouveras. Je suis sûre que j'y dormirai très bien.

Il la reposa doucement, enroula un bras autour de sa taille et l'entraîna dans le couloir. La porte se verrouilla automatiquement derrière eux.

— Il y a un appartement dans le bâtiment pour des situations comme celle-ci, lui dit-il. Steve l'a fait préparer pour nous.

Hayley dormait presque debout lorsqu'ils l'atteignirent. Il l'entraîna jusqu'au lit et l'y assit pour pouvoir lui retirer ses chaussures. Il s'attaqua ensuite aux boutons de son jean.

— Tu dormiras mieux sans, lui dit-il.

Il dut mobiliser toute sa volonté pour lui retirer son jean sans toucher la peau délicate de ses jambes. Alors qu'il le pliait pour le mettre dans un coin, Hayley posa une main sur son bras.

— Reste avec moi, murmura-t-elle.

Il en mourait d'envie.

— Si je reste avec toi, tu n'auras pas le repos dont tu as besoin, répondit-il.

Hayley s'allongea avec un sourire de pécheresse. Le cœur de Cain s'affola. Elle était si belle, ses cheveux blonds étalés sur l'oreiller…

— Hayley, dit-il d'une voix rauque en s'asseyant à côté d'elle.

— J'aurai le repos dont j'ai besoin, seulement un peu plus tard, répliqua-t-elle.

Il plongea son regard dans le sien. Il voulait faire le bon choix et il ne savait pas lequel c'était.

— Je ne t'ai pas amenée ici pour qu'on fasse l'amour, dit-il. Tu es à bout de forces.

— Et tu ne veux pas abuser de ma faiblesse.

— Exactement.

Elle se redressa et enroula les bras autour de son cou.

— Et si c'était moi qui abusais de ta faiblesse ? suggéra-t-elle. À plusieurs reprises ?

Elle pressa ses lèvres contre les siennes. Il n'essaya même pas de résister. Il glissa les doigts dans ses cheveux, la repoussa sur le matelas en faisant attention à sa blessure et dévora ses lèvres. Il n'avait jamais pu cacher l'effet qu'elle lui faisait.

Et il avait attendu si longtemps de revivre cela…

Il la couvrit de baisers en se délectant de ses soupirs et sourit quand elle agrippa ses cheveux. Elle avait toujours eu le réflexe de le retenir même s'il n'avait jamais eu l'intention de lui échapper.

Elle enroula une jambe autour de sa taille quand il se plaça au-dessus d'elle. Tout était parfait. Hayley était parfaite. Sa vie avait été insipide sans elle.

Il se redressa un peu pour contempler son visage. Elle avait les yeux mi-clos et les cheveux emmêlés. Il n'avait jamais rien vu d'aussi beau.

— Ça va ? s'inquiéta-t-elle.

— À merveille, répondit-il.

Alors il entreprit de le lui prouver.

18

— Je suis une idiote.

— Je ne connais personne qui ait un QI plus élevé que le tien, répondit Cain depuis la pièce voisine. Non, tu n'es pas une idiote. Et tu perdras deux heures de travail si je dois te traîner dans la chambre pour te le prouver.

Hayley se sentit rougir et se réjouit qu'il ne la voie pas. Elle rougissait souvent depuis le réveil.

Ils avaient toujours été des amants passionnés, mais ils venaient de vivre quelque chose de nouveau. Ils n'étaient plus des adolescents. Ils avaient tous les deux compris à quel point l'amour était fragile et précieux.

Ils n'avaient rien perdu de leur passion, mais il s'y mêlait maintenant de la tendresse et de la reconnaissance parce qu'ils ne tenaient plus rien pour acquis.

— Non, je pense que tu l'as assez fait hier soir, répondit-elle.

Et ce matin.

— Je dis ça parce que je crois que j'ai trouvé comment harponner la personne qui veut me tuer et c'est d'une simplicité enfantine. Je prenais le problème par le mauvais bout.

Cain entra et s'assit à côté d'elle. Il l'avait fait plusieurs fois dans la journée. Elle ne savait pas si c'était pour la soutenir moralement ou pour la surveiller parce qu'une part de lui n'avait toujours pas confiance en elle.

Elle n'osait pas le lui demander.

— Comme la trappe que j'avais installée dans le programme ne m'a pas fourni autant d'informations que je l'espérais, j'ai créé un algorithme pour essayer de repérer les gens qui se servaient de ces examens pour faire de l'espionnage.

— Mais ça n'a rien donné, répondit Cain.

— Rien. S'ils sont malins, ils ont peut-être arrêté quand ils ont compris que quelqu'un avait découvert leur secret. Ou ils ont peut-être simplement changé de procédure. Si c'est le cas, espérer retomber sur eux de la même manière que la dernière fois revient à chercher une aiguille dans une botte de foin.

— Mais tu as trouvé un autre moyen, l'encouragea-t-il.

Elle acquiesça et ouvrit un nouveau fichier.

— Je n'ai pas besoin de trouver le vendeur. Je peux trouver les acheteurs.

— Dans les pays étrangers ?

— Oui. Ça m'étonnerait que notre espion ait recruté de vrais élèves pour servir de mules. Les acheteurs doivent être des candidats à l'examen qui sortent de l'ordinaire, d'une manière ou d'une autre.

Cain se pencha vers l'écran.

— Ton raisonnement se tient, dit-il.

— Je fais tourner un programme qui nous fournira la liste des élèves répondant aux critères que j'ai définis : n'ayant pas la nationalité américaine, majeurs ou liés d'une manière quelconque à des criminels. On devrait avoir les résultats d'ici ce soir.

— Tu as accès à toutes ces informations ?

Elle aurait peut-être dû demander sa permission avant d'accéder aux bases de données confidentielles que son programme passait en revue...

— Pas personnellement, répondit-elle d'une voix hésitante. Mais le Secteur Omega — avec l'aide du FBI et d'Interpol — oui.

Les traits de Cain se durcirent.

— Viens-tu de pirater les bases de données des agences de sécurité nationale du monde entier ? demanda-t-il.

Elle haussa les épaules.

— Techniquement, je n'ai eu qu'à m'introduire dans le système du Secteur Omega. Vous avez accès aux bases de données des autres agences.

Cain se passa la main sur le visage.

— Je ne m'excuserai pas d'avoir employé toutes les ressources à ma disposition pour retrouver l'homme qui menace mon fils, le prévint-elle.

— *Notre* fils, la corrigea-t-il.

— Notre fils. Ce qui fait de toi le mieux placé pour me comprendre.

— Je te comprends, répondit-il en se passant la main sur le visage une nouvelle fois. C'est juste que...

— C'est juste que tu ne sais pas si tu me fais confiance, acheva-t-elle à sa place.

Il la fixa un long moment avant de répondre :

— Tu as raison. Je ne reculerais devant rien pour vous protéger, Mason et toi.

Ce qui laissait la question de la confiance de côté. Parce qu'ils avaient passé la nuit ensemble, Hayley trouva cela encore plus blessant que les fois précédentes.

Ils passèrent les heures suivantes à travailler en silence tandis que son programme établissait une liste de suspects. Elle reporta son attention sur la taupe du Secteur Omega. Cain ne lui demanda pas de fournir des explications ni de justifier ses méthodes, mais il ne s'éloigna pas beaucoup d'elle.

Non, il n'avait pas confiance en elle.

Et le poids de sa méfiance lui parut intolérable, tout à coup. Cain n'avait jamais parlé d'un avenir avec elle ou Mason, pas même dans le feu de la passion, la veille au soir. Peut-être n'avait-il simplement pas l'intention d'avoir un futur avec eux.

Et même s'il en avait envie, comment leur relation pourrait-elle fonctionner s'il se méfiait d'elle ?

Elle arrêta de pianoter et posa les mains sur ses genoux.

— Qu'est-ce qui ne va pas ? s'inquiéta aussitôt Cain.

— Je veux voir Mason, répondit-elle.

Elle ne l'avait pas vu depuis deux jours. Elle avait supporté de bien plus longues périodes sans le voir, évidemment, mais elle perdait pied et elle avait besoin de tenir son fils dans ses bras.

— Tout de suite ? demanda Cain.

Elle hocha la tête et se prépara à entendre tous les arguments qu'il emploierait pour essayer de l'en dissuader. Le travail qu'elle faisait était plus important que le fait de passer du temps avec son fils. Plus ils perdaient de temps, plus ils étaient en danger — eux tous, Mason compris.

Mais Cain se contenta d'acquiescer.

— Très bien. Donne-moi quelques minutes pour organiser ça.

Les yeux d'Hayley s'emplirent de larmes. La bonne volonté de Cain la touchait beaucoup. Elle posa sa main sur son bras alors qu'il sortait son téléphone.

— Merci, murmura-t-elle.

— Tes besoins comptent aussi, répondit-il en lui effleurant la joue. Vous avez déjà passé bien trop de temps séparés.

Comment avait-elle pu se convaincre qu'ils n'avaient pas d'avenir ?

Elle eut l'impression de mieux respirer dès qu'elle serra Mason dans ses bras, une heure plus tard. La force avec laquelle il lui rendit son étreinte suffit à la rassurer.

Il ne l'avait pas oubliée. C'était sa grande terreur. Sa part raisonnable savait qu'il ne le ferait pas, mais elle avait du mal à rassurer son cœur quand il s'affolait.

Heureusement, ses craintes s'évaporaient quand elle voyait son fils et que la vérité lui apparaissait dans toute son évidence : Mason l'aimait.

— Cain ! cria Mason après l'avoir embrassée sur la joue.

Elle le passa à son père. Mason exigea de refaire un tour de montagnes russes. Il fallut un moment à Hayley pour comprendre ce qu'il voulait dire.

Elle comprit néanmoins avant Cain, qui l'interrogeait du regard.

— Il veut que tu le portes pour sauter d'un toit à un autre une nouvelle fois, expliqua-t-elle.

Cain éclata de rire.

— Je ne suis pas sûr de pouvoir faire ça pour toi, répondit-il à Mason. Mais on peut trouver d'autres manèges.

Il le souleva à bout de bras et le fit tourner autour de lui. Les rires de Mason résonnèrent dans toute la maison. Hayley embrassa Ariel et serra la main de Summer et d'Ashton, qu'elle remercia une nouvelle fois pour leur hospitalité.

— Ça ne nous pose aucun problème, répondit Ashton. Chloe l'adore. Il est très gentil avec elle.

Hayley jeta un coup d'œil à Cain, qui courait maintenant dans la pièce avec un enfant sous chaque bras. Apparemment, Chloe avait eu envie de partager leurs jeux.

Cain ferait un père formidable. Quoi qu'il arrive entre eux — même s'il lui brisait le cœur, comme elle le craignait — elle n'essaierait jamais de l'empêcher de voir son fils. Ce serait une terrible injustice pour eux deux.

Summer s'approcha d'elle tandis qu'elle regardait Cain jouer avec les enfants.

— J'ai cru comprendre que vous aidiez Cain à identifier la taupe du Secteur Omega ? lui dit la jeune femme.

— J'essaie, répondit Hayley.

— Ce traître a failli nous tuer, Ashton, Chloe et moi. Alors je suis sérieuse quand je vous dis que nous protégerons votre famille pour que vous puissiez faire votre travail. On attend avec impatience que ce salaud se retrouve derrière des barreaux.

— On progresse, lui assura Hayley.

Summer la serra quelques instants dans ses bras. Elle avait un sourire lumineux.

— Je ne suis pas sûre que vous aimiez qu'on vous câline, mais j'avais envie de le faire, dit-elle. Je sais que ça doit être dur d'être séparée de Mason, et vous lui manquez aussi, mais je vous jure que nous le protégerons.

— Merci.

Les paroles de Summer suffirent. C'était une femme qui savait ce qu'on ressentait quand des gens qu'on aimait étaient en danger. Maintenant qu'elle était sûre qu'Ariel et Mason ne risquaient rien, Hayley était prête à regagner les bureaux du Secteur Omega.

Le moment était venu d'attraper un tueur.

19

— Cain ! J'ai trouvé quelque chose !

C'était le lendemain matin. Après avoir vu Mason, Hayley avait tenu à travailler toute la nuit. Il avait essayé de la convaincre de se reposer, mais sa détermination était sans faille, à présent.

Il ne pouvait que l'admirer.

Son programme tournait toujours. Comme la première liste de suspects qu'il leur avait fournie était trop longue, Hayley avait modifié ses paramètres et relancé l'analyse.

— Sur le programme d'examens ou sur la taupe ? demanda-t-il.

— Sur la taupe. J'ai un nom.

— Quoi ? s'écria-t-il en se précipitant auprès d'elle.

Hayley fit une grimace.

— Pas son vrai nom, malheureusement. Mais j'ai découvert qu'il se fait appeler Fawkes.

— Fawkes ? Comme Guy Fawkes, l'Anglais qui a essayé de faire sauter le Parlement il y a quelques siècles ?

— Je suppose, répondit-elle. Ça collerait avec ce que j'ai trouvé.

Il s'assit à côté d'elle.

— Montre-moi ça.

— Ça ne t'aidera peut-être pas à l'identifier, mais c'est clairement l'œuvre de ta taupe. Et ce n'était pas fait pour être lu par n'importe qui — pas encore, du moins.

— Qu'est-ce que c'est ?

Elle ouvrit un fichier qui avait pour titre « Manifeste du Changement ».

Cain commença à lire le texte à voix haute :

Sur mon honneur, je jure de ne jamais trahir mon insigne, mon intégrité, ma vocation ni la confiance de la population. J'aurai toujours le courage d'assumer mes actes et de forcer les autres à assumer les leurs. Je défendrai toujours la Constitution, ma communauté et l'agence que je sers.

Cain jeta un coup d'œil à Hayley.

— C'est le serment d'allégeance qu'on prête en entrant dans la police, expliqua-t-il avant de reprendre sa lecture.

Nous avons tous prêté ce serment, mais nous avons laissé la population le tourner en dérision. Quel honneur, quelle intégrité y a-t-il à ne pas nous servir de nos privilèges et de notre force pour purger la société des éléments qui la corrompent ? Nous devons servir d'exemples au peuple et le contrôler quand c'est nécessaire afin d'améliorer la civilisation. Mais nous sommes faibles. Nous avons peur de l'opinion publique quand nous devrions employer la force. Voilà pourquoi nous avons changé la nature des forces de l'ordre pour toujours. Grâce à nous, vous comprendrez ce qu'assumer ses actes signifie. Seule la mort permet d'apprécier pleinement la vie. Seule la violence peut produire un vrai changement. Quand nous reconstruirons, nous ne commettrons pas les erreurs de nos aïeux. L'insigne retrouvera sa valeur originelle. L'insigne gouvernera comme c'est son rôle.

Cain fixa l'écran pendant quelques secondes, puis siffla.

— On peut dire que c'est extrême, commenta-t-il. Ce type veut créer un État dans lequel la police serait toute-puissante.

Hayley hocha la tête.

— Et il est assez ironique que ta taupe ait choisi Fawkes comme nom de plume, lui fit-elle remarquer. L'histoire n'était pas ma matière de prédilection, mais je crois me souvenir qu'il voulait faire tomber le gouvernement pour donner plus de pouvoir *au peuple*.

— Ce type veut faire exactement le contraire, répondit-il en relisant le manifeste. Sais-tu quand il compte rendre ça public ?

Hayley fronça les sourcils.

— Non, je n'ai pas trouvé de date précise, mais je crois que c'est pour bientôt. Quelque part dans les deux prochaines semaines, je dirais.

Il grommela un juron.

— À qui compte-t-il l'envoyer ?

— À tous les agents du Secteur Omega, pour commencer, dit-elle en ouvrant une nouvelle fenêtre qui contenait une liste d'adresses mail. Et on dirait qu'il l'a programmé pour se répandre comme un virus dans leurs carnets d'adresses.

— Visiblement, il compte rendre ça public après un événement violent dont nous ignorons tout, dit-il.

— Une sorte d'attentat visant des policiers, j'imagine, répondit Hayley avant de se mordre la lèvre. Ce n'est pas tout. Je suis navrée de te dire ça parce que je sais que tu es proche d'Ashton et des autres, mais ça vient d'un membre des forces spéciales.

Cain jura plus bruyamment.

— Tu en es sûre ?

— Puisque le traître ne sait pas que je me suis introduite dans le système, j'en suis tout à fait sûre.

— Sais-tu de quelle adresse c'est parti ?

— Non, parce qu'il a fait passer ce fichier par les ordinateurs de presque tous ses collègues. Il a mouillé tout le monde, ce qui est très malin.

Cain songea à John Carnell et à Saul Poniard, les deux membres des forces spéciales qui avaient attiré son attention quand il commençait l'enquête. Carnell était un génie. Il était forcément capable de faire ce tour de passe-passe. Poniard, lui, était un jeune agent avide de pouvoir qui avait reçu plusieurs blâmes pour usage excessif de la force.

— Il n'y a qu'un seul agent des forces spéciales dont l'adresse IP n'apparaît pas dans le routage du fichier, ajouta Hayley. Un dénommé Muir. Je ne sais pas pourquoi. Soit il a été oublié, soit il a été évité à dessein. À ta place, j'enquêterais sur ce type le plus vite possible.

— Sur cette fille.

— Quoi.

— Lillian Muir est une femme. La seule femme membre des forces spéciales.

Et un autre agent dont le dossier se trouvait dans la pile des

« suspects ». Vu le passé qu'elle essayait de cacher à tout prix, ce manifeste pouvait très bien sortir de son cerveau.

Il se leva.

— Je vais prévenir Steve, annonça-t-il. Nous devons éplucher les rumeurs d'attaques terroristes.

— Très bien. Je continue à travailler pendant ce temps-là. Je peux commencer à éliminer manuellement quelques suspects de la liste fournie par mon programme.

Cain hésita brièvement. Il s'apprêtait à laisser Hayley seule en sachant que la taupe — Fawkes — se trouvait dans le bâtiment.

Il s'apprêtait aussi à laisser Hayley seule avec un ordinateur qui lui permettait d'accéder à n'importe quoi.

Mais il devait prévenir Steve. Il fallait prendre des mesures immédiatement et il ne pouvait pas faire cela de cette pièce.

— Très bien, dit-il. Je reviens le plus vite possible. Ne sors pas d'ici et verrouille la porte.

Hayley reporta son attention sur l'ordinateur avec un air triste. Son hésitation ne lui avait pas échappé. Cain se raidit. Il lui semblait que tout était compliqué dès qu'il s'agissait d'Hayley.

Il se dirigea vers la porte mais s'arrêta au bout de deux pas.

— Je m'inquiète aussi pour ta sécurité, d'accord ? lui lança-t-il.

— Mais tu te préoccupes aussi de ce que je pourrais faire pendant que tu n'es pas là, répondit-elle.

— Je ne dois pas être si préoccupé que ça si je m'en vais, se défendit-il.

Il comprit que c'était vrai en prononçant cette phrase. Il aurait préféré se trouver à côté d'elle chaque fois qu'elle se servait d'un ordinateur parce que c'était la mission qui lui avait été confiée par l'ordonnance du tribunal, mais c'était surtout une question de principe. Il n'avait pas peur qu'Hayley fasse quelque chose de mal si on la laissait sans surveillance.

Hayley tourna la tête vers lui.

— Je m'en contenterai, répondit-elle.

Elle s'en contenterait...

C'était cela, la solution. Hayley et lui devaient trouver leur point d'équilibre. Ils devaient tracer la limite de ce qui leur semblait injuste et comprendre ce qu'ils attendaient l'un de l'autre.

Il retourna auprès d'Hayley, prit son visage entre ses mains et l'embrassa. Leur baiser devint vite ardent. Quand il s'écarta d'elle, ils avaient tous les deux le souffle court.

— Je sais que nous avons des choses à mettre au point et nous le ferons, promit-il.

— Tout est si confus, par moments…

Il lui mordilla la lèvre.

— Ce baiser n'avait rien de confus, répondit-il.

Le rire d'Hayley l'emplit de joie.

— C'est vrai, admit-elle.

Il se redressa et se tourna vers la porte. Il fallait qu'il avertisse Steve, de toute urgence.

— À tout à l'heure, dit-il. Ne t'attire pas d'ennuis.

Hayley s'attira des ennuis de la pire manière possible. Fortifiée par une tasse de café, elle replongea dans l'enquête sur le programme d'examens. Elle trouva une piste une heure plus tard. Il s'écoula encore une demi-heure avant qu'elle obtienne la confirmation de son hypothèse.

Après avoir tout vérifié pour être sûre qu'elle ne s'était pas trompée, elle s'éloigna de l'ordinateur comme si cela pouvait la protéger de ce qu'elle venait de découvrir. Elle savait que la personne qui vendait des secrets d'État grâce au programme était haut placée, mais elle ne s'attendait pas à ce qu'il s'agisse d'un sénateur.

Et il y avait plus déroutant encore : le sénateur Ralph Nelligar était l'un des plus fervents détracteurs de ce programme d'examens depuis sa création. C'était lui qui avait tout fait pour que le procès de Hayley soit rapide et retentissant.

Elle soupira. Il lui était presque impossible de prouver que le sénateur Nelligar était coupable. Elle n'avait que de vagues liens entre son bureau et des personnes louches qui s'étaient inscrites à l'examen à l'étranger. Ce n'était pas suffisant pour le faire condamner. Elle avait déjà de la chance que Cain la croie.

De son côté, le sénateur était assez puissant pour les retrouver, Mason et elle, où qu'ils se cachent. C'était sans doute lui qui avait modifié son dossier et orchestré son arrestation. Elle n'avait pas les moyens de lui échapper.

Peut-être, si elle avait de la chance, avait-elle assez d'informations pour lui faire peur et l'inciter à stopper ses activités. C'était un maigre espoir, mais c'était le seul qu'il lui restait. Ni Cain ni elle ne faisaient le poids contre un sénateur.

Elle fixait encore l'écran sans le voir quand Cain revint. Elle avait perdu la notion du temps.

Il eut l'air inquiet dès qu'il la vit.

— Que se passe-t-il ? demanda-t-il.

Elle lui fit part de sa découverte : tous les chemins qu'elle avait suivis menaient au sénateur Nelligar.

Le juron de Cain exprima assez précisément ce qu'elle ressentait.

— Je sais, murmura-t-elle. Et tu as d'autres problèmes avec Fawkes. Je ne sais pas quoi faire.

— On peut essayer de lui tendre un piège, suggéra Cain en se massant la nuque.

Elle acquiesça, même si elle doutait que le sénateur soit assez stupide pour tomber dans un piège — surtout maintenant qu'il les savait à ses trousses.

— En attendant, nous devons vous placer sous protection, Mason et toi, ajouta-t-il.

— L'État ne place pas les fugitifs sous protection, à ma connaissance.

— Nous trouverons un moyen de contourner ce problème. J'en parlerai à Steve. Il peut prendre des dispositions temporaires. D'ici là, tu devrais aller rejoindre Mason et Ariel chez Ashton et Summer. Personne ne vous cherchera là-bas. Votre hébergement n'est pas officiel et vous n'avez aucun lien connu avec eux.

— Oui, on ferait bien de se souvenir que celui qui fait le sale boulot informatique du sénateur Nelligar est très doué.

— Autant que toi ?

— Peut-être, répondit-elle en haussant les épaules. En tout cas, nous devons partir du principe que toute information introduite dans votre système peut atterrir entre les mains du sénateur.

Cain hocha la tête.

— Je ne l'oublierai pas.

— Je pourrais continuer à travailler, mais ça paraît un peu vain tant qu'on n'a pas de plan...

Cain passa un bras autour de ses épaules et déposa un baiser sur sa tempe.

— Nous savons qui est le méchant, répondit-il. C'est un progrès gigantesque. Maintenant, nous n'avons plus qu'à attendre qu'il fasse une erreur, ou mieux : le forcer à en commettre une.

— Peut-être.

Hayley sentait que son cerveau tournait au ralenti. Elle avait besoin de se reposer.

— Je vais dormir quelques heures dans l'appartement, dit-elle. Ça ira mieux ensuite.

— Et si je t'emmenais plutôt chez Summer et Ashton ? proposa Cain. Tu te reposeras là-bas et tu pourras passer un peu de temps avec Mason et Ariel. Et il ne s'agit pas d'un problème de confiance ! Tu as besoin d'une vraie pause, c'est tout.

— Et toi ? demanda-t-elle en lui prenant la main. Je ne suis pas la seule à avoir besoin d'une pause.

— Et j'en prendrai une, mais pas tout de suite. Le maudit manifeste de Fawkes passe avant.

— Qu'en pense Steve ?

— La même chose que nous : que ce manifeste est la preuve que Fawkes s'apprête à commettre un attentat. Malheureusement, on ne peut pas mettre beaucoup d'agents sur le coup tant qu'on ne sait pas qui il est.

— C'est trop risqué, je comprends... Je suis désolée de ne pas avoir réussi à l'identifier. Il est malin et prudent.

— Ce que tu as découvert sauvera de nombreuses vies, répondit Cain en lui effleurant la joue. Repose-toi, maintenant. Laisse-nous travailler un peu, Steve et moi. Tu reprendras tout ça avec un regard neuf demain matin.

Elle pria pour que cela change quelque chose.

20

Cain avait raison : elle se sentait nettement moins abattue quand elle se réveilla le lendemain, après dix heures de sommeil. Mais la raison principale était que Mason avait fait irruption dans sa chambre pour lui demander si elle voulait des crêpes.

— Un baiser d'abord ! exigea-t-elle.

Mason fit une moue boudeuse, mais il vint l'embrasser avant de regagner la cuisine en courant. D'après les voix qui parvenaient à Hayley, Ariel et Summer s'y trouvaient avec Chloe.

Elle se leva, se brossa les cheveux — la prison avait beaucoup simplifié ses habitudes de toilette —, vérifia que son pansement tenait bien et rejoignit les autres.

— La voilà, juste à temps ! lui lança Ariel avec un grand sourire. Tu as l'air d'aller beaucoup mieux.

— Je me sens mieux en effet, répondit Hayley. Vous préparez un vrai festin, on dirait !

Cela fit sourire Summer.

— On avait deux futurs chefs pour nous aider, dit-elle.

Elle posa un plat de crêpes sur la table et installa Chloe dans sa chaise. Hayley aida Mason à grimper sur son siège d'appoint.

— Ashton n'est pas là ? demanda-t-elle.

— Non, le bureau l'a appelé, répondit Summer. Pour l'intégrer à un projet très important.

Il aidait donc Steve et Cain à déjouer les plans de Fawkes. Tant mieux. Comme ils ne pouvaient pas se fier à grand monde, toute l'aide qu'ils pouvaient recevoir était la bienvenue.

Le téléphone de Summer sonna quelques minutes plus tard. Elle le tendit vite à Hayley.

— Cain veut te parler, dit-elle.

Hayley prit le téléphone.

— Allô ?

— Il te faut un nouveau téléphone, dit Cain. Et j'ai besoin de jeter celui-ci. Il a largement fait son temps.

— Oui. Nous ferions bien de nous organiser si cette situation est amenée à durer, répondit-elle.

— J'avais l'intention de te laisser te reposer toute une journée, mais je crois qu'on a trouvé quelque chose. Ça t'ennuierait d'y jeter un coup d'œil ?

— Pas du tout.

— Merci. Je serai là dans trois quarts d'heure.

— Je peux vous rejoindre, si Summer accepte de me prêter sa voiture, suggéra-t-elle.

Elle jeta un coup d'œil à Summer, qui leva le pouce pour lui signifier son accord.

— Ça t'éviterait de perdre du temps en venant me chercher, ajouta-t-elle. Puisque personne ne sait que je suis ici, je ne cours aucun risque.

Elle entendit Cain parler à quelqu'un d'autre.

— Bonne idée, répondit-il quand il reprit leur conversation. Ça tombe bien, j'ai de la visite.

— Je me dépêche, promit-elle avant de raccrocher.

Elle n'avait aucune envie de quitter Mason, mais Summer lui assura une fois de plus qu'il était en sécurité. Hayley lui expliqua brièvement ce qui se passait et lui dit que Cain cherchait un moyen de les placer sous protection. Elle s'excusa auprès d'Ariel parce qu'elle ne savait pas si cela chamboulerait ses projets.

Comme toujours, sa cousine la serra dans ses bras et lui répondit qu'elles trouveraient une solution.

Quand Hayley se mit en route, les questions se bousculaient dans son esprit. Était-il prudent de laisser Ariel aller étudier à Oxford ? Le sénateur Nelligar s'en prendrait-il à elle pour l'atteindre indirectement ?

Si elle avait pu revenir en arrière et faire en sorte de ne jamais tomber sur ces vilains secrets, elle n'aurait pas hésité un instant. Elle aurait fait n'importe quoi pour protéger ceux qu'elle aimait.

Et elle devait admettre que Cain faisait maintenant partie de la liste.

Elle essayait d'analyser ce qu'elle ressentait pour lui quand à un feu rouge où elle venait de s'arrêter, quelqu'un ouvrit la portière de sa voiture pour y monter.

— Mon Dieu ! s'écria Hayley.

Il lui fallut un instant pour comprendre ce qui se passait. Elle eut le réflexe de fuir, mais on pointa une arme sur elle avant qu'elle n'ait détaché sa ceinture de sécurité.

— Ça vient de passer au vert. Démarre, Hayley.

La voix lui était vaguement familière, aussi observa-t-elle plus attentivement l'intruse.

— Mara ?

Elle avait complètement perdu son accent du Sud et son apparence n'était pas tout à fait la même qu'au Bluewater. Ses cheveux n'étaient plus permanentés et elle avait bien plus d'assurance.

— Démarre, Hayley, répéta-t-elle.

Quelqu'un klaxonna derrière elle, mais Hayley resta paralysée. Que faisait Mara dans sa voiture et pourquoi la menaçait-elle ?

Mara soupira.

— Si tu ne démarres pas immédiatement, je passe un coup de fil pour que quelqu'un pointe une arme sur ton fils, dit-elle.

La menace eut l'effet escompté : Hayley démarra.

— Que fais-tu là ? demanda-t-elle.

— Je sais que tu n'es pas stupide, Hayley, répondit Mara. Devine.

Il était évident que Mara était impliquée dans l'une des deux affaires sur lesquelles elle enquêtait, mais elle ne savait pas laquelle.

— C'est le sénateur Nelligar qui t'envoie ?

— Non.

— Fawkes ?

Comme Mara ne lui avait donné aucune directive, elle continua tout droit à l'intersection suivante.

— Qu'est-ce que c'est que ça, Fawkes ?

Elle n'était donc pas complice de la taupe que cherchait Cain.

— C'est donc le sénateur qui t'envoie.

— Non, le sénateur ne sait pas où je suis et il n'est au courant de rien.

Hayley eut envie de se cogner la tête contre le volant. Comme tous les indices l'avaient menée au bureau du sénateur Nelligar, elle avait pensé que c'était lui, le traître, alors que cela pouvait aussi être quelqu'un de son entourage. Il suffisait que le coupable ait accès à son ordinateur.

— Tu travailles pour lui, dit-elle.

Ce n'était pas une question.

— Oui. Je suis son assistante depuis huit ans. Pour le moment, je suis en congé pour régler des « problèmes familiaux ».

Elle traça des guillemets en l'air autour des deux derniers mots.

— Comment m'as-tu trouvée ?

— Tu as eu la gentillesse de me rappeler, il y a quelques jours. Ça m'a permis d'identifier et de surveiller le téléphone dont tu te servais. Il a été réutilisé aujourd'hui et je n'ai eu aucun mal à localiser l'appareil sur lequel on t'a appelée. Tourne à gauche.

Hayley obéit. Elle ne voulait pas donner à Mara la moindre raison d'envoyer quelqu'un menacer Mason — d'autant moins qu'Ashton n'était pas dans la maison.

— Tu m'auras bien fait courir, dit Mara. J'avoue que je n'imaginais pas devoir te suivre à l'autre bout du pays. Je ne comprends pas comment tu as survécu à l'incendie, pour commencer.

— Cain, murmura Hayley.

— Bien sûr. L'agent secret a volé à ton secours.

— Il n'était pas là pour vous, lui dit Hayley. Il avait besoin de mon aide dans une autre enquête.

Mara poussa un soupir de contrariété.

— Peu importe. Nous ne pouvions prendre aucun risque. On a compris qu'on devait se débarrasser de toi dès qu'on a vu apparaître l'ordonnance du tribunal. À vrai dire, je ne pensais pas que c'était toi qui avais découvert notre petite affaire.

Ce qui expliquait pourquoi cinq de ses anciens complices étaient morts avant qu'on s'en prenne à elle.

— Tourne à droite au prochain feu.

Elle s'éloignait du centre-ville… Mara l'emmenait dans un endroit où elle pourrait se débarrasser d'elle discrètement.

— Je ne conduirai pas docilement jusqu'au coin perdu où tu comptes m'exécuter, Mara, dit-elle.

— Je ne compte pas t'exécuter tout de suite, ne t'en fais pas. Ta mort serait trop suspecte. Non : pour que notre petite histoire tienne debout, il faut que l'agent Bennett meure avec toi.

Mara la fit tourner encore, cette fois pour entrer sur le parking d'un immeuble de bureaux. Un grand panneau fixé au-dessus de la porte indiquait que les locaux étaient à louer.

— Qu'est-ce que c'est que cet endroit ? demanda Hayley alors que Mara la forçait à descendre de la voiture.

— Un immeuble de bureaux vide, répondit Mara comme si cela expliquait tout. C'est ici que nous attendrons l'agent Bennett.

Elles entrèrent dans l'immeuble et prirent l'ascenseur jusqu'au troisième étage. Mara ouvrit une porte et poussa Hayley devant elle. Elles se retrouvèrent dans une vaste pièce qui n'était meublée que d'une chaise et d'un bureau sur lequel était posé un ordinateur.

Hayley ne savait pas ce que Mara avait en tête, mais c'était forcément mauvais pour elle. Comme elle tenait peut-être sa seule occasion de s'échapper, elle la saisit.

Elle attendit que Mara se soit suffisamment approchée derrière elle, se retourna brusquement et lui fit lâcher le revolver d'un coup dans le bras. La règle du jeu devint simple : la première des deux qui le ramasserait l'emporterait.

Mara plongea, mais Hayley l'empêcha d'atteindre l'arme d'un coup d'épaule. Le mouvement tira sur ses points de suture et la fit grimacer, ce qui ne l'empêcha pas de profiter de son avantage pour donner un coup de coude dans l'estomac de Mara.

Hayley rampa vers l'arme. Elle la touchait presque quand Mara la fit reculer en tirant sur sa jambe. Une seconde plus tard, elle poussa un hurlement de douleur en recevant un coup de genou dans sa blessure. Elle s'effondra, le souffle coupé, ce qui permit à Mara de ramasser le revolver.

Elle le pointa sur Hayley, dont le T-shirt s'imprégnait de sang.

— Tu commences vraiment à me fatiguer, grommela Mara. Si je n'avais pas eu besoin d'attendre l'arrivée de Bennett, tu serais déjà morte.

Mara se releva et lui ordonna d'en faire autant en prenant soin de garder ses distances.

— Assieds-toi sur la chaise et reste tranquille, lui ordonna-t-elle. Sinon tu sauras ce que ça fait de recevoir deux balles dans la même semaine.

Hayley se leva et essaya de replacer son pansement pour arrêter l'hémorragie.

Une paire de menottes avait été accrochée à l'accoudoir de la chaise.

— Attache-toi ! ordonna Mara.

— J'ai besoin de mes bras pour m'occuper de ma blessure, protesta Hayley.

Mara éclata d'un rire qui lui donna la chair de poule.

— Cette blessure sera bientôt le cadet de tes soucis, chérie, dit-elle en baissant un peu son arme. Attache-toi ou je t'explose une rotule.

Hayley s'assit sur la chaise et se menotta. Mara rengaina son arme, le temps d'attacher son autre bras avec une deuxième paire de menottes.

— Et maintenant ? demanda Hayley.

— Maintenant, on attend l'agent Bennett. Il ne devrait plus tarder.

— Je ne l'appellerai pas pour l'attirer dans un piège, dit Hayley en espérant que Mara ne menacerait pas Mason pour l'y forcer.

Mara s'assit sur le bord du bureau.

— Ce ne sera pas nécessaire, chérie. Il viendra de lui-même.

— Pour me sauver ? Crois-tu vraiment que ce soit une bonne idée ? Cain travaille pour une agence gouvernementale. Ses collègues et lui n'auront aucun mal à me tirer d'ici quand ils sauront que tu m'as enlevée.

Mara pouffa. Comment avait-elle pu trouver cette femme sympathique ? se demanda Hayley.

— Il ne viendra pas pour te sauver, chérie. Il viendra pour t'arrêter.

— Quoi ?

— L'agent Bennett reçoit un tuyau en ce moment même. Il est en train de découvrir que tu participes à des activités illégales avec de vieilles connaissances.

— Mon Dieu...

— Oui. Nous savions qu'il était trop risqué de simplement t'enlever. Tu as raison : nous ne faisons pas le poids contre le Secteur Omega. Mais comment penses-tu qu'il réagira quand il aura la preuve que tu lui mens depuis le début ?

Hayley tira sur ses menottes par réflexe, ce qui fit rire Mara.

— Tu lui as menti sur ton fils, poursuivit-elle. Tu lui as menti sur tes activités. Il est en train de comprendre que tu l'as manipulé pour te débarrasser de ton bracelet électronique et recommencer à vendre des secrets d'État en accusant ce pauvre sénateur Nelligar.

Le sourire de Mara donna envie à Hayley de lui arracher les yeux.

— Heureusement, un collaborateur du sénateur a découvert ce que tu tramais. Il s'est déplacé pour demander à Cain de régler le problème discrètement parce que personne n'aimerait que la presse s'en mêle.

— Alors Cain viendra pour m'arrêter, murmura Hayley, qui avait un goût de bile dans la bouche.

— Malheureusement, cette arrestation tournera mal et vous mourrez tous les deux, conclut Mara.

21

Cain ne tenait pas particulièrement à s'entretenir avec l'homme qui l'attendait dans le hall du quartier général. Son nom — Joshua Lawson — ne lui disait rien et l'homme n'avait pas précisé pourquoi il voulait le voir.

Cain avait une tonne de choses à faire. Ashton et Steve travaillaient sur une liste de cibles possibles pour l'attaque de Fawkes. Hayley les rejoindrait bientôt et il voulait être là pour lui expliquer ce qu'il attendait d'elle.

Il demanda au garde du hall qui était Lawson et s'approcha à grands pas d'un homme dont le costume devait valoir plus cher que toute sa garde-robe.

— Je suis l'agent Bennett, se présenta-t-il. Que puis-je faire pour vous, monsieur Lawson ?

L'homme serra la main qu'il lui tendit.

— Si vous pouvez me consacrer un peu de votre temps, j'aimerais vous parler d'une enquête que vous avez dirigée il y a quelques années.

Cain n'avait clairement pas le temps de parler de vieilles affaires.

— Je suis désolé, monsieur Lawson, mais je travaille sur une enquête urgente et je suis débordé.

Il ne voulait pas lui opposer une fin de non-recevoir, mais Lawson ne pouvait pas plus mal tomber.

— Pouvez-vous revenir la semaine prochaine ? lui demanda-t-il. Je vais vous donner le numéro de ma secrétaire. Elle sortira le dossier qui vous intéresse, comme ça, je serai mieux préparé pour répondre à vos questions.

Lawson resta parfaitement impassible. Il n'avait pas l'intention de s'en aller.

— Cela concerne Hayley Green, répondit-il.

Cain plissa les yeux.

— Je vous prie de m'excuser, mais je n'ai pas compris qui vous représentiez.

— Je travaille pour le sénateur Ralph Nelligar, répondit Lawson. Nous avons découvert quelque chose qui devrait vous intéresser, mais je préférerais vous montrer ça ailleurs que dans le hall.

L'homme qui vendait des secrets d'État, qui avait mis la tête d'Hayley à prix, envoyait quelqu'un lui parler *dans son quartier général* ?

Cain ne savait pas ce qu'on lui voulait, mais il avait la ferme intention de jouer le jeu. Il n'aurait peut-être pas besoin de tendre un piège au sénateur Nelligar, finalement. Avec un peu de chance, le sénateur était en train de s'en charger.

Mais il était vital qu'Hayley ne se fasse pas repérer si Lawson n'était pas venu seul. Ses collègues l'arrêteraient sans qu'il puisse rien y faire.

— Pouvez-vous me laisser une minute pour trouver une salle de conférences ? demanda-t-il.

Lawson acquiesça. Cain fonça vers le bureau du garde et lui emprunta son téléphone pour appeler Steve.

— Drackett, j'écoute, dit Steve en décrochant.

— C'est Cain. Je suis dans le hall avec un collaborateur du sénateur Nelligar.

Cain avait informé Steve des derniers rebondissements de l'enquête sur le programme d'examens.

— C'est audacieux de la part de quelqu'un qui risque de se faire arrêter pour trahison, commenta Steve.

— Je vais écouter ce que ce type a à dire au cas où Nelligar nous offrirait la corde pour le pendre. Hayley arrivera d'une minute à l'autre. Elle devrait déjà être là. J'ai besoin que tu l'interceptes pour que personne ne la voie, au cas où d'autres hommes du sénateur seraient dans les environs.

Lawson était sans doute venu pour savoir si Hayley était là et trouver un moyen de lui mettre la main dessus s'il la localisait.

— Je m'en occupe, répondit Steve. Et je te réserve la salle de conférences n° 2.

Le garde scanna Lawson et sa mallette, puis Cain le fit entrer dans la salle. Il ferma la porte derrière eux et l'invita à s'asseoir.

— Je sais que vous êtes très occupé, agent Bennett, alors j'irai droit au but : il s'agit d'Hayley Green, commença Lawson.

— Et ?

— Vous savez que Mlle Green est une fugitive, n'est-ce pas ? Elle a été arrêtée dans la maison de vos parents.

Il avait raison : Lawson était venu à la pêche aux informations.

— C'est exact, répondit Cain. Elle a été arrêtée par la police de Géorgie.

— Et elle s'est échappée, reprit Lawson. Mais ce n'est pas le plus important. Nous savons que Mlle Green… travaillait pour vous.

— Si vous voulez savoir si elle est ici, la réponse est non, le coupa Cain. Le Secteur Omega n'a pas pour habitude de protéger des fugitifs.

Techniquement, ce n'était pas un mensonge.

Le sourire de Lawson donna la chair de poule à Cain.

— Nous savons où est Mlle Green, dit-il. Nous savons aussi qu'elle et vous êtes… très liés.

Cain eut envie de sortir de la pièce pour appeler Steve et lui demander si Hayley était arrivée. Il n'aimait pas du tout l'assurance de Lawson.

Il se força à s'enfoncer dans sa chaise et cacha la panique qui le gagnait.

— On dirait que vous savez beaucoup de choses, répondit-il. Vous devez donc aussi savoir que la tête d'Hayley est mise à prix.

Il observa attentivement Lawson. Prétendrait-il qu'il l'ignorait ? Non.

— Je sais que vous devez en être convaincu, dit Lawson.

— Comment ça ?

— Nous avons de bonnes raisons de croire qu'Hayley Green a mis elle-même sa tête à prix.

Cain haussa un sourcil.

— Vous dites qu'elle aurait proposé de payer quelqu'un pour la tuer ?

— Je dis qu'elle s'est arrangée pour que vous *pensiez* que sa tête était mise à prix.

— Ah oui ? Et que faites-vous de la balle qu'elle a reçue ?

Cain avait bien conscience de livrer une information, mais cela en valait peut-être la peine et ce n'était pas irréparable.

— A-t-elle été grièvement blessée ?

Cain serra les dents.

— Non.

Il se rappela avoir pensé qu'Hayley n'aurait pas pu être touchée à un meilleur endroit.

Ce fut au tour de Lawson de hausser un sourcil.

— Dites-moi : lui avez-vous fait davantage confiance à cause de cette blessure ?

Cain ne répondit pas. Il ne s'était pas posé cette question.

Cela incita Lawson à changer d'angle d'attaque.

— Vous avez arrêté Mlle Green il y a bientôt quatre ans et demi pour le piratage d'un programme d'examens.

— C'est exact.

— Et si je vous disais que j'ai la preuve que ce piratage servait d'écran à des crimes encore plus graves ? Maintenant qu'elle est sortie de prison, elle a l'intention de reprendre les affaires — et elle vous a manipulé pour échapper aux contraintes qui l'en empêchaient.

Cain se raidit.

— Toute cette histoire me paraît tirée par les cheveux, répondit-il.

Lawson sortit une liasse de documents de sa mallette.

— Voici la preuve que Mlle Green se livre à des activités criminelles, déclara-t-il.

Lawson étala ses documents devant lui et lui expliqua que quelqu'un s'était de nouveau introduit dans le programme d'examens pour accéder à des informations concernant des pays étrangers — ceux sur lesquels Hayley avait enquêté.

— Je vous accorde que c'est louche, dit Cain. Mais ça ne prouve pas la culpabilité d'Hayley.

Lawson lui montra des numéros qui réapparaissaient de page en page.

— Ce sont les adresses IP des ordinateurs qui ont été utilisés pour le faire, poursuivit Lawson : le vôtre et l'un des ordinateurs de ce bâtiment.

Cain ne connaissait pas les adresses IP des ordinateurs des bureaux, mais il connaissait la sienne. C'était bien son ordinateur.

Et les heures des transmissions étaient plausibles. Elles correspondaient aux moments où il avait eu l'impression qu'Hayley essayait de faire quelque chose dans son dos. Il avait ensuite pensé qu'elle était juste nerveuse parce qu'elle lui cachait l'existence de Mason, mais s'était-il trompé ?

Les documents qu'il avait sous les yeux semblaient accablants.

Les dates qui concernaient l'autre ordinateur collaient aussi. C'étaient des moments où Hayley avait travaillé au quartier général, parfois sans aucune surveillance.

Cain avait envie de faire des confettis de ces documents et de marteler le visage de Lawson de coups de poing, mais cela ne résoudrait rien.

Il n'arrivait pas à croire que cela recommençait.

— Nous savons que Mlle Green et vous aviez… *avez* une relation personnelle, agent Bennett, reprit Lawson. Je comprends que vous ayez du mal à croire que quelqu'un qui vous est cher ait pu vous trahir et trahir son pays de cette manière.

Les sentiments de Cain pour Hayley n'avaient rien à voir avec le problème. Il était sur le point de le dire à Lawson quand celui-ci tira d'autres documents de sa mallette.

— Comme vous le savez, Mlle Green a donné naissance à un enfant pendant son incarcération, dit-il.

Cain n'avait aucune envie de parler de Mason avec ce type, mais il ne put s'empêcher de baisser les yeux vers les documents que Lawson fit glisser vers lui.

Son cœur manqua un battement quand il comprit de quoi il s'agissait.

— Un test ADN est pratiqué sur tous les enfants qui naissent au sein du système carcéral, poursuivit Lawson. C'est une procédure standard.

Cain n'en revint pas que Lawson lui montre cela.

— Comme vous pouvez le constater, votre ADN et celui de l'enfant ne correspondent pas. Vous n'êtes pas son père biologique.

Je ne sais pas ce que Mlle Green vous a laissé croire, mais nous voulions que vous connaissiez la vérité, au cas où cela vous rendrait les choses plus faciles.

Cain plia la feuille pour ne plus voir ce qui y était imprimé.

— Je peux garder ça ? demanda-t-il.

Lawson hocha la tête.

— Bien sûr. Vous voudrez sans doute regarder ça de plus près ultérieurement.

Plus ce type prenait un air compatissant, plus Cain avait envie de lui mettre son poing dans la figure. Mais cela n'arrangerait rien. Cela ne changerait ni le passé ni ce qui l'attendait.

Il comprenait enfin quel était son rôle dans une vaste partie d'échecs à laquelle il était temps de mettre un terme.

— Pourquoi me montrez-vous tout ça ? demanda-t-il. Qu'attendez-vous de moi ?

— Je n'appartiens pas aux forces de l'ordre, répondit Lawson. Je ne peux pas arrêter Mlle Green moi-même. Je ne veux pas fournir ces informations à la police parce qu'elle risque de manquer de discrétion. Je ne veux pas que Mlle Green ait le temps d'avertir ses complices. Et, bien sûr, je préférerais que la presse n'en sache rien.

Cain hocha la tête.

— Ce qu'elle fait est très grave, ajouta Lawson. Les secrets qu'elle vend à l'ennemi coûteront la vie à de nombreux soldats américains.

Cain voulait que cela finisse vite, à présent.

— Où est-elle ? demanda-t-il.

— Je vais vous conduire là où elle se trouve, si ça vous convient, répondit Lawson. Vous pourrez l'embarquer discrètement.

Cain se passa la main sur le visage et acquiesça. C'était sa chance de reprendre le contrôle de la situation et de régler le problème. Il étouffa la part de lui qui s'inquiétait pour Hayley. Ce ne serait facile ni pour l'un ni pour l'autre.

— J'ai besoin de cinq minutes pour régler quelques détails, dit-il en se massant la nuque. Et pour me ressaisir.

Lawson hocha la tête avec son horrible air compatissant.

— Je comprends que tout ça soit difficile à encaisser.

Cain serra les dents. Peu importait que ce soit difficile. Il savait désormais ce qu'il avait à faire.

22

Toujours menottée à sa chaise, Hayley cherchait désespérément un moyen de contacter Cain. Il s'apprêtait à tomber dans un piège et ils mourraient tous les deux.

Mara s'était fait un plaisir de lui expliquer en détail quelles « preuves » son collègue était en train de présenter à Cain. Oui, ils étaient malins. Ils avaient imprimé de faux documents qui prouvaient que c'était elle qui vendait des secrets d'État.

Elle ne pourrait pas en vouloir à Cain s'il les croyait. Ils avaient fait du bon boulot pour le convaincre qu'elle s'était servie de lui pour regagner un accès à Internet.

Mara et ses complices étaient de bons informaticiens. Et Cain se laisserait d'autant plus facilement convaincre qu'il ne lui avait jamais complètement rendu sa confiance.

Mara et compagnie n'avaient fait que le pousser dans la direction que son instinct l'incitait à prendre.

— Et s'il n'y croit pas ? demanda-t-elle.

Une part d'elle continuait à l'espérer contre tout espoir parce qu'elle ne voulait pas qu'ils meurent tous les deux dans cet immeuble.

Elle ne voulait pas y mourir seule non plus, mais elle préférait quand même cela.

Mara esquissa un sourire cruel.

— Ne t'en fais pas : il y croit. Je viens d'avoir de ses nouvelles. Ton petit ami a été si désemparé de découvrir la vérité qu'il lui a fallu vingt minutes pour se reprendre, mais il est en route. Il vient t'arrêter.

La rage poussa Hayley à se débattre, ce qui fit rire Mara.

Celle-ci reçut un nouveau texto.

— Joshua dit que Bennett est « un modèle de détermination », lut-elle.

Évidemment. Si Cain la croyait coupable de trahison, il ne laisserait pas son amour pour elle ni le fait qu'ils avaient un enfant ensemble le détourner de son devoir.

— Je crois que c'est le faux test d'ADN qui a fait pencher la balance, ajouta Mara. Celui qui prouve qu'il n'est pas le père de ton enfant.

Hayley donna un coup de pied alors que Mara passait près d'elle, mais celle-ci n'eut qu'à faire un pas de côté pour lui échapper.

— Alors j'avais raison ! pouffa-t-elle. Je me disais bien que le gamin devait être de lui, puisque je n'ai trouvé aucune trace d'une relation avec quelqu'un d'autre dans ton passé, pas même pendant les années où vous étiez dans des facs différentes. Imagine la tête que ton bel agent Bennett a dû faire quand mon collègue lui a prouvé que le petit Mason n'était pas son fils !

Hayley perdit tout espoir et cessa de se débattre. Il n'était pas difficile de falsifier des examens médicaux. Si Cain n'avait pas pris le temps de vérifier l'authenticité du document — ce qui était clairement le cas, s'il était en route —, il pensait qu'elle lui avait aussi menti au sujet de son fils.

Il devait être impatient de l'arrêter.

Elle tourna les yeux vers une fenêtre. Il y avait un bâtiment de l'autre côté de la rue. Elle pouvait toujours tenter de se lever et de faire des signes, mais elle ne savait pas s'il y avait des gens dans ces bureaux et ils ne la verraient sans doute pas, de toute manière.

Mais essayer d'attirer l'attention de gens qui n'existaient peut-être pas valait mieux que d'attendre l'arrivée de Cain, qui signerait leur arrêt de mort.

La sonnerie de l'ascenseur tinta. Il était trop tard.

Mara se plaça derrière elle et posa son arme sur sa tempe. Cain comprendrait tout de suite qu'il avait été dupé, mais cela ne changerait rien.

Les portes de l'ascenseur s'ouvrirent. Cain en sortit en compagnie d'un jeune homme. La stupeur se peignit sur son visage. Quand il se tourna vers l'autre homme, celui-ci avait déjà dégainé son arme.

— Pose ton arme par terre, très lentement, ordonna-t-il à Cain. Si tu tentes quelque chose d'héroïque, je tirerai et Mara tuera Hayley.

Cain plissa les yeux, mais il obéit. Il tira son arme de son étui, la posa par terre et la repoussa du pied.

— Que se passe-t-il, Lawson ? demanda-t-il.

L'homme éclata de rire.

— Je suis désolé, mais il y a un changement de plan, répondit-il. Nous n'avons pas vraiment besoin que tu arrêtes Hayley. Nous avons juste besoin que tu aies *l'air* d'être venu arrêter Hayley quand on trouvera vos corps parce que vous vous êtes entretués.

Cain écarquilla les yeux.

— Alors tout ce que vous m'avez dit au quartier général...

— ... est un ramassis de mensonges, acheva Lawson avec un sourire cynique. Ta petite amie n'est pas la seule à savoir se servir d'un ordinateur.

— Vous avez tout fabriqué ?

Lawson haussa les épaules.

— Non. Comme tous les bons arnaqueurs, nous avons pris des éléments de la réalité et nous les avons déformés pour leur faire dire ce que nous voulions.

Hayley n'avait jamais vu Cain aussi abattu. Cela la tira de sa propre stupeur. Cain tourna la tête vers Mara et elle quand elle recommença à se débattre.

— Tu es la femme qui travaillait au Bluewater, dit-il à Mara. Tu étais là le soir de l'incendie.

— On a essayé de se débarrasser d'elle cette nuit-là, mais tu es intervenu trop vite, répondit Mara.

Cain s'approcha lentement d'elles.

— Et l'hôtel ? demanda-t-il. Quelqu'un a bien essayé de tuer Hayley, n'est-ce pas ? Ce n'est pas un coup monté ?

— Mlle Green s'est révélée particulièrement difficile à tuer, répondit Lawson. Contrairement à ses petits camarades, qui ne nous ont opposé aucune résistance.

— On peut dire que tu nous auras bien compliqué la vie, reprit Mara en lui donnant un petit coup de canon de revolver dans la tempe. On pensait avoir plus de temps avec toi puisque tu respectais les conditions de ta libération. Tes complices les ont violées dès qu'ils ont pu.

Hayley leva les yeux vers Mara.

— Alors vous les avez tués parce que vous ne saviez pas lequel d'entre nous avait installé la trappe dans le programme, dit-elle.

Cain fit deux pas en direction d'une fenêtre. Peut-être espérait-il faire signe à quelqu'un dans l'immeuble d'en face, comme elle un peu plus tôt. Si c'était le cas, elle devait détourner l'attention de Mara et de Lawson de lui.

— Mara ne croyait pas que c'était toi, mais moi si, intervint Lawson, qui avait suivi Cain et pointait toujours son arme sur lui.

Son ricanement la fit grimacer.

— Tu as retrouvé un accès à l'informatique à un très mauvais moment, ajouta Mara. La plus grosse vente qu'on ait jamais faite est prévue pour la semaine prochaine. Dans d'autres circonstances, on aurait fait profil bas, le temps que les choses se tassent, mais on ne peut pas passer à côté de ce contrat.

— Il s'agit de milliards, et non de millions, précisa Lawson. Alors on doit se débarrasser de vous, même si ça risque de faire quelques vagues. Parce qu'on sait que tu as tout dit à l'agent Bennett, Hayley.

— Vous ne ferez pas de mal à Mason ? demanda-t-elle.

Elle dut réprimer son instinct maternel pour mentionner son fils, mais elle devait tout faire pour aider Cain s'il était sur le point de tenter quelque chose.

— Nous ne sommes pas des monstres, répondit Mara. L'enfant n'a rien à voir avec tout ça.

— Génial, ironisa Cain. Des criminels avec une conscience. Votre contrat à plusieurs milliards ne fera-t-il pas des victimes ?

Lawson haussa les épaules.

— Les plans de nos derniers drones furtifs ? Oui, ils feront sûrement quelques victimes, mais nous ne serons pas aux commandes.

Cain fit un pas de plus vers la fenêtre.

— Nous avons vérifié que l'immeuble d'en face était vide, au cas où tu espérerais attirer l'attention de quelqu'un, ajouta Lawson.

Hayley sentit ses épaules s'affaisser. C'était son dernier espoir. Ils allaient mourir. Elle rencontra le regard de Cain. Il y avait tant de choses qu'elle voulait lui dire… Avant tout, elle aurait voulu lui dire qu'elle comprenait pourquoi il l'avait crue coupable quand on lui avait présenté les faux documents.

Elle aurait aussi voulu le serrer dans ses bras et l'embrasser une dernière fois, mais elle savait que Mara et Lawson ne le lui permettraient pas et elle ne s'humilierait pas à les supplier.

Elle pouvait peut-être neutraliser Mara s'ils la détachaient avant de la tuer. Elle était sûre que Cain était capable de désarmer Lawson. C'était le revolver que Mara pointait sur sa tête qui l'en empêchait.

Elle essaya d'attirer discrètement l'attention de Cain pour l'inciter à attaquer Mara. Elle en mourrait peut-être, mais cela lui laissait une chance et elle était presque sûre que Cain s'en sortirait.

— Finissons-en ! dit Mara à Lawson. Le Secteur Omega les cherchera bientôt.

— Le sénateur est-il seulement au courant de vos activités ? demanda Cain en se plantant devant la fenêtre dont il n'avait pas cessé de se rapprocher.

Mara et Lawson éclatèrent de rire.

— Non, pouffa Mara. Ses ordinateurs sont impliqués, mais lui-même n'a rien à voir avec nos affaires. Il nous a fourni une couverture parfaite, non ?

— L'opposant le plus acharné à ce programme ! enchaîna Lawson. Ça nous a bien aidés pour vous mettre tous à l'ombre vite et pour un bon moment. Ça nous a laissé le temps de nous demander lequel d'entre vous connaissait nos secrets.

Il alla ramasser l'arme de Cain près de la porte.

— Ce qui est comique, c'est que je venais juste de comprendre que je ne pourrais rien prouver, dit Hayley en secouant la tête. Nous pensions que c'était le sénateur qui tirait les ficelles, mais que nous ne pourrions l'incriminer que s'il commettait une erreur.

Mara détacha l'un de ses bras.

— Nous ne pouvions courir aucun risque, répondit-elle. Mais nous vous aurions peut-être laissés vivre quelques mois de plus si nous l'avions su.

— D'autant plus volontiers que tu es une fugitive, ajouta Lawson. Nous aurions pu laisser la police faire le sale boulot.

Cain se détourna de la fenêtre alors que Mara détachait le deuxième bras d'Hayley.

— Que je comprenne bien, dit Cain, qui semblait avoir perdu toute combativité. Vous avez essayé de tuer Hayley dans l'incendie du Bluewater. Vous avez piraté le système de la police pour modifier son dossier. Vous avez mis sa tête à prix, ce qui a incité l'agent Brickman à essayer de la tuer. Vous avez encore essayé de la tuer à l'hôtel. Après cela, vous l'avez enlevée et vous avez falsifié d'autres documents pour me faire croire qu'elle était le cerveau de votre opération. Finalement, vous allez nous tuer tous les deux.

Lawson jeta un coup d'œil à Mara et pouffa.

— On dirait une liste de commissions du crime !

Cela fit rire Mara.

— Il a oublié que nous avons gagné des milliards en vendant des secrets d'État, répondit-elle. Je pense que ça aurait dû figurer en bonne place dans la liste.

— Je le pense, moi aussi, dit Cain en la fusillant du regard.

Mara força Hayley à se lever et la poussa vers les fenêtres.

— Maintenant, nous allons mettre vos derniers instants en scène, annonça-t-elle. Vous devez avoir tous les deux des résidus de poudre sur les doigts pour que notre histoire soit crédible.

Hayley essaya désespérément de rencontrer le regard de Cain quand Mara lui mit son arme dans la main. Il pouvait peut-être plonger sur le côté ou... faire quelque chose.

N'importe quoi.

Quand il tourna enfin la tête vers elle, il lui décocha un clin d'œil.

Un clin d'œil ? Que lui arrivait-il ?

— On est prêt ? demanda-t-il.

S'adressait-il à elle ? Lui demandait-il si elle était prête à lui tirer dessus ? À s'enfuir ? À se cacher ? De quoi parlait-il ?

Même Lawson le regardait bizarrement.

— Maintenant ! dit Cain.

Les vitres explosèrent alors que ce mot avait à peine franchi ses lèvres. Hayley hurla, se couvrit le visage, sentit des bras autour d'elle et se retrouva par terre.

Quelques secondes plus tard, elle ouvrit un œil et vit une dizaine d'agents en tenue de commando inspecter les recoins des bureaux vides. Mara et Lawson gémissaient sur le sol. Ils avaient été touchés, mais ils étaient vivants.

Cain était couché sur elle pour la protéger.

— Ça va ? s'inquiéta-t-il.

Elle prit conscience qu'elle était indemne, si elle faisait abstraction de quelques entailles qu'elle devait aux éclats de verre.

— Oui. Que... Que s'est-il passé ?

— Cain, mon salaud ! lança l'un des hommes du commando. Tu leur as tout fait avouer ! C'était génial !

Cain ignora son collègue, qui entreprit de menotter Lawson et Mara. Il aida Hayley à se redresser et chassa les éclats de verre qui lui étaient tombés dessus.

— Que font-ils là ? demanda Hayley, complètement perdue. Tu les as alertés sans que je m'en aperçoive ? Ils t'ont localisé grâce à ton téléphone ?

Mais si c'était le cas, pourquoi lui aurait-il décoché un clin d'œil juste avant qu'elle ne comprenne plus rien ?

Cain retira l'oreillette qu'il portait et la lui montra.

— Ils sont avec nous depuis le début, répondit-il. Je voulais juste leur laisser le temps de se mettre en place et en profiter pour essayer de faire parler ces deux-là.

Il pencha la tête vers Lawson et Mara, auxquels des agents donnaient les premiers soins.

— Je ne m'attendais pas à ce que ce soit aussi facile, ajouta-t-il.

Hayley avait l'impression de rêver. Non, elle n'y comprenait toujours rien.

— Mais Lawson t'a prouvé que je vendais des secrets d'État...

— Et sa démonstration était impressionnante, répondit Cain.

— Si tu l'as cru, comment se fait-il qu'il y a un commando dans cette pièce ?

Cain retira un petit éclat de verre de ses cheveux, puis l'attira dans ses bras.

— Je ne t'ai pas crue coupable de trahison un seul instant, répondit-il en lui effleurant la joue. Des gens *meurent* à cause des secrets qu'ils ont vendus à l'ennemi. Je te sais incapable d'autant de cynisme. Ils pouvaient me montrer toutes les « preuves » qu'ils voulaient : ça n'y changeait rien.

— Et le faux test ADN de Mason ?

Cain haussa un sourcil.

— À ce stade, j'essayais juste de ne pas démolir le portrait de Lawson. Je n'ai même pas lu ce truc. De toute manière, je suis sûr d'être le père de Mason depuis que j'ai vu sa tache de naissance.

— Alors le temps que tu as mis à te ressaisir…

— C'était le temps dont j'avais besoin pour rassembler l'équipe. J'ai tout de suite compris que c'était une chance inespérée d'en finir avec ton problème. Tu es en sécurité, maintenant. Plus personne ne s'en prendra à toi ni à Mason.

Hayley sentit une larme rouler sur sa joue.

— Eh ! Ne pleure pas ! dit Cain en essuyant sa larme du bout du doigt. Tout a marché comme sur des roulettes.

Elle ne pleurait pas à cause du chaos qui régnait autour d'elle.

— Tu m'as fait confiance, murmura-t-elle.

Alors qu'on lui avait présenté des preuves accablantes de sa culpabilité. Et c'était à sa confiance qu'ils devaient d'avoir la vie sauve.

— Parce que tu es digne de confiance, répondit-il en la serrant dans ses bras. Et j'espère te convaincre que je le suis aussi. Le passé est révolu. Mason et toi êtes mon avenir.

Elle lui passa les bras autour du cou. Elle aurait aimé trouver quelque chose à lui répondre, mais elle se contenta de s'agripper à lui. Elle savait qu'elle pourrait toujours compter sur sa force et qu'il les protégerait toujours, Mason et elle. Elle se jura d'essayer d'en faire autant pour lui.

Alors qu'elle se cramponnait à lui, les mots qu'elle cherchait lui vinrent subitement. Ils étaient l'expression la plus pure de la vérité depuis leur adolescence.

— Je t'aime, murmura-t-elle.

Il l'embrassa avec tant de tendresse que de nouvelles larmes lui échappèrent.

— Moi aussi, répondit-il. Je t'ai toujours aimée et je t'aimerai toujours.

23

Un mois plus tard, Hayley reparaissait devant le juge Nicolaides. Brandon Han, qui était à la fois avocat et membre du Secteur Omega, la représentait.

Ce qui n'était sans doute pas nécessaire, cette fois. Son dossier avait été rectifié et plus personne ne la considérait comme une criminelle violente ni comme une fugitive. Elle était là pour la révision des conditions de sa libération anticipée.

Cain était assis juste derrière elle. Ariel surveillait Mason, qui courait dans le hall du tribunal.

— Je suis ravi de vous revoir en bonne santé, mademoiselle Green, dit le juge. J'ai cru comprendre qu'il s'était produit quelques changements depuis notre dernière entrevue ? Votre nom, entre autres ?

Hayley jeta un coup d'œil à Brandon, qui l'encouragea à répondre d'un signe de tête. Vu la tournure qu'avaient prise ses comparutions précédentes, Cain pouvait comprendre qu'elle soit un peu nerveuse.

— Oui, Votre Honneur, répondit-elle. Je m'appelle désormais Hayley Green Bennett.

— Votre mari vous a-t-il raconté la fois où il a fait irruption dans mon bureau et failli se faire arrêter ? demanda Nicolaides.

Hayley se retourna pour lui jeter un regard surpris avant de répondre au juge.

— Non, Votre Honneur.

— Ce n'est pas grave. Je le lui ai pardonné parce que j'étais un grand fan de son équipe de football.

Nicolaides baissa les yeux vers les papiers étalés sur son bureau.

— C'est intéressant..., reprit-il. Il semblerait que l'agent qui vous a arrêtée il y a quatre ans et demi s'appelait aussi Cain Bennett.

— Oui, Votre Honneur.

Cain sentait Hayley de plus en plus nerveuse.

— Si vous supportez d'être mariée à un homme qui porte le même nom que celui qui vous a arrêtée, c'est le principal ! poursuivit Nicolaides, qui luttait contre un sourire.

— Je devrais y arriver, répondit doucement Hayley.

— J'ai là une demande d'annulation de toutes les conditions de votre libération anticipée. D'après les témoignages de plusieurs agents fédéraux, Vous auriez fourni une aide décisive pour arrêter des terroristes qui vendaient des secrets d'État à l'ennemi.

Des terroristes qui passeraient l'un et l'autre le reste de leur vie en prison. Mara et Lawson n'avaient pas demandé mieux que de leur fournir des détails sur leur contrat qui se chiffrait en milliards dans l'espoir de voir leur peine réduite, ce qui avait peu de chance de se produire.

Hayley hocha la tête.

— Oui, Votre Honneur, répondit-elle.

— Pouvons-nous compter sur vous pour ne plus exercer vos activités de piratage qu'au service du gouvernement des États-Unis ?

— J'ai l'intention de ne plus pirater du tout, Votre Honneur, répondit Hayley. J'aimerais me concentrer sur mes rôles d'épouse et de mère pendant quelques années.

Le juge Nicolaides pouffa.

— C'est une activité qui n'est pas sans risque, lui fit-il remarquer.

— Mais qui a un côté gratifiant, répliqua-t-elle.

Le juge acquiesça.

— J'ai dit à votre mari que je l'aidais parce que je l'avais vu emmener son équipe jusqu'au championnat national. Ce que je ne lui ai pas dit, c'est que j'étais encore dans les gradins quand le stade s'était presque entièrement vidé. Vous étiez là aussi, mademoiselle Green. Vous attendiez l'agent Bennett. Il est venu vers vous et il vous a serrée dans ses bras comme si sa vie en dépendait. Je n'oublierai jamais cette scène.

Cain ne l'avait pas oubliée non plus. Tout le monde courait dans les vestiaires et dans tout le lycée pour préparer la fête qui devait suivre. Lui n'aspirait qu'à retrouver Hayley, qui n'avait jamais été à l'aise dans les foules, ni sous le feu des projecteurs. Il avait ressenti un intense soulagement quand il l'avait vue dans les gradins.

Il ne savait pas comment il avait pu laisser une femme aussi précieuse qu'Hayley lui échapper, mais il se jura de ne pas répéter cette erreur.

Le juge jeta un bref coup d'œil à Cain avant de déclarer :

— Hayley Green Bennett, je vous libère de toutes les conditions auxquelles vous étiez soumise. Vous avez purgé votre peine et retrouvé tous vos droits de citoyenne américaine.

Il abattit son marteau.

— C'est fini ! dit Brandon à Hayley en la serrant dans ses bras.

Cain vit le juge donner quelque chose au greffier. Un instant plus tard, il serrait Hayley contre son cœur — de toutes ses forces, pour qu'elle comprenne à quel point il était heureux.

— Il est temps de passer à des choses plus importantes, comme aller manger une glace, lui murmura-t-il à l'oreille.

Elle lui offrit un sourire éblouissant.

— Tu as raison, répondit-elle. Mason exigera nos têtes si on ne l'emmène pas chez le glacier immédiatement.

Le greffier s'approcha pour tendre une petite carte à Hayley.

— Le juge Nicolaides m'a demandé de vous donner ça, dit-il.

Cain jeta un coup d'œil par-dessus son épaule, mais le juge avait déjà quitté la salle.

Hayley retourna la carte. Le juge y avait écrit une citation de Zig Ziglar :

Nous ne pouvons pas recommencer à zéro, mais nous pouvons recommencer maintenant et écrire une nouvelle fin à notre histoire.

Cain passa son bras autour de la taille d'Hayley et l'entraîna vers la porte. Il continuerait à traquer l'auteur du « Manifeste du Changement » avec ses collègues du Secteur Omega, mais Hayley, comme elle l'avait dit au juge, se consacrerait à ses rôles d'épouse et de mère aussi longtemps qu'elle le voudrait. Si c'était pour toujours, cela lui convenait parfaitement.

Ils étaient tous les deux libres d'écrire la fin heureuse de leur histoire.

CARLA CASSIDY

Le doute dans ton regard

Traduction française de
CHARLOTTE DEMANIE

BLACK ROSE

HARLEQUIN

Titre original :
DESPERATE STRANGERS

Ce roman a déjà été publié en 2020.

1

Nick Simon n'était pas un assassin. Toutefois, durant cette nuit étouffante de juillet, il s'apprêtait à le devenir. Alors qu'il courait le plus silencieusement possible, il avait l'impression que son cœur battait aussi vite que celui d'un drogué qui aurait pris une dose de trop.

Il n'y connaissait pourtant rien en la matière et n'avait jamais essayé aucune substance de ce genre. Depuis le jour de sa naissance, trente-trois ans auparavant, il avait toujours fait ce qu'il fallait. Il payait ses impôts à l'heure, n'avait jamais eu la moindre contravention. Il avait toujours essayé d'être un homme bon et gentil, un voisin attentionné… Néanmoins, ce soir, il avait prévu de tuer un homme. Un homme qu'il n'avait jamais rencontré.

Dans ses poches, la lampe-torche, le masque de ski et le revolver étaient aussi brûlants que les flammes de l'enfer. Sur ses mains, les gants de latex étaient comme une peau étrangère.

Nick espérait que sa cible serait endormie à cette heure de la nuit et qu'il pourrait éviter de croiser son regard avant d'appuyer sur la gâchette. Il priait pour ne jamais voir la terreur briller dans les yeux de quiconque. Pour autant Brian McDowell méritait son sort.

Quand il arriva près de la maison, Nick ralentit son allure et tenta de se calmer en prenant de longues et profondes inspirations. Des gouttes de sueur perlaient dans le bas de son dos et sur ses tempes.

L'air était poisseux, oppressant… Cependant Nick devait garder son sang-froid. S'il se laissait gagner par la panique, il risquait fort de commettre des erreurs, et finir derrière les barreaux n'était pas du tout ce qu'il avait prévu pour le futur. Un chien aboya au loin. Nick se rapprocha d'une allée de buissons.

Comme prévu, le quartier était tout à fait calme pour un dimanche soir, après minuit. Nick avait garé sa voiture à quelques rues de là et n'avait pas eu besoin de se cacher pour arriver jusqu'ici.

« Entrez chez lui, faites ce que vous avez à faire et ressortez aussi sec. » Nick sortit le masque de ski de sa poche. Il avait reçu des instructions plutôt précises et il savait que s'il remplissait sa part du contrat alors un autre homme se chargerait d'exécuter Steven Winthrop... L'homme qui avait détruit sa vie.

Nick sentit le chagrin lui retourner le cœur. Debbie... Debbie. Le prénom de sa femme morte résonnait dans sa tête tandis que les dernières images qu'il avait d'elle lui revenaient encore à l'esprit. Baignant dans son sang, inerte, luttant pour rester en vie, jusqu'à son dernier souffle...

Il enfila le masque et sortit l'arme de sa poche. Que justice soit faite. Voilà ce que lui et cinq autres hommes exigeaient. Tous les six, ils avaient formé une alliance pour s'assurer que la justice serait enfin rendue.

La douleur et la rage toujours nichées au fond de son âme, Nick accéléra le pas vers la maison de Brian.

Les instructions qu'il avait reçues avec l'arme indiquaient que l'habitation n'avait pas l'air conditionné, il devrait donc, vu la chaleur, être facile d'y pénétrer par l'une des baies vitrées. Elles lui indiquaient également que Brian devait mourir entre minuit et 1 heure du matin.

Arrivé devant le mur de briques rouges, Nick se faufila sur le côté du bâtiment pour réfléchir un instant. S'il devait changer d'avis, c'était maintenant ou jamais.

Il n'était pas trop tard pour faire marche arrière. Nick pouvait encore retourner à sa voiture en courant et rentrer chez lui sans avoir le sang d'un être humain sur les mains. Mais Brian McDowell n'était pas n'importe quel être humain. C'était un voleur et un assassin. Il avait battu à mort une vieille femme après l'avoir cambriolée.

Les flics avaient fait leur boulot. En retrouvant les biens de Margaret Harrison chez Brian McDowell, la police l'avait arrêté et inculpé pour meurtre. Il avait été jugé un an plus tôt. Mais, quand les preuves avaient mystérieusement disparu du service de police, il avait été déclaré non coupable.

Le plus important pour Nick n'était pas ce qu'avait fait Brian mais le fait que, s'il tuait ce dernier, alors quelqu'un d'autre se chargerait d'assassiner l'homme qui avait agressé et tué sa propre femme.

Fort de cette conviction, Nick prit une profonde inspiration et se dirigea vers la maison. Une fois devant, il se rendit immédiatement compte que la vitre de la grande baie vitrée était brisée. Les restes de ce qui devait être un grand cache-pot en terre cuite ainsi que des éclats de verre gisaient partout au sol.

Que s'était-il passé ?

Nick s'approcha en retenant son souffle. Il sortit sa lampe-torche, l'alluma et la dirigea vers l'intérieur.

Brian McDowell était là. Sur le pas de la porte… gisant sur le dos… la gorge tranchée. Un signe qui ressemblait à la lettre V avait été tracé sur son front. Le sang autour du corps était rouge écarlate, et de terrifiantes taches maculaient le T-shirt blanc que portait la victime. L'odeur âcre de la mort flottait encore dans l'air, et Nick eut soudain du mal à respirer.

Il trébucha en arrière et ravala la bile qu'il sentait monter au fond de sa gorge. Puis il regarda autour de lui pour s'assurer qu'il était toujours seul dans la nuit. Les doigts tremblants, il ôta son masque de ski.

Pars d'ici tout de suite. Ce que sa conscience lui ordonnait de faire semblait la meilleure des idées. Nick partit donc en courant et reprit l'itinéraire par lequel il était arrivé. Son cerveau bouillonnait.

Que s'était-il passé ? Qui avait fait ça ? Certes Brian McDowell était un vrai salaud et il devait avoir de nombreux ennemis, mais quelles étaient les probabilités pour qu'il se fasse tuer cette nuit-là ? Et à cette heure précise ?

Qui était celui qui avait précédé Nick ?

Pour être honnête, celui-ci ne pouvait s'empêcher de se sentir soulagé. L'homme était mort, et ce n'était pas lui qui avait appuyé sur la gâchette. Aurait-il seulement réussi à aller jusqu'au bout ?

Mais, à présent, que devait-il faire ? Il allait bien falloir prévenir quelqu'un… Pourtant les membres du groupe avaient été clairs ;

aucun coup de téléphone ne devait être passé entre eux, rien ne devait être fait qui risquerait de les incriminer.

Comme prévu, Nick les verrait dans une semaine après la réunion du Northland Survivors Club. Là où ils s'étaient tous rencontrés, neuf mois plus tôt.

Nick était à environ deux pâtés de maisons de l'endroit où il s'était garé quand une voiture apparut soudain au bout de la rue. Le véhicule roulait vite, les phares étaient éteints. Il s'immobilisa et le suivit des yeux.

Il jura sourdement en le voyant foncer droit sur un grand arbre et stopper net sa course.

Seul le son de la vapeur qui sortait du radiateur cassé résonnait à présent dans le silence de la nuit.

Pars d'ici tout de suite, lui répéta sa petite voix intérieure. Il n'avait aucune raison de se trouver ici, en plein milieu de la nuit. À quelques rues seulement du cadavre de Brian McDowell.

Pars d'ici tout de suite. Mais il ne pouvait pas s'enfuir ainsi alors qu'il venait d'assister à ce terrible accident. Personne n'était encore sorti du véhicule, ce qui signifiait que quelqu'un était bloqué à l'intérieur, probablement blessé.

Derrière l'airbag qui s'était déclenché avec le choc, il apercevait le conducteur – ou plutôt la conductrice.

Même s'il était conscient du danger que cela représentait pour lui, Nick savait qu'il ne pouvait pas partir sans rien faire. Il retira donc ses gants, les fourra dans ses poches puis se précipita vers la porte du côté passager de la voiture.

— Bonjour ? lança-t-il en ouvrant la portière.

Le visage de la femme était caché par ses longs cheveux bruns. Nick savait qu'il ne fallait pas la déplacer.

Était-elle morte ? Il s'assit sur le siège passager et attrapa une de ses mains inertes pour chercher son pouls. Qui était irrégulier et faible.

Bon sang… Il n'avait même pas son téléphone portable sur lui pour appeler les secours. Cette femme avait pourtant besoin d'être prise en charge par les urgences le plus vite possible. Nick jeta un œil autour de lui et repéra son sac à main. Il fouilla à l'intérieur et tomba rapidement sur son téléphone.

Puis il composa le numéro du Samu et leur donna l'adresse de l'accident. Ce n'est qu'après avoir raccroché qu'il sentit une nouvelle vague de panique l'envahir.

S'il attendait les secours, comment allait-il pouvoir expliquer sa présence sur les lieux ? Il avait fait ce qu'il devait faire, il avait passé ce coup de téléphone. Il pouvait s'éclipser maintenant.

Mais, alors qu'il s'apprêtait à sortir de la voiture, il entendit la femme gémir. Sa plainte lui serra le cœur, et il se tourna vers elle.

— Ça va aller, lui dit-il d'un ton rassurant. J'ai appelé les secours.

Elle resta immobile et silencieuse. Nick ne put se résoudre à l'abandonner et il demeura assis à côté d'elle en se maudissant intérieurement.

En cherchant dans son sac à main, il dénicha son portefeuille et regarda sa pièce d'identité. Elle s'appelait Julie Peterson, elle avait trente et un ans et elle habitait à un pâté de maisons de l'accident. Le numéro de téléphone de ses parents se trouvait sur une liste des personnes à prévenir en cas d'urgence.

Il observa longuement la photo de son permis de conduire. Julie était une femme très séduisante. Il regarda sa main gauche. Elle ne portait pas d'alliance. Quand le gyrophare de l'ambulance illumina le lointain, Nick avait échafaudé son alibi.

Bien qu'il ne lui veuille aucun mal, il espérait que Julie Peterson resterait inconsciente jusqu'à son arrivée à l'hôpital. C'était risqué mais il n'avait pas d'autre choix, cette nuit avait été un véritable cauchemar.

Quelques minutes plus tard, une voiture de police et une ambulance arrivèrent sur les lieux. La priorité pour eux fut d'abord de faire sortir Julie Peterson du véhicule et de l'étendre sur une civière.

Puis, une fois l'ambulance partie, l'officier Tim Brown s'intéressa enfin à Nick.

— Vous voulez bien me dire ce qu'il s'est passé ?

Nick regarda la dépanneuse et sentit la culpabilité l'envahir en touchant du bout des doigts le masque de ski, qui était toujours au fond de sa poche.

— Euh... Julie et moi étions en train de nous disputer quand elle a pris la voiture. Je suis monté du côté passager et, avant même que j'aie le temps de réaliser ce qui était en train de se passer, nous sommes rentrés dans cet arbre.

— Pourquoi votre airbag ne s'est-il pas déclenché ? C'est étonnant que vous ne soyez pas blessé, observa l'officier.

Nick sentit son estomac se nouer. L'agent suspectait-il déjà quelque chose ? La vision de Brian McDowell, baignant dans son sang, lui revint brusquement à l'esprit.

— Avez-vous consommé de l'alcool ce soir ? reprit Tim Brown.

— Non, lâcha Nick en espérant que Julie n'avait pas de penchant pour la boisson.

— Quelle est la nature de votre relation avec Mlle Julie Peterson ?

— Je suis son fiancé.

Nick répondit sans même réfléchir aux conséquences de ce qu'il venait de dire. Il ne voulait qu'une chose : qu'on lui donne l'autorisation de partir d'ici.

— Puis-je voir votre pièce d'identité ?

— Je suis désolé, je ne l'ai pas sur moi. Je suis sorti de la maison en courant pour rattraper Julie, je n'ai pas pensé à prendre mon portefeuille.

— Comment vous appelez-vous ?

Le policier inscrivit avec soin le nom et l'adresse de Nick sur son carnet puis il lui tapota doucement le dos.

— Laissons la dépanneuse s'occuper de votre véhicule, je vais vous conduire à l'hôpital. Vous devez être mort d'inquiétude.

L'hôpital ? Nick sentit la toile de ses mensonges se refermer autour de lui. Une fois que Julie Peterson aurait repris connaissance, la police ne tarderait pas à faire le lien entre lui et le meurtre de Brian McDowell.

Le trajet jusqu'à l'hôpital de Kansas City ne dura qu'une quinzaine de minutes, et l'officier Brown ne parla pendant ce temps-là que de la météo humide et étouffante qui rendait les gens agressifs.

— Le taux de criminalité augmente toujours pendant les épisodes caniculaires mais, heureusement, un rafraîchissement des températures est prévu pour la semaine prochaine, dit-il en jetant un bref regard à Nick. À ce propos vous n'êtes pas un peu trop couvert pour un mois de juillet ?

Une nouvelle fois, Nick sentit les battements de son cœur

s'accélérer tandis qu'il se creusait le cerveau à la recherche d'une réponse plausible.

— Je m'habille toujours chaudement quand je vais chez Julie. On dirait qu'elle règle son thermostat sur dix degrés pendant l'été.

— Ma femme et moi passons notre temps à nous disputer à ce sujet, répliqua l'agent Brown en riant.

Une fois garé sur le parking de l'hôpital, l'agent accompagna Nick jusqu'à la salle d'admission des urgences.

— Julie Peterson a été emmenée ici en ambulance, annonça le policier à la femme qui se tenait à la réception. Veuillez prévenir le médecin qui se charge d'elle que son fiancé et moi-même sommes arrivés.

— Je vous remercie pour votre aide, dit Nick en se laissant tomber dans un des fauteuils de la salle d'attente.

— Ça fait partie de mon travail, lui répondit l'agent en s'installant à ses côtés.

Nick doutait fort qu'il y ait un suivi concernant l'accident et il avait espéré que le policier s'en irait. Car, si tout s'était plutôt bien passé jusqu'ici, les choses risquaient de prendre une autre tournure au réveil de Julie Peterson. Que se passerait-il quand elle déclarerait qu'elle n'avait pas de fiancé et qu'elle n'avait jamais vu Nick ?

Nick sentit son estomac se nouer tandis que la vision d'horreur du corps de Brian lui revenait à l'esprit. Préoccupé par l'accident, il n'avait même pas eu le temps de réfléchir à cette effrayante découverte...

Et à présent il était là, assis à côté d'un agent de police, avec dans ses poches le masque de ski, les gants et l'arme qu'il comptait utiliser pour commettre un meurtre, quelques heures plus tôt. Quand Julie allait se réveiller et révéler qu'elle ne le connaissait pas, allait-on le fouiller ?

Les deux hommes restèrent ainsi assis l'un à côté de l'autre pendant environ une heure. L'agent Brown parlait de la pluie et du beau temps, et Nick s'efforçait de répondre comme un fiancé préoccupé. Pourtant jamais il ne cessait de penser à l'arme dans sa poche et au fait que son interlocuteur faisait partie des forces de l'ordre.

Enfin, un homme, grand avec un début de calvitie, entra dans la salle d'attente et se présenta comme étant le Dr Mitch Carlson. Tous deux se levèrent d'un bond même si Nick savait que le cœur de l'agent ne pouvait pas battre aussi rapidement que le sien. Il sentit son sang se glacer, devenir aussi froid que le métal des menottes qu'on allait bientôt lui passer aux poignets.

— Comment va-t-elle ? s'enquit Nick.

— La bonne nouvelle c'est que ses blessures sont relativement mineures compte tenu des circonstances. Elle a quelques bosses, des ecchymoses et une légère commotion cérébrale, lui répondit le Dr Carlson.

— Est-ce que je peux lui poser quelques questions ? lui demanda l'agent Brown.

— Maintenant je vous donne la mauvaise nouvelle, lui poursuivit le médecin. Julie n'a aucun souvenir de l'accident.

Nick retint son souffle. Avec un peu de chance, l'agent Brown allait enfin rentrer chez lui et lui-même allait pouvoir s'enfuir loin d'ici. Bon sang, il était vraiment temps qu'il déguerpisse.

— En fait, continua le Dr Carlson, la dernière chose dont elle se souvient, c'est sa fête d'anniversaire qui a eu lieu il y a dix mois. Elle ne se souvient de rien depuis. Nous l'avons mise en observation, ajouta-t-il avant de se retourner vers Nick. Je lui ai dit que son fiancé était arrivé et elle a demandé à vous voir.

— Je vous accompagne, dit l'agent Brown. Je veux faire mon rapport.

Nick suivit le médecin et le policier dans le couloir en sentant la panique le submerger.

Cette étrange amnésie était-elle réelle ? Il allait le découvrir dans quelques instants. Si c'était le cas, son mensonge ne serait pas découvert. Mais, si Julie révélait la vérité, il serait arrêté. Car, sans aucune raison valable pour lui de se trouver à cette heure-ci sur les lieux de l'accident, il ne tarderait pas à être soupçonné d'un meurtre qu'il n'avait pourtant pas commis.

Julie Peterson était terrorisée. Elle l'était depuis qu'elle avait ouvert les yeux, allongée sur une civière dans une ambulance, sans avoir aucune idée de ce qui avait bien pu lui arriver.

On lui avait dit qu'elle avait eu un accident de voiture. L'infirmière lui avait expliqué qu'elle était au volant et qu'elle avait percuté un arbre. Mais ce n'était pas ça qui l'effrayait le plus...

Pourquoi ne se souvenait-elle pas de cet accident ? Et, plus grave encore, pourquoi lui manquait-il dix mois de souvenirs ? Et depuis quand avait-elle un fiancé ?

La mémoire allait peut-être lui revenir quand elle verrait l'homme dont elle était soi-disant amoureuse. Et quand cette migraine arrêterait de la faire tant souffrir.

Elle essayait de se redresser pour s'asseoir quand le médecin, un policier en uniforme et un grand inconnu entrèrent dans la chambre.

— Julie, Dieu merci, tu n'as rien, s'écria l'inconnu en se précipitant vers elle pour lui prendre la main.

Il était très séduisant avec son jean et son sweat à capuche noir qui mettait en valeur son corps musclé.

Était-ce lui son fiancé ? Ce bel homme aux traits fins et aux yeux verts ? Se pouvait-il vraiment qu'elle soit aussi chanceuse ? Et pourquoi, mais oui pourquoi n'avait-elle aucun souvenir de lui ?

— C'est Nick, chérie, lui déclara-t-il. Tu ne te souviens pas de moi ?

Il avait dû voir l'inquiétude sur son visage, pensa Julie.

— Ce n'est rien, tout va s'arranger, ne t'en fais pas, affirma-t-il d'une voix rassurante.

Quand il lui lâcha la main, elle sentit le désespoir l'envahir.

— Bonjour, mademoiselle Peterson, je suis l'agent Brown, dit le policier. Est-ce que je peux vous poser quelques questions ?

— Oui, bien sûr mais je ne suis pas certaine de pouvoir y répondre, lui indiqua-t-elle.

Elle aurait aimé que Nick lui reprenne la main. Même si elle n'avait aucun souvenir de lui, le contact de sa main lui avait procuré un peu de réconfort.

Et elle en avait grand besoin à cet instant précis.

Tandis que le policier lui posait des questions à propos de l'accident, elle essayait de se rappeler quelque chose, même un simple détail, mais en vain.

— La dernière chose dont je me souviens, c'est d'être allée dans les Jardins italiens pour mon anniversaire. Mes parents étaient présents, ainsi que mes frères et ma sœur. Mais, puisque mon prochain anniversaire est dans deux mois, on dirait que j'ai un trou de mémoire de presque une année entière. Est-ce que ce genre de choses est normal ? demanda-t-elle même si elle savait pertinemment que ça ne l'était pas.

— Disons que cela arrive parfois. Après un événement traumatisant, comme un accident de voiture, un patient peut oublier ce moment en particulier, lui répondit le Dr Carlson. C'est une façon pour le cerveau de se protéger d'une trop grande douleur émotionnelle. Mais je n'ai encore jamais eu de patient souffrant de ce type d'amnésie. Mon conseil serait pour le moment de rentrer d'abord chez vous et de retrouver vos affaires et vos proches. Essayez de ne pas trop vous inquiéter et, avec un peu de chance, votre mémoire devrait revenir rapidement.

Avec un peu de chance ? Julie sentit sa migraine s'intensifier. Elle regarda Nick. Comment pouvait-elle n'avoir aucun souvenir de leur premier rendez-vous, du jour où elle était tombée amoureuse de lui ? Que s'était-il passé d'autre pendant ces dix mois qu'elle avait oubliés ?

— J'espère que vos souvenirs vont vite refaire surface, déclara l'agent Brown. Maintenant, si vous voulez bien m'excuser, je vais me remettre au travail.

— Si votre mémoire ne revient pas d'elle-même dans les six prochaines semaines, je contacterai un neurologue qui pourra vous aider, dit le Dr Brown une fois que le policier eut quitté la chambre. Je vous recommande de ne pas prendre le volant avant une dizaine de jours et de vous reposer. Et, si vous le souhaitez, vous pouvez évidemment passer le reste de la nuit ici.

Julie lança un nouveau regard à Nick.

— Est-ce que tu peux rester avec moi ?

— Nous pouvons vous trouver un oreiller et une couverture, ajouta le Dr Carlson.

— Bien sûr que je peux rester, répondit Nick après un bref instant d'hésitation.

— Je vais vous envoyer une infirmière, conclut le médecin avant de quitter la pièce, laissant Julie seule avec cet homme, cet inconnu dont elle était apparemment amoureuse mais qu'elle avait l'impression de n'avoir encore jamais vu.

— J'espère que ça ne te dérange pas de rester. Je me sens si seule, dit-elle.

Ce n'était pas tout à fait juste. Julie était surtout bouleversée, et terrifiée à l'idée que son cerveau pourrait ne plus jamais fonctionner correctement. Qu'avait-il bien pu se passer ? Elle n'avait aucune blessure grave qui pouvait justifier un tel état.

— Tu n'es pas seule, affirma Nick en venant s'asseoir sur le bord du lit, à côté d'elle.

— Tu n'as pas trop chaud dans ce sweat ? s'enquit-elle en remarquant sa tenue.

— Oh si !

Il se dirigea vers la salle de bains et ajouta :

— Je reviens dans un instant.

La situation était si étrange. Cet homme savait tout d'elle... Il connaissait leur histoire, et elle ignorait tout. Son fiancé ! Avaient-ils déjà fixé une date de mariage ? Quel métier faisait-il ? Habitaient-ils ensemble ? Rien qu'à la pensée de tout ce qu'elle ignorait, Julie sentit sa migraine revenir.

Quelques instants plus tard, Nick sortit de la salle de bains, son sweat-shirt roulé en boule dans ses mains. S'il était bel homme dans son pull à capuche, il l'était encore davantage dans le T-shirt blanc qui moulait ses épaules et son torse.

— Tu es certaine de ne pas te souvenir de moi ? demanda-t-il en s'asseyant dans le fauteuil inclinable.

— Pas du tout, je suis désolée, Nick. Nous sommes fiancés et je suis sûre que je dois être folle amoureuse de toi, mais tu vas devoir remplir les blancs pour moi.

— Je ferai de mon mieux.

— Dieu merci, tu n'as pas été blessé dans l'accident... Mais... Et ma voiture ?

— On l'a emmenée chez Jerry's Ford. Il faudra que tu appelles ta compagnie d'assurances demain pour mettre les choses en ordre.

— Est-ce que je conduis toujours une Ford Focus bleue ?

Qu'est-ce qui avait bien pu changer dans sa vie en dix mois ?

Vivait-elle toujours dans la même maison ? Se pouvait-il qu'un de ses proches soit mort ?

Nick acquiesça.

— Une Ford Focus bleue, tout à fait.

— Je suppose que je travaille toujours à la boutique de prêts sur gages de mes parents, mais toi, que fais-tu dans la vie ?

Il était plus simple pour Julie de se concentrer sur Nick. Elle préférait pour le moment ne pas penser à sa propre vie, c'était trop déstabilisant.

— Je suis professeur d'éducation physique et entraîneur de football au lycée JL Cook.

— Ceci explique tout, murmura-t-elle comme pour elle-même.

De larges épaules, des hanches étroites, un ventre plat et pas un gramme de graisse, cet homme avait un corps de rêve.

— Explique quoi ?

— Euh... (Julie sentit le feu lui monter aux joues.) Que tu aies l'air d'être en forme.

Bon sang, il devait maintenant être en train de se demander si, en plus de souffrir d'amnésie, elle n'avait pas totalement perdu la tête.

— Et voilà ! lança soudain une infirmière en entrant dans la chambre avec un grand sourire. Un oreiller et une couverture.

Elle les tendit à Nick puis se tourna vers Julie.

— Et vous, avez-vous besoin de quelque chose ?

— Oui, de mes souvenirs, lui répliqua Julie avec un triste sourire.

— Appuyez sur la sonnette si vous avez besoin de quoi que ce soit.

— Merci, lui répondit Julie.

Une fois l'infirmière sortie de la chambre, elle se retourna vers Nick.

— Raconte-moi comment on s'est rencontré, demanda-t-elle. Est-ce qu'on a eu un coup de foudre ?

— Nous nous sommes rencontrés dans le petit café qui est à côté de la boutique où tu travailles, lui répondit Nick en changeant de position sur son siège.

— Le Coffee Bean, dit-elle.

— Exactement. Je t'ai remarquée et je t'ai demandé ton numéro de téléphone. J'étais sous le choc et heureux comme jamais quand tu me l'as donné. Voilà comment a commencé notre histoire...

— Est-ce que ma famille t'apprécie ? Je veux dire... Je sais comment sont mon père et mes frères...

Ses frères aînés n'avaient pas apprécié les hommes qu'elle avait fréquentés. Mais comment se faisait-il qu'elle se souvienne de tout ça et pas de son fiancé ?

— Je n'ai rencontré personne de ta famille... Nous ne leur avons encore rien dit à propos de nous deux. Tu voulais garder le secret jusqu'à ce que je te passe la bague au doigt.

— Tu ne l'as pas déjà fait ? s'exclama-t-elle en regardant son annulaire gauche pour vérifier qu'elle ne portait pas de bague de fiançailles.

— Pas encore, non, lui dit-il en croisant son regard pour la première fois. En fait, nous étions en train de choisir la bague.

— Est-ce que nous habitons ensemble ?

— Non, tu ne souhaitais pas que nous vivions ensemble avant d'être mariés. Tu sais, je me demande si tu ne ferais pas mieux de te reposer. Il est tard et tu as quand même vécu quelque chose de plutôt traumatisant.

Il lui adressa un grand sourire, et Julie sentit une vague de chaleur l'envahir. Il avait un superbe sourire.

— Oui, bien sûr.

Elle ferma les yeux, mais elle savait qu'elle ne réussirait pas à dormir. Son esprit tournait en boucle, elle avait tant de questions...

Nick baissa le fauteuil inclinable. Il avait dû avoir peur de la perdre, pensa Julie en le regardant s'installer pour la nuit.

Elle l'observa encore un instant, blotti sous la couverture, un oreiller calé sous sa tête. Il avait les yeux fermés, mais elle savait qu'il ne dormait pas.

— Nick ?

Il ouvrit les yeux et la regarda. Seigneur ! Elle aurait pu se perdre dans la profondeur de ses yeux verts.

— Oui ?

— Dis-m'en plus sur l'accident... Que s'est-il passé exactement ?

Nick poussa un profond soupir avant de lui répondre.

— Nous étions chez toi, nous nous sommes disputés...

— À quel propos ? lança-t-elle en se redressant.

— Quelque chose de stupide, quelque chose qui ne valait

vraiment pas le coup de se mettre dans un état pareil… Tu aimes qu'il fasse frais chez toi et moi je trouvais qu'il faisait presque froid. Ça m'énerve de porter un sweat en plein mois de juillet. Tu t'es mise en colère et tu as pris ta voiture. J'ai sauté sur le siège passager, mais avant même que je comprenne ce qui était en train de se passer, tu es rentrée dans cet arbre.

— Où est-ce que je me rendais ? demanda-t-elle.

— Je ne sais pas mais ça n'a pas grande importance à présent. Tout ce qui compte, c'est que tu sois saine et sauve.

Il referma les yeux.

Julie se laissa tomber contre son oreiller et ferma, elle aussi, les paupières. Peut-être que si elle accordait un peu de repos à son cerveau, elle se réveillerait le lendemain avec ses souvenirs. Peut-être que, lorsque le soleil se lèverait, elle se souviendrait combien elle aimait Nick et pour quelles raisons elle avait choisi cet homme… Elle espérait qu'elle allait vite retrouver la mémoire.

Car, malgré le fait qu'elle était maintenant en sécurité et qu'elle s'en était plutôt bien tirée, elle sentait encore l'ombre de la peur, tapie au fond d'elle.

2

Si les mensonges avaient été punis par la loi, cette nuit aurait sans aucun doute condamné Nick à une peine à perpétuité. L'amnésie de Julie avait été pour lui une bénédiction… et une malédiction.

Assis à la cafétéria de l'hôpital, il buvait un café en feuilletant le journal du jour. Le ventre noué, il étudiait chaque page avec attention, à la recherche d'un seul sujet : le meurtre de Brian McDowell, la nuit précédente.

Se pouvait-il que quelqu'un l'ait vu dans la rue, juste avant l'accident de Julie ? Un couche-tard qui l'aurait aperçu par sa fenêtre alors qu'il courait dans les rues désertes au beau milieu de la nuit ? La vérité concernant sa présence sur les lieux allait-elle éclater au grand jour ?

La vision du corps de Brian ne le laissait pas en paix. Qui l'avait assassiné ? Et que signifiait cette étrange marque sur son front ? Était-ce réellement un V ou la ressemblance avec cette lettre n'était qu'une coïncidence ?

Mais Nick avait beau chercher, il n'était question nulle part d'un meurtre dans l'édition du jour. Peut-être que le cadavre de Brian n'avait pas encore été découvert… Nick savait que l'homme vivait seul et il se doutait bien que cette ordure ne devait pas avoir beaucoup d'amis.

Mais ce n'était pas forcément une bonne nouvelle, Nick n'était pas pour autant sorti d'affaire. Il pensa un instant à ce *serial killer*, David Berkowitz qui, dans les années 1970, avait réussi à tuer huit personnes avant d'être arrêté… pour une simple contravention.

Ce qui lui rappela que sa propre voiture était toujours garée dans une zone résidentielle, à un endroit où elle n'avait aucune raison de se trouver.

Non, Nick en était persuadé, il ne pourrait pas recommencer à respirer librement que lorsque le meurtrier de Brian McDowell serait arrêté. Alors seulement il s'estimerait sorti d'affaire.

Il reposa le journal en soupirant et prit sa tasse encore chaude. Ce meurtre n'était pas le seul de ses problèmes. Julie Peterson en était un aussi, et pas le moindre. Il avait intentionnellement profité de son amnésie pour sauver sa peau et à présent il se sentait responsable d'elle.

Elle avait d'ailleurs été très claire en se réveillant ce matin ; elle allait avoir besoin de lui pour traverser cette épreuve ardue. Elle lui avait presque fait promettre de ne jamais la quitter tant qu'elle n'aurait pas retrouvé la mémoire.

Un instant il avait imaginé la ramener chez elle puis disparaître. Mais comment diable pourrait-il agir de la sorte ? Comment lui enlever la seule chose à laquelle elle se raccrochait, alors qu'elle traversait une phase si difficile ?

Ses grands yeux bleus et son air si vulnérable n'arrangeaient rien à l'affaire. Tout comme son adorable visage et ses longs cheveux bruns qui avaient allumé en lui quelque chose de tout à fait inattendu. Et de regrettable.

Dans quel pétrin s'était-il encore fourré ?

À l'heure actuelle, le médecin devait être en train de signer l'autorisation de sortie de Julie. Ils avaient prévu de prendre un taxi jusque chez elle puisque Nick n'avait toujours pas récupéré sa voiture. Il allait d'ailleurs devoir rapidement trouver une solution pour aller la chercher, et ce le plus vite possible.

À l'aube, ce matin, Julie s'était plainte d'une violente migraine et l'infirmière lui avait donné un médicament pour la soulager. Nick regretta que personne ne puisse lui donner quelque chose pour faire disparaître cette peur qui lui serrait la poitrine et l'empêchait de respirer.

Il était terrifié à l'idée que Julie retrouve la mémoire, et pourtant il savait qu'il ne pourrait pas la quitter tant qu'elle serait dans cet état.

Il soupira. Rien de pire pour un apprenti meurtrier que d'avoir un cas de conscience... Il pensa soudain au fait que Julie avait peut-être déjà un petit ami. Voilà une complication dont il se passerait volontiers.

Toute cette histoire était un sacré sac de nœuds, et pour le moment il ne voyait aucun moyen de démêler tout ça. La dernière chose qu'il souhaitait était de faire souffrir Julie. Elle n'était qu'une victime dans cet imbroglio.

Nick étouffa un bâillement. Il n'avait pas fermé l'œil de la nuit. Quand il n'était pas dérangé par l'infirmière qui venait vérifier les constantes vitales de Julie, c'était elle qui le réveillait en murmurant son prénom dans son sommeil pour vérifier qu'il était bien à ses côtés.

Il jeta un œil à sa montre puis vida sa tasse. Il était temps de retourner à la chambre, Julie devait commencer à s'inquiéter...

Perchée sur le bord de son lit, vêtue d'un jean et du chemisier bleu sans manches qu'elle portait la veille, elle tenait quelques documents administratifs dans sa main.

Sa perfusion avait été enlevée, et elle se leva d'un bond en le voyant entrer.

— Je suis libre de partir ! s'exclama-t-elle. Je dois juste attendre que l'infirmière revienne avec un fauteuil roulant.

À nouveau, Nick fut frappé par sa beauté. Malgré l'expression de panique qui subsistait dans ses yeux bleus, elle était très séduisante avec ses longs cheveux bruns légèrement ébouriffés, son nez délicat et ses lèvres charnues. Il se demanda comment il était possible qu'elle n'ait personne dans sa vie.

— Nick ? lui dit-elle, le tirant de ses pensées.

— J'ai besoin de ton téléphone pour appeler un taxi.

— Bien sûr, dit-elle en fouillant dans son sac. Tu veux que je te donne ton sweat ?

— Non ! répondit-il vivement.

Il se rendit compte qu'il avait failli crier, mais il se reprit rapidement et lui sourit.

— Je vais m'en charger, toi tu restes sagement assise sur le lit jusqu'à ce que ton fauteuil arrive.

C'était bien la dernière chose dont il avait besoin... Qu'elle prenne son pull et découvre l'arme et les accessoires qui étaient cachés dedans.

Nick appela un taxi, la gorge toujours nouée par l'angoisse.

— Et voilà, lança l'infirmière en entrant dans la chambre avec un fauteuil roulant. Votre transport en première classe.

— Ce n'est vraiment pas nécessaire, déclara Julie.

— C'est le protocole de l'hôpital, lui répondit gaiement l'infirmière. Qu'importe le moyen par lequel vous êtes arrivée, vous ressortez toujours en fauteuil roulant !

Vingt minutes plus tard, Nick et Julie montaient dans un taxi.

— J'espère que tu es du genre patient, dit Julie à Nick en lui prenant la main pour la serrer fermement. J'ai plus d'un million de questions à te poser.

Nick essaya de ne pas chercher à se souvenir de la dernière fois où une femme lui avait pris la main, mais en vain. De terribles images lui revinrent à l'esprit. Debbie... Étendue sur le sol en marbre dans l'entrée de ce manoir vide... Son regard embué tandis qu'elle luttait pour ne pas perdre conscience. Il s'était précipité auprès d'elle malgré les policiers qui avaient tenté de le garder à distance.

Cet instant restait gravé à jamais au plus profond de sa mémoire... Le chagrin et l'indignation, l'incrédulité et la colère qui l'avaient submergé. Il s'était agenouillé à côté d'elle et lui avait pris la main.

— Debbie, qui t'a fait ça ? Qui t'a fait ça, mon amour ? avait-il hurlé.

— Winthrop, avait-elle murmuré.

Puis elle avait ajouté en lui serrant la main :

— Sois heureux.

La seconde d'après, elle était partie. Arrachée à lui par un acte d'une indescriptible violence.

— ... Tellement heureuse d'être chez moi.

La voix de Julie le tira de ce cauchemar tout droit sorti de son passé, tandis que le taxi se garait devant une jolie petite maison à deux étages au bout d'une impasse.

Julie lâcha la main de Nick et chercha de quoi payer le chauffeur. Puis ils sortirent du véhicule et le regardèrent un instant s'éloigner.

Nick suivit Julie jusqu'à la porte d'entrée, le souffle court. Il savait qu'une fois à l'intérieur il devrait recommencer à lui mentir, il n'avait pas d'autre choix...

Il ne pouvait pas lui dire la vérité. Lui révéler qu'il s'était servi d'elle et de son accident pour se créer le meilleur des alibis et cacher le fait qu'il s'apprêtait à commettre un meurtre ce soir-là.

Enfin… Sa priorité pour le moment était d'aller chercher sa voiture et de la déplacer de cette zone où elle n'avait aucune raison de se trouver.

Quand Julie ouvrit la porte d'entrée, Nick la suivit dans l'entrée. Elle déposa ses clés dans une corbeille sur une petite table, puis fit un pas vers ce qu'il supposa être le salon avant de s'arrêter brusquement.

Une imposante cheminée en briques blanches trônait au milieu de la pièce qui était meublée d'un grand canapé en cuir noir et d'une belle table basse en verre. Les meubles étaient modernes et de bon goût.

Nick comprit tout de suite pourquoi Julie s'était immobilisée. Une lampe gisait au sol, l'ampoule était brisée en mille morceaux, une bougie rouge avait roulé sous la table et un grand cadre était fendu…

Julie se retourna vers Nick, les yeux écarquillés.

— Tu as dit que nous nous étions disputés…, commença-t-elle.

— Oui, nous étions tous les deux très en colère, improvisa-t-il. C'est moi qui ai cassé la lampe, toi tu as jeté la bougie contre le cadre.

Mais, en voyant l'état de la pièce, Nick avait vite compris ce qui s'était réellement passé. Des gens s'étaient battus. Même s'il ne pouvait en être certain, il pensa soudain que Julie était peut-être en danger… Son amnésie la rendait vulnérable. Qu'avait-elle donc bien pu fuir la veille ?

La vue de la lampe et du cadre brisé glaça le sang de Julie. Elle n'était pas du genre à se battre et perdait très rarement son sang-froid. Enfin, c'était ce dont elle se souvenait… Qu'avait-il bien pu lui arriver ces dix derniers mois pour qu'elle se transforme en une personne capable de jeter une bougie sur un cadre ? Une personne qui ne maîtriserait plus ses émotions…

Nick parcourut du regard le désordre qui régnait dans la pièce, fit une grimace puis leva les yeux vers elle.

— Allez, remettons un peu d'ordre, lui proposa-t-il en déposant son sweat-shirt sur une des chaises du salon.

Julie alla chercher un balai et une pelle dans la buanderie à côté de la cuisine puis revint dans le salon où Nick était en train de remettre la grande lampe sur pied.

— Nous ne sommes pas comme ça d'ordinaire, lui dit-il en continuant de ranger. Mais nous sommes assez stressés en ce moment et c'est la première fois que ce genre de chose se produit entre nous.

Les mots de Nick apportèrent un peu de réconfort à Julie, mais ils ne réussirent pas à faire disparaître cette peur qu'elle ressentait depuis la veille et qui ne la quittait pas.

Instinctivement, elle voyait bien que Nick n'était pas la cause de son inquiétude. D'ailleurs, de manière assez étrange, il était pour elle comme un repère, comme une ancre dans sa vie qui lui était maintenant inconnue.

Ils s'affairèrent en silence jusqu'à ce que tout soit rangé et nettoyé.

— Je crois que je vais avoir besoin de faire un tour dans cette maison pour me repérer, dit-elle en jetant les derniers morceaux de verre dans la poubelle.

— Ça me semble être une bonne idée, lui répondit-il. Je t'accompagne.

— C'est gentil, merci.

Heureusement, le rez-de-chaussée était semblable au souvenir que Julie en avait. En montant l'escalier, elle posa sa main sur la rampe en chêne et se surprit à espérer que Nick la prenne dans ses bras, qu'il lui dise qu'elle n'avait aucune raison de s'en faire et que tout allait bien se passer.

Elle laissa échapper un petit gémissement.

— Tout va bien ? lui demanda Nick.

— Oui, j'ai seulement un peu mal au dos... Enfin non, pour être honnête, j'ai l'impression qu'un camion m'a roulé dessus.

Des muscles dont Julie ne connaissait même pas l'existence la faisaient souffrir à chacun de ses mouvements.

— Le médecin nous a prévenus que tu aurais probablement des douleurs encore pendant quelques jours, répliqua Nick.

— J'espère seulement que tout est ici comme dans mes souvenirs, dit-elle en arrivant au premier étage. Je crois que je me sentirais mieux s'il n'y avait pas d'autre surprise.

— J'espère aussi.

Julie laissa échapper un soupir de soulagement en entrant dans sa chambre à coucher. Elle reconnaissait son couvre-lit corail ainsi que les coussins turquoise. Quant aux bibelots, au tableau accroché au mur, aux tables de nuit et à la commode, tout était exactement comme dans son souvenir.

— Tout va bien ? lui demanda Nick.

Elle se retourna et lui adressa un nouveau sourire.

— Jusqu'ici oui, tout va bien.

En jetant un coup d'œil aux deux autres pièces, elle fut rassurée, au moins ici, rien n'avait changé. Son bureau croulait sous les papiers administratifs et la chambre d'amis était rangée et propre.

Mais le soulagement fut de courte durée car la fatigue la submergea soudain. Son corps était épuisé, et elle compris qu'elle avait trop sollicité son cerveau.

Elle s'approcha de Nick et passa ses bras autour de sa taille.

— Serre-moi un instant contre toi, s'il te plaît.

Nick eut un moment d'hésitation puis l'enlaça. Julie se demanda si son parfum épicé lui était familier… Elle n'aurait pu le dire mais elle le trouva tout à fait agréable.

— J'ai peur, Nick, lui murmura-t-elle dans le cou. Je me sens si perdue. Pourrais-tu rester quelques jours ici avec moi ?

— Bien sûr, lui répondit-il après une nouvelle hésitation. Mais je vais devoir repasser chez moi.

Il relâcha son étreinte, et Julie s'écarta de lui à contrecœur.

— Je suis désolée d'être un tel fardeau, dit-elle en soupirant. J'espère que je vais rapidement retrouver la mémoire et cesser d'être aussi inquiète…

— Ne t'en fais pas, je vais juste aller chercher quelques affaires.

Ils descendirent tous les deux l'escalier et ce n'est qu'une fois au rez-de-chaussée que Julie se souvint que Nick n'avait pas sa voiture.

— Je vais devoir t'emmener jusque chez toi, dit-elle.

— Non, répondit-il sèchement avant de lui adresser un sourire comme s'il regrettait son ton. Au cas où tu l'aurais oublié, ta voiture est au garage, et je te rappelle que tu dois te reposer. Ne t'inquiète pas, l'aller-retour ne va pas me prendre trop de temps.

Il lui toucha l'épaule et ajouta :

— Je ne veux pas que tu t'inquiètes, essaye de faire une petite sieste pendant mon absence, tu n'as pas beaucoup dormi la nuit dernière.

— C'est vrai que je suis épuisée, reconnut-elle.

— Eh bien monte dans ta chambre, va t'allonger dans ton lit et repose-toi.

— Tu me réveilleras à ton retour ?

— Promis ! De toute façon je n'ai pas les clés d'ici.

Julie le regarda un instant avec surprise.

— Je ne t'ai pas donné un jeu de clés ?

— Tu m'as dit que j'aurais mes clés le jour de notre mariage.

— Et moi, j'ai les clés de chez toi ?

— Oui, je te les avais données mais tu les as perdues il y a quelques semaines, lui répondit-il en se dirigeant vers la porte d'entrée. Nous n'avons pas encore trouvé le temps de faire refaire un jeu. Allez, arrête de trop réfléchir et va te reposer.

Sur ces mots, il sortit et referma la porte derrière lui.

Julie se sentit immédiatement fragile et démunie. Elle erra dans son salon pendant quelques minutes et toucha du bout des doigts quelques objets pour tenter de calmer son angoisse.

Éprouver ces émotions devait être normal quand on souffrait d'amnésie. Son esprit n'était pas tout à fait lui-même. Elle était reconnaissante à Nick d'avoir accepté de rester auprès d'elle les prochains jours. Elle s'était sentie en sécurité dans ses bras, ce qui prouvait bien la force de leur relation… et de l'amour qu'ils avaient l'un pour l'autre.

Comme elle aurait aimé se souvenir de l'excitation qu'elle avait dû ressentir lorsqu'elle était tombée amoureuse de lui. Elle se rappelait s'être estimée prête pour avoir une relation amoureuse et avoir rêvé de nombreuses fois de se marier et de construire sa propre famille.

Elle trouvait injuste et terriblement frustrant de se souvenir de ce puissant désir, mais pas du moment où elle avait enfin trouvé le grand amour avec ce séduisant professeur d'éducation physique.

Quand elle l'avait vu hésiter à la prendre dans ses bras, elle avait compris ce qu'il devait ressentir. Nick était dans une position presque aussi délicate que la sienne. Il savait qu'elle n'avait aucun souvenir de lui, qu'il était comme un étranger pour elle. Il ne devait pas savoir quelle attitude adopter.

Mais ce qu'il n'avait pas l'air de comprendre, c'est que si elle avait accepté sa demande en mariage, c'est qu'elle savait au fond de son cœur qu'il était son âme sœur. Jamais elle n'aurait accepté de parler de ce projet si elle n'était pas certaine qu'il était l'homme de sa vie. Et elle avait manifestement décidé, bien avant son accident, que Nick était l'élu.

Pourtant, l'angoisse lui serrait toujours le cœur. Depuis qu'elle s'était rendu compte qu'elle avait perdu la mémoire, elle n'arrivait pas à accepter toutes ces zones d'ombre avec lesquelles elle devait cohabiter.

Si on lui avait dit que le remède était de se frapper le crâne contre les murs, peut-être l'aurait-elle fait. Enfin... Avec un peu de chance, le médecin avait raison et elle allait vite retrouver ses souvenirs.

Dormir. Ce qu'elle devait faire avant toute chose c'était dormir et arrêter de trop réfléchir. Elle décida de s'étendre sur le canapé plutôt que dans son lit, mais, alors qu'elle s'installait, elle aperçut tout à coup à l'autre bout de la pièce la petite lumière rouge de son répondeur qui clignotait.

Elle se leva et alla appuyer sur le bouton. Elle avait trois nouveaux messages.

« Ma chérie, où es-tu ? Tu devais te charger de l'ouverture de la boutique ce matin, rappelle-moi vite. »

Elle reconnut immédiatement la voix de son père qu'elle avait l'impression d'avoir vu la veille. Dieu merci, il avait l'air en pleine forme.

« Où diable, es-tu passée ? commença la voix sur le message suivant. C'est déjà suffisamment pénible d'avoir à couvrir les absences de Casey, je préférerais que tu ne t'y mettes pas, toi aussi ! »

C'était Max, son frère aîné. Certaines choses ne changeraient jamais ! L'agacement dans le ton de sa voix était aussi familier à Julie que les battements de son propre cœur.

Elle devait appeler sa famille et les prévenir de ce qui lui était arrivé. Max la connaissait pourtant assez bien pour savoir qu'elle n'était pas du genre à ne pas assumer ses responsabilités à la boutique. Julie n'était pas comme leur plus jeune sœur, Casey, qui manquait si souvent à l'appel. À moins que... Après tout, elle ne savait pas comment elle s'était comportée ces derniers mois...

« N'en parle à personne ! »

Elle se figea en entendant la voix grave du troisième message. Un frisson glacé lui parcourut l'échine.

« N'en parle à personne ou je te jure que je te tuerai ! »

Le répondeur s'éteignit, et Julie resta immobile en le fixant comme s'il était lui-même devenu une menace.

S'agissait-il d'une blague ? Elle écarta immédiatement cette hypothèse, elle savait au fond d'elle-même que personne ne s'amusait à faire ce genre de chose.

Mon Dieu... Que pouvait-elle bien savoir de si grave pour qu'on la menace de la tuer si elle ne gardait pas le secret ? Qu'avait-elle oublié ? Et qui avait passé ce coup de téléphone ?

Elle frissonna. Elle savait qu'elle ne pourrait plus fermer les yeux à présent, pas avec cette voix menaçante qui résonnait dans sa tête. Les jambes chancelantes, elle alla vérifier que sa porte d'entrée était bien verrouillée. Puis elle retourna s'asseoir sur le canapé.

Elle avait besoin de Nick. Peut-être était-il au courant de cette histoire... Elle espéra qu'il ne tarderait pas car elle n'avait encore jamais été aussi effrayée de toute sa vie.

3

Nick sortit de l'impasse en courant. Tout ce qui lui importait pour le moment était de déplacer sa voiture de l'endroit où il l'avait garée la veille. Mais était-ce bien la veille que tout cela s'était produit ? Il avait l'impression qu'une éternité s'était écoulée depuis.

Il sentait que ses nerfs allaient lâcher. Et ce n'était pas dû seulement au manque de sommeil. C'était plutôt la combinaison de deux choses : la découverte du meurtre de Brian McDowell et le tissu de mensonges qu'il avait lui-même créé et dans lequel il était maintenant emprisonné. L'angoisse ne le quittait plus et lui donnait la désagréable impression d'une constante nausée.

Une chose à la fois, se dit-il pour tenter de garder son calme. *Va d'abord chercher ta voiture*. Il ralentit son allure et se mit à marcher en arrivant dans le quartier où il s'était garé la veille.

En voyant le véhicule, Nick fut envahi par le soulagement. Mais cette sensation fut de courte durée car, dans un jardin tout proche, il aperçut un homme d'un certain âge qui le regardait.

Il sentit son estomac se nouer et eut soudain la gorge sèche. Il avait espéré pouvoir récupérer sa voiture et partir sans être vu. Avec un peu de chance, quand la police découvrirait le corps de Brian McDowell, elle n'interrogerait pas les gens du quartier. Mais comment pouvait-il en être sûr ?

L'homme était en train d'arroser des pétunias rouges et violets.

— Bonjour ! lui lança-t-il joyeusement tandis que Nick approchait de sa voiture.

— Bonjour, répondit Nick d'une voix faussement détendue.

— Il va faire chaud aujourd'hui, essayez de rester au frais, poursuivit l'autre.

— Merci, et bonne journée, conclut Nick avant de monter dans sa voiture.

Il posa sur le siège passager son sweat, dans lequel son masque de ski était toujours dissimulé avec ses gants et son arme, puis il démarra et s'engagea sur la route.

Heureusement, il n'avait pas eu de contravention. Et, par chance, les voisins ne semblaient pas avoir trouvé ce véhicule suspect et n'avaient pas appelé la police pour le signaler.

Nick prit la direction de chez lui, le cœur battant. Il jeta un œil à son sweat et comprit soudain qu'il ne se détendrait que lorsqu'il se serait débarrassé de cette arme. Même si elle n'était pas liée au meurtre de Brian McDowell, Nick ne pouvait être certain qu'elle n'avait pas servi à autre chose.

Il avait reçu l'ordre de la jeter dans des buissons sur les lieux du crime mais, quand il avait découvert le corps de Brian, il avait oublié cette consigne. De plus, il ne voulait pas la jeter à un endroit où des enfants risqueraient de la trouver.

En entrant dans l'allée qui menait à sa maison de briques rouges, il se sentit en sécurité pour la première fois depuis douze heures. Il se gara, sortit de la voiture avec son sweat dans les bras, déverrouilla sa porte et rentra chez lui.

La maison exhalait un parfum de cire et de produits ménagers. Bien que n'étant pas un maniaque de la propreté, il avait passé la journée précédente à faire le ménage chez lui pour s'occuper et éviter de trop penser au fait qu'il s'apprêtait à tuer un homme.

Nick connaissait les risques et il savait qu'il pourrait se faire arrêter ou même tuer. Mais, si l'une de ces deux choses se produisait, au moins la police découvrirait qu'il tenait sa maison propre et ordonnée.

Il se laissa tomber dans son canapé et posa sa main sur son front. Il sentait débuter une forte migraine. En même temps, cela n'avait rien de bien surprenant, il avait l'impression d'être en apnée depuis qu'il avait découvert le cadavre de Brian.

Tu pourrais tout aussi bien rester ici, lui susurra une petite voix dans sa tête. *Julie ne sait pas où tu habites. Elle n'a même pas ton numéro de téléphone.*

Évidemment, cette pensée était plutôt séduisante.

Mais Nick se souvint de leur étreinte. Du corps élancé de Julie, si fragile dans ses bras. Il n'avait pas seulement perçu le contact de sa douce poitrine contre son torse mais également les battements rapides de son cœur.

Comme Julie devait être terrifiée à l'idée que presque un an de sa vie avait été effacé de sa mémoire… Il ne pouvait imaginer ce qu'elle devait ressentir. Lui aurait aimé s'endormir et se rendre compte à son réveil que ces trois dernières années de solitude et de souffrance avaient disparu, comme par magie. Oui, il aurait accepté avec joie une amnésie qui lui aurait permis d'effacer tous les souvenirs du meurtre atroce de la femme qu'il aimait.

Debbie. Debbie était une femme passionnée. Elle avait obtenu sa licence d'agent immobilier sans difficulté et avait rapidement trouvé un poste au sein d'une agence haut de gamme. Comme elle était dynamique et extrêmement zélée, elle était devenue en moins de deux ans une des meilleures vendeuses de la région. Nick avait coutume de dire qu'elle pouvait tout vendre, même les marais de Floride.

Il aimait profondément sa femme mais, petit à petit, il s'était mis à détester ce travail qui l'accaparait même les soirs et les week-ends.

Ce travail qui l'avait amenée à donner rendez-vous à un potentiel acheteur dans un grand manoir vide. Ce travail qui avait causé sa mort… Il secoua la tête pour se changer les idées. Il ne pouvait pas continuer dans cette voie. Il avait d'importantes décisions à prendre et devait garder la tête froide. Devait-il rester chez lui ou retourner auprès de Julie et continuer à mentir ?

Si elle avait encore été en vie, Debbie, il le savait, n'aurait pas voulu qu'il laisse Julie ainsi. Surtout après lui avoir fait croire tout un tas de sornettes pour sauver sa propre peau. En prétendant qu'elle était sa fiancée, il avait donné à Julie un faux sentiment de confort.

Il jeta un coup d'œil autour de lui. Toute la pièce lui rappelait de douloureux souvenirs. Debbie et lui avaient acheté cette maison juste avant qu'elle ne se fasse tuer. Ils avaient peint leur chambre de sa couleur préférée ; une jolie nuance de bleu ciel et avaient modernisé la cuisine. Ils avaient aussi planté un petit arbre de Judée dans le jardin. Mais Debbie n'avait pas vécu assez longtemps pour voir apparaître ses premiers bourgeons.

Ils avaient prévu d'avoir des enfants pour remplir toutes les chambres vides. Bon sang, Debbie et lui avaient mille projets dont celui de passer leur vie ensemble avant qu'un homme, un monstre, la lui arrache.

Il ravala sa colère et se releva du canapé, puis il attrapa son sweat dans lequel étaient toujours cachés le masque, les gants et l'arme, et monta dans sa chambre.

Il ouvrit la porte du placard. Sur l'étagère du haut, il y avait des couvertures et il glissa le sweat entre deux d'entre elles, conscient du fait qu'il devrait bientôt trouver un moyen de se débarrasser de ce fichu revolver. Puis, il attrapa un sac de sport et le posa sur son lit.

Il allait rester auprès de Julie quelques jours, le temps qu'elle retrouve ses repères. Il essaierait pendant ce temps-là de déclencher une dispute afin de rompre avec elle le plus vite possible. C'était la meilleure façon pour lui de sortir de sa vie sans trop de problèmes.

Malgré tout, quand elle recouvrerait la mémoire, Nick savait qu'il devrait lui fournir quelques explications, mais il aviserait le moment venu. Ce qui l'inquiétait le plus, pour l'instant, c'était l'état dans lequel ils avaient découvert son salon. Qu'avait-il bien pu se passer là-bas avant que Julie ne monte dans sa voiture et aille s'écraser contre un arbre ? Tout indiquait qu'elle avait dû se battre avec quelqu'un.

Nick ignorait si elle était en danger, mais c'était une nouvelle raison pour ne pas la laisser seule alors qu'elle était si vulnérable.

Il ne lui fallut que quelques minutes pour rassembler les vêtements et les affaires de toilettes dont il aurait besoin les prochains jours. Après avoir refermé son sac, il sortit de chez lui et remonta dans sa voiture.

Il alluma la radio pour éviter de penser au pétrin dans lequel il s'était mis.

Bon sang, qu'il se sentait fatigué ! Il avait très peu dormi les nuits qui avaient précédé le meurtre de Brian McDowell. Et il redoutait maintenant que des visions de bain de sang apparaissent dès qu'il fermerait les yeux.

Qui avait pu commettre ce crime ? Cette question le taraudait. Si ce n'était pas un des hommes du groupe, alors qui d'autre pouvait bien savoir qu'ils avaient prévu de faire justice eux-mêmes ?

Serrant les mains sur le volant, Nick tourna dans l'impasse et se prépara psychologiquement à reprendre le cours de ses mensonges. Il se gara devant la maison de Julie, attrapa son sac et se dirigea vers la porte d'entrée.

Après avoir frappé quelques coups, il entendit le bruit du verrou et la porte s'ouvrit sur Julie qui se jeta sur lui en éclatant en sanglots.

— Hé, mais que se passe-t-il ?

Il était évident qu'elle n'avait pas retrouvé la mémoire car, si cela avait été le cas, elle ne se serait pas réfugiée ainsi dans ses bras.

Elle secoua la tête, manifestement incapable de parler. Nick déposa son sac au sol et passa ses bras autour d'elle.

— Julie, parle-moi, explique-moi ce qu'il se passe.

En réalité, ce qu'il voulait vraiment, c'était que Julie s'écarte. Son corps tremblant était trop chaud contre le sien et son odeur bien trop séduisante.

Comme si elle lisait dans ses pensées, elle fit un pas en arrière, lui prit la main fermement et le guida jusqu'au salon. Là, elle lui montra le répondeur.

— Qu'est-ce que c'est ? demanda Nick en sentant un nouveau nœud se créer dans son estomac.

Comme si la situation n'était déjà pas assez compliquée comme ça...

Julie le regarda, les yeux pleins de larmes.

— Le dernier message. Écoute-le, dit-elle en restant immobile.

Retenant sa respiration, Nick appuya sur le bouton pour lancer la messagerie.

Alors que la voix rauque résonnait dans la pièce, Julie s'assit sur le canapé et recommença à pleurer.

Nick sentit la peur l'envahir. Le message plein d'animosité n'était pas seulement un avertissement... C'était une promesse. Mais enfin que se passait-il ? Il lui semblait maintenant que tout n'était plus que danger et violence.

— Tu ne reconnais pas cette voix ? demanda-t-il à Julie.

Il était incapable de savoir s'il s'agissait d'un homme ou d'une femme. La voix avait manifestement été trafiquée à l'aide d'un ordinateur.

Julie secoua une nouvelle fois la tête avant d'essuyer ses larmes du bout des doigts.

— Je ne connais pas cette voix et je ne me souviens pas de ce dont je ne dois pas parler. En fait, j'espérais que tu pourrais m'éclairer. Est-ce que je t'ai parlé de quoi que ce soit qui pourrait expliquer ce message ?

Tout en se demandant dans quel pétrin il s'était encore fourré, Nick s'installa à côté de Julie.

— Non, ça ne me dit rien du tout. Tu ne m'as jamais parlé d'un secret qui représenterait un danger pour toi.

— Oh ! je vis un véritable cauchemar, dit Julie à voix basse. Et je n'arrive pas à me réveiller. Je ne peux pas parler de quelque chose dont je ne me souviens pas. Et comment celui ou celle qui a laissé ce message va-t-il savoir que je souffre d'amnésie ?

— Julie, je crois que nous devrions appeler la police.

Que les autorités se mêlent de cette histoire était bien la dernière chose que souhaitait Nick, mais la situation était réellement alarmante et il ne pouvait pas, ne voulait pas, faire passer sa propre sécurité avant celle de Julie. Elle ne le méritait pas.

— Non, je ne veux pas en parler à la police, dit-elle en se massant les tempes. Je ne sais pas pourquoi, mais j'ai le sentiment que ce n'est pas une bonne idée de la mêler à tout ça. Et de toute façon que pourraient-ils faire ? C'était un appel anonyme, cela peut très bien être une mauvaise blague. Ils ne vont pas mettre des hommes sur cette affaire, et je ne vois pas comment je pourrais les aider.

Julie prit la main de Nick dans la sienne et la serra avec force. Ses yeux bleus le fixaient d'un regard plein d'amour et de... désir.

— J'ai tellement de chance de t'avoir dans ma vie, Nick. Je ne sais pas ce que je deviendrais sans toi.

— Personne ne te fera de mal tant que je serai dans le coin, lui répondit-il en serrant sa main en retour.

Il se sentit tout à coup submergé par un accablant sentiment de résignation. Bon sang. S'il avait l'impression qu'en restant avec Julie il courait à sa perte, il savait que ce serait probablement encore pire s'il prenait la fuite.

Julie se réveilla avec une puissante envie de hurler. Mais, à la place, elle resta bouche bée, son cœur battant si fort qu'elle avait du mal à respirer. Ses draps étaient enroulés autour de ses cuisses comme pour la maintenir dans ce cauchemar dont elle n'avait plus aucun souvenir.

Elle observa un instant la lumière matinale qui passait à travers les rideaux en dentelle, le temps de reprendre un rythme de respiration normal.

De quoi avait-elle rêvé ? Ce n'était de toute évidence pas un rêve agréable. Sinon elle ne se serait pas réveillée avec le cœur étreint par la peur et ce cri d'horreur au bord des lèvres.

La déception ne tarda pas à l'envahir quand elle se rendit compte qu'aucun souvenir de ces dix derniers mois ne lui était revenu pendant la nuit. Ce dont elle se souvenait parfaitement, par contre, c'était de cette effrayante menace de mort que quelqu'un avait laissée sur son répondeur.

Que savait-elle de si important ? Quel secret était caché dans les méandres de son cerveau ? Un secret si grave qu'on la menaçait de mort ? Était-elle en sécurité puisqu'elle ne pouvait en parler à personne ? Celui ou celle qui l'avait appelée la laisserait-il tranquille si elle gardait le silence ? Son cauchemar était-il en rapport avec tout ça ?

Nick… Son seul prénom lui procura un effet apaisant même si la soirée de la veille avait été un peu étrange.

Elle avait supposé qu'il voudrait rester avec elle et partager son lit. Même si elle n'avait aucun souvenir de lui, elle se sentait bien dans ses bras. Mais il avait insisté pour passer la nuit dans la chambre d'amis.

Elle savait qu'il agissait ainsi pour la protéger et elle appréciait son attitude, mais elle n'aurait pas refusé de passer la nuit dans ses bras forts et virils. Peut-être même n'aurait-elle pas fait de cauchemar s'il avait été à ses côtés…

Elle jeta un coup d'œil à son réveil posé sur sa table de nuit. Il était un peu plus de 7 heures…

La veille, elle avait appelé son père pour lui raconter son accident et le prévenir du fait qu'elle avait perdu la mémoire. Il avait immédiatement organisé une réunion familiale et avait donné rendez-vous à tout le monde à 8 h 30 chez elle.

Les membres de sa famille allaient donc rencontrer son fiancé pour la première fois. Julie espérait qu'ils ne seraient pas trop sévères avec lui… Les Peterson n'avaient pas la langue dans leur poche et étaient tous du genre têtu. Et jusqu'à présent, même si elle n'avait pas eu beaucoup de petits amis, aucun n'avait trouvé grâce à leurs yeux.

Elle quitta son lit et se dirigea vers la salle de bains. Une vingtaine de minutes plus tard, elle sortit douchée et habillée. La délicieuse odeur du café qu'elle huma en descendant l'escalier lui indiqua que Nick était déjà réveillé.

En entrant dans la cuisine, elle le découvrit assis à table, une tasse fumante à la main.

— Bonjour, dit-elle en se dirigeant vers le placard où étaient rangées les tasses à café.

La vue de Nick et de son corps parfait mis en valeur par un jean moulant et un T-shirt bleu marine était une chose tout à fait agréable pour débuter une journée.

Elle sentit les battements de son cœur s'accélérer. Même amnésique, il était évident qu'elle était intensément attirée par lui. Cependant, quelle femme ne le serait pas en présence d'un si bel homme ?

— Comment vas-tu ce matin ? demanda Nick alors qu'elle s'asseyait en face de lui.

— Plutôt bien, même si je n'ai pas retrouvé la mémoire… Et toi, tu as bien dormi ?

— Tout à fait, répondit-il avant de prendre une gorgée de son café.

— Tu es prêt à affronter ma famille ?

— Pour être tout à fait honnête, je dois t'avouer que je suis un peu nerveux, reconnut-il.

— Oh ! Nick, tout va bien se passer. Il n'y a aucune raison pour qu'ils ne t'apprécient pas. De toute façon, il était temps que tu les rencontres, nous nous fréquentons depuis longtemps et nous avons même prévu de nous marier !

Nick acquiesça en silence.

Julie but une gorgée de café et continua de l'observer par-dessus le bord de sa tasse. Elle avait toujours un peu de mal à croire que cet homme sublime était amoureux d'elle...

— Nous avons le temps de prendre un rapide petit déjeuner avant qu'ils débarquent, mais, je suis désolée, je ne me souviens plus de ce que tu aimes manger le matin.

— Je ne suis pas un grand adepte du petit déjeuner, révéla-t-il avec un sourire. Je me contente la plupart du temps de quelques tasses de café.

— Comme moi, lui dit-elle en sentant une joie un peu ridicule l'envahir à l'idée de ce point commun. Il y a tant de choses que j'ignore sur toi... Est-ce que tu as une grande famille ?

— Non, répondit-il, en s'assombrissant. Il n'y a que moi. Mes parents sont morts dans un accident de voiture, il y a quatre ans, et je n'ai ni frères ni sœurs.

— Oh ! Nick, je suis désolée.

— Merci, mais tu sais, c'était il y a longtemps maintenant.

Cela faisait peut-être longtemps, pensa Julie, mais il semblait toujours souffrir profondément de cette perte.

— Tout cela est si étrange, reprit-elle en tentant de changer de sujet. Tu sembles tout savoir sur moi, et moi je ne sais quasiment rien de toi. Hormis les choses importantes, bien sûr.

— Les choses importantes ? demanda-t-il en haussant un sourcil.

— Tu dois être un homme bien. Tu es gentil, bon et tu m'aimes passionnément. Je ne serais pas restée avec toi si longtemps et je n'aurais pas accepté de t'épouser si tu n'étais pas ce genre de personne.

— Je ne suis pas un saint, Julie, rétorqua Nick en s'agitant sur sa chaise. N'essaie pas de me transformer en homme parfait parce que tu ne te souviens pas de moi.

— OK, acquiesça-t-elle en souriant. Mais je sais ce que je ressens. Et je sais qui tu es au fond de toi-même... Crois-moi, je ne t'aurais pas choisi sinon.

Nick finit sa tasse de café et se leva d'un bond.

— Est-ce qu'il y a quelque chose à préparer pour accueillir ta famille ?

— Il faudrait refaire du café car, à moins que les choses n'aient changé depuis quelques mois, je crois que c'est la boisson officielle des Peterson.

— Finis ton café tranquillement, je m'en occupe, dit-il. Et pendant ce temps-là fais-moi un rapide topo sur tous les membres de ta famille.

Julie se laissa aller en arrière sur sa chaise.

— Je ne vais pouvoir te dire que ce dont je me souviens.

À ces mots, elle sentit le chagrin et la colère lui serrer la gorge. Le chagrin d'avoir perdu les souvenirs de ceux qu'elle aimait et la colère parce que son cerveau continuait à ne pas fonctionner correctement.

Nick versa de l'eau dans la machine à café et se tourna vers elle pour l'écouter.

— Mon père, George, gère l'affaire familiale avec une main de fer. Ma mère s'appelle Lynetta, elle n'a pas sa langue dans sa poche, est têtue et aussi sévère que mon père. Mon frère aîné s'appelle Max et il ressemble beaucoup à notre père… Ils sont tous les deux du genre qui aboie beaucoup mais ne mord jamais. Après, il y a Tony, qui a un an de plus que moi, et qui, lui, est plutôt calme. Comme moi, il n'aime pas beaucoup la confrontation. Pour finir, il y a Casey, qui est un peu le bébé de la famille et surtout la prunelle des yeux de mes parents.

Julie ne put s'empêcher de sourire en pensant à sa petite sœur et ajouta :

— Elle est gâtée pourrie, capricieuse, un tantinet paresseuse et absolument magnifique.

— Et vous travaillez tous au magasin de prêts sur gages ? continua Nick.

— Oui, cette boutique ce n'est pas que du business pour nous, c'est une sorte d'héritage familial. C'est mon grand-père qui l'a achetée, mais c'est mon père qui a fait d'elle la plus grande boutique de prêts sur gages de Kansas City.

— Tout le monde a déjà entendu parler du magasin des Peterson, moi le premier, même si je n'y suis encore jamais entré.

— Quand tu auras rencontré ma famille, je t'y emmènerai et je te ferai tout visiter, lui répondit Julie en sentant l'émotion l'envahir.

Qu'avait-il bien pu se passer ces dix derniers mois à la boutique ? Et dans la vie des membres de sa famille ?

Max avait-il enfin rencontré quelqu'un ? Et Tony ? Casey était la seule d'entre eux qui avait souvent des relations amoureuses, elle changeait même aussi souvent de petit ami que de vernis. L'un d'eux s'était peut-être marié... Avait-elle été la demoiselle d'honneur au mariage de sa sœur comme elles se l'étaient promis ?

Julie eut soudain envie de sortir son cerveau de son crâne et de le secouer violemment afin qu'il recommence à fonctionner normalement. Mais de quoi cette amnésie la protégeait-elle ? D'un accident de voiture ?

« N'en parle à personne ! » Les mots résonnèrent dans sa tête et lui coupèrent le souffle tandis qu'une main glaciale serrait son cœur.

— Julie, ça va ? s'enquit Nick, l'air inquiet.

— Oui, oui, répondit-elle en se levant, un sourire forcé sur les lèvres. Je vais préparer quelques tasses, du lait et du sucre avant leur arrivée.

— Je peux t'aider ?

— Non, merci.

Elle avait besoin de faire quelque chose pour garder la peur à distance. Car non seulement elle était terrorisée par le message menaçant qu'elle avait reçu, mais une nouvelle angoisse était née en elle tandis qu'elle se préparait à recevoir les membres de sa famille.

Elle plaça les tasses sur le comptoir puis elle se tourna vers Nick.

— Que penses-tu des petits mensonges pieux ?

— De quoi veux-tu parler ? demanda-t-il d'un ton un peu méfiant.

— En fait, j'aimerais dire à ma famille que nous sommes ensemble, toi et moi, depuis plus d'un an. Et je ne veux pas qu'ils sachent que je n'ai aucun souvenir de toi. Cela ne ferait que compliquer les choses.

Nick se pencha en arrière sur sa chaise et acquiesça.

— Si tu te sens mieux en disant cela, je ne vois pas pourquoi nous ne le ferions pas.

Julie laissa échapper un profond soupir de soulagement. Elle aimait foncièrement sa famille, et son père et sa mère leur avaient appris à être loyaux les uns envers les autres. Elle ne leur avait jamais causé aucun problème. Elle avait toujours travaillé sans compter ses heures et avait toujours été une fille sage et obéissante.

Mais, si elle avait oublié ce qu'il s'était passé au cours de ces dix derniers mois, elle était certaine d'une chose : si les membres de sa famille lui demandaient de choisir entre eux et Nick, ce ne serait pas difficile, elle le choisirait lui.

4

— Mais bon sang, qui êtes-vous ?

George Peterson était un homme grand, plutôt costaud et légèrement enrobé. Il dévisageait Nick en relevant le menton comme s'il se tenait prêt à l'affronter.

Lui et sa femme, Lynetta, étaient entrés chez Julie sans même prendre la peine de frapper et ils étaient à présent tous les deux sur le seuil de la cuisine.

— Papa, sois gentil, s'il te plaît, intervint Julie en laissant échapper un petit rire nerveux. Assieds-toi, je vais vous servir une tasse de café en attendant que les autres arrivent.

Mais George resta immobile. Nick marcha vers lui et lui tendit la main.

— Nick Simon, ravi de vous rencontrer.

George hésita un instant puis lui serra la main.

Nick ne put s'empêcher de remarquer le journal que George tenait dans son autre main. Quand il s'était réveillé à l'aube ce matin, il avait voulu regarder les informations matinales mais il n'avait pas réussi à mettre la main sur la télécommande de la télévision de Julie.

— Assieds-toi, George, lui intima Lynetta en prenant place elle aussi autour de la table.

Le père de Julie s'assit enfin à côté d'elle.

— Je t'ai apporté le journal, dit-il d'une voix grincheuse à sa fille.

— Au diable, les nouvelles, le coupa Lynetta en jetant un regard sévère à Julie. Moi, ce que je voudrais bien comprendre c'est pour quelle raison tu ne nous as pas prévenus de ton accident dès ton réveil à l'hôpital.

— Maman, tout s'est passé si vite, soupira Julie en versant du café dans deux tasses.

Nick la regarda un instant. À nouveau, il fut frappé par sa beauté. Ce matin, Julie avait enfilé un T-shirt rose et un jean qui mettait en valeur sa taille fine et ses jambes interminables. Ses longs cheveux bruns, brillants et soyeux, tombaient sur ses épaules. Il soupira... Il ne pouvait le nier, il trouvait Julie très séduisante.

Pourtant Julie était très différente de celle qui avait été sa femme. Debbie avait les cheveux blonds et passait son temps à se mettre au régime, même si Nick se fichait totalement de ses variations de poids. Et Debbie était plutôt petite alors que Julie était grande et élancée.

Alors que celle-ci finissait de servir ses parents, la porte d'entrée s'ouvrit, et Max et Tony apparurent. Les deux hommes se ressemblaient beaucoup. Ils étaient tous les deux bruns aux yeux sombres mais, alors que Tony se présenta chaleureusement à Nick, Max, lui, le dévisagea d'un air méfiant.

Quand Nick les eut salués tous les deux, les deux frères prirent eux aussi place autour de la table et Casey arriva. La jeune femme aux cheveux longs et au physique de mannequin entra dans la cuisine et, dans une attitude tout à fait théâtrale, se jeta au cou de Julie.

— Papa nous a dit que tu étais rentrée dans un arbre ! Tu aurais pu te tuer ! lui dit-elle d'un ton mélodramatique avant de se reculer pour la regarder. Qu'est-ce qui t'a pris ?

— Je ne sais pas, murmura Julie. En fait, pour vous dire la vérité, je n'ai plus aucun souvenir de ces dix derniers mois.

— Avant que nous n'entamions ce chapitre, je crois que tu as d'abord quelque chose à nous expliquer, la coupa Max en lançant un regard sévère à Nick. D'ailleurs, je pensais qu'il s'agissait d'une réunion familiale...

— Nick fera bientôt partie de la famille, lui répondit Julie.

Elle se tourna vers eux et ajouta :

— Je vous présente Nick, mon fiancé.

À peine Julie eut-elle fini sa phrase que le chaos éclata dans la cuisine. Tout le monde se mit à parler dans un incroyable brouhaha jusqu'à ce que Lynetta lève la main.

— Taisez-vous ! cria-t-elle.

Tous lui obéirent immédiatement.

— Julie ! Comment se fait-il que tu aies un fiancé dont nous n'avons jamais entendu parler ? demanda-t-elle à sa fille.

— Ouais, je n'en reviens pas que tu ne m'en aies jamais parlé, protesta Casey. Je pensais qu'on se disait tout, toi et moi.

— Moi, je comprends très bien pourquoi elle a gardé ça secret, dit Tony. C'est simple, chaque fois que Julie vous a présenté quelqu'un, vous l'avez fait fuir.

— Lui ne risque pas de s'enfuir, affirma Julie en adressant un sourire chaleureux à Nick.

Celui-ci sentit alors une vague de culpabilité le submerger. Il allait devoir mentir à tout ce petit monde tandis que Julie le regardait avec son air si confiant.

Il voulait être présent pour elle, mais la situation se compliquait. Et il n'avait qu'une idée en tête : attraper le journal posé sur la table et l'éplucher page par page pour voir si on parlait quelque part du meurtre de Brian McDowell.

Mais, pour le moment, les membres de la famille de Julie l'inondaient de questions. Que faisait-il dans la vie ? Où travaillait-il ? Depuis combien de temps occupait-il ce poste ? Où vivait-il ? Qu'aimait-il chez Julie ?

Nick prit le temps de répondre à chacun et essaya d'être aussi sincère que possible.

— Et votre situation financière ? s'enquit enfin George. Un jour, Julie héritera d'une partie de notre boutique. Cela pourrait être intéressant pour quelqu'un qui n'a pas de patrimoine...

— Papa, voyons ! intervint Julie.

— Julie, je voudrais que tu m'en dises un peu plus sur cette histoire d'amnésie, intervint Max. C'est vrai que tu ne te souviens pas de ce qu'il s'est passé ces dix derniers mois ?

— Tout à fait vrai, mais nous avons toutes les raisons de croire que je vais retrouver rapidement la mémoire.

— C'est si étrange, fit remarquer Casey en regardant sa sœur comme si elle était une extraterrestre.

— Étrange ou pas, j'ai besoin de savoir très rapidement si tu peux assurer ta journée demain à la boutique, déclara Georges à Julie. Tu avais prévu d'être là depuis l'ouverture jusqu'à 17 heures.

— S'il te plaît, ne me dis pas qu'il faut que je te remplace, c'est déjà suffisamment pénible d'avoir à rattraper les absences du bébé la moitié du temps, grogna Max en jetant un regard noir à Casey.

Nick regarda Julie et se demanda s'il était le seul à percevoir son hésitation.

— Qu'en penses-tu, ma chérie ? répéta George.

Julie regarda son père en relevant le menton.

— À moins que quelque chose n'ait changé ces derniers temps à la boutique, je peux tout à fait reprendre le travail demain.

Nick n'en revenait pas que la famille de Julie lui impose de retravailler après le grave accident dont elle avait été victime et l'amnésie dont elle souffrait. Pourtant il se garda de faire le moindre commentaire. Il n'en savait pas assez sur Julie ni sur sa famille pour les juger.

George se leva de table et, comme une équipe qui suivrait son capitaine, tout le monde l'imita. Lynetta serra rapidement sa fille dans ses bras et George lança un nouveau regard noir à Nick.

— Je n'ai pas encore rendu mon verdict, lui dit-il.

Nick se contenta d'un hochement de tête en retour et, à peine quelques minutes plus tard, la maison fut vide.

— Pourquoi tu ne leur as pas dit que tu ne te sentais pas prête à reprendre le travail ? demanda-t-il à Julie une fois le calme était revenu.

— Ça se voit tant que ça ? répondit-elle en lui faisant signe de la suivre au salon.

— Apparemment, il n'y a qu'à moi que cela a semblé évident, dit-il en s'asseyant sur le canapé.

— Ça va bien se passer et puis ce n'est pas comme si j'avais été blessée. Je travaille dans la boutique depuis mes quatorze ans, je pourrais faire ce boulot les yeux fermés.

— Je crois que tu aurais quand même dû leur dire que tu avais besoin de prendre quelques jours de convalescence, répliqua Nick. Souviens-toi que le médecin t'a dit de te reposer.

— Ça va aller, répéta-t-elle en haussant les épaules.

Elle fronça les sourcils et s'exclama soudain :

— Oh ! je viens de réaliser que je n'avais plus de voiture.

— Ne t'en fais pas, je t'emmènerai et je viendrai te chercher à la fin de ta journée. C'est d'ailleurs plus sûr pour le moment.

En disant cela, Nick n'avait pas l'intention de lui rappeler l'inquiétant message qu'elle avait reçu, mais, en voyant son regard s'assombrir, il comprit que c'est ce qui venait de se passer.

— Je ne vais pas te mentir, déclara-t-elle en nouant ses bras autour de son corps comme pour se réchauffer. Je ne suis pas contre l'idée de t'avoir à mes côtés jusqu'à ce que je me souvienne de ce que je ne dois pas répéter.

— Tu peux compter sur moi, affirma Nick d'un ton rassurant.

Rencontrer la famille de Julie avait pourtant été un supplice pour lui. C'était une chose de mentir à Julie, mais c'en était une autre de tromper tous ses proches.

— Je sais que ça ne fait pas longtemps que je suis réveillée dit-elle brusquement en se levant d'un bond, mais, si ça ne t'embête pas, je crois que je vais monter à l'étage et m'allonger un peu. Je sens que la migraine me guette.

— Est-ce que je peux faire quelque chose pour toi ? demanda-t-il.

— Non, mais c'est gentil de demander, répondit-elle en lui adressant un regard chaleureux qui fit naître en lui en lui un désir inavouable.

Nick regarda Julie monter lentement les escaliers puis, lorsqu'elle disparut, il retourna dans la cuisine, attrapa le journal et l'ouvrit.

Le cœur battant, il étudia la une où s'étalaient les gros titres... Jusque-là, rien d'inhabituel, du sport, de la politique, des publicités. Mais la tension monta d'un cran quand il passa à la seconde page. Voilà, on y était, tout en haut de la page un gros titre clamait :

UN HOMME DU NORTHLAND ASSASSINÉ

Nick lut l'article avec attention. Le corps de Brian McDowell avait été découvert par un de ses amis. Le journaliste disait qu'on lui avait tranché la gorge, en revanche il ne parlait pas de l'étrange marque que Nick avait vue sur le front de la victime. Manifestement, les forces de l'ordre avaient décidé de garder cette information confidentielle.

Soudain, le cœur de Nick manqua un battement. Un témoin avait aperçu un homme, tout de noir vêtu, s'enfuir de la maison. Toute personne ayant des informations était invitée à contacter les autorités au plus vite.

Se pouvait-il que ce témoin l'ait vu ? Ou qu'il ait surpris le véritable assassin ? S'il s'agissait de Nick, l'homme l'avait-il vu avant ou après qu'il avait ôté son masque de ski ? D'ailleurs, quand l'avait-il retiré exactement ? Nick n'arrivait plus à s'en souvenir, et la peur lui glaçait le sang.

Même s'il détestait la situation dans laquelle il s'était fourré, le fait d'être le fiancé de Julie était la seule chose qui pourrait l'empêcher d'être inculpé pour meurtre. Il referma lentement le journal. Pour le moment, il valait mieux pour lui que Julie reste amnésique. Mais, même si tout cela se terminait bien, il y aurait malgré tout, il le savait, une autre victime dans cette histoire.

Quand Julie retrouverait la mémoire, sans doute le dénoncerait-elle à la police... En réalisant qu'il n'y avait pas d'histoire d'amour, pas de fiançailles et évidemment aucun projet de mariage, elle aurait probablement le cœur brisé.

Nick était désolé de l'avoir embarquée avec lui dans cette affaire. Car, ce faisant, il signait sa perte mais il l'entraînait elle aussi dans sa chute.

— Puisque je dormais pendant le déjeuner et que je t'ai laissé te débrouiller tout seul, j'ai pensé que je pourrais faire griller des steaks que nous mangerions sur la terrasse ce soir ? proposa Julie à Nick, quelques heures plus tard à la sortie de sa sieste.

Après avoir appelé son assurance pour faire accélérer les réparations sur sa voiture, elle s'était profondément endormie et s'était réveillée à la mi-journée.

— Ça me semble une très bonne idée, déclara Nick en se levant du canapé. Dis-moi juste ce que je peux faire pour t'aider.

— Tu n'as qu'à rester assis et te reposer, répondit Julie. Je m'occupe de tout.

— Tu es sûre que tu es assez en forme ?

Julie lui adressa un grand sourire.

— C'est fou ce qu'une simple sieste peut faire du bien. Et ça me fait plaisir de te préparer un bon repas.

Julie espérait bien qu'à la fin de cette soirée son fiancé accepterait au moins de l'embrasser. Elle avait profondément envie d'une relation physique avec lui.

— Pourrais-tu m'allumer la télévision ? demanda-t-il. Je n'ai pas réussi à trouver la télécommande.

— Oh ! bien sûr, répondit-elle en regrettant de ne pas y avoir pensé plus tôt.

Il avait passé la plupart de sa journée sur ce canapé pendant qu'elle faisait la sieste...

— Je suis désolée que tu n'aies pu l'allumer pendant que je dormais, ajouta-t-elle.

Elle se dirigea vers la table basse, attrapa la télécommande dans le tiroir et alluma la télévision.

— Regarde ce que tu veux, dit-elle en lui tendant le boîtier. Je suis dans la cuisine si tu as besoin de quoi que ce soit.

Elle était si près de lui qu'elle sentit l'odeur épicée de son eau de toilette.

Quelques minutes plus tard, elle commença à préparer le dîner en se remémorant les rêves qu'elle avait faits pendant sa sieste...

C'était une série de séquences érotiques où elle et Nick faisaient l'amour. Ces images lui avaient laissé une impression si forte qu'elle se demanda si ce n'étaient que des fantasmes ou si cela reflétait la réalité de leur relation.

La seule chose dont elle était sûre, c'est qu'elle brûlait maintenant de désir pour lui. Elle avait compris que Nick restait distant parce qu'elle n'avait aucun souvenir de lui, mais cela ne changeait rien au fait qu'elle se sentait terriblement attirée par lui.

Peut-être se passerait-il quelque chose ce soir, se dit-elle tout en épluchant deux grosses pommes de terre. Elle allait lui préparer un bon dîner et, au moment d'aller se coucher, elle lui annoncerait qu'elle voulait qu'il partage son lit. Elle le convaincrait que son amnésie n'était pas si importante. De toute façon, quoi que son cerveau ait pu oublier, son cœur, lui s'en souvenait.

Et, Dieu merci, leur relation n'était plus un secret. Nick avait été parfait lors de la présentation aux membres de sa famille.

Tout s'était plutôt bien passé, même si Julie avait senti que son père brûlait d'envie de l'interroger plus en détail sur son fiancé.

Elle avait toujours eu l'impression que cela ne dérangeait pas ses parents qu'elle reste célibataire. De cette façon, elle pourrait continuer à se dévouer corps et âme à la boutique.

Peut-être était-ce finalement une bonne chose qu'elle ne se souvienne de rien… Comment son père pourrait-il l'interroger si elle avait tout oublié ?

Une demi-heure plus tard, le repas était prêt : la salade était au frigo, les pommes de terre au four et les steaks prêts à passer sur le gril.

Julie retourna au salon et s'assit à côté de Nick sur le canapé.

— Que dirais-tu de dîner d'ici une petite heure sur la terrasse ?

— Ça me semble parfait.

— Qu'est-ce que tu regardes ?

— Rien en particulier, répondit-il en baissant le volume sonore. Je zappais en cherchant les informations locales, mais je ne tombe que sur des *talk-shows* et des jeux.

— Tu es accro aux infos ? demanda-t-elle en se rendant compte qu'il y avait décidément beaucoup de choses qu'elle avait oubliées le concernant.

— Pas réellement accro, mais j'aime bien savoir ce qu'il se passe autour de nous. Je veux m'assurer que mes élèves ne risquent rien au lycée.

— Oh ! mais c'est vrai, j'avais totalement oublié que tu étais coach. Les entraînements de foot ont déjà commencé ?

Julie n'avait même pas pensé aux éventuelles conséquences que son accident avait pu causer sur la vie et le travail de Nick. Elle n'était pourtant pas si égoïste d'ordinaire.

— En fait, les préparations commencent la dernière semaine de juillet, j'ai donc encore quinze jours de temps libre.

— J'espère que j'aurai retrouvé la mémoire d'ici là, dit-elle en soutenant son regard un long moment. J'ai tellement hâte de me souvenir de tout ce qui te concerne… et de tout ce qui *nous* concerne.

— Tout finira par te revenir, ne t'en fais pas… Veux-tu que j'allume le barbecue ?

— Je vais m'en charger, répondit-elle, étonnée par son ton

froid et distant. J'aime bien jouer avec le feu surtout s'il y a un bon steak à la clé !

— Dans ce cas, si ça ne t'embête pas, je vais monter prendre une petite douche, dit-il en se levant.

— Ça ne m'embête pas du tout, évidemment. Malgré tout ce qui s'est passé, j'imagine que tu considères cette maison comme ton deuxième chez-toi et je ne veux pas que cela change !

— Je n'en aurai pas pour longtemps, répondit-il d'un ton radouci.

Julie acquiesça et sentit les battements de son cœur s'accélérer tandis qu'elle le regardait monter les escaliers. Elle savait que cette réaction physique n'était que le reflet de ses sentiments ; elle aimait Nick et elle le désirait ardemment. Et il devait à coup sûr éprouver la même chose pour elle...

Elle se leva et retourna dans la cuisine. Mais elle s'immobilisa brusquement quand une vision lui revint à l'esprit. C'était la nuit, et elle était seule à la boutique. Seules les veilleuses de sécurité étaient allumées. Elle avait les jambes tremblantes. *Danger !* Ce mot retentit dans son cerveau aussi violemment qu'une explosion, et une décharge de peur lui tordit l'estomac. La bouche sèche, elle sentit une sueur froide glisser dans son dos.

Elle tâtonna à la recherche d'une chaise pour s'y accrocher et éviter de tomber tandis que la vision disparaissait aussi rapidement qu'elle était apparue. Mais, même évanoui, ce flash avait laissé en elle une terreur qui lui serrait la gorge.

Cette image n'était-elle que le fruit de son imagination ? Ou était-ce un souvenir ? « N'en parle à personne. » Les mots résonnaient dans sa tête tandis qu'elle entrait dans la cuisine.

Y avait-il eu un incident avec un client à la boutique ? Évidemment, depuis le temps qu'elle travaillait là-bas, elle avait eu affaire à toute sorte de personnes. Elle prit quelques profondes respirations pour tenter de retrouver son calme.

Puis elle attrapa l'éponge dans l'évier et se rendit sur sa terrasse en essayant de comprendre ce que ce flash pouvait bien signifier.

Au moins, cela prouvait que sa mémoire n'était pas perdue. Malgré cela, elle avait le sentiment que plus elle se forcerait à retrouver ses souvenirs, moins cela marcherait.

Elle commença à nettoyer la table ronde qui se trouvait sous le parasol, ainsi que les chaises rouges et turquoise. La chaise longue avait les mêmes couleurs et les mêmes motifs.

Elle se rappelait à quel point elle appréciait sa terrasse. C'était un bel espace avec trois marches qui menaient à un petit jardin très arboré. Elle avait de la chance que la propriété qui se trouvait derrière la sienne soit un bout de forêt non constructible.

Il lui arrivait régulièrement d'apercevoir des cerfs, au petit matin ou à la tombée de la nuit. À présent, les oiseaux chantaient dans les arbres et elle sentit que son angoisse se dissipait.

Elle aimait beaucoup cet endroit qu'elle trouvait apaisant, surtout après une journée stressante passée au travail. Mais elle se souvenait qu'elle n'en profitait pas autant qu'elle l'aurait voulu, car elle travaillait beaucoup au magasin et elle n'avait pas beaucoup de temps libre.

Une fois la table nettoyée, elle commençait à mettre le couvert lorsque Nick apparut dans l'embrasure de la porte.

— Dieu merci, l'air s'est un peu rafraîchi, remarqua-t-il.

Mon Dieu..., pensa Julie en le regardant. Sa propre température venait, elle, de monter d'un cran. Nick était magnifique. Ses cheveux bruns étaient encore humides et légèrement ébouriffés. Et la petite expression de contrariété qu'il affichait quelques heures plus tôt semblait l'avoir quitté. Il avait troqué son jean contre un short noir qui dévoilait des jambes athlétiques et bronzées. Quant à son polo à manches courtes, il révélait des bras forts et musclés.

— Julie ? demanda-t-il en haussant les sourcils.

Julie se rendit soudain compte qu'elle était en train de le dévisager. Elle espéra qu'elle n'avait quand même pas la bouche ouverte...

— Désolée, répondit-elle en sentant le feu lui monter aux joues. En effet, ça fait du bien après cette journée caniculaire. Cette petite brise est très agréable.

— C'est très beau ici, dit-il en se dirigeant vers la rambarde pour observer le jardin. Je t'envie d'avoir ces bois rien que pour toi. Je trouve que c'est la plus belle des vues.

— Je trouve aussi. Il n'y a pas d'arbres dans ton jardin ?

— Juste un, un joli petit arbre de Judée, répondit-il avant de lui prendre le briquet des mains, les sourcils froncés. Laisse, je vais m'en charger.

Il se pencha au-dessus du barbecue et alluma le gaz. Son attitude était soudain raide, ses mouvements peu naturels.

— Nick, il y a quelque chose qui ne va pas ? lança-t-elle.

Il fit demi-tour pour lui faire face et, pendant un très court moment, elle vit passer sur son visage une expression de profond tourment.

— Si, si, tout va bien, assura-t-il en se détendant. Tu veux cuire les steaks ou je m'en occupe ?

— Je vais le faire. Pendant ce temps, si tu en as envie tu peux aller nous chercher des bières dans le frigo et nous pouvons discuter un moment...

— Bonne idée, j'y vais de ce pas.

En le regardant entrer dans la maison, Julie se demanda si elle n'était pas en train de perdre la tête. Avait-elle réellement vu le regard plein de douleur de Nick ou l'avait-elle seulement imaginé ? Son cerveau détraqué lui jouait-il des tours ? Malheureusement, elle ne pouvait pas le savoir.

Cependant, quand ils s'assirent à table quelques minutes plus tard, toutes ses inquiétudes s'envolèrent. La bière était fraîche, les steaks parfaitement cuits, quant aux pommes de terre, elles étaient délicieuses. Nick et elle commencèrent à parler de choses légères et agréables et la conversation prit un tour tout à fait plaisant.

— Je crois qu'un souvenir m'est revenu tout à l'heure, dit Julie en terminant sa bouchée.

— Ah oui ? Et de quoi s'agissait-il ? s'enquit Nick en se penchant en avant.

Quand il plongea son regard dans le sien, Julie remarqua une nouvelle fois à quel point ses yeux verts étaient intenses.

Elle attrapa sa bouteille de bière et finit la dernière gorgée.

— C'était juste un flash, je me rendais dans la cuisine quand tout à coup je me suis vue dans la boutique de prêts sur gages, dit-elle en sentant un frisson lui parcourir l'échine. J'étais terrifiée.

— Et tu as une idée de ce qui avait pu te faire aussi peur ?

— Non, la vision a été brève, il n'y avait pas beaucoup de détails, répondit-elle en laissant échapper un soupir de frustration. Oh ! si ma vision avait duré plus longtemps, j'aurais peut-être découvert ce que je dois taire.

— Quel si grand secret peut bien se cacher dans cette boutique... ? Je n'ai encore jamais été dans ce type de commerce, vous avez quel genre de clientèle ?

La nuit était en train de tomber à présent et, comme la brise avait cessé, l'atmosphère était redevenue étouffante et humide.

— Et si nous rentrions à l'intérieur pour prendre le café ? proposa Julie. Je commence à manquer d'air ici...

— Bonne idée, acquiesça Nick.

Après avoir débarrassé la table et fait la vaisselle, Nick et Julie reprirent leur conversation, assis sur le canapé, une tasse de café à la main.

— Tu me demandais quelle sorte de gens vient voir les prêteurs sur gages... Certains sont tout à fait charmants, et je sais qu'ils sont seulement désespérés... Ils ont besoin d'argent liquide très rapidement pour pouvoir tenir jusqu'à leur prochaine paie ou attendre les remboursements des soins médicaux. En ce qui les concerne, nous espérons toujours qu'ils pourront payer en temps et en heure afin de ne pas perdre les articles qu'ils ont déposés.

Julie marqua une courte pause, le temps de prendre une gorgée de son café puis elle reprit :

— Mais il y a aussi des clients plus étranges qui nous apportent des objets bizarres. Pour être honnête, une bonne partie de la clientèle est quand même un peu effrayante.

— Effrayante comment ?

— La plupart d'entre eux sont des toxicomanes qui cherchent à se payer leurs doses. Ils négocient le prix des articles qu'ils veulent nous confier et se mettent parfois en colère quand nous ne voulons pas leur donner plus d'argent.

Elle fronça les sourcils en se souvenant du nombre de fois où elle avait eu une peur bleue face à l'un d'entre eux.

— Vous avez un système de sécurité dans la boutique ?

— Une vitre pare-balles et un bon cadenas sur la porte du bureau. Mais personne n'est jamais vraiment seul là-bas. Et, quand je travaille avec Casey, mon père s'arrange toujours pour qu'un homme soit présent avec nous.

Julie s'interrompit un instant et regarda Nick avec surprise.

— Nous n'avions encore jamais parlé de mon travail ?

Nick changea de position sur le canapé et posa sa tasse sur la table basse.

— Pas vraiment non… Tu me disais toujours que tu préférais ne pas laisser tes problèmes de boulot déteindre sur notre histoire, afin de profiter du temps que nous passions ensemble.

Julie hocha la tête, reconnaissant tout à fait le genre de résolution qu'elle pouvait prendre.

— Et toi ? Dis-m'en un peu plus sur tes étudiants et tes joueurs ?

Ils discutèrent ainsi, à bâtons rompus, pendant près de deux heures. Nick lui raconta ses histoires d'entraînements au lycée, et Julie comprit rapidement à quel point il aimait son métier. En retour, elle lui rapporta les meilleures anecdotes qu'elle avait vécues avec les clients au magasin.

Ils échangèrent même quelques fous rires… Ce qui attisa son désir pour lui. Elle n'était pas surprise, Nick était l'homme qu'elle avait l'intention d'épouser, l'homme qu'elle fréquentait depuis longtemps maintenant.

Et d'ailleurs… Quand avaient-ils fait l'amour pour la dernière fois ? Était-ce la veille de l'accident ? La semaine précédente ? Avait-il envie d'elle ? Il ne l'avait même pas encore embrassée… Peut-être était-elle comme la Belle au bois dormant et avait-elle besoin que son prince dépose un baiser sur ses lèvres pour retrouver la mémoire.

Nick réprima un bâillement.

— Désolé, dit-il en faisant la grimace.

— Il commence à se faire tard et je dois me lever tôt pour aller à la boutique demain matin.

— Je pense toujours que tu aurais dû dire à ta famille que tu avais besoin de prendre quelques jours de repos supplémentaires, déclara-t-il.

— Je préfère ne pas faire d'histoires, répliqua-t-elle en posant sa main sur son bras. Nick, tu ne voudrais pas dormir avec moi, cette nuit ?

Elle sentit son corps se raidir à son contact.

— Écoute, Julie, pour être honnête, cela me met mal à l'aise, vu que tu ne te souviens pas du tout de moi, répondit-il en se levant du canapé. Nous aurons tout le temps de nous rattraper quand tu auras retrouvé la mémoire.

Julie se leva également, avec une envie irrépressible de se disputer avec lui. Elle voulait lui dire qu'elle n'avait pas de problèmes avec ça et que passer la nuit avec lui était important pour elle, mais il avait prononcé ces mots sur un ton qui indiquait qu'il ne reviendrait pas sur sa décision.

— Je me sens juste si... déconnectée de tout et de tout le monde, dit-elle finalement en soutenant son regard. Est-ce qu'au moins tu pourrais... m'embrasser ?

Elle éclata d'un rire gêné avant d'ajouter comme pour elle-même :

— Mon Dieu, je suis pathétique.

Le visage de Nick s'adoucit, et il l'attira vers elle.

Elle se pressa contre lui et apprécia le contact de son torse musclé et ferme, et son odeur maintenant familière.

— Tout va s'arranger, murmura-t-il, et son souffle chaud vint caresser son front. Tu vas retrouver la mémoire et résoudre le mystère de ce secret que tu ne dois partager avec personne.

Julie leva les yeux vers lui, et il posa ses lèvres sur les siennes. Il semblait vouloir un baiser rapide et chaste, mais cela n'était pas suffisant pour elle.

Elle passa ses bras derrière sa nuque et entrouvrit les lèvres, l'encourageant à approfondir leur baiser. Dans un grognement, il enroula sa langue autour de la sienne, réveillant les flammes d'un désir profondément enfoui en elle.

Elle voulait que ce baiser dure toujours, mais il s'écarta d'elle rapidement. Malgré cela, elle remarqua qu'il avait les yeux brillants... Il la désirait, lui aussi.

— Bonne nuit, Julie. Je vais vérifier que les portes de la maison sont bien fermées, tu peux aller te coucher.

Julie acquiesça en silence. Son corps tout entier brûlait de frustration. Elle monta l'escalier en pensant qu'elle avait une nouvelle raison de vouloir retrouver la mémoire... Une fois ses souvenirs de retour, Nick accepterait de revenir dans son lit.

5

Nick monta se coucher un quart d'heure après Julie, en se demandant comment celle-ci pouvait avoir envie de passer la nuit avec quelqu'un dont elle n'avait aucun souvenir.

Maintenant qu'il l'avait embrassée, il n'était pas certain de pouvoir résister longtemps à sa proposition. Il n'avait pas fait l'amour depuis des années, et il ressentait évidemment une forte attraction pour Julie.

Partager son lit, admirer ses longs cheveux bruns étalés sur l'oreiller, sentir son corps svelte et nu sous le sien... Il hocha la tête.

Il savait que cela ne serait pour lui qu'une relation sexuelle, rien de plus. Son amour pour Debbie le comblait, jamais il n'y aurait de place dans sa vie pour une nouvelle femme. Le chagrin et la rage du deuil avaient verrouillé son cœur à double tour, et ce pour toujours.

Mais il avait un problème... Ses mensonges tenaient la route. Julie y croyait dur comme fer.

C'était donc on ne peut plus normal qu'elle veuille embrasser son fiancé. Et faire l'amour avec lui. Seulement... Combien de temps pourrait-il la repousser sans céder à son propre désir ?

Nick soupira. Heureusement qu'il n'était pas obligé de passer devant la chambre de Julie pour atteindre la sienne. Il se rendit dans la salle de bains pour se brosser les dents puis marcha jusqu'à la chambre à coucher où il avait déjà dormi la veille.

La pièce était agréable, décorée dans des nuances de vert pâle et de blanc... Des couleurs tranquilles et apaisantes. Mais en se mettant au lit, Nick dut se rendre à l'évidence : rien ne pourrait le calmer cette nuit.

Tout au long de la journée, il s'était senti parcouru par toutes sortes d'émotions. Il s'était d'abord réveillé angoissé à l'idée que Julie avait peut-être retrouvé la mémoire et que la mort de Brian avait enfin été signalée. Puis l'anxiété s'était transformée en peur quand il s'était rendu compte qu'on parlait non seulement du meurtre dans le journal, mais également d'un témoin qui avait vu quelqu'un s'enfuir de la scène de crime.

Il avait réussi à retrouver son sang-froid pendant la sieste de Julie, mais, à la minute où elle était descendue le rejoindre, un nouveau type d'émotion l'avait envahi… La nervosité d'un homme qui prétendait être quelqu'un qu'il n'était pas.

Enfin, quand il avait parlé de son petit arbre de Judée dans son jardin, il n'avait pas pensé qu'il ressentirait encore autant de chagrin et de colère.

À présent, alors qu'il essayait de trouver le sommeil, la dernière émotion de la journée ne le laissait pas tranquille… Il brûlait de désir pour Julie. L'embrasser avait été une grossière erreur. Ses lèvres douces et chaudes étaient… oh… si tentantes. Il aurait été si simple de se laisser aller et de marcher jusqu'à sa chambre à coucher pour lui faire l'amour toute la nuit.

Il n'y avait pas que la mystérieuse aura sexuelle de Julie qui l'attirait. Elle avait aussi un merveilleux sens de l'humour. Elle était également très douce et avait un air fragile qui le touchait. Était-elle déjà ainsi avant son accident et ce terrible message qu'elle avait reçu ?

Le message. Et s'il ne s'agissait que d'une erreur ? Quelqu'un s'était peut-être trompé de numéro ? À moins que ce ne soit la mauvaise blague d'un pauvre type ? Le prénom de Julie n'avait pas été prononcé… Malgré cela, Nick ne pouvait s'empêcher de penser que cela avait un lien avec les signes d'altercation qu'ils avaient découverts dans le salon de Julie. Que s'était-il passé dans cette pièce avant l'accident ? Tant de questions restaient sans réponses…

Et combien de temps lui restait-il avant qu'un agent de police ne vienne frapper à sa porte après avoir découvert qu'il était lié à la mort de Brian McDowell ? Cela pouvait-il vraiment se produire ?

Avait-il laissé son ADN quelque part chez Brian ? L'agent Brown se souviendrait-il de cet homme qui portait un sweat à capuche en plein mois de juillet et qui se trouvait à une rue seulement de la scène de crime ?

Malgré toutes ces réflexions obsédantes, Nick finit par sombrer dans un sommeil agité, mélange de cauchemars et de souvenirs morbides...

Il marche seul le long d'une autoroute déserte. Au-dessus de lui, une enseigne lumineuse avec de grandes lettres en néon dit :

« N'EN PARLE À PERSONNE. »

Le bâtiment ressemble à un motel, et c'est exactement ce dont il avait besoin. Voilà des années qu'il marche sur cette autoroute et il ne veut qu'une chose : se reposer.

Une fois arrivé devant, il se rend compte que « N'EN PARLE À PERSONNE » *est bien le nom du motel. Il y pénètre en poussant un profond soupir de soulagement. À l'intérieur, il fait sombre, humide, et une nappe de fumée plane au plafond. Un homme se tient de dos derrière le comptoir de la réception.*

— J'ai fait préparer votre chambre, coach, lui dit-il, c'est la numéro 7.

L'homme se retourne, et Nick voit qu'il s'agit de Brian McDowell. Sa gorge est béante et le V est toujours gravé sur son front.

Nick file vers la chambre numéro sept et ouvre la porte. Debbie est allongée sur le sol, à côté du lit, en sang.

— Non ! crie-t-il, fou de rage.

Mais, quand il se penche sur elle, ses traits se transforment et prennent ceux de Julie.

Nick se réveilla en sursaut, le corps en sueur et le cœur battant. Il était essoufflé comme s'il venait de courir un marathon, et il lui fallut quelques instants pour réussir à reprendre ses esprits et comprendre où il se trouvait.

Il sauta du lit. Ce n'était qu'un rêve. Enfin un cauchemar. Il passa sa main dans ses cheveux trempés et jeta un coup d'œil au réveil sur la table de nuit qui indiquait 5 h 30.

Nick avait l'habitude de se lever vers 6 heures. Il savait donc qu'il ne réussirait pas à se rendormir. Et, quand bien même il y parviendrait, il ne pouvait être sûr que les cauchemars ne recommenceraient pas.

Il attrapa quelques vêtements propres dans le placard et se rendit en silence à la salle de bains de l'autre côté du couloir en espérant que le bruit de l'eau ne réveillerait pas Julie.

Il resta longtemps sous la douche, espérant ainsi effacer toutes traces du cauchemar. Il se sentait encore perturbé et nerveux.

Une fois habillé, il descendit silencieusement au rez-de-chaussée et se dirigea vers la cuisine pour préparer du café.

En attendant que celui-ci soit prêt, il regarda par la fenêtre la lumière de l'aube qui pointait à l'horizon.

Julie devait commencer sa journée à la boutique de prêts sur gages à 9 heures et elle devait finir à 17 heures. Nick savait ce qu'il allait faire pendant tout ce temps.

Il devait joindre Jason Cook et Matt Tanner, les autres coachs de foot qui travaillaient avec lui au lycée. Les entraînements commençaient dans dix jours, et il devait les prévenir qu'il ne pourrait peut-être pas participer aux sessions, tout au moins au départ, à cause de problèmes personnels. L'amnésie de Julie était en effet devenue un problème pour lui aussi à l'instant même où il lui avait dit son premier mensonge.

Et, s'il ne donnait pas de cours, il pourrait quand même passer chez lui prendre quelques DVD des matchs de l'année passée afin de préparer des nouvelles stratégies de jeux pour l'équipe.

Nick se détourna de la fenêtre, se servit une tasse de café et alla s'asseoir à table. Il lui sembla soudain absurde de penser au football alors qu'il avait de bien plus graves problèmes à régler pour le moment.

La sonnette de la porte pourrait soudain retentir... Un agent de police l'emmènerait au commissariat où un témoin l'identifierait comme étant bien l'homme qu'il avait vu s'enfuir de chez Brian McDowell, la nuit du meurtre.

Ou bien Julie pourrait retrouver soudain la mémoire et appeler la police pour les avertir qu'un homme lui avait menti, un homme qui se faisait passer pour son futur mari alors qu'elle ne le connaissait pas.

Les sentiments de Nick concernant la perte de mémoire de Julie étaient on ne peut plus ambivalents… D'un côté, il souhaitait qu'elle retrouve ses souvenirs pour ne plus se sentir vulnérable et effrayée, et de l'autre il redoutait l'instant où la vérité éclaterait au grand jour car il savait qu'il signerait sa perte.

Il ne dirait jamais à personne qu'il était chez McDowell cette nuit-là. Personne ne saurait jamais qu'il avait emporté avec lui une arme, un masque de ski et des gants, le tout dans l'intention d'assassiner cet homme. Ce secret, Nick comptait bien le garder pour lui jusqu'à sa mort.

Malgré cela, une question l'obsédait… Puisque quelqu'un d'autre que lui s'était chargé d'éliminer Brian, cela signifiait-il que personne ne tuerait l'homme qui avait assassiné sa femme ?

Nick serra sa tasse chaude dans ses mains en sentant un élan de colère monter en lui. Le groupe de survivants qu'il avait fréquenté lui avait parlé de toutes les étapes du deuil.

Il s'était rendu à ces réunions tous les quinze jours pendant des mois et n'avait jamais été capable de comprendre comment quelqu'un qui avait perdu un être cher de façon violente pouvait un jour ne plus ressentir de colère. Pour lui, il était de toute façon impossible d'accepter quoi que ce soit tant qu'il ne se serait pas vengé.

— Bonjour, lança Julie en entrant dans la cuisine.

Elle portait un déshabillé court et léger, et ses cheveux étaient encore ébouriffés.

Nick sentit son corps, déjà contracté par la colère, se tendre un peu plus pour une tout autre raison. Le parfum de Julie flottait dans la pièce, cette odeur légère et florale qu'il trouvait follement attrayante.

— Tu es bien matinale, lui fit-il remarquer en remerciant sa voix de ne trahir ni la rage qu'il ressentait un instant plus tôt ni le soudain désir que Julie avait réveillé en lui.

— Comme toi ! répliqua-t-elle.

Elle se dirigea vers le placard, s'empara d'une tasse et alla se servir un café. Tandis qu'elle se déplaçait dans la cuisine, Nick ne put s'empêcher d'admirer ses longues jambes nues.

— Tu as bien dormi ? demanda-t-elle en prenant place en face de lui.

— En fait, ça a été une nuit plutôt mouvementée...

— Je te prends trop de temps et d'énergie, n'est-ce pas ? dit-elle en cessant de sourire. Je suis certaine que tu dois avoir bien mieux à faire qu'à jouer les baby-sitters. Si tu veux rentrer chez toi, ne t'en fais pas, je peux très bien m'en sortir seule maintenant.

Mais Nick savait que ce n'était pas vrai. Le léger tremblement qu'il avait perçu dans la voix de Julie lui indiquait que rester seule était bien la dernière chose qu'elle souhaitait.

— Je suis exactement là où je dois être, répondit-il. Par contre, si ça ne t'embête pas, je vais aller chercher quelques DVD de football chez moi pour bosser un peu pendant que tu seras à la boutique.

— Ça ne m'embête pas le moins du monde ! En plus, j'adore le football. Est-ce que je suis déjà venue voir un match au lycée ?

Nick secoua la tête.

— Non, tu travaillais les soirs où il y avait des matchs.

— Et même si j'avais demandé ma soirée, soupira-t-elle, j'imagine que mon père aurait refusé et m'aurait fait la morale en m'expliquant combien notre entreprise est plus importante que tout le reste.

Elle marqua une courte pause, le temps de prendre une gorgée de son café puis ajouta :

— En fait, je suis persuadée qu'il serait ravi que je ne me marie jamais et que je n'aie pas d'enfants. Comme ça, je ne risquerais pas d'avoir des distractions et je pourrais dédier ma vie entière à la boutique.

— Tu n'as jamais pensé à faire autre chose ?

— J'ai toujours eu envie d'être infirmière ou même assistante médicale pour travailler dans un cabinet de médecins, mais le destin en a décidé autrement.

— C'est une profession admirable, tu es encore jeune, rien ne t'empêche de reprendre tes études, Julie. Peut-être que ton père ne serait pas très heureux au départ, mais je suis certain qu'il finirait par comprendre.

— Peut-être..., répondit-elle d'un ton peu convaincu. En tout cas, ce matin, si tu es d'accord, je t'emmène visiter pour la première fois la fameuse boutique de prêts sur gages des Peterson.

— J'ai hâte, répliqua-t-il en constatant avec joie qu'elle avait retrouvé le sourire. Mais j'insiste, je crois que tu ferais une remarquable infirmière.

— Tu le penses vraiment ? fit-elle en rougissant.

— Absolument. Tu es d'une nature calme et agréable, ce qui est primordial pour les patients.

Et Nick était sincère. Malgré tout ce que Julie traversait en ce moment, il émanait d'elle une douceur étonnante.

— Merci, dit-elle en rougissant de plus belle. À présent je ferais mieux de finir mon café et d'aller me préparer pour le travail, sinon je vais être en retard.

Ils quittèrent la maison à 8 h 30. Julie s'était changée et avait enfilé un pantalon noir, un T-shirt de la même couleur avec l'inscription « Peterson Family » en lettres blanches au niveau de sa poitrine et une paire de sandales qui laissaient apparaître ses orteils vernis de rose.

— Est-ce qu'il y a des employés qui ne sont pas des membres de votre famille ? s'enquit Nick tandis qu'ils quittaient l'impasse.

— Quelques-uns, mais papa ne leur fait pas confiance, il pense toujours qu'ils vont voler des choses ou piquer de l'argent dans la caisse.

— Ils le font ?

— Pas que je sache, non. Je m'occupe de la comptabilité, et rien ne me laisse penser que ce genre de chose se produit, dit-elle avant d'éclater de rire. Enfin, d'après mes souvenirs…

— Tu n'as pas eu de nouvelle vision depuis hier ? demanda Nick en lui jetant un rapide regard.

Le soleil matinal mettait en valeur ses traits, leur donnant comme un éclat doré.

— Aucune, répondit-elle en soupirant. Je ne sais pas pourquoi je me sens si nerveuse de reprendre le travail.

— Julie, tu as oublié tout ce qui s'est passé dans ta vie ces dix derniers mois, c'est normal que tu te sentes nerveuse à propos de tout et de n'importe quoi, la rassura Nick. Et je te rappelle que dans ta vision, tu étais effrayée et seule dans la boutique justement.

— Oui, mais je ne suis pas certaine qu'il s'agisse d'un vrai souvenir… Peut-être n'était-ce que le fruit de mon angoisse à l'idée de reprendre le travail.

Elle laissa échapper un nouveau soupir, plus profond.

Avant même de prendre le temps de réfléchir, Nick tendit la main vers elle et la posa sur la sienne.

— Tout va bien se passer, Julie.

Il remit rapidement sa main sur le volant en regrettant son geste. Il ne devait pas la toucher. Sa peau était douce et chaude, et il avait apprécié ce contact.

Il devait absolument rester concentré sur la situation réelle. Il lui avait dit que tout se passerait bien, et ce serait le cas tant qu'elle ne retrouverait pas la mémoire et que personne ne la tuerait pour avoir « parlé ». Et aussi longtemps qu'aucun témoin ne viendrait l'identifier et qu'il réussirait à ne pas penser à cette terrifiante vision du cadavre de Brian McDowell.

— Bienvenue dans mon monde ! lança Julie en ouvrant la porte de la boutique de prêts sur gages et en laissant entrer Nick.

À gauche de la porte se dressait une armure de taille réelle, et à droite un squelette grandeur nature qui tenait une pancarte indiquant que les éventuels voleurs seraient tous poursuivis en justice.

— Quel comité d'accueil, dit Nick en riant.

— Je t'avais prévenu que mon père aimait bien les choses bizarres qu'on nous apporte parfois, répondit Julie en verrouillant la porte derrière eux.

Elle sentit tout à coup que la peur était revenue se nicher en elle. Était-ce à cause de son amnésie ou s'agissait-il d'autre chose ? Elle ne pouvait le savoir.

Les quelques rayons du soleil qui perçaient par les grandes fenêtres étaient faibles, elle alluma donc les lumières pour y voir un peu plus clair.

À gauche, se trouvaient les étagères qui contenaient les ordinateurs, les moniteurs et les télévisions. À droite, tout l'équipement musical qui était exposé pour l'achat. Au milieu, se trouvaient les articles volumineux qui étaient eux aussi à vendre. Il y avait des tondeuses à gazon, des aspirateurs souffleurs de feuilles, des compresseurs et toutes sortes d'outils.

Des vitrines avec les bijoux et les objets précieux étaient

installées le long d'un mur. Et tout au fond se trouvait une pièce entièrement vitrée qui servait de bureau et une arrière-boutique interdite aux clients.

— C'est à peu près comme je l'imaginais, dit Nick. Juste un peu plus grand.

— Attends... Tu n'as pas encore vu l'autre pièce.

Julie essaya une nouvelle fois d'ignorer la boule d'angoisse qui lui serrait le ventre depuis qu'elle s'était habillée pour venir travailler ici.

Elle observa Nick tandis qu'elle le faisait entrer dans la pièce attenante. Une expression de surprise s'afficha sur son visage puis il éclata de rire.

— Ça ressemble plus au plateau de l'émission *Incroyable mais vrai* qu'à une boutique de prêts sur gages ! s'exclama-t-il.

Julie parcourut la pièce des yeux pour voir si les choses avaient beaucoup changé ces dix derniers mois. Le veau à cinq pattes en peluche était toujours là. De même que le gros génie en résine de près de deux mètres de haut assis sur son coussin et le pingouin souriant de la même taille dont le ventre s'ouvrait comme un coffre.

Il y avait aussi une demi-douzaine de vieilles machines à sous, d'antiques flippers et des œuvres d'art surprenantes accrochées aux murs.

Nick se dirigea vers une girafe rose et blanche en plâtre puis se tourna vers Julie :

— Où est-ce que ton père trouve des trucs pareils ?

— Oh, mais ce n'est pas lui qui les trouve, c'est plutôt les objets qui viennent à lui, répondit-elle. Quand la rumeur s'est répandue qu'il achetait et vendait tout et n'importe quoi, les gens lui ont apporté toutes sortes d'articles. Viens, je vais te montrer le bureau.

En constatant que rien n'avait vraiment changé dans la boutique, Julie se détendit.

Le bureau se trouvait juste à côté d'une porte dans l'arrière-boutique qui renfermait plusieurs objets sur des étagères.

— Tous les articles en haut sont à vendre, ceux du bas peuvent encore être récupérés par les gens qui les ont déposés, expliqua Julie. Nous possédons aussi le bâtiment voisin dont nous nous servons pour stocker tous les objets.

— Quelle organisation ! dit Nick en la regardant un instant. Ça va, comment te sens-tu ?

— Étrangement, ça va mieux, répondit-elle en souriant. J'ai l'impression que l'angoisse va me quitter au fur et à mesure que la journée avancera.

Malgré cela, Julie ne put s'empêcher de sursauter en entendant la sonnette de la porte d'entrée.

— Bonjour ? lança une voix que Julie reconnut immédiatement.

— Joel ! s'écria-t-elle en allant accueillir le grand homme costaud aux cheveux bruns qui allait travailler avec elle aujourd'hui. Viens que je te présente mon fiancé.

— Ton père m'a dit que tu avais eu un accident de voiture et que tu souffrais d'amnésie, mais il ne m'a pas dit que tu avais un fiancé, repartit Joel en tendant sa main à Nick, un sourire aux lèvres. J'espère que vous avez l'intention de bien prendre soin de cette demoiselle, monsieur.

— Absolument, affirma Nick en lui serrant la main.

— C'est une femme bien, elle mérite ce qu'il y a de mieux, continua Joel en adressant un sourire chaleureux à Julie.

— Mais c'est ce que j'ai ! dit-elle d'un ton convaincu. Nick, si tu veux, tu peux y aller à présent. Il est presque l'heure d'ouvrir la boutique et tout ira bien maintenant que Joel est arrivé.

— Tu me raccompagnes ?

— Évidemment.

— Ravi de vous avoir rencontré, déclara Joel à Nick tandis que Julie et lui se dirigeaient vers la porte.

— Tu es certaine que ça va aller ? demanda Nick à Julie à l'entrée.

— Très bien, ne t'en fais pas. Joel et moi formons une super équipe, assura-t-elle avant d'ajouter en fronçant les sourcils : à moins que quelque chose ne soit passé entre nous et que je ne m'en souvienne pas. En même temps, je n'ai rien ressenti d'anormal en le voyant.

— Je peux passer prendre du poulet pour faire un barbecue ce soir après ta journée, si tu veux ? Comme ça, nous pourrons à nouveau profiter des heures fraîches de la soirée sur ta terrasse.

— Très bonne idée, lui répondit Julie.

Bien que l'angoisse qui l'habitait ait quasiment disparu, elle ne pouvait s'empêcher de se sentir encore un peu nerveuse.

— Tu sais, poursuivit Nick qui sembla le remarquer, si tu ne te sens pas assez en forme pour travailler, je peux encore te ramener chez toi.

Touchée de constater qu'il était si attentif à ce qu'elle ressentait, Julie hocha la tête.

— Ça va aller, vraiment.

— Alors, je viens te chercher à 5 heures, dit-il avant de se pencher pour déposer un baiser sur son front. Passe une bonne journée, et surtout appelle-moi si tu as besoin de quoi que ce soit.

Puis, avant même qu'elle puisse lui répondre, avant même qu'elle ait le temps de profiter de la délicieuse sensation de ses lèvres chaudes sur sa peau, il se retourna et disparut.

— J'ouvre la boutique ? cria-t-elle à Joel qui s'était installé à sa place derrière le comptoir.

— Si tu es prête, je le suis aussi, déclara-t-il.

Julie ouvrit la porte, et ce geste marqua le début de sa journée de travail.

Ce fut une matinée chargée, les clients affluèrent pour acheter ou déposer. Julie eut à peine le temps de penser à cette peur qui, même si elle avait diminué, ne semblait pas vouloir la quitter. Elle oublia même son amnésie, et le temps fila jusqu'à 2 heures de l'après-midi.

C'est dans cette plage horaire un peu creuse qu'entra dans la boutique une femme entre deux âges. Elle s'avança avec un air hésitant jusqu'au comptoir, en serrant fermement dans ses mains un petit sac à main usé.

— Je peux vous aider ? lui demanda Julie.

— Euh... Je ne sais pas, lui répondit la femme en repoussant une mèche de ses cheveux longs cheveux bruns derrière une de ses oreilles. Je n'ai encore jamais fait ça, mais je crois que je voudrais mettre une bague en gage.

— Je peux la voir ?

La femme posa son sac sur le comptoir, l'ouvrit et en sortit une enveloppe. Les doigts tremblants, elle tendit à Julie une petite bague avec un diamant.

Julie s'empara de la loupe de bijoutier et étudia la bague avec attention. L'or n'était que de quatorze carats et le diamant minuscule, mais la clarté était bonne.

— Je peux vous en proposer cent dollars, dit-elle à la femme.

— Seulement ? C'est ma bague de mariage et je promets de venir la récupérer, mais j'ai besoin de cent trente dollars pour payer notre facture d'électricité, j'ai tout dépensé pour acheter de quoi manger et maintenant je suis dans une impasse.

Elle réprima un petit rire, teinté de désespoir puis ajouta :

— Mais j'imagine que vous devez entendre les mêmes pleurnicheries toute la journée.

Julie avait en effet entendu de nombreuses histoires tristes, mais quelque chose chez cette femme la touchait.

— Je vous en donne cent quarante dollars.

— Oh…, dit la femme, les yeux plein de larmes. Merci. Et ce sera notre secret, n'est-ce pas ? Je veux dire, personne n'a besoin de savoir que je l'ai mise en gage.

— Personne, sauf si vous en parlez à quelqu'un, rétorqua Julie.

N'en parle à personne. Les mots lui revinrent à l'esprit tandis qu'elle scannait le permis de conduire de Maggie Albright. Et ils continuèrent de la hanter tandis qu'elle expliquait les termes et conditions de la boutique.

Est-ce qu'il s'était passé quelque chose ici qui avait mené à cette menace ? Pourquoi n'arrivait-elle pas à s'en souvenir ? Un client l'avait-il forcé à faire quelque chose d'illégal ? Elle ne pouvait imaginer un tel scénario. Elle avait toujours respecté le règlement… Malgré tout, vu qu'elle n'avait plus aucun souvenir, elle ne pouvait réellement écarter cette hypothèse.

À 15 heures, Casey appela Julie pour la prévenir qu'elle serait en retard et qu'elle ne pourrait pas prendre sa place avant 18 h 30… Julie téléphona à Nick pour lui demander de venir la chercher plus tard.

— Le jour où cette fille arrivera à l'heure pour travailler, les poules auront des dents, laissa échapper Joel sur un ton sec.

— Ah ça ! Personne n'a jamais dit que Casey était fiable, s'exclama Julie en riant. Belle, oui, amusante, définitivement, mais il est certain que son sens des responsabilités se limite à nous prévenir de ses retards ou de ses absences.

— J'ai ouï dire que ton père lui avait remonté les bretelles et qu'il lui avait dit qu'il était temps qu'elle grandisse et qu'elle paye ses factures elle-même.

— Ah bon ? Je n'en ai pas entendu parler, répliqua Julie, l'air surpris.

Joel réprima un petit rire puis ajouta :

— En même temps je ne crois pas que Casey l'ait pris au sérieux car elle n'a pas manifesté l'envie de prendre des créneaux de travail en plus.

— Oui, je pense aussi que ça n'a pas dû beaucoup l'inquiéter. Elle mène depuis toujours mes parents par le bout du nez.

Julie se sentait à nouveau plus détendue. Joel et elle continuèrent à discuter du nouveau chiot que celui-ci venait d'adopter et qu'il avait prénommé Buster.

— Est-ce que tu m'avais déjà parlé de Buster avant ? demanda-t-elle.

— Il y a deux semaines quand je suis allé le chercher, lui répondit Joel en souriant. Mais ce n'est pas grave Julie, je sais qu'il te manque des souvenirs, je n'ose d'ailleurs même pas imaginer comment tu dois te sentir.

— Bouleversée et plutôt effrayée. J'espère seulement que ça ne va pas durer trop longtemps. D'ailleurs, puisqu'il n'y a aucun client, j'aimerais aller jeter un coup d'œil dans le registre pour voir ce qui s'est passé les derniers jours où j'ai travaillé. Peut-être que ça pourrait m'aider.

— Bien sûr, vas-y. C'est très calme pour le moment. Mais si tu as besoin d'aide, surtout n'hésite pas, tu sais que je suis là.

— Merci, Joel, fit-elle en lui adressant un sourire plein de reconnaissance.

Puis elle se rendit dans l'arrière-boutique et s'assit derrière le bureau. Selon le calendrier qui était affiché sur le mur, elle avait travaillé le jour de son accident.

Elle sortit les dossiers et regarda les transactions dont elle avait été responsable ce jour-là en essayant de trouver quelque chose, n'importe quoi, un détail qui pourrait justifier qu'on la menace avec autant de haine.

Il devait bien y avoir quelque chose qui pouvait expliquer ce terrible message, et elle voulait le découvrir au plus vite.

6

— J'ai vérifié toutes les transactions de la semaine précédant mon accident et je n'ai rien trouvé qui sorte de l'ordinaire, raconta Julie à Nick tandis qu'ils rentraient en voiture chez elle.

— Alors peut-être que ça n'a rien à voir avec la boutique, suggéra-t-il en tournant dans l'impasse.

— Peut-être. Mais cette peur bizarre ne m'a pas lâchée de la journée, et avant de te rencontrer je n'avais pas grand-chose d'autre dans ma vie que cet endroit.

— Mais cette peur bizarre, comme tu dis, tu ne l'as pas ressentie depuis que tu t'es réveillée à l'hôpital après ton accident ?

Il se gara, coupa le moteur puis se tourna vers elle.

— Si, je crois, reconnut-elle en haussant les épaules.

Ils sortirent tous deux de la voiture et marchèrent vers la maison. Julie cherchait les mots pour tenter de décrire les deux peurs très différentes qu'elle ressentait. L'une d'elles était en lien avec son amnésie, c'était évident. Mais l'autre était plus insidieuse… Comme une angoisse éprouvante qui la rendait extrêmement nerveuse.

— Va t'installer sur la terrasse, lui dit Nick une fois qu'ils furent rentrés à l'intérieur. Je m'occupe du dîner.

— Tu es sûr ? demanda-t-elle, surprise.

— Certain. Tu veux une bière ?

— Je crois que je vais plutôt prendre un verre de cette bouteille de vin blanc que j'ai au frigo.

— Je t'apporte ça, maintenant va te détendre, lui ordonna-t-il en lui montrant la terrasse du doigt.

— Oui, chef, répondit-elle en riant.

Elle alla dehors et s'exclama en découvrant que le couvert était déjà mis. Elle s'installa dans un des fauteuils et retira ses sandales. Il était 19 heures passées, et elle était épuisée.

— Et voila ! dit Nick en portant d'une main son verre de vin et de l'autre un plat avec deux blancs de poulet, assaisonnés et prêts à être mis sur le gril.

— Merci.

Julie lui prit le verre des mains puis le regarda allumer le barbecue.

En levant les yeux, elle remarqua que de gros nuages noirs étaient apparus dans le ciel.

— Il va pleuvoir ? demanda-t-elle.

— Il se pourrait qu'il y ait un orage dans la soirée, oui, répondit Nick en s'asseyant à côté d'elle.

— La pelouse serait ravie de recevoir un peu de pluie, mais moi je déteste les éclairs et les coups de tonnerre.

Nick lui adressa un sourire taquin qui la réchauffa plus encore que l'air étouffant du soir.

— Tu veux dire que tu es du genre à te pelotonner sous tes draps quand il y a de l'orage ?

— Quelque chose dans ce goût-là, oui. Mais, dis-moi, combien de fois es-tu venu te cacher sous les draps avec moi au cours des dix derniers mois ?

— Une ou deux fois, affirma-t-il avant de bondir vers le barbecue pour retourner les morceaux de poulet.

Julie prit une gorgée de vin blanc et laissa échapper un soupir. Leur intimité de couple lui manquait. Ce qui était étrange car elle n'en avait aucun souvenir...

Elle ferma les yeux un instant, et une vision l'assaillit. Elle était à la boutique, et un homme lui criait dessus. Son visage était déformé, rouge de colère, et il frappait du poing sur le comptoir. Même si elle ne l'entendait pas, elle savait qu'il lui criait dessus car elle voyait sa bouche bouger.

Puis le visage de l'inconnu devint flou et se transforma en celui de son frère, Max. Lui aussi, lui hurlait dessus. Il était hors de lui. Elle sentit son estomac se nouer et eut l'impression que des doigts glacés enserraient sa gorge. Elle ne pouvait plus respirer.

Sentant une main sur son épaule, elle sursauta, terrorisée.

Elle ouvrit les yeux et découvrit Nick qui la regardait d'un air inquiet.

— Julie, est-ce que tout va bien ? On dirait que tu es partie ailleurs pendant quelques instants...

— Un nouveau souvenir..., commença-t-elle avant de s'interrompre pour tenter de faire disparaître la boule de peur qu'elle sentait grossir en elle. Enfin, je crois que c'en était un.

— Tu veux en parler ? s'enquit Nick en s'asseyant auprès d'elle et en lui prenant la main.

Elle profita de la chaleur de sa peau sur la sienne et lui raconta ce qu'elle s'était remémoré.

— Quand des clients perdent les objets qu'ils avaient mis en gage, ils se mettent souvent en colère. Quant à Max... Il crie sur tout le monde en permanence, donc rien de surprenant, dit-elle.

Elle fit une pause en fronçant les sourcils et s'exclama d'un ton désolé :

— Oh... Je n'arrive pas à savoir si tout cela signifie quelque chose ou si ça ne veut rien dire du tout.

— Ta mémoire semble te revenir par bribes, et tous ces petits souvenirs n'ont pas l'air d'avoir grand sens pour le moment, répondit Nick en lui serrant la main. Mais, quand tout te reviendra, je suis sûr que ce sera limpide.

Il lui adressa un sourire plein de bienveillance puis se leva pour aller chercher le poulet.

Le dîner fut un moment agréable, et ils s'attardèrent sur la terrasse jusqu'à ce que les éclairs dans le ciel nocturne leur indiquent qu'il valait mieux rentrer.

Nick insista pour faire la vaisselle, et Julie s'assit à la table de cuisine.

— Et toi, qu'as-tu fait de ta journée ? demanda-t-elle.

— J'ai regardé les DVD des matchs de foot de l'année dernière pour essayer de voir les points forts et les faiblesses de mes joueurs.

— Tu aimes ton métier ? lança-t-elle avec curiosité.

— Oui, répondit-il en se retournant vers elle.

— Tu voulais devenir joueur de football professionnel quand tu étais plus jeune ?

— Pas du tout, répondit-il en hochant la tête. J'ai toujours voulu être entraîneur. J'adore ce sport et j'adore les gamins.

— Est-ce que nous avons déjà abordé tous les deux le sujet des enfants ? demanda Julie en regrettant amèrement d'avoir oublié toutes leurs conversations.

— Pas vraiment, même si je me doute que tu veux en avoir.

— Oh oui, j'aimerais tant avoir un garçon et une fille. Et toi ?

— Ça me semble un bon programme, déclara-t-il en prenant place auprès d'elle. Mais, dis-moi, est-ce que tu travailles aussi demain ?

— Je suis prévue pour toutes les ouvertures sur le planning de la semaine. Je passerai sur les créneaux de l'après-midi ensuite.

— Et ton jour de congé ?

— En fait, nous avons très peu de congés, dit-elle en fronçant les sourcils.

— Tu plaisantes ? Ce n'est pas juste. Tout le monde a droit à un jour de repos, s'étonna-t-il. Je ne veux pas me mêler de ce qui ne me regarde pas, mais tu ne penses pas que ta famille profite un peu de toi ?

Julie commença à protester puis baissa la tête lentement.

— J'en suis bien consciente... Ça s'est toujours passé de la même manière. Non seulement je ne compte pas mes heures à la boutique, mais en plus je fais les inventaires, je me charge de la comptabilité et des déclarations d'impôts.

— Peut-être qu'il serait temps de changer les choses, tu ne crois pas ? Sinon toutes ces obligations risquent de t'empêcher d'être la femme que tu veux être, d'avoir des enfants, de fonder une famille... Tu mérites mieux, Julie, dit Nick avant de se lever. Bon, je pense qu'il est temps d'aller dormir.

Quelques minutes plus tard, Julie était dans sa chambre. Les mots de Nick résonnaient encore dans sa tête pendant qu'elle enfilait sa courte chemise de nuit.

Avait-elle osé réclamer à Max un jour de congé ? Moins de responsabilités, des horaires plus souples ? Se pouvait-il que ce soit parce qu'elle avait exprimé le désir de passer moins de temps à la boutique qu'il s'était mis dans une telle colère contre elle ?

Elle savait que travailler autant dans cette boutique ne la rendait pas heureuse. Nick avait raison, elle méritait mieux. Elle voulait avoir un mari, des enfants et surtout du temps pour construire son avenir.

Elle avait sans doute tenté de parler de ses projets à son frère avant son père. Elle avait dû se sentir tiraillée entre sa famille et son fiancé. Avec Nick dans sa vie, ses priorités avaient sûrement changé. Elle devait avoir eu envie de l'accompagner un soir voir un des matchs de football de son équipe ou même de passer plus d'une soirée par semaine avec lui.

Cependant, rien de tout cela n'avait de lien avec un quelconque secret…

Un coup de tonnerre retentit, et elle sursauta. Génial, pensa-t-elle. Juste ce dont elle avait besoin… Les orages la terrifiaient depuis toujours. Elle savait évidemment qu'elle ne risquait rien, mais elle perdait tout esprit logique et raisonnable dès que le tonnerre grondait.

En se mettant au lit, elle se souvint soudain qu'elle avait laissé ses sandales sur la terrasse. C'était une des paires qu'elle préférait et la pluie risquait de les abîmer.

Elle se releva donc en soupirant et sortit de sa chambre. Le couloir était plongé dans l'obscurité, tout comme la chambre de Nick qui devait déjà dormir.

Silencieusement, elle descendit l'escalier et, malgré son amnésie, elle réussit à s'orienter dans ces lieux familiers sans allumer la lumière. Elle traversa le salon et se dirigea vers la baie vitrée de la cuisine.

Mais, alors qu'elle allait sortir sur la terrasse, un éclair illumina le ciel et elle distingua quelqu'un – quelque… chose –derrière la baie vitrée.

Julie s'immobilisa, paralysée par la terreur. Un puissant coup de tonnerre fit trembler la maison, mais elle ne bougea pas d'un pouce.

Un nouvel éclair zébra le ciel, et cette fois elle aperçut un visage — un visage sans yeux.

Qu'était-ce ? Qui était-ce ?

Elle recula pour s'éloigner de cette vision d'horreur et réussit enfin à hurler.

Le hurlement de Julie sortit Nick de son sommeil. Aussitôt, il bondit hors de son lit, enfila un short et courut jusqu'à sa chambre.

Quand Julie cria à nouveau, Nick comprit qu'elle était au rez-de-chaussée. Il alluma la lumière du couloir et, le cœur battant, descendit les marches deux par deux.

Une fois dans le salon, il alluma également la lumière et... la vit. Julie se tenait dans la cuisine en face de la baie vitrée dans sa petite chemise de nuit rose, son joli visage totalement défiguré par la peur.

— Julie ! Que se passe-t-il ? demanda-t-il en se précipitant vers elle.

Que faisait-elle ici ? Était-elle effrayée par les coups de tonnerre ou par les éclairs ? Peut-être avait-elle fait un cauchemar ? Ou avait-elle eu un nouveau flash de souvenirs ?

Julie leva une main tremblante et désigna la porte derrière elle. Nick se tourna, regarda et sursauta de surprise. Nom de Dieu, qu'est-ce que c'était que... Une poupée ! Une poupée était suspendue au cadre de la porte et ses yeux avaient été arrachés.

— Tout va bien, Julie, dit-il d'une voix rassurante en allumant la lumière de la cuisine. Ce n'est qu'une poupée.

Pendant qu'elle s'asseyait sur une chaise, Nick ouvrit la baie vitrée et s'empara du jouet.

La poupée était monstrueuse. En plus de ses yeux manquants, ses cheveux avaient été arrachés et un petit couteau avait été planté dans son crâne mou. Sur son ventre nu, au marqueur rouge, on avait écrit :

N'en parle à personne

— Ce n'est qu'une poupée, répéta Julie, les lèvres tremblantes.

Son visage était aussi pâle que celui d'une morte, et Nick pouvait voir la terreur briller au fond de ses yeux bleus.

— Qui a fait ça ? C'est horrible, continua-t-elle. C'est si... cruel. Qui... Qui voudrait me faire une chose pareille ?

Nick attrapa une serviette sur le comptoir et recouvrit la poupée qu'il avait posée sur la table.

— Je ne sais pas, mais je pense qu'il est temps d'appeler la police.

Être en contact avec les forces de l'ordre était vraiment la dernière chose qu'il souhaitait, mais il ne pouvait laisser Julie dans une telle situation.

La menace du message était devenue plus sérieuse encore après cette terrible trouvaille. Car cette poupée signifiait quelque chose de grave : celui ou celle qui était derrière tout ça savait où Julie vivait et était même venu jusque sur sa terrasse.

— Je ne suis pas sûre que la police puisse faire quoi que ce soit, répondit-elle d'une petite voix.

Un nouveau coup de tonnerre fit trembler la maison et la panique grandit dans les yeux de Julie.

— Julie, de toute façon nous devons les prévenir et déclarer ce qu'il vient de se passer. Je vais chercher mon téléphone portable à l'étage et je redescends immédiatement.

— Je viens avec toi, s'écria-t-elle en se levant et en se retenant à la table pour ne pas tomber.

Nick passa un bras autour de sa taille pour la soutenir, et elle se mit à sangloter. Son corps svelte tremblant contre le sien, Nick l'enlaça, conscient que c'était le choc qui causait ce torrent de larmes. La poupée l'avait contrarié, lui aussi, il ne savait d'ailleurs lequel de leurs deux cœurs battait le plus vite.

Qui terrorisait Julie ? se demanda-t-il en tentant de la réconforter. Et pourquoi ? Qu'allait-il se passer la prochaine fois ? Était-elle vraiment en danger ?

Il caressa son dos en tentant d'ignorer le contact de ses seins contre son torse et son odeur qui l'enivrait.

— Allez viens ! Allons passer ce coup de téléphone.

Elle s'écarta, et il lui prit la main pour monter l'escalier.

Dehors, l'orage se déchaînait, la pluie frappait violemment les fenêtres et les coups de tonnerre se succédaient sans interruption. Julie était si cramponnée à lui que leur démarche était comme une étrange danse.

Une fois arrivés dans la chambre de Nick, Julie s'assit sur le bord du lit pendant qu'il appelait la police.

— Ils devraient être là dans quelques minutes, dit-il après avoir raccroché. Redescendons pour les attendre.

Avant de retourner au rez-de-chaussée, Julie passa par sa chambre pour enfiler une robe de chambre par-dessus sa chemise de nuit.

Une fois en bas, elle se pelotonna dans un coin du canapé, le visage toujours aussi pâle et le regard apeuré.

Nick voulait faire disparaître cette terreur. Jamais il n'aurait voulu entendre crier Julie de la sorte. Mais, à cet instant précis, il ne pouvait la rassurer et lui garantir que tout irait bien à présent puisqu'il n'avait aucune idée de ce qui pourrait encore se produire.

— Veux-tu que je te prépare une tasse de thé pendant que nous les attendons ? demanda-t-il.

Julie avait l'air frigorifiée, comme si la peur avait modifié sa température corporelle.

— Je veux bien, oui, répondit-elle d'une voix plus aiguë que d'ordinaire. Il y a une bouilloire dans le placard.

Nick venait de mettre de l'eau à chauffer quand on frappa à la porte d'entrée. Tout en traversant le salon pour aller ouvrir à la police, il espéra que les agents de Kansas City n'avaient pas reçu le portrait-robot de l'homme aperçu le soir du meurtre de Brian McDowell.

Deux agents se tenaient sur le perron et, après avoir montré leurs badges à Nick, ils pénétrèrent à l'intérieur et ôtèrent leurs manteaux dégoulinants de pluie.

— Désolé, dit le plus grand des deux.

— Pas de problème, affirma Nick. Donnez-moi vos vêtements, je vais les accrocher au portemanteau.

Une fois dans le salon, les agents Sean White et Franck Roberts se présentèrent à Julie qui n'avait pas bougé du canapé. Puis ils écoutèrent Nick leur expliquer pourquoi ils les avaient appelés. Alors qu'il évoquait le message menaçant et la poupée mutilée, il remarqua que Roberts ne le quittait pas des yeux et sentit la paranoïa l'envahir.

Le policier était-il au courant du meurtre de Brian McDowell ? Était-ce parce qu'il trouvait Nick suspect qu'il le regardait avec autant d'attention ?

Brusquement, un sifflement strident retentit dans la pièce. Julie laissa échapper un petit cri, et les deux agents s'agitèrent et cherchèrent leurs armes.

— Ce n'est que la bouilloire, s'empressa de dire Nick. Suivez-moi, je vais vous montrer la poupée.

Une fois dans la cuisine, il ôta la bouilloire du feu, interrompant ainsi son sifflement bruyant, et découvrit la poupée qui était cachée par la serviette.

— Et bien, pour une horreur c'est une horreur, déclara l'agent White avec une grimace de dégoût.

— J'espère que vous allez l'emporter avec vous, s'exclama Julie qui les avait suivis.

— Et vous dites que vous n'avez aucune idée de ce dont il s'agit ? lui demanda l'agent White.

Julie secoua la tête.

— J'ai... J'ai eu un accident de voiture il y a quelques jours et je souffre d'amnésie.

— Vous dites qu'il s'agissait d'un message anonyme ?

Julie acquiesça en silence.

— Il provenait sans doute d'un téléphone jetable, intervint l'agent Roberts avant de se retourner à nouveau vers Nick. Et vous, vous ne voyez personne qui aurait des raisons d'en vouloir à Mlle Peterson ?

Malgré la fraîcheur de l'air climatisé, Nick se sentit tout à coup en nage. Pourquoi ce policier le regardait-il avec autant d'insistance ?

— Non, personne, lâcha-t-il, la gorge sèche.

— Vous ne seriez pas l'entraîneur Simon ? lui demanda tout à coup Roberts.

Nick acquiesça, et l'agent ajouta :

— Je savais que je vous avais déjà vu quelque part ! Vous avez entraîné mon fils il y a quelques années, Cody Roberts, ça ne vous rappelle rien ?

— Mais si, bien sûr, lui répondit Nick en sentant le soulagement l'envahir. Je me souviens très bien de Cody, c'était un bon receveur, il est toujours à KU ?

— Oui, mais il ne joue plus au football à présent. Il se concentre sur ses cours, il veut obtenir un diplôme en criminologie, expliqua Roberts en bombant le torse. On dirait qu'il veut marcher dans les pas de son père...

— Assez parler de foot et d'enfants, intervint l'agent White. Nous ferions mieux de partir avant qu'une nouvelle tempête ne s'abatte sur nous.

Nick se rendit soudain compte que l'orage s'était calmé et qu'il ne pleuvait plus dehors.

— Parce que cela doit reprendre ? demanda Julie en retenant son souffle.

— La météo a prévu que les orages s'enchaînent jusqu'à l'aube en effet, lui indiqua l'agent White. Bon, nous allons prendre la poupée avec nous pour essayer de relever des empreintes mais, je vais être honnête avec vous, je n'y crois pas trop.

— Ce ne sont peut-être que des mises en scène pour vous faire peur, mais malgré tout essayez de trouver qui peut vous en vouloir à ce point, conseilla Roberts à Julie en enfilant des gants puis en glissant la poupée dans un grand sac en plastique transparent.

Julie et Nick raccompagnèrent les deux agents jusqu'à la porte d'entrée.

— Passez-moi un coup de fil si quelque chose vous revient ou si on vous embête à nouveau, dit l'agent White à Julie en lui tendant sa carte. En attendant, je vais ouvrir une enquête et si nous trouvons quoi que ce soit sur cette poupée je vous contacte.

— Merci, lui répondit-elle.

Les deux agents enfilèrent leurs manteaux et saluèrent Nick et Julie. Nick referma la porte derrière eux puis se tourna vers Julie.

— Tu veux toujours une tasse de thé ? Je peux relancer la bouilloire.

Julie leva les yeux vers lui, le regard toujours sombre.

— Je suis morte de peur et je n'ai jamais eu aussi froid de ma vie. Je ne veux pas d'une tasse de thé. Je te veux, toi. Je veux passer la nuit dans tes bras. J'ai besoin de toi, Nick, alors si tu m'aimes vraiment, dors avec moi ce soir.

7

Des mèches de cheveux soyeux lui chatouillaient le visage. Julie était lovée contre lui, allongée sur le flanc tandis qu'il reposait sur le dos, un bras enroulé autour d'elle.

Il n'avait pas pu faire autrement. Il aurait été tout à fait étrange qu'un fiancé ne dorme pas aux côtés de la femme qu'il prétendait aimer par une nuit aussi sombre et agitée que celle-ci.

Heureusement pour lui, à peine s'étaient-ils installés dans le lit que Julie s'était endormie. Lui ne risquait pas de s'endormir. Si ce n'était son corps chaud serré contre le sien qui l'en empêchait, d'autres pensées venaient le hanter.

Il préférait cependant rester concentré sur la question de qui menaçait Julie plutôt que sur le désir brûlant qu'il sentait pulser dans ses veines.

Était-il possible qu'il s'agisse de quelqu'un de sa famille ? En même temps, aucun d'entre eux ne semblait du genre à se cacher derrière des menaces anonymes… Ils étaient plutôt du genre franc du collier… Alors peut-être était-ce un de ses collègues à la boutique ?

Nick avait malheureusement l'impression que la police n'allait pas leur être d'une grande aide. Ils avaient probablement de bien plus importantes affaires à résoudre – comme le meurtre sanglant de Brian McDowell par exemple.

En se souvenant de la façon dont l'agent Roberts l'avait dévisagé un peu plus tôt dans la soirée, Nick sentit son estomac se serrer à nouveau. La culpabilité s'était mêlée à la paranoïa, et il avait bien cru qu'il allait finir les menottes aux poignets. Comment les véritables criminels pouvaient-ils supporter de vivre ainsi, avec cette épée de Damoclès au-dessus de la tête ?

Un nouvel éclair illumina la chambre, suivi quelques minutes plus tard d'un coup de tonnerre tonitruant. Heureusement, Julie resta profondément endormie.

Nick ne voulait pas qu'elle se réveille. Être allongé à ses côtés était déjà bien assez difficile. Il n'avait pas éprouvé un tel désir pour une femme depuis Debbie. Après sa mort, il avait cru qu'il ne ressentirait plus jamais cette sensation. Mais Julie avait réussi à réveiller cette émotion en lui.

Ce n'était pas seulement la douceur de sa peau ou son parfum délicieux qui le bouleversaient, c'était son sourire si chaleureux. Et son rire adorable.

Il y avait eu si peu de rires dans son existence, ces trois dernières années. Il y avait eu si peu de vie, tout simplement.

Nick avait vécu comme s'il était mort à l'intérieur. Comme s'il avait disparu avec sa femme le jour où il l'avait enterrée. Julie venait de lui rappeler qu'il y avait encore de la vie, des rires et du désir.

Pas que ce soit si important. Non, Nick ne cherchait pas de femme. Et, de toute façon, il avait tué toute possibilité de relation future avec Julie quand il avait commencé à lui mentir. Il avait d'ailleurs beaucoup de mal à comprendre pour quelle raison, il se sentait profondément déprimé dès qu'il faisait ce constat.

Il sursauta brusquement et comprit qu'il avait dû s'assoupir. Était-ce l'orage qui venait de le réveiller ? Probablement. Il resta immobile dans la chambre silencieuse, et soudain un éclair éclaira la pièce et le tonnerre retentit au-dessus de leurs têtes.

À côté de lui, Julie se mit à gémir.

— Non…, murmura-t-elle en tirant sur le drap qui la recouvrait. Non, va-t'en !

Elle éleva la voix et implora à nouveau d'un ton désespéré :

— Va-t'en !

Elle se redressa brusquement, le souffle court et le regard furieux, tandis qu'un nouvel éclair illuminait la chambre.

— Julie, dit Nick doucement en s'asseyant à côté d'elle après avoir allumé la lampe de chevet.

Elle avait les pupilles dilatées, le bleu de ses yeux était presque effacé par le noir. Nick répéta son prénom une nouvelle fois, et elle le regarda un long moment avant de sortir de sa torpeur.

— Je suis désolée. Tellement désolée. J'ai fait un cauchemar, déclara-t-elle enfin en ramenant ses genoux contre elle. Je ne voulais pas te réveiller.

— C'est à cause de l'orage ?

— Non... C'était la poupée, dit-elle en posant une de ses mains à là-base de son cou – un geste que Nick l'avait déjà vue faire quand elle était angoissée. J'ai rêvé qu'elle était vivante et qu'elle essayait d'entrer dans la maison pour me tuer.

Julie marqua une pause et allongea ses jambes devant elle.

— Nick, pardonne-moi de t'avoir réveillé.

— Ne t'excuse pas d'avoir fait un cauchemar, répondit-il. Tu n'y es pour rien, ça arrive à tout le monde.

Julie s'approcha de lui et vint poser le haut de son corps contre son torse nu. Nick sentit alors tous ses muscles se crisper et il ferma les yeux tandis qu'un désir ardent le traversait. Julie fit glisser une main sur sa peau et laissa échapper un soupir au creux de son cou.

Nick aurait voulu éteindre les flammes qu'elle était en train d'attiser en lui, mais plus sa main progressait plus le feu prenait de l'ampleur.

— Nick, murmura-t-elle doucement en jouant avec la ceinture de son boxer.

Quand il ouvrit les yeux, les lèvres de Julie étaient tout près des siennes. Ses yeux lui envoyaient un message explicite de désir et d'envie. Dans un grognement, il l'attira contre lui et prit sa bouche.

Au fond de lui, il savait que c'était une très mauvaise idée. Mais cela ne suffit pas à le freiner, et il fit rouler Julie sur le dos et continua de l'embrasser en se plaçant au-dessus d'elle. La raison ne l'empêcha pas non plus de découvrir ses seins généreux et ses tétons tendus.

Julie pensait qu'elle allait faire l'amour avec un homme qu'elle aimait, qui était sur le point de s'engager à passer sa vie avec elle. Elle ignorait encore qu'il n'était qu'un parfait inconnu pour elle.

Mais, malgré ces pensées qui tourbillonnaient dans son esprit, Nick ne pouvait interrompre ce qui était en train de se dérouler.

Leurs langues s'enroulaient l'une contre l'autre, dans une danse effrénée. Nick était à bout de souffle, pourtant il n'arrivait pas à décoller ses lèvres de celles de Julie. Quand le tonnerre se remit à gronder, elle n'eut pas de réaction. C'était comme si elle s'était totalement perdue en Nick. Ce qui lui donna encore plus envie d'elle.

Elle interrompit finalement leur baiser, s'assit et entrouvrit sa chemise de nuit. Le tissu de soie glissa sur sa taille, et la vision de ses seins superbes dans la lumière intermittente de l'orage donna à Nick une furieuse envie de les prendre à pleines mains.

Ce qu'il fit et il se délecta de la douceur de sa peau avant d'y poser les lèvres.

— Oh ! Nick..., murmura-t-elle en plaçant ses propres mains derrière sa tête pour l'encourager à continuer.

Tandis que l'orage grondait dehors, ils se débarrassèrent de leurs derniers vêtements.

Julie était magnifique habillée, mais elle était d'une beauté stupéfiante une fois nue.

Elle ne montra aucune trace de timidité ou d'hésitation. Elle était plutôt passionnée et excitante. Elle ne savait pas que c'était la première fois qu'ils faisaient l'amour. Leurs ébats étaient pour elle ceux de deux amants de longue date, sûrs de leur amour l'un pour l'autre.

Elle lui rendit chacune de ses caresses dans un crescendo qui ne lui laissa bientôt plus d'autre choix que celui de la posséder tout entière.

Nick suspendit un instant son mouvement et plongea les yeux dans les siens. Elle avait les pupilles dilatées, mais Nick savait que c'était parce qu'elle était submergée par le désir et non plus par la peur.

— Prends-moi, Nick, dit-elle d'une voix enrouée. J'ai tellement envie de toi.

— Moi aussi, répondit-il en la pénétrant.

Il se perdit instantanément dans sa chaleur tandis qu'elle gémissait de plaisir en se cramponnant à lui.

Trop vite. Tout allait beaucoup trop vite, Nick tenta de ralentir le rythme. Il voulait atteindre l'orgasme en même temps qu'elle. Il voulait s'assurer qu'elle serait totalement comblée avant de se laisser aller lui-même.

Et soudain il sentit le corps de Julie se tendre alors qu'elle gémissait plus fort encore... Elle y arrivait... Parcourue par une série de petits frissons, elle s'effondra sur lui. Intense, sauvage, Nick sentit son propre orgasme arriver.

Quelques secondes plus tard, il s'écroula sur les coudes pour ne pas écraser Julie. Elle était superbe avec ses cheveux sombres éparpillés sur l'oreiller et ses joues rouges.

Elle leva les bras, posa les mains de chaque côté de son visage et se redressa juste assez pour venir poser ses lèvres sur celles de Nick. Il sentit son amour dans la douceur de son baiser. Un amour inconditionnel, sans questions, sans réserve.

— C'était magique, dit-elle quand elle eut fini de l'embrasser.

— Oh oui.

— Est-ce que c'est toujours aussi bien ?

— Toujours.

Sur ses mots, Nick se leva, enfila son boxer qui était au pied du lit et traversa le couloir pour se rendre à la salle de bains qui était à côté de sa propre chambre. Il ne voulait pas s'attarder au lit avec Julie. Il ne voulait plus lui mentir ce soir.

En regardant son reflet dans le miroir, il sentit le dégoût l'envahir. Il venait de faire la pire chose qu'il pouvait faire à Julie. Bon sang, il n'avait même pas mis de préservatif. Son désir pour elle était si fort qu'il n'y avait même pas pensé.

Quand Julie retrouverait la mémoire, rien ne pourrait plus la protéger... Nick n'était pas celui qu'il prétendait être. Et, s'il avait profité d'elle de nombreuses façons depuis qu'il l'avait rencontrée, celle-ci était de loin la pire. Il prétendait être son fiancé uniquement pour sauver sa peau.

Un coup de tonnerre retentit à nouveau.

Pars, lui murmura une petite voix dans sa tête. *Prends tes affaires et pars loin d'ici, le plus vite possible.*

— Je ne peux pas, répondit Nick à voix haute à son reflet.

Il était allé trop loin. À présent, il avait peur pour elle mais il se souciait d'elle. Il ne pouvait pas s'enfuir comme un lâche, surtout après le moment qu'ils venaient de partager.

Ce calvaire avait commencé à cause de sa haine, à cause de la colère qu'il ressentait pour un autre homme. Mais tout était maintenant bien plus compliqué. Pour l'instant, cette rage lui semblait lointaine et plutôt sans importance.

Il se regarda une dernière fois dans le miroir et comprit ce qu'il allait faire. Il allait retourner dans le lit de Julie et la prendre dans ses bras. Il allait continuer à la serrer fort contre lui jusqu'à ce que l'orage se calme car il savait combien la tempête la terrifiait.

Il quitta la salle de bains et revint dans la chambre de Julie. Allongée sur le lit, elle semblait l'attendre, un grand sourire sur les lèvres. Toutefois celui-ci s'effaça rapidement car un nouveau coup de tonnerre fit trembler la maison.

— Mettons-nous au lit, dit-il pour couper aux effusions et aux confidences sur l'oreiller.

— Bonne idée, répondit-elle.

Quelques minutes plus tard, ils étaient tous les deux allongés l'un contre l'autre, et Nick pouvait sentir le corps de Julie se tendre à chaque fois que la tempête faisait rage.

— Je ne sais pas pourquoi ça me met dans un état pareil, confia-t-elle à voix basse.

— Tout le monde a des peurs irrationnelles, affirma Nick d'une voix rassurante.

— Quelle est la tienne ?

Nick ne pouvait lui dire que sa plus grande peur en ce moment était de se faire arrêter pour un meurtre qu'il n'avait pas commis. Ni le fait qu'il était terrorisé en pensant au moment où elle allait retrouver la mémoire.

— Nick ? Tu t'es endormi ?

Nick resta silencieux.

Quelques minutes plus tard, il entendit la respiration de Julie devenir plus lente et reconnut bientôt le rythme régulier du sommeil.

Lui n'arrivait pas à s'endormir.

Il ne pouvait s'empêcher de penser qu'il méritait d'être arrêté. Qu'il devrait passer le reste de ses jours en prison. Ce qu'il avait fait à Julie allait le hanter jusqu'à la fin de ses jours. Il avait dépassé les bornes ce soir et commis le pire acte de trahison qui soit en lui faisant l'amour.

Il pensa soudain qu'il devait découvrir qui était l'auteur de ces menaces. Il ne voulait pas qu'elle affronte seule ce danger. Ensuite, une fois ce mystère résolu, qu'elle ait retrouvé la mémoire ou non, il lui dirait la vérité. Il lui révélerait qu'il n'était pas son fiancé et qu'il lui avait menti sur toute la ligne.

Il se demanda soudain pourquoi, rien qu'à cette idée, son cœur le faisait tant souffrir...

Julie se réveilla seule dans son lit alors que le soleil matinal baignait sa chambre de sa douce lumière. Elle posa sa main sur le côté du lit où Nick avait passé la nuit et constata que celui-ci était encore chaud. Il ne devait pas être parti depuis longtemps.

Refermant les yeux un court instant, elle poussa un profond soupir de bien-être. Faire l'amour avec Nick avait été absolument merveilleux. C'était exactement comme elle l'avait imaginé. Il avait été si passionné et tendre à la fois... Et dormir dans ses bras lui avait semblé la chose la plus naturelle du monde, comme si elle était à sa place, chez elle, là où elle devait être.

Quel dommage qu'il se soit déjà levé, elle aurait volontiers recommencé...

— Tu vas passer ta vie entière avec lui, murmura-t-elle pour elle-même, la tête enfouie dans son oreiller.

Ces mots lui réchauffèrent le corps. Nick était tout ce qu'elle désirait. Elle regrettait seulement de ne pas se souvenir de tous les moments qu'ils avaient partagés jusqu'à maintenant.

Rappelle-toi. La menace sur son répondeur... La poupée monstrueuse... Julie ressentait le besoin impérieux de se souvenir pour enfin comprendre d'où venaient ces avertissements. Qui était derrière tout ça ? Elle ferma les paupières et essaya une nouvelle fois de sonder son esprit pour trouver des restes de son passé pas si lointain.

Mais en vain. Il semblait n'y avoir rien d'autre qu'un grand trou noir qui tourbillonnait sur lui-même au fond de son cerveau...

Julie poussa un soupir de frustration et sortit de son lit.

Elle enfila une légère robe de coton et alla se brosser les dents et se coiffer avant de rejoindre son fiancé pour le petit déjeuner.

Son fiancé... Son cœur débordait de joie.

Dieu merci, il avait enfin accepté de lui faire l'amour et ils pouvaient à présent profiter pleinement de leur intimité de couple.

Elle descendit l'escalier le sourire aux lèvres et trouva Nick, comme elle s'y attendait, assis à la table de la cuisine devant une tasse de café en train de lire son journal.

— Bonjour, dit-elle en déposant un baiser sur son front.

Elle se sentait tellement plus proche de lui depuis cette nuit.

— Eh bien, on dirait que tu es de bonne humeur, répondit-il.

— Pourquoi ne le serais-je pas ? lança-t-elle en se dirigeant vers la cafetière. Il y a du café frais, les orages sont terminés et j'ai le fiancé le plus sexy du monde, là juste devant moi.

— Fiancé qui est malheureusement sur le point de briser ta bulle de bonheur, répliqua-t-il d'un ton désolé. Sers-toi une tasse de café et viens t'asseoir, j'ai quelque chose de sérieux à te dire.

Julie sentit son cœur se serrer. La nuit passée avait-elle fait réaliser à Nick qu'il ne l'aimait plus ? Est-ce que l'amnésie et les menaces étaient trop difficiles à endurer pour lui ? Était-il sur le point de lui annoncer une catastrophe ? Oh ! Seigneur, elle espérait bien que non.

Elle s'installa en face de lui et, la peur au ventre, plongea ses yeux dans les siens.

— J'ai repensé aux menaces que tu as reçues et je crois que, toi et moi, nous devrions peut-être être plus prudents.

Julie sentit le soulagement l'envahir. Il n'était apparemment pas question de leur couple.

— Prudents comment ?

— Je crois qu'il faudrait faire installer chez toi un système de sécurité et je peux m'en charger aujourd'hui pendant que tu es au travail.

Julie se laissa aller contre le dossier de sa chaise et regarda Nick avec surprise.

— Julie, poursuivit-il, la personne qui est derrière tout ça sait où tu vis. Quelqu'un est venu sur ta terrasse hier soir, ce qui veut dire que cette même personne peut entrer facilement dans ta maison. Nous devons prendre la situation très au sérieux.

— Mais tu ne crois pas que la police va trouver quelque chose sur la poupée ?

En repensant à ce qui s'était passé la veille, Julie sentit une nouvelle sueur froide la parcourir. Elle pressa ses mains autour de sa tasse brûlante pour tenter de se réchauffer.

— Je pense que c'est peu probable, dit Nick... Je voudrais aussi que tu fasses une liste de tous les gens avec qui tu travailles à la boutique.

— Je peux le faire bien sûr, mais que comptes-tu faire avec ?

— Je vais jouer au détective amateur. Je vais commencer par fouiller sur les réseaux sociaux pour voir si je trouve quoi que ce soit qui pourrait nous renseigner sur celui qui te veut du mal.

— Est-ce qu'il faut que je t'appelle Sherlock ? demanda-t-elle en essayant de mettre un peu de légèreté dans la conversation pour conjurer le froid intérieur qui l'avait envahie.

— Tant que tu ne m'obliges pas à porter son chapeau stupide et à fumer la pipe, rétorqua Nick.

Il esquissa un sourire qui s'effaça rapidement.

— Sérieusement, reprit-il, es-tu d'accord pour qu'on installe un système de sécurité aujourd'hui ? Je m'occupe de tout.

Julie se sentit soudain submergée par un flot d'hypothèses. Et si la personne ne s'était pas arrêtée sur sa terrasse pour y pendre la poupée... Si elle avait brisé la baie vitrée et était entrée dans sa maison ? Avec les bruits de l'orage, Nick et elle n'auraient probablement jamais su que quelqu'un était à l'intérieur.

Quelqu'un aurait pu facilement monter les escaliers et entrer dans sa chambre. Qui sait alors ce qu'il aurait pu se passer...

— Oui, c'est une bonne idée, et autant le faire le plus vite possible, répondit-elle. Quant à mes collègues, je vais te faire la liste immédiatement.

Julie se leva de table et se dirigea vers le bureau qui se trouvait dans un coin de la cuisine, elle ouvrit un tiroir et en sortit un morceau de papier et un stylo.

Elle revint ensuite s'asseoir et commença à inscrire les noms de tous les employés de la boutique. Tout en écrivant, elle se mit à réfléchir... *Est-ce que c'est lui qui me terrorise ? Est-ce que c'est elle qui me veut du mal ? Quel secret peut bien justifier une pareille attitude ?*

— Mais, dis-moi, tu n'as pas d'amis ? lança soudain Nick. Depuis que je te connais tu ne m'as jamais parlé d'eux...

Julie leva les yeux et lui jeta un regard curieux.

— Je n'ai jamais eu de temps pour les amis, reconnut-elle en fronçant les sourcils. À vrai dire ma mère et Casey sont mes seules amies. Nous organisons une sortie toutes les trois au moins une fois par mois pour aller dîner ou boire un verre... Pourquoi me poses-tu cette question ?

— Je me demandais seulement s'il y avait d'autres personnes à ajouter à cette liste, des gens qui connaîtraient ton numéro de téléphone et ton adresse.

— Je ne vois personne. Mais, comme je ne me souviens pas de ce qui s'est passé dans ma vie ces dix derniers mois, j'oublie peut-être quelqu'un.

Julie et Nick échangèrent un long regard.

— Malheureusement, je ne peux pas t'aider, répondit-il enfin en se levant de table.

Quelques minutes plus tard, après avoir remis à Nick la liste de noms qu'il lui avait demandée, Julie alla prendre sa douche et se préparer pour une nouvelle journée de travail. Sa conversation avec Nick lui trottait dans la tête.

Elle n'avait encore jamais pris la mesure de tout ce qu'elle avait sacrifié pour l'entreprise familiale. Elle n'avait pas d'amis, pas de copines avec qui glousser et faire des soirées pyjamas, pas de meilleures amies à qui confier ses secrets. Casey avait été une amusante petite sœur, mais ce n'était pas comparable à une meilleure amie.

Et les sacrifices s'étaient enchaînés, année après année. Gérer l'entreprise familiale n'avait jamais été son rêve, c'était celui de ses parents. Et elle n'avait jamais envisagé une seconde de les laisser tomber en choisissant de faire autre chose de sa vie.

Nick avait raison. Elle était encore jeune. Elle n'avait que trente et un an. Elle pouvait encore reprendre des études et réaliser ses rêves. Tout en lavant ses cheveux, elle se mit à songer à son avenir...

Nick et elle seraient mariés. Elle travaillerait dans un cabinet médical et serait de retour chaque soir chez elle pour passer la soirée avec son mari. Ils auraient des enfants, et Julie s'assurerait que ceux-ci aient l'enfance qu'elle n'avait pas eu la chance d'avoir.

Leurs enfants auraient le droit d'inviter des copains et des copines à venir dormir chez eux et ne commenceraient pas à travailler tout jeunes comme elle-même l'avait fait. Au lieu de cela, leur enfance serait pleine de rires et d'insouciances, et ils auraient tout le temps d'être simplement des enfants.

La seule chose que Julie avait à faire, elle le savait, pour que son rêve se réalise était de dire à ses parents qu'elle ne voulait plus travailler à la boutique. Mais l'idée même de cette conversation lui serra l'estomac.

Avait-elle déjà dit à ses parents qu'elle avait envie de changer des choses dans sa vie ? Une partie d'elle-même lui soufflait que ce n'était pas le cas. De plus comment aurait-elle pu leur parler de tout ça alors qu'ils ne connaissaient même pas Nick...

Julie prit alors la décision d'attendre d'avoir retrouvé la mémoire pour leur en parler. Elle n'avait pas besoin d'un nouveau drame, la situation était déjà bien assez préoccupante pour le moment.

— J'ai contacté une entreprise de sécurité pendant que tu étais sous ta douche, annonça Nick pendant qu'il la conduisait à la boutique. Ils viendront chez toi vers midi.

— Dis-moi combien ça va coûter et je te fais un chèque.

— Nous verrons ça plus tard, le plus important c'est d'abord de nous assurer que personne ne peut entrer chez toi sans ton accord, répondit Nick sans quitter la route des yeux.

Julie contempla un instant son profil, la détermination de sa mâchoire, la rectitude de son nez... et prit une profonde inspiration de son parfum qui planait dans la voiture.

— Je me sens toujours en sécurité quand je suis avec toi.

— Merci, dit-il en lui jetant un rapide regard. Mais je vais devoir reprendre le travail un jour, et nous n'aurons pas forcément les mêmes emplois du temps. Ça me rassure de savoir qu'il y aura un système de sécurité pour te protéger quand je ne serai pas là.

Julie détourna le regard et observa le paysage par la fenêtre tandis que la peur se réveillait en elle. Elle espérait avoir découvert l'auteur des menaces avant que Nick ne reprenne son poste. Alors tout irait pour le mieux dans le meilleur des mondes et elle n'aurait plus qu'une chose en tête : organiser leur mariage.

— Je viendrai te chercher à 17 heures, déclara Nick en s'arrêtant devant la boutique.

— OK, je t'appelle si je dois rester plus tard, répondit-elle en sortant sur le trottoir.

Puis elle lui fit un signe d'adieu en regardant la voiture s'éloigner.

La porte du magasin était déjà ouverte, et en entrant Julie découvrit que son frère Tony était là, occupé à nettoyer le comptoir avec du produit pour les vitres.

— Je croyais que je travaillais avec Casey aujourd'hui, dit-elle.

— Elle s'est réveillée avec un terrible mal de gorge et a appelé papa qui m'a lui-même appelé pour me demander de venir la remplacer, expliqua Tony avec un sourire. Mais ça ne me dérange pas… Ça nous donne l'occasion de passer un peu de temps tous les deux !

— Je suis bien d'accord avec toi, affirma Julie en lui montrant le reste de la vitrine poussiéreuse. Tu veux de l'aide ?

— Non, c'est bon. Assieds-toi et repose-toi tant que tu peux le faire.

Julie s'assit sur un des grands tabourets de bar derrière le comptoir et regarda son frère se remettre au travail. Elle n'avait qu'un an de différence avec lui et elle s'était toujours sentie très proche de lui.

Ils avaient le même tempérament. Ils redoutaient le conflit et étaient plus introvertis que leur grand frère et leur petite sœur. Ils se comprenaient l'un l'autre et se sentaient à l'aise quand ils étaient ensemble.

— Alors, quoi de nouveau dans ta vie ? Que s'est-il passé dernièrement que j'ai oublié ? demanda-t-elle.

Tony finit de dépoussiérer et s'assit.

— Absolument rien de neuf.

— Toujours pas de petite amie ?

— Qui a le temps pour ça ? Ton Nick doit être un mec sacrément patient pour supporter tes horaires de travail, répondit-il.

Ils durent malheureusement écourter leur conversation car les clients commencèrent à arriver et ils affluèrent ainsi jusqu'à midi environ, heure à laquelle ils se retrouvèrent enfin en tête à tête à nouveau.

— Et si j'allais préparer du café dans le bureau ? suggéra alors Julie.

— Très bonne idée, s'exclama Tony sur un ton enthousiaste. Pendant ce temps-là je vais m'occuper du déjeuner, tu es d'accord pour commander chez le traiteur chinois ?

— Oui, je veux bien du poulet aigre-doux, répondit-elle en commençant à se diriger vers le bureau avant que son frère ne la stoppe.

— Julie, tu ne te souviens toujours de rien ? demanda-t-il.

— Quelques bribes de souvenirs, mais rien qui n'ait réellement de sens.

— Alors tu ne te souviens pas de la conversation que nous avons eue toi et moi la dernière fois que nous avons travaillé ensemble...

Julie secoua la tête en le regardant.

— À quel sujet ?

— Cela n'a pas d'importance, prétendit Tony en haussant les épaules.

— Tony, ça devait être important puisque tu m'en parles. Écoute je n'irai pas faire ce fichu café tant que tu ne m'auras pas dit de quoi il s'agit.

Tony lui adressa un sourire teinté d'ironie.

— Faire du chantage au café est une très bonne tactique pour me faire parler, dit-il avant de troquer son sourire pour un air sérieux. Je t'ai dit ce jour-là que j'avais recommencé à prendre des cours en ligne car je voulais partir d'ici.

Julie sentit la surprise l'envahir.

— Tu en as parlé à papa et maman ?

— Non ! lâcha-t-il brusquement. Je ne suis pas encore prêt à le faire. La seule raison pour laquelle je t'en ai parlé c'est parce que tu m'as dit que toi aussi tu voulais arrêter de travailler ici.

— C'est vrai, reconnut-elle. Même si je n'ai encore lancé aucune piste pour le moment... Enfin je sais que le fait d'avoir Nick dans ma vie est une réelle motivation et je veux maintenant avoir des horaires de travail plus réguliers, ce qui, nous le savons tous les deux, est totalement impossible en restant travailler ici.

Tony acquiesça lentement.

— Je voulais juste savoir si tu t'en souvenais et être certain que tu n'en parleras pas à papa et maman.

— Ne t'en fais pas, je garderai ton secret, Tony, dit-elle sur un ton rassurant.

Mais, en même temps, elle ne pouvait s'empêcher de se demander… Était-ce ce secret qu'elle ne devait répéter à quiconque ? Était-il possible que ce soit son frère qui lui ait laissé ce message et qui ait pendu la poupée mutilée sur sa terrasse ? Non, c'était impossible. Cela ne pouvait pas être son frère. Tony n'était pas ce genre d'homme. À moins que…

— Je vais faire le café, déclara-t-elle pour tenter de changer le fil de ses pensées.

Sur ce, elle se rendit dans le bureau et, alors qu'elle était sur le point de lancer la cafetière, une nouvelle vision éclata dans son esprit.

Elle a oublié son téléphone à la boutique. Il était minuit lorsqu'elle s'en est rendu compte. Alors qu'elle est au volant sur le trajet pour se rendre au magasin, elle se sent terriblement agacée d'être dehors si tard. Mais elle a besoin de son téléphone et elle ne doit pas travailler le lendemain…

Elle entre dans la boutique par la porte de derrière, marche jusqu'au bureau qui n'est éclairé que par les faibles veilleuses de sécurité. Son téléphone est bien là où elle l'a laissé, posé au milieu du bureau. Elle tire la chaise, s'assied et commence à regarder si elle a reçu de nouveaux messages.

Mais, alors qu'elle s'apprête à ouvrir sa boîte de réception, la porte de derrière s'ouvre avec fracas. Terrorisée, elle sursaute et son cœur se met à battre trop rapidement. Est-ce que quelqu'un est en train d'entrer par effraction pour cambrioler la boutique ? Les jambes tremblantes, elle marche jusqu'à la porte du bureau et jette un coup d'œil en direction du bruit…

La vision s'acheva aussi brusquement qu'elle avait commencé. Appuyée contre le chambranle de la porte, Julie reprit lentement ses esprits.

Que s'était-il passé cette nuit-là ? Qui avait-elle vu entrer ? Julie posa ses doigts sur ses tempes et les pressa avec force. Pourquoi ne se souvenait-elle pas du reste ?

Avait-elle refermé la porte après être entrée ? C'était une question primordiale qui ne cessait de la hanter. Si elle l'avait verrouillée, elle ne pouvait avoir été ouverte que par un membre de la famille ou un employé qui avait la clé. Sinon, il pouvait s'agir de n'importe qui.

Quelque chose de terrible s'était passé cette nuit-là. Julie sentait qu'elle pouvait se fier à sa vision. Mais cet événement était si grave que son cerveau avait tout effacé, comme pour la protéger. Avait-elle été attaquée ? Mon Dieu, avait-elle été agressée ?

« N'en parle à personne. » Les mots lui revinrent à l'esprit, et elle serra ses doigts plus fort sur ses tempes. Se pouvait-il que quelqu'un qui travaille ici, quelqu'un en qui elle avait confiance, l'ait agressée et lui ordonne à présent de garder le silence ?

8

— Je suis certaine que quelque chose s'est passé au magasin, annonça Julie dès qu'elle fut montée dans la voiture de Nick.

Tandis qu'ils faisaient le trajet jusque chez elle, elle lui raconta sa vision en détail.

— C'était terrible, je pense vraiment qu'il s'agit d'un événement traumatisant.

Nick lui jeta un coup d'œil. Signe de son état d'extrême inquiétude, une petite ride barrait le front de Julie et elle ne cessait de caresser son cou comme si quelque chose était resté coincé dans sa gorge.

— Il y a quand même du positif dans tout ça, répondit-il.

— Ah bon ? Et qu'est-ce que c'est ? demanda-t-elle, l'air incrédule.

— Quoi qu'il se soit passé là-bas, tu y as survécu.

— C'est vrai... Merci de me le rappeler, dit-elle en se détendant.

— Sinon, bonne nouvelle, ton nouveau système d'alarme est installé. Il couvre toutes les fenêtres du rez-de-chaussée et toutes les portes.

— Comme ça, je me sentirai en sécurité quand je serai seule chez moi, déclara-t-elle.

Nick sentit sur lui son regard chaleureux et tendre.

— Même si je n'ai besoin d'aucun système de sécurité quand je suis avec toi, conclut-elle.

— Mais tu ne peux pas être avec moi tout le temps...

Nick tenta d'ignorer le surprenant sentiment de satisfaction qui venait de l'envahir en mesurant la force de l'amour que Julie ressentait pour lui. Ce n'était pas réel, cette impression d'être...

heureux. Cela ne pouvait pas l'être. Jamais il n'avait pensé qu'il pourrait un jour se sentir à nouveau heureux.

Cela ne pouvait pas être réel car il n'était qu'un pauvre type pour toujours prisonnier du chagrin causé par la mort de sa femme. Cela ne pouvait pas être réel car il avait bien failli commettre un acte innommable généré par ce chagrin et ce besoin de vengeance. Et, surtout, cela ne pouvait pas être réel car ce que Julie et lui ressentaient l'un pour l'autre reposait sur un tissu de mensonges.

Il décida d'arrêter de penser à tout ça et, après s'être garé, montra à Julie comment fonctionnait le nouveau système de sécurité.

— J'ai choisi le code 0615, mais tu peux le modifier quand tu veux, lui expliqua-t-il.

— Ces chiffres signifient quelque chose pour toi ?

— Non, répondit-il en décidant de lui mentir. Ils me sont venus comme ça.

Ils étaient pourtant loin d'être des chiffres anodins. Il s'agissait de la date du jour où sa femme avait été assassinée. Ce magnifique jour de juin où sa vie avait basculé.

Il avait choisi ce code pour se rappeler qu'il n'était pas à sa place ici, avec Julie. Pour s'en souvenir à chaque fois qu'il entrerait dans cette maison. Ce n'était pas chez lui et ce ne le serait jamais.

— Ces chiffres me vont très bien, affirma Julie avant de s'asseoir sur le canapé. Je ne sais pas si tu as déjà pensé à quelque chose pour le dîner, mais je me disais que nous pourrions peut-être commander des pizzas...

— Très bonne idée. Je n'ai pas eu le temps aujourd'hui de faire des recherches sur la liste de gens que tu m'as donnée ce matin, mais si ça ne t'embête pas je peux le faire ce soir sur l'ordinateur portable ?

Il espérait que cela lui permettrait de résister au doux parfum de Julie et à cette folle envie qu'il avait de rendre tout cela bien réel.

— Quel genre de pizza aimes-tu ? demanda-t-elle.

— J'adore la pepperoni mais, pour être sincère, je les aime toutes.

— Pepperoni est celle que je préfère, moi aussi ! s'exclama-t-elle, manifestement enchantée de ce point commun. Je monte me changer puis je passerai la commande. Tu peux prendre l'ordinateur, si tu veux, il n'y a pas de mot de passe.

Nick poussa un soupir de soulagement en la voyant gravir l'escalier. Il ne savait pas pourquoi il se sentait si vulnérable auprès d'elle ce soir. Il était sur le qui-vive depuis qu'il était allé la chercher à la boutique après sa journée de travail.

Peut-être était-ce parce qu'il savait maintenant que sous son T-shirt « Peterson Family » se cachaient des seins doux et lourds qu'il mourait d'envie de caresser à nouveau. Il voulait lui faire encore l'amour, et ce besoin l'irritait au plus haut point. Coucher avec Julie avait été une terrible erreur, et si cela se reproduisait il ne mériterait rien d'autre que le peloton d'exécution.

Il se rendit dans la cuisine en sortant de sa poche la liste que Julie lui avait faite le matin même. Puis il s'assit dans le coin bureau et ouvrit l'ordinateur portable.

Il y avait sept noms sur la liste. Six hommes et une femme qui travaillaient à la boutique de prêts sur gages des Peterson en plus des membres de la famille. Si Julie pensait que quelque chose de terrible s'était déroulé là-bas, tous devenaient des suspects potentiels.

Les sentiments de Nick vis-à-vis de l'amnésie de Julie étaient de plus en plus ambivalents. Il voulait évidemment qu'elle se souvienne de ce qu'elle avait vécu. Pourtant il ne pouvait s'empêcher de redouter qu'elle découvre qu'il n'était qu'un étranger…

Julie devait retrouver la mémoire, il le fallait pour qu'elle comprenne que leur relation ne pouvait être réelle. Elle le haïrait alors et le bannirait de sa vie à tout jamais. Elle irait peut-être même le dénoncer aux autorités.

Mais peut-être méritait-il la prison… Il avait quand même envisagé de tuer un homme. La pensée soudaine de McDowell lui rappela Debbie, et il secoua la tête en regardant la liste pour se changer les idées.

Le premier nom était celui d'Alexis Bellatore, une jeune femme de vingt-sept ans, qui d'après les réseaux sociaux semblait aimer les antiquités, les talons aiguilles et un homme prénommé Ben. Elle était plutôt charmante, légèrement enrobée, avec des cheveux courts bruns et de grands yeux noirs.

— Si tu t'identifies sur le site avec mon mot de passe, tu pourras avoir accès à toutes ses publications, dit soudain Julie qui était apparue derrière lui.

Nick se retourna et découvrit qu'elle avait enfilé une petite robe d'été qui mettait en valeur ses courbes et ses longues jambes. Un bouquet d'étincelles s'alluma au plus profond de lui.

Julie posa une main sur son épaule et lui donna le mot de passe.

— Sur ce site, je suis « amie » avec tous les gens de la liste.

— Merci, fit-il en tapant ses identifiants et son mot de passe.

Il espérait qu'elle allait s'éloigner, il ne voulait pas qu'elle le touche une nouvelle fois, ni que son parfum enivrant continue de le déconcentrer. Mais elle resta.

En fait, elle se rapprocha même de lui. S'il tournait la tête, elle était suffisamment près de lui pour qu'il puisse l'embrasser dans le cou. Et, s'il se laissait aller à faire ce geste, il savait pertinemment qu'elle l'encouragerait à aller plus loin et qu'ils finiraient par faire l'amour à nouveau.

Il ferma les yeux un instant pour tenter de chasser le souvenir du contact de sa peau soyeuse contre la sienne et de la chaleur de sa bouche.

— Nick ?

Le rire de Julie le tira de ses rêveries érotiques. Il regarda l'écran et se rendit compte qu'il avait zoomé sur la page et qu'ils regardaient maintenant des messages postés par Alexis deux ans auparavant.

— Désolé, dit-il, j'étais ailleurs.

Julie rit une nouvelle fois avec, sur le visage, une expression presque aussi provocatrice que les pensées qu'il venait d'avoir.

— J'étais en train de me demander si tu faisais partie de ces gens qui lisent à toute vitesse...

— Pas vraiment, non, répondit-il d'un ton ironique. Je vais passer en revue toutes les publications de ces personnes au cours des dix derniers mois et regarder si je trouve quoi que ce soit de suspect.

— Ça risque d'être très long, dit-elle.

— J'ai tout mon temps, répliqua-t-il en tentant d'éteindre le désir qui brûlait en lui.

Une nouvelle fois, il pensa à Debbie pour résister à son envie de prendre Julie dans ses bras. Quel était son parfum déjà ? Il fronça les sourcils en essayant de se le remémorer. Mais en vain. La seule chose qu'il avait en tête était l'odeur fleurie de Julie.

Heureusement pour lui, la sonnette de la porte retentit.

Quelques instants plus tard, ils étaient tous les deux installés à la table de la cuisine.

— Je crois qu'il n'existe pas de meilleurs repas qu'une pizza et une bière fraîche, fit remarquer Julie en s'essuyant la bouche.

— Tu veux dire avec les travers de porcs au barbecue ? répondit-il, l'air amusé.

— Ah oui ! J'aime tout ce qui va avec les travers de porcs... La salade de pommes de terre, les fèves au lard, peut-être même des toasts à l'ail..., dit-elle en fermant les yeux.

Nick reconnut cette expression, la même que celle qu'elle avait quand il lui faisait l'amour. Bon sang, mais que lui arrivait-il ? Pourquoi ne pouvait-il penser à autre chose ? Tout ce qu'il voulait c'était résoudre l'affaire dans laquelle Julie était empêtrée, s'assurer qu'elle ne soit plus en danger et reprendre le cours de sa vie là où il l'avait laissé. Une vie faite de chagrin, d'amertume, de colère et de solitude.

Ils mangèrent en silence pendant quelques minutes. Puis, alors qu'il allait se servir une troisième part, Julie se renversa en arrière sur sa chaise et lui jeta un regard curieux.

— Quoi ? demanda-t-il.

— Je ne savais pas si tu aimais les travers de porcs et la pizza aux pepperonis, mais j'imagine que je le savais avant l'accident... Je pense seulement à tout ce que j'ai oublié te concernant...

— Tu as probablement aussi oublié que je presse le tube de dentifrice au milieu, rétorqua-t-il sur un ton léger.

— Comme moi, dit-elle en souriant. Quoi d'autre ?

— Il y a ce truc que je fais avec mes chaussettes sales...

— Quel truc ?

— J'oublie parfois de les ramasser...

— Et je t'ai déjà dit quelque chose à ce sujet ? demanda-t-elle les yeux brillants d'amusement.

— Oh oui, je crois même que le mot « cochon » a été prononcé à plusieurs reprises...

Julie éclata de rire, et Nick attendit qu'elle reprenne son calme pour la regarder plus sérieusement.

— Je pense que tu as oublié que j'ai déjà été marié...

Julie écarquilla les yeux, clairement sous le choc.

— Ah oui, je ne m'en souvenais pas du tout. Combien de fois ?

— Une seule…, répondit-il en prenant une nouvelle part de pizza.

— Tu as divorcé ?

Nick secoua la tête. Peut-être qu'en lui parlant de ça il se souviendrait de la colère qui l'avait habité ces trois dernières années et qui l'avait isolé du reste du monde. Peut-être que s'il lui racontait cette horrible journée il se souviendrait des raisons pour lesquelles il ne pouvait plus être bénéfique pour qui que ce soit.

— Je suis veuf, déclara-t-il en reposant sa part de pizza. Ma femme, Debbie, a été agressée et assassinée il y a trois ans.

Julie porta sa main droite à son cou et ses yeux s'assombrirent. Nick baissa le regard sur son assiette.

— Oh ! Nick, je suis désolée, dit-elle en prenant sa main. Comment une telle chose a-t-elle pu se produire ? Mais peut-être ne veux-tu pas en parler ?

Pour la première fois depuis que c'était arrivé, Nick se rendit compte qu'il avait envie de se confier.

— Debbie était une femme ambitieuse et elle n'avait pas froid aux yeux. Elle travaillait comme agent immobilier dans une agence haut de gamme et elle adorait son métier. Un soir, elle s'est rendue dans un manoir pour le faire visiter à un homme du nom de Steven Winthrop.

Il prit sa bière et but une longue gorgée pour tenter de calmer la rage qu'il sentait monter en lui.

— Il l'a agressée dans cette grande maison vide. Il l'a agressée puis il l'a poignardée.

Julie laissa échapper un petit cri, mais Nick poursuivit.

— Comme elle ne revenait pas à l'agence, un de ses collègues s'est rendu au manoir et l'a découverte. Il m'a appelé puis il a contacté la police. Je suis arrivé en même temps qu'eux sur les lieux.

— Tu n'es pas obligé de m'en dire plus, Nick, dit Julie en serrant sa main. Je ne veux pas te forcer à revivre ce moment horrible.

Nick ferma les yeux et attendit que la vague déchirante de colère qui le submergerait toujours quand il s'autorisait à penser à la mort de Debbie apparaisse. Mais il ne se passa rien.

Au lieu de ça, une profonde tristesse l'envahit. Une tristesse calme, presque apaisée. Était-ce cela l'acceptation ? Avait-il atteint le stade final du deuil ? Il se demanda quand et comment une telle chose avait pu se produire...

— Pas de problème, répondit-il après un moment. Cela ne me gêne pas d'en parler.

— Que s'est-il passé, est-ce que ce Steven Winthrop a fini en prison ?

Nick secoua la tête.

— Il a été arrêté et interrogé, mais il n'y avait pas assez de preuves pour l'incriminer. Il s'en est tiré.

— Mais tu es sûr que c'est lui le coupable ? lança-t-elle d'une voix douce.

— Certain. Quand j'ai découvert Debbie, elle n'était pas encore morte... J'ai réussi à lui demander qui lui avait fait ça, et elle a prononcé le nom de Winthrop avant de rendre son dernier souffle.

— Mais ce n'était pas suffisant pour le faire inculper ?

Nick laissa échapper un profond soupir.

— Malheureusement personne d'autre ne l'a entendu... Sans compter que la femme de Steven lui a fourni un alibi en déclarant qu'il ne s'était jamais rendu à la visite et qu'on n'avait trouvé aucune trace de sa présence physique sur les lieux du crime.

Pendant un instant, Nick se souvint de la terrible frustration qu'il avait ressentie pendant des mois.

— J'ai supplié le procureur de tout faire pour que cet homme soit puni, j'ai cherché par tous les moyens à prouver sa culpabilité mais en vain...

Nick plongea son regard dans les grands yeux pleins de compassion de Julie.

— C'était dans une autre vie, Julie. Je voulais seulement partager ça avec toi pour que tu saches que j'avais un passé plutôt lourd...

Il se demanda soudain ce qu'il était en train de faire et retira sa main. Il avait choisi de parler de Debbie à Julie pour tenter de mettre un peu de distance entre eux, mais c'était l'effet inverse qui s'était produit ; maintenant qu'il avait partagé sa douleur avec elle, il se sentait encore plus proche d'elle.

— J'imagine que tu avais déjà dû me raconter cet atroce souvenir, je suis désolée que tu aies eu à le refaire, dit-elle doucement.

— Ce n'est rien... Maintenant nous ferions mieux de finir de dîner car je voudrais terminer d'étudier cette liste. Désolé d'avoir gâché l'ambiance avec cette histoire.

— Nick, ne te gêne jamais avec moi. Tu peux tout me dire, je veux tout partager avec toi, même ton passé. Je peux t'aider à supporter ta douleur.

Nick se leva de table. Cette femme le tuait avec son amour.

— Je ne l'oublierai pas, répondit-il. En attendant, je vais reprendre mes recherches sur Internet, je voudrais vraiment trouver quelque chose qui t'aide à faire revenir tes souvenirs.

Il avait besoin de ça, même s'il savait que les conséquences seraient terribles… Julie devait retrouver la mémoire au plus vite, ainsi il éviterait de commettre la plus grosse erreur de sa vie : tomber amoureux d'elle.

9

— Je ferais peut-être mieux de rester avec toi, déclara Julie en descendant l'escalier.

Sa mère l'avait appelée un peu plus tôt pour lui proposer de passer la soirée avec Casey et elle.

— Je ne serai pas là, lui répondit Nick. Tu ne t'en souviens pas ? Je t'avais dit que j'avais une réunion avec mes collègues ce soir.

Julie se dirigea vers le canapé et s'assit à côté de lui.

— Je crois que je ferais quand même mieux de rester ici.

Elle prit une profonde inspiration et sentit le parfum de Nick, ce divin mélange de savon à la menthe et d'eau de toilette épicée qui réveillait ses sens et la faisait se sentir en sécurité.

Elle avait été déçue en constatant au réveil que Nick n'avait pas passé la nuit avec elle. La veille, elle était montée se coucher la première alors qu'il était toujours plongé dans ses recherches sur l'ordinateur, mais il ne l'avait pas rejointe... Julie pensait pourtant qu'après la nuit qu'ils avaient partagée, ils avaient dépassé ce stade de gêne.

— Tu m'as dit que tu aimais passer du temps avec ta mère et ta sœur..., reprit-il.

— Normalement oui, mais j'ai l'impression que ce soir je vais surtout subir un interrogatoire sur toi.

Elle laissa échapper un profond soupir en imaginant ce moment.

— Vas-y et essaye de prendre un peu de plaisir, insista Nick. Dieu sait combien tu en as besoin en ce moment !

— C'est toi, mon plaisir.

Il lui lança un regard plein de sagesse.

— Profite des tiens pendant qu'ils sont là, Julie. On ne sait jamais quand ils vont disparaître.

Aussitôt, Julie regretta de s'être plainte. Non seulement Nick avait perdu ses parents prématurément, mais sa femme était morte dans d'horribles circonstances…

— Tu as raison, reconnut-elle avant de se pencher vers lui pour lui déposer un baiser sur la joue. Mais tu sais, un jour, toi et moi nous aurons des enfants et alors nous serons ta famille… Est-ce que tu étais proche de tes parents ?

— Très. Pour moi, ils étaient les meilleurs parents du monde. Ils m'encourageaient et me soutenaient dans tout ce que je faisais et, d'après ma grand-mère, j'étais plus que gâté.

Un coup de klaxon retentit à l'extérieur, et Julie bondit du canapé.

— Oh ! Je déteste quand Casey fait ça au lieu de venir sonner à la porte. Bon, je serai de retour vers 9 heures, nous pourrons peut-être continuer notre conversation et tu m'en diras plus sur ton enfance.

— Je rentrerai probablement plus tard, dit-il en l'accompagnant jusqu'à la porte. Impossible de savoir combien de temps peuvent durer ces réunions… Si je ne suis pas là quand tu rentres, n'oublie pas de désactiver l'alarme.

— Ne t'inquiète pas, je ne risque pas de l'oublier, répondit-elle alors qu'un nouveau coup de klaxon retentissait. Mon Dieu ! Elle va me rendre folle ! À tout à l'heure !

Elle ouvrit la porte d'entrée et découvrit un véhicule qu'elle ne connaissait pas. Apparemment, Casey avait dû acheter une nouvelle voiture. Ce qui était plutôt surprenant si ce que lui avait dit Joel était vrai et que son père lui avait coupé les vivres.

Casey était au volant et sa mère sur le siège passager. Elle ouvrit la portière arrière, et une forte odeur de cuir neuf l'assaillit quand elle se laissa aller sur la banquette.

— Il était temps ! dit Casey en commençant à faire marche arrière. J'ai dû klaxonner deux fois !

— Oui, eh bien tu n'aurais pas dû klaxonner du tout ! rétorqua Julie d'un ton sec. Tu aurais pu m'envoyer un message pour me dire que tu étais arrivée ou même mieux, marcher jusqu'à la porte d'entrée et sonner.

Casey lui adressa un grand sourire dans le rétroviseur.

— Klaxonner est tellement plus amusant...

— Comme je suis heureuse de passer la soirée avec mes deux filles, intervint Lynetta. Je me suis donné tellement de mal à essayer de rendre la maison présentable que quelques verres en bonne compagnie ne vont pas me faire de mal !

— Rendre la maison présentable ? répéta Julie sur un ton incrédule.

— Oh ! ma chérie, lui répondit Lynetta en se retournant pour la regarder, tu as dû oublier ça aussi. Il y a deux mois, ton père et moi avons décidé de vendre cette maison qui est bien trop grande pour nous deux. Nous avons déjà fait une offre pour un bel appartement dans North Hills Village.

— Mais ce n'est pas une résidence pour retraités ? répliqua Julie.

— Si, bien sûr. Mais nous savons tous que ton père n'arrêtera jamais de travailler et qu'il finira probablement par mourir derrière le comptoir de la boutique. Quant à moi, je vais enfin pouvoir cesser de faire à manger tous les jours puisque tous nos repas seront préparés là-bas.

Lynetta se remit face à la route, et Julie regarda le paysage défiler par la vitre, l'esprit saturé par toutes ces nouvelles informations.

— Où allons-nous ? s'enquit-elle après quelques instants de silence.

— Chez Brewster, répondit Casey.

Brewster était un bar animé qui servait de délicieux cocktails et d'excellents hamburgers. Les trois femmes s'y rendaient souvent quand elles passaient la soirée ensemble.

— Quand as-tu acheté cette voiture ? demanda Julie à sa sœur.

— Ça va faire un peu plus d'une semaine, déclara Casey.

Un peu plus d'une semaine ? Comment avait-elle pu s'offrir une voiture aussi luxueuse alors qu'elle travaillait si peu et que son père était censé lui avoir coupé les vivres ? Il avait dû céder à un nouveau caprice de sa petite dernière, pensa Julie, car même si cela lui importait peu... Casey avait toujours été l'enfant gâtée de la famille.

— Un mystérieux petit ami l'a aidée à l'acheter, ajouta Lynetta. À ce propos, je dois vous dire, les filles, que je ne comprends absolument pas votre attitude en ce qui concerne vos compagnons... Pourquoi garder tout ça secret ?

— Peut-être que Casey pourra nous révéler quelques détails sur son petit ami pendant le repas, répondit Julie, ravie à l'idée de parler d'autre chose que d'elle et de Nick. Surtout que moi, j'ai déjà fait les présentations.

Elle n'avait pas envie de parler de son couple. Malgré le fait que Nick et elle se fréquentaient apparemment depuis un bon moment, tout lui semblait encore nouveau et un peu étrange.

Par chance, Lynetta continua de parler de la résidence pour retraités et de tous les aménagements et services que celle-ci proposait jusqu'à ce que Casey gare la voiture sur le parking en face de chez Brewster.

— Je suis prête pour un gin-tonic bien rafraîchissant, conclut-elle lorsqu'elles sortirent toutes de la voiture.

— Moi je vais prendre des bâtonnets frits à la mozzarella et une grande margarita, et toi, Julie ? demanda Casey.

— Je vais commander un de leurs délicieux hamburgers avec peut-être quelques champignons grillés en accompagnement, répondit-elle. Pour la boisson je ne sais pas encore, je ne suis pas certaine d'avoir envie d'alcool ce soir.

Même si Julie ne se souvenait pas de la dernière fois où elle y était venue, elle se sentit immédiatement chez elle en entrant chez Brewster. Une délicieuse odeur de bons petits plats flottait dans l'air, et de vieux tubes de rock'n'roll passaient en fond sonore.

Lynetta s'installa sur l'une des deux banquettes en cuir qui entouraient la table, Casey prit place à côté d'elle et Julie s'assit en face.

Le menu était imprimé sur un grand tableau, posé sur le long comptoir. En le regardant, Julie se sentit immédiatement soulagée : enfin quelque chose qui n'avait pas changé au cours des dix derniers mois...

Quelques minutes plus tard, la serveuse vint prendre leurs commandes, et les trois femmes n'eurent pas longtemps à attendre avant d'être servies.

— Alors, comment ça va entre Nick et toi ? lança Casey après avoir bu une gorgée de sa margarita.

— On ne peut mieux, affirma Julie. Et toi ? Si tu nous en disais un peu plus sur cet homme mystérieux que tu fréquentes en ce moment ?

— Oh oui, j'aimerais beaucoup en savoir plus également, ajouta Lynetta. Ton père et moi, nous sommes un peu inquiets de tous ces amoureux secrets qui surgissent dans les vies de nos filles. Vous n'ignorez pas que vous toucherez un jour toutes les deux un bel héritage, vous devez faire attention à ce qu'aucun homme ne profite de vous.

— Ace ne profite pas du tout de moi, il me traite très bien, s'offusqua Casey en montrant du doigt son sac à main posé sur la banquette à côté d'elle. Regardez, il m'a acheté ça hier.

— Il ne s'est pas moqué de toi, déclara Julie en reconnaissant une célèbre marque de luxe. Qu'est-ce qu'il fait dans la vie ?

Julie se souvenait très bien du faible que sa sœur avait toujours eu pour les mauvais garçons.

— Il est entrepreneur, confia Casey.

— Qu'est-ce que ça veut dire exactement ? demanda Lynetta.

— Ça veut dire qu'il fait tout un tas de choses que je ne comprends pas vraiment mais qui lui rapportent beaucoup d'argent, rétorqua Casey en repoussant une mèche de ses cheveux bruns derrière son épaule avec un air exaspéré. Mais de toute façon, même si je ne comprends pas grand-chose à ses affaires, l'important c'est qu'il est fou de moi et que je suis folle de lui.

— Vous vous fréquentez depuis combien de temps ? continua Julie en buvant une gorgée de son soda.

— Bientôt deux mois... Ça a été un véritable coup de foudre.

— Avec Granger ça n'avait pas été le coup de foudre aussi ? répliqua Julie d'un ton ironique en se souvenant de la dernière relation amoureuse de Casey qui avait duré deux semaines.

— Granger, c'est de l'histoire ancienne, et puis ce n'était qu'une stupide amourette, rien à voir avec Ace.

— Et où as-tu rencontré cet Ace ? poursuivit Lynetta.

— Chez Freddy, répondit Casey.

Chez Freddy était un bar populaire avec une grande piste de danse où des groupes de musiques locaux venaient souvent se produire en concert. C'était aussi un lieu de rencontres pour les célibataires.

— Tu n'aurais pas une photo de lui dans ton téléphone ? demanda Julie à sa sœur.

— Non, je n'en ai pas encore pris.

— Toi ? La reine du selfie ? dit Julie en regardant sa plus jeune sœur d'un air incrédule.

— Oh ! j'ai plein de photos de moi, c'est sûr, répondit Casey avec un sourire. Mais je n'en ai pas encore pris de lui ni de nous deux.

— Et quand nous le présentes-tu ?

— Quand ce sera le bon moment... Je ne suis pas encore prête... Rien ne presse et puis toi, tu as bien mis deux mois avant de nous présenter Nick.

Julie comprenait parfaitement l'envie de sa sœur de garder son amoureux pour elle. Elle avait probablement ressenti la même chose jusqu'à son accident.

Quand le serveur apporta les plats, les trois femmes changèrent de sujet de conversation et se mirent à parler du déménagement de Lynetta et George.

— Je suis surprise que papa ait accepté de vendre la maison, dit Julie. Il a accumulé tant de choses là-bas, je ne sais pas comment vous allez réussir à emménager dans un endroit plus petit.

La maison familiale des Peterson était une vieille et grande bâtisse de l'époque victorienne avec cinq chambres et suffisamment de meubles et d'objets pour pouvoir remplir au moins deux ou trois entrepôts.

— J'ai prévenu ton père qu'il allait devoir se débarrasser de tout ça, soit en le vendant dans la boutique soit en l'emmenant à la déchèterie. Mais, pour te dire la vérité, il ne voulait pas vraiment changer de maison. Il a fallu que je lui dise que je déménagerais de toute façon, avec ou sans lui. Nous n'avons plus besoin de toutes ces chambres maintenant que vous êtes grands et nous n'avons certainement pas besoin non plus de cette statue d'Elvis grandeur nature dans notre salon.

Lynetta marqua une pause avant d'ajouter, les sourcils froncés :

— Je n'ai plus envie de vivre dans un vide-greniers permanent... Je voudrais que ce soit neuf, rangé et fonctionnel.

— Tu mérites d'avoir ce que tu veux, maman, lui répondit Julie en lui adressant un sourire chaleureux.

Lynetta était une mère présente, responsable sur laquelle chacun de ses enfants avait toujours pu compter. Elle avait été stricte mais aimante et avait une patience d'ange quand il s'agissait de négocier avec leur père.

— En parlant de vivre la vie qu'on veut, intervint Casey en se tournant vers Julie, est-ce que tu comptes vendre ta maison ou est-ce que c'est Nick qui va quitter la sienne quand vous vous marierez ?

— Je dois avouer que nous n'en avons même pas encore parlé...

Julie y avait déjà pensé et elle espérait que Nick serait d'accord pour garder sa maison même si elle n'avait pas encore vu la sienne.

— Pour être honnête, j'ai toujours cru que Joel et toi alliez finir par vous mettre ensemble.

— Joel et moi ? répéta Julie en regardant sa sœur avec surprise. Comment as-tu pu penser qu'il pourrait se passer quelque chose entre nous ?

— Avant ton accident et ton amnésie, il était intéressé..., insista Casey.

— Qu'est-ce que tu veux dire ? De quoi parles-tu ?

Julie sentit monter en elle une puissante colère, suivie de près par un profond sentiment de frustration de ne pouvoir se souvenir de sa propre vie.

— Il y a deux mois environ, tu m'as dit que tu avais l'impression que Joel était amoureux de toi... Tu ne te souviens vraiment de rien ? demanda Casey en la scrutant avec la même attention que s'il elle regardait une bête curieuse au microscope.

— Non... J'ai des flashs de temps en temps, mais pour le moment je n'ai même pas réussi à leur donner du sens, expliqua Julie. Dis-moi, comment est-ce que je prenais le fait que Joel était amoureux de moi ?

— Ça te faisait un peu peur. Enfin, c'est ce que tu m'avais confié. Je sais qu'il avait publié plein de photos de toi sur sa page de réseau social et qu'on avait toutes les deux trouvé ça super effrayant.

Julie pensa à Joel, cet homme qui souffrait d'un léger surpoids, facile à vivre et toujours de bonne humeur... Un petit frisson lui parcourut l'échine. Se pouvait-il que ce soit lui qui était derrière la porte de la boutique le soir où elle avait oublié son téléphone ?

Elle n'avait jamais été attirée par Joel et ne l'avait jamais considéré autrement que comme un bon ami et un collègue. Lui avait-il déclaré son amour ce soir-là ? Se pouvait-il qu'il l'ait agressée en apprenant qu'elle ne ressentait pas la même chose pour lui ?

Ils avaient passé la journée ensemble la veille, et Julie n'avait rien senti de bizarre entre eux. Il avait été amical et serviable, exactement comme il lui semblait qu'il était toujours.

Mais il est vrai qu'il lui avait posé plein de questions à propos de son amnésie quand ils avaient eu un moment de calme au magasin. Il l'avait questionnée sur ce qu'avaient dit les médecins, lui avait demandé si certains souvenirs lui étaient déjà revenus ou si elle pensait qu'elle ne retrouverait jamais la mémoire…

Julie devait-elle interpréter tout ça comme l'attitude normale de quelqu'un face à une personne souffrant d'amnésie, ou ces questions étaient-elles celles d'un agresseur qui voulait s'assurer qu'il ne risquait pas d'être découvert ?

Vers 19 heures, Nick quitta la maison de Julie, heureux que les nombreux nuages aient permis à la nuit de tomber plus rapidement. Depuis que Julie était partie, il n'avait cessé de ressasser les mêmes pensées. Même si elle avait prévu de passer la soirée avec sa sœur et sa mère, il avait dû lui mentir à nouveau. Il n'allait pas du tout retrouver ses collègues, il allait rejoindre ceux qui avaient non seulement planifié le meurtre de Brian mais aussi celui de cinq autres personnes.

Après le départ de Julie, Nick s'était rué sur l'ordinateur pour chercher sur tous les sites d'informations locales d'éventuelles nouvelles concernant le meurtre de McDowell. Mais il n'avait rien trouvé. Il détestait cette impression qu'il avait d'être totalement dépassé dans une situation qui mettait sa vie entière en jeu.

Nick avait ensuite tué le temps en imaginant tout ce qui pourrait arriver quand il retrouverait les autres apprentis meurtriers. Les six hommes s'étaient initialement rencontrés lors des réunions du groupe des survivants de Northland. Certains d'entre eux avaient rapidement arrêté d'y participer car ils ne voulaient pas prendre le risque d'être ensemble au même endroit, ce qui pourrait alerter la police.

Ils avaient donc décidé de se retrouver, après la tombée de la nuit, au parc Oak Ridge. Cet endroit avait jadis été un lieu populaire où les gens venaient pique-niquer et jouer au base-ball, mais de nouveaux parcs plus attractifs et modernes avaient été construits depuis lors et à présent la nature avait commencé à y reprendre ses droits.

Les réunions des survivants du Northland se tenaient, elles, au sous-sol d'une église méthodiste, même si elles n'avaient aucun lien avec la religion.

À 18 h 45, Nick se gara sur une place de stationnement non loin de l'église et, prenant son courage à deux mains, il alla se joindre à la réunion. La seule chose qu'il voulait vraiment, c'était prévenir les autres que ce n'était pas lui l'assassin de Brian McDowell. Quelqu'un d'autre l'avait tué quelques minutes à peine avant qu'il n'arrive sur les lieux.

Comme toujours, il flottait dans la salle de réunion une forte odeur de café. Janet McCall, la fondatrice du groupe, l'accueillit chaleureusement.

Janet avait vécu quinze ans avec son mari jusqu'au jour où celui-ci avait été sauvagement assassiné alors qu'il quittait un restaurant du centre-ville après une réunion de travail. Quand on avait découvert son corps, son portefeuille était vide et son téléphone manquait. Il avait été tué pour quinze dollars et un téléphone.

Janet disait que sa souffrance avait été telle qu'elle avait failli se suicider.

Mais, au lieu de s'enfermer dans le chagrin et la dépression, elle avait créé ce groupe pour échanger et partager, dans l'espoir d'un éventuel apaisement.

— Comment vas-tu Nick ? lui dit-elle en le regardant avec attention.

— Pas trop mal.

— Je peux le voir sur ton visage, tu es plus lumineux, moins sombre que d'habitude, ajouta-t-elle en lui adressant un grand sourire. Je suis contente pour toi. Va donc te servir une tasse de café et n'oublie pas de goûter mon cake au citron.

— Je n'y manquerai pas.

Tout en se dirigeant vers le buffet, il repensa à ce que Janet venait de lui dire. Cette nouvelle légèreté dont elle avait parlé avait un nom : Julie.

Julie lui avait donné quelque chose d'indéfinissable, quelque chose qui l'avait fait revenir à la vie. Avec elle, il avait recommencé à rire. Il regardait devant plutôt que derrière. Il ne savait pas à quoi son avenir ressemblerait, mais, pour la première fois depuis la mort de Debbie, il pouvait envisager qu'il y en ait un.

Enfin... S'il n'était pas arrêté pour un meurtre qu'il n'avait pas commis.

Nick se servit une tasse de café et alla s'asseoir sur une des chaises qui avaient été installées en cercle au centre de la pièce. Il salua d'un signe de tête plusieurs personnes qu'il connaissait, dont Troy Anderson. La fille de Troy avait huit ans quand elle avait été kidnappée. Troy faisait partie des six hommes qui avaient signé le pacte de vengeance.

Rapidement, toutes les places furent prises. Les gens qui venaient à ces réunions n'avaient pas forcément tous perdu quelqu'un dans des circonstances violentes, le groupe était aussi ouvert à tous ceux qui, en deuil, étaient submergés par le chagrin.

Quand Janet commença la réunion, il n'y avait là qu'une personne que Nick n'avait jamais vue. Une femme blonde et corpulente, aux yeux maquillés d'un épais trait d'eye-liner bleu, et qui était assise à côté de Janet.

— Bonsoir à tous. Avant que nous commencions, j'aimerais vous présenter Jacqueline Kelly, qui se joint à nous pour la première fois ce soir, annonça Janet en posant sa main sur l'épaule de la femme. Jacqueline, pouvez-vous nous expliquer les raisons de votre présence parmi nous ?

De grosses larmes se mirent à couler sur le visage de la femme qui prit une profonde inspiration avant de parler.

— Je suis venue car mon petit ami a été tué et je ne sais pas comment je vais pouvoir vivre sans lui, commença-t-elle avant d'être secouée par un violent sanglot. Il prenait soin de nous, de mes enfants et de moi-même... Brian a été assassiné chez lui, quelqu'un s'est introduit dans sa maison... et lui a tranché la gorge.

Jacqueline se mit à pleurer à chaudes larmes.

Nick se figea. Son cœur s'arrêta puis se remit à battre si rapidement qu'il fut pris d'un puissant vertige. Pendant un instant, il n'entendit plus rien autour de lui. Cette femme parlait-elle de Brian McDowell ? De l'homme qu'il comptait tuer ?

Alors qu'il reprenait conscience, il se concentra sur le témoignage de Jacqueline. Bon sang, comme il comprenait ce qu'elle ressentait... Il avait vécu la même chose. Mais, aveuglé par sa colère, il n'avait jamais pensé au fait que les personnes qu'ils avaient l'intention d'éliminer avaient certainement des petites amies, des femmes ou même des enfants. Ainsi que des amis qui ne se remettraient probablement jamais de leur mort.

Le pacte qu'il avait signé avec les autres hommes lui semblait à présent diabolique. Tuer des assassins ne lui ramènerait jamais Debbie. D'ailleurs, il n'était même pas certain qu'il aurait été capable d'appuyer sur la gâchette. La seule chose dont il était sûr c'est qu'il avait vraiment besoin de parler avec ces hommes pour tenter de mettre un frein à leur folie collective.

Le reste de la réunion fut une torture. Nick essayait de ne pas regarder Jacqueline et évitait également de croiser le regard de Troy.

Pendant la pause qui durait un quart d'heure environ, il alla se servir une nouvelle tasse de café ainsi qu'une tranche du cake qu'avait préparé Janet, puis il retourna s'asseoir à sa place. La deuxième partie de la séance devait être menée par un psychologue qui avait prévu de parler du pouvoir du pardon.

Il écouta l'homme d'une oreille. Celui-ci était monotone, presque ennuyeux, et il leva les yeux vers la grande pendule accrochée au mur, impatient que la réunion s'achève.

Celle-ci se termina peu après 21 heures et, en sortant, Nick fut à nouveau soulagé de constater qu'il faisait nuit noire. Il lui semblait impossible de parler de meurtres en plein jour.

Il était à présent quasiment certain que l'assassin de Brian McDowell était un des hommes qu'il allait retrouver ce soir. L'un d'entre eux avait-il mal compris les consignes ? Adam Kincaid avait pris les rênes de l'opération et s'était assuré que les exécutants ne soient pas au courant de ce que les uns et les autres devaient faire... S'était-il emmêlé les pinceaux ?

Enfin... Tout cela n'avait plus grande importance maintenant. Brian McDowell était mort. Ce qui était important pour Nick c'était de persuader les autres qu'ils devaient mettre un terme à cette soif de vengeance incontrôlable qui leur avait à tous fait perdre le sens des réalités.

Était-ce vraiment à eux de faire la justice ? Pour qui se prenaient-ils pour décider de qui pouvait rester en vie ou mourir ? Nick préférait penser que le destin se chargerait de punir les responsables. Il avait besoin de croire que les coupables paieraient le prix de leurs actes, que ce soit dans cette vie ou dans la suivante. Il savait maintenant que ce qu'ils avaient prévu de faire était une erreur.

La rencontre avec Jacqueline avait apporté un nouvel éclairage sur la situation. Ou peut-être était-ce Julie qui en entrant dans sa vie avait su calmer la bête sauvage tapie en lui. S'il ne connaissait pas la réponse, il sentait qu'un énorme changement s'était produit en lui.

Il entra sur le parking du parc puis roula droit devant lui, quittant la route goudronnée pour traverser l'ancien terrain de base-ball jusqu'à un bosquet.

Une fois arrivé sur place, il constata qu'il était le premier et se gara. Il s'empara ensuite de la lampe-torche qu'il avait rangée dans la boîte à gants, sortit de sa voiture et s'enfonça plus profondément dans les bois.

Quand il arriva sur le lieu du rendez-vous, il s'assit sur une souche d'arbre pour attendre les autres. Une légère brise agitait la cime des arbres, et une nuée d'insectes nocturnes tournoyaient autour de lui, comme pour lui signifier qu'il n'était pas à sa place en ce lieu.

Et c'était vrai qu'il n'y était pas. Nick était vraiment prêt à clore ce chapitre de sa vie. Quel que soit son avenir, il ne voulait plus ressentir cette rage dévorante et ce chagrin qui le rongeait petit à petit.

— Salut !

La voix grave de Troy Anderson tira Nick de ses pensées.

— La réunion de ce soir a dû être difficile pour toi, ça va ? continua-t-il.

— Ouais, mieux que depuis des années, affirma Nick qui décida d'attendre que les autres soient là pour leur parler de McDowell.

— Encore une preuve que le monde est petit ! Qui aurait pu imaginer que la petite amie de McDowell se pointerait à la même réunion que toi...

— Ouais, qui aurait pu l'imaginer..., répondit Nick, l'air pensif.

Avant qu'ils n'aient le temps d'approfondir leur conversation, Matt Tanner et Clay Rogers arrivèrent.

Matt marcha droit vers Nick et lui tapota l'épaule affectueusement.

— Merci, mec, lui dit-il.

Nick comprit qu'il le remerciait d'avoir éliminé celui qui avait battu sa mère à mort et s'en était tiré.

— Je suis si heureux que ce salopard soit mort, ajouta Matt.

— Attends un peu avant de me remercier.

Matt lui jeta un regard plein de curiosité mais n'eut pas le temps de lui demander de s'expliquer car Adam Kincaid et Jake Lamont entraient dans la petite clairière.

Les six hommes de l'alliance étaient enfin réunis.

Nick se rendit soudain compte que le vent s'était calmé et que les insectes s'étaient tus comme pour montrer leur désaccord avec cette réunion.

— Nous devons faire vite, dit Adam. Vous savez tous que nous sommes en danger quand nous sommes ensemble.

— Je n'ai pas tué Brian McDowell, lança Nick sans préambule.

— Qu'est-ce que tu racontes ? demanda Adam en braquant sa lampe-torche sur le visage de Nick. Je t'ai envoyé le matériel et j'ai lu dans le journal qu'il avait été assassiné...

— Quelqu'un s'en est chargé avant moi, répondit Nick en plissant les yeux dans le faisceau lumineux.

Il raconta toute l'histoire aux cinq hommes avant de conclure :

— Si ce n'est pas l'un d'entre vous qui s'en est chargé, alors nous avons un nouveau joueur dans la partie.

— Ça serait regrettable, dit Adam. C'est très risqué pour nous tous.

Les membres du groupe nièrent avec véhémence avoir parlé de quoi que ce soit autour d'eux.

— Autre chose, je veux quitter l'alliance, dit Nick. Je pense que nous devrions tous oublier cette idée et reprendre le cours de nos vies.

— Impossible, répliqua Troy, la voix vibrante de colère. Tu dis ça car tu viens de voir Jacqueline pleurer à la réunion. Mais si elle avait possédé quelque chose qui l'intéressait, Brian n'aurait pas hésité à la tuer pour l'obtenir.

— Cette alliance est une bonne idée, nous éliminons des tueurs qui, c'est certain, auraient récidivé un jour ou l'autre, ajouta Matt, la voix tremblante d'émotion.

— Vous ne trouvez pas ça étrange que quelqu'un ait tué Brian le jour où j'étais censé le faire ? demanda Nick en les regardant un par un.

— McDowell était une ordure de première. Ce genre de type a plein d'ennemis, toute cette histoire n'est probablement qu'une coïncidence, lui affirma Jay.

— Je ne pense pas, déclara Nick. Je ne sais pas qui l'a tué, mais c'est forcément l'un d'entre vous.

Personne ne répondit et Nick laissa échapper un profond soupir avant de reprendre :

— Je suis venu ce soir pour vous dire ça. Maintenant que c'est fait, je ne veux pas aller plus loin. Je ne veux plus faire partie de ce groupe et je ne veux surtout pas que l'un d'entre vous tue Steven Winthrop. Personne ne devrait avoir son sang sur les mains. Laissons le destin s'occuper de lui. Dans tous les cas, il brûlera en enfer pour ce qu'il a fait.

— Nous sommes tous dans le même bateau, intervint Adam d'un ton sec avant de dévisager tous les hommes un à un. Est-ce que quelqu'un d'autre a des doutes à propos de ce que nous avons décidé de faire ? Est-ce que quelqu'un d'autre veut quitter l'alliance ?

— Non, nous restons tous, lui répondit Matt d'une voix ferme.

— Alors je suggère que nous décampions rapidement d'ici, dit Adam. Attendez vos instructions et surtout fermez-la.

— Moi, je vous quitte pour de bon, insista Nick. Ma mission est finie et je ne vois aucune raison de revenir à l'une de vos réunions. Ne vous inquiétez pas, j'emporterai ce secret avec moi dans ma tombe, mais je suis à un moment de ma vie où je veux me tourner vers l'avenir.

Quelques instants plus tard, il s'assit au volant de sa voiture, mit le moteur en marche et prit la route pour rentrer chez lui. Non, se reprit-il, pour aller chez Julie. Il savait que jamais cet endroit ne pourrait être sa maison.

Car, s'il se sentait maintenant prêt à se construire un avenir, comment Julie pourrait-elle bien en faire partie ? Combien de temps pourrait-il continuer à vivre dans le mensonge ? Plus ils passeraient de temps ensemble, plus ce serait difficile le jour où la vérité éclaterait.

Un violent mal de tête lui martela soudain les tempes et il se sentit soudain déprimé et totalement épuisé. Il ne savait pas qui avait tué Brian McDowell, mais il suspectait l'un des hommes de l'alliance de l'avoir fait.

Il devait avoir perdu la raison pour avoir accepté de se joindre à une telle initiative.

Nick savait que cette période de sa vie le hanterait le restant de ses jours. Ces hommes allaient probablement continuer à faire la justice eux-mêmes et, une fois leur sinistre devoir accompli, tous se rendraient compte de l'inutilité de leur action...

Il laissa échapper un profond soupir et tenta de penser à autre chose.

Il était amoureux de Julie.

Cette soudaine révélation lui coupa le souffle. Depuis la nuit de l'accident, Julie était devenue pour lui bien plus qu'un alibi... Elle était devenue la femme avec qui il voulait passer le reste de sa vie.

Mais il serait stupide de croire qu'il pouvait y avoir un avenir avec elle. Il devait au plus vite trouver un moyen de mettre de la distance entre elle et lui. Il devait cesser de l'aimer.

Et, plus important encore, il devait tout faire pour qu'elle cesse de l'aimer, lui.

10

Une fois de retour chez elle, Julie se précipita pour regarder sur son ordinateur le profil de Joel sur les réseaux sociaux. En fouillant dans ses photos, elle fut surprise de découvrir tant d'images d'elle.

Petit à petit, tandis qu'elle regardait chacune d'entre elles, des bribes de souvenirs lui revinrent. Elle se rappelait par exemple que trois mois auparavant, un client était venu au magasin déguisé en vampire. Son père avait tant aimé son chapeau qu'il l'avait acheté. Julie l'avait posé sur sa tête, avait fait une grimace et Joel avait immortalisé l'instant.

Ils avaient pris de nombreux selfies, et Joel l'avait également photographiée le jour où elle avait goûté les sushis pour la première fois.

L'excitation et la confusion l'envahirent simultanément. Julie se souvenait avec précision de chaque moment où les photographies avaient été prises. Des instants de détente, rien de plus. Et elle se demandait ce que Casey pouvait bien trouver de troublant dans ces photos...

Celles-ci témoignaient seulement de la complicité qui unissait deux collègues... Ou deux amis. Ces images étaient tout à fait ordinaires. Ce n'était pas comme si Joel avait pris des photos d'elle à son insu.

Casey avait aussi confié à sa sœur qu'il avait le béguin pour elle et que son attitude l'avait mise mal à l'aise... Tout cela n'avait aucun sens.

Elle avait retravaillé avec Joel depuis son accident et n'avait rien ressenti d'étrange en passant du temps avec lui. Était-il possible qu'il lui ait fait quelque chose de si terrible qu'elle l'ait effacé de sa mémoire ?

La porte d'entrée s'ouvrit et Julie sursauta. Le système d'alarme se mit en marche mais fut immédiatement stoppé. Elle en déduisit que Nick était rentré.

Elle se leva, enchantée à l'idée de le retrouver et de parler avec lui de ce que Casey lui avait dit sur Joel.

Nick entra dans le salon en même temps qu'elle. Il semblait vidé de toute énergie.

— Tout va bien ? demanda-t-elle en lui prenant la main pour l'entraîner jusqu'au canapé. Tu as l'air épuisé. Ta réunion a été éprouvante ?

— Non, assura-t-il en retirant sa main. Tout s'est bien passé. Ce n'est qu'un petit coup de fatigue de fin de journée. Et toi, comment s'est déroulée ta soirée ?

— Comme d'habitude, c'était très sympa, répondit-elle en remarquant son expression inquiète. Va te coucher, si tu veux. C'est vrai que tu as l'air à bout.

— Oui, je vais y aller, lui dit-il en se levant.

— Tu n'auras qu'à faire la grasse matinée, ajouta Julie. À partir de demain, je travaillerai le soir au magasin.

Nick acquiesça en silence, comme s'il n'avait même plus la force de parler. Puis, il la salua d'un geste de la main et sortit de la pièce.

Julie le regarda gravir l'escalier, en espérant qu'il irait se coucher dans sa chambre même si elle savait qu'il ne le ferait pas.

Elle voulait lui parler de Joel, du nouveau petit ami de Casey et du prochain déménagement de ses parents. Elle voulait aussi qu'il lui raconte sa propre soirée. Mais tout ça pouvait bien attendre demain.

Elle retourna dans la cuisine pour éteindre son ordinateur. Il était déjà tard et elle se sentait prête à aller se coucher. Elle monta à l'étage en ressentant un mélange de culpabilité et d'inquiétude.

Nick avait prétendu que sa réunion s'était bien déroulée, mais elle avait du mal à le croire. Se pouvait-il qu'il ait des ennuis à cause de ses absences répétées ? Il lui avait bien dit que la saison des entraînements avait commencé... Cependant il n'y assistait pas car il était trop occupé à prendre soin d'elle.

Lui causer des problèmes sur son lieu de travail était bien la dernière chose qu'elle voulait. Elle espérait qu'elle n'avait pas trop perturbé sa vie professionnelle. Enfin... Peut-être se faisait-elle du souci pour rien, peut-être était-il seulement épuisé. Dans ce cas, tout irait mieux après une bonne nuit de sommeil.

Pourtant, quand ils se retrouvèrent dans la cuisine le lendemain matin, Nick était toujours aussi silencieux et renfermé.

— Que se passe-t-il, Nick ? J'ai fait quelque chose de mal ?

— Pas du tout, pourquoi me demandes-tu ça ? rétorqua-t-il, le regard sombre.

— Je te trouve distant.

— J'ai plein de choses en tête, dit-il en prenant une gorgée de son café.

— Je peux peut-être t'aider ?

Julie détestait le voir dans cet état et regrettait la petite étincelle qui illuminait ses beaux yeux et son superbe sourire.

— Non, c'est gentil. J'ai juste deux ou trois choses à régler mais rien de grave, ne t'en fais pas... Mais toi, parle-moi un peu de ton dîner d'hier soir ?

— Nous sommes allées chez Brewster, commença Julie.

— J'adore cet endroit, il nous arrive d'aller y manger après les matchs. Leurs sandwichs sont délicieux.

— Je ne les ai jamais goûtés, moi j'adore leurs champignons frits, répondit-elle, ravie de voir qu'il se détendait un peu.

— Rien ne vaut les bons petits plats, je suis heureux que tu ne sois pas ce genre de femme qui ne se nourrit que de salade verte.

— Ah non, c'est sûr que ce n'est pas mon genre, dit-elle en éclatant de rire. Je surveille quand même ma ligne, mais c'est vrai que je me permets des écarts assez souvent !

— Tu as appris des choses hier, tu as eu des flashs ?

Julie secoua la tête.

— Ma plus grande surprise a été de découvrir que mes parents allaient vendre leur maison pour aller vivre dans une résidence pour seniors. À part ça, je n'ai eu aucune réminiscence avant de rentrer ici.

— Et que s'est-il passé quand tu es revenue ? demanda-t-il en haussant un sourcil.

Elle lui expliqua ce que Casey lui avait dit sur Joel puis elle ajouta :

— Quand j'ai vu les photos, je me suis souvenue de chaque moment où elles avaient été prises. C'est vrai qu'il y a beaucoup de photos de moi sur son profil mais, quand je repense à ces moments partagés, rien ne me semble bizarre.

— Et tu n'as rien ressenti d'étrange quand tu étais avec lui ?

— Pas du tout. Casey m'a dit que son attitude me mettait mal à l'aise avant l'accident, pourtant quand j'ai recommencé à travailler avec lui, tout était normal entre nous... Mon Dieu, que j'aimerais retrouver la mémoire !

— J'imagine combien ça doit être stressant... De mon côté, je n'ai pas encore eu le temps de faire des recherches sur Joel, il faisait partie des derniers noms sur ta liste. Je vais jeter un coup d'œil...

Nick se leva pour aller s'installer dans le coin bureau et ouvrit l'ordinateur. Julie le suivit et, en se postant juste derrière lui, elle sentit que son parfum réveillait en elle un désir endormi. En attendant que l'ordinateur s'allume, elle se rapprocha de lui et posa ses mains sur ses épaules.

En sentant ses muscles rouler sous son T-shirt, elle se remémora la chaleur de sa peau nue contre la sienne, la nuit où ils avaient fait l'amour.

Elle avait hâte de recommencer. Même si elle n'avait aucun souvenir de leur relation, au moins ils s'en créaient des nouveaux chaque jour.

Nick chercha le profil de Joel sur le réseau social et se pencha en avant, rompant le contact physique avec elle.

— Tu te souviens de toutes ces photos ? s'enquit-il.

— Absolument. Et ce ne sont que des bons souvenirs ! De sacrées parties de rigolade, même.

Nick se retourna pour la regarder et elle fit un pas en arrière.

— Et pourtant tu aurais dit à ta sœur qu'il te mettait mal à l'aise...

— C'est ce qu'elle m'a dit, en effet.

Ils retournèrent s'installer autour de la table de la cuisine.

— Même quand j'ai retravaillé avec lui, je n'ai rien senti de bizarre entre nous, répéta-t-elle pour tenter de donner un sens à tout ça.

— Quand dois-tu retravailler avec lui ?

— Demain soir, je crois… Mais je pense que mon père sera là, lui aussi.

Nick la regarda intensément.

— Est-ce que tu as dit quelque chose à ta famille sur ce qu'il se passe ?

— Non, je ne leur ai parlé ni de la poupée ni des menaces.

— Pourquoi ne l'as-tu pas fait ?

Julie fronça les sourcils et prit un temps pour réfléchir. Elle avait la réponse à cette question, mais elle avait un peu honte de la dire à voix haute.

— Actuellement, tu es la seule personne en qui je peux avoir totalement confiance.

— Tu penses que c'est l'un des membres de ta famille qui est derrière tout ça ? demanda-t-il, l'air surpris.

— Je ne sais pas, avoua-t-elle en sentant la frustration l'envahir. Je n'ai pas envie de croire une telle chose, mais pour le moment je ne ressens pas le besoin de leur en parler. Il y a même une petite voix au fond de moi qui me murmure de ne pas le faire.

— Il faudrait vraiment que tu arrives à te souvenir, Julie.

— Je sais, Nick, mais j'ai l'impression que plus j'essaie, moins ça marche, répondit-elle en sentant l'angoisse la submerger.

Car non seulement cette amnésie la mettait en danger, mais elle était également responsable de la distance qui ne cessait de grandir entre Nick et elle.

— Je crois que mon absence de souvenirs ne devrait pas interférer dans notre relation, ajouta-t-elle doucement. Même si je ne me souviens pas de t'avoir aimé, je suis en train de retomber amoureuse de toi, tu sais.

En prononçant ces mots, elle sentit le feu lui monter aux joues.

— Peut-être, mais ça change beaucoup les choses pour moi, déclara Nick en se levant de sa chaise. Chaque fois que je te touche, j'ai l'impression de profiter de toi car tu ne te souviens pas de moi.

— J'aime quand tu me touches. Nick, ne pense pas que tu profites de moi, ce n'est absolument pas le cas. Ce serait plutôt moi qui profite de toi en te demandant d'être à mes côtés en permanence… Je ne voudrais pas te poser de problèmes dans ton travail.

— En parlant de travail, j'ai quelques coups de fil à passer et deux ou trois trucs à régler ce matin. Si ça ne te dérange pas, je vais monter dans ma chambre pour m'occuper de tout ça... Appelle-moi si tu as besoin de quoi que ce soit.

Julie le regarda s'éloigner, le cœur battant. En avait-il assez d'elle ? Était-il las de toutes ces histoires d'amnésie et d'intimidations ? Si c'était le cas, elle pouvait le comprendre... Nick avait été entraîné bien malgré lui dans ce drame, pris au piège car Julie ne se souvenait de rien et qu'elle semblait en danger... Bon sang... Elle aussi était fatiguée.

Elle ne se rappelait pas l'avoir aimé, mais elle devait tout faire pour que lui n'oublie pas son amour pour elle. Mais comment faire pour changer la dynamique entre eux deux ?

Étrangement, tout semblait plus compliqué depuis la nuit où ils avaient fait l'amour. Elle avait désespérément besoin de se souvenir de tout ce qui se cachait dans les zones d'ombre de son esprit. Elle avait l'impression que tout ce à quoi elle tenait était en train de lui échapper.

Trois jours plus tard, rien n'avait changé. Nick était toujours aussi distant, et Julie continuait de redouter que l'homme de ses rêves sorte de sa vie.

Tandis qu'il la conduisait au magasin où elle devait commencer à travailler à 16 heures, un triste silence régnait entre eux. Les trois derniers jours n'avaient pas été faciles. Nick avait passé tout son temps dans sa chambre, et pendant les repas les conversations avaient été plutôt tendues.

Julie laissa échapper un profond soupir tandis que Nick se garait devant l'entrée de secours de la boutique.

— Je viendrai te chercher à 21 h 30 ce soir, dit-il sans quitter le volant des yeux.

— Nick, répondit-elle en posant sa main sur son bras. Je ne sais pas ce qu'il se passe entre nous en ce moment, mais ce que je sais c'est que je n'aime pas ça. Tu m'évites, et je ne sais pas quoi faire pour que cela cesse. Tu me manques... Notre couple me manque.

Ses yeux s'assombrirent, et il caressa sa joue.

— Je traverse une période difficile, lui dit-il en retirant sa main comme si le contact de sa peau l'avait brûlé. J'ai juste besoin d'un peu d'espace.

— Puis-je faire quelque chose pour t'aider ? Je veux dire, quoi qu'il se passe dans ta vie, nous sommes ensemble dans cette aventure.

Elle résista à son envie de lui prendre la main, à son désir de la garder près d'elle, pour toujours.

— Non, répondit-il en secouant la tête. C'est quelque chose que je dois régler tout seul.

Quel problème pouvait-il bien avoir ? s'interrogea Julie. Elle avait envie de lui demander s'il avait des ennuis, ou si ses sentiments pour elle avaient changé. Mais elle avait si peur de sa réponse qu'elle préféra garder le silence.

— OK... Alors, à tout à l'heure, lui dit-elle en sortant de la voiture.

En entrant dans le magasin, elle se demanda ce qui l'effrayait le plus : la personne qui la menaçait et avait laissé la poupée chez elle, ou la possibilité que Nick puisse la quitter.

Elle n'était pas du genre à dépendre des autres. Mais elle semblait ne plus avoir de contrôle sur sa vie en ce moment, et Nick était la seule chose à laquelle elle pouvait se raccrocher.

Elle était ravie de passer un peu de temps avec Max aujourd'hui, même s'il était énervé de remplacer à nouveau Casey. Apparemment, cette dernière avait la grippe. Enfin, c'est ce qu'elle avait dit à Max quand elle l'avait appelé pour lui dire qu'elle ne pourrait pas travailler ce soir.

Julie aimait être au magasin avec son frère aîné, il était efficace et rapide dans les transactions avec les clients. Casey, elle, flirtait avec à peu près tous les hommes qui entraient dans la boutique, et elle prenait une éternité pour réaliser la moindre vente. Quand Julie travaillait avec elle, elle passait la moitié de son temps à essayer de faire sortir sa sœur du bureau où elle s'installait pour se faire les ongles ou passer d'interminables coups de téléphone.

Ce fut malgré cela une soirée difficile et animée. Quand approchait la fin du mois, les gens se présentaient à la boutique avec toutes sortes d'objets, en essayant désespérément d'obtenir en échange un peu d'argent pour tenir jusqu'à l'obtention de leurs salaires.

Il était presque 21 heures quand Ed Graham fit son entrée dans le magasin. Julie leva les yeux au ciel. Ed était un client régulier et réagissait très mal lorsqu'on ne lui proposait pas ce qu'il estimait juste.

C'était étrange que Julie se souvienne de lui alors qu'elle avait oublié les choses les plus importantes de sa vie.

Max était au téléphone avec une femme qui achetait une douzaine de DVD, Julie se dirigea donc vers le comptoir pour accueillir Ed.

— Bonjour, lança-t-elle en le gratifiant d'un charmant sourire qu'il ne prit pas la peine de lui retourner.

— Vous allez devoir être juste avec moi, cette fois, lui dit-il en plongeant sa main dans sa poche pour en sortir une montre à gousset. Vous m'avez arnaqué à maintes reprises, mais là je dois réunir trois cents dollars pour le 3 du mois. Cette montre appartenait à mon père et à son père avant lui.

Il tint la montre serrée dans son poing pendant un court instant puis la déposa délicatement sur le comptoir.

Julie attrapa la loupe de bijoutier et observa l'objet avec attention. La montre n'avait rien de spécial. Elle était en or, mais celui-ci n'était même pas de quatorze carats.

— Ed, je ne peux absolument pas te donner trois cents dollars pour ça, répondit-elle.

— Bon sang, Julie ! C'est une antiquité ! Ça doit quand même valoir quelque chose, protesta-t-il, le visage rouge de colère et les narines dilatées. Combien peux-tu m'en donner ?

— Pas plus de cinquante dollars.

— Cinquante ? répéta Ed et le mot explosa avec autant de violence qu'une détonation. Tu es complètement folle, ma parole !

Il attrapa la montre et la remit dans sa poche puis ajouta :

— Je ne suis pas bête, je vois très bien que tu essaies de me voler une nouvelle fois... Vous n'êtes vraiment qu'une bande d'escrocs ! C'est la dernière fois que je viens faire des affaires avec vous !

Alors qu'Ed se dirigeait vers la sortie, Max regarda Julie et lui adressa un sourire complice.

— Il reviendra, il revient toujours...

Julie savait que Max avait raison. Ed Graham était un de leurs plus fidèles clients et, même s'il était hors de lui, il serait de retour au magasin dès le lendemain et accepterait la somme qu'ils lui proposaient en échange de la montre.

À 21 heures, Max et elle se retrouvèrent seuls dans la boutique.

— Comme je n'étais pas prévu dans le planning de ce soir, est-ce que je peux y aller et te laisser fermer le magasin ? demanda-t-il.

— Bien sûr, lui répondit-elle.

Nick serait probablement là vers 21 h 30, et elle savait qu'il n'y aurait plus beaucoup de clients à cette heure tardive.

Quelques minutes plus tard, elle se retrouva donc seule dans la boutique. Il ne lui fallut pas longtemps pour sentir la peur l'envahir. En jetant un coup d'œil à la pendule, elle vit qu'il était 21 h 10...

Tant pis, se dit-elle en décidant de fermer la boutique un peu plus tôt.

Elle prit la clé qui était rangée dans le tiroir d'une des caisses enregistreuses et se dirigea vers l'entrée.

Mais, dès qu'elle eut fermé la porte, toutes les lumières s'éteignirent.

Julie s'immobilisa. Que se passait-il ? Peut-être qu'un fusible avait sauté... Cela arrivait rarement, mais c'était possible. La seule source de lumière de la pièce provenait maintenant d'un lointain réverbère dans la rue...

Il y eut un courant d'air, et une ombre apparut dans l'obscurité. Après une seconde qui lui sembla durer une éternité, la silhouette fonça droit sur elle. Julie fut projetée au sol avec tant de violence qu'elle en eut le souffle coupé. Sa tête cogna le parquet en bois, et elle laissa échapper un gémissement de douleur.

Malgré sa peur, elle réussit à reculer en se servant de ses pieds et de ses coudes.

Elle essaya de reprendre son souffle, mais se mit à crier quand elle sentit que son assaillant l'attrapait par la cheville pour la tirer vers lui.

Il la serrait fort, si fort. Julie donna des coups de pied, se débattit dans tous les sens, car au fond d'elle-même elle savait pertinemment qu'il ne s'agissait pas d'un cambriolage. Dans la faible lueur qui provenait de l'extérieur, elle vit enfin son agresseur : un homme musclé, vêtu intégralement de noir et dont le visage était caché par un masque de ski.

S'il avait voulu cambrioler le magasin, il aurait attendu qu'elle quitte les lieux. Terrifiée, elle comprit qu'il en avait après elle.

Il s'était caché quelque part dans la boutique et avait attendu patiemment que tout le monde soit parti pour l'attaquer.

— Que voulez-vous ? cria-t-elle en tentant de se dégager.

— M'assurer que tu ne parleras jamais à personne de ce que tu sais, rugit-il avant de se jeter sur elle.

Il posa ses deux mains autour de son cou et serra si fort que lorsque Julie tenta de crier elle ne réussit qu'à laisser échapper un murmure. Elle essaya de respirer mais en vain. Son assaillant grognait comme un animal sauvage, assis sur elle, serrant sa gorge... serrant... serrant pour faire sortir le dernier souffle de vie qui restait en elle.

Instinctivement, elle chercha à écarter ses mains de son cou, mais chaque seconde qui passait la rendait plus faible. En désespoir de cause, elle tenta de le frapper au visage tandis que l'obscurité commençait à s'infiltrer dans sa conscience.

Un de ses coups atteignit finalement sa cible. L'homme gémit de douleur et relâcha son emprise. Julie roula sur le côté, toussant et crachant, puis se releva tant bien que mal et s'efforça de se cacher.

— Salope !

L'obscurité était maintenant à son avantage. Julie connaissait l'intérieur de la boutique comme sa poche. Elle se faufila silencieusement entre les étagères et se dirigea vers le bureau où elle pourrait soit se cacher, soit tenter de sortir par la porte de secours.

Nick, où es-tu ? se demanda-t-elle en espérant son arrivée. Mais elle étouffa un nouveau cri en entendant l'homme grogner une nouvelle fois. Il était comme une panthère traquant sa proie. Un objet tomba, et l'inconnu jura sourdement... Puis il y eut un autre bruit, plus près encore...

Et soudain il fut là, près d'elle. Julie vit la grande masse surgir entre la porte de derrière et elle. Elle tourna à gauche et courut vers le bureau.

Une fois à l'intérieur, elle chercha un endroit où se cacher. Son agresseur était bien trop grand et fort pour qu'elle tente de se battre avec lui, sa seule chance de survie était donc de se terrer quelque part jusqu'à l'arrivée de Nick.

Nick... Où était-il ? Dans combien de temps serait-il là ? Elle avait l'impression qu'il s'était passé une éternité depuis que la lumière avait été coupée dans la boutique...

Elle se demanda si sa cachette derrière le grand génie était fiable. Elle savait qu'elle ne pouvait pas aller jusqu'aux toilettes car, même si elle parvenait à s'y enfermer, la vieille porte en bois n'était pas solide et l'homme n'aurait sans doute aucun mal à la défoncer. Elle n'aurait alors plus aucune chance de survivre.

Soudain elle se souvint qu'il y avait une cachette dans le ventre du grand pingouin, et elle se dépêcha d'aller s'y dissimuler.

En s'accroupissant pour y entrer, elle posa sa main sur sa bouche pour tenter d'étouffer sa respiration bruyante qui risquait de la faire repérer. Quant à son cœur, il battait si vite qu'elle avait le vertige.

— Julie !

La voix de son assaillant était si proche qu'elle pouvait presque sentir son haleine dans son cou. Elle se rendit compte alors qu'en se cachant ici elle n'avait plus aucun moyen de s'enfuir et perçut les battements de son cœur suspendre leur course folle.

Si l'homme la trouvait, elle ne pourrait plus lui échapper.

11

Nick se gara devant l'entrée de secours du magasin et sortit de sa voiture. Une fois sur le trottoir, il s'arrêta un instant et prit une profonde inspiration.

Il était épuisé. Maintenir une distance émotionnelle et physique avec Julie était bien plus difficile que ce qu'il avait imaginé.

Après la mort de Debbie, il avait pensé ne jamais pouvoir retomber amoureux, mais à présent il ne voyait pas comment il allait pouvoir s'y prendre pour cesser d'aimer Julie. Était-ce le destin qui le punissait d'avoir envisagé de tuer quelqu'un ? Était-ce lui qui le faisait tomber amoureux et effleurer le bonheur du bout des doigts alors que c'était impossible ?

Nick leva les yeux au ciel et regarda la lune. Une centaine de regrets l'envahirent. Il se sentait comme une locomotive, lancée à toute allure vers un mur de briques.

Il poussa un grand soupir. Il n'avait plus envie de ressasser tous les virages improbables que sa vie avait pris depuis qu'il avait passé un pacte avec cinq autres hommes fous de chagrin.

Il marcha donc jusqu'à la porte et entra dans la boutique. Mais une fois à l'intérieur il se figea. Pourquoi le magasin entier était-il plongé dans l'obscurité ? Que se passait-il ?

— Julie ?

— Nick ! répondit-elle, d'une voix étrangement étouffée.

Il fit quelques pas vers la droite d'où sa voix semblait parvenir et sursauta quand quelqu'un le poussa par-derrière. Il se retourna juste à temps pour voir un homme disparaître par la porte de secours.

— Hé !

Nick cria après lui puis entendit un reniflement. Julie ! Ce type lui avait-il fait du mal ? Était-elle blessée ?

— Julie, où es-tu ? Est-ce que ça va ?

Bon sang, mais comment allait-il faire pour la retrouver sans lumière ?

— Je suis là !

— Continue à me parler, chérie, je viens te chercher.

— Max est parti un peu avant moi et… et… cet homme avait dû se cacher dans la boutique et…

Sa voix venait de la droite et, même si Nick brûlait d'envie de courir dans cette direction, il avançait avec précaution dans l'obscurité.

— Il… Il m'a attaquée quand je fermais la porte… Il est parti ?

— Oui, il est parti, répondit Nick en constatant au son de sa voix qu'il se rapprochait d'elle. Chérie, tu peux sortir de ta cachette, maintenant.

— OK, je sors.

Un instant plus tard, il sentit Julie lui tomber dans les bras.

— Dieu merci, dit-elle, en larmes.

— Que s'est-il passé ? Est-ce qu'il t'a fait du mal ?

Incapable de parler, elle secoua la tête entre deux sanglots.

— Viens, sortons d'ici.

Nick n'avait pas envie de rester dans la boutique qui était toujours plongée dans l'obscurité. Il ne savait pas où l'homme était parti. Peut-être même allait-il revenir…

Julie pendue à son bras, il sortit et se dirigea vers sa voiture. Il jeta un œil dans toutes les directions, à la recherche d'un éventuel danger. Mais il n'y avait personne.

Julie réussit bientôt à retrouver son calme et elle fut en mesure de lui raconter ce qui s'était passé.

— Il a essayé de me tuer, dit-elle en levant le visage vers lui et il vit la terreur tapie au fond de ses yeux. Il… Il a dit qu'il allait s'assurer que je ne pourrais jamais répéter ce que je sais.

Elle laissa échapper un petit rire nerveux avant de conclure :

— Ça doit être quelque chose, ce secret que je garde caché dans mon esprit tordu.

— Nous devons appeler la police, déclara Nick en sortant son téléphone portable de sa poche.

— Et mon père, ajouta-t-elle. Il faut le mettre au courant de ce qui vient de se passer.

Nick installa Julie dans sa voiture, passa les coups de téléphone et revint s'asseoir près d'elle.

— Il a dû se cacher à l'intérieur, dit Julie d'une voix tremblante, le visage toujours blême. Il a patienté jusqu'au départ de Max et, quand je suis allée fermer la porte, toutes les lumières se sont éteintes et c'est à ce moment-là qu'il m'a attaquée.

Elle posa ses deux mains sur son cou pour illustrer son propos et continua :

— Il a essayé de m'étrangler, mais j'ai réussi à lui envoyer un coup de poing et à me libérer. Après ça, je suis allée me cacher dans le grand pingouin.

— Je suis tellement désolé, Julie, fit Nick en prenant sa main dans la sienne. Je suis désolé que tu vives une chose pareille.

Il lui semblait à présent évident qu'ils avaient tous les deux sous-estimé la détermination de leur ennemi. Le danger était bien réel. L'homme avait surgi de nulle part et avait failli tuer Julie.

— Dieu merci, tu es saine et sauve, poursuivit-il en serrant sa main et en essayant de ne pas penser à tout ce qui aurait pu se passer s'il n'était pas arrivé.

Ils furent interrompus dans leur conversation par l'arrivée de la police. Les lumières bleu et rouge des gyrophares se reflétaient sur les murs du bâtiment.

Ils sortirent de la voiture et allèrent retrouver les policiers pour leur expliquer ce qui s'était passé.

Pendant tout le temps où Julie raconta son agression, Nick garda son bras passé autour de son épaule.

Les agents s'appelaient Jason Killion et Mark Bradford. Ils leur posèrent toute une série de questions, leur demandèrent d'essayer de décrire l'assaillant, mais ni Nick ni Julie n'avaient beaucoup d'informations à leur donner sur l'homme. Nick n'avait même pas vu que celui-ci portait un masque de ski. Julie leur parla aussi du message sur son répondeur et de la poupée qu'ils avaient retrouvée pendue chez elle.

Quand George arriva sur place, il bondit hors de sa voiture comme un diable de sa boîte.

— Nom de Dieu, qu'est-ce que c'est que cette histoire ?

Julie raconta les événements à son père sans lui préciser toutefois que, si l'homme voulait la tuer, c'était pour l'empêcher de répéter un secret qu'elle avait totalement oublié.

Avec l'aide des lampes-torches des policiers, George découvrit qu'on avait fait sauter le disjoncteur général pour couper l'électricité.

Une fois que la lumière fut rétablie, tous entrèrent dans le magasin et George râla en constatant qu'un grand vase gisait, en mille morceaux, sur le sol et qu'une télévision avait été renversée et fendue.

— Il y a forcément plus d'une personne impliquée dans cette histoire, dit Julie, le visage toujours pâle. Une deuxième personne devait être cachée dans le bureau pour faire basculer le disjoncteur avant que l'homme ne me saute dessus.

Nick sentit son sang se glacer dans ses veines. Il n'avait pas pensé à ça. Qu'une personne menace Julie au téléphone ou laisse une horrible poupée sur sa terrasse pour l'effrayer était une chose, mais imaginer qu'ils étaient plusieurs à lui vouloir du mal était bien plus inquiétant.

Il emmena Julie dans le bureau pendant que les agents, accompagnés de George, examinaient les lieux à la loupe.

Ils restèrent assis un moment en silence. La situation n'inspirait pas le bavardage, et Julie semblait si choquée par ce qui lui était arrivé qu'un peu de calme était probablement la meilleure des choses.

Elle paraissait petite et fragile, assise sur sa chaise en face du bureau. Nick détestait la voir comme ça. Il se fit la promesse que, lui vivant, elle ne revivrait jamais pareil événement.

Enfin, George et les deux policiers vinrent les retrouver dans le bureau.

— Nous ne pouvons pas faire grand-chose à ce stade, déclara l'agent Killion. Vous nous avez dit que votre agresseur portait des gants, il n'a donc laissé aucune empreinte. De plus, sans description physique, autant chercher une aiguille dans une botte de foin...

— Appelez-nous si un nouvel élément vous revient en mémoire, ajouta l'agent Bradford en regardant Julie d'un air désolé.

— Comptez sur moi, assura-t-elle avec un faible sourire.

Quelques minutes plus tard, les policiers avaient quitté les lieux.

— À partir de maintenant, tu ne restes plus ici toute seule, ordonna George à sa fille.

— À partir de maintenant, Julie est en congé, rectifia Nick.

Julie le regarda avec reconnaissance tandis que George le foudroyait du regard, les sourcils froncés.

— Ma fille sait très bien que cet endroit ne peut pas fonctionner sans elle du jour au lendemain, rétorqua-t-il, manifestement agacé par l'attitude de Nick. Dis-lui, ma chérie, dis-lui que j'ai besoin de toi ici.

— En fait, je crois que je vais prendre prendre quelques jours de vacances, lui répondit Julie d'une voix douce en évitant son regard. Papa, quelqu'un a essayé de me tuer ce soir. Alors, je suis désolée, mais je ne reviendrai travailler que lorsque j'aurai éclairci toute cette affaire.

Nick vit le visage de George s'adoucir.

— OK, je comprends... Prends le temps qu'il te faut, ma chérie.

— Je vais la ramener à la maison maintenant, annonça Nick, sachant que la seule chose dont Julie avait besoin était de se sentir en sécurité chez elle.

— Appelle-moi pour me donner de tes nouvelles, dit George à sa fille. Tu sais, si ça se trouve ce n'était qu'une tentative de cambriolage qui a dégénéré. Probablement un drogué qui cherchait quelques objets à revendre pour se payer sa dose.

— Papa, tu devrais faire installer une caméra dans l'arrière-boutique pour que l'on puisse voir du bureau si quelqu'un est resté dans la boutique au moment de la fermeture, suggéra Julie.

— Tu as raison, je vais m'en occuper cette semaine.

Quelques instants plus tard, Nick et Julie arrivèrent chez elle.

— Merci d'avoir insisté auprès de mon père pour que je prenne des congés, dit Julie à Nick en entrant dans la maison. Je crois que je n'aurais pas pu y retourner demain soir. Je n'ai jamais eu aussi peur de ma vie.

— Je ne veux plus jamais te voir aussi terrorisée, répondit Nick qui, rien qu'à l'idée de ce qu'elle avait vécu, sentait son cœur se consumer de colère.

— J'aimerais tant comprendre ce qui se passe, dit Julie en laissant échapper un profond soupir. Peut-être devrais-je contacter un médecin ou essayer de trouver un spécialiste qui pourrait m'aider à retrouver la mémoire. Ou aller voir un hypnothérapeute…

— Fais tout ce qui peut te procurer une aide, déclara Nick qui le pensait sincèrement.

À présent, il voulait vraiment que Julie retrouve la mémoire, car c'était peut-être la seule chose qui pourrait la sauver des griffes de ses ennemis.

Cela marquerait la fin de leur relation, certes, mais le plus important était qu'elle soit en sécurité. Elle finirait par oublier ce faux fiancé qui lui avait menti et rencontrerait un homme bien qui l'aiderait à réaliser ses rêves.

À cette pensée, une vague de profonde tristesse le submergea. Il reconnut cette sensation qu'il avait ressentie pendant des jours et des semaines après la mort de Debbie. Avant que la colère ne prenne le dessus.

Il savait avec certitude que la fureur autodestructrice qu'il avait éprouvée à l'époque avait disparu pour toujours, mais il ne pouvait s'empêcher de lui être reconnaissant car c'était elle qui lui avait permis de rencontrer Julie.

S'il ne s'était pas rendu, cette nuit-là, chez Brian McDowell dans le but de le tuer, jamais il ne se serait trouvé dans la rue où Julie avait eu son accident de voiture.

— Je vais aller prendre une douche, dit Julie dès qu'ils furent à l'intérieur. J'ai besoin de faire disparaître cette sensation et… l'odeur de ce type sur ma peau.

— Qu'est-ce que je peux faire pour t'aider pendant ce temps-là ? demanda Nick, qui était prêt à tout pour lui faire oublier cette terrible soirée.

Julie le regarda et il vit briller dans les profondeurs de son regard les ombres obscures de son traumatisme.

— Sois juste là pour moi, répondit-elle.

— Julie, je suis là pour toi.

Elle soutint son regard un long moment puis acquiesça en silence avant de se diriger vers les escaliers.

Il l'observa monter les marches jusqu'à ce qu'elle disparaisse. « Sois juste là pour moi. » Ses mots résonnèrent dans son esprit tandis qu'il se laissait tomber sur le canapé. Cette soirée avait été terrifiante pour lui aussi. Pendant qu'il attendait dehors, qu'il ressassait ces maudites pensées sur sa vie, Julie luttait pour rester en vie à quelques mètres de lui, dans la boutique.

Que se serait-il passé s'il avait attendu quelques minutes de plus pour entrer ? L'homme aurait de toute façon fini par trouver la cachette de Julie… Et si… Et si elle n'avait pas réussi à lui échapper quand il avait tenté de l'étrangler ?

Une fois déjà, il avait perdu l'amour de sa vie à cause d'un acte violent et innommable. Il était hors de question qu'il perde Julie dans des circonstances identiques… Il était même hors de question qu'il la perde tout court.

Il pensa à son arme qu'il cachait sur la dernière étagère de son placard. Peut-être était-il temps d'aller la chercher… Peut-être devrait-il la garder toujours avec lui pour s'assurer que personne ne fasse de mal à Julie.

Enfin, il savait bien qu'il n'avait rien d'un héros… Chaque décision qu'il avait prise dernièrement ne servait que son propre intérêt. Mais à présent il ne se souciait plus de lui. Il se moquait bien d'être arrêté par la police ou d'être impliqué dans la mort de McDowell. Il n'avait plus peur de passer du temps derrière les barreaux. La seule chose qui lui importait était que Julie soit en sécurité.

Si la police l'arrêtait alors qu'il portait cette arme sur lui, il ne savait pas ce qui pourrait se passer. Est-ce que ce revolver avait un passé qui pourrait le mener droit en prison ? Enfin… Tout cela n'avait pas d'importance. Il devait protéger Julie.

Car il ne pouvait compter sur les forces de l'ordre. Ils semblaient totalement déconcertés dans cette affaire.

Il interrompit soudain le cours de ses pensées en entendant Julie redescendre au rez-de-chaussée.

Malgré la situation, elle était toujours magnifique dans sa petite robe rose. Elle marcha vers lui et vint s'asseoir à ses côtés. Tandis qu'elle se blottissait contre lui avec un naturel désarmant, Nick sentit la divine odeur fleurie de son savon et ne put s'empêcher de l'enlacer.

C'était tellement surprenant qu'elle l'ait accepté si vite et si facilement dans sa vie. Sans avoir aucun souvenir de lui, elle l'avait cru sur parole et n'avait jamais douté qu'ils soient tous les deux fiancés. Elle avait simplement cru qu'ils s'aimaient. Tant de confiance le bouleversait.

— Je me sens toujours tellement en sécurité dans tes bras, dit-elle en soupirant.

— Je ne désire rien de plus, répondit-il.

Julie leva le visage pour le regarder, et il vit à quel point elle avait besoin de lui. Ce soir, lui aussi avait besoin d'elle. Il avait le sentiment que la conclusion de tout cela approchait à grands pas. Et il savait que quand la réalité les rattraperait, elle pulvériserait le monde de Julie tout en le renvoyant, lui, dans les obscurs abysses de la douleur et de la solitude.

12

Julie se réveilla dans les bras de Nick. Leurs corps nus étaient serrés l'un contre l'autre. L'aube paraissait à peine, et la pièce était baignée d'une douce lumière… Elle pensa avec un soupir heureux qu'elle pourrait passer sa vie entière ici, avec lui.

Cette nuit avait été merveilleuse, mais teintée d'un soupçon de désespoir. Ils avaient commencé à se caresser doucement, avec délicatesse, avant d'accélérer le rythme. Comme s'ils savaient tous les deux qu'il n'y aurait pas de lendemains.

Julie fronça les sourcils et referma les yeux. Le souvenir des événements terribles qui s'étaient déroulés à la boutique de prêts sur gages et la vision de son agresseur ne semblaient pas vouloir la laisser tranquille.

Elle pouvait encore sentir les mains de l'homme sur sa cheville, autour de son cou…

Qui voulait la tuer ? Et pour quelle raison ? Quel était donc ce secret pour lequel elle méritait de mourir ?

Julie n'arrivait pas à comprendre comment elle pouvait avoir eu vent d'une chose si importante. Elle n'avait rien de particulier, elle travaillait dans une boutique familiale de prêts sur gages… Bon sang ! Et elle n'était pas du genre à s'impliquer dans quoi que ce soit d'illégal.

Et pourtant elle possédait une information qui mettait quelqu'un en péril. Et ce quelqu'un semblait prêt à tout pour s'assurer qu'elle garde le silence.

Elle avait oublié son téléphone portable. Elle allait probablement revenir à la boutique pour le récupérer…

Le souvenir de cette fameuse nuit lui revint une nouvelle fois à l'esprit... Mais, cette fois, avec un peu plus de détails.

Sur le chemin du magasin, Julie enclenche la climatisation de la voiture. L'air est étouffant. Les nuages cachent la lune, rendant la nuit encore plus sombre que d'habitude.

Elle se gare en hâte et se dépêche d'entrer dans la boutique. Une fois à l'intérieur, elle pousse un soupir de soulagement en sentant la fraîcheur de l'air conditionné. Elle appuie sur l'interrupteur et voit que son téléphone est bien là où elle l'a laissé quelques heures plus tôt. Mais, alors qu'elle regarde son écran, elle entend soudain le son de la porte de secours qui s'ouvre, puis le rire d'un homme... Qui s'arrête net quand elle sort du bureau et découvre...

Bon sang ! Le souvenir s'évanouit et Julie poussa un gémissement de frustration.

— Tout va bien ? demanda Nick en la serrant un peu plus fort contre lui.

— Oui, ne t'inquiète pas. Tu peux te rendormir, il est encore tôt.

Il caressa son bras pendant un moment puis elle comprit en entendant le rythme apaisé de sa respiration qu'il s'était rendormi. Elle avait tant de chance d'avoir cet homme dans sa vie..., pensa-t-elle avant de se laisser emporter par le sommeil à son tour.

Quand elle se réveilla à nouveau, le soleil brillait haut dans le ciel, et Nick s'était levé. Elle roula sur le dos et regarda un instant le plafond...

Les souvenirs se bousculaient dans sa tête... Des flashs venaient remplir certains des espaces vides de sa mémoire avec de nouvelles informations.

Un déjeuner dans son restaurant chinois préféré avec Casey... Une dispute avec Max, un jour où ils travaillaient tous les deux à la boutique... Et Tony qui lui confiait qu'il voulait quitter l'entreprise familiale.

Les souvenirs continuaient d'affluer...

Sa mère et son père qui lui parlaient de leur envie de vendre leur maison pour déménager... Un vase couleur corail qu'elle achetait en ligne pour décorer sa chambre.

Ce n'était que des petites séquences de sa vie, il n'y avait aucune révélation, mais toutes ces visions lui apportèrent un grand soulagement. C'était comme si le barrage s'était rompu : tôt ou tard, sa mémoire tout entière lui reviendrait.

Cependant, Nick était le grand absent de cette avalanche de réminiscences... Nulle part, il n'était question de lui... Et rien non plus concernant ce fameux secret.

Elle se leva avec hâte et enfila sa robe de chambre. Elle était impatiente de partager tout ça avec Nick. Après s'être rapidement coiffée, elle descendit au rez-de-chaussée.

Comme les autres jours, elle sentit la délicieuse odeur du café frais et découvrit Nick attablé en face d'une tasse encore fumante.

Même s'ils avaient fait l'amour la veille, elle sentit le désir se réveiller en elle dès qu'elle le vit. Il avait enfilé son jean mais était toujours torse nu. Ses cheveux étaient légèrement ébouriffés, et il lui adressa un sourire encore teinté de sommeil quand elle entra dans la cuisine.

— On dirait que tu es tombé du lit, dit-elle en se servant une tasse de café.

— Je te retourne le compliment.

Ils se sourirent tendrement, et elle vint prendre place en face de lui.

— Devine quoi !

— Quoi ?

Bon sang, qu'elle aimait son sourire...

— Alors que je prenais un peu de temps pour me réveiller, une avalanche de souvenirs m'est tombée dessus.

— Quels genres de souvenirs ? demanda-t-il en se redressant sur sa chaise.

— Oh ! juste quelques trucs que j'ai faits ces derniers mois, rien de très palpitant... Un déjeuner avec ma sœur, Joel qui me parle de son nouveau chiot... Malheureusement, rien sur toi, ni sur celui qui cherche à me tuer. Mais c'est quand même bon signe, tu ne penses pas ?

— Très bon signe, répondit-il en acquiesçant.

— On dirait que j'ai effacé de ma mémoire mes meilleurs et mes pires souvenirs, ajouta-t-elle en souriant. Les meilleurs étant évidemment ma rencontre avec toi et le début de notre relation amoureuse, et le pire ce fichu secret qui me met en danger.

— J'espère que tout va te revenir rapidement.

Elle fronça les sourcils, pensive.

— Tu sais, ça me fait le même effet que lorsqu'on cherche un titre de chanson et qu'on l'a sur le bout de la langue... Plus on se creuse la tête pour le trouver, plus il semble s'éloigner.

— À quoi pensais-tu lorsque tous ces souvenirs te sont revenus ?

— À cette nuit et à combien ce moment a été agréable... Cela t'a plu à toi aussi, n'est-ce pas ?

Elle retint son souffle en attendant la réponse de Nick. Même si elle avait trouvé que la nuit passée avec lui avait été magique, rien ne pouvait lui garantir qu'il avait ressenti la même chose.

— Julie, répliqua-t-il en laissant échapper un petit rire. C'était bien plus qu'agréable !

— Pourquoi ris-tu ?

— Parce que ta spontanéité ne cessera jamais de me surprendre !

— Tu vois ça comme une qualité ou un défaut ?

— Comme une qualité rare et absolument délicieuse !

— Tu veux savoir ce que, moi, je trouve délicieux ? demanda-t-elle en se détendant. Des œufs et du bacon... Je sais que tu n'es pas fan du petit déjeuner, mais j'ai très envie d'un peu de bacon croustillant et d'une omelette au fromage, qu'en dis-tu ?

— Ah ça, je ne dirai pas non... Que puis-je faire pour t'aider ?

— Rien du tout ! Reste juste assis et contente-toi d'être sexy, lança-t-elle avant d'éclater de rire. Oh ! je crois que tu as rougi.

— C'est à cause de ce que tu viens de me dire, répondit-il en lui souriant. C'est exactement de ça que je parlais quand j'évoquais ta spontanéité.

— C'est donc une des choses que tu aimes chez moi, c'est ça ?

— Voilà, dit-il en riant.

Julie sentit son cœur s'emballer de joie et elle se leva de table.

— Eh bien, je vais te préparer le meilleur petit déjeuner du monde !

Elle se mit au travail en espérant que le fait d'être occupée l'empêcherait de penser à son agression de la veille. En effectuant des tâches banales, son esprit pourrait peut-être même réussir à retrouver les souvenirs qui lui manquaient et dont elle avait tellement besoin.

Le petit déjeuner fut un moment plaisant, et Julie imagina que la vie serait probablement toujours ainsi lorsque Nick et elle seraient mariés. Elle se sentait tout à fait prête à l'épouser. Même si elle savait que leur relation, ces dernières vingt-quatre heures, ne ressemblait en rien à ce que pouvait vivre un couple dans la réalité.

La réalité aurait été qu'ils partent tous les deux travailler le matin et se retrouvent en fin de journée. La réalité aurait été que le visage de Nick soit la dernière chose qu'elle voyait le soir avant de s'endormir dans ses bras et la première en se réveillant le matin.

Dieu, qu'elle avait envie de retrouver une vie routinière, quoi qu'il ait pu se passer avant son accident. Nick, lui aussi, devait avoir envie d'un peu de normalité.

Et puis, elle avait hâte de porter sa bague de fiançailles. Elle voulait choisir avec lui le lieu de leur mariage, discuter des fleurs, du gâteau. Elle voulait organiser la cérémonie qui ferait d'elle sa femme.

Un peu après 14 heures, sa sœur l'appela sur son téléphone portable.

— Maman et moi avons envie d'aller dîner avec toi ce soir, dit Casey. Ne te cherche pas d'excuse, tu ne pourras pas te défiler. Après ce que tu as vécu hier, nous voulons, je veux dire, nous avons besoin, d'une soirée entre filles.

Julie, elle, n'en avait pas du tout envie. Ce qu'elle voulait c'était passer la soirée avec Nick. Elle voulait se blottir contre lui sur le canapé, se sentir rassurée et aimée, et regarder avec lui un film stupide pour rire et se changer les idées.

— Casey, je n'ai vraiment pas...

— Je viens de te dire que tu ne pourrais pas te défiler, la coupa Casey. Julie, nous avons besoin de te voir pour nous assurer que tu vas bien. D'après ce que papa nous a dit, tu as vécu quelque chose de terrible... Je te promets que nous te ramènerons tôt chez toi.

Julie jeta un œil à Nick qui était en train de regarder un de ses DVD de football.

— Nick, est-ce que ça te dérange si je sors dîner avec ma mère et ma sœur, ce soir ?

— Tu es sûre de te sentir en état ? demanda-t-il en guise de réponse.

Elle lui fit signe que oui et il ajouta :

— Alors pas de problème, j'en profiterai pour passer prendre quelques affaires chez moi.

— OK, dit Julie à Casey. À quelle heure voulez-vous qu'on y aille ?

Les deux sœurs convinrent que Casey et sa mère passeraient chercher Julie chez elle à 18 heures puis elles raccrochèrent.

Julie monta ensuite à l'étage pour faire un brin de ménage pendant que Nick continuait d'étudier les matchs en prenant des notes sur un carnet.

L'après-midi passa rapidement, et il fut bientôt l'heure pour Julie de se préparer à sortir. Elle n'en avait pas la moindre envie, mais elle comprenait le fait que sa mère ait besoin de la voir après le cauchemar qu'elle avait vécu la veille.

Si elle se sentait bien physiquement, l'idée de devoir quitter sa maison faisait naître en elle une réelle angoisse. Et c'était justement pour cette raison qu'elle allait se forcer à sortir. Elle ne voulait surtout pas devenir agoraphobe ou totalement tétanisée à l'idée de devoir quitter son cocon. Et elle savait que tout se passerait bien avec sa sœur et sa mère.

À 17 h 55, elle descendit au rez-de-chaussée et sortit sur le perron pour guetter la voiture de Casey.

— Cette robe rouge te va à ravir, dit Nick en la rejoignant. Tu es bien trop belle pour sortir sans moi !

— Je pourrais te dire la même chose, répondit-elle.

Nick portait un short blanc et une chemise kaki qui faisait ressortir l'incroyable nuance de ses yeux verts.

— Quand est-ce que je pourrais venir chez toi ? demanda-t-elle. Je sais que tu m'y as déjà emmenée mais, comme je n'en ai aucun souvenir, j'aimerais bien y retourner.

Julie avait envie de voir où Nick vivait. On peut comprendre tant de choses sur les gens en voyant ce qui les entoure.

— Nous pourrions y aller demain, si tu veux, proposa-t-il.

Le son d'un klaxon les interrompit. Julie leva les yeux au ciel.

— Même si elle a vu que j'étais sortie, c'est plus fort qu'elle ! Oh ! ce klaxon, c'est une addiction !

— Il y a pire..., affirma Nick en souriant.

— C'est vrai, convint-elle en riant. Bon, et si tu me donnais un vrai baiser d'adieu ?

Elle se pencha vers lui, et il la regarda un long moment. Puis, les yeux plus sombres, il vint enfin poser ses lèvres sur les siennes. Sa bouche était douce et chaude, et à son contact Julie n'eut plus qu'une seule envie : rester chez elle ce soir et faire l'amour avec lui toute la nuit.

Il rompit leur baiser, bien trop tôt à son goût.

— Amuse-toi bien et surtout fais attention à toi, dit-il en écartant une mèche de cheveux de son visage.

— Avec ma mère et ma sœur, rien ne peut m'arriver, répondit-elle en lui souriant. Tout va bien se passer, on se retrouve ici tout à l'heure, Casey m'a promis qu'on ne rentrerait pas tard.

Malgré tout ce qui s'était passé depuis son accident, Julie quitta sa maison et Nick le cœur léger. Leur relation lui semblait si naturelle, si évidente. Même s'ils n'avaient pas encore reparlé de leurs fiançailles et fait de plans pour leur mariage depuis qu'elle avait eu son accident de voiture, elle ne doutait pas que tout cela se passerait dans un avenir proche.

Pourtant, en arrivant près de la voiture de Casey, elle fronça les sourcils... Sa mère n'était pas à l'intérieur.

— Où est maman ? demanda-t-elle à sa sœur en se glissant sur le siège passager.

— Elle et papa sont allés à une brocante vers Smithville, expliqua Casey en faisant marche arrière, nous devons aller la chercher là-bas.

— Tu veux dire que nous allons la sauver ! Tu sais combien papa aime négocier la moindre babiole...

— Mon Dieu... Quel enfer ! acquiesça Casey avant de se tourner vers Julie. Comment te sens-tu ? Papa m'a raconté ton agression.

Julie avait essayé toute la journée de ne pas penser à ce qui s'était passé la veille. Même maintenant qu'elle était en sécurité avec sa sœur, elle sentit soudain l'angoisse la submerger. Sa gorge se serra au souvenir de l'homme qui avait tenté de l'étrangler. Elle avait d'ailleurs utilisé un peu de fond de teint pour cacher les bleus que son agresseur avait laissés sur sa peau.

— Ça va, répondit-elle. Mais je n'ai pas très envie d'en parler.

— Tu ne sais vraiment pas qui te veut du mal ?

— Je n'en ai aucune idée, mais ma mémoire commence à revenir et je crois que je vais bientôt avoir le fin mot de toute cette histoire.

— Super ! Et alors tu te rappelleras probablement aussi que tu m'as emprunté ma jolie chemise rose avec les poignets blancs !

— Probablement, concéda Julie en riant. Mais je te la rendrai le jour où tu me rendras mes bottes d'hiver que j'adore.

Casey l'observa puis reporta son attention sur la route.

— Je t'ai emprunté ces bottes à la fin du collège, protesta-t-elle.

— Et tu ne me les as jamais rendues ! insista Julie, un sourire aux lèvres.

Casey éclata alors de rire, et Julie se sentit inondée par une vague d'amour pour sa sœur.

Évidemment, Casey était puérile et irresponsable. Elle se comportait comme une petite fille capricieuse et agaçante, mais elle pouvait être si amusante.

Julie regarda par la fenêtre. De grands arbres bordaient chaque côté de la route. C'était une de choses qu'elle aimait à Kansas City. En moins d'un quart d'heure, on pouvait quitter le centre-ville pour se retrouver au milieu de nulle part.

Même si l'autoroute avait deux voies, il y avait beaucoup de circulation car c'était l'itinéraire le plus court pour rejoindre le lac où les familles aiment se rendre.

— Je comptais te demander comment vont les choses entre Nick et toi, dit Casey, mais vu le baiser baveux que vous avez échangé sur ton perron, je suppose que tout va pour le mieux.

Julie éclata de rire une nouvelle fois.

— Il n'avait rien de baveux et, oui, tout va pour le mieux. J'aimerais seulement récupérer tous les souvenirs que j'ai de nous.

— C'est dommage qu'il n'existe pas une drogue qui pourrait restaurer intégralement ta mémoire, lui répondit Casey.

Julie sentit son corps de raidir.

Des drogues. Une grande boîte de médicaments disponibles uniquement sur ordonnance...

Elle ferma les yeux pour se concentrer sur cette nouvelle réminiscence.

Elle était dans le bureau à la recherche de son téléphone…

La porte de secours s'ouvre et le rire d'un homme résonne dans le petit couloir. En passant la tête hors du bureau, elle voit un jeune homme, grand et musclé, qui porte dans ses bras tatoués une grande boîte en carton. Son crâne rasé et luisant reflète la lumière du plafond. Il pousse une exclamation de surprise en la découvrant.

Julie ouvrit les yeux, mais son souvenir continua de se dérouler dans son esprit avec la même fluidité qu'un film.

Casey apparaissait derrière l'homme, elle aussi portait une boîte qui contenait des flacons de pilules.

Julie regardait les étiquettes collées sur les cartons… Oxycontin. Oxycodone. Xanax. Et beaucoup d'autres… Probablement même des drogues dures.

Ils les vendaient à l'arrière de la boutique, la nuit.

Julie avait une vague idée du prix que ces drogues pouvaient valoir si elles étaient vendues dans la rue et se souvint avoir pensé que Casey et son petit ami, Ace, devaient gagner beaucoup d'argent.

— N'en parle à personne ! lui avait hurlé Casey. Fous le camp d'ici immédiatement et oublie ce que tu viens de voir.

Julie était partie mais ne comptait pas garder tout ça pour elle. Car non seulement ce qu'Ace et Casey faisaient était illégal, mais en plus ils mettaient en péril toute l'entreprise familiale. Si ces deux-là se faisaient attraper en train de revendre de la drogue dans la boutique, il était fort probable que celle-ci devrait fermer définitivement.

Quand Julie avait quitté le magasin ce soir-là, Casey l'avait suivie. Julie n'avait encore jamais vu sa sœur dans un tel état. Dans le salon de Julie, elle avait totalement perdu le contrôle d'elle-même. Julie avait même vu briller dans ses yeux une intention malveillante qu'elle n'avait encore jamais décelée chez sa sœur. Comme si elle voulait la tuer. Aussi quand Casey l'avait attaquée physiquement, Julie lui avait lancé une bougie pour se protéger et avait sauté dans sa voiture pour prendre la fuite.

Danger !

Maintenant que tout lui semblait clair, Julie sentait le danger diffus dans l'habitacle de la voiture. Tout son être était sur le qui-vive.

Reste calme, lui souffla sa voix intérieure.

— Eh bien, on dirait que papa a emmené maman à l'autre bout du monde pour cette brocante, lança-t-elle à sa sœur en se félicitant pour avoir su maîtriser le son de sa voix.

Car elle avait compris qu'elle et sa sœur n'allaient pas chercher leur mère pour passer une charmante soirée entre filles.

Casey l'emmenait-elle retrouver son petit ami ? Julie était maintenant certaine que c'était lui qui avait tenté de la tuer la veille.

Elle devait trouver un moyen de sortir de la voiture. Elle ne pouvait pas faire confiance à sa sœur. Elle et son compagnon avaient voulu la faire taire à tout jamais et avaient échoué. Qu'avaient-ils donc en tête à présent ?

Sentant la terreur monter en elle, elle réfléchit aux différentes options qui se présentaient à elle... Mais elle se rendit rapidement compte qu'elle n'en avait qu'une. Elle devait sortir de cette voiture le plus vite possible.

Elle poussa un profond soupir pour se donner du courage, sachant qu'elle s'apprêtait à prendre un énorme risque... Elle pria le ciel pour ne pas mourir puis attrapa le volant.

— Mais qu'est-ce que tu fais ? cria Casey.

Julie essaya de prendre le contrôle du véhicule et tira le volant vers elle avec le plus de force possible. La voiture quitta la route, descendit et remonta le fossé puis finit par s'arrêter.

Julie n'avait pas de temps à perdre. En une seconde, elle décrocha sa ceinture de sécurité et ouvrit sa portière. Une fois dehors, elle se mit à courir en direction des bois. Ce n'est que lorsqu'elle entendit une voix masculine hurler derrière elle qu'elle jeta un œil par-dessus son épaule.

Son sang se figea dans ses veines et elle manqua de tomber. Casey se tenait immobile à côté de la voiture. Le coffre était ouvert et... L'homme qui avait tenté de la tuer la veille fonçait droit sur elle.

Mon Dieu... Elle s'était jetée dans la gueule du loup. C'est ça qu'ils avaient prévu depuis le début : l'emmener au beau milieu de nulle part pour se débarrasser d'elle.

La seule chose qu'elle pouvait faire maintenant était de continuer à courir en espérant apercevoir un endroit où se cacher en attendant de l'aide. Pourvu que quelqu'un la trouve avant sa sœur ou le compagnon de cette dernière...

En pénétrant dans sa maison, Nick ne retrouva pas la sensation apaisante qu'on ressent d'ordinaire en rentrant chez soi. Il fit un tour dans son salon, effleura du bout des doigts quelques objets que Debbie et lui avaient achetés ensemble et se remémora les projets qu'ils avaient faits pour leur avenir.

La colère, cette rage autodestructrice qui l'avait envahi après le meurtre de sa femme, avait fait place à la tristesse acceptée du deuil. Il se souviendrait toujours de sa première épouse, mais il avait à présent une nouvelle femme dans sa vie.

Julie. Il avait failli la perdre, elle aussi, la nuit dernière à cause des zones d'ombre qui restaient enfouies dans son esprit. Qu'avait-elle vu ? Que savait-elle de si grave qu'on voulait l'éliminer ?

Il entra dans la chambre à coucher, alluma la télévision et se laissa tomber au pied du lit. Julie avait vraiment besoin de recouvrer la mémoire.

Les seuls moments où il ne le souhaitait pas étaient quand il la tenait serrée dans ses bras et qu'il voyait briller dans ses yeux l'étincelle de son désir pour lui. Chaque fois qu'ils échangeaient un baiser ou qu'ils faisaient l'amour, Nick priait pour qu'elle ne se rappelle jamais qu'ils ne se connaissaient pas avant la nuit de son accident.

Pourtant il savait bien qu'elle devait retrouver ses souvenirs. Qu'elle avait besoin de découvrir qu'elle ne l'avait jamais aimé.

Il ne voyait pas de fin heureuse à leur histoire. Mais il voulait que ça se termine bien pour elle. Il voulait qu'elle soit hors de danger et qu'elle puisse vivre sa vie en toute liberté... pour rencontrer l'amour et réaliser ses rêves.

En imaginant sa rencontre avec un autre homme, une grande tristesse inonda son âme. Peut-être que c'était sa punition pour avoir signé un pacte malveillant et rejoint un groupe qui se réjouissait à l'idée de la mort de plusieurs hommes.

Il était impossible que Julie puisse lui pardonner. Il avait prétendu être son fiancé mais avait aussi inventé toute une histoire dans l'unique but de se protéger.

Elle ne se souviendrait pas de lui qui la serrait fort contre lui, cette nuit où elle avait eu si peu de l'orage. Elle oublierait qu'il avait été là pour elle, entre ses larmes et ses rires.

Il leur avait construit un passé sur des mensonges. Il lui avait même fait l'amour en la dupant. Qui donc voudrait passer sa vie avec un homme comme lui ?

Quand elle avait ouvert ses beaux yeux, après l'accident, elle avait cru tout ce qu'il lui avait dit. Elle lui avait immédiatement accordé sa confiance et lui avait tout donné… son corps, son cœur et son âme.

Il l'aimait. Il aimait qu'elle dise tout haut ce que d'autres pensaient tout bas. Il adorait son sens de l'humour et leurs fous rires communs sur toutes les petites choses de la vie.

Oui, il aimait tout chez Julie. Il voulait passer le reste de sa vie avec elle, mais ce qu'il voulait ne comptait pas. Il pouvait bien l'aimer du plus profond de son être, il savait qu'elle le haïrait dès qu'elle découvrirait la vérité.

Il se leva et alla ouvrir son placard. S'il ne pouvait passer le reste de sa vie avec elle, il pouvait au moins la protéger jusqu'à ce qu'elle retrouve la mémoire. Il attrapa le sweat à capuche sur la dernière étagère et sortit le revolver qu'il avait caché à l'intérieur.

À nouveau, il trouva l'arme froide et n'aima pas cette sensation qui ne lui était pas naturelle. Il savait s'en servir, mais cet objet lui restait comme… étranger.

De temps en temps, il se rendait au stand de tir avec quelques collègues. Oui, il savait tirer, mais les raisons qui l'avaient amené à posséder cette arme-là en particulier n'avaient pas de sens.

Il attrapa un petit sac au fond de la penderie, y rangea le revolver et plaça quelques T-shirts par-dessus.

Puis il jeta un œil à sa montre et se rendit compte qu'il était l'heure des informations du soir. Il avait encore quelques heures devant lui avant que Julie ne rentre chez elle, il posa donc le sac sur le lit et s'assit devant la télévision.

Il avait essayé de regarder les informations tous les soirs afin de surveiller les avancées de la police dans l'enquête concernant le meurtre de Brian McDowell. Mais il était question chaque jour de nouveaux meurtres et de nouveaux crimes, et il n'était plus jamais question de cette affaire. Il guettait aussi si ces anciens acolytes faisaient de nouvelles victimes.

Bon sang, comme il aurait aimé revenir un an en arrière pour tout réécrire... Qu'il aurait aimé rencontrer Julie dans un café par exemple et ne lui dire que la vérité.

Une image à la télévision attira soudain son attention. Il attrapa la télécommande et monta le son.

— La police a été contactée pour un accident de voitures sur l'autoroute 169. Des témoins ont dit avoir vu quelqu'un perdre le contrôle de son véhicule, puis une femme serait sortie de la voiture et serait partie en courant dans les bois. Deux autres occupants l'accompagnaient, mais ils ont eux aussi abandonné la voiture et pris la fuite. Les images que vous allez voir ont été filmées par un spectateur...

Une vidéo tremblante apparut à l'écran, montrant une femme dans une robe rouge sortir vivement d'une voiture garée sur le bas-côté.

Nick sentit son sang se figer dans ses veines. Quelque chose se serra dans sa poitrine. C'était la voiture de Casey. C'était Julie qui partait dans les bois en courant.

Il ne comprenait pas ce qui avait pu se passer, mais une chose était sûre : elle avait besoin de lui... Maintenant !

Il attrapa son sac et sortit de chez lui précipitamment.

Une fois au volant de sa voiture, une pluie de questions l'assaillit. Que se passait-il ? Pourquoi Julie était-elle sortie de la voiture avec une telle hâte et surtout pourquoi partait-elle en direction des bois ? Fuyait-elle quelqu'un ? Sa mère et sa sœur ? Tout cela n'avait aucun sens.

Pourtant si elle agissait ainsi, c'était à coup sûr car elle s'était sentie en danger. Avait-elle eu peur de Casey ? De sa mère ? Il n'arrivait pas à imaginer qu'elles puissent lui vouloir du mal, mais il savait au plus profond de lui-même qu'elle était à nouveau en danger.

Il pensa à l'arme qu'il avait emportée avec lui et sut immédiatement qu'il n'hésiterait pas à s'en servir contre celui ou celle qui en avait après Julie. Il se fichait bien de savoir qui ils étaient.

Tout ce qui comptait, c'était d'arriver à temps pour la sauver.

13

Alors qu'elle continuait sa course effrénée dans la forêt dense et obscure, Julie eut soudain l'impression que son cœur allait exploser. Elle ne pourrait plus tenir longtemps à cette allure. Elle entendit des craquements de branches derrière elle et comprit que Casey et Ace étaient à sa poursuite.

La chaleur étouffante de la fin de journée rendait l'air presque irrespirable, et Julie avait du mal à reprendre son souffle. Elle avait beau chercher, elle ne trouvait pas d'endroits où se cacher. Les buissons et les ronces lui griffaient les jambes et s'accrochaient à sa robe. Elle regretta d'avoir choisi cette tenue... Elle était aussi voyante en rouge au milieu des bois sombres qu'une cible éclatante dans une zone d'ombre.

Elle ne savait pas où elle allait. Mais elle n'avait qu'une chose en tête : échapper à Ace. Il ne faisait aucun doute que s'il la rattrapait elle ne sortirait pas vivante de ces bois.

À bout de souffle, elle s'assit derrière un arbre pour tenter de retrouver un rythme de respiration normal.

— Julie... Montre-toi ! cria Casey. On ne te veut aucun mal. On voudrait juste te parler. Montre-toi et essayons de nous comporter comme des adultes responsables.

Julie ferma les yeux pour retenir ses larmes. Elle ne croyait pas un mot de ce que lui disait Casey. Sa sœur devait être dans la boutique quand Ace avait essayé de l'étrangler. C'était même très probablement elle qui avait éteint les lumières... Quand on voulait se comporter en adulte responsable, on ne cachait pas son compagnon dans le coffre de sa voiture.

Elle refoula le puissant sentiment de trahison qu'elle sentait monter en elle et repoussa le tsunami d'émotions qui menaçait de la submerger. Elle ne pouvait pas gérer ça maintenant. Elle avait des choses plus importantes à faire avant : comme essayer de rester en vie.

— Allez, Julie ! Je te promets que tout va bien se passer. Viens juste discuter avec nous quelques minutes et puis après on ira tous dîner et je te ramènerai chez toi, continua Casey d'un ton qui se voulait rassurant.

Mais Julie n'était pas dupe. La jeune femme qui voulait qu'elle sorte de sa cachette n'avait plus rien à voir avec la sœur avec qui elle avait grandi. Elle ne savait pas ce qui avait pu changer Casey à ce point mais, à cet instant précis, elle s'en fichait.

— Julie…

La voix masculine semblait venir de sa droite.

Et elle était proche. Bien trop proche. Retenant sa respiration, Julie reprit sa course. Elle courut aussi vite qu'elle pouvait, aveuglée par les larmes et la peur.

Elle se prit les pieds dans une racine d'arbre et cria en s'écrasant au sol. D'un bond, elle se releva et jeta un rapide regard derrière elle.

Ace n'était qu'à quelques mètres, et en la voyant il tendit le bras vers elle. Mon Dieu, était-ce une arme qu'il tenait dans sa main ?

Prenant une profonde inspiration, elle plongea vers la droite, roula au sol et rampa jusqu'à un grand arbre derrière lequel elle se cacha.

Une sirène retentit au loin. Elle tendit l'oreille et se rendit compte qu'elle venait de là où elle avait quitté la voiture de Casey. Dieu merci, on allait lui venir en aide.

Mais comment indiquer sa présence ? Elle ne pouvait pas sortir de sa cachette, Ace et Casey étaient toujours à ses trousses. La sirène retentit une nouvelle fois puis ce fut le silence.

Elle resta plaquée contre le tronc de l'arbre et retint son souffle en priant pour qu'Ace n'ait pas vu où elle avait roulé. Comment allait-elle faire ? Aucun policier ne pourrait la voir si elle restait tapie là…

Tout près d'elle, un bruissement interrompit le cours de ses pensées. Elle prit une nouvelle inspiration et poussa un cri si violent que tous les oiseaux de la forêt s'envolèrent vers la cime des arbres. Puis elle reprit la fuite. Courant aveuglément, dans le seul but d'échapper à Ace. Elle essayait de suivre une direction qui la ramènerait vers l'autoroute où elle espérait retrouver les forces de l'ordre.

Mais elle avait perdu tout sens de l'orientation et, sans le son de la sirène, elle ne savait plus de quel côté continuer. Elle fit une pause derrière un nouvel arbre et inspecta les alentours.

Combien de temps avait-il pu s'écouler depuis qu'elle avait quitté la voiture de sa sœur ? Quelques minutes ? Une heure ? Il lui semblait qu'elle courait depuis une éternité. Nick. Son être tout entier le réclamait.

Comme elle aurait aimé être dans ses bras forts et rassurants à cet instant... Elle avait tant besoin de lui. Elle fronça les sourcils et se concentra pour tenter de retrouver quelques souvenirs de lui.

Mais elle sentit soudain une main puissante la saisir par le poignet et elle se mit à hurler.

— Les mains en l'air !

Elle regarda le canon du revolver qui était braqué sur elle et vit que c'était un agent de police qui le tenait.

— Oh ! Dieu merci, s'exclama-t-elle en découvrant l'homme en uniforme. Ils veulent me tuer ! Ils ne veulent pas que je dise ce que je sais. Je ne me souvenais pas de ce que j'avais vu, mais j'ai retrouvé la mémoire et... ils veulent me tuer !

Julie savait que ce qu'elle disait n'avait ni queue ni tête, mais elle ne pouvait pas s'arrêter de parler.

— Il s'était caché dans le coffre de la voiture. Ace... Le compagnon de ma sœur... Il était dans le coffre. Ma sœur m'avait dit que nous allions dîner avec ma mère, mais au lieu de ça ils m'ont emmenée ici, pour me tuer.

Elle éclata en sanglots.

— Nous allons nous occuper de tout ça, ma petite dame, lui répondit l'agent sans lâcher son arme. Mais pour le moment il faudrait que vous mettiez vos mains sur votre tête et que vous marchiez dans cette direction.

Il lui fit signe de partir vers la gauche, et Julie marcha devant lui pendant un moment. Bientôt, ils sortirent du bois.

En découvrant Casey et Ace en pleine discussion avec deux autres agents à côté de la voiture, Julie sentit l'angoisse lui serrer la poitrine.

— Pourquoi ne sont-ils pas menottés ? demanda-t-elle. Ils ont essayé de me tuer, vous devez les arrêter.

— Oh ! Julie, ma chérie... Allez, tout va bien se passer, lui dit Casey en la voyant arriver.

— Jules, nous allions juste faire une balade, ajouta Ace comme s'ils étaient les meilleurs amis du monde.

« Jules » ? À quel jeu tordu ces deux-là jouaient-ils ? L'estomac de Julie se noua davantage tandis que l'agent la pressait d'avancer vers eux.

Casey se pencha vers le policier qui était près d'elle et lui dit quelque chose que Julie ne put entendre.

Mais le regard que le policier posait maintenant sur elle ne lui disait rien de bon... Casey pouvait charmer n'importe qui, même une souche d'arbre. Que leur avait-elle raconté ? Quels mensonges avait-elle encore inventés pour tenter de sauver sa peau et celle de son petit ami ?

— Julie, tout va bien se passer, poursuivit Casey. Tu es en sécurité maintenant.

Sa voix était pleine de sollicitude, mais il brillait au fond de son regard quelque chose que Julie n'avait encore jamais vu. Quelque chose de dur, d'impitoyable.

— J'ai cru comprendre que vous aviez eu un accident de voiture récemment, madame Peterson.

L'agent qui se tenait à côté de Casey était l'adjoint du shérif, si l'on en croyait ce qui était écrit sur son badge. Il s'appelait Ben Rodman.

— Quel rapport cela a-t-il avec ce qui se passe ici ? lui répondit Julie, sur la défensive.

— Julie, tu n'es plus toi-même depuis cet accident, intervint Casey en regardant les policiers. Nous nous faisons tellement de souci pour elle...

— Nous pensions qu'une petite balade hors de la ville pourrait lui faire le plus grand bien, mais elle a commencé à paniquer, m'a pris le volant des mains et a fait sortir la voiture de la route, continua Ace.

— Tais-toi, lui lança Julie. Tu étais caché dans le coffre ! Je ne te connais même pas et pourtant tu as essayé de me tuer la nuit dernière dans la boutique.

— Bon, Julie..., lui répondit Ace en secouant la tête avec un sourire triste. Tu sais bien que tout ça n'est pas vrai...

Il regarda l'adjoint du shérif et ajouta à son intention :

— Elle est totalement paranoïaque depuis l'accident, elle pense que tous les membres de sa famille veulent la tuer.

Julie avait compris leur tactique. Casey et Ace essayaient de la faire passer pour folle et, vu les expressions qu'affichaient les agents de police, leur plan fonctionnait à merveille.

— Il ment et c'est moi qui vous dis la vérité, leur dit-elle d'un ton calme. Vérifiez auprès du commissariat de Kansas City. J'ai été agressée hier soir, et ces deux personnes qui sont devant vous ne veulent pas que je dise qu'ils vendent de la drogue à l'arrière de la boutique familiale.

— Julie..., fit Casey en hochant la tête avec un air navré.

— Vous devez me croire ! s'exclama Julie, les larmes aux yeux. Ils étaient en train de me conduire quelque part où ils s'apprêtaient à se débarrasser de moi pour que je ne révèle jamais à personne ce qu'ils font.

— Elle a besoin d'une aide psychologique, déclara Casey. Ma famille parle de la faire interner pour quelque temps afin qu'elle puisse bénéficier des soins dont elle a besoin.

Julie manqua soudain d'air. La situation empirait et elle perdait pied.

— Il a une arme, affirma-t-elle en montrant Ace du doigt. Je l'ai vue. Il m'a mise en joue et il s'apprêtait à me tirer dessus.

— Julie, les agents ont déjà fouillé Ace. Il n'a pas d'arme, ma chérie, lui répondit Casey sur un ton qu'on réserve d'ordinaire aux enfants de trois ans.

Julie regarda les policiers un à un. Elle vit à leurs expressions qu'ils croyaient ce que leur racontaient Casey et Ace. Mon Dieu... Elle était dans un sacré pétrin. Peut-être allait-elle finir enfermée dans un hôpital psychiatrique, et personne ne croirait jamais que

Casey et Ace avaient cherché à se débarrasser d'elle. Ils allaient gagner la partie.

À cet instant précis, un véhicule fit son apparition et se gara derrière les voitures de police. Nick sortit en trombe. Julie n'avait encore jamais été aussi heureuse de voir quelqu'un.

— Nick !

Avant que l'on puisse l'en empêcher, elle courut vers lui. Il la prit dans ses bras et la serra fort contre lui. Son cœur battait aussi vite que le sien.

— Tout va bien ? s'enquit-il en reculant un peu pour croiser son regard.

— Ils essaient de me faire passer pour folle. Ils allaient m'emmener quelque part pour me tuer, Nick.

Avant qu'elle ne puisse lui en dire davantage, l'adjoint Rodman vint les rejoindre.

— Voici mon fiancé, Nick Simon. Il va vous dire ce qu'il se passe. Il va vous dire que je ne suis pas folle.

Rodman leva la main pour l'interrompre.

— Vous allez tous nous suivre au poste et nous réglerons tout ça là-bas.

— Je te rejoins là-bas, souffla Nick à Julie en relâchant son étreinte.

Quelques minutes plus tard, Julie était assise à l'arrière du premier véhicule de police, Ace et Casey dans le second. Elle était toujours transie de peur.

La police allait-elle relâcher Ace et Casey ? Plus que tout au monde, Julie voulait les voir tous les deux derrière les barreaux... Même si elle souffrait d'avoir perdu sa petite sœur et qu'elle savait combien ses parents allaient être dévastés en découvrant la vérité sur Casey.

Quelques heures plus tard, Nick et Julie purent enfin quitter le commissariat. Les policiers avaient découvert qu'Ace avait déjà deux mandats d'arrêt à son actif et ils l'avaient placé en garde à vue. Quant à Casey, en fouillant sa voiture, un agent avait découvert une boîte de médicaments qui ne lui avait pas été prescrite, et elle avait donc été inculpée elle aussi.

Julie s'installa sur le siège passager dans la voiture de Nick et se laissa aller contre l'appui-tête tandis qu'il démarrait.

— Fatiguée ? demanda-t-il.

— Je dirais même épuisée... Autant physiquement que mentalement.

Elle baissa les yeux et regarda sa robe. Son piteux état témoignait de sa course folle dans les bois. Dieu merci, ce vêtement serait la seule victime de la journée.

Elle sortit son téléphone portable de son sac à main et le fixa un instant, le regard perdu dans le vague.

— Je dois appeler mon père et ma mère pour leur raconter ce qu'il s'est passé... Ce que je vais leur dire va leur briser le cœur.

— Imagine leur état si Casey et Ace avaient réussi leur coup..., répliqua Nick. Là, je crois que leurs cœurs auraient été littéralement brisés. Le mien, aussi d'ailleurs.

Julie lui lança un regard plein de tendresse puis appuya sur le bouton pour téléphoner, l'estomac noué. Elle savait que cette conversation serait probablement la plus difficile qu'elle ait jamais eue avec eux.

Elle pleura. Sa mère pleura et son père se mit dans une colère noire. Ils étaient sous le choc mais rassurèrent rapidement Julie sur leur amour pour elle et s'accordèrent sur le fait que Casey allait maintenant devoir assumer les conséquences de ses actes.

— Tu es certaine que tu vas bien ? demanda Lynetta à sa fille.

— Oui, lui répondit Julie. Je suis avec Nick, ça va. Je me sens seulement fatiguée et prête à reprendre une vie normale.

Quand elle raccrocha, elle se sentit totalement vidée de toute son énergie. Elle se laissa à nouveau aller en arrière et ferma les yeux. De nouveaux souvenirs lui revinrent...

Des clients compliqués dans la boutique... Le nouveau chien de Joel... Casey et Ace qui entraient dans la boutique par la porte de secours avec la drogue... Casey qui l'agressait dans son salon, Julie qui attrapait tout ce qu'elle pouvait pour se défendre avant de sortir de la maison en courant et de monter dans sa voiture pour s'enfuir le plus loin possible...

Elle ouvrit les yeux et se redressa sur son siège. Ils étaient arrivés dans l'impasse qui menait chez elle, et Nick était en train de se garer. Son cœur se mit à battre plus vite, et elle sentit un sentiment d'inquiétude l'envahir... Une incertitude mêlée à un soupçon de peur.

Elle regarda Nick dans la lumière du crépuscule. Il avait été à ses côtés. Elle était profondément amoureuse de lui, mais à cet instant précis cela n'avait pas d'importance...

— Je t'ai cherché désespérément dans ma mémoire, sans relâche mais j'ai enfin compris que cela ne servait à rien. Si je ne retrouve pas de souvenirs de toi, Nick, c'est parce qu'il n'y en a pas. Alors maintenant, dis-moi, si tu n'es pas mon fiancé, qui donc es-tu ?

Nick savait que ce moment finirait par arriver. Il l'avait espéré puis redouté. Maintenant qu'il s'apprêtait à le vivre, il se sentit submergé par une puissante vague de désespoir.

Le regard de Julie était sombre. Et plein de méfiance. Elle hocha de la tête avant de sortir de la voiture. Tandis qu'ils se dirigeaient ensemble vers la porte d'entrée, Nick fut soulagé de voir qu'elle semblait disposée à écouter sa version des faits.

Les épaules droites, le visage impassible, elle alla s'asseoir sur le canapé et Nick prit place à l'autre bout. En imaginant le traumatisme que Julie venait de subir en courant pour sauver sa vie dans les bois, il n'avait qu'une envie : la prendre dans ses bras, la serrer fort contre lui et la savoir enfin en sécurité. Mais tout dans la posture de Julie lui signifiait qu'elle n'avait pas la moindre envie qu'il la touche.

— Qui es-tu et que fais-tu dans ma vie ? demanda-t-elle, de but en blanc.

— Je suis l'homme qui t'aime, répondit-il.

— Ne fais pas ça, s'exclama-t-elle en levant devant lui une main tremblante. Je sais que tu n'étais pas dans la voiture avec moi le soir de l'accident. Je te connais maintenant et je sais que ce n'est pas avec toi que je me suis disputée dans le salon. C'est avec Casey que je me suis battue cette nuit-là et je suis montée seule dans ma voiture. Alors maintenant la question est : que faisais-tu sur les lieux de l'accident et d'où venais-tu ?

Elle le regardait comme si elle le voyait pour la première fois.

Nick se demanda par où il devait commencer… Pouvait-elle seulement comprendre ce qu'il avait fait ? Ce qui lui semblait primordial à présent, c'était de lui prouver que tout cela n'était pas si important puisqu'il était fou amoureux d'elle et qu'apparemment elle semblait ressentir la même chose pour lui.

— J'étais dans la rue quand tu as eu ton accident… C'est moi qui ai appelé les secours, répondit-il enfin.

Julie l'observa un instant sans ciller, attendant manifestement qu'il développe son propos.

Mais ce qui semblait logique pour lui cette nuit-là lui apparaissait à présent totalement absurde.

— Et comment es-tu passé du statut de bon samaritain à celui de fiancé ?

Nick sentit son cœur se serrer. Accablé par le remords, il détourna les yeux, incapable de regarder Julie pendant sa confession.

— Cette nuit-là, je me trouvais au mauvais endroit au mauvais moment.

En repensant aux raisons de sa présence dans la rue et à ce qu'il s'apprêtait à faire, il eut soudain l'impression que tout cela n'était qu'un cauchemar, que cela ne lui était pas arrivé à lui, en tout cas pas dans la réalité.

— Je t'ai découverte inconsciente dans la voiture et je ne sais pas pourquoi j'ai décidé de me faire passer pour ton fiancé. Je ne comptais le faire que jusqu'à ce que tu partes dans l'ambulance, mais le policier en charge m'a emmené à l'hôpital et je ne pouvais pas lui dire que j'avais menti sur notre relation. Et quand tu as repris connaissance, tu as cru aussi que j'étais ton fiancé… Alors je me suis dit que j'allais continuer à faire semblant jusqu'à ton retour chez toi.

— Faire semblant ? Appelle ça comme tu veux, mais pour moi c'est mentir…

Julie avait répondu sur un ton si sévère que Nick leva les yeux pour la regarder. Elle avait croisé ses bras autour de sa poitrine et, en voyant la colère briller dans ses yeux, il sentit son cœur se serrer davantage.

— J'ai perdu le contrôle de mon mensonge..., lui dit-il en acquiesçant. Quand je t'ai ramenée ici et que j'ai vu les dégâts dans ton salon, j'ai compris que tu pouvais être en danger. Je n'ai pas eu le courage de te dire la vérité. Ensuite tu as découvert ce terrible message sur ton répondeur et je n'ai pas voulu te laisser seule.

Il marqua une pause et se pencha vers elle.

— Julie, même si notre histoire a commencé sur un mensonge, elle est devenue réelle pour moi. Je suis amoureux de toi. Je ne veux pas faire semblant d'être ton fiancé, je veux t'épouser.

En entendant ces mots, Julie éclata de rire. Un rire amer qui, comme une flèche, vint percer le cœur de Nick.

— Je ne te connais pas. Je ne comprends pas pourquoi tu as fait tout ça et je ne peux qu'imaginer tous les mensonges que tu as dû me raconter... Nick Simon est-il seulement ton vrai nom ?

— Oui, et je suis vraiment professeur de sport, entraîneur et coach. Je ne t'ai pas menti sur qui je suis, ni sur ce que je ressens pour toi. Tout cela est vrai.

C'était trop difficile. Il devait la toucher. Il se rapprocha de Julie, mais elle se raidit. Ignorant sa réaction, il tendit une main vers elle, mais elle bondit du canapé avant qu'il puisse lui prendre la main.

— Tu m'as laissée faire l'amour avec toi alors que tu n'étais qu'un inconnu pour moi, lui dit-elle, les larmes aux yeux. Tu m'as laissée tomber amoureuse de toi alors que tu savais que rien de tout cela n'était vrai.

— Mais cette partie-là était vraie ! protesta-t-il. Ce que j'éprouve pour toi est vrai et, si tu cherches au fond de ton cœur, tu verras que l'amour que tu ressens pour moi est tout aussi réel.

Julie essuya une larme sur sa joue puis massa ses tempes doucement en fermant les yeux.

— Je veux que tu t'en ailles.

— Julie, lui répondit Nick en se levant. Ne détruis pas tout. Je suis désolé. Je te présente mes excuses pour tout ça.

Il se sentit soudain envahi par une puissante vague de désespoir. Il avait l'impression que s'il partait maintenant son histoire avec Julie serait finie pour toujours.

— Je t'aime, Julie, ajouta-t-il d'une voix déterminée. J'ai besoin de toi dans ma vie.

— Et moi, j'ai besoin que tu t'en ailles, répliqua-t-elle en prenant soin de ne pas croiser son regard. Je pensais que la trahison de ma sœur serait la pire chose que j'aurais à vivre dans ma vie, mais ça... Tu... Tu m'as totalement anéantie.

Nick ne bougea pas d'un pouce, attendant que Julie le regarde une dernière fois, mais elle garda les yeux baissés, tandis que les larmes commençaient à couler sur ses joues. Elle semblait complétement brisée, et le fait qu'il soit la cause de sa souffrance lui était insupportable.

— S'il te plaît, va-t'en, dit-elle doucement. Tu pourras revenir chercher tes affaires demain ou un autre jour... Ah, et laisse mes clés sur la table.

Bon sang, il ne voulait pas partir. Ce qu'il voulait c'était la prendre dans ses bras et lui prouver qu'ils étaient faits l'un pour l'autre, faits pour être ensemble, pour toujours.

Il hésita un moment qui lui sembla une éternité, tandis que son cœur saignait. Puis, résigné, il sortit son trousseau de clés de sa poche, prit celle de Julie et la déposa sur la table basse du salon.

— Cela aurait été tellement plus simple si nous nous étions vraiment rencontrés dans un café, il y a un an, dit Julie à voix basse.

Elle regarda enfin Nick, et l'obscurité de son regard lui coupa le souffle. Il réfléchit un instant à ce qu'elle venait de dire et laissa échapper un soupir.

— Il y a un an, je n'étais pas un homme assez bien pour toi, Julie.

Puis il se retourna et marcha vers la porte en espérant qu'elle allait l'arrêter. Mais elle ne le fit pas. Son dernier espoir s'envola quand il l'entendit verrouiller la porte d'entrée derrière lui.

Aurait-il une autre occasion de lui parler ? Peut-être demain ? Peut-être allait-elle préparer ses affaires et les laisser sur le perron...

Enfin... Au moins, il savait qu'elle était maintenant en sécurité, même s'il risquait d'y avoir de nouveaux retournements de situation dans l'affaire Casey.

Tout en essayant de lutter contre la profonde tristesse qui menaçait de s'abattre sur lui, Nick monta dans sa voiture. Il avait été bien naïf de penser que Julie pourrait lui pardonner. Il avait même été totalement stupide de croire qu'il pourrait y avoir un happy end à leur histoire.

À présent, il était fou d'amour pour une femme qu'il n'aurait jamais et il avait toujours une arme planquée dans sa boîte à gants. Enfin, il pouvait encore faire quelque chose pour régler le problème du revolver.

Celui-ci représentait bien celui qu'il avait été : un animal sauvage et furieux qui avait perdu son humanité et sa dignité. Mais il n'était plus le même homme aujourd'hui et ne pouvait concevoir de redevenir ainsi, quoi que le futur lui réserve.

Il prit la direction du nord de la ville, ses phares traversant la nuit noire. Il ne voulait pas rentrer chez lui avant de s'être débarrassé de cette arme. Elle était la dernière preuve de son terrible passé.

Tout en conduisant, il repensa à tous les moments qu'il avait partagés avec Julie. Elle l'avait aidé à retrouver son sens de l'humour et... son tempérament passionné.

Chaque matin, il se levait avec hâte pour la retrouver. Il voulait tout partager avec elle, les bons comme les mauvais moments.

Son corps se mit à trembler tandis que le paysage s'effaçait devant lui comme une aquarelle. D'un geste, il essuya les larmes inattendues qui inondaient ses joues.

Sur l'autoroute, il passa devant l'endroit où Casey avait laissé sa voiture, là où Julie s'était enfuie pour sauver sa vie. Dieu merci, pensa-t-il, elle était maintenant saine et sauve et ne serait plus jamais en danger.

Il soupira en repensant à ce qui venait de se passer. Elle s'était fermée à lui. Elle était devenue si distante, si froide... Mais en même temps n'était-ce pas compréhensible ?

Nick avait partagé son lit, il lui avait fait l'amour. Il lui avait menti encore et encore, sur toutes ces petites choses qui font le quotidien et il leur avait inventé toute une vie.

Il sortit de l'autoroute et prit à droite sur une route étroite bordée de grands arbres. Celle-ci menait à un vieux quai sur le grand lac qui se trouvait au nord de la ville.

Même s'il regrettait amèrement d'avoir blessé Julie, Nick savait que sans tout cela il ne l'aurait jamais rencontrée. Il n'échangerait aucun des moments qu'il avait partagés avec elle. Il chérirait jusqu'à la fin de sa vie chaque souvenir de leur histoire.

Arrivé devant un petit parking, il gara sa voiture, éteignit ses phares et attrapa l'arme dans la boîte à gants, ainsi qu'une petite serviette qu'il utilisait parfois pour nettoyer son pare-brise.

Dehors, l'air de la nuit était chaud et étouffant. Il marcha sur le quai et alla s'asseoir au bord de l'eau. Son père l'emmenait pêcher à cet endroit quand il était enfant. Nick n'était pas revenu ici depuis la mort de ses parents.

En pensant à eux, des souvenirs heureux lui revinrent. Si ses parents avaient été encore en vie quand Debbie avait été assassinée, il n'aurait probablement pas été aussi aveuglé par la colère et par ce sentiment de revanche… Mais il était seul et il s'était mêlé à un groupe de malheureux perdus dans le même enfer que lui.

Tout en essuyant soigneusement l'arme, Nick repensa à ces cinq hommes. Peut-être avaient-ils mis leurs plans à exécution, peut-être avaient-ils tué d'autres hommes… Il avait espéré pouvoir les convaincre que l'action de tuer ne pouvait pas guérir leurs blessures, bien au contraire. Seul l'amour pouvait les sauver.

Cela sonnait comme un sacré cliché… Pourtant nourrir cette colère ne servait à rien d'autre qu'à se détruire soi-même et s'empêcher de tourner la page. Aucune vengeance ne pourrait jamais ramener les êtres aimés.

Cette alliance n'avait plus de sens pour Nick. Il en était sorti et ne verrait plus jamais ces hommes, sauf peut-être par hasard en faisant ses courses au supermarché.

Il se leva et regarda une dernière fois l'arme à présent parfaitement nettoyée. C'était la dernière chose qui le liait à sa fureur, à cette noirceur qui l'avait habitée et qu'il ne voulait plus jamais laisser prendre le contrôle de lui-même.

Prenant une profonde inspiration, il jeta l'arme dans l'eau. Il savait que cette zone du lac était pleine d'algues et de vase, et il espérait que l'arme ne referait jamais surface.

Au-dessus de lui, la lune, pleine et brillante, se reflétait dans les eaux calmes du lac qui n'étaient troublées que par les sauts occasionnels des poissons ou les insectes qui se posaient pour boire.

Pour la première fois depuis qu'il était arrivé, Nick remarqua la cacophonie de la faune autour de lui.

Alors que l'image de Julie lui revenait à l'esprit, ses yeux s'embuèrent à nouveau. Jamais il n'avait désiré autant quelqu'un. Il se rassit sur le ponton et laissa ses larmes couler.

La balle était maintenant dans le camp de Julie, et Nick avait le terrible pressentiment que jamais il n'obtiendrait son pardon.

14

Nick.

Au réveil, Julie avait son prénom sur les lèvres et des larmes plein les yeux. Le chagrin qu'elle ressentait était bien plus douloureux que les bleus et les égratignures de la veille.

Elle se leva et alla prendre une douche chaude pour tenter de faire cesser les torrents de larmes qui semblaient ne jamais vouloir se tarir. Elle essaya de se persuader que c'était à cause de l'état de ses genoux et de ses coudes, de toutes ces ecchymoses qu'elle s'était faites en tombant dans les bois.

Cette course lui avait laissé de sacrées courbatures. Dire que sa propre sœur avait voulu sa mort... Julie avait des raisons de pleurer, mais elle savait que sa tristesse n'avait rien à voir avec tout cela. Non, ce matin, ses sanglots n'étaient dus qu'à la perte de Nick.

Après son départ la veille, elle avait déjà pleuré à chaudes larmes pendant des heures, incapable de savoir si elle pleurait à cause de la trahison de Nick ou à cause de celle de Casey. Jamais encore, elle ne s'était sentie aussi seule.

Il t'aime, lui souffla une petite voix tandis qu'elle s'habillait. Mais était-ce vraiment le cas ? Comment pouvait-elle croire les mots d'amour d'un homme qui lui avait menti sur tout depuis qu'ils se connaissaient ?

C'était étrange... Elle avait senti qu'elle était amoureuse de lui à la minute même où on lui avait dit que son fiancé patientait dans la salle d'attente de l'hôpital. Jamais elle n'avait remis son amour en question, même si elle ne se souvenait pas de lui. Elle pensait être tombée amoureuse de lui, une deuxième fois.

Nick était resté à ses côtés alors qu'elle traversait les pires épreuves de sa vie. Il avait fait de son mieux pour la protéger alors qu'il aurait pu la quitter.

Elle était désorientée et ne savait plus que penser. La seule chose dont elle était certaine c'est qu'elle était profondément amoureuse de Nick.

Alors qu'elle s'installait à la table de sa cuisine avec une tasse de café, elle entendit qu'on frappait à sa porte. Elle sentit son cœur s'emballer. Était-ce lui qui venait déjà chercher ses affaires ? Elle ne se sentait pas encore prête à le voir. Elle n'avait pas fait le tri dans ses émotions en ce qui le concernait.

On frappa à nouveau, cette fois de manière plus insistante, et elle se leva à contrecœur pour aller ouvrir.

— Maman ! s'écria-t-elle en découvrant avec surprise sa mère sur le perron.

Elle ne savait pas si elle était heureuse ou déçue que ce soit elle mais, quand Lynetta la serra tendrement contre elle, elle fut bouleversée. Cela faisait des années que sa mère ne l'avait pas prise dans ses bras.

Quand elle la relâcha, Lynetta toussota et lui dit avec un sourire :

— Ça sent bon le café ici.

— Je viens de m'en servir une tasse, répondit Julie.

Quelques instants plus tard, elles s'installèrent en face l'une de l'autre dans la cuisine.

— J'avais besoin de voir comment tu allais, commença sa mère. Je suis si désolée de tout ce que tu as traversé. Ton père et moi nous sentons en partie responsables de tout ça.

— Mais ce n'est pas votre faute, la coupa Julie en la regardant avec surprise. Vous n'y êtes pour rien.

— Nous avons toujours été trop laxistes avec Casey. Nous avons été moins sévères avec elle qu'avec vous tous, et elle a choisi de suivre le mauvais chemin avec les mauvaises personnes.

Soudain Julie trouva que sa mère avait l'air plus âgée.

— Nous l'avons tellement gâtée, poursuivit Lynetta, que lorsque nous avons décidé qu'il était temps qu'elle gagne sa vie elle-même, elle a choisi le moyen le plus facile pour le faire.

Lynetta poussa un profond soupir et secoua la tête avant de conclure :

— Je n'arrive toujours pas à croire qu'ils revendaient de la drogue à l'arrière de notre magasin…

— Je suis désolée, maman.

Lynetta prit les mains de sa fille dans les siennes et la regarda avec tendresse.

— Tu n'as aucune raison de t'excuser, ma chérie. Ce qu'a fait ta sœur est inexcusable…

Elle se tut quelques secondes avant de reprendre d'une voix altérée par le chagrin :

— Je ne sais pas ce nous aurions fait si elle et Ace avaient réussi. Si t'avions perdue…

— Vous auriez enfin embauché quelqu'un pour faire les comptes et travailler à ma place à la boutique, répondit Julie.

Lynetta regarda sa fille un long moment, une vive colère au fond des yeux.

— C'est ce que tu penses de nous ? Que nous t'aimons seulement car tu travailles bien et que tu nous es utile ?

Le regard de Lynetta se voila, et elle serra plus fort la main de sa fille.

— Oh ! ma chérie, si c'est ce que tu crois, alors ton père et moi avons vraiment tout raté. Je me contrefiche de ce que tu fais ou pas à la boutique. Tu es ma fille, et tout ce que j'ai toujours voulu c'est que tu sois heureuse et en bonne santé.

Julie éclata en sanglots. Les mots de sa mère venaient apaiser une blessure ouverte en elle depuis si longtemps. Elle dégagea sa main et vint essuyer les larmes qui inondaient son visage.

— Tu ne peux pas savoir combien j'avais besoin d'entendre ça, dit-elle en reprenant le contrôle d'elle-même.

— Je regrette de ne pas te l'avoir dit chaque jour de ta vie, ma chérie, affirma Lynetta. Tu es ma première fille, Julie. Toute ma vie, j'ai attendu ta naissance. Tu as comblé un vide dans mon cœur et, chaque jour de ta vie, je suis incroyablement fière d'être ta mère.

— Je veux arrêter de travailler au magasin.

Les mots sortirent presque d'eux-mêmes de la bouche de Julie. Elle retint son souffle en attendant de voir la réaction de sa mère.

Lynetta se redressa sur sa chaise, le visage transformé par la surprise.

Julie avait réussi à échapper à deux tentatives de meurtre. Elle venait d'apprendre que l'homme qu'elle aimait était en réalité un inconnu et que toute leur histoire ne reposait que sur des mensonges… Elle se sentait à présent assez forte pour commencer à vivre sa vie comme elle l'entendait.

— Je veux reprendre mes études pour devenir infirmière, ajouta-t-elle.

— C'est un très beau métier. Ton père et moi, on te soutiendra à cent pour cent si c'est ce que tu veux faire.

Cette fois, ce fut Julie qui fut surprise.

— J'imaginais que vous alliez paniquer et essayer de me convaincre de rester travailler à la boutique.

— Je te l'ai dit, je veux que tu sois heureuse, alors si tu veux devenir infirmière, vas-y ! Qu'en pense Nick ? demanda Lynetta en regardant autour d'elle les sourcils soudain froncés. D'ailleurs où est-il ? Je pensais le trouver près de toi, aujourd'hui.

Julie sentit la tristesse se raviver en elle.

— Nous nous sommes disputés hier soir, il est parti.

— C'était si grave que ça ? s'enquit Lynetta.

Julie hocha la tête, et sa mère poursuivit d'un ton rassurant :

— Bon, j'espère que vous réussirez à vous réconcilier… Je n'avais encore jamais vu aucun homme regarder une femme avec autant d'amour dans les yeux, ma chérie.

— Vraiment ?

— Vraiment. Ce garçon est éperdument amoureux de toi, ça se voit comme le nez au milieu du visage. Tu peux me faire confiance, je sais ce que c'est, ton père me regarde encore parfois de cette façon… C'est le genre d'amour qui dure toute une vie.

En entendant les mots de sa mère, Julie, bien malgré elle, sentit son cœur s'emballer de joie.

Une heure plus tard, Julie pensait encore à la conversation qu'elle avait eue avec sa mère. Elle avait été à la fois surprise et soulagée en découvrant comment Lynetta avait réagi à son envie de quitter le magasin. Et elle avait vraiment sous-estimé l'amour que ses parents ressentaient pour elle.

Avait-elle aussi sous-estimé l'amour que lui portait Nick ? Pouvait-elle faire abstraction de tous ses mensonges et donner une chance à leur histoire ? Mais comment croire que son amour pour elle était bel et bien réel alors qu'il avait prétendu tant de choses ? Elle ne savait plus que penser.

Sans compter que certaines questions restaient sans réponse… Que faisait-il dehors, dans cette rue, au beau milieu de la nuit ? Qu'est-ce qui était vrai dans ce qu'il lui avait dit ?

Elle ne savait pas où il vivait. Elle ne savait pas non plus si ce qu'il lui avait raconté sur sa femme était vrai. Avait-elle réellement été assassinée ? Et ses parents ? Avait-il aussi menti en disant qu'ils étaient tous les deux morts dans un accident de voiture ?

Malgré toute la colère qu'elle ressentait contre lui, elle ne pouvait s'empêcher de penser qu'elle n'aurait pas pu survivre à ces dernières épreuves sans lui.

Nick était avec elle le soir où elle avait entendu l'horrible message et quand ils avaient découvert la poupée. C'était dans ses bras qu'elle s'était réfugiée la nuit où elle avait été agressée à la boutique et, la veille, après la course-poursuite dans les bois.

Comment avait-elle pu ne pas se rendre compte que cet homme lui était inconnu ? Même si son cerveau ne fonctionnait pas comme d'habitude et qu'elle souffrait d'amnésie, comment se faisait-il que son cœur ou même son instinct ne lui ait pas indiqué que quelque chose clochait ? Et ce dès que Nick était entré dans sa chambre d'hôpital ?

Le problème, c'était que… Que le fait qu'elle n'ait aucun souvenir de lui avant la nuit de son accident n'avait finalement aucune importance. Elle était tombée amoureuse de lui à la minute où elle l'avait rencontré.

Elle sursauta en entendant son téléphone sonner. Pendant un court instant, elle le regarda avec angoisse.

Tout va bien, murmura une petite voix dans sa tête. *Tu n'es plus en danger.*

Elle répondit.

— Julie ?

Elle ferma les yeux en entendant la voix grave de Nick.

— Oui ?

— Euh... Je me demandais si je pouvais passer maintenant pour chercher mes affaires ?

Julie sentit son cœur se briser une nouvelle fois. Il n'appelait pas pour lui dire qu'il l'aimait. Il n'appelait pas pour lui dire qu'il ne pouvait pas vivre sans elle. Il appelait pour savoir quand il pouvait venir chercher ses affaires.

— Est-ce que tu pourrais plutôt venir dans une heure, répondit-elle.

— C'est toi qui choisis.

— Eh bien, à dans une heure alors, dit-elle avant de raccrocher et de se laisser tomber sur le canapé.

Elle se demanda pourquoi elle ne lui avait pas dit de venir tout de suite.

En sondant son cœur, elle comprit. Tant que ses affaires étaient éparpillées chez elle, elle avait encore l'impression qu'ils étaient un couple. Mais, quand il aurait tout récupéré, leur histoire serait bel et bien terminée.

Elle se leva, monta à l'étage et se rendit dans la chambre d'amis. Un des T-shirts de Nick était posé sur le lit, elle s'en empara et plongea son visage dedans. Elle inspira profondément cette odeur qu'elle aimait tant. Puis elle remarqua une chaussette au sol et manqua d'éclater de rire en se remémorant la conversation qu'ils avaient eue à ce sujet. Mais son envie de rire fut vite remplacée par une envie de pleurer, et elle s'assit sur le bord du lit en sentant les sanglots serrer sa gorge.

Elle jeta le T-shirt sur le lit et essuya une larme avec un geste de colère. Elle avait assez pleuré à cause de Nick Simon. Il était temps de passer à autre chose.

Malgré cette décision, quand une heure plus tard, la sonnette d'entrée retentit, elle sentit son cœur battre d'excitation à l'idée de revoir Nick. Les mains tremblantes, elle lui ouvrit la porte.

Pendant un instant, elle fut incapable de dire un mot. Oh ! pourquoi était-il si beau dans ce jean et cette chemise qui mettait en valeur le vert de ses yeux ? Pourquoi le simple fait de le voir la mettait-il dans un tel état de fébrilité ?

— Entre, dit-elle finalement en entrouvrant la porte.

Quand il passa près d'elle, son parfum familier l'enveloppa et manqua la faire chavirer.

— Tu peux aller chercher tes affaires à l'étage.

— Est-ce qu'on pourrait se parler d'abord ?

Julie hésita un instant.

— S'il te plaît, Julie, ajouta-t-il d'une voix douce, presque suppliante.

Elle lui fit signe d'aller dans le salon, même si elle n'était pas certaine qu'ils aient quoi que ce soit de nouveau à se dire. Nick avait profité d'elle et, maintenant qu'il n'avait plus besoin d'elle, il n'avait qu'à récupérer ses affaires et partir le plus vite possible.

Nick alla s'asseoir sur le canapé et Julie s'installa en face de lui sur une chaise. Elle ne voulait pas être près de lui. Elle ne voulait pas sentir son parfum, ni la chaleur de son corps quand il lui dirait au revoir.

— Julie, je ne peux pas laisser notre histoire se terminer ainsi, déclara-t-il en se penchant vers elle, le regard brillant et déterminé. Il est certain que je t'ai fait du mal. Je me suis comporté comme un égoïste et je n'ai agi que dans mon propre intérêt.

— Est-ce que tu as réellement été marié et est-ce que ta femme a vraiment été assassinée ?

— Oui. Comment peux-tu croire que j'aie pu inventer une chose aussi terrible ?

— Le problème, Nick, c'est que je ne sais pas distinguer le faux du vrai dans tout ce que tu m'as dit. Que faisais-tu dehors au beau milieu de la nuit, le soir de mon accident ?

Pour la première fois depuis qu'ils s'étaient installés dans le salon, Nick détourna le regard.

Il laissa échapper un profond soupir avant de répondre.

— Si je te raconte ce qui s'est passé cette nuit-là, je trahirai le pacte de confiance que j'ai passé avec cinq hommes.

Il releva les yeux et plongea son regard dans le sien.

— Mais je te promets que je n'ai rien fait de mal et que je ne regrette pas ce qui m'a amené là-bas, car sans cela je ne t'aurais jamais rencontrée.

Même si cette histoire de pacte de confiance avait éveillé sa curiosité, Julie se rendit soudain compte que les raisons de la présence de Nick sur les lieux de son accident cette nuit-là n'avaient finalement pas grande importance. Ce qu'elle n'arrivait cependant pas à accepter, c'était l'idée qu'il lui avait menti sans scrupule pendant tout le temps qu'ils avaient passé ensemble.

— Tu es un formidable menteur, dit-elle d'un ton volontairement amer.

— C'est peut-être ce que tu crois, mais tu ne peux savoir combien cela a été difficile pour moi. Je me suis haï chaque fois que je t'ai menti. Je ne remets pas en question le fait qu'au départ je me suis servi de toi. Mais, Julie, il ne m'a pas fallu longtemps pour m'apercevoir que j'étais en train de tomber amoureux de toi. Je ne veux pas récupérer mes affaires. Je ne veux pas rentrer chez moi. Mon chez-moi c'est ici, avec toi, et je compte bien passer le reste de ma vie à essayer de réparer tout le mal que je t'ai fait.

En regardant au fond des yeux de Nick, Julie se demanda s'il était possible de feindre l'amour. Maintenant qu'il lui avait tout révélé, pourquoi continuerait-il à lui mentir sur ses sentiments ?

Elle sentit les battements de son cœur s'accélérer. Nick était l'homme avec qui elle voulait passer sa vie. Et, malgré leur début d'histoire plutôt hors norme, elle le croyait quand il disait qu'il l'aimait. Et elle, elle l'aimait.

Elle ne comprendrait probablement jamais les raisons obscures qui l'avaient amené à faire ce qu'il avait fait cette nuit-là. Mais Nick était quelqu'un de bien, elle le savait au plus profond d'elle-même. En voyant sa voiture venir s'écraser contre l'arbre, il aurait pu s'enfuir et la laisser inconsciente. Qui sait ce qu'il lui serait arrivé alors... Combien de temps se serait écoulé avant que quelqu'un ne la découvre ?

Il aurait aussi pu la déposer chez elle au retour de l'hôpital et disparaître ensuite... Au lieu de ça, il l'avait accompagnée et était resté avec elle quand ils avaient remarqué son intérieur saccagé.

La plupart des hommes auraient pris leurs jambes à leur cou en découvrant la situation dramatique dans laquelle elle se trouvait, mais Nick, lui, était resté.

À sa grande surprise, Julie sentit la lumière du pardon gagner son cœur.

— Tu comptes passer le reste de ta vie à essayer de réparer le mal que tu m'as fait ?

— Laisse-moi une chance, Julie. Laisse-nous une chance.

Nick la regardait avec intensité, comme s'il retenait son souffle en attendant sa réponse.

— Quand comptes-tu me passer la bague au doigt ?

Nick éclata de rire et bondit du canapé.

— Demain, aujourd'hui... Tout de suite ! s'exclama-t-il en venant la prendre dans ses bras. Et je peux te dire que ces fiançailles ne vont pas durer longtemps.

Il l'embrassa alors avec une telle fougue que Julie en eut le souffle coupé.

Quand il interrompit leur baiser, il prit son visage entre ses mains et plongea ses yeux dans les siens.

— Julie, murmura-t-il. Je te promets que je suis l'homme de tes rêves, celui que tu veux aimer, celui que tu veux épouser. Je vais être le meilleur des maris.

— Et moi la meilleure épouse, répondit Julie, le cœur gonflé de joie. On dirait que c'est le destin qui nous a réunis... J'étais si seule et pourtant si prête à vivre le grand amour.

Nick acquiesça.

— Il y a maintenant deux personnes seules en moins dans le monde.

— Ah non ! Si tu commences à chanter cette chanson, je ne te pardonne plus ! Personne ne peut chanter Air Supply comme Air Supply.

Nick éclata de rire avant de l'embrasser à nouveau. Cette fois, leur baiser avait le goût de son amour, du doux désir qu'il ressentait pour elle... Un goût d'éternité.

Il s'interrompit soudain, recula et lui sourit.

— Je t'aime, Julie Peterson.

— Je t'aime, Nick Simon, répondit-elle.

— J'ai hâte que tu deviennes Julie Simon, et si nous allions à la mairie immédiatement ?

Cette fois, ce fut Julie qui éclata de rire.

— Si ma mère ne peut pas jouer son rôle le jour du mariage, elle ne nous le pardonnera jamais.

— Tu as raison, je n'ai pas du tout envie de me mettre George et Lynetta à dos, répondit Nick en hochant la tête.

— Mais nous pouvons organiser un petit mariage très rapidement.

— Penses-tu que nous pourrions monter dans ta chambre et nous offrir une petite lune de miel pré-mariage ?

Nick avait dit ça sur un ton léger et taquin, mais Julie sentit un puissant désir se réveiller en elle.

Elle se dégagea de leur étreinte et courut vers l'escalier.

— Le dernier en haut prépare le dîner, cria-t-elle en montant les marches quatre à quatre.

Leurs rires résonnèrent jusque dans la chambre de Julie, où ils firent l'amour, organisèrent leur mariage et parlèrent de leur avenir rempli d'enfants, de rire et d'amour.

Épilogue

— Retiens-les ! cria Nick aux défenseurs.

Heureusement qu'il ne s'agissait que d'un entraînement et non d'un véritable match. La défense laissait encore beaucoup à désirer. Quand la partie s'acheva, il fit signe aux adolescents de le rejoindre.

En attendant qu'ils arrivent tous, il lança un regard vers les gradins où Julie était assise à côté de quelques parents.

Tout en faisant son traditionnel petit discours de fin de match, Nick ne put retenir son esprit de se remémorer les événements des deux dernières semaines. Cela avait été une période pour le moins mouvementée…

Il avait d'abord mis sa maison en vente car Julie et lui avaient décidé de vivre chez elle. Ils avaient aussi été très occupés par l'organisation du mariage, et Julie portait maintenant à son annulaire une jolie bague de fiançailles en diamants.

Il continuait à surveiller chaque jour les informations, espérant ne jamais voir apparaître les noms des cibles de l'alliance. Même si cette partie de sa vie lui semblait maintenant lointaine et révolue.

Quand les joueurs en sueur prirent la direction des vestiaires, Nick fit un signe de la main à Julie et il les suivit à l'intérieur. Julie ne manquait aucun match et il était ravi qu'elle supporte l'équipe avec tant d'intérêt.

Elle continuait à travailler à la boutique à mi-temps jusqu'à ce que débutent les cours qu'elle comptait suivre à l'université. Elle était déterminée à réaliser son rêve et à devenir infirmière.

Casey était en instance de jugement et, même si Julie et tous les membres de sa famille étaient très attristés de ce qu'elle avait fait, ils s'accordaient sur le fait qu'elle devrait assumer les conséquences de ses actes, quelle que soit l'issue de son procès.

Une fois que tous les garçons eurent quitté le vestiaire, Nick alla retrouver Julie qui était toujours assise sur les gradins. En la voyant, seule, assise sur le banc, il ne put empêcher son cœur de s'emballer.

Il l'aimait chaque jour un peu plus. Elle était tout pour lui, et chaque minute passée avec elle était un inestimable cadeau. Et le plus incroyable dans tout cela, c'est qu'il savait qu'elle ressentait la même chose pour lui.

— Salut, coach, dit-elle en se levant.

— Salut, beauté ! répondit-il avec un sourire. Dis-moi, tu sais ce que j'ai toujours eu envie de faire ?

— Non, quoi ? demanda-t-elle, le regard pétillant.

— J'ai toujours rêvé d'embrasser ma future femme sur la ligne des cinquante mètres.

Son sourire était contagieux.

— Eh bien, qu'est-ce que tu attends ?

Nick prit la main de Julie dans la sienne et l'entraîna en courant jusque sur le terrain.

Ensemble. Pour toujours... C'est ainsi qu'ils construiraient leur avenir, il le savait. Ensemble, pour toujours, et avec beaucoup d'amour.

B.J. DANIELS

Sombres missives

Traduction française de
CHRISTINE BOYER

BLACK ROSE

HARLEQUIN

Titre original :
ROGUE GUNSLINGER

Ce roman a déjà été publié en 2019.

1

Le bruit des touches de la vieille machine à écrire manuelle frappées avec force résonnait dans le silence du sous-sol. Les mains volaient de plus en plus vite sur le clavier jusqu'au moment où les tiges métalliques s'emmêlèrent, bloquant le processus.

L'auteur de la lettre les remit en place d'un geste brusque et le cliquetis reprit. Le crépitement des petits marteaux de fer percutant le ruban, le *cling* de la sonnette marquant la fin de la ligne, le bruit tonitruant du retour du chariot, emplirent la pièce tandis que les mots s'alignaient sur le feuillet. Bientôt, un texte haineux apparut sur le papier grisâtre. Certaines lettres semblaient plus foncées que d'autres.

Finalement, la feuille fut arrachée du cylindre. Les yeux brillant de rage, son auteur la relut avant de la plier et de la glisser dans une enveloppe timbrée sur laquelle on pouvait lire en caractères d'imprimerie :

TJ St. Clair
Whitehorse, MONTANA

Puis il se leva et sourit, anticipant le moment où la destinataire l'ouvrirait.

Sans l'ombre d'un doute, Tessa Jane Clementine, alias TJ St. Clair, allait adorer cette missive…

TJ St. Clair détestait les conférences téléphoniques. Celle-ci, en particulier.

Situé dans un vieil immeuble de New York, son appartement était si petit que les voix de ses interlocuteurs, qu'elle entendait via le haut-parleur de son portable, ricochaient sur les murs.

— Je reconnais que la sortie de ton livre au moment de Noël n'est pas facile à gérer, déclara Rachel, la coordinatrice marketing.

— Mais il est très important de faire le plus de promo possible cette semaine pour assurer un bon démarrage des ventes, ajouta Sherry, chargée de la publicité.

La tête entre les mains, TJ resta un moment silencieuse.

— J'ai décidé de passer les fêtes avec mes sœurs dans la propriété familiale de Whitehorse, grommela-t-elle enfin. Je ne les ai pas vues depuis des mois.

Sur le point de leur dire qu'elle savait qu'une bonne promotion était indispensable à la réussite du lancement d'un nouveau roman, TJ se ravisa au dernier moment. En réalité, elle s'interrogeait souvent sur l'impact réel des opérations marketing. Multiplier les annonces, en particulier sur les réseaux sociaux, faisait-il vraiment une différence ? Elle en doutait. Si ses lecteurs passaient autant de temps qu'elle sur Internet, elle se demandait comment ils trouvaient encore celui de lire des livres.

— Les lettres anonymes que tu reçois depuis le printemps dernier ne sont pas étrangères à ta décision, n'est-ce pas ? demanda Clara, son agent.

TJ se tourna vers la fenêtre. Elle détestait l'avouer mais les menaces dont elle faisait l'objet depuis six mois la terrifiaient, oui.

— En effet, elles sont pour une grande part à l'origine de mon envie de me mettre un peu au vert. Elles deviennent de plus en plus haineuses et de plus en plus inquiétantes.

— J'en suis sincèrement désolée, dit Clara.

Tous les autres assurèrent TJ de leur sympathie.

— En avez-vous parlé à la police ? s'enquit Dan French, son éditeur.

— Elle ne peut rien faire, tant que l'auteur de ces missives n'est pas passé à l'acte. Ce qui me donne une raison de plus pour me rendre dans le Montana.

Un lourd silence tomba, que Dan finit par rompre.

— D'accord, je vais voir avec le service Marketing ce qu'il

est possible de faire, dit-il. Nous tâcherons de nous débrouiller autrement.

— Cela m'ennuie vraiment de te le demander, reprit Rachel, mais te serait-il possible au moins d'organiser une ou deux séances de dédicaces avant Noël là-bas, dans le Montana ? Je ne veux pas avoir l'air d'insister mais il serait quand même dommage de perdre le dynamisme qu'a généré la publication de ton roman précédent, TJ.

— Ce serait mieux que rien, renchérit Dan. Bien sûr, si vous n'apparaissez pas sur la liste des best-sellers, ce ne sera pas la fin du monde. Mais votre dernier thriller est excellent. Je l'ai adoré. C'est le meilleur que vous ayez écrit, je le pense sincèrement. Il a toutes les chances d'être très bien placé dans ce classement, et je suis certain qu'il sera un succès de librairie.

Les ventes enregistrées par un livre la première semaine suivant sa parution – et surtout sa présence en bonne place dans la liste des best-sellers du *New York Times* – étaient déterminantes pour la suite, ils le savaient tous. Si cette fois son dernier titre n'y figurait pas, TJ perdrait fatalement le bonus obtenu à chacune de ses publications précédentes qui figuraient toujours dans le top 10 dès leurs sorties.

Rater le lancement de son nouveau roman se traduirait par un fléchissement du chiffre d'affaires de l'éditeur. Du coup, il réviserait à la baisse les termes du prochain contrat de TJ et renâclerait sans doute à investir dans la promotion de ses futurs ouvrages.

— Nous ne voulons pas faire pression sur vous, assura Dan. Mais je suis sûr que si la police estimait que cet admirateur un peu détraqué est réellement dangereux...

— Te rendre dans le Montana est une très bonne idée, le coupa son agent. Entourée de ta famille, tu seras en sécurité pendant les fêtes. Nous ferons le point sur la situation à ton retour.

TJ se frotta les tempes.

— Je pense pouvoir assurer une séance de signatures là-bas, dit-elle. Whitehorse est un village comme il en existe beaucoup dans le Montana, un peu perdu au milieu de nulle part, et si petit qu'il ne compte qu'une seule librairie. Cela dit, à cette époque de l'année, les routes deviennent vite impraticables. Voilà pourquoi il n'y aura sans doute pas grand monde.

— La *Billings Gazette* n'a-t-elle pas rédigé un reportage particulièrement documenté et élogieux sur vous, l'enfant du pays, la semaine dernière ? intervint Trish du service Marketing.

— En effet, répondit TJ en réprimant un juron.

Elle avait rencontré l'auteur de ce papier il y a plusieurs mois mais l'avait totalement oublié par la suite.

— Cela devrait suffire pour démarrer la promo, reprit Clara, venant à sa rescousse. Le prochain livre de TJ sortira au printemps. Prévoyons dès maintenant une opération d'envergure, à cette occasion.

— Pour ce titre-ci, nous avons déjà réservé des pages publicitaires dans six grands magazines ainsi qu'une campagne au sein des réseaux sociaux, dit Rachel. De nombreux lecteurs fidèles attendent avec impatience sa sortie. Les préventes sont bonnes.

— Cela te va, TJ ? demanda son agent.

TJ hocha la tête avant de prendre conscience que personne ne la voyait et qu'elle devait dire quelque chose.

Elle avait la gorge serrée, le ventre noué. Le simple fait de s'imaginer au cœur d'un événement public la terrifiait.

Mais avant qu'elle puisse répondre, les autres participants mirent fin à la conférence téléphonique. Ils se souhaitèrent mutuellement joyeux Noël et raccrochèrent, à l'exception de Clara.

— Es-tu sûre que ça va, TJ ?

— En tout cas, je suis sûre que tout ira mieux dès que je serai à Whitehorse avec mes sœurs, répondit-elle, tentant de s'en convaincre.

Elle avait hâte de partir, de monter dans l'avion, de quitter New York. Elle n'était pas retournée dans le Montana depuis des années, sauf lorsqu'elle était allée assister à l'enterrement de sa grand-mère.

— Restons en contact, et si tu as besoin de quoi que ce soit…

TJ sourit. Elle avait beaucoup d'affection pour Clara qu'elle considérait plus comme une amie que comme son agent.

— Je sais. Merci.

Elle raccrocha. À chaque parution d'un de ses romans, elle s'inquiétait, se demandant s'il serait bien placé dans la liste des best-sellers de la semaine, s'il ferait de meilleures ventes que ses livres précédents.

Mais pas cette fois.

Tu as des sujets plus graves sur lesquels t'inquiéter, actuellement, se dit-elle tout en s'approchant de la fenêtre pour inspecter les alentours.

> *Je sais où vous vivez. Pensez-vous vraiment pouvoir m'ignorer, bien à l'abri dans votre appartement de New York ? Ne rêvez pas, ma pauvre fille. Vous ne m'échapperez pas.*

Ces quelques lignes au bas de la dernière lettre anonyme avaient particulièrement angoissé TJ. Car pour la première fois, son « fan » avait ajouté une photo prise de l'extérieur de son appartement de New York. Elle n'avait eu aucun mal à reconnaître les rideaux aux fenêtres de son deux-pièces, situé au troisième étage de l'immeuble. Ils étaient tirés, mais de la lumière se devinait à l'intérieur ce qui signifiait qu'elle était chez elle quand le cliché avait été pris du trottoir d'en face.

La photo était récente à en juger par les petits anges collés sur les vitres de sa voisine, la vieille Mme Gunderson. Cette dernière les y avait mis deux jours plus tôt seulement. TJ lui avait donné un coup de main.

Prendre conscience que la personne – homme ou femme, TJ n'en savait rien – qui la harcelait depuis des mois avait été si près d'elle il y a peu de temps la glaçait de peur. Elle consulta l'heure sur son téléphone portable. Son vol était programmé pour la fin de journée mais elle préférait partir au plus vite et patienter à l'aéroport, entourée d'agents de sécurité, au lieu de tourner en rond dans son deux-pièces en se rongeant les sangs.

Glissant son téléphone dans son sac, elle s'empara de sa valise à roulettes et se dirigea vers la porte.

Désormais, avant de s'aventurer hors de chez elle, elle inspectait toujours le couloir par l'œilleton. Il était désert. En passant devant l'un des appartements voisins, elle reconnut un chant traditionnel de Noël. Elle en eut les larmes aux yeux. Elle se rendit compte qu'elle était à cran. Indépendamment des lettres anonymes, la perspective de revoir ses sœurs, avec qui elle était en froid depuis des mois, la remuait profondément.

Le doute s'empara d'elle. Fêter Noël avec Annabelle et Chloe n'était peut-être pas une bonne idée, finalement. Sans doute ferait-elle mieux d'aller ailleurs que dans le Montana, prendre une semaine ou deux de vacances au soleil, dans une station balnéaire, par exemple. Mais elle repoussa aussitôt cette idée. Elle avait envie de retourner à Whitehorse, de retrouver la vieille maison familiale et, surtout, ses sœurs.

Tirant sa valise, elle se hâta vers l'ascenseur. Il se trouvait alors au sous-sol. Elle pressa le bouton pour l'appeler. Lorsque les portes s'ouvriraient, si la cabine était vide, elle y entrerait. Sinon, elle ferait mine d'avoir oublié quelque chose et rebrousserait chemin.

Elle se comportait de façon idiote, elle le savait, mais elle était incapable de s'en empêcher.

Personne ne prenait au sérieux les menaces dont elle faisait l'objet. Mais elle, elle sentait un vrai danger. Les lettres anonymes devenaient de plus en plus menaçantes, de plus en plus haineuses. Loin de se lasser ou de passer à autre chose, leur auteur semblait au contraire de plus en plus déterminé à lui faire du mal. TJ ne parvenait pas à se débarrasser du sentiment que celui ou celle qui signait ses missives « True Fan » n'allait plus tarder à frapper.

L'ascenseur arriva, et les portes s'écartèrent avec une petite sonnerie. La cabine était déserte. Avec un soupir de soulagement, TJ y entra et appuya le bouton du rez-de-chaussée.

La personne qui la harcelait depuis des mois pouvait être n'importe qui. Ce qui rendait la situation encore plus terrifiante. Peut-être s'agissait-il même d'un voisin. Ou d'un inconnu croisé lors d'une séance de dédicaces. Elle avait rencontré tant d'admirateurs qu'elle ne les avait pas tous mémorisés. Elle était toujours gênée lorsqu'ils la complimentaient sur ses livres. Elle se sentait chaque fois responsable d'une imposture. Sans doute ne s'habituerait-elle jamais au succès. Elle avait toujours voulu écrire. Mais jamais elle n'aurait osé imaginer être un jour publiée et encore moins vivre de sa plume. C'était un vrai miracle. Elle avait encore du mal à croire à sa chance...

Son bonheur avait été total jusqu'au moment où True Fan avait commencé à la tourmenter.

Lorsque TJ sortit de l'immeuble, elle fut surprise de l'animation qui régnait dans les rues. Les gens se pressaient sur les trottoirs. Certains avec un attaché-case à la main, d'autres, les bras chargés de paquets. Avec l'approche des fêtes, tout le monde se ruait dans les magasins.

Tout en se hâtant vers la station de taxis, TJ observait les passants, se demandant si elle serait capable d'y trouver la personne qui la persécutait. Elle gagnait sa vie en écrivant des thrillers qui mettaient en scène des assassins et des tueurs en série. N'était-elle donc pas mieux placée que quiconque pour repérer son harceleur dans une foule ? Mais elle ne savait même pas si True Fan était un homme ou une femme.

Un taxi jaune s'arrêta de l'autre côté de la rue dans un grincement de freins. Le chauffeur lui fit signe de se dépêcher. Mais alors qu'elle s'apprêtait à traverser, un gros camion de livraison surgit sur sa gauche. Il roulait si vite que TJ préféra attendre qu'il passe.

Elle sentit alors une main se poser au bas de son dos et la pousser vigoureusement en avant. Elle poussa un cri de terreur et fut précipitée en avant, sous les roues du semi-remorque.

2

Tout alla très vite. Un instant plus tôt, TJ se tenait sur le bord du trottoir, attendant que le camion passe pour traverser la rue. Et soudain, elle se sentit projetée vers le semi-remorque qui roulait à vive allure. Elle moulina des bras, tentant de recouvrer l'équilibre, de se retenir à quelque chose. Mais il n'y avait rien à quoi s'accrocher. Elle entendit un rugissement de moteur, sentit l'odeur du diesel et ferma les paupières en comprenant qu'elle allait mourir, écrasée par le monstre d'acier.

Mais au moment où elle basculait, tête la première, une main puissante la saisit par le bras et la tira brutalement en arrière. Elle fut propulsée contre un torse si dur qu'elle eut d'abord l'impression de heurter de plein fouet un réverbère. Comme elle s'efforçait de se redresser, elle aperçut brièvement son sauveteur, un homme grand et musclé. Il s'assura d'un coup d'œil qu'elle tenait bien sur ses jambes. Puis il la lâcha et, tournant les talons, s'éloigna à pas vifs, comme si sauver les femmes était quelque chose d'anodin pour lui, comme s'il en avait l'habitude.

Encore bouleversée d'avoir ainsi frôlé la mort, TJ tenta de le retenir.

— Attendez !

Il venait de lui sauver la vie, elle voulait au moins l'en remercier. Mais sans se retourner, il poursuivit son chemin. Elle eut à peine le temps de voir un manteau beige, de larges épaules, des cheveux noirs et bouclés sous une casquette de base-ball, avant qu'il disparaisse, happé par la foule.

TJ se baissa pour récupérer sa valise et son sac, tombés sur le trottoir. Encore sous le choc, elle s'en saisit d'une main tremblante. Le taxi qui s'était arrêté pour elle était parti depuis longtemps. Personne ne semblait avoir remarqué le drame auquel elle avait échappé de justesse.

Pourquoi l'homme au manteau beige avait-il filé ainsi ? S'agissait-il d'un bon Samaritain qui venait en aide aux autres sans rien attendre en retour, pas même un mot de remerciement ? Ou du type qui l'avait poussée vers le camion avant de la tirer en arrière ? s'interrogea-t-elle avec un regain de frayeur. En tout cas, son sauveur n'avait même pas pris le temps de lui demander si elle allait bien.

Était-il possible que cet inconnu soit son True Fan ?

Un frisson de terreur la parcourut. Ce qui venait de se passer était-il un avertissement ?

Un taxi s'arrêta devant elle. Comme elle ouvrait la portière pour s'engouffrer à l'intérieur, elle sentit des larmes brûler ses paupières. Après tant d'années loin du Montana, elle avait hâte, à présent, de retourner à Whitehorse.

Silas Walker poussa un juron. Il avait perdu la trace de l'homme qu'il suivait dans la foule particulièrement dense en cette période de Noël. Sa cible avait disparu au milieu de tous ces gens qui se pressaient sur le trottoir.

Le souffle court, Silas s'adossa contre le mur d'un immeuble pour observer la rue. Sa jambe le faisait terriblement souffrir. Il se rendit compte qu'il boitait beaucoup. Sans cette blessure, le gars ne lui aurait sans doute pas échappé.

Il avait également perdu de précieux instants en s'arrêtant pour rattraper au vol cette femme qui, déséquilibrée par le flot humain, avait failli se faire écraser par un camion. Il secoua la tête. Elle aurait dû être plus prudente. Se tenir au bord d'un trottoir bondé était dangereux. Silas préférait ne pas imaginer ce qui se serait passé s'il ne s'était pas trouvé derrière elle au bon moment.

Son téléphone portable vibra dans sa poche, et il s'en saisit pour lire le texto qu'il venait de recevoir. Son patron voulait le voir au plus vite. Cela n'augurait rien de bon.

Il lui répondit rapidement qu'il arrivait.

Silas devinait ce que son supérieur allait lui dire en voyant à quel point il boitait. Il n'était pas en état de travailler, il était revenu trop tôt sur le terrain. Mais savoir que son patron aurait raison n'arrangeait rien.

Cela dit, maintenant qu'il avait laissé échapper sa cible, qu'il avait raté une filature aussi simple, Silas devait reconnaître qu'il n'était en effet pas encore apte à reprendre ses fonctions. Avant toute chose, il avait besoin de soigner sa jambe blessée, de s'octroyer quelques jours de repos. Avec Noël qui approchait, il aurait sans doute dû s'en réjouir.

Comme un taxi passait devant lui, il remarqua la passagère assise sur la banquette arrière. À son manteau rouge vif et à son écharpe multicolore, il reconnut la femme qu'il avait tirée en arrière, un instant plus tôt, pour lui éviter de se faire faucher par un camion.

Mais le plus surprenant était ailleurs. Il ne s'agissait pas d'une complète inconnue. Il avait souvent vu son visage au dos de ses livres. Il eut du mal à croire en sa chance. TJ St. Clair, sa romancière préférée. La photo qui illustrait les jaquettes de ses thrillers ne lui rendait pas justice.

Elle allait sans doute à l'aéroport, se dit-il, se rappelant à présent avoir vu une valise près d'elle. Peut-être quittait-elle New York pour passer ailleurs les fêtes de fin d'année.

En souriant, il se demanda si elle retournait dans le Montana, dans sa ville natale. En ce cas, leurs chemins se recroiseraient peut-être...

TJ appréhendait un peu les retrouvailles avec ses sœurs. La dernière fois qu'elles s'étaient parlé, elles s'étaient disputées. Ou plutôt, Chloe et elle avaient reproché avec aigreur à Annabelle, la benjamine de la famille, d'avoir hérité de leur grand-mère.

En effet, quelques mois plus tôt, leur aïeule, Frannie Clementine, était morte et par testament avait légué tous ses biens – qui se résumaient pour l'essentiel à sa maison de Whitehorse – à Annabelle.

— Savais-tu qu'elle allait faire de toi son unique héritière ? lui avaient-elles demandé au téléphone.

— Non, je vous jure que non, avait assuré Annabelle.

En effet, elle n'avait pas jugé utile de se rendre aux funérailles ni chez le notaire.

— Pourquoi Frannie a-t-elle fait une chose pareille alors ? avait lancé Chloe.

— Je n'en ai aucune idée, avait répliqué Annabelle... Mais j'ai toujours eu l'impression d'être sa chouchoute.

Elle avait tenté de rire comme s'il s'agissait d'une bonne blague mais, furieuses de tant d'injustice, ses sœurs lui avaient raccroché au nez.

Tout en débarquant de l'avion, TJ regrettait cette dispute. Hériter de la propriété de Frannie n'avait pas été une sinécure. Non seulement, Annabelle avait dû vider la vieille demeure de l'invraisemblable bric-à-brac accumulé par leur aïeule depuis des lustres, mais elle y avait surtout découvert un cadavre – ce que ni Chloe ni TJ ne lui enviaient. Elles avaient alors compris que leur grand-mère avait laissé sa maison à la petite-fille qui lui ressemblait le plus et qui était la plus susceptible de comprendre ses secrets, son passé.

Érigé au-dessus de la plus importante ville du Montana, l'aéroport de Billings était minuscule au regard des standards du genre. TJ n'attendit pas longtemps pour voir ses sœurs lui faire de grands signes au bout de la passerelle.

Elle ne put s'empêcher de sourire. Toutes deux étaient coiffées de chapeaux d'elfe.

Une idée d'Annabelle, j'en suis sûre, se dit-elle.

Mais la vue de ces ridicules couvre-chefs brisa la glace.

Éclatant de rire, TJ se jeta à leurs cous pour les embrasser avec chaleur. Un tel élan d'amour la souleva tant qu'elle sentit de nouveau les larmes lui monter aux yeux.

Annabelle lui enfonça un chapeau d'elfe sur la tête.

— Nous t'en avons acheté un. Nous ne voulions pas que tu te sentes exclue, dit-elle en prenant ses deux aînées par les épaules. Ne sommes-nous pas jolies ainsi ? Nous ressemblons à des triplées.

— Que Dieu nous en préserve ! s'exclama Chloe.

— Je meurs de faim, reprit Annabelle qui, depuis qu'elle avait renoncé à sa carrière de mannequin, était toujours affamée. Que préférez-vous ? Rentrer à la maison et partager des brochettes de Ray J, déjeuner dans l'un des restaurants du coin ou grignoter un petit en-cas en route comme nous le faisions autrefois ?

— Grignoter quelque chose en route ! répondirent TJ et Chloe en chœur.

— Vous ai-je dit que j'ai acheté une caisse de votre vin préféré pour fêter nos retrouvailles ? reprit Annabelle. Mais rien ne nous empêche de sortir boire un verre, ce soir.

TJ et Chloe éclatèrent de rire.

Que c'est bon de les revoir ! songea TJ, les larmes aux yeux. Elle avait bien fait de retourner à Whitehorse pour Noël. Avec ses sœurs, elle se sentait bien comme cela ne lui était pas arrivé depuis très longtemps.

Tandis qu'elles traversaient le terminal de l'aéroport pour gagner la sortie, Annabelle et Chloe bavardaient avec animation. TJ les écoutait à moitié, surtout soulagée que leurs différends se soient dissipés.

Toutes trois étaient de retour dans le Montana où elles avaient grandi, et elle était ravie de retrouver ses sœurs, même si les gens les regardaient comme des bêtes curieuses.

Elle se mit à rire. Elle avait oublié qu'elles étaient coiffées de chapeaux ridicules.

Pendant quelques instants, elle avait surtout oublié l'incident de ce matin, à New York, et les menaces de True Fan.

Mais comme elles passaient devant un groupe de touristes qui se dirigeait vers l'une des salles d'embarquement, TJ vit une femme lever son téléphone portable pour les prendre en photo.

Et en se retournant, elle remarqua qu'elle était en train d'envoyer un texto à quelqu'un.

3

— Regarde, nous sommes déjà sur les réseaux sociaux ! s'exclama Chloe, assise à l'arrière du 4x4 en tendant son téléphone à TJ. C'est quand même dingue !

En effet, une photo d'elles trois, coiffées de leurs chapeaux d'elfe, s'y trouvait. Comme TJ l'avait craint, la femme à l'aéroport l'avait reconnue, photographiée avec ses sœurs et faisait circuler le cliché sous son nom de plume.

— La rançon de la gloire ! plaisanta Annabelle.

— Maintenant, tout le monde va savoir que je suis revenue à Whitehorse pour Noël.

— Ce n'était pas non plus un secret, si ? répliqua Annabelle tout en conduisant. Personne n'ignore que tu es originaire du Montana, de Whitehorse. Et il n'était donc pas très difficile de deviner que tu y retournerais pour les fêtes de fin d'année. Plus sérieusement, cela te pose un problème ? ajouta-t-elle en lui jetant un bref coup d'œil via le rétroviseur.

— Non, prétendit TJ. Tout va bien. Cela dit, parfois l'anonymat a du bon. « Pour vivre heureux, vivons cachés ! » disait Frannie. Mais je ne t'apprends rien. Tu es bien placée pour le savoir.

Annabelle poussa un soupir.

— C'est vrai. En même temps, songer que désormais plus personne ne me reconnaîtra dans la rue et qu'il en sera ainsi jusqu'à la fin de mes jours me fait tout drôle. J'ai sans doute besoin d'une petite période d'ajustement. Voir mon visage sur les couvertures des magazines me plaisait bien. Cela dit, il ne s'agissait pas vraiment de moi. Toutes les photos étaient retouchées. Dans l'univers des top models, rien n'est vrai, rien n'est réel.

— Tu as donc totalement renoncé à ce métier ? demanda Chloe. Tu préfères épouser Dawson Rogers, devenir la femme d'un rancher...

— ... et vivre heureuse jusqu'à la fin des temps, conclut Annabelle en riant. Oui, c'est l'idée.

Toutes deux commencèrent à discuter des gens qu'elles connaissaient à Whitehorse et de ce qui avait changé ou non dans la petite ville depuis qu'elles en étaient parties.

Assise à l'arrière, TJ écoutait leurs échanges d'une oreille distraite. Elle ne leur avait pas parlé des lettres anonymes... Encore moins de ce qui lui était arrivé à New York, quelques heures plus tôt. Dans l'avion, elle s'était remémoré la scène, et plus elle y songeait, plus elle était certaine d'avoir été poussée sous les roues de ce camion. Mais avait-elle été victime d'un mouvement de foule accidentel ? Ou d'un geste délibéré ? En tout cas, si cet homme au manteau beige ne l'avait pas rattrapée au vol...

En frissonnant, elle reporta son attention sur le paysage enneigé. Il n'était pas exclu que son sauveur soit également son harceleur. En ce cas, il avait dû épier son appartement depuis la rue. Lorsqu'elle avait éteint les lumières du salon, il avait compris qu'elle s'apprêtait à sortir. Mais peut-être s'agissait-il d'un inconnu qui passait par là par hasard.

Elle secoua la tête, refusant d'y penser. Maintenant, elle était en sécurité. Au moins, provisoirement.

— Nous allons donc bientôt entendre résonner les accords de la Marche nuptiale ! s'exclama Chloe.

— Attendez, je crois que j'ai raté quelque chose, intervint TJ. Tu vas épouser Dawson ? Quand ?

— Nous n'avons pas encore fixé la date du mariage. Mais j'aimerais bien célébrer l'événement à Noël. C'est sans doute un peu court pour tout organiser mais, de toute façon, nous avons envie d'une petite cérémonie toute simple, intime, dit Annabelle d'un ton rêveur.

Chloe et TJ éclatèrent de rire.

— Ah ! l'amour ! s'écria Chloe en secouant la tête.

— À vrai dire, j'ai toujours pensé que Dawson et toi étiez faits l'un pour l'autre, assura TJ.

Après avoir discuté des préparatifs du mariage, elles se remémorèrent leur enfance à Whitehorse, les gens qui avaient quitté la ville et ceux qui y vivaient toujours. Elles avaient tant à se dire qu'elles ne virent pas le temps passer tandis qu'elles roulaient vers la petite ville où elles avaient connu tant de jours heureux.

Comme elles s'arrêtaient devant la maison où elles avaient grandi après la mort de leurs parents, Annabelle coupa le contact. Elles se turent brusquement. Toutes trois contemplèrent la façade de la vieille demeure. Même si leur grand-mère l'avait léguée à Annabelle, TJ la considérait toujours comme celle de Frannie. Aucune d'elles ne parlait. Seul le souffle du ventilateur qui refroidissait le moteur de la voiture rompait le silence dans l'habitacle.

— Ça va, toutes les deux ? demanda Annabelle.

TJ ne l'avait pas compris tout de suite en les retrouvant à l'aéroport mais Chloe avait atterri une demi-heure avant elle. Elle non plus n'avait donc pas revu la propriété de leur aïeule depuis les funérailles.

— Rien n'a changé. La maison est exactement comme autrefois, dit Annabelle comme si elle voulait les rassurer.

De la banquette arrière, TJ regardait ses sœurs assises à l'avant. Toutes trois avaient conscience que, en réalité, la demeure ne serait plus jamais la même, maintenant que les secrets de leur grand-mère avaient été déterrés.

— Si vous n'avez pas envie de rester ici, nous pouvons aller ailleurs, au ranch de Dawson, par exemple, suggéra Annabelle. Nous y sommes invitées de façon permanente.

TJ sourit. Voir sa sœur aussi heureuse d'avoir renoué avec son amoureux du lycée lui réchauffait le cœur.

— Passer dix jours ici me va très bien, assura-t-elle.

— Bien sûr que cela te va très bien, grommela Chloe. Tu écris des thrillers, des histoires de meurtres à longueur de journée. Tu seras donc dans ton élément. Cela dit, moi aussi, je suis d'accord pour passer ces dix jours ici. C'est ce que Frannie aurait voulu, j'en suis convaincue. Mais j'avoue avoir encore du mal à croire aux secrets que notre grand-mère nous a cachés.

TJ se mit à rire. Leur aïeule avait été un petit bout de femme à qui tout le monde aurait donné le bon Dieu sans confession. Aux yeux de tous, elle n'aurait jamais fait de mal à une mouche.

— Quand elle nous racontait les grandes fêtes auxquelles elle assistait dans sa jeunesse, nous pensions qu'elle inventait ces réceptions grandioses pour nous amuser et qu'elle faisait preuve de beaucoup d'imagination, dit Annabelle. Alors que tout était vrai. Et sans doute édulcorait-elle même la réalité dans ses récits.

Le cœur plus léger, elles ouvrirent les portières, sortirent les bagages du coffre et se dirigèrent vers la maison. L'allée était recouverte de neige.

Noël à Whitehorse, se dit TJ.

La dernière fois qu'elle y était passée, elle avait pensé qu'elle n'y reviendrait jamais. Mais tout en inspirant l'air glacé du soir, elle sut qu'elle était exactement là où elle avait envie d'être, maintenant.

Annabelle ramassa une grosse poignée de neige, en fit une boule qu'elle lança en l'air avant de se précipiter vers la maison, craignant les représailles de ses sœurs.

TJ et Chloe poussèrent de hauts cris. En riant, TJ secoua ses longs cheveux blonds pour en retirer les cristaux blancs qui y étaient accrochés. Voir Annabelle aussi enjouée faisait plaisir. Après des années à se battre dans l'univers impitoyable des top models, leur petite sœur paraissait épanouie dans sa nouvelle vie. Pleine d'énergie et de gaieté, elle ressemblait de nouveau à la petite fille aventureuse qui, du haut de ses cinq ans, n'avait pas hésité à grimper un jour dans les arbres pour visiter la cabane des voisins.

— J'ai pensé que cela vous ferait plaisir de retrouver les chambres que vous occupiez autrefois, dit Annabelle en déverrouillant la serrure.

Quand la porte s'ouvrit, TJ se demandait à quoi s'attendre. En prenant de l'âge, leur grand-mère avait commencé à tout garder. Lorsque TJ et Chloe étaient venues pour l'enterrement, la demeure était remplie d'un tel bric-à-brac, d'un tel fatras de vieux journaux, d'anciens magazines, de bibelots ébréchés, qu'il leur avait été difficile de traverser les pièces. Elles n'imaginaient pas alors ce qui se cachait dans la cuisine.

Sur le seuil de la maison, TJ s'immobilisa, stupéfaite. Tout était propre et rangé. Les murs avaient été repeints de gris, et l'endroit était chaleureux et accueillant.

— Annabelle, tu n'aurais pas dû te donner tant de mal ! s'exclama TJ. Nous ne sommes là que pour quelques jours.

— J'ai été bien aidée par ma future belle-mère. Sans Willie, ses fils et leurs copains, je ne m'en serais jamais sortie. De toute façon, Willie avait décidé de s'occuper des travaux, et il n'était pas question de refuser. Vous connaissez la mère de Dawson. Elle est têtue comme une mule. Quand elle a une idée dans le crâne, il est impossible de la faire changer d'avis. Mais venez plutôt voir la cuisine. Dawson l'a refaite à neuf.

En hochant la tête, TJ suivit sa sœur dans la pièce où leur grand-mère avait l'habitude de leur confectionner de bons petits plats. C'était là qu'Annabelle avait découvert le plus grand secret de leur aïeule. La cuisine avait complètement changé d'aspect.

— Vous souvenez-vous du vase dans lequel Frannie glissait la monnaie en revenant de faire ses courses ? demanda Annabelle. Je l'ai retrouvé.

Chloe examinait chaque détail.

— C'est incroyable.

Elle sourit devant l'expression de TJ.

— Tu vois des fantômes ?

— Ils sont tous partis, assura Annabelle.

Ce n'étaient pas les fantômes qui angoissaient TJ.

— Willie t'a-t-elle aidée à vider nos chambres aussi ?

— Absolument. Suivez-moi, je vais vous montrer, dit Annabelle en s'élançant dans l'escalier.

TJ et Chloe lui emboîtèrent le pas.

— Elle a fait du bon travail, murmura Chloe. Te souviens-tu du capharnaüm qu'était cette maison, il y a encore quelques semaines ?

— Malheureusement, oui, je m'en souviens. Digne d'un film d'horreur.

— Ou d'un thriller. Comme ceux que tu écris.

Annabelle s'arrêta devant l'ancienne chambre de Chloe. La pièce avait été peinte en mauve pâle, sa couleur préférée, et décorée pour convenir aux goûts de sa sœur journaliste.

— Tu as bien compris que cette visite était temporaire ? demanda TJ.

Mais Annabelle ne sembla pas l'entendre. Elle les entraîna au bout du couloir. TJ s'immobilisa devant sa chambre d'autrefois. Repeinte en jaune pâle, elle était meublée d'un lit en fer forgé et d'un petit bureau blanc pour son ordinateur portable.

Sur le mur, était accroché un patchwork composé des couvertures de tous les livres qu'elle avait publiés.

— Est-ce que ça te plaît ? demanda Annabelle d'un air inquiet.

— Oh ! Annabelle !

TJ la prit dans ses bras pour l'embrasser, espérant réussir à lui dissimuler sa gêne. Les couvertures de ses livres lui rappelaient les menaces dont elle faisait l'objet.

— C'est parfait.

Annabelle parut se détendre.

— Tout va bien ? demanda-t-elle.

— Bien sûr, Belle, répondit-elle en utilisant le surnom de leur benjamine, surnom qu'elle n'avait pas utilisé depuis des années. Je suis heureuse que tu aies finalement gardé la maison de Frannie.

— C'était l'idée de Dawson. Il l'a achetée pour la louer mais il trouvait sympa que Chloe et toi l'occupiez pendant votre séjour à Whitehorse. Quand nous serons mariés, nous bâtirons un ranch avec des chambres d'amis pour vous deux. Et nous louerons cette maison ou nous la vendrons. Mais… pas tout de suite. J'aurais du mal à m'en séparer pour le moment.

L'enthousiasme de sa sœur faisait plaisir à voir. Pourtant, TJ ne pensait pas revenir souvent à Whitehorse par la suite. Mais sans faire de commentaires, elle sourit et embrassa Annabelle.

Chloe sortit de sa chambre, un cadre à la main. Il s'agissait d'une photo d'elles trois, lorsqu'elles étaient enfants.

— Regardez, dit-elle, les larmes aux yeux. Nous étions si mignonnes, petites filles.

— Nous le sommes toujours, déclara Annabelle. Maintenant, allons acheter des brochettes chez Ray J. Après le dîner, pourquoi ne pas descendre au Mint fêter nos retrouvailles ?

— D'accord pour le barbecue mais pas pour le bar, dit Chloe.

— Elle a raison, renchérit TJ. Mieux vaut rester à la maison et ouvrir une des bouteilles de vin que tu as achetées. Ainsi nous ne nous coucherons pas trop tard. J'avoue que je suis épuisée. La journée a été longue. Mais en passant, pourrions-nous nous arrêter à la librairie ? J'ai besoin de m'assurer qu'ils ont tout ce qu'il faut pour la séance de dédicaces.

— Tu vas faire une séance de dédicaces si peu de temps avant Noël ? demanda Chloe, étonnée.

— Ne m'en parle pas. Cela ne m'amuse pas du tout, crois-moi.

La librairie était en fait une boutique de cadeaux qui vendait les œuvres de TJ parce qu'elle était considérée comme la célébrité du village.

TJ n'y était pas revenue pour signer ses livres depuis une éternité. Elle se remémora sa joie la première fois qu'un de ses thrillers avait été accepté par un éditeur et sa fierté lorsqu'elle l'avait vu publié. Des jours durant, elle n'avait cessé de contempler l'ouvrage, réprimant l'envie de se pincer. Son rêve était devenu réalité.

Sa première séance de dédicaces dans cette boutique avait été formidable. Elle connaissait tout le monde. Les gens faisaient la queue pour lui parler, lui souhaiter bonne chance et faire signer leur roman.

Pendant que ses sœurs se dispersaient dans le magasin, TJ partit à la recherche du propriétaire. Elle découvrit un grand portrait d'elle posé à côté d'une pile d'exemplaires de son dernier livre. Sur l'affiche, étaient collés des extraits d'articles sur elle. Elle avait été interviewée tant de fois et avait tant de fois raconté des histoires sur sa vie, sur ses rêves, sur sa façon d'écrire…

Elle grimaça en se remémorant la réflexion du policier de New York quand elle lui avait remis les lettres de menaces.

— Nous ne pouvons rien faire pour vous, avait-il dit. Ce sont peut-être les premières menaces que vous recevez mais ce ne seront pas les dernières, c'est évident. Vous cherchez les ennuis, reconnaissez-le. J'ai consulté votre site web et vos réseaux sociaux. Il y a tout là-dessus, toute votre vie, tout sur vous, du menu de votre dîner d'hier soir jusqu'à votre couleur préférée. Tout y est, étalé sur la place publique. Pour faire la promotion de vos ouvrages, vous déballez tout. Alors ne venez pas vous plaindre, maintenant... Vous l'avez un peu cherché, non ?

Il avait haussé les épaules avant de conclure :

— Ce qui vous arrive n'a rien d'étonnant !

Ne voyant pas le propriétaire, TJ s'éloigna des rayonnages de livres et de l'affiche pour se diriger vers l'arrière-boutique. Derrière elle, des personnes entrèrent. Une bouffée d'air froid s'engouffra à l'intérieur à leur suite.

TJ entendit dans son dos une voix masculine demander à une vendeuse s'ils avaient le dernier livre de TJ St. Clair.

Elle se retourna et se figea. L'homme était grand, il avait de larges épaules, des bras musclés. Mais ce furent son manteau beige et ses cheveux noirs bouclés sous sa casquette de base-ball qui lui donnèrent l'impression de recevoir un coup de poignard.

Le propriétaire du magasin s'avança vers le nouveau venu pour lui parler de la séance de dédicaces du lendemain et du fait que TJ avait grandi ici à Whitehorse.

— Je vous conseille de repasser demain pour acheter un exemplaire signé. La séance débutera à 10 heures. Mais mieux vaut venir plus tôt parce qu'il y aura du monde. Tessa Jane n'a pas dédicacé ses livres ici depuis des années, et nous avons tous hâte de la voir.

— J'y serai, je ne veux surtout pas rater ça, dit-il.

TJ se figea. Elle le reconnaissait. C'était l'homme qui l'avait rattrapée au vol, le matin même, à New York, lui évitant de se faire écraser devant chez elle. Mais peut-être était-ce aussi celui qui l'avait poussée vers le camion.

Elle avait beau se répéter qu'elle se trompait, qu'il ne s'agissait certainement pas de lui, elle savait qu'il n'y avait pas d'erreur.

Ce type se trouvait ce matin à New York et maintenant il était à Whitehorse comme elle. Bizarre, non ?

Comment avait-il fait pour venir ici aussi vite ? Il avait forcément pris le même avion qu'elle ou un vol plus tôt. Comme s'il avait déjà compris où elle se rendait.

À ce moment, l'inconnu se retourna, et une paire d'yeux bleus perçants la cloua sur place. Submergée par une myriade d'émotions si fortes et si perturbantes qu'elle ne parvenait pas à les maîtriser, TJ tourna les talons et s'enfuit en courant.

4

TJ se rua hors de la boutique de cadeaux et s'élança dans la rue. Un peu plus loin, elle s'arrêta, le souffle court, et s'appuya contre un mur de brique. Elle sentait qu'elle perdait pied. Elle ne parvenait plus à maîtriser ses émotions. Sa vie lui échappait. Elle n'avait encore jamais connu un tel désarroi et, tout en tremblant dans le froid, elle se demandait ce qu'il lui arrivait. Elle avait l'impression d'être possédée.

Elle ne parvenait même pas à comprendre sa réaction à la vue de cet homme. Qu'est-ce qui l'avait poussée à s'enfuir, à se précipiter hors de la boutique comme si elle avait le diable à ses trousses ? Elle frissonna au souvenir des yeux bleus et perçants de l'inconnu. Des yeux qui semblaient capables de la sonder au plus profond de l'âme. Elle savait qu'elle était idiote mais comment expliquer autrement cette crise de panique ?

— Que se passe-t-il ? s'écrièrent Annabelle et Chloe en la découvrant affalée contre la façade de l'immeuble.

Incapable de prononcer un mot, TJ secoua la tête, luttant contre les larmes qui brûlaient ses paupières. Mais elle finit par exploser en sanglots, laissant jaillir toutes les frustrations et les peurs qui la torturaient depuis six mois.

Ses sœurs échangèrent un regard inquiet avant de la prendre dans leurs bras pour tenter de la réconforter.

— Emmenons-la dans ce café, dit Annabelle.

S'efforçant de se ressaisir, TJ se redressa. Le bruit d'un moteur la poussa à lever le nez. Horrifiée, elle reconnut au volant d'un pick-up l'homme qu'elle venait de voir dans la boutique de cadeaux.

Il roulait lentement. Il était trop loin pour qu'elle puisse distinguer ses yeux bleus mais elle les sentit sur elle.

— Qui est ce type ? demanda-t-elle, la gorge serrée, avant que le véhicule disparaisse au coin de la rue.

Ses sœurs suivirent son regard.

— Aucune idée, répondit Chloe en secouant la tête. Il était dans la boutique de cadeaux mais je ne l'avais jamais vu avant, ajouta-t-elle avec un haussement d'épaules.

TJ pensait qu'Annabelle dirait la même chose aussi fut-elle étonnée de l'entendre déclarer :

— C'est Mountain Man, le Montagnard. Pourquoi ?

— Tu le connais ? s'enquit TJ tandis que le pick-up poursuivait sa route.

À sa grande surprise, elle s'aperçut que le véhicule était immatriculé dans le Montana. Comment était-ce possible ? Elle avait vu cet homme le matin même à New York, elle en était sûre et certaine. Elle finissait par se demander si elle ne perdait pas la tête.

— Il s'appelle Silas Walker, continua sa sœur. Il s'est installé à Whitehorse il y a environ six mois.

Il y a six mois ? Exactement au moment où TJ avait commencé à recevoir des lettres de True Fan...

— C'est un solitaire, poursuivait Annabelle. Il vit en ermite dans les Little Rockies.

— Je suis prête à parier qu'il cherche à échapper à la justice, déclara Chloe. Il doit avoir un casier judiciaire long comme le bras.

— Tu vois le mal partout, protesta Annabelle avec un soupir.

— Pour quelle autre raison serait-il venu se planquer dans les montagnes, loin du monde ? Il s'agit soit d'un criminel en fuite, soit d'un ex-flic, j'en mettrais ma main au feu.

— Tu passes vraiment d'un extrême à l'autre, remarqua Annabelle.

Elle reporta son attention sur TJ.

— Tu trembles comme une feuille, dit-elle. Tu ne dois pas rester dans le froid. Viens, allons prendre un café.

Ce n'est qu'une fois assises devant un café chaud que ses sœurs lui demandèrent à nouveau ce qui lui arrivait.

TJ aurait bien aimé le savoir. Craignant d'être en train de devenir paranoïaque, elle ignorait comment leur répondre.

— TJ ? insista Chloe.

— Elle reprend des couleurs, dit Annabelle. Donne-lui un moment pour recouvrer ses esprits.

TJ avala une gorgée de café. La boisson brûlante lui réchauffa un peu le cœur.

— Dis-nous ce que tu as, insista Chloe. À te voir ainsi, n'importe qui penserait que tu viens de croiser un fantôme. Connais-tu ce type ?

Devant leur inquiétude, TJ comprit qu'elle ne pouvait plus garder ses tourments pour elle. Elle leur déballa tout, un peu dans le désordre. Elle leur raconta qu'un de ses lecteurs lui écrivait depuis des mois, que ses lettres, d'abord très élogieuses, étaient rapidement devenues critiques. Que ce ou cette « fan » avait commencé à lui suggérer des améliorations, des idées, pour ses romans. Et qu'il ou elle prenait très mal que TJ ne suive pas ses conseils et ses recommandations. Le ton des dernières missives était devenu très agressif, menaçant.

— De qui s'agit-il, à ton avis ? demanda Annabelle. Je parierais sur un écrivain en herbe qui ne vit pas bien que son manuscrit ait été rejeté par tous les éditeurs du pays et qui t'en veut d'être publiée.

— À moins que ces lettres n'émanent d'un autre auteur de romans, jaloux de tes succès, suggéra Chloe.

TJ secoua la tête.

— Tout est possible, je n'en sais rien. True Fan – puisque cette personne signe ainsi ses messages – n'apprécie peut-être pas la direction que prennent mes thrillers. J'ignore même s'il s'agit d'un homme ou d'une femme. Je ne suis sans doute pas la première à être confrontée à ce genre de problèmes. Les lecteurs nouent des liens étroits avec les auteurs. Lorsqu'ils achètent un livre, ils en espèrent quelque chose. Si l'ouvrage ne correspond pas à leurs attentes...

— Eh bien quoi ? s'exclama Chloe. S'il est déçu par tes romans, un lecteur sain d'esprit en achète d'autres, se tourne vers d'autres auteurs. Mais menacer de te tuer n'est pas une réaction normale, TJ. C'est un comportement de psychopathe. As-tu prévenu la police ?

TJ leur raconta ce qui s'était passé.

— Le policier à qui j'en ai parlé avait raison, poursuivit-elle. Toute ma vie s'étale sur Internet, sur les réseaux sociaux. À mes débuts, je n'étais pas vraiment consciente que tout ce que je racontais aux journalistes ou que je postais en ligne serait accessible pour l'éternité. J'étais si contente d'être publiée, d'être reconnue en tant qu'écrivain. Je n'imaginais pas… la suite, les complications, toutes ces réactions.

— Je n'arrive pas à croire que la police te reproche les agissements de certains de tes admirateurs, protesta Chloe en secouant la tête.

Annabelle partageait son avis.

— Cela dit, c'est la profession qui veut ça, il faut bien le reconnaître, ajouta-t-elle. J'ai connu le même problème lorsque j'étais mannequin. Dès que tu apparais sur une couverture de magazine ou sur une affiche publicitaire, tu tombes dans le domaine public. Ton image ne t'appartient plus.

— C'est ridicule, déclara Chloe.

— Ne me dis pas qu'en tant que journaliste tu n'as jamais été confrontée à ce genre de situations, protesta TJ.

— Si tu veux savoir si certaines personnes ont été furieuses de ce que j'avais pu écrire sur elles et si elles l'ont parfois exprimé de manière virulente, la réponse est oui, bien sûr. Cela arrive tout le temps. Ce sont les risques du métier. Il est impossible de plaire à tout le monde. Mais faire l'objet de menaces est autre chose…

— Que vas-tu faire ? demanda Annabelle.

TJ secoua la tête.

— Pour le policier à qui j'en ai parlé, le mieux est d'attendre que ça passe, que la personne qui m'envoie ces lettres se lasse de me harceler. Mais avec la sortie de mon dernier roman, je suis de plus en plus inquiète. True Fan ne va pas l'aimer, j'en suis certaine. Et après avoir croisé ce type à Whitehorse…

— Tu penses que c'est lui ? s'exclama Chloe. Que Mountain Man et ton True Fan ne font qu'un ?

Avec un soupir, TJ leur raconta ce qui s'était passé à New York, devant chez elle, dans la matinée.

— Apparemment, ce gars m'a sauvé la vie mais était-ce vraiment le cas ? J'ai senti quelqu'un me pousser brutalement dans le dos. Je me serais fait écraser par ce camion si cet homme ne m'avait pas attrapée par le bras pour me tirer en arrière…

Elle vit ses sœurs échanger un regard dubitatif.

— Rien ne dit que mon agresseur et mon sauveur ne font

qu'un, c'est vrai, mais… je suis convaincue qu'il s'agit de la même personne. Je… le sens.

— C'est possible mais cela semble un peu tiré par les cheveux, répondit Chloe. Tu étais ce matin à New York et maintenant tu es ici. Il aurait pu faire la même chose.

— Peut-être étiez-vous dans le même avion, renchérit Annabelle. Tu voyages toujours en première, non ? Et lui sans doute en classe économique. Et comme tu n'avais pas de bagages à récupérer, tu ne l'as pas forcément remarqué à l'aéroport…

— Il s'agit sans doute d'une simple coïncidence, poursuivit Chloe.

— Ce n'est pas comme s'il t'avait suivie jusqu'ici, renchérit Annabelle. Silas Walker vit ici depuis six mois.

— Six mois, répéta TJ dans un murmure. Cela fait six mois que je reçois ces lettres…

Silas prit la direction des Little Rockies. Il avait hâte de rejoindre son chalet avant que la tempête de neige annoncée à la radio s'abatte sur les montagnes. Tout en roulant, il se remémora la scène dont il venait d'être témoin dans la boutique de cadeaux. Il ne comprenait pas ce qui s'était passé, lui qui se vantait d'être capable de trouver un sens à tous les comportements des gens dans la vie.

En tout cas, il avait eu raison sur un point. TJ St. Clair avait bel et bien décidé de passer les fêtes de fin d'année dans la ville de son enfance. En apprenant qu'il aurait la possibilité de la rencontrer en chair et en os à cette séance de dédicaces, il s'était d'abord réjoui de faire enfin la connaissance de sa romancière préférée. Mais à présent, il se demandait s'il devait s'y rendre.

En le voyant, elle avait changé de couleur et avait quitté la boutique en courant, manifestement au bord des larmes. Pourquoi ? Était-ce à cause de lui ? Ou de quelqu'un d'autre qu'elle aurait aperçu dans la boutique ?

Étrange comportement, en tout cas.

Sa réaction était peut-être liée à ce qui s'était passé à New York, ce matin. Elle avait frôlé la mort, elle avait dû avoir très peur, et cela la rendait nerveuse. Normal.

Il fronça les sourcils, s'interrogeant de nouveau à propos de l'accident dont elle avait failli être victime dans la matinée.

Avait-elle été simplement bousculée par inadvertance, par un mouvement de foule ? Ou quelqu'un l'avait-il sciemment poussée ?

Il secoua la tête, se reprochant d'être incapable de considérer une situation avec sérénité. Il imaginait toujours le pire. Déformation professionnelle, sans doute, se dit-il. Il lui fallait lâcher prise, à présent. Il était en vacances. Il s'était installé dans les Little Rockies, à la périphérie de Whitehorse, dans ce but : dans l'espoir de s'éloigner de son métier, un métier aussi stressant et imprévisible que dangereux.

Ici, il se dépensait physiquement pour oublier la laideur qu'il côtoyait quotidiennement à New York... Ici, il parvenait à tenir le reste du monde à distance, au moins pour un temps.

Et pourtant, tu lis toujours des thrillers. Et pas n'importe lesquels. Tu dévores les livres de TJ St. Clair. Exclusivement.

Il se mit à rire tout en serpentant entre les sapins.

En réalité, TJ St. Clair était la raison pour laquelle il avait décidé de passer le plus de temps possible ici. Après avoir lu ses romans, il avait eu envie de découvrir le Montana, la grande prairie, le ciel infiniment bleu et tous les endroits qu'elle avait décrits dans ses ouvrages.

Et dès qu'il avait vu la région, il était tombé sous le charme. Les Little Rockies étaient très présentes dans les livres de TJ St. Clair, alors bien sûr il avait été poussé à y vivre. Il aimait les grands espaces, la nature à l'état brut, la faune sauvage. Mais il avait également trouvé un refuge au fin fond du Montana comme autrefois des hors-la-loi tels que Kid Curry, Butch Cassidy ou Sundance Kid, à l'époque où ils semaient la terreur dans la région.

TJ St. Clair et ses thrillers lui avaient donné envie d'acheter un terrain et de construire un petit chalet dans cet endroit mythique. Mais il n'aurait jamais osé imaginer avoir la chance de la rencontrer un jour ici, dans la ville où elle avait grandi. Et voilà d'ailleurs pourquoi il n'était pas question pour lui de rater cette séance de dédicaces, demain. Malgré la neige et le verglas, rien ni personne ne l'empêcherait de s'y rendre. Il brûlait de faire la connaissance de cette femme hors du commun depuis beaucoup trop longtemps.

TJ écoutait le bavardage de ses sœurs d'une oreille distraite, devinant qu'elles essayaient de lui faire oublier True Fan et sa séance de signatures du lendemain. Tout en se régalant de côtes de porc grillées, elle souriait, hochait la tête et plaçait un mot ou deux dans la conversation. Après une longue journée au cours de laquelle elle n'avait pas eu la possibilité de se restaurer correctement, elle avait faim.

Mais elle ne parvenait pas à oublier l'homme qu'elle avait vu à la boutique de cadeaux. Mountain Man. Le Montagnard. Était-il True Fan ?

Elle se remémora la première lettre qu'elle avait reçue de lui ou d'elle. Les termes en étaient particulièrement élogieux. True Fan avait adoré son livre et en avait été surpris. Apparemment, il ne s'agissait pas d'un lecteur habituel de thrillers. Cette première missive contrastait avec celles, d'abord teintées de colère puis franchement haineuses, qui l'avaient suivie.

TJ ne parvenait pas à les effacer de sa mémoire, pas plus qu'elle ne pouvait oublier le type qu'elle avait aperçu ce matin à New York et qu'elle avait retrouvé quelques heures plus tard dans la boutique de cadeaux de Whitehorse, demandant à une vendeuse si elle avait son livre.

La première lettre de True Fan était si semblable à de nombreuses autres émanant de lecteurs admiratifs qu'elle l'avait à peine remarquée.

À la vue de toutes ces enveloppes sur son bureau, Mica, l'une de ses amies, lui avait conseillé d'engager une secrétaire.

— Tu devrais embaucher quelqu'un pour répondre à ce courrier de ministre.

— J'y ai pensé mais je préfère laisser ces messages sans réponses que de demander à un tiers de répondre à ma place. Cela ne me semblerait pas honnête. Mon raisonnement te paraît peut-être exagéré mais...

— Non, je comprends, avait répliqué Mica en ouvrant quelques enveloppes au hasard pour en lire le contenu. Tes lecteurs sont adorables, et ils aiment beaucoup tes bouquins. Cette lettre-ci, par exemple, vient d'une vieille dame de quatre-vingt-dix ans. Elle te supplie d'écrire plus vite parce qu'elle tient à lire la suite des aventures de Constance, ton héroïne, avant de mourir ! Et celle-ci t'adresse trois pages ! Seigneur ! Les gens ont-ils vraiment l'habitude de te raconter leur vie ?

TJ avait hoché la tête.

— Ils me racontent leur vie parce qu'ils croient me connaître à travers mes livres. Tu comprends pourquoi j'essaye de leur répondre moi-même. Malheureusement, ce n'est pas possible. Ils sont trop nombreux. J'espère qu'ils le comprennent.

Après le départ de son amie, TJ avait écrit à plusieurs personnes mais elle était pressée par le temps. La date limite de remise de son manuscrit approchait, et elle n'avait pas terminé son roman.

Elle avait toujours des dates de remise à respecter. Cet aspect de son travail ne la dérangeait pas. Elle adorait coucher des histoires sur le papier. En revanche, les autres activités liées à son métier lui semblaient pénibles et chronophages. Par exemple, elle devait donner son avis à propos des couvertures, choisir les portraits ou les photos de paysages qui y apparaîtraient. Par ailleurs, il lui fallait fournir des détails techniques sur ses ouvrages, le nombre de mots, de pages, de chapitres, ce qui l'ennuyait à mourir et lui prenait du temps. Sans parler des opérations publicitaires ou promotionnelles. TJ finissait par se demander comment elle trouvait encore le temps d'écrire des livres.

Elle était justement en train d'y penser quand elle s'était emparée d'une autre missive.

Elle avait tout de suite remarqué qu'aucune adresse ne figurait au dos de l'enveloppe. Mais sur le moment, elle n'y avait pas prêté beaucoup d'attention. De nombreuses personnes écrivaient la leur à l'intérieur, dans leurs lettres.

Déchirant l'enveloppe, elle en avait sorti un feuillet grisâtre, plié en deux. Elle se rappelait s'être demandé si le papier était très ancien pour avoir cet aspect blanc cassé, décoloré. La missive avait visiblement été tapée sur une machine à écrire. TJ aussi en possédait une, un vieux modèle Royal dont elle ne se servait pas mais qui trônait sur son bureau en guise de décoration. Elle avait appris qu'Ernest Hemingway avait rédigé tous ses livres sur une machine à écrire. Elle doutait d'en être capable, tant elle était habituée à la facilité de frappe des ordinateurs.

Chère mademoiselle St. Clair,

Je n'avais encore jamais écrit à un auteur. Il faut sans doute une première fois à tout.

J'ai emprunté votre dernier thriller à la bibliothèque municipale. Je l'ai trouvé très agréable à lire. Vous avez manifestement du talent. À ma grande surprise, et alors que je l'avais ouvert par désœuvrement, j'ai été incapable de le poser avant de l'avoir terminé. J'ai particulièrement apprécié vos descriptions du Montana et des paysages de montagne autour de cette petite ville « imaginaire ».

J'attends avec impatience votre prochain roman,

Votre True Fan jusqu'à présent.

TJ avait beaucoup ri à la lecture de cette missive. Le lecteur avait cru qu'il n'aimerait pas son livre, et il avait été agréablement surpris. Elle s'en félicitait et plus encore de comprendre qu'il attendait la suite, qu'il avait envie de lire d'autres romans d'elle. Peut-être achèterait-il le prochain au lieu d'attendre qu'il apparaisse sur les étagères de la bibliothèque.

Elle avait cherché un nom ou une adresse sur le feuillet pour remercier cet admirateur de son petit mot mais, apparemment, il n'attendait pas de réponse. Elle avait donc jeté la lettre à la poubelle. Voilà longtemps qu'elle avait renoncé à garder tout le courrier de ses lecteurs. Et elle n'y avait plus pensé.

Cela avait été sa première erreur, elle le comprenait, à présent. Il y avait peut-être des empreintes digitales sur cette feuille qu'elle aurait pu exploiter par la suite, quand tout était parti en vrille…

5

— Je veux lire toutes les lettres que tu as reçues de ce soi-disant True Fan qui m'a tout l'air d'être surtout un vrai cinglé, déclara Chloe, une fois de retour à la maison et seule avec TJ. Quelque chose me dit qu'elles sont beaucoup plus menaçantes que ce que tu as raconté à Annabelle.

Cette dernière était partie voir son fiancé, Dawson, et avait promis de revenir dans la soirée.

— Je ne les ai pas apportées, répondit TJ. Je n'ai même pas conservé les premières.

Mais elle les avait gardées en mémoire. Certaines venaient régulièrement la hanter jusque dans son sommeil, et elle se réveillait alors en sursaut, le cœur battant.

Chère mademoiselle St. Clair,

Votre dernier ouvrage m'a terriblement déçu. Penser qu'un arbre a été abattu pour faire le papier sur lequel ce livre a été imprimé… Quel gâchis ! Vous devriez avoir honte.

Je m'attendais que ce roman soit meilleur que le précédent. N'est-ce pas un minimum ?

Dans ma dernière lettre, je vous avais donné quelques suggestions pour vous permettre de renforcer l'intérêt de l'intrigue et de donner plus de poids aux personnages, à votre héroïne en particulier.

Vous n'en avez manifestement pas tenu compte. Sans doute estimez-vous en savoir plus que moi en matière d'écriture. Comme vous vous moquez de mon opinion, vous n'avez aucune chance de vous améliorer et de rectifier vos erreurs.

Je suis la seule personne à vous dire la vérité. Au lieu de m'en remercier et de profiter de mes connaissances, vous me traitez par-dessus la jambe.

Un tel mépris est insupportable, et il ne restera pas sans conséquence, vous vous en doutez.

Votre seul True Fan.

TJ avait cru que ce serait la dernière fois qu'elle entendrait parler de True Fan. Cette lettre lui avait paru incohérente. En fait, elle ne se rappelait pas avoir lu les recommandations et conseils que True Fan prétendait lui avoir envoyés. Certains lecteurs lui suggéraient parfois d'écrire des histoires mettant en scène dans le rôle principal divers personnages secondaires de ses précédents romans. Un jour, quelqu'un l'avait même exhortée à faire sortir une des infirmières travaillant au service pénitentiaire d'un hôpital pour lui donner une chance de trouver l'amour. Ces personnes ne semblaient pas comprendre que ce genre de décisions n'était pas toujours de son ressort. Même si TJ était souvent tentée de créer une intrigue autour de certains personnages, leurs aventures s'imposaient à elle. Elle ne les choisissait pas.

Elle avait jeté cette missive de True Fan – tout comme elle s'était débarrassée de la première – pour s'intéresser à celle d'une femme qui la priait d'envoyer un roman dédicacé à sa sœur pour son anniversaire. Elle lui expliquait que sa cadette, une dénommée Rickey, qui adorait les thrillers de TJ, était clouée au lit après un accident de voiture.

TJ avait pris un exemplaire de son dernier livre et l'avait signé :

Joyeux anniversaire, Rickey.
J'espère que vous vous rétablirez vite.
Bonne lecture, TJ St. Clair.

Elle avait mis la lettre avec les autres enveloppes à poster. Elle se rappelait vaguement que l'adresse était une boîte postale à Laramie, dans le Wyoming.

Puis, oubliant les reproches de True Fan, elle s'était replongée dans la rédaction de son roman.

Cela avait été sa deuxième erreur, même si elle n'avait aucun moyen de le deviner à l'époque. Elle ne l'avait compris qu'en recevant la troisième lettre de True Fan.

Chère TJ St. Clair,

Vous êtes vraiment loin d'être aussi brillante et talentueuse que je l'avais pensé au départ. Pour tout dire, je suis même étonné que vous gagniez de l'argent avec les histoires insipides que vous écrivez.

Vous êtes tellement imbue de votre petite personne que vous avez vraiment cru que quelqu'un souhaitait offrir à sa sœur l'un de vos romans ! Une femme que vous ne connaissez ni d'Ève ni d'Adam vous raconte un bobard quelconque, et vous envoyez votre dernier thriller ? Vous êtes si crédule. Mais « Rickey » vous remercie.

Le niveau de vos livres empire. Je ne le croyais pas possible. Je vous ai dit et répété ce qu'il fallait faire pour vous améliorer mais vous continuez à ignorer mes conseils. Pensez-vous donc être plus intelligente que moi ? Plus douée ?

Votre orgueil vous perdra. Tôt ou tard, vous le payerez, et la facture sera salée, je le crains.

Votre True Fan jusqu'à la fin.

— Crois-moi, dit TJ à sa sœur, revenant au présent. J'ai lu ces lettres plusieurs fois. Je ne saurais même pas dire si elles émanent d'un homme ou d'une femme. À en juger pas les adjectifs et les accords de participes passés, il s'agit d'un homme, mais certaines tournures de phrases comme les petites piques assassines me semblent plutôt révélatrices d'un caractère féminin. Bref, ces missives pourraient avoir été envoyées par n'importe qui possédant une machine à écrire manuelle.

— Ces menaces te font peur parce que tu les crois réelles, fondées, répondit sa sœur. Tu penses que True Fan t'en veut et va s'en prendre physiquement à toi.

— Dans sa dernière lettre, True Fan m'a en effet promis de mettre ses menaces à exécution. Il m'a précisé que j'allais mourir comme l'un des personnages de mes livres, ajouta TJ. Il m'a même conseillé de me suicider, estimant que ce serait sans doute moins douloureux. Mais s'il le faut, True Fan se dit prêt à me tuer pour m'empêcher de continuer à écrire.

Chloe frissonna.

— Et la police n'a pas pris de tels propos au sérieux ? Cela me paraît incroyable ! Et totalement irresponsable !

TJ se versa un verre de vin. Ses mains tremblaient.

— Même si True Fan s'est engagé à me faire la peau, il n'a pas laissé d'adresse au dos de l'enveloppe. Les cachets de la poste prouvent que les lettres ont été envoyées des quatre coins du pays. Où les policiers devraient-ils le chercher ? Nous ne savons même pas si un homme ou une femme se cache derrière ce pseudo. Ils ne peuvent donc rien faire, tant que True Fan n'est pas passé aux actes...

Elle se leva.

— Je déteste parler de ça.

Chloe changea de sujet.

— Quant à l'homme que nous avons vu tout à l'heure, dans la boutique de cadeaux, le fameux Mountain Man, il serait vraiment surprenant qu'il soit le type que tu as croisé à New York, ce matin. Mais si tu es d'accord, j'ai bien envie de me renseigner sur le dénommé Silas Walker puisque grâce à Annabelle nous connaissons son identité. Je reviens.

Elle s'élança vers l'escalier et redescendit bientôt avec son ordinateur portable. Comme elle se mettait à pianoter frénétiquement sur le clavier, TJ se félicita d'avoir un journaliste d'investigation dans la famille.

Chloe poussa brusquement un cri, et TJ blêmit.

— Quoi ?

— Silas Walker a longtemps fait partie de la police de New York. Il en était l'un des meilleurs inspecteurs. Mais il y a un an, il a fait l'objet d'une enquête interne.

— Quel genre d'enquête ? demanda TJ, la gorge serrée.

Chloe secoua la tête.

— Elle concernait des soupçons de corruption. Ce type est sans doute un policier véreux, un flic ripou. Apparemment, il n'a jamais été arrêté. Je ne trouve rien de précis. Les articles parlent de « comportement inapproprié », de « conduite incompatible avec ses fonctions ». C'est vague. Il s'agit peut-être de tromperies sur le nombre d'heures supplémentaires effectuées ou de bien pire.

Et je t'ai gardé le plus surprenant pour la fin : il a été réembauché un mois plus tard mais a démissionné par la suite.

Elle leva les yeux de son ordinateur.

— Cet homme est susceptible d'être dangereux, déclara-t-elle.

— Qui est susceptible d'être dangereux ? demanda Annabelle en surgissant dans le salon.

TJ et Chloe échangèrent un regard sans répondre.

— Vous parliez de Mountain Man, non ? devina leur petite sœur.

— C'est un ex-policier qui a été viré, il y a quelques mois, déclara Chloe. Je disais qu'il pourrait se révéler dangereux.

— Pourquoi a-t-il été viré ? demanda Annabelle tout en retirant son manteau.

Elle le suspendit dans l'entrée et les rejoignit. Comme elle se servait un verre de vin, TJ remarqua que ses joues étaient rouges. À cause du froid ? Ou de sa visite chez Dawson ?

— Inutile d'évoquer cette sombre histoire, dit TJ. Parle-nous plutôt de Dawson et de toi.

Mais Annabelle secoua la tête.

— Si vous pensez vraiment que ce gars est dangereux, il faut annuler ta séance de dédicaces demain.

— Mauvaise idée, répliqua Chloe. De toute façon, TJ ne risquera rien dans la boutique de cadeaux. Non seulement, nous serons à ses côtés mais la moitié de la ville sera présente. Cette séance est notre seule chance de déterminer si Mountain Man est ou non l'auteur des lettres de menaces.

— Tu penses vraiment que c'est lui ? demanda Annabelle.

— Écoute, il y a quand même beaucoup d'éléments troublants. Je veux bien croire aux coïncidences mais là, ça fait beaucoup. D'abord, alors que j'étais à deux doigts de me faire écraser par un camion, il a surgi par-derrière pour me sauver in extremis. Ensuite, il débarque à Whitehorse en même temps que moi. Et comme si cela ne suffisait pas, je découvre qu'il s'est installé ici il y a six mois, à l'époque où j'ai commencé à recevoir les messages de ce détraqué. Posons la question autrement : Quelles sont les chances qu'il *ne soit pas* mon True Fan ?

Au souvenir de ses yeux bleus si perçants sur elle, TJ frissonna.

Elle s'était sentie étrangement attirée par lui en même temps qu'elle avait eu peur.

— Que fera TJ s'il se présente à la séance de dédicaces demain ? demanda Annabelle à Chloe. Doit-elle lui demander en toute simplicité s'il est True Fan ?

Chloe gémit.

— Non, évidemment pas. Elle va garder son sang-froid, la jouer cool, décontractée. Nous serons là. Si Silas Walker et ce fou furieux ne font qu'un, il ne tentera rien à la signature mais pourrait dire quelque chose qui le trahira. Une fois que nous saurons avec certitude, nous irons trouver le shérif.

— TJ la jouer cool ? répéta sa jeune sœur en riant. Ne le prends pas mal mais elle en est incapable.

— Ce n'est pas vrai, je peux le faire, assura TJ, même si elle était loin d'en être certaine.

Il le fallait. Ce petit jeu malsain avait assez duré. Il fallait y mettre un terme parce qu'elle ne pouvait plus le supporter. Si ce n'était pas le cas, elle craignait que True Fan ne passe aux actes et ne la tue comme il lui avait promis de le faire.

— Peut-être ne se montrera-t-il même pas.

— Je suis sûre qu'il viendra, répliqua Chloe. Si c'est lui, il aura envie de se rapprocher le plus possible de toi. Il t'a provoquée. Maintenant, il veut que tu saches à quel point il est proche.

Comme si TJ ignorait les ressorts psychologiques d'un tel personnage. Elle écrivait sur ces individus tout le temps. Si cet homme était son True Fan, il ne voulait pas seulement qu'elle sache à quel point il était proche. Il tenait à ce qu'elle ait conscience du fait qu'il lui était facile de l'atteindre.

Voilà six mois qu'elle tentait de se préparer au moment fatidique, au moment où elle allait affronter le tueur, comme son héroïne dans chacun de ses livres.

6

Lorsque TJ se réveilla, le lendemain matin, elle fut stupéfaite de voir l'heure qui s'affichait sur son réveil. Il était très tard. Elle n'en revenait pas d'avoir autant dormi. Elle se doucha et s'habilla à la hâte. Quand elle descendit, prête pour sa séance de dédicaces, Annabelle lui tendit une tasse de café et un beignet.

Elle prit le café, refusa le beignet et regarda Annabelle le croquer avec appétit.

— Je suis vraiment contente de ne plus être mannequin, dit sa sœur, un grand sourire aux lèvres, avant de se lécher les doigts.

TJ ne put s'empêcher de lui rendre son sourire. Annabelle semblait en grande forme. Lorsqu'elle était top model, elle était maigre comme un clou et d'une pâleur cadavérique. Maintenant, elle resplendissait de santé. Sa métamorphose faisait vraiment plaisir à voir.

— Je dois me rendre à ma séance de dédicaces.

— Nous t'accompagnons, évidemment, dit Chloe en entrant à son tour dans la cuisine. Te sens-tu nerveuse ?

— À ton avis ?

TJ n'avait jamais apprécié les séances de signatures. Sans doute parce qu'elle détestait attirer l'attention sur elle. Elle aimait écrire les histoires qui peuplaient sa tête. Mais avant de vivre de sa plume, elle n'avait pas eu conscience des contraintes auxquelles devait se soumettre un auteur publié. Naïvement, elle avait cru qu'elle pourrait se contenter de s'enfermer dans une pièce et de s'adonner à sa passion.

Lorsque son éditeur lui avait demandé de s'impliquer davantage sur les réseaux sociaux, elle avait hésité à renoncer, à changer de métier.

Mais elle était incapable de cesser d'écrire. Chaque fois qu'elle avait essayé d'arrêter, elle avait tenu trois jours au maximum avant de commencer à en rêver la nuit. Des personnages se mettaient à lui parler, exigeant qu'elle raconte leurs histoires. Elle adorait ce préalable à la rédaction d'un livre.

TJ se rappelait sa surprise en découvrant que tout le monde ne fonctionnait pas comme elle, que la plupart des gens n'avaient pas d'intrigues dans la tête, qu'ils n'instauraient aucun dialogue avec des êtres imaginaires, qu'ils ne suivaient pas leurs aventures par l'esprit avant de les coucher sur le papier.

Elle demandait à ses proches :

— Mais alors, à quoi penses-tu quand tu es sous la douche ou que tu conduis ?

La réponse était invariablement :

— Je ne sais pas trop, je n'y fais pas attention. Mais je suis sûr que je n'imagine pas d'histoires.

TJ avait été plus sidérée encore d'apprendre que beaucoup d'autres romanciers ne conversaient jamais avec leurs personnages, que ces derniers ne s'imposaient pas à leur conscience. Pour sa part, TJ trouvait que ses héros étaient non seulement très présents mais souvent envahissants. Et elle savait que, bientôt, ceux de son prochain livre se mettraient à la harceler jusqu'à ce qu'elle recommence à écrire.

— Allons-y, dit Chloe, ou nous allons être en retard.

TJ aurait voulu monter dans le 4x4 d'Annabelle – celle-ci avait troqué son cabriolet pour un véhicule plus adapté au Montana – et s'en aller loin avec ses sœurs. Au point où elle en était, elle se sentait capable de s'enfuir sans un regard en arrière.

Lorsqu'elles arrivèrent, il y avait déjà foule dans la boutique de cadeaux. En passant devant la vitrine, TJ ne put s'empêcher de chercher des yeux Mountain Man, soulagée de constater qu'il n'était nulle part en vue. Après l'épisode de la veille, peut-être n'oserait-il pas se montrer.

— Gare-toi dans la ruelle, Annabelle. Tu ne vas pas te dégonfler, n'est-ce pas, TJ ? demanda Chloe.

— Non mais je suis à cran... Les séances de dédicaces me donnent toujours des sueurs froides mais jamais à ce point.

Elles entrèrent par l'arrière. TJ posa son manteau et son sac dans l'arrière-boutique, et inspira plusieurs fois, tentant de se ressaisir.

Tu l'as fait des dizaines de fois. Tu peux le faire, tu vas y arriver.

Mais les autres fois, elle ne faisait pas l'objet de menaces...

Sortant de la réserve, elle se dirigea vers la table qui avait été installée pour elle et sur laquelle trônait une pile de livres. Le propriétaire de la boutique se précipita pour l'accueillir et lui demanda si elle avait besoin d'eau, de café ou d'autre chose.

— Un peu d'eau, merci, répondit TJ, en considérant avec appréhension la longue file d'attente.

Tout en s'asseyant, elle s'efforça de sourire.

— Voici ta bouteille d'eau, lança une voix familière derrière elle.

TJ se retourna.

— Joyce ?

Elle ne put dissimuler sa surprise. Elle n'avait pas revu Joyce Mason depuis le lycée. À l'époque, Joyce était considérée par leurs camarades comme une future délinquante, comme la fille la plus susceptible de finir un jour derrière les barreaux. Elle faisait alors les quatre cents coups avec les voyous de la ville et buvait beaucoup.

— Tu travailles ici maintenant ? poursuivit TJ, ressentant le besoin de dire quelque chose.

Joyce était plus mince qu'au lycée mais elle avait gardé la même coiffure et la même expression ennuyée. Le seul changement notable venait des tatouages sur ses bras, plus nombreux qu'autrefois.

— Oui, pourquoi ? Cela te surprend-il que je lise ? demanda Joyce d'un ton mordant.

TJ laissa échapper un rire nerveux.

— Pas du tout. Et en tant que romancière, je suis ravie.

— Oui, nous savons tous que tu es romancière, répliqua sèchement son ancienne camarade. Inutile de la ramener.

Elle posa avec brusquerie la bouteille d'eau sur la table et s'éloigna.

Mal à l'aise après cet échange, TJ entendit alors un cri de joie à l'autre extrémité du magasin et vit Dorothy Crest – « Dot » pour les intimes – se précipiter vers elle, tout sourire.

— Que je suis heureuse de te voir ! cria Dot. J'ai doublé tout le monde pour te dire bonjour mais ensuite je retourne faire la queue, ne t'inquiète pas. Je ne cherche pas à resquiller. Mais je tiens absolument à ce que tu me dédicaces ton dernier roman. Je les ai tous lus. Ils sont effrayants, et pourtant je suis incapable de les lâcher avant la fin. J'adore, ajouta-t-elle en riant.

Sur ces mots, elle regagna la file d'attente, en profitant pour saluer au passage plusieurs connaissances. Apparemment, Dot connaissait tout le monde.

Le propriétaire s'approcha de TJ pour lui dire à quel point ils étaient tous heureux de sa présence.

— Prête ? demanda-t-il.

Était-elle prête ? Non. Elle se sentait au bord du malaise alors que la séance n'avait même pas commencé. D'habitude, elle était plus organisée. En quittant la maison, elle avait failli oublier de prendre des marque-pages. Sa nervosité était telle qu'elle n'avait même pas pensé à se munir d'un stylo. Heureusement, il y en avait plusieurs sur la table.

Elle sourit à la sexagénaire qui s'avançait vers elle. Son visage lui semblait familier mais pendant un moment TJ fut incapable de se remémorer son nom. Les séances de dédicaces la perturbaient tant qu'elle en oubliait souvent les noms de personnes qu'elle connaissait pourtant très bien.

Heureusement, elle utilisait souvent une petite astuce pour ne pas les vexer :

— Auriez-vous la gentillesse de m'épeler votre patronyme ?

Cela ne marchait pas toujours. Un jour, par exemple, une grande brune s'était présentée, se vantant haut et fort de la connaître depuis toujours. Mais TJ avait été incapable de se rappeler son nom. Lorsqu'elle lui avait demandé de l'épeler, son interlocutrice avait froncé les sourcils avant de lâcher :

— Pat. P-A-T.

Très ennuyée, TJ n'avait pas eu la possibilité de s'excuser, de s'expliquer. Elle n'avait jamais revu la dénommée Pat.

Revenant au présent, TJ sourit de plus belle à la sexagénaire qui s'avançait vers elle en disant :

— Vous ne vous souvenez probablement pas de moi. Et je n'en serais pas étonnée. Vous étiez toujours dans la lune, en classe...

TJ savait qu'elle la connaissait. Son visage sévère lui disait quelque chose. Oui, cette femme avait un air familier. Vraiment familier mais...

Et soudain, un éclair la traversa.

— Je ne vous ai pas oubliée, madame Brown. Bien sûr que non. Je vous avais en cours d'anglais au lycée.

Annabelle lui avait raconté que leur ancien professeur avait dû prendre sa retraite plus tôt que prévu après un petit accident vasculaire cérébral.

— Voulez-vous que je vous dédicace votre livre ?

— Bien sûr. Mais vous ignorez probablement mon prénom. Ester.

TJ signa l'ouvrage, y glissa un marque-page et le lui tendit.

Ester Brown hésita.

— L'autre jour, j'ai dit à mon mari que je n'avais pas été surprise d'apprendre que vous écriviez. Vous ne cessiez de bavarder autrefois pendant mes cours. Un vrai moulin à paroles !

Sur ces mots, elle s'en alla.

TJ fronça les sourcils. Annabelle ne lui avait-elle pas raconté que le mari de Mme Brown était mort ? Peut-être avait-elle mal compris.

De nouveaux et d'anciens lecteurs s'avancèrent, et TJ signa, sourit et passa au suivant. Le nombre de personnes venues à cette séance de dédicaces la surprit. Mais la dernière fois qu'elle avait signé un de ses thrillers dans la ville de son enfance remontait à des années.

— Salut TJ, lança un trentenaire en arrivant à sa hauteur.

Elle lui sourit, un peu déstabilisée. Elle l'avait aperçu dans la file d'attente sans lui accorder beaucoup d'attention. Elle cherchait des yeux Mountain Man. Mais si Silas Walker avait l'intention d'assister à cette séance de dédicaces, il ne s'était pas montré jusqu'ici, et bientôt la séance serait finie. La file d'attente avait bien diminué, constata-t-elle avec soulagement.

Sa main lui faisait mal à force de signer, et elle était fatiguée d'essayer de mettre des noms sur des visages qu'elle n'avait pas vus depuis des années.

Mais comme elle regardait ce brun au physique plutôt banal, son nom lui revint brusquement en mémoire.

— Tommy Harwood.

— Tom, la corrigea-t-il.

Il semblait surpris qu'elle se souvienne de lui. C'était autrefois un élève moyen, invisible, tout comme TJ. Alors que ses sœurs étaient toujours entourées d'une bande d'amis au lycée, TJ était une rêveuse qui préférait rester seule dans un coin avec un livre.

Avec les années, Tommy avait perdu ses cheveux et pris du ventre. À la vue de sa veste à l'effigie d'une marque de voitures, elle comprit qu'il travaillait chez un concessionnaire.

— Veux-tu que je te dédicace un exemplaire ? demanda-t-elle alors qu'elle s'emparait d'un roman et levait son stylo avec espoir.

— Bien sûr, si tu le dédies à « Tom ».

Elle hocha la tête et signa : « Pour Tom, bonne lecture, TJ St. Clair. »

Elle ne pensait pas avoir échangé plus d'une douzaine de mots avec Tommy au cours de leurs années de lycée. Quoi qu'en dise Mme Brown, elle n'avait jamais été très bavarde. Son ancien professeur devait la confondre avec Annabelle. Génial.

— Es-tu en ville pour longtemps ? demanda Tommy à voix basse.

— Pour une dizaine de jours, je suis venue pour les fêtes.

Elle lui tendit le thriller dédicacé tandis qu'il continuait à la dévisager.

— Tu es probablement très occupée mais si jamais tu avais envie de prendre un café, un de ces quatre…

— Merci. Ce serait sympa. Je te ferai signe.

— Bon, je te laisse à tes autres admirateurs.

Elle le regarda s'éloigner un moment, tentant de chasser le malaise dont elle était la proie.

— J'adore vos romans, déclara une femme en prenant rapidement la place de Tommy.

À mesure que la file diminuait, TJ commençait à se détendre. Elle aimait ses lecteurs. Ils l'avaient soutenue à ses débuts, encouragée. Au départ, elle écrivait des nouvelles pour un hebdomadaire. C'est alors qu'elle avait reçu le tout premier message d'un admirateur. Il lui conseillait d'écrire des livres, de vrais livres. Elle avait encadré cette première lettre et l'avait mise sur son mur. Ces mots lui avaient donné de l'espoir et l'avaient aidée à s'accrocher lorsqu'elle s'était lancée dans la rédaction de son tout premier roman.

Ce souvenir la fit sourire. Elle avait souvent cru qu'elle n'y arriverait pas, qu'elle ne réussirait pas à le terminer. Sans parler de sa crainte qu'il soit nul et que tout le monde déteste ce qu'elle écrivait, rejette son travail.

Et d'ailleurs, cela avait été le cas. Son premier manuscrit était toujours au fond d'un placard, et il y resterait. Il était mauvais et ne serait jamais publié. Mais il lui avait donné la certitude non seulement qu'elle était capable de finir un livre mais aussi qu'elle pouvait en écrire un meilleur.

Et la suite avait prouvé que son premier fan avait eu raison de l'encourager. Elle sortait un thriller par an depuis sept ans, tous publiés, chacun se vendant mieux que le précédent. Elle se souvint du frisson qui l'avait parcourue lorsqu'elle avait vu son quatrième titre apparaître sur la liste des meilleures ventes du *New York Times*.

Elle avait entendu parler d'auteurs qui, après avoir écrit un best-seller, s'offraient un voyage à l'autre bout du monde ou s'achetaient une belle voiture. TJ s'était contentée de faire le tour du quartier, souriant comme une idiote, et sur une impulsion de se régaler d'un sundae au chocolat chaud. Une folie. Par nature, Tessa Jane Clementine, alias TJ St. Clair, détestait les excès.

Elle avait toujours été comme ça. Elle ne se lâchait jamais, jamais complètement. Sa sœur Annabelle en devenait folle.

— Quand t'autoriseras-tu à te laisser aller ? À faire quelque chose de déraisonnable ? À tenter ta chance ?

— Même si je le voulais, j'en serais incapable, avait-elle répondu.

En vérité, elle n'avait jamais été audacieuse. Son sundae au chocolat chaud l'avait rendue malade et lui avait rappelé les raisons pour lesquelles elle faisait preuve de retenue en toutes circonstances.

Seule son héroïne, Constance Ryan, faisait des choses folles et courageuses. Constance aimait défier le destin. Et depuis le début, TJ adorait raconter les aventures de cette détective privée qui n'avait pas froid aux yeux et à qui elle aurait adoré ressembler.

Comme elle finissait de signer le livre d'une jeune femme, TJ leva le nez et se sentit blêmir.

Montain Man, Silas Walker, venait d'entrer dans la boutique, et il se dirigeait vers elle.

7

Silas s'inquiétait un peu de la façon dont il serait reçu à la séance de dédicaces. En raison de sa taille et de son apparence – surtout lorsqu'il séjournait dans le Montana et qu'il était alors en mode « sauvage » –, il faisait souvent peur aux petits enfants. Sa barbe était plus longue que d'habitude car il avait travaillé sous couverture peu de temps auparavant, et il avait également laissé pousser ses cheveux.

Mais une femme qui écrivait des intrigues policières, des histoires de meurtres toutes plus terrifiantes les unes que les autres, ne se laisserait certainement pas impressionner par ce genre de détails. Il en fallait davantage pour faire trembler TJ, n'est-ce pas ?

Il n'allait pas tarder à le découvrir. Il s'avança vers la table où elle venait de signer un de ses romans. Il restait encore plusieurs exemplaires de son livre, remarqua-t-il avec soulagement.

Il arrivait tard à cause de la tempête de neige qui s'était abattue dans les montagnes pendant la nuit. Il avait dû pelleter le chemin forestier pour réussir à sortir son pick-up. Mais il n'aurait raté pour rien au monde l'occasion qui lui était offerte d'acheter un roman de TJ St. Clair dédicacé par l'auteur.

Quand il s'approcha, il la vit se figer comme une biche surprise par le faisceau de phares. Sa réaction le plongea dans un abîme de perplexité. Elle n'avait quand même pas cru que c'était lui qui l'avait poussée dans la rue, la veille, à New York. Au contraire, il lui avait évité de se faire écraser. Il l'avait sauvée.

— Bonjour, dit-il en atteignant la table. Je ne peux pas vous dire à quel point je suis heureux d'être arrivé à temps. J'aurais été catastrophé de rater votre séance de dédicaces.

Elle avait des yeux superbes, d'un bleu profond. Ses cheveux blonds encadraient un ravissant visage qu'il avait mémorisé à force de contempler sa photo au dos de ses livres.

Elle l'intriguait depuis la toute première fois qu'il avait feuilleté l'un de ses romans. En principe, il ne lisait pas de thrillers. Sa vie en était un, il n'avait pas besoin d'en rajouter.

Mais un jour, par hasard, la couverture de l'un de ses livres l'avait attiré dans une librairie. Il l'avait ouvert à la première page et avait commencé à lire. Avant de comprendre comment, il s'était retrouvé à la page 30. À ce moment-là, il avait compris qu'il ne sortirait pas de la boutique sans ce roman.

Il n'avait vu la photo de TJ qu'après l'avoir terminé. Il avait été étonné. En le lisant, il avait cru que l'ouvrage avait été écrit par un homme. Il se souvenait avoir souri. Il aimait les surprises, et cette femme l'avait vraiment épaté.

Maintenant, comme il la regardait prendre un des exemplaires de son dernier titre, il constata, sidéré, que ses mains tremblaient. Il ne comprenait pas sa nervosité, même si la veille elle avait déjà eu une réaction bizarre en le voyant. Dans ses romans, les personnages montraient beaucoup de courage, parfois même de la témérité. Il s'était plu à croire que TJ possédait le cran de son héroïne principale – Constance –, au moins en partie. Il n'aurait jamais imaginé voir la peur briller dans ses yeux.

— À quel nom souhaitez-vous que je le dédicace ? demanda-t-elle d'une voix éteinte.

Se rendant compte qu'il la dominait de sa haute stature, il s'assit sur la chaise, même s'il soupçonnait que le problème n'était pas là.

— Silas.

Il lui épela son prénom et la regarda l'écrire d'une calligraphie soignée.

— Je suis vraiment heureux de faire votre connaissance, dit-il avec chaleur. Dès que j'ai ouvert l'un de vos livres, j'ai eu envie de rencontrer la femme qui l'avait écrit.

Il vit ses doigts se crisper sur son stylo. Lorsqu'elle croisa son regard, il lui sourit et la vit frissonner. Elle écrivit à la hâte :

Bonne lecture, Silas !

Puis elle signa. Il avait appris que TJ St. Clair était un pseudonyme. Sa véritable identité était Tessa Jane Clementine.

Elle lui tendit l'ouvrage.

— J'espère qu'il vous plaira, dit-elle dans un murmure.

Il n'y avait personne derrière lui, car il était arrivé alors que la séance s'achevait. Aussi poursuivit-il :

— Sincèrement, j'adore vos livres. Je les ai tous dévorés et j'attendais avec impatience la sortie de celui-ci. Je tenais à vous le dire.

Il commençait à se lever mais interrompit soudain son mouvement.

— Ma question va sans doute vous paraître bizarre mais j'aimerais comprendre quelque chose. Pourquoi est-ce que je vous rends si nerveuse ? Le savez-vous ?

Elle entrouvrit les lèvres, les referma avant de répliquer :

— Y a-t-il une raison pour laquelle vous devriez me rendre nerveuse ?

— Non, aucune. Pour tout vous dire, quand j'ai appris que vous alliez dédicacer votre dernier roman, j'ai espéré...

Il secoua la tête.

— Vous refusez probablement les invitations à dîner de vos admirateurs. Et je ne vous le reproche pas. Mais je le regrette parce qu'à travers vos livres... Eh bien, j'ai un peu l'impression de vous connaître. Cela doit vous sembler fou. Mais vous êtes la raison pour laquelle j'ai acheté un terrain et construit un chalet ici.

Il haussa les épaules.

— Je suis désolé de vous retenir. Vous avez probablement hâte de partir, de rentrer chez vous.

Il sourit en se levant.

— Peut-être nous reverrons-nous en ville. En tout cas, merci beaucoup d'avoir signé ce roman, ajouta-t-il en désignant l'ouvrage entre ses mains. Je le garderai comme un trésor. Et j'ai été ravi de faire votre connaissance, de vous rencontrer en chair et en os. J'en rêvais depuis longtemps.

Bouche bée, TJ regarda Silas Walker se diriger vers la caisse et payer son livre. Elle revit en pensée ses yeux bleus, son regard perçant et son sourire désarmant. Il s'était rendu compte qu'il la rendait nerveuse. S'en était-il réjoui ou avait-il cherché à la rassurer ?

— Alors ? chuchota Chloe en se précipitant vers elle. Est-il ton True Fan ?

Pendant un moment, elle fut incapable d'articuler un mot.

— Je n'en ai aucune idée, répondit-elle enfin. Apparemment, il s'apprêtait à m'inviter à dîner mais il a changé d'avis.

Annabelle apparut juste à temps pour entendre la fin de sa phrase. Elle laissa échapper un petit rire.

— Ah bon ? Il voulait juste un rencard ?

— Et il ne t'a donné aucune indication comme quoi il pourrait être ton True Fan ? insista Chloe. Il n'y a fait aucune allusion ?

— Aucune.

Et pourtant... Elle se souvint de la façon dont il l'avait regardée, droit dans les yeux. Que cherchait-il ?

En frissonnant, elle laissa échapper un soupir.

— Je suis soulagée que cette séance de dédicaces soit terminée.

— Il est resté pas mal de temps à te parler, poursuivit Chloe, refusant de laisser tomber le sujet. Que t'a-t-il dit d'autre ?

— Je ne sais plus très bien, mon cerveau tournait au ralenti, répondit TJ. Qu'il avait l'impression de me connaître à travers mes livres, que c'était fou. Et aussi que j'étais la raison pour laquelle il s'était installé dans le Montana.

Annabelle écarquilla les yeux.

— Cela ne semble pas rassurant mais tu n'habites plus ici. Tu es devenue une New Yorkaise, alors...

— A-t-il fait allusion au fait qu'il t'avait sauvé la vie à New York hier matin ? demanda Chloe.

— Non, répondit TJ. J'aurais sans doute dû lui poser la question mais mes soupçons me semblaient soudain ridicules. Il continuait à me regarder comme si...

Comme si quoi ? Comme s'il voulait seulement l'inviter à dîner ? Ou autre chose ? Elle avait beau y réfléchir, elle n'était sûre de rien.

— Peut-être aurais-tu dû accepter de sortir avec lui, dit Chloe.

— Non ! cria Annabelle. Et s'il était... True Fan ?

— Comme il s'est ravisé et a finalement renoncé à me demander de sortir avec lui, la question est sans intérêt, fit-elle remarquer.

Tommy Harwood, lui, m'a ouvertement proposé de prendre un café avec lui.

Ses sœurs lui lancèrent un regard, perplexes, lui confirmant que le pauvre était aussi invisible qu'elle au lycée.

Quand elle leur décrivit Tommy, Chloe hocha la tête :

— Je me souviens vaguement de lui.

— Un chauve avec un peu de ventre ? demanda Annabelle.

— Exactement. Il travaille chez un concessionnaire automobile, à présent.

Ses deux sœurs perdirent rapidement tout intérêt pour lui.

— J'ai vu Dot. Elle n'a pas changé, déclara Chloe.

— Joyce Mason travaille désormais ici, ajouta TJ, à voix basse, craignant que Joyce ne soit dans les parages et à l'écoute. Elle m'a paru un peu étrange.

Chloe lui enlaça les épaules.

— En tout cas, tu as survécu à cette séance de dédicaces. Bravo !

TJ sourit. Oui, elle avait survécu. Mais elle ignorait toujours si True Fan se trouvait parmi les nombreuses personnes qui étaient venues faire signer leur livre.

— Bon, maintenant, allons déjeuner, déclara Annabelle.

— Ou descendons prendre un verre au Mint, renchérit Chloe. Que préférez-vous ? À toi d'en décider, Tessa Jane.

— Je meurs de faim, ajouta Annabelle.

— Et toi, TJ, tu as besoin d'un bon repas. Tu es maigre comme un clou.

— Elle va vite reprendre du poids avec la bonne cuisine du Montana, assura Annabelle. Que diriez-vous d'un poulet-frites ?

— Miam ! s'exclama TJ.

Ses sœurs riaient en sortant de la boutique. Leurs rires étaient merveilleux. TJ se répétait que son True Fan n'était pas à Whitehorse aujourd'hui, qu'il n'était pas passé à la séance de dédicaces, qu'il n'avait pas acheté son dernier thriller.

Et pourtant, elle n'avait pu s'empêcher d'y penser en signant les exemplaires de toutes les personnes de la file d'attente, y compris celui de la jeune femme qui était placée juste avant Silas Walker. TJ avait été distraite mais maintenant qu'elle se souvenait de...

— J'ai dédicacé un livre pour Nellie Doll, dit-elle alors qu'elles remontaient la rue.

Chloe s'arrêta.

— Lanell ? Je ne l'ai pas vue dans la queue.

— Elle n'a pas pu venir et a envoyé sa nièce à sa place, déclara TJ. La nièce m'a fait écrire :

À Nellie, en souvenir du bon vieux temps.

— C'est un peu bizarre, non ? dit Chloe. Nellie et toi n'étiez pas particulièrement amies, autrefois.

— Non, déclara TJ. Loin de là.

— Tu ne penses quand même pas que Nellie…

Annabelle revenait vers elles et regarda TJ et Chloe tour à tour.

— Nellie pourrait-elle être ta True Fan ?

— Tu nous as dit que les lettres avaient été postées des quatre coins du pays, non ? dit Chloe. Or, Nellie n'est sans doute jamais sortie du comté.

TJ hocha la tête, se remémorant Nellie à l'époque du lycée. Elle ne pouvait pas l'imaginer dépenser son argent pour un livre et encore moins pour un de ses thriller.

Elle s'efforça de cesser de penser à True Fan. Elle avait tellement de lecteurs formidables. Pourquoi laisser un cinglé tout gâcher ? Ne pas savoir si True Fan était un homme ou une femme l'ennuyait vraiment. Elle avait eu plusieurs meurtrières dans ses romans. D'ailleurs, dans le dernier, l'assassin était une fille d'Ève.

8

TJ se réveilla en proie à un épouvantable mal de tête après une nuit peuplée de rêves étranges. Elle prit une douche et avala deux antalgiques. Vu son peu d'énergie, elle appréhendait l'entretien qu'elle avait promis à un journaliste de la *Billings Gazette* dans la matinée.

Tout en s'habillant, elle entendait ses sœurs, déjà debout, qui bavardaient dans la cuisine. Elle ouvrit la porte de sa chambre et suivit les riches effluves de café dans l'escalier.

Elle ne put s'empêcher de sourire. Il y avait quelque chose de réconfortant à l'idée de revenir dans cette maison avec ses sœurs. Le simple son de leurs voix allégeait son pas aussi bien que son cœur. En entrant dans la cuisine, elle se dirigea directement vers le placard où elle savait qu'elle trouverait un bol.

— Bonjour ! dit Annabelle de la table où elle et Chloe étaient assises devant leur café. La journée s'annonce magnifique.

TJ se tourna vers la fenêtre. Dehors, la neige étincelait sous les rayons du soleil matinal.

— Es-tu toujours aussi enjouée au saut du lit, Belle ? lui demanda-t-elle en s'asseyant à table.

— Je parie que ce n'est pas ton cas et que tu détestes les gens du matin, dit Chloe en riant.

— Que diriez-vous d'aller chercher un sapin de Noël, aujourd'hui ? poursuivit gaiement Annabelle. Willie m'a empêchée in extremis de jeter les boîtes de décorations de Noël de Frannie. Et plus tard dans la journée, il faudrait également songer à nous occuper des achats de Noël.

TJ devina que sa petite sœur essayait de lui changer les idées pour l'empêcher de penser à True Fan et à la séance de dédicaces de la veille.

— Connais-tu un pépiniériste en ville où acheter un arbre ? demanda Chloe.

— Ne dis pas de bêtises, répondit Annabelle en riant. Nous allons trouver un sapin dans la montagne, évidemment. Il y a une hache dans le garage.

— Une hache ? s'exclama Chloe.

— Quand tu dis « la montagne », tu veux parler des Little Rockies, je suppose ? demanda TJ.

Ses deux sœurs se tournèrent vers elle.

— Pourquoi ta façon de prononcer ces deux mots trahit-elle une telle excitation ? demanda Chloe. La perspective de te rapprocher du chalet de Mountain Man n'en est pas la cause, j'espère ?

— Bien sûr que non, assura TJ en rougissant. Voilà longtemps que je ne suis pas montée là-haut, voilà tout.

À la manière dont Annabelle et Chloe l'observaient, elle préféra ajouter :

— Arrêtez avec votre parano ! Silas Walker n'est pas True Fan.

— Il t'a quand même dit que tu étais la raison pour laquelle il avait décidé de s'installer ici, lui rappela Chloe.

— C'est vrai mais beaucoup de mes lecteurs m'ont confié qu'ils avaient l'impression d'être dans le Montana quand ils lisaient mes livres, et j'ai ainsi donné à certains d'entre eux l'envie de s'y rendre, de découvrir la région. Ce n'est pas inhabituel.

— Lui a *emménagé* ici, remarqua Chloe. C'est plus qu'une visite touristique.

— Mais si je comprends bien, toi, TJ, tu es persuadée qu'il n'est pas True Fan, n'est-ce pas ? demanda Annabelle d'un ton soupçonneux.

— Rien dans ses actes ou paroles ne laisse penser qu'il est autre chose qu'un fidèle lecteur de mes romans, répondit TJ avec sincérité. Bon, ajouta-t-elle en se levant. Je vais préparer un pique-nique pour le déjeuner. Et nous partons.

Comme quelqu'un frappait à la porte, Annabelle fronça les sourcils.

— Je me demande qui ça peut-être, dit-elle en allant ouvrir.

Dans l'entrée, elle se mit à rire avant de lancer :

— Vous apportez le courrier à domicile, maintenant ?

Sortant à son tour de la cuisine, TJ vit la postière tendre une enveloppe à sa sœur. L'employée se tourna vers TJ.

— Vous avez reçu une lettre, dit-elle. Une lettre d'un admirateur, j'en suis sûre ! Vous êtes l'auteur à succès de la ville, et nous en sommes tous très fiers. J'ai l'habitude de dire aux gens que je vous connais depuis que vous êtes toute petite, et que vous viviez ici autrefois avec vos sœurs. Ils ne me croient pas. Ils n'arrivent pas à imaginer quelqu'un d'aussi insignifiant que moi avec vous, une telle célébrité.

Le cœur serré, TJ parvint pourtant à sourire tandis qu'Annabelle remerciait la postière et refermait la porte.

— C'était Carol, l'employée du bureau de poste, expliqua sa sœur. Cette lettre est arrivée pour toi hier, mais comme tu n'as pas de boîte aux lettres, elle a décidé de te la déposer elle-même. C'est sympa, non ? Mais qu'as-tu ? ajouta-t-elle en remarquant que TJ était devenue toute pâle.

TJ ne répondit pas mais refusa de prendre l'enveloppe qu'Annabelle lui tendait. Elle voyait les mots qui y figuraient, tapés à la machine. Dans n'importe quelle autre ville, la missive se serait retrouvée au panier parce qu'elle était adressée à TJ St. Clair, Whitehorse, Montana, sans autre indication. Cela faisait partie des charmes qu'il y avait à vivre dans un petit village du Montana. Tout le monde se connaissait.

— Tu ne l'ouvres pas ? demanda Annabelle.

TJ semblant incapable de répondre, Chloe prit les choses en main.

— Je m'en charge, dit-elle.

Elle s'empara d'un couteau bien aiguisé, coupa avec soin le haut de l'enveloppe avant d'utiliser la pointe de la lame pour déplier le feuillet grisâtre.

Comment True Fan avait-il appris qu'elle était là ? se demandait TJ en se tordant les mains. Parce qu'il savait qu'elle se trouvait à Whitehorse. Bien sûr qu'il le savait. La veille encore, elle avait dédicacé des dizaines de livres. Le propriétaire de la boutique de cadeaux avait dû l'annoncer dans le journal local. Sans parler du fait qu'elle avait été reconnue à l'aéroport. Une femme l'avait photographiée et avait posté ce cliché sur les réseaux sociaux. Tous les possesseurs d'un smartphone dans le monde entier étaient au courant de la présence de TJ St. Clair à Whitehorse – et en particulier True Fan.

— L'expéditeur t'a adressé cette lettre ici, et il a donné le minimum d'indications sur l'enveloppe, remarqua Chloe. C'est uniquement parce que Whitehorse est une petite ville que ce pli t'a été remis, ajouta-t-elle, exprimant tout haut ce que TJ venait de penser.

— Frannie disait que Whitehorse n'était pas le bout du monde mais presque, leur rappela Annabelle. La dernière halte avant l'enfer.

Elle se mit à rire mais s'interrompit en comprenant que son histoire ne contribuait pas à alléger l'atmosphère.

— Attendez un instant, dit Chloe. Cette lettre a été postée *avant* ton arrivée ici, TJ. Celui ou celle qui l'a envoyée savait que tu allais venir.

TJ avait l'impression d'être épiée, surveillée, en permanence. Quelqu'un essayait de deviner ses faits et gestes pour avoir toujours un coup d'avance.

— Que dit le message ? balbutia-t-elle, livide.

Chloe se tourna vers elle. Annabelle se tenait un peu en retrait, les bras croisés, comme si elle appréhendait autant que TJ de découvrir le contenu de la missive.

— Lis-la-moi, dit TJ, refusant d'y toucher.

Chère Tessa Jane,

J'aimerais voir l'expression de votre visage en ce moment. Pensiez-vous vraiment pouvoir m'échapper ? Je vous l'ai dit, je suis votre True Fan et je le resterai jusqu'à la fin.

J'ai votre dernier livre entre les mains et j'espère qu'il sera au niveau, qu'il ne me décevra pas comme le précédent. Je crains de ne plus pouvoir supporter de nouvelles déconvenues de votre part. Alors je préfère vous prévenir : si votre thriller ne me satisfait pas, ma réaction risque d'être terrible. Je ne vous laisserai pas publier d'autres romans aussi mauvais.

J'aurais voulu vous aider à vous améliorer. Mais vous avez fait fi de mes conseils, estimant sans doute qu'ils n'avaient aucune valeur. Et moi, vous m'avez totalement ignoré. Votre mépris m'a fait mal, très mal.

Mais peut-être avez-vous suivi mes recommandations dans votre dernier thriller. Souhaitons-le. C'est votre seule chance d'échapper à mon courroux.

Votre True Fan qui le restera jusqu'à la fin.

— De quoi parle ce type ? demanda Chloe en finissant de lire.

Anéantie, TJ fut d'abord incapable de prononcer un mot. Au départ, True Fan avait adressé ses lettres à Mme St. Clair. Puis à TJ. Et maintenant, à Tessa Jane. Il devenait de plus en plus familier.

— Qu'attend-il de toi, TJ ? demanda Annabelle d'une voix inquiète. Qu'espère-t-il exactement ?

Elle poussa un gros soupir.

— L'un de mes personnages principaux a menti, et ce mensonge est resté impuni. True Fan en a été choqué.

— Alors châtie le menteur, déclara Annabelle. À mon avis, ce détail ne suffit pas à expliquer...

— True Fan souhaiterait aussi que mon héroïne tombe amoureuse de...

— Durango, acheva Chloe avec un juron.

TJ regarda sa sœur, sidérée.

— Tu lis mes livres ?

Cette journée était vraiment pleine de surprises.

— Je l'avoue. Cela m'ennuie de te poser la question qui va t'obliger à dévoiler une partie de l'intrigue et donc gâcher un peu le plaisir que je prendrai à la lecture de ton dernier thriller mais... Constance ne finit pas dans le lit de Durango ?

TJ secoua la tête.

— Durango meurt dans ce roman.

Silas avait du bois à couper et à entasser dans son chalet. En revenant de la ville, il avait écouté le bulletin météo à la radio et appris qu'une autre tempête s'annonçait. Avant de quitter Whitehorse, il avait acheté des provisions, sachant qu'il allait sans doute neiger pendant plusieurs jours. Tant qu'il avait assez de bûches pour ne pas mourir de froid, tout irait bien.

Mais en arrivant chez lui, il n'avait qu'une envie : commencer le dernier roman de TJ. Indépendamment de son thriller, il ne cessait de songer à elle, TJ, et à ses incroyables yeux bleus... Il aurait aimé l'inviter à dîner, même s'il la rendait manifestement nerveuse. Il adorerait discuter avec elle de livres, d'écriture, du Montana... De plus, elle était terriblement séduisante.

Il secoua la tête et s'ordonna de se ressaisir. Il avait du travail, du bois à couper.

Après avoir déchargé les sacs qu'il avait rapportés de la ville, il prit sa hache et débita rapidement des bûches pour avoir de quoi remplir le poêle pendant les prochains jours. Tandis qu'il finissait de les empiler près de la cheminée, des flocons commencèrent à danser dans le vent. Il s'arrêta un instant pour contempler le ciel bas et blanc. L'air était vif. Il huma avec délice l'odeur des grands pins.

Le silence absolu qui régnait dans les montagnes enneigées le fascinait. Ayant vécu toute sa vie en ville, il n'avait jamais connu un tel calme, une telle sérénité. Ses amis ne comprenaient pas qu'il ait voulu s'installer ici, en pleine nature, loin de tout. Ils le traitaient de fou.

— Pourquoi être allé t'enterrer dans un patelin au fin fond du Montana ? lui avait demandé l'un d'eux.

— À cause d'un auteur de polars, avait répondu un autre. TJ St. Clair. Comment ce type a-t-il réussi à te convaincre de changer aussi radicalement d'existence rien qu'avec des livres ?

Ses amis pensaient que TJ était un homme, et Silas ne les avait pas détrompés. Lui-même l'avait d'ailleurs cru au début, alors pourquoi pas ?

— La manière dont ce romancier décrit la région m'a donné envie de m'y rendre, et une fois sur place je suis tombé sous le charme.

— Encore heureux qu'il ne parte pas là-bas à cause d'une femme, avait ajouté l'un de ses amis.

— Nous saurions alors avec certitude qu'il a perdu la tête.

Ils s'étaient tous mis à rire, Silas plus fort que les autres.

TJ retrouva la journaliste au Great Northern. Elle avait suggéré cet endroit parce qu'elle savait qu'elles pourraient y trouver un coin tranquille dans la salle à manger pour parler. Après avoir commandé des cafés, la journaliste commença à l'interroger.

Depuis la publication de son tout premier livre, TJ avait accordé des dizaines d'interviews. Les journalistes lui posaient souvent la même question : « Où trouvez-vous vos idées ? » Partout. Elle avait passé des années à regarder les gens, à les observer à la dérobée. Elle ne se lassait pas du spectacle de la grande comédie humaine. Elle adorait deviner ce qui motivait les uns ou les autres. Le caractère de certaines personnes la touchait, la surprenait, la choquait parfois et lui donnait alors envie de broder, d'imaginer leur histoire...

TJ se prêta au jeu de l'interview, émaillant ses réponses d'exemples et de petites anecdotes, mais tout en parlant elle ne cessait de songer à Mountain Man, Silas Walker.

Finalement, la journaliste lui demanda ce qu'elle savait maintenant qu'elle aurait aimé savoir à ses débuts, quand elle avait commencé à écrire. Question difficile.

— Le métier d'écrivain est très exigeant, répondit TJ avec sincérité. Plus exigeant que je pensais au départ. Il n'a rien de comparable avec un emploi de bureau que vous effectuez de 9 heures à 17 heures et que vous oubliez quand vous rentrez chez vous. Il n'y a pas non plus de week-ends, ni de congés payés ni d'arrêt maladie pour les romanciers. Lorsque je commence la rédaction d'un livre, ses personnages m'accompagnent jusqu'à ce que je termine leur histoire. Ils ne me quittent pas un instant. Ils occupent toutes mes pensées, ils me réveillent au milieu de la nuit. Ils me harcèlent jusqu'à la fin du roman.

— Si je comprends bien, croire qu'un auteur a une vie en or parce qu'il n'a pas de contraintes d'horaires ni de petit chef sur le dos est une idée fausse, dit la journaliste.

TJ hocha la tête en riant.

— Tout le monde rêve de rester à la maison, de travailler en pyjama, de ne pas avoir un patron qui regarde en permanence par-dessus votre épaule. Mais en réalité, écrire est un sacerdoce. Je passe de longues heures devant mon ordinateur.

Quand l'interview se termina, TJ fut contente de s'en aller et de retourner à la maison où ses sœurs l'attendaient avec impatience pour partir chercher un sapin. Il neigeait de nouveau. D'énormes flocons s'écrasaient lentement sur le sol.

Au volant du 4x4, Annabelle ralentit pour traverser la petite ville de Zortman, bâtie au pied des Little Rockies.

Zortman était un village minuscule qui disposait pourtant d'un café, d'un bureau de poste, d'une église et d'une petite prison.

Le ciel d'un blanc terne déversait des tonneaux de flocons qui se collaient au pare-brise. Les essuie-glaces avaient du mal à suivre. Un épais tapis blanc recouvrait déjà la route. De hauts sapins se balançaient sous le vent.

Après avoir quitté Zortman, Annabelle s'engagea sur une route qui passait devant le cimetière avant de longer des terrains de camping d'été. La neige semblait tomber plus fort.

Emmitouflées dans de bons manteaux, les trois sœurs étaient bien décidées à profiter de cette balade dans les Little Rockies et à oublier le malaise qu'avait jeté sur elles la dernière lettre de True Fan. Annabelle avait emporté une hache et une corde pour attacher l'arbre sur le toit du 4x4.

— Je vais me garer un peu plus haut, et nous continuerons à pied, annonça-t-elle. Je suis sûre que nous trouverons le sapin parfait.

Chloe regardait par la vitre.

— C'est beau, c'est vrai. Les Little Rockies en hiver offrent un spectacle magnifique. Mais un peu inquiétant aussi. Et si nous nous retrouvions coincées dans la montagne à cause de la neige ?

— Au pire, nous marcherions jusqu'à Zortman, déclara Annabelle tout en continuant à rouler sur l'étroite route enneigée. Il y a aussi quelques chalets par ici. La plupart ne sont occupés que l'été mais je suis sûre que nous pourrions trouver de l'aide, en cas de besoin.

Chloe grommela une réponse inaudible d'un ton sceptique et alluma la radio où passait une chanson de Noël. Elle entonna aussitôt le refrain, imitée par Annabelle. TJ n'avait pas envie de chanter. En passant, elle avait vu une boîte aux lettres sur laquelle était écrit « S. WALKER ». Le chalet de Silas Walker ne devait pas être loin.

Elle n'en avait pas parlé à ses sœurs pour ne pas les inquiéter mais il émanait de cet homme quelque chose qui la rendait nerveuse. Elle tenait absolument à découvrir s'il était ou non True Fan. La dernière lettre qu'elle avait reçue le rendait encore plus suspect. C'est lui qui la lui avait envoyée, elle en était certaine. Le cachet sur l'enveloppe prouvait qu'elle avait été postée à Whitehorse.

— True Fan connaît donc quelqu'un dans tous les endroits où les lettres ont été postées, avait déclaré Chloe avant leur départ. Il ou elle l'envoie à des amis en leur demandant de te la poster de chez eux. Il leur fait certainement croire qu'il s'agit d'un jeu entre vous deux.

— Tu penses donc que True Fan a prié quelqu'un de Whitehorse de glisser cette missive dans la boîte aux lettres ? avait demandé Annabelle. Et cette personne ne connaîtrait pas TJ ?

— Pas nécessairement, avait répondu Chloe.

— Cessez d'essayer de me remonter le moral, avait dit TJ, accablée.

Lors de la séance de dédicaces, le propriétaire de la boutique de cadeaux l'avait appelée Tessa Jane – comme tout le monde à Whitehorse. Et maintenant, True Fan s'adressait à elle en utilisant ce prénom. Ce détail prouvait-il que True Fan avait appris sa véritable identité à cette soirée ? Ou la connaissait-il depuis toujours ?

True Fan aurait pu découvrir son vrai nom dans de nombreux endroits, mais TJ se demandait pourquoi il avait soudain décidé de cesser de la désigner par son pseudo d'écrivain pour l'appeler par son véritable prénom...

Annabelle s'arrêta sur le bas-côté, coupa le contact et la radio. Le silence tomba, aussi épais que le tapis de neige autour d'eux.

— Prêtes ?

Chaudement vêtues et chaussées, elles sortirent de l'habitacle et suivirent Annabelle qui portait la hache. Au début, elles marchèrent ensemble sur la route, mais comprirent rapidement qu'elles devraient s'enfoncer dans les bois pour espérer trouver un arbre et se séparer afin de multiplier leurs chances.

— Rappelez-vous : pas de sapin de plus de deux mètres, les avertit Annabelle avant qu'elles partent, chacune de leur côté. Les arbres ont toujours l'air plus petits dans la forêt.

— À l'entendre, on jurerait qu'elle a toujours vécu ici, lança

Chloe à TJ. Elle est allée couper un arbre une fois avec Dawson et elle a maintenant l'impression d'être une experte.

Autrefois, leur grand-mère avait un sapin en plastique qu'elle descendait du grenier chaque année.

TJ attendit que ses sœurs disparaissent sous les pins pour rebrousser chemin. Elle comptait rejoindre à pied la route enneigée qu'elles venaient de parcourir en voiture. Elle découvrit bientôt des traces de pneus plus anciennes que celles laissées par le 4x4 d'Annabelle, prouvant qu'un autre véhicule avait emprunté cette voie un peu plus tôt. Elle les suivit, déterminée à trouver le chalet de Silas Walker.

Marcher au milieu des flocons qui tombaient sans bruit avait sur elle un effet étourdissant, presque enivrant. Elle avait l'impression d'être à l'intérieur d'une boule à neige. Elle s'arrêta pour regarder en arrière, surprise de la vitesse à laquelle ses empreintes de pas avaient disparu, effacées par les flocons qui recouvraient le sol peu à peu.

TJ n'avait aucune idée de la distance qu'elle avait parcourue quand elle se rendit compte que le sentier forestier qu'elle gravissait menait à un petit chalet. Celui de Silas Walker, sans doute. S'il était rentré chez lui après la séance de dédicaces, ces traces de pneus provenaient sûrement de son véhicule.

Comme elle les suivait, une odeur de feu de bois lui chatouilla les narines. Elle continua d'avancer au milieu des flocons de neige qui tombaient de plus en plus fort, perdant peu à peu toute notion du temps et de l'espace.

Après avoir grimpé encore et s'être enfoncée plus profondément dans le bois, elle s'arrêta pour reprendre son souffle, hésitant à faire demi-tour. Mais elle était allée trop loin pour faire marche arrière, comprit-elle. Cela dit, si elle ne découvrait pas très vite le chalet, elle devrait pourtant s'y résoudre.

Tout autour d'elle, il n'y avait que du blanc. Les flocons tombaient beaucoup plus fort maintenant. Elle ne devinait plus qu'à grand-peine le chemin. Elle sentit un frisson lui parcourir l'échine. Elle avait été folle de s'aventurer dans le bois et de risquer de se perdre en pleine tempête de neige.

Alors qu'elle s'apprêtait à abandonner, à renoncer, elle repéra enfin la fumée qui s'élevait des arbres, un peu plus loin. Hâtant le pas, elle continua dans cette direction. Annabelle avait dit que plusieurs chalets se trouvaient par ici mais la plupart n'étaient occupés qu'en été. TJ était certaine que celui-ci était celui de Silas Walker.

En se rapprochant, elle vit le pick-up garé à côté d'une petite cabane en rondins qui confirma son intuition. Elle hésita. Sans doute avait-elle intérêt à retourner vers ses sœurs, à présent. Quand elles ne la verraient pas revenir, Chloe et Annabelle s'inquiéteraient pour elle. Mais elle était épuisée et trempée. Que devait-elle faire ?

Silas Walker surgit soudain de derrière le chalet, les bras chargés de bûches, et elle se pétrifia. Comme s'il avait senti sa présence, il leva les yeux. En la reconnaissant, la surprise passa sur son visage, suivie d'une tout autre émotion.

TJ fit volte-face pour repartir en courant. Mais ses bottes glissaient sur la neige verglacée. Elle trébucha et s'étala durement sur le sol. Lorsque sa jambe se tordit sous elle, elle poussa un cri de douleur. Elle s'efforça de se relever mais se rendit compte que sa cheville lui faisait terriblement mal. Elle se laissa retomber par terre avec une grimace, en comprenant, terrifiée, qu'elle n'irait pas plus loin.

Quand des bras puissants la soulevèrent, elle se débattit en hurlant mais Silas la serrait contre lui. Il était grand et fort. Elle ne faisait pas le poids. Comme elle se remettait à crier, une main gantée se colla à sa bouche pour la réduire au silence.

— Cessez de vous agiter, vous risquez de vous blesser davantage, dit-il à son oreille. Je vais vous redresser pour vous mettre sur votre bonne jambe. D'accord ?

Cessant de lutter, elle hocha la tête.

Mais au moment où il la posa sur ses pieds, elle lui envoya un coup de poing dans le ventre. Elle eut l'impression de frapper un mur. Elle fit volte-face et s'élança vers la route avant de s'effondrer aussitôt.

Silas se jeta de nouveau sur elle, bâillonnant sa bouche de sa main gantée lorsqu'elle recommença à hurler de terreur.

— L'un de nous deux est fou. Comme ce n'est pas moi, c'est forcément vous, marmonna-t-il. Allons en discuter à l'intérieur, là où il fait chaud.

Et, hissant TJ sur son épaule, il se dirigea vers le chalet.

Elle cria et lui martela le dos mais ses efforts n'eurent aucun effet. Calmement, il remonta les marches du porche, ouvrit la porte et entra. Il la laissa alors tomber sans cérémonie dans un fauteuil rembourré.

Immédiatement, TJ essaya de se relever mais dès qu'elle s'appuya sur sa cheville blessée, elle poussa un gémissement. D'une main, il la tint en place tout en refermant la porte d'un coup de pied. Il faisait chaud à l'intérieur du chalet, et l'odeur de quelque chose qui mijotait lui fit monter l'eau à la bouche.

— Que faites-vous dans la montagne en plein milieu d'une tempête de neige ? demanda-t-il.

Il émanait de lui une virilité à la fois impressionnante et grisante. Il ressemblait à un lion de montagne à l'affût, et elle se sentit comme un lapin terrifié de ne pouvoir lui échapper.

— Laissez-moi partir !

Il leva les mains.

— Pas avant que vous m'ayez expliqué ce qui se passe. Que faites-vous ici, TJ ?

Il l'avait donc reconnue malgré son épais manteau et son chapeau qui lui couvrait la moitié du visage.

— J'étais venue chercher un sapin de Noël. Je me suis perdue.

Elle commença à se lever de la chaise mais il l'en empêcha.

— Attendez. Vous cherchiez un sapin de Noël ? Et vous tombez par hasard sur mon chalet ? Vous n'êtes pas venue ici toute seule, j'imagine.

— Non. J'étais accompagnée de mes sœurs. Elles vont s'inquiéter, me chercher. Voilà pourquoi je dois partir.

Mais tout en le disant, elle savait que Chloe et Annabelle ne pourraient pas la retrouver. Elles la chercheraient plus près de l'endroit où elles s'étaient garées. À présent, elles avaient sans doute trouvé un sapin et l'avaient attaché sur le 4x4.

Elle les imagina l'appelant, plaisantant, jusqu'à ce qu'elles commencent à s'inquiéter. Tenteraient-elles de chercher ses empreintes de pas dans la neige ? Il neigeait si fort que ses traces étaient déjà effacées. Elles ne pourraient jamais remonter sa piste.

À quoi avait-elle pensé ? Elle n'avait pas réfléchi. Elle avait agi instinctivement, et elle avait eu tort.

Une nouvelle fois, elle essaya de se relever. En vain. Silas ne la repoussa pas, mais il s'accroupit devant elle.

— Sans vouloir vous offenser, vous mentez très mal, TJ. Pour quelle raison êtes-vous venue ici, en réalité ?

Si seulement elle le savait. Ce n'était pas comme si elle avait eu un plan. Elle avait eu envie de voir son chalet, espérant pouvoir l'espionner de loin. Et du même coup, en apprendre plus sur lui. Pourquoi ? Parce qu'elle croyait qu'il était True Fan ? Ou pour tenter de comprendre pourquoi cet inconnu la troublait à ce point ?

En tout cas, elle n'avait pas voulu se faire attraper et se retrouver coincée dans son chalet avec lui. Elle n'aurait jamais laissé l'héroïne de ses livres faire quelque chose de si stupide.

Promenant les yeux autour d'elle, elle fut surprise de l'exiguïté de l'endroit. La cabane de rondins abritait une seule pièce avec un poêle à bois au centre, une kitchenette dans un coin, un fauteuil dans lequel elle était assise, une chaise et un lit. Sous la fenêtre, se trouvait un petit bureau. Elle sentit soudain son cœur accélérer dans sa poitrine.

Sur le bureau, trônait une vieille machine à écrire manuelle.

9

TJ écarquilla les yeux. La peur la saisit. Silas avait suivi son regard, deviné son intérêt pour la machine à écrire. Et maintenant, il fronçait les sourcils d'une manière qui la terrifia.

Elle se remémora tous les thrillers qu'elle avait écrits dans lesquels l'héroïne réussissait à s'échapper en frappant le méchant avec une arme improvisée. Ou en lui envoyant un coup de genou dans le bas-ventre avant de foncer vers la porte.

Il y avait bien une lampe près de son fauteuil, mais elle ne voyait pas comment s'en saisir et frapper Silas assez fort pour l'assommer et parvenir à s'enfuir. Sans parler du fait qu'elle n'arrivait plus à marcher – et encore moins à courir – avec sa foulure à la cheville.

Mais elle devait faire quelque chose… Tentant le tout pour le tout, elle voulut profiter du fait qu'il était accroupi devant elle pour lui lancer son pied valide à la figure. Mais avant qu'elle puisse l'atteindre, il lui saisit le mollet, bloquant son mouvement.

— Ce coup-là ne fonctionne que dans vos romans, dit-il d'une voix rude. Dans la vraie vie, ce genre de gestes ne fait qu'attiser la colère de votre cible ce qui la rend encore plus dangereuse. Maintenant, cessez ce jeu et expliquez-moi ce qui se passe.

— Je sais qui vous êtes, balbutia-t-elle, se reprochant de s'exprimer d'une voix aussi altérée. Vous êtes mon True Fan.

De nouveau, il fronça les sourcils.

— En effet, je suis vraiment fan de vos livres mais…

La terreur de TJ se mua soudain en colère.

— C'est vous qui m'avez envoyé ces lettres !

— Ces lettres ? Quelles lettres ?

— N'essayez pas de nier. Et je sais aussi que c'est vous qui m'avez poussée sous les roues du camion, avant-hier matin à New York.

Il se rassit sur la chaise.

— J'étais effectivement à New York avant-hier matin et je me trouvais bien derrière vous au moment où ce semi-remorque est passé, roulant trop vite et trop près du trottoir. Une chance pour vous. Je n'avais même pas remarqué que vous m'aviez vu. En tout cas, je ne vous ai pas poussée, lui assura-t-il. C'est au contraire moi qui vous ai sauvée. En vous tirant en arrière à temps pour vous éviter de vous faire écraser !

— Bien sûr. Et vous étiez là par hasard, je suppose ? répliqua-t-elle d'un ton ironique.

— Pas vraiment. En fait, j'étais en pleine filature.

Devinant ce qu'elle devait penser, il ajouta :

— Ce n'était pas vous que je suivais. Mais un trafiquant de drogue. Et j'étais à deux doigts de le rattraper.

— Vous mentez ! Je sais que vous n'êtes plus flic, que vous avez été viré.

— Apparemment, vous avez pris des renseignements sur moi, dit-il en souriant. J'en suis flatté. Mais il ne faut pas croire tout ce qu'il y a dans les journaux. Quoi qu'il en soit, je travaille désormais pour un cabinet de détectives privés. Ou plutôt je travaillais parce que je viens de me mettre en congé. Mais peut-être le saviez-vous déjà. Et désolé, mais je ne vous ai jamais écrit.

— Vous me harcelez depuis des mois, avouez-le. J'ai reçu votre dernière lettre de menaces pas plus tard que ce matin. Elle ne pouvait émaner que de vous.

— Vous faites erreur, ce n'est pas moi.

— Vraiment ? Et maintenant, je parie que vous allez me faire croire que si toutes ces lettres anonymes ont été tapées sur une machine à écrire manuelle et si vous en possédez une, il s'agit d'une simple coïncidence, d'un pur hasard. C'est bien ça ?

Devant son air stupéfait, elle se demanda s'il était très bon comédien ou s'il était sincère.

Il secoua la tête.

— Vous avez tout faux, dit-il en se levant. Si vous voulez tout savoir, je me suis lancé dans... la rédaction d'un livre.

Il haussa les épaules, l'air embarrassé.

— Et j'utilise une machine à écrire manuelle parce que les coupures de courant sont fréquentes dans la montagne, surtout à cette époque de l'année, ajouta-t-il en se dirigeant vers le poêle à bois. Vous m'avez donné envie d'essayer d'écrire un polar. Mais c'est difficile. Je n'ai pas votre talent et je le regrette.

Elle le regarda jeter une bûche dans le poêle. Pensait-il vraiment qu'elle le croyait ?

— Je dois partir. Mes sœurs sont certainement en train de me chercher.

Il lui lança un coup d'œil par-dessus son épaule.

— Avez-vous vu le temps qu'il fait dehors ?

TJ se tourna vers la fenêtre. Le vent s'était levé, faisant tourbillonner la neige et plongeant la montagne dans un nuage blanc qui recouvrait tout. Il n'y avait plus la moindre visibilité. TJ avait grandi dans ce comté. Elle savait comme il était facile de se perdre au cœur d'une tempête de neige. Les fermiers du coin attachaient souvent une corde entre leur maison et leur grange pour ne pas risquer de s'égarer en allant nourrir les bêtes.

— Dès que le blizzard sera tombé, j'essayerai de sortir le pick-up, dit-il. Mais je ne vous cache pas que j'ai eu beaucoup de mal à rouler tout à l'heure, tant il y avait de neige. Je devais aller couper du bois sur une parcelle de forêt que je possède un peu plus bas. Vous n'ignorez sûrement pas à quel point il est difficile de circuler dans la montagne à cette époque de l'année. Au fait, comment va votre cheville ?

— Ça va.

Lorsqu'elle se leva, il n'esquissa pas un geste pour l'en empêcher. Mais dès qu'elle posa le pied par terre, elle grimaça de douleur. À qui voulait-elle faire croire qu'elle allait bien ? Elle comprit qu'elle n'irait nulle part avec cette entorse, même si elle parvenait par miracle à retrouver son chemin.

Se réinstallant dans le fauteuil, elle sortit son téléphone portable. Il secoua la tête.

— Bonne chance, dit-il. Il y a très peu de réseau par ici. Mais parfois, j'arrive à envoyer un texto.

Il avait raison, comprit TJ. L'appel ne passait pas.

Elle se mordilla la lèvre, luttant contre les larmes qui brûlaient ses paupières. Ses sœurs allaient être malades d'inquiétude.

Elle écrivit un SMS.

Me suis réfugiée dans le chalet de Silas Walker pour y attendre la fin de la tempête.

Soulagée, elle constata que son message avait été envoyé. Pourvu qu'elles le reçoivent !

Heureusement pour elles, Annabelle et Chloe étaient ensemble et avaient la possibilité de s'entraider. Alors qu'elle-même était seule et sans doute en danger.

— Écoutez, nous avons mal commencé mais je vous propose de repartir de zéro, proposa Silas, en la voyant à ce point bouleversée. Nous sommes bloqués ici jusqu'à ce que le temps s'améliore. À ce moment-là, vos sœurs remueront ciel et terre pour vous retrouver, j'en suis certain. En attendant, j'ai un reste de ragoût de bœuf et des petits pains faits maison – cuits hier dans le poêle à bois. Cela dit, c'est un premier essai alors je ne vous promets pas qu'ils seront mangeables.

Sans répondre, TJ regarda de nouveau la tempête de neige avant de reporter son attention sur lui.

Il lui sourit.

— Ça va ? demanda-t-il avec calme.

— Je n'aurais pas dû venir ici.

Non, elle n'aurait pas dû.

— Vous pensiez que j'étais l'auteur de ces lettres anonymes et des menaces dont vous faites l'objet. Pour tout vous dire, je suis soulagé d'apprendre cette histoire. Je n'avais pas du tout compris votre réaction lorsque nous nous sommes croisés dans la boutique de cadeaux et à la séance de dédicaces. Chaque fois, à ma vue, vous aviez l'air terrifiée. Je n'avais pas l'impression d'être aussi effrayant.

TJ restant silencieuse, il décida de tirer cette affaire au clair.

— Croyez-vous vraiment que quelqu'un vous a sciemment poussée sous les roues de ce camion avant-hier à New York ?

— Je ne le crois pas, je le sais. Il s'en est fallu d'un cheveu que je me fasse écraser.

Elle le dévisageait comme si elle n'était pas entièrement convaincue que ce quelqu'un n'était pas lui. Il comprenait mieux à présent pourquoi elle en était arrivée à le soupçonner. Après l'avoir tirée en arrière et lui avoir évité la mort, il aurait dû s'arrêter, prendre le temps de lui parler. Mais il aurait alors risqué de perdre la cible qu'il suivait depuis la veille. Cela dit, il avait quand même perdu sa trace.

— C'était très courageux de votre part de venir jusque chez moi comme vous l'avez fait. Alors que vous me soupçonnez de vous écrire des lettres de menaces et, pire encore, de vous avoir poussée, avant-hier matin, sous les roues d'un camion. Mais ce n'était pas forcément une bonne idée. Heureusement pour vous que vous faites erreur et que je ne suis pas cette personne...

— En effet, dit-elle d'un ton sarcastique. Sinon je me retrouverais piégée ici en pleine tempête de neige avec quelqu'un qui veut me tuer.

Il se frotta la mâchoire.

— Comment puis-je vous prouver que je ne suis pas ce cinglé qui vous harcèle depuis des mois ?

Il se dirigea vers la machine à écrire.

— J'admire la force de vos intrigues, la façon diabolique avec laquelle vous poussez votre lecteur dans une direction avant de le surprendre au moment où il pensait avoir tout compris. C'est vous qui m'avez donné envie d'écrire. Je pensais que ce serait facile mais...

En riant, il s'empara de plusieurs pages dactylographiées avant de revenir vers l'endroit où elle était assise.

À sa grande surprise, elle blêmit à la vue des feuillets.

— Ne vous inquiétez pas, je n'allais pas vous demander de les lire.

Il se rendit compte qu'elle regardait le papier comme si... Comme si quoi ?

Elle lui prit une feuille des mains.

— Où avez-vous trouvé ce papier ? demanda-t-elle d'un ton accusateur.

Il la dévisagea, perplexe, et elle s'expliqua :

— En général, les feuilles de papier sont blanches ou d'une couleur franche. Celles-ci sont grisâtres. Il semble même y avoir des filigranes sur certaines d'entre elles comme si...

— Comme si elles avaient été stockées dans un sous-sol pendant des années ? demanda-t-il. Il est possible qu'elles l'aient été. En tout cas, je les ai achetées lors d'un vide-greniers, d'une brocante à domicile, l'été dernier.

— Chez *qui* se tenait cette brocante ?

Elle n'avait pas l'air de le croire. D'ailleurs, elle ne croyait manifestement pas un mot de ce qu'il lui disait depuis le début.

— Comment pourrais-je m'en souvenir ? Je suis nouveau dans la région, ne l'oubliez pas.

Comme elle semblait toujours attendre une réponse, il se creusa la cervelle.

— C'était chez une femme âgée. Elle mettait sa maison en vente. Apparemment, elle avait des stocks de papier dans son sous-sol depuis un moment. Elle bradait des rames pour presque rien.

— Pourquoi avait-elle des rames de papier dans son sous-sol ?

— Je n'en ai aucune idée. Attendez. Je crois me souvenir qu'elle avait longtemps dirigé une entreprise de fournitures de bureau. Est-ce vraiment important ? En tout cas, je lui ai acheté deux boîtes entières de papier. Je vous invite à...

— La personne qui m'a envoyé les lettres de menaces les a tapées sur une machine à écrire manuelle comme celle que vous avez et sur un papier grisâtre comme celui-ci.

Elle planta ses beaux yeux sur lui, des yeux brillants de larmes.

— Et vous voulez toujours me faire croire que vous n'êtes pas True Fan ?

Silas leva les mains en signe de reddition.

— Comme nous avons un peu de temps devant nous, vu que nous sommes coincés ici à cause de cette tempête de neige, j'arriverai peut-être à vous convaincre de mon innocence. En attendant, pourquoi ne pas retirer vos vêtements mouillés ? Si vous avez besoin d'aller aux toilettes, elles sont à l'extérieur, dans un petit cabanon. C'est un peu rustique, je vous l'accorde. Mais en pleine montagne, il ne faut pas espérer bénéficier du tout-à-l'égout. Il n'est pas très loin. Et si vous ne vous en sortez pas avec votre cheville, je serais heureux de vous aider.

TJ regretta qu'il y ait fait allusion parce que, maintenant, elle ressentait en effet une envie naturelle qui devenait pressante. Elle se releva et grimaça en posant le pied sur le sol.

En deux enjambées, Silas la rejoignit.

— Appuyez-vous sur moi, proposa-t-il en la soutenant tandis qu'elle sautillait jusqu'à l'arrière de la cuisine.

Comme il ouvrait la porte, un coup de vent leur envoya une flopée de flocons de neige. Ils sortirent dans le froid.

Il avait raison. Le cabanon n'était pas loin, et Silas avait pelleté le chemin. Mais la neige commençait déjà à le recouvrir. Tirant sur le col de leurs manteaux, ils se dirigèrent vers la petite annexe.

— Prenez votre temps, dit-il en la laissant boitiller à l'intérieur. Je retourne au chalet. Mais je vous guetterai à la fenêtre et je reviendrai vous donner un coup de main quand je vous verrai réapparaître.

TJ referma la porte. Elle ne se souvenait pas à quand remontait la dernière fois qu'elle avait utilisé des toilettes à la turque. Baisser son pantalon ne fut pas une tâche facile, habillée comme elle l'était. Alors qu'elle s'accroupissait, elle se demanda si ses fesses n'allaient pas geler tant il faisait froid dans le cabanon.

Silas lui avait dit qu'elle n'avait pas besoin de se presser pourtant elle se dépêcha. Elle avait hâte de retrouver la chaleur du chalet. En frissonnant, elle ouvrit la porte de l'annexe. Fidèle à sa parole, Silas revint l'aider.

Alors qu'ils se dirigeaient vers l'arrière du chalet, TJ s'aperçut que la tempête avait encore empiré. Elle songea à ses sœurs qui allaient se faire un sang d'encre et se reprocha d'être partie de son côté sans les prévenir. Elle espérait surtout que Chloe et Annabelle seraient assez intelligentes pour ne pas se lancer à sa recherche au milieu de ce blizzard. Et qu'elles avaient bien reçu le texto qu'elle avait envoyé.

À l'intérieur, Silas la conduisit à l'évier et lui apporta du savon et une bouilloire d'eau chaude qu'il avait mise à chauffer sur le poêle. Elle se lava les mains, les sécha avec la serviette qu'il lui tendait et le laissa la guider jusqu'au fauteuil. Pendant qu'il s'activait autour du poêle, elle retira ses bottes mouillées, son manteau et son pantalon de ski. Une fois en chandail, jean et chaussettes, elle frissonna jusqu'à ce que Silas lui apporte une couverture dans laquelle elle s'enveloppa avec délice. Elle le regarda suspendre ses affaires mouillées pour les faire sécher. Il y avait toutes les chances qu'il soit son True Fan et pourtant…

Le doute s'insinuait en elle. En le voyant faire, elle ne parvenait pas à croire qu'un homme aussi gentil et attentionné ait pu écrire tant de méchancetés à son sujet. En revanche, comme la plupart de ses lecteurs, il pensait probablement la connaître et savoir mieux qu'elle ce qui était bon pour elle.

Qu'il soit ou non l'auteur des lettres, Silas la déstabilisait. Elle se rappela le sentiment étrange qui l'avait saisie à la boutique de cadeaux quand leurs regards s'étaient croisés. Elle avait vu dans ses prunelles… l'ombre, le danger, la violence. Mal à l'aise, elle s'efforça d'effacer cet épisode de sa mémoire. D'où venaient ces impressions ? Et surtout pourquoi étaient-elles encore si fortement ancrées en elle ?

Lorsque Silas s'empara d'un tabouret et s'assit devant elle, le visage sombre, elle s'efforça de rester impassible.

— Quelle est la gravité des menaces dont vous faites l'objet ? demanda-t-il.

TJ hésita à le lui dire. S'il était True Fan, il le savait déjà, alors à quoi jouait-il ? Et s'il ne l'était pas…

— Dans l'une de ses lettres, True Fan me conseillait de me suicider et de rendre ainsi service à l'humanité, au monde de la littérature, en particulier. Dans une autre, il me suggérait de mourir comme l'un des personnages de mes livres. Dans sa dernière missive, il estimait que me laisser écrire mes histoires insipides lui devenait insupportable. Il veut me supprimer pour mettre un terme à mes écrits.

Il secoua la tête.

— Comment tout cela a-t-il commencé ?

— Pourquoi vous intéressez-vous à cette affaire ?

Il sourit.

— Croyez-le ou pas, mon instinct de policier ne m'a pas quitté. Démasquer et arrêter les méchants est dans mon ADN. De plus, je vous admire et j'adore vos romans. Il n'est pas question qu'un cinglé vous empêche d'écrire tranquillement. Comme nous sommes coincés ensemble ici jusqu'à la fin de la tempête, profitons-en... Je peux peut-être vous être utile.

TJ ne parvenait pas à se débarrasser de son scepticisme. Le doute faisait partie de sa personnalité. Voilà sans doute pourquoi elle écrivait des thrillers. Elle ne faisait confiance à personne. Au contraire, un sourire ou un compliment éveillait tout de suite ses soupçons. Elle trouvait ça louche. Ses sœurs la traitaient de parano et, autrefois, sa grand-mère lui conseillait de se détendre. Comme si cela lui était possible.

Et surtout, elle ne savait pas trop quoi penser de Silas Walker. Tout le désignait comme son True Fan. Tout la portait à croire qu'il était le fou dangereux qui la harcelait depuis des mois.

Et pourtant, en regardant ses yeux bleus, elle y voyait briller une réelle inquiétude. Cet homme la déstabilisait, la troublait. Elle se souvenait de la facilité avec laquelle il l'avait jetée par-dessus son épaule pour l'emmener jusqu'à sa cabane de rondins. S'il avait été True Fan...

— Tout a commencé par des lettres anodines, des lettres très élogieuses comme j'en reçois beaucoup, dit-elle.

Elle lui parla des premières missives de la personne qui signait True Fan, des compliments qu'il lui envoyait. Tout en lui confiant toute l'histoire, elle étudia son visage, cherchant à repérer s'il lui mentait. Mais elle ne décela rien d'autre chez lui que de la sympathie et une colère croissante.

Quand elle eut fini son récit, il se leva sans un mot et se dirigea vers le poêle à bois pour remuer le ragoût qui y mijotait. Il semblait réfléchir.

Elle observa son dos, ses larges épaules, se demandant pourquoi il avait été renvoyé de la police.

— Alors ? demanda-t-elle.

Il touilla une nouvelle fois le contenu de la marmite avant de se retourner vers elle.

— Si quelqu'un vous a poussée délibérément devant ce camion, nous devons émettre l'hypothèse que votre True Fan vit à New York ou, en tout cas, qu'il s'y trouvait avant-hier. Mais si vous avez raison à propos des feuilles utilisées par True Fan pour écrire les lettres, si elles proviennent bien de la maison où j'ai acheté mon papier, alors...

TJ hocha la tête, le cœur battant.

— Alors True Fan a dû se rendre à la même brocante que vous, dit-elle. Il navigue entre New York et Whitehorse, vu qu'il a également pris une photo de mon appartement, lui rappela-t-elle.

— Pas forcément, répliqua Silas. N'importe lequel de vos lecteurs de n'importe quel État du pays pourrait avoir un ami à New York qui aurait photographié votre appartement. De plus, votre chute d'hier n'était peut-être qu'un simple accident. Personnellement, je pense que votre True Fan vit ici, dans le Montana.

— Et comme par hasard, *vous* y vivez. Et comme par hasard, *vous* étiez avant-hier à New York. Avouez que ces coïncidences sont troublantes.

Il se tourna vers elle.

— Mais les coïncidences existent, TJ. Avant-hier, quand j'ai tiré en arrière une femme pour l'empêcher de se faire écraser, j'ignorais alors qu'il s'agissait de vous.

Elle remarqua soudain qu'il tenait sa cuillère en bois de la main gauche.

— Vous êtes gaucher, dit-elle.

Il parut un peu déstabilisé par sa remarque avant de sourire.

— J'avais oublié. Votre héroïne, Constance Ryan, tombe toujours amoureuse de gauchers. Je parie que beaucoup de vos petits amis étaient gauchers.

Il reporta son attention sur sa marmite.

Il se trompait sur ce point. Il y en avait eu qu'un, Marc. TJ regrettait l'attirance de son héroïne pour les gauchers. Lorsqu'elle avait commencé à écrire, elle croyait qu'il valait mieux que son héroïne lui ressemble, qu'elle ait les mêmes goûts qu'elle.

« Écrivez sur ce que vous connaissez bien », lui avait conseillé son éditeur. Or, elle ne connaissait personne aussi bien qu'elle-même.

Certes, Constance Ryan tombait toujours amoureuse de gauchers mais elle n'était pas TJ. Constance incarnait la femme qu'elle rêvait d'être. Malheureusement, leurs points communs étaient évidents pour quiconque connaissait TJ. Constance était blonde, elle avait les yeux bleus. Elle aimait les plats épicés et buvait des litres de café noir.

Mais les similitudes s'arrêtaient là. Constance était audacieuse, intrépide. Détective privée, elle se chargeait des affaires compliquées et dangereuses que d'autres avaient préféré refuser. Elle était intelligente et déterminée. Et alors qu'elle frôlait la mort dans chaque livre, elle revenait toujours sur le terrain.

Par ailleurs, Constance aimait les hommes qui le lui rendaient bien. Elle finissait toujours par se retrouver au lit avec un beau garçon. Mais elle n'était pas du genre à rester longtemps avec ses petits amis. Constance Ryan vivait sa vie comme TJ aurait aimé vivre la sienne.

Contrairement à Constance, TJ était prude. Elle n'avait pas eu beaucoup d'amoureux, pas même lorsqu'elle était étudiante. En outre, si son héroïne papillonnait avec bonheur, TJ croyait à l'Amour avec un grand A. Elle n'avait aucune envie de multiplier les conquêtes. Elle rêvait simplement d'un homme qui ferait battre son cœur.

Comme ce Silas faisait battre le sien…

Mais était-ce la peur qui provoquait l'affolement de son rythme cardiaque ? Ou quelque chose d'aussi dangereux, vu que tous deux étaient seuls, bloqués par la neige dans un petit chalet perdu dans la montagne ?

— Je commence à comprendre pourquoi vous pensiez que j'étais l'auteur de ces lettres de menaces, dit Silas après avoir servi à tous les deux leur ragoût de bœuf et lui avoir offert un de ses petits pains faits maison.

Il était content de voir que TJ commençait un peu à se détendre. Dehors, le blizzard faisait rage. Silas avait construit un chalet capable de résister à un froid polaire. La petite cabane de rondins était bien isolée, il y faisait bon à l'intérieur. Mais ils entendaient le vent hurler dehors et voyaient la neige s'accumuler aux fenêtres. Il espérait que les routes ne seraient pas devenues impraticables, une fois la tempête calmée.

— J'ai réfléchi à la meilleure manière de démasquer ce cinglé, dit-il entre deux bouchées.

Il avait compris qu'il devait l'aider, qu'elle le veuille ou non. La seule façon de lui prouver qu'il n'était pas True Fan était de trouver le vrai coupable. En outre, enquêter avec TJ sur l'auteur des lettres anonymes lui plaisait. Il n'avait jamais osé rêver avoir un jour la possibilité de prendre une tasse de café avec elle et encore moins celle de dîner avec elle chez lui.

— Je vous écoute, dit-elle en plantant ses beaux yeux dans les siens.

Il sentait qu'elle était toujours suspicieuse à son endroit mais ne le lui reprochait pas. Compte tenu des éléments qui le désignaient comme True Fan, il serait parvenu à la même conclusion, à sa place.

— C'est très simple. Tout se résume au vieux papier grisâtre. Parce qu'il est très facile pour n'importe qui de photographier l'extérieur de votre appartement…

— Encore faut-il savoir où j'habite ! Et à moins d'avoir des contacts à l'intérieur du New York City Police Department, comment l'aurait-il appris ?

Silas sourit tout en la regardant se régaler de son ragoût. Elle appréciait sa cuisine, constata-t-il. Cela le rendit incroyablement heureux.

« Tu pèches par orgueil », lui aurait dit son père.

— Vous aimez mes petits pains ?

— Ils sont délicieux ! Les avez-vous vraiment confectionnés dans ce poêle à bois ? demanda-t-elle d'un ton sceptique.

— Exactement. Vous voyez cette boîte en fonte au-dessous ? Il s'agit d'un four. C'était une première. Je devrais m'améliorer par la suite.

— Ils sont parfaits. J'avoue n'avoir jamais essayé d'en faire, même dans un vrai four.

Il sourit, plus réchauffé par son compliment que par le ragoût.

— Quant à la manière dont ce type a appris où vous habitiez, inutile de l'imaginer corrompre un flic pour obtenir votre adresse, poursuivit-il. Il lui a suffi de vous suivre jusque chez vous après une séance de dédicaces. Combien en avez-vous faites à New York ? Et combien de fois êtes-vous rentrée directement chez vous, ensuite ?

Elle ne répondit pas, il avait raison.

— Par contre, à propos d'avant-hier, à New York, je serais moins catégorique que vous. Il s'agit peut-être d'un accident. Il y avait tellement de gens qui se pressaient sur le trottoir, les bras chargés de leurs achats de Noël. J'avais été moi-même bousculé, quelques instants auparavant. Je n'ai vu personne vous pousser mais la foule était compacte. Tant de personnes tentaient d'avancer au mépris des autres passants. Avant de vous voir basculer vers ce camion, j'avais remarqué une femme encombrée d'un énorme sac. Elle aurait pu vous heurter par mégarde.

Il la regarda s'humecter les lèvres après avoir pris une bouchée de pain recouvert de beurre. Silas n'utilisait que du vrai beurre, il détestait la margarine. Il devina que TJ partageait ses goûts en la matière.

— Admettons que True Fan connaisse quelqu'un à New York qui aurait pu me suivre après une séance de dédicaces et qui aurait pris une photo de mon appartement depuis la rue…

— Il aurait même pu embaucher quelqu'un pour le faire, ajouta-t-il, songeant à l'entreprise de détectives privés pour laquelle il travaillait depuis qu'il avait quitté la police.

Il n'en revenait de ce que les gens payaient pour savoir.

TJ hocha la tête, pensant sans doute à Constance, l'héroïne de ses livres.

— Il ne reste donc qu'une piste à suivre, conclut-elle. Celle du papier grisâtre que vous avez acheté tous les deux lors d'une brocante à domicile, l'été dernier à Whitehorse…

— En août. J'y avais aussi fait l'acquisition de ce tabouret.

Le regard de TJ s'assombrit.

— Il s'agit donc de quelqu'un qui vit à Whitehorse.

Elle frissonna, et pour la première fois il comprit qu'elle envisageait réellement que True Fan ne soit pas lui.

— Je suspecte quelqu'un qui vous connaît et qui a des raisons d'être jaloux de votre succès, dit-il. Peut-être un écrivain raté ? Ou un ancien amoureux ? Ou même une prétendue amie…

10

— Je n'arrive toujours pas à croire que vous ayez vraiment fait ces petits pains vous-même, déclara TJ qui en accepta un autre.

Sa balade dans la neige pour trouver son chalet lui avait ouvert l'appétit.

Silas sourit, visiblement content qu'elle apprécie sa cuisine.

— C'était une première. J'ai sans doute bénéficié de la chance des débutants.

— Ils sont délicieux, et votre ragoût de bœuf l'était aussi, lui assura TJ, se sentant en conflit intérieur.

Pouvait-elle faire confiance à cet homme ? Parfois, la façon dont il la regardait de ses yeux bleus si pénétrants la mettait mal à l'aise. Elle y voyait briller une lueur dangereuse. Elle avait conscience d'être coincée dans un chalet en pleine montagne au milieu d'une tempête de neige avec un inconnu dont, d'instinct, elle se méfiait.

Le bon sens lui soufflait que Silas Walker et True Fan ne faisaient qu'un.

Mais après avoir écrit sept thrillers, elle savait par expérience que le « méchant » se révélait souvent être la dernière personne que vous soupçonniez au départ. Bien sûr, il s'agissait de fictions alors qu'elle vivait actuellement une situation bien réelle.

Silas était charmant, agréable, facile à vivre. Et son apparence un peu rude, son côté « brut de décoffrage », le rendait encore plus séduisant. Il semblait presque intimidé par elle. Et elle ne décelait pas en lui une once de la colère qui teintait les lettres de menaces de True Fan.

Mais après des mois à vivre dans la terreur, elle préférait rester sur ses gardes.

Comme elle finissait son repas, elle s'aperçut que la nuit était tombée. Cela dit, il était difficile de deviner l'heure, car l'épaisse couche de neige illuminait les alentours. Elle sortit son téléphone portable, espérant y trouver un texto de l'une de ses sœurs mais il n'y avait rien. En voyant l'heure sur l'écran, elle se rendit compte avec angoisse qu'elle devrait passer la nuit dans ce chalet avec cet homme. Son cœur commença à accélérer dans sa poitrine.

Silas se leva et s'approcha d'elle pour prendre son bol et sa cuillère.

— Ne vous inquiétez pas, dit-il comme s'il lisait dans ses pensées. Quand vous vous sentirez fatiguée, vous pourrez vous installer dans le lit. Les draps sont propres. Quant à moi, j'ai un sac de couchage dans un des placards et je vais m'allonger sur le tapis. Je l'ai fait si souvent lorsque je construisais ce chalet que cela ne me gêne plus.

Tout en lui parlant, il s'activait dans le coin cuisine. Plus tôt, il avait mis la bouilloire sur le poêle à bois. Maintenant, elle le regardait faire la vaisselle. Il lui semblait particulièrement indépendant, autonome. Séduisant aussi, d'une beauté sauvage, indomptée, qui l'intriguait et lui faisait peur à la fois.

— Ne vous sentez-vous pas un peu seul ici ? lança-t-elle, se demandant s'il y avait une femme dans sa vie à New York.

— Au contraire, répondit-il sans se retourner. Je viens ici pour trouver la paix et la tranquillité. Écoutez.

Il cessa ce qu'il était en train de faire pour la regarder.

Elle n'entendait que le crépitement du feu dans le poêle à bois.

— Pas une sirène, pas un bruit de moteur, pas de coups de klaxons, pas de musique bruyante dans l'appartement d'à côté.

Il laissa échapper un soupir heureux.

— Voilà pourquoi j'adore cet endroit. J'éprouve de plus en plus souvent le besoin de laisser derrière moi le vacarme et l'agitation de New York. Ici, je me lève quand j'en ai envie, je me couche lorsque je suis fatigué. Je passe mes journées à travailler dans le chalet, à couper du bois pour le poêle, à préparer mes repas. Quand je ne travaille pas, je lis. Ou j'essaye d'écrire, ajouta-t-il avec un petit rire en reportant son attention sur sa vaisselle.

— J'avais oublié ce que c'était que de vivre dans le Montana, reconnut TJ.

— C'est vrai, vous avez grandi à Whitehorse.

Elle hocha la tête, se remémorant les descentes en luge et les séances de patinage en hiver, les baignades dans la rivière en été, l'espace, le silence, la vie dans une petite ville, au rythme des saisons...

— Ce calme me manquait sans que j'en aie conscience.

Il se tourna alors vers elle en séchant ses mains avec un torchon.

— Vous appréciez sans doute le côté glamour et l'animation de New York. N'est-ce pas pour cette raison que vous avez décidé de vous installer là-bas ? Vous avez la possibilité d'écrire n'importe où.

— J'ai bien aimé New York, au début. Je croyais qu'y vivre m'aiderait à mener à bien ma carrière d'écrivain.

— Mais plus maintenant ?

Elle secoua la tête.

— Je déteste cette ville, à présent. Depuis que True Fan a commencé à me menacer, New York n'a plus aucun attrait pour moi. Je ne m'y sens plus en sécurité.

Elle laissa échapper un rire amer.

— Cela dit, je ne me sens plus en sécurité nulle part.

Il posa le torchon et s'appuya contre le comptoir de la cuisine.

— J'en suis sincèrement désolé. Voilà pourquoi nous devons absolument démasquer le fou furieux qui vous harcèle et mettre un terme à ses agissements. J'imagine qu'il doit être difficile pour vous d'écrire dans ce climat.

Elle détourna les yeux.

— Vous ne pouvez pas savoir à quel point.

Silas poussa un petit soupir.

— Je devine que vous me soupçonnez toujours d'être ce True Fan ou, en tout cas, que vous n'êtes pas convaincue du contraire. Je le comprends. Il faut avoir un tempérament suspicieux, trouver les comportements des gens louches pour imaginer des intrigues comme celles de vos thrillers. Mais vous avez également besoin de vous sentir en sécurité pour écrire. Voilà pourquoi je vous promets de démasquer True Fan, même si vous ne voulez pas de mon aide. Que préférez-vous ? Du chocolat chaud ou du thé ? ajouta-t-il.

— Du thé, s'il vous plaît.

TJ le regarda sortir deux tasses d'un placard.

— J'aimerais lire quelques chapitres de votre livre, dit-elle soudain.

Silas se figea un moment avant de se retourner.

— Vous allez rire mais votre proposition me terrifie. Je me sentirais moins en danger si je faisais face à un type armé.

— Si vous n'avez pas envie que je...

— Oh si ! j'en ai très envie ! Mais l'idée que vous lisiez mon texte me met en transe et m'angoisse en même temps. Avez-vous déjà ressenti cette ambivalence ?

Elle sourit en hochant la tête.

— Je me souviens avoir suivi un cours d'écriture, il y a quelques années. J'espérais simplement que le professeur me dirait si oui ou non j'étais capable d'écrire un livre.

— Et l'a-t-il dit ?

— Non. En y repensant, je crois qu'elle ne savait pas plus que moi ce qu'il fallait pour devenir auteur de polars, même si elle en avait vendu quelques-uns. Sans doute ne voulait-elle pas me donner de faux espoirs. Elle savait certainement à quel point il est difficile de percer dans ce métier.

— Eh bien, vous n'avez pas à vous inquiéter sur ce point en ce qui me concerne. Inutile de vous demander si vous devez m'encourager ou au contraire me décourager. Parce que j'adore écrire. Et j'ai l'intention de continuer, de tenter de m'améliorer, quoi que vous me disiez. Cela dit, j'apprécierais vraiment de connaître votre opinion.

Il s'approcha de la machine à écrire pour réunir quelques feuillets dactylographiés.

— Donnez-moi le premier chapitre, dit-elle.

Les écrivains en herbe avaient tendance à montrer leur chapitre préféré, sans réaliser qu'un éditeur ne lirait jamais les chapitres suivants si le premier ne l'intéressait pas.

Il lui tendit une douzaine de pages. Elle remarqua la façon dont il les tenait, comme s'il portait un oiseau blessé.

— Ne vous sentez pas obligée de lire tout le chapitre, précisa-t-il en lui remettant ses écrits.

Elle vit tout de suite que les feuilles avaient été tapées avec un nouveau ruban. Il n'y avait aucune alternance de lettres plus ou moins sombres comme dans les missives de True Fan.

Silas prit son manteau.

— Je vais chercher du bois, annonça-t-il. Les températures vont certainement chuter dans la nuit. Je tiens à avoir des réserves pour que nous soyons au chaud jusqu'au matin.

Sur ces mots, il ouvrit la porte et sortit dans le froid.

TJ se pencha sur les pages de son livre et commença sa lecture.

Silas resta sous le porche à regarder le blizzard, souriant comme un imbécile. TJ St. Clair lisait son manuscrit. Il sentit son estomac se serrer. Comment réagirait-il si elle le jugeait sans intérêt ? Si elle lui conseillait de s'en servir pour allumer le feu dans le poêle ? Ou pis, si elle trouvait que son livre n'était pas mal ? Qu'il y avait quelque chose, un potentiel ? Qu'elle devinait un certain talent ?

Il ignorait quelle était sa plus grande crainte – un verdict positif ou négatif. En tout cas, il avait peur. Son métier de policier ne l'avait jamais terrifié à ce point, même s'il s'était fait tirer dessus dernièrement. Il se frotta la cuisse inconsciemment. Sa claudication n'était presque plus perceptible, constata-t-il. Mais peut-être faisait-il plus d'efforts pour ne pas la montrer à TJ.

Quand il pensait à son True Fan, il se faisait du souci. Ce cinglé risquait-il d'aller au bout de ses menaces, de les mettre à exécution ? Était-il vraiment dangereux ?

Plus que jamais, Silas était déterminé à le démasquer et à l'empêcher de nuire.

Le vent lui giflait le visage, des flocons glissaient dans son cou. Il frissonna tout en ramassant des bûches pour les rapporter à l'intérieur. À présent, TJ avait lu assez de pages pour avoir un avis. Il hésitait à retourner auprès d'elle. Il se sentait comme sur le point d'affronter un peloton d'exécution.

Allons, il était capable de supporter tout ce qu'elle lui assenerait, se dit-il en ouvrant la porte du chalet.

Il ne la vit pas tout de suite. Le fauteuil était vide, et un bref instant il pensa qu'elle avait filé par l'arrière. Mais comme il s'avançait, il l'aperçut enfin, debout sur un pied près du poêle à bois. La bouilloire à la main, elle versait de l'eau dans chacune des tasses dépareillées.

Il laissa tomber son chargement de bûches dans le panier d'osier et essaya de se calmer.

— Vous ne devriez pas vous déplacer avec votre foulure à la cheville.

— J'ai sautillé sur l'autre pied pour me déplacer.

Elle l'observa et lança :

— Vous avez cru que j'étais partie.

— Et que j'allais devoir sortir dans cette tempête pour vous retrouver. Cela ne m'aurait pas amusé.

Elle hocha la tête.

— Le blizzard aurait-il été l'unique raison de votre contrariété ?

— Non. J'aurais surtout été déçu que vous preniez la poudre d'escampette. J'apprécie votre compagnie.

Il regretta aussitôt de l'avoir dit. Elle allait croire qu'elle était tombée dans un traquenard, qu'il l'avait attirée ici pour ne jamais la laisser s'en aller.

— Laissez-moi m'occuper du thé.

Il l'aida à retourner à son fauteuil.

— Avez-vous assez chaud ?

Elle hocha la tête et le suivit des yeux tandis qu'il revenait avec une tasse de thé.

— J'imagine que vous prenez du sucre...

— Constance Ryan prend du sucre dans son café mais je bois mon thé sans sucre, répondit-elle. Je ne suis pas Constance. Nous ne sommes pas nos personnages.

— Non ? Je savais que vous préfériez votre café noir. Je n'étais pas sûr pour le thé.

Il pensa au héros du roman qu'il avait commencé. Par certains côtés, cet inspecteur lui ressemblait et par d'autres, pas du tout. Mais il avait mis tant de lui dans ce livre qu'il se sentait vulnérable, quelque chose qu'il avait rarement ressenti en tant que policier.

TJ sirota son thé tandis qu'il raccrochait son manteau et s'en servait une tasse.

— Je m'en veux de vous interroger au sujet de mes écrits, dit-il, en voyant les feuillets posés sur le tabouret près d'elle. Mais je brûle de connaître votre verdict...

Il ignorait si elle les avait lus, encore moins si elle avait parcouru quelques pages ou le chapitre entier.

TJ remarqua la façon dont la tasse disparaissait entre les mains de Silas. Il semblait très doux, et pourtant elle avait vu la façon dont ses muscles se gonflaient quand il l'avait portée dans le bois, tout à l'heure. Pour un homme de sa stature, il se mouvait avec une agilité qui rappelait celle d'un lynx.

— Vous avez du talent, mais je n'ai pas à vous le dire, dit-elle en ramassant les feuillets qu'elle avait laissés sur le tabouret. J'ai tout de suite été happée par votre histoire, par l'intrigue. J'avais envie de continuer à lire, de découvrir la suite.

Il la dévisageait comme s'il attendait un « mais ».

— D'autres personnes ont déjà lu votre livre, au moins en partie, non ? Je suis sûre qu'elles vous ont dit que...

Il secoua la tête.

— Vous êtes la première et la seule à m'avoir lu.

Elle ne put masquer sa surprise.

— Alors vous ne saviez vraiment pas...

— J'essaye de deviner si vous essayez seulement d'être gentille.

— Pas du tout. Les personnes qui vous affirment que votre roman est bon sans en penser un mot ne vous sont d'aucune utilité, je l'ai compris depuis longtemps. Pour s'améliorer, un écrivain en herbe ou confirmé a besoin de véritables critiques, et je m'efforce toujours d'être honnête, de donner un avis sincère.

Silas parut respirer plus facilement.

— Comme je vous l'ai dit, j'adore écrire, alors je vais continuer, mais je suis ravi d'apprendre que mon premier chapitre est d'un niveau correct, ajouta-t-il avant de boire une gorgée de thé.

— Plus que correct, dit-elle. Je vous encourage vivement à poursuivre. Par contre, je ne vous promets pas que vous vivrez un jour de votre plume. Être bon ne suffit pas. Il faut aussi de la volonté et de la chance.

— Je suis animé d'une réelle détermination. Pour la chance,

je ne jurerais de rien. Mais je me sens chanceux en ce moment, ajouta-t-il en souriant. C'est bien d'avoir de la compagnie.

Ils sirotèrent leur thé dans le confort du chalet tandis que dehors la tempête faisait rage. Les bûches craquaient dans le poêle, le feu sifflait. Silas se leva pour y jeter plus de bois, puis il se retourna et la regarda d'un air intimidé.

— Aimeriez-vous jouer aux cartes ?

Elle se mit à rire.

— Cela dépend. Quel jeu avez-vous en tête ?

— Je m'en fiche. Un gin rami, un cribbage, un 8 américain, un atout pique ou même une bataille si vous voulez. J'adore taper le carton et j'en ai assez des réussites.

— Mes sœurs et moi passions des nuits entières à jouer au tarot, autrefois. Mais à deux, mieux vaut tenter un atout pique. Je me demande parfois si les gens utilisent encore des cartes réelles maintenant qu'ils ont à leur disposition des jeux virtuels.

— Je n'en ai aucune idée, répondit-il en apportant un paquet de cartes usées.

Il sortit une petite table pliante de sous le lit et l'installa entre eux.

— Vous pouvez même me battre, je ne vous en voudrai pas. Pour vous dire à quel point je suis désespéré, dit-il en riant.

TJ n'avait pas joué à atout pique depuis des années. En regardant Silas mélanger les cartes, elle se rendit compte qu'elle commençait à lui faire confiance.

Elle espéra que ce ne serait pas sa dernière erreur.

11

Ils jouèrent aux cartes jusqu'à minuit. Silas ne se rappelait pas s'être jamais amusé à ce point. TJ était une excellente partenaire. Elle l'obligeait à se dépasser. Personne avant elle n'avait réussi ce tour de force. Au fil de leurs parties, elle se détendit, et il eut alors la possibilité de découvrir la femme qui se cachait derrière l'auteur de best-sellers.

Dotée d'un esprit vif, TJ était drôle et avait le sens de la repartie. Elle lui plaisait de plus en plus, et pas uniquement parce qu'elle estimait qu'il avait du talent.

Ce n'est qu'à la dernière partie qu'elle recommença à paraître nerveuse. Il rangea les cartes et alla lui chercher un T-shirt. Il le lui tendit.

— Il vous couvrira intégralement si vous voulez le porter pour la nuit, dit-il. Je vais aller chercher du bois et vous donner la possibilité de vous changer tranquillement. Mais si vous préférez, vous pouvez dormir dans vos vêtements. Avez-vous besoin de retourner aux toilettes ?

Elle secoua la tête. Ils avaient fait plusieurs voyages jusqu'au cabanon au cours de la soirée.

— Désolé, je n'ai pas de brosse à dents d'invité, poursuivit-il. Je n'avais pas prévu d'avoir de la compagnie mais il y a du dentifrice sur le bord de l'évier.

Il s'emparait déjà de son manteau près de la porte.

Une fois dehors, Silas tua le temps en pensant à True Fan. Sans ce fou furieux, il n'aurait peut-être jamais eu la possibilité de se rapprocher à ce point de TJ. Mais bien entendu, mieux valait garder cette réflexion pour lui. Il essaya également de ne pas l'imaginer dans son T-shirt.

Voilà si longtemps qu'il ne s'était pas intéressé à une femme… Sans doute parce que sa vie était trop remplie d'autres choses. Mais une compagnie féminine lui manquait. Le sexe aussi, bien sûr. Et le simple fait de penser à TJ dans son T-shirt… Il refusa de s'attarder sur cette idée.

S'il voulait aller plus loin avec elle, il avait intérêt à avancer doucement, pas à pas, à ne rien précipiter. Elle semblait plus que nerveuse. Terrifiée. Et elle ne lui faisait toujours pas confiance. Il espérait remédier à cet état de fait.

Il se répétait qu'elle partirait dès que la tempête se calmerait. Sauf si ses sœurs se présentaient en plein cœur de la nuit, accompagnées de la Garde nationale et de la moitié des policiers du comté. Elles en étaient capables. Sinon, il redescendrait TJ en ville le lendemain matin. Il y parviendrait d'une manière ou d'une autre.

L'idée qu'il pourrait ne jamais la revoir par la suite lui était presque insupportable. Elle le fascinait depuis qu'il avait lu son premier livre. Et maintenant qu'il avait passé du temps avec elle, eh bien, il avait envie de nouer une véritable relation avec elle.

Il en fut surpris. Il fréquentait parfois des femmes à New York, mais d'habitude il ne les voyait qu'une fois ou deux avant de passer à autre chose. Avec TJ, il en était tout autrement. Il n'imaginait pas se contenter d'une fois ou deux.

Les bras chargés de bûches, il tapota la porte. N'entendant rien, il entra. Elle était couchée, la couette tirée jusqu'au menton. Elle lui sourit d'un air gêné.

Qu'elle était mignonne dans son lit ! Il referma rapidement le battant avant que le vent glacé s'engouffre à l'intérieur et, lui tournant le dos, jeta le bois dans le panier et enleva son manteau.

La voir dans son lit lui fit mal. Et le déstabilisa. Cette femme l'attirait et lui donnait en même temps envie de la protéger. À l'idée de l'embrasser…

— Vous avez tout ce qu'il vous faut ? demanda-t-il d'une voix qui parut étrange à ses propres oreilles.

Elle hocha la tête et le regarda tandis qu'il ouvrait un placard pour en sortir un sac de couchage.

Il le déroula devant le feu, éteignit les lumières et se glissa dedans. Un instant plus tard, elle lui jeta un oreiller.

— Merci, dit-il dans l'obscurité.

Dehors, la tempête avait un peu diminué d'intensité. Il se sentait comme quand il était enfant, invité à une soirée pyjama. Il n'avait pas envie de dormir. Il voulait discuter avec elle de toutes les choses qui l'intéressaient... De la vie sur d'autres planètes, de la formation des aurores boréales, de l'existence du yéti, en passant par le cadeau de Noël que TJ avait préféré parmi tous ceux qu'elle avait reçus depuis sa naissance.

— Vous souvenez-vous d'être resté couché sans vouloir dormir, dans l'attente du Père Noël ? demanda-t-elle dans le noir.

En riant, il répondit :

— Bien sûr. Je luttais contre le sommeil, je refusais de fermer les yeux. J'avais peur de le manquer.

— J'ai été catastrophée d'apprendre qu'il n'existait pas.

— Il n'existe pas ?

Le feu crépita et, après quelques instants, il s'aperçut qu'elle s'était endormie.

TJ se réveilla pour trouver le chalet désert. Le sac de couchage et l'oreiller n'étaient plus sur le tapis. Un feu brûlait dans le poêle, mais Silas n'était nulle part en vue. En se redressant, elle vit que l'oreiller qu'elle lui avait jeté reposait de nouveau à côté d'elle sur le lit. Son sac de couchage avait apparemment été rangé.

Silas était-il seulement parti aux toilettes ? Allait revenir dans un instant ?

Elle entendit du bruit à l'extérieur. Pendant un moment, elle crut identifier son pas sur les marches du porche mais elle comprit rapidement qu'il essayait de démarrer son pick-up. Rejetant les couvertures, elle se leva. Sa cheville allait mieux et s'était dégonflée. Un énorme hématome ornait un côté de son pied.

Silas avait eu raison à propos de son T-shirt. Il la couvrait jusqu'aux genoux. Comme elle l'enlevait, elle le renifla, espérant y trouver l'odeur de son propriétaire. Elle le serra un instant contre elle, consciente de se comporter comme une adolescente, avant de le jeter sur le lit et d'enfiler rapidement ses vêtements. Assise sur la chaise, elle mettait ses chaussettes quand elle entendit son hôte monter les marches du porche et pénétrer dans le chalet.

— Bonjour ! lança-t-il, en secouant la neige de son manteau et en frappant ses bottes contre les rondins de bois. J'ai dégagé le chemin et mon pick-up a fini par démarrer après quelques essais. S'il le faut, j'installerai des chaînes sur les pneus pour nous sortir de là. Par contre, je ne sais pas si vous êtes pressée ou non de rentrer chez vous.

La veille au soir, TJ aurait donné beaucoup pour pouvoir s'enfuir au plus vite de cet endroit. Ce matin, elle n'avait aucune envie de quitter Silas. Mais elle le devait, et pas uniquement parce qu'elle craignait que ses sœurs soient malades d'inquiétude.

— Merci beaucoup de proposer de me reconduire en ville. Je suis prête à partir quand vous voulez.

— Pas de problème. Mais je ne serais pas un hôte digne de ce nom si, avant de rejoindre la vallée, je ne vous offrais pas d'abord un petit déjeuner, déclara-t-il.

TJ hésita. La chaleur de la cabane, l'odeur des petits pains faits maison, le bel homme qui lui souriait à la porte, tout lui donnait envie d'accepter. À ce stade, elle espérait plus que tout que Silas Walker n'était pas True Fan.

— Merci, mais je préfère y aller sans traîner. Mes sœurs doivent être folles d'inquiétude, même après mon texto.

Surtout après son texto.

Il hocha la tête, ne semblant pas plus impatient de la voir partir qu'elle-même ne l'était.

— Dommage. J'ai vraiment aimé vous avoir ici mais bien sûr nous partons tout de suite, si vous le souhaitez. Je vous attends dans le pick-up. Rejoignez-moi quand vous serez prête.

Il disparut à l'extérieur.

TJ prit son manteau, enfila son pantalon de ski et ses bottes. Elle jeta un dernier regard dans le chalet, consciente qu'elle n'y reviendrait peut-être jamais. Du coin de l'œil, elle vit la machine à écrire. La curiosité était un vilain défaut. Elle avait tué toutes les héroïnes de séries B qui décidaient de descendre voir l'origine du bruit suspect dans le sous-sol. Pourtant, incapable de résister à la tentation, elle déplaça la machine à écrire et fouilla dans les papiers. Elle ne vit que des pages du livre de Silas. Elle vérifia la corbeille à papier. Aucun brouillon de lettre écrite à la hâte ne s'y trouvait.

Silas Walker n'était pas True Fan. Cela dit, Silas ne vivrait pas dans les bois s'il ne fuyait pas quelque chose ou quelqu'un. Elle se reprocha de commencer à voir tout en noir comme Chloe, journaliste d'investigation. Mais les ombres qu'elle avait surprises dans ses yeux bleus avaient forcément une explication.

En sortant du chalet, elle se fraya un chemin à travers la neige jusqu'au pick-up où Silas patientait, assis au volant. Il lui ouvrit la portière du côté passager et lui tendit la main pour qu'elle puisse grimper plus facilement dans l'habitacle.

— Zut ! j'ai oublié votre cheville, dit-il. J'aurais dû proposer de vous aider à venir jusqu'ici.

— Elle va beaucoup mieux, merci. Êtes-vous toujours de si bonne humeur au saut du lit ? demanda-t-elle.

— En tout cas, je devine que vous, vous n'êtes pas du matin, dit-il en riant alors qu'il démarrait. Pourvu que nous arrivions à passer ! Croisez les doigts.

Ils descendirent lentement le chemin forestier. L'arrière du pick-up patina plusieurs fois avant d'atteindre la route. Rien n'indiquait que quelqu'un l'avait empruntée depuis la veille au soir.

— Bon, dit Silas avec un soupir de soulagement. Nous venons de franchir la partie la plus difficile. Du moins je l'espère.

Au-dessus des pins, le soleil se reflétait sur la neige fraîche, si brillante qu'elle en devenait aveuglante.

— C'est magnifique, murmura-t-elle. J'avais oublié cette beauté.

Il lui jeta un coup d'œil de biais, mais ne dit rien, se contentant de reporter son attention sur sa conduite. Le pick-up dérapa à plusieurs reprises et glissa sur des plaques de verglas, mais ils parvinrent à rejoindre la départementale sans trop de difficultés.

Silas tapota le volant.

— Je savais que tu pouvais le faire, Gertrude.

— Gertrude ? demanda-t-elle en riant.

TJ était soulagée qu'ils soient sortis de la montagne sans problème. Et qu'ils soient de nouveau détendus l'un avec l'autre.

— Faites attention, plaisanta Silas. Ne l'insultez pas.

— Je ne me le permettrais pas, lui assura TJ avec gravité.

— Ma vieille Gertrude me rappelle votre Constance.

Elle leva un sourcil étonné en se tournant vers lui.

— Votre pick-up vous rappelle l'héroïne de mes livres ?

Sans l'avouer, elle se sentit un peu offensée. Constance et elle avaient beaucoup en commun, et aucun homme ne l'avait encore jamais comparée à un pick-up.

— Gertrude et Constance sont toutes les deux fiables, prêtes à tout dans les coups durs. Et ni l'une ni l'autre ne manque de charme.

TJ sourit.

— Présentée comme ça, la comparaison est en effet plus flatteuse…

Il se mit à rire, très à l'aise derrière le volant même si la route était verglacée.

Normalement, rouler dans ces conditions aurait rendu TJ nerveuse. Elle aurait dû avoir peur. Mais Silas inspirait confiance… Comme son pick-up.

12

— Je ne sais pas comment vous remercier, dit TJ lorsque Silas s'arrêta devant la maison familiale. J'ai passé une très bonne soirée et je me suis bien amusée.

Il lui sourit.

— J'en suis heureux parce que j'ai également été ravi de vous avoir. Votre compagnie m'a enchanté. Et j'espère que nous nous reverrons bientôt.

Il sauta à terre pour lui ouvrir sa portière.

— Je ne plaisantais pas en vous disant que j'allais tout faire pour démasquer votre True Fan, ajouta-t-il. Si j'arrive à retrouver l'endroit où se tenait cette brocante à domicile, l'été dernier, et la femme qui m'a vendu ces rames de papier, aimeriez-vous m'accompagner pour aller lui parler ?

— Bien sûr. Avec plaisir.

Le sourire de Silas s'élargit.

— Je vous tiens au courant.

— Merci.

Elle le salua de la main. Comme il se réinstallait au volant et démarrait, elle espéra qu'elle ne se trompait pas sur Silas Walker. Ses mots, sa gentillesse, sa délicatesse, les multiples attentions dont il avait fait preuve à son égard, lui avaient fait chaud au cœur. Sans parler de ses yeux bleus qui la remuaient au plus profond de son âme.

Elle sentait qu'il était le genre d'homme dont une femme pouvait tomber follement amoureuse. Ce qui la rendait d'autant plus méfiante. Si dans ses romans Constance ne donnait jamais son cœur à personne et se jouait des hommes, ce n'était pas un hasard. Il y avait une explication à ce comportement. TJ, la créatrice de Constance, avait un jour offert son cœur à quelqu'un qui l'avait brisé. Toutes les deux avaient donc été échaudées par cet épisode et craignaient l'amour.

TJ avait à peine atteint le porche que ses sœurs ouvrirent la porte et se précipitèrent vers elle, parlant en même temps.

— Où étais-tu ? Que s'est-il passé ? Tout va bien pour toi, TJ ?

— Très bien.

Alors que Silas s'éloignait, une voiture de patrouille s'engagea dans l'allée qui menait à la vieille demeure. TJ vit le shérif McCall Crawford s'extraire de l'habitacle.

— Que fait la police ici ? demanda-t-elle.

— Chloe l'a appelée.

Évidemment. Elle poussa un gros soupir.

— Avez-vous trouvé un sapin ?

Annabelle sourit.

— Bien sûr. Nous le décorerons plus tard.

Toutes trois saluèrent le shérif Crawford et l'invitèrent à entrer. Chloe, qui avait clairement pris les choses en main, les entraîna dans la cuisine.

La policière s'adressa à TJ :

— Je vois avec soulagement que vous avez finalement réussi à rentrer saine et sauve à Whitehorse.

— Je suis désolée que ma sœur vous ait dérangée pour rien, répondit TJ. Il était inutile de vous déplacer. Je vais très bien.

— TJ a été prise au piège par la tempête de neige alors que nous nous baladions dans la montagne, et elle s'est retrouvée coincée chez Silas Walker, expliqua Chloe. Je vous ai demandé de venir ici parce que j'ignorais alors qu'elle parviendrait à regagner la maison par ses propres moyens. Mais je voulais aussi en savoir plus sur cet homme, surtout après avoir appris qu'il avait été renvoyé de la police.

McCall sourit et refusa le café qu'Annabelle lui proposait. Toutes deux se connaissaient et s'appelaient même par leurs prénoms depuis qu'Annabelle avait découvert un cadavre emmuré dans la cuisine, un mois plus tôt.

Toutes les quatre prirent place autour de la table.

— Silas a acheté un terrain dans les Little Rockies au printemps dernier, commença le shérif dès qu'elles furent assises. Il y a construit un chalet.

McCall regarda TJ, qui hocha la tête, et poursuivit.

— Il a en effet été limogé du New York City Police Department dans le cadre d'une opération d'infiltration interne.

Chloe se tourna vers TJ comme pour dire : « Tu vois ! ».

— Mais Silas était innocent, affirma McCall. Il travaillait sous couverture à la demande de ses supérieurs afin de démasquer les policiers véreux du service.

— Cela semble dangereux, déclara Chloe.

TJ ne pouvait penser qu'à l'homme dont les écrits révélaient une sensibilité et une profondeur d'âme qu'elle n'aurait jamais soupçonnées. Silas était doté de beaucoup de talents.

McCall continuait :

— À la fin de cette mission, ses supérieurs lui ont proposé de reprendre son poste, de revenir travailler au NYPD mais Silas a refusé. À sa décharge, il est clair qu'un policier qui témoigne contre ses collègues est mal vu et risque de ne pas être accueilli à bras ouverts à son retour. Depuis cette histoire, Walker fait l'objet de menaces. Plusieurs personnes en veulent à sa vie. Il y a peu, il a été pris pour cible et blessé par balle. Voilà pourquoi il a préféré quitter la police et accepter un poste à temps partiel au sein d'un cabinet de détectives privés, dirigé par un autre ancien policier.

TJ se souvint alors avoir remarqué que Silas boitait un peu, lui aussi. Mais il s'était efforcé de ne pas le montrer.

Visiblement toujours sceptique, Chloe demanda à McCall :

— Avez-vous eu l'occasion de faire sa connaissance ?

— Je l'ai rencontré une ou deux fois et je l'ai trouvé très sympathique.

TJ hocha la tête, confirmant qu'elle partageait son avis. Elle sentait le regard d'Annabelle et de Chloe sur elle.

Le shérif sourit.

— Vous n'avez vraiment rien à craindre de Silas Walker, croyez-moi. C'est un ancien inspecteur qui a largement prouvé au cours des dernières années son dévouement et son intégrité.

Elle reporta alors son attention sur TJ :

— Par ailleurs, vos sœurs m'ont parlé des lettres de menaces que vous recevez depuis quelque temps, émanant d'un admirateur manifestement dérangé. Elles me semblent plus inquiétantes.

— Pour tout vous dire, au départ, j'avais peur que Silas ne soit ce cinglé.

— Mais vous ne vous le pensez plus, maintenant ?

— Non, je suis désormais persuadée qu'il ne l'est pas.

Après avoir entendu les révélations de la policière, elle avait compris qu'elle pouvait faire confiance à son instinct qui lui soufflait que Silas n'était pas True Fan. Cela dit, il était peut-être dangereux pour elle. Pour d'autres raisons. Le simple fait de penser à lui faisait battre son cœur plus vite.

— En tout cas, si vous avez besoin de quoi que ce soit, n'hésitez pas à venir me trouver, dit McCall en se levant.

TJ la remercia et fut contente que Chloe la reconduise à la porte.

— Alors ? s'enquit Annabelle dès que les deux autres furent hors de portée de voix. Que s'est-il passé ?

— Il ne s'est rien passé.

Annabelle leva les yeux au ciel.

— Comment t'es-tu retrouvée chez lui ?

Chloe revint alors.

— Oui, que t'est-il arrivé exactement ?

TJ leur raconta avoir remarqué la boîte aux lettres de Silas sur la route et avoir eu envie de voir son chalet de loin, par curiosité.

— Je ne me suis pas rendu compte tout de suite que je m'éloignais et que je m'enfonçais autant dans le bois. Mais je me suis soudain aperçue qu'une tempête se levait. Comme je voulais repartir vers la voiture, j'ai glissé sur du verglas, je suis tombée et me suis tordu la cheville. Heureusement, Silas m'a aidée et portée jusque chez lui. Par la suite, il neigeait trop pour s'aventurer au dehors, et il m'a alors proposé de passer la nuit là, dans son chalet.

— Pourquoi ai-je l'impression qu'il y a autre chose ? Que tu ne racontes pas l'histoire dans son intégralité ? demanda Annabelle.

— Il s'est montré très gentil avec moi, vraiment charmant. Il m'a fait à dîner puis nous avons joué aux cartes toute la soirée.

Ses sœurs échangèrent un regard.

— As-tu oublié qu'il n'y a pas si longtemps, tu étais certaine que ce type était ton True Fan ? demanda Chloe.

— Je ne l'ai pas oublié. Au début, je pensais que c'était lui, c'est vrai. Mais cela n'a plus d'importance, maintenant. Vous avez entendu le shérif comme moi. Nous n'avons rien à craindre de Silas Walker.

Chloe et Annabelle semblant loin d'en être convaincues, TJ poursuivit :

— Il est peut-être ce qu'il prétend être : un homme gentil qui a envie de m'aider. Pourquoi cela vous semble-t-il tellement inconcevable ?

— Qui a envie de t'aider, répéta Chloe. Ça veut dire quoi ?

— Il a l'intention de démasquer True Fan, répondit-elle avec un haussement d'épaules.

— Sérieusement ? demanda Annabelle, les yeux écarquillés. En tout cas, il est plutôt beau gosse si tu aimes les hommes grands et musclés, aux mâchoires carrées.

— À ta place, je ferais attention, déclara Chloe. Même s'il n'est pas ton harceleur, il pourrait être dangereux pour toi.

— Dangereux pour une fille aussi naïve que moi, c'est ce que tu veux dire ? rétorqua TJ, furieuse parce qu'elle l'avait pensé toute seule mais qu'elle refusait de le reconnaître.

Sa sœur prit son temps pour répondre comme si elle tenait à peser chaque mot.

— Tu n'es sortie avec personne depuis Marc. Voilà tout ce que je dis.

TJ aurait aimé remettre Chloe à sa place d'une réplique cinglante, lui lancer qu'elle n'avait aucune idée du nombre d'hommes avec lesquels elle était sortie. Mais elle garda sa réflexion pour elle. Sa sœur avait raison. Sa vie amoureuse était à l'arrêt depuis Marc. Elle l'avait rencontré à l'université. Il avait été son premier amour. Et aussi le dernier. Peu après la remise de leurs diplômes, il avait décroché un emploi dans une entreprise travaillant dans le secteur de l'armement.

Marc avait accepté des missions dangereuses pour gagner beaucoup d'argent afin de donner à TJ la possibilité d'écrire, de démarrer sa carrière d'écrivain. Ils se seraient mariés à son retour.

Qu'il prenne tant de risques ennuyait TJ mais Marc y tenait. Il lui avait expliqué qu'il voulait mener une vie aventureuse avant de se ranger et de se marier.

Il avait été tué en Irak lorsqu'une bombe artisanale avait fait exploser ses bureaux.

— Cela m'étonnerait que tu aies envie d'un homme qui cherche le danger et dont le métier l'oblige à flirter avec la mort, dit doucement Chloe. Tu as déjà donné, non ?

TJ sentit les larmes lui brûler les paupières. De nouveau, sa sœur avait raison. Silas Walker exerçait un travail dangereux, et il avait d'ailleurs mené une opération sous couverture pour démasquer des flics corrompus. Tout comme Marc, il avait l'aventure dans le sang. Le danger le grisait.

— Ne vous inquiétez pas, dit-elle, plus pour elle-même que pour Chloe et Annabelle. Je n'ai pas l'intention de réitérer mes erreurs.

Un petit coup à la porte allégea un peu les tensions dans la cuisine.

— J'y vais, dit Annabelle.

TJ resta où elle était. Elle se remémorait sa soirée chez Silas. Il s'était montré doux et attentionné. Et pourtant, dès le début, elle avait senti chez lui un côté sombre, une violence, une menace. Était-elle condamnée à n'être attirée que par les hommes qui aimaient risquer leur vie ?

Annabelle revint dans un courant d'air froid. À l'expression de Chloe, TJ comprit que quelque chose n'allait pas.

— Qui était-ce ? demanda Chloe.

— Carol, l'employée du bureau de poste...

TJ se sentit blêmir. Sans avoir besoin de voir l'enveloppe dans la main de sa sœur, elle sut que True Fan lui avait adressé une autre lettre de menaces.

Silas sillonna Whitehorse, rue par rue, à la recherche du pavillon où il avait acheté les rames de papier lors de cette fameuse brocante. Heureusement, Whitehorse n'était qu'un village, et il ne lui fallut pas longtemps pour retrouver l'endroit.

Il se gara devant la maison, sauta de son pick-up et se dirigea vers la porte d'entrée. Il vit une main écarter le rideau. Un moment plus tard, il pressa la sonnette.

Une sexagénaire vint lui ouvrir.

— Oui ? demanda-t-elle.

— Bonjour, madame, dit-il poliment.

Il lui sourit mais elle semblait toujours méfiante.

Il ne se souvenait pas bien de la personne qui lui avait vendu ces boîtes de papier mais était à peu près sûr que ce n'était pas cette petite dame. L'ancienne propriétaire vendait son pavillon parce qu'elle partait vivre en maison de retraite, se rappela-t-il.

— Qui est-ce, maman ? lança une voix plus jeune à l'arrière.

— Je ne sais pas.

Une jeune femme brune apparut.

— En quoi puis-je vous aider ? demanda-t-elle.

— Je cherche la femme qui vivait autrefois ici, expliqua Silas. Elle a organisé un vide-greniers à domicile, l'été dernier.

— Il s'agit de Melinda Holmes. Elle a emménagé dans la maison de retraite qui se trouve en bas de la rue.

— Merci.

Il grimpa dans son pick-up et retourna à la propriété où il avait déposé TJ. Tout en roulant vers la vieille demeure, il se demandait à quel accueil il devait s'attendre, non seulement de la part TJ mais également de ses sœurs.

Il frappa ses chaussures contre les marches du porche pour en retirer la neige et sonna. La jeune femme qui lui ouvrit était blonde et avait les yeux bleus. Il n'eut aucun mal à deviner qu'elle était l'une des sœurs de TJ.

— Bonjour, dit-il en souriant. J'espérais voir…

Une autre blonde apparut alors, suivie de celle pour laquelle il était venu. Son sourire s'élargit au fur et à mesure que TJ se rapprochait.

— Silas, dit-elle, manifestement étonnée de le voir réapparaître si vite.

Il y eut un moment embarrassant pendant lequel les trois jeunes femmes restèrent à le dévisager, les bras ballants. Mais reprenant leurs esprits, elles lui tendirent finalement la main.

— Entrez, Silas, je vous en prie, dit TJ.

Enlevant son stetson, il pénétra dans la maison.

— Je ne pense pas que vous connaissiez mes sœurs. Voici Chloe, qui est journaliste, et Annabelle, qui est...

— Qui est tout simplement Annabelle, la coupa l'intéressée.

Chacune était belle à sa façon mais toutes les trois ensemble l'étaient davantage encore.

— Et voilà Silas Walker, ajouta TJ presque timidement.

Il les salua de la tête.

— Ravi de faire votre connaissance.

— Pouvons-nous vous offrir un café ? proposa Annabelle.

— Merci, ça va. Je suis seulement passé dire à TJ que j'ai retrouvé le pavillon dont nous avons parlé. L'ancienne propriétaire vit désormais dans la maison de retraite de la ville. Elle s'appelle Melinda Holmes. Ce nom vous dit-il quelque chose ?

— Il devrait puisque tu chapardais les pommes de son jardin en rentrant de l'école, autrefois, TJ, répondit Annabelle en riant. Je me demande si elle se souviendra de toi.

— Ne t'avait-elle pas donné des coups de balai pendant que tu tentais de t'enfuir en escaladant sa clôture ? renchérit Chloe.

Les yeux au ciel, TJ prit son manteau.

— J'adorerais rester pour évoquer le bon vieux temps avec vous deux mais je dois démasquer mon harceleur.

— Il est peut-être plus près de toi que tu ne le crois, lança perfidement Chloe.

Silas se contenta de sourire, d'assurer à Chloe et à Annabelle qu'il avait été très content de faire leur connaissance, et TJ referma la porte derrière eux. Il vit qu'elle s'était changée. Vêtue d'un jean, de bottes et d'un pull sous son manteau, elle avait lâché ses cheveux qui retombaient sur ses épaules comme un voile d'or.

— Je vous prie de m'excuser pour mes sœurs, dit-elle. Elles ont un côté surprotecteur qui devient vite exaspérant.

— Vous devriez leur en être reconnaissante, répondit-il en riant. Avez-vous vraiment volé des pommes à la vieille dame que nous allons voir ? ajouta-t-il en souriant.

— Espérons qu'elle a été obligée de partir vivre en maison de retraite parce qu'elle perdait la mémoire, répondit TJ sur le ton de la plaisanterie.

— Pourvu qu'elle ne l'ait pas trop perdue quand même ! répliqua-t-il en ouvrant la portière côté passager de son pick-up. Nous avons besoin qu'elle se rappelle à qui elle a vendu toutes ses rames de papier.

Bâtie sur une colline, la maison de retraite surplombait la rivière Milk. Silas se gara et s'apprêtait à sortir de l'habitacle quand TJ l'arrêta.

— J'ai reçu une autre lettre.

— Montrez-la-moi.

La peur teintait la voix de TJ mais quand il se tourna vers elle, elle affichait un calme surprenant. Cependant, lorsqu'elle ouvrit son sac pour y prendre l'enveloppe, il remarqua que ses mains tremblaient.

Silas s'en empara et sortit le feuillet, essayant de le toucher le moins possible. Il se demandait si TJ et ses sœurs avaient pris les mêmes précautions. Cela dit, il doutait que l'expéditeur ait fait l'erreur de laisser ses empreintes sur sa missive. Avec toutes les séries policières qui passaient à la télévision, plus personne n'enverrait une lettre anonyme en y laissant de tels éléments d'identification.

Tessa Jane,

J'avais mis tant d'espoir en vous que je suis accablé par ce que vous êtes devenue et plus encore par ce que vous avez fait de vos personnages. Comment avez-vous osé corrompre Constance ? La pousser à assassiner l'homme qui l'aimait ? Il était fou d'elle ! Votre dernier roman m'a donné la nausée.

Que vous ayez été capable de tuer Durango de la main même de votre héroïne prouve qu'il n'y a plus rien à espérer de vous... Il était bon pour Constance. Tous deux vivaient une belle histoire, un amour sincère... et vous avez tout gâché.

Je vous ai dit être votre seul vrai fan jusqu'à la fin. J'ai bien peur que cette fin ne se rapproche à grands pas. Je ne peux pas vous laisser écrire un autre livre. Au lieu de mettre votre talent au service d'une noble cause, vous l'avez bradé. Et pour quelle raison ? Que cherchez-vous, exactement ? La gloire ? La fortune ? Vous êtes pathétique, ma chère.

Vous vous êtes prise pour Dieu, vous avez joué avec vos personnages au mépris de vos lecteurs.

Il est temps d'en assumer les conséquences. Le destin ne va plus tarder à vous présenter l'addition.

Votre True Fan jusqu'à la fin.

Silas sentit une indicible colère s'emparer de lui. Qui était ce fou furieux ? Et plus important encore, jusqu'où irait sa folie ? Ce True Fan était-il un mauvais plaisantin ou un dangereux malade ?

Il se tourna vers TJ. Elle avait pâli, comme si elle se remémorait chaque mot de la lettre pendant qu'il la lisait. Il comprit que même si son harceleur n'était pas prêt à mettre ses menaces à exécution, il fallait l'arrêter. Il n'était pas question de laisser ce sombre individu terrifier TJ plus longtemps. Silas n'avait pas de mal à imaginer à quel point elle devait avoir du mal à rédiger un nouveau roman avec ces menaces planant au-dessus d'elle.

— Cela vous ennuie-t-il que je garde cette lettre, pour le moment ? demanda-t-il en replaçant soigneusement le feuillet dans l'enveloppe.

— Je vous en prie. Elle me fait horreur, vous me rendez service.

— Quand êtes-vous censée envoyer à votre éditeur le manuscrit de votre prochain livre ?

— Dans quatre mois. Et je n'ai pas encore écrit une ligne. J'en suis incapable.

Il poussa un juron à voix basse.

— Espérons que Melinda Holmes aura des réponses pour nous, dit-il en ouvrant sa portière.

Depuis qu'elle avait reçu la lettre de True Fan, TJ avait l'estomac noué. Mais la présence et le soutien de Silas l'aidaient, la réconfortaient. Qu'il ait si vite retrouvé le pavillon où s'était tenue la brocante et la personne qui lui avait vendu ces rames de papier l'avait étonnée. Elle lui était surtout reconnaissante de prendre au sérieux les menaces dont elle faisait l'objet.

Une fois à l'intérieur de la maison de retraite, ils demandèrent la chambre de Melinda Holmes. Malheureusement, la vieille dame n'y était pas. Une infirmière leur conseilla de descendre à la salle à manger.

Melinda s'y trouvait bien, assise près de la fenêtre, à contempler le ciel d'hiver. TJ se souvenait à peine d'elle.

Silas s'approcha :

— Madame Holmes ?

Pas de réaction.

— Madame Holmes ? répéta-t-il un peu plus fort.

La vieille femme aux cheveux gris se détourna de la fenêtre.

— Je ne suis pas sourde, grommela-t-elle.

Ses yeux passèrent de Silas à TJ.

— Je te connais, toi, dit-elle d'une voix rauque à TJ. Tu es une des petites Clementine. Tu venais dans mon jardin voler mes pommes, autrefois.

— J'avais tort et je vous présente mes excuses mais vous aviez les meilleures pommes de la vallée, répondit-elle en s'asseyant à côté d'elle. Laissez-moi vous présenter un ami, Silas Walker.

Melinda se tourna vers lui.

— M'avez-vous chapardé des fruits, vous aussi ?

— Non, madame. Je ne me serais pas permis.

Sa réponse parut la satisfaire.

— Alors que voulez-vous ?

— Vous dirigiez autrefois une entreprise de fournitures de bureau à Whitehorse, non ? demanda Silas.

— C'était il y a des années.

— Je vous ai acheté des ramettes de papier lors de votre vide-greniers, l'été dernier.

— Et alors ?

— Vous souvenez-vous à qui d'autre vous en avez vendu ?

— Et pourquoi avez-vous envie de le savoir ? Certes, ce papier était un peu décoloré après avoir passé des années dans mon sous-sol mais il était de qualité.

— C'est vrai, je vous le confirme. En fait, continua Silas, j'aimerais en avoir davantage. Et certaines des personnes qui vous ont acheté plusieurs rames seront peut-être d'accord pour me les revendre. Je l'espère, en tout cas.

— Beaucoup de gens sont venus à ma brocante. Comment voulez-vous que je me souvienne de tous, après tout ce temps ? Attendez. Il y avait cette femme qui travaillait au collège. Elle m'a pris plusieurs boîtes mais il ne doit pas lui en rester. Elle m'a dit qu'elle s'en servirait pour imprimer des documents pour les élèves.

— Vous rappelez-vous son nom ? demanda TJ.

— Je ne l'ai jamais su, répondit-elle sans la regarder.

Son visage se ferma, et pendant un moment TJ pensa qu'elle ne leur dirait rien de plus. Mais elle poursuivit :

— Il y avait aussi Nellie. Elle m'a également acheté des bols qui avaient appartenu à ma mère.

Melinda Holmes se mordilla la lèvre quelques instants avant de continuer :

— Et puis, j'en ai vendu aussi à Dot. Cette fille m'a toujours exaspérée, ajouta-t-elle en secouant la tête. Un jeune homme m'en a pris aussi... Comment s'appelle-t-il déjà ? Il a un air très doux, assez rare chez un garçon, et un peu effrayant aussi. Oh ! aide-moi, petite ! lança-t-elle à TJ. Autrefois, il vous suivait, tes sœurs et toi, après l'école. Surtout toi.

— Tommy Harwood ?

TJ avait reconnu Tommy à la description que Mme Holmes leur en avait donné, même si elle ne s'était jamais rendu compte qu'il les suivait après l'école.

— C'est tout ce dont je me souviens, déclara Melinda Holmes en reportant son attention vers la fenêtre, vers le parc sous la neige, mettant un terme à la conversation.

TJ et Silas la remercièrent et se levèrent pour partir.

Comme ils regagnaient la voiture, Silas remarqua en riant :

— Pour quelqu'un qui a mauvaise mémoire, elle s'en sort bien. Connaissez-vous les personnes dont elle parlait ?

TJ hocha la tête tandis qu'ils se réinstallaient dans le pick-up.

— L'un d'entre eux pourrait-il être True Fan ? demanda Silas. Peut-être ce garçon effrayant qui vous suivait ?

— Peut-être. Je crois savoir qu'il habite près de la voie ferrée, à la sortie de la ville, répondit-elle. Mais il n'est sûrement pas chez lui à cette heure-ci. Il travaille chez un concessionnaire automobile. Par contre, Nellie devrait être chez elle. Voulez-vous y aller ?

Quand ils frappèrent, Lanell Doll, alias Nellie, entrouvrit sa porte d'un air méfiant. Cela suffit pourtant à TJ pour constater que la mère de Nellie, qui vivait avec elle, avait tendance à tout garder comme la grand-mère de TJ, pendant les dernières années de sa vie.

— Que fais-tu ici ? demanda Nellie, les sourcils froncés.

— Je passais m'assurer que tu avais bien reçu le livre que je t'ai dédicacé, hier, déclara TJ.

— Je l'ai.

Elle regarda Silas, attendant toujours une explication.

— Ce n'est pas la seule raison pour laquelle nous nous sommes arrêtés, dit-il. L'été dernier, j'ai acheté du papier lors d'un vide-greniers chez Mme Holmes. Elle pense que vous en avez pris aussi et qu'il vous en reste peut-être.

— Du papier ?

— Mme Holmes en vendait par rames.

— Si j'en ai fait l'acquisition, je ne m'en souviens plus, déclara Nellie.

— Je suis désolée, j'aurais dû te présenter mon ami, déclara TJ. Silas Walker, il est romancier. Il cherche aussi une machine à écrire manuelle.

— Et Mme Holmes vous a dit que j'en possédais une ? s'exclama Nellie, indignée. Cette vieille folle ferait mieux de se mêler de ses affaires.

— S'il vous en reste, je serais heureux de vous racheter ces rames de papier, déclara Silas.

Nellie secoua la tête.

— Je n'ai ni papier ni machine à écrire à vendre. Et là, je suis occupée alors si vous...

— As-tu commencé mon livre ? demanda TJ avant que Nellie leur claque la porte au nez.

Son étrange comportement et son accueil désagréable la rendaient suspecte à ses yeux.

Nellie poussa un soupir d'impatience.

— Si tu veux tout savoir, je me moque de tes thrillers. Ma nièce me l'a offert parce qu'elle était à court d'idées pour mon anniversaire, voilà tout.

— Je vois, dit TJ en luttant pour ne pas éclater de rire.

La sincérité de Nellie lui plaisait.

— Tu n'as donc lu aucun de mes romans, pas même par curiosité ?

— J'en ai commencé un mais il me tombait des mains. Ne le prends pas pour toi. Je n'ai jamais été une grande lectrice.

TJ entendait le bruit de la télévision en arrière-plan. Ils empêchaient Nellie de suivre *Les Feux de l'Amour*, son feuilleton préféré.

— Nous sommes désolés de t'avoir dérangée, dit TJ avant que Nellie ferme rapidement la porte.

— Cette femme a son franc-parler, elle est plutôt marrante, dit Silas alors qu'ils se réinstallaient dans le pick-up.

TJ se mit à rire.

— Vous trouvez ? Elle était surtout vexante, non ?

— Êtes-vous allée à l'école avec elle ?

— Oui mais nous n'étions pas amies.

— Je ne l'aurais jamais deviné.

— Je pense que nous pouvons la retirer de notre liste.

— Je n'en suis pas sûr. Elle a fait preuve d'une réelle agressivité à votre égard.

TJ regardait par la vitre la ville où elle avait grandi.

— Certaines des personnes avec qui j'étais en classe me jugeaient prétentieuse. Annabelle l'était, mais moi j'étais surtout timide. Et très introvertie. Je me racontais des histoires dans ma tête. Mes personnages imaginaires m'intéressaient plus que l'école. Mes professeurs me trouvaient stupide. Ils disaient à ma grand-mère que je ne travaillais pas.

— La plupart des professeurs ne supportent que les élèves qui leur ressemblent. Je l'ai souvent remarqué.

Il haussa les épaules et démarra.

— Prochaine étape ?

— Dorothy Crest ? Il semble peu probable que ce soit elle, mais je suppose que c'est ce qui la rend suspecte. Qui que soit True Fan, il ou elle cache son jeu.

— True Fan est certainement capable de vous faire des sourires de façade tout en vous lançant des piques par en dessous. Le fait qu'il ou elle ne signe pas ses missives tend à prouver que True Fan est lâche et sans doute incapable de vous attaquer, du moins de front. Mais s'il sape votre moral et vous empêche d'écrire, il faut l'arrêter.

Elle lui sourit.

— Alors, allons voir Dot.

TJ appela Annabelle qui lui apprit que Dot avait acheté la maison de ses parents et y vivait désormais avec son mari, Roger. À cette heure-ci, Roger était au travail, et ils avaient toutes les chances de trouver Dot seule chez elle.

Dot leur ouvrit, un tablier de cuisine noué à la taille. En reconnaissant TJ, un grand sourire éclaira son visage.

— Entrez ! C'est un honneur pour moi de recevoir une célèbre romancière.

TJ lui présenta Silas.

— Vous écrivez aussi ? Formidable. Vous me donnerez le titre de votre dernier livre pour que je puisse l'acheter. J'adore lire quand j'ai le temps, ce qui n'arrive pas assez souvent à mon goût, malheureusement. Il y a tant à faire dans une maison !

Elle les entraîna à travers le salon, leur montrant au passage qu'elle avait tous les titres de TJ sur une étagère. La demeure était impeccable même si Dot ne cessait de s'excuser du désordre.

Dans la cuisine, elle leur offrit des biscuits qui sortaient du four et du café.

TJ prit un cookie chaud aux pépites de chocolat et écouta Silas demander à Dot s'il lui restait des rames du papier dont elle avait fait l'acquisition lors du vide-greniers, l'été précédent.

— J'en avais acheté pour mes petits-enfants. Ils aiment dessiner et peindre, et ils en font une telle consommation !

Voyant TJ promener le regard autour d'elle, Dot lui dit :

— Tu n'as jamais vu ma maison. Aimerais-tu la visiter ?

— Avec plaisir, répondit-elle en se levant.

Toutes les pièces étaient aussi bien rangées que ce que TJ avait déjà vu. Dans le bureau, elle aperçut un ordinateur portable mais pas de machine à écrire.

— J'ai commencé ton dernier livre. J'ai dû arrêter parce que j'avais mon ménage à finir mais j'ai hâte de le reprendre. Je suis impressionnée par la façon dont tu fais revivre notre petite ville.

— Tu sais que mes intrigues ne se déroulent jamais à Whitehorse, déclara TJ. Mais dans un village imaginaire.

— Bien sûr, dit Dot en faisant un clin d'œil entendu à TJ.

— Un village qui pourrait être n'importe quel petit village du Montana.

— En tout cas, je suis contente que tu sois passée avec ton ami. Je l'avais déjà croisé mais j'ignorais qu'il était romancier.

Les gens du coin surnommaient Silas Mountain Man en se moquant un peu de lui. Mais dès qu'ils sauraient qu'il écrivait, son apparence de montagnard serait acceptée comme une marque de distinction, une originalité propre aux écrivains.

Elles trouvèrent Silas assis dans la cuisine, là où elles l'avaient laissé, mais TJ fut certaine qu'il avait inspecté le rez-de-chaussée pendant qu'elles étaient à l'étage.

Ils remercièrent Dot de son hospitalité. Avant de les laisser partir, elle insista pour leur emballer des cookies pour « plus tard ».

— C'est elle, plaisanta-t-il en regagnant le pick-up. Toute cette gentillesse et cette bonne humeur cachent certainement quelque chose.

TJ se mit à rire.

— J'y ai pensé aussi.

Le soleil brillait. TJ se sentait bien, légère, détendue comme elle ne s'était pas sentie depuis des mois, grâce la présence de cet homme.

Il se tourna vers elle :

— Y a-t-il d'autres pistes à suivre ou pouvons-nous aller déjeuner ?

— Vous avez probablement d'autres choses à faire, déclara TJ.

— Plus vite nous trouverons ce fou, mieux cela vaudra.

Mais alors qu'ils roulaient dans la rue principale de Whitehorse, elle le vit soudain se figer en regardant un homme qui traversait devant eux.

— Silas ?

Il ne répondit pas. Il semblait en transe.

— Tout va bien ? demanda-t-elle avec une pointe d'inquiétude.

Il était livide, il avait l'air d'avoir vu un fantôme.

Il sortit de son état second au moment où le véhicule devant eux avança enfin. Le type qui avait traversé la rue n'était plus en vue. Apparemment, il était entré au Mint.

— Désolé, TJ, je pensais avoir reconnu… Peu importe. Je me suis trompé.

Mais elle le surprit à jeter à plusieurs reprises un œil dans son rétroviseur comme s'il craignait d'être suivi.

L'inconnu qui traversait avait provoqué une réaction inhabituelle chez Silas. Il avait eu l'air terrifié, et pourtant TJ était certaine qu'il n'était pas du genre à s'effrayer facilement.

13

Silas était sous le choc. Il n'avait aucune envie d'annuler cette sortie avec TJ. Mais dans l'immédiat, il avait un problème dont il devait s'occuper, et rapidement.

— Je suis désolé, mais je dois répondre tout de suite à un impératif professionnel inattendu, dit-il. Pouvons-nous reporter notre déjeuner ? Je vous rappellerai plus tard.

— Vous n'avez pas besoin de m'accompagner pour aller voir Tom Harwood. Je vous remercie d'avoir retrouvé la maison où vous aviez acheté le papier et sa propriétaire. Maintenant, j'ai toutes les cartes en main pour poursuivre l'enquête toute seule.

— Cela m'ennuie vraiment que vous y alliez seule. Je vais régler ce problème professionnel au plus vite et je reprendrai contact avec vous dès que possible, si cela vous convient.

— Bien sûr. Mais êtes-vous sûr que tout va bien ? demanda-t-elle, manifestement inquiète.

Elle avait remarqué sa réaction face à l'homme qui traversait la rue. Silas craignait surtout que ce dernier l'ait vu et, pis, qu'il ait aperçu TJ. Il ne voulait à aucun prix qu'elle se retrouve mêlée à ses histoires de policiers corrompus.

— Oui, oui, tout va bien. À plus tard, dit-il en lui souriant.

Il n'eut sans doute pas l'air aussi convaincant qu'il l'avait espéré, car elle semblait toujours soucieuse.

— J'ai prévu de faire des courses de Noël avec mes sœurs, alors s'il vous plaît, occupez-vous de votre travail et ne vous inquiétez pas pour moi.

Il lui jeta un coup d'œil de biais. En réalité, il s'angoissait beaucoup pour elle.

— Je ne peux pas m'empêcher d'être préoccupé. Cette dernière lettre...

Il s'apprêtait à dire : « Nous devons trouver True Fan avant que True Fan vous trouve », mais au dernier moment il se ravisa et préféra garder cette réflexion pour lui. TJ était déjà terrifiée. Elle n'avait pas besoin qu'il aggrave ses peurs en lui faisant part de ses instincts et de son expérience.

Malheureusement, ses instincts et son expérience lui soufflaient que True Fan n'allait pas tarder à mettre ses menaces à exécution.

Alors qu'il s'arrêtait devant la propriété des Clementine, il se tourna vers TJ :

— Puis-je vous demander quelque chose ? Quelque chose d'important pour moi ?

Elle hocha la tête, manifestement surprise par la gravité de son ton.

— N'allez nulle part toute seule. Si vous tenez à sortir, demandez à l'une de vos sœurs de vous accompagner. N'essayez surtout pas de vous lancer sans moi à la poursuite de ce malade. Attendez-moi. Je ne sais pas combien de temps va me prendre cette affaire mais...

— Vous n'avez pas à vous soucier de moi, Silas. Ça ira.

Combien de fois avait-il entendu ces mots ?

— C'est ce qu'ils disent tous.

Il la vit frémir.

— Faites-le pour moi, TJ. Je vous en prie.

TJ sentit sa gorge se serrer. Silas semblait tellement inquiet pour elle qu'elle en frissonna.

— D'accord. Mais vous, promettez-moi aussi quelque chose, s'entendit-elle dire. Faites attention à vous. Je ne sais pas ce que vous devez faire mais je devine que c'est dangereux.

Il ne répondit rien pendant un moment, se contentant de lui serrer la main avec une émotion qui la troubla.

— À plus tard. Je vous appellerai.

Hochant la tête, elle le lâcha. Pendant un moment, elle eut

peur de le quitter et fut tentée de le retenir. Mais il lui ouvrit sa portière, et elle n'eut d'autre choix que de sortir, après l'avoir brièvement dévisagé.

Il lui semblait étrange de se sentir si proche de quelqu'un qu'elle ne connaissait que depuis quelques heures. Elle le regarda partir. Elle devinait sa hâte, le sentiment d'urgence qui l'habitait, qui rendait la situation plus effrayante encore.

À quel genre de problèmes Silas était-il confronté ? S'agissait-il de quelque chose en lien avec son ancien travail de policier ? Ou avec ses activités actuelles de détective privé ? Elle en savait si peu sur lui et pourtant, bizarrement, elle avait l'impression qu'il était dans sa vie depuis des années, depuis toujours. Le simple fait d'avoir parcouru le premier chapitre de son roman l'avait rendue plus proche de lui. Elle comprenait mieux pourquoi les gens pensaient la connaître après avoir lu ses thrillers.

Le cœur serré, elle suivit son pick-up des yeux jusqu'à ce qu'il disparaisse au bout de la rue.

— Ça va ? lança Chloe lorsqu'elle ouvrit la porte.

— Vas-tu me poser la même question, chaque fois que je rentre à la maison ? demanda TJ en passant devant elle pour rejoindre le salon.

— Chaque fois que tu rentreras après avoir vu cet homme, en tout cas, répondit sa sœur.

Annabelle leur annonça qu'elle avait préparé des hamburgers et que TJ arrivait à temps pour passer à table. TJ retira son manteau et le laissa sur une chaise avant de rejoindre ses sœurs dans la cuisine.

— Je n'ai pas mangé de hamburgers depuis que j'ai quitté Whitehorse, dit-elle en mettant le couvert.

Chloe se tenait sur le seuil de la pièce, les bras croisés, l'air énervée. C'était le problème avec les auteurs de thrillers et les journalistes d'investigation, pensa TJ. Ils voyaient des détails qui échappaient à la plupart des gens. Chloe devinait que Silas cachait quelque chose. Elle avait perçu son côté sombre, dangereux.

— Comme il nous l'a dit tout à l'heure, Silas a retrouvé l'endroit où il avait acheté des rames de papier, l'été dernier, dit-elle en s'asseyant à table. L'ancienne propriétaire, Melinda Holmes, vit à présent dans la maison de retraite municipale.

Annabelle apporta le plat. Chloe les rejoignit à contrecœur.

— Ces feuilles sont les mêmes que celles que True Fan utilise pour m'écrire ses lettres, poursuivit TJ. Ou du moins, elles lui ressemblent beaucoup. Nous avons donc demandé à Mme Holmes qui lui en avait acheté, l'été dernier.

— Et ? demanda Chloe.

Elle n'avait pas encore touché à son assiette.

— Elle nous a donné quelques noms. Dot, Nellie Doll, quelqu'un de l'école et Tommy Harwood… Elle a prétendu que Tommy nous suivait tout le temps autrefois, à la sortie de l'école jusqu'à la maison.

Elle se tourna vers Chloe.

— T'en souviens-tu ?

Sa sœur hocha la tête.

— Il avait le béguin pour toi. N'était-il pas à la séance de dédicaces, d'ailleurs ? ajouta-t-elle en fronçant les sourcils.

— Il l'était. Annabelle, c'est délicieux ! s'exclama TJ. Je ne réalisais pas à quel point j'avais faim.

— Alors, as-tu rencontré les autres acheteurs ? demanda Chloe.

— Nous n'avons eu la possibilité de parler qu'à Nellie et à Dot, répondit-elle, en s'emparant de ses couverts. Ensuite, Silas m'a déposée ici parce qu'il devait s'occuper d'une affaire professionnelle. Il me rappellera plus tard.

Comme elle relevait le nez, elle croisa les yeux saphir de Chloe et ajouta :

— Silas n'est pas True Fan.

— Peut-être pas mais je trouve bizarre qu'il tienne à t'aider à démasquer ce True Fan. Pas toi ?

TJ haussa les épaules.

— Peut-être s'intéresse-t-il à moi.

Annabelle écarquilla les yeux.

— Il s'est donc passé quelque chose au chalet. J'en étais sûre. Il t'a embrassée ?

TJ se mit à rire.

— Non et il n'a même pas essayé de le faire. Il s'est comporté en parfait gentleman.

Chloe y voyait la preuve que Silas s'intéressait à elle à cause de

True Fan, parce qu'il avait envie de l'arrêter. Qu'il aimait le danger, prendre des risques. Qu'il était comme Marc.

— Alors allons-nous faire les courses de Noël, cet après-midi ? demanda TJ, espérant changer de sujet.

— Ou nous pourrions aller nous balader, profiter d'une si belle journée, proposa Annabelle. Cela dit, j'aimerais trouver un cadeau pour Dawson. J'ai quelques idées mais j'aurais besoin de vos avis éclairés et éclairants. J'ai trouvé une chemise au Family Matters. Mais une chemise n'est-elle pas un cadeau un peu trop banal pour notre premier Noël ensemble ? Enfin, il ne s'agit pas vraiment de notre premier Noël mais lors des précédents nous n'étions pas fiancés, ajouta-t-elle avec un petit rire. J'ai envie de marquer le coup.

Annabelle rayonnait tellement de bonheur qu'il était impossible de ne pas s'en réjouir. Même Chloe se détendit et sourit.

— Tu vas me montrer cette chemise, et je te dirai ce que j'en pense, répondit Chloe qui entama enfin son déjeuner.

TJ s'efforçait, elle aussi, de se détendre. Elle n'avait pas parlé à ses sœurs de l'étrange réaction de Silas à la vue d'un inconnu dans la rue ni de ses craintes à ce sujet. Elle s'était si vite rapprochée de lui qu'elle ne comprenait pas son propre comportement. Que Silas ait des problèmes semblait plus que probable. Il avait essayé de le lui cacher, mais elle avait vu à quel point il avait eu peur en reconnaissant cet homme. Et elle devinait qu'il en fallait beaucoup pour effrayer quelqu'un comme lui.

Elle essaya de sortir Silas de son esprit. Cela n'avait jamais été très difficile avec les autres hommes qu'elle avait rencontrés avant lui.

Mais Silas… Il avait quelque chose de spécial, il n'était pas comme les autres. Et pourtant, que Chloe craigne qu'il soit comme Marc ennuyait TJ. Elle ne voulait à aucun prix repasser par ce qu'elle avait connu avec Marc.

Son cœur n'y résisterait pas.

— Es-tu sûr que c'était lui ?

Silas serra plus fort son téléphone.

— Non, pas à 100 %. Je n'ai fait que l'apercevoir.

— D'accord, répondit son ami et employeur de l'agence PI Cal Barnum. Tout d'abord et avant toute chose, je vais vérifier qu'il a bien quitté New York. À ce que j'ai compris, Whitehorse est une toute petite ville, n'est-ce pas ?

— Un village. Il n'y a même pas de feu rouge. Pour te dire.

— Il y a donc peu de chances pour que notre ami se trouve là par hasard.

— Aucune chance. S'il est venu ici, c'est forcément pour moi.

— Peut-être devrais-tu faire profil bas pendant quelque temps, suggéra Cal. Te montrer rarement en ville et te cacher dans la montagne.

À n'importe quel autre moment, Silas aurait suivi ce conseil.

— Ce n'est pas si simple. J'aide actuellement une amie qui est confrontée à un grave problème.

— Une amie… Ta nouvelle petite amie, je suppose ?

— Elle a des ennuis. Je ne peux pas la laisser tomber.

— D'accord, à ton avis, combien de temps faut-il avant que DeAngelo te trouve ?

Silas retira son stetson et se passa la main dans les cheveux. Dès son emménagement à Whitehorse, il avait compris comment fonctionnaient les petites villes. Les gens du coin ne se méfiaient pas et étaient toujours prêts à rendre service. Si vous cherchiez quelqu'un, ils vous proposaient une carte pour vous aider à trouver sa maison ou, mieux, ils vous conduisaient aimablement chez lui.

— Je dois le retrouver avant que lui me retrouve, dit-il.

Cal poussa un juron.

— Je suis désolé. Tu savais que tôt ou tard il dénicherait ta retraite. C'était juste une question de temps. Depuis le début, tu te méfies de ce fou furieux. Avec raison.

Silas et Nathan DeAngelo avaient été coéquipiers lorsque Silas était entré dans la police. Nathan, qui travaillait au NYPD depuis un moment, lui avait appris les ficelles du métier. Il n'avait pas fallu longtemps à Nathan pour comprendre que, contrairement à lui, Silas était franc et intègre.

— J'espérais qu'il aurait le bon sens de laisser tomber, disait Cal.

— Ce n'est pas son genre.

Il remit son chapeau. Ses neurones fonctionnaient déjà à plein régime. Il n'avait pas le choix. Il devait coincer DeAngelo au plus vite ou attendre que le type l'abatte chez lui.

Silas n'avait jamais aimé attendre.

— Si tu apprends quelque chose d'intéressant, préviens-moi aussitôt, dit-il à Cal.

— Bien sûr. Restons en contact et... bonne chance.

Il lui faudrait plus que de la chance. Il connaissait bien DeAngelo. Il avait contribué à son arrestation, à le présenter à la justice pour qu'il réponde de ses crimes. Mais DeAngelo avait réussi à échapper à un procès. Il avait le bras long, des amis haut placés. Il n'était pas corrompu pour rien. Il avait des dossiers sur beaucoup de gens. Et il en avait acheté de nombreux autres, y compris dans le système judiciaire.

Alors par où commencer à le chercher ? Silas se demandait surtout ce qu'il devrait faire quand il l'aurait retrouvé.

Tout en se baladant en ville avec ses sœurs, TJ essayait de cesser de s'inquiéter pour Silas.

Annabelle avait raison. La journée était belle, le soleil brillait, la neige scintillait sous ses rayons, éclairant les rues de Whitehorse. Des guirlandes lumineuses ornaient tous les magasins du centre.

— Nous devrions descendre jusqu'à Billings pour faire nos achats de Noël, déclara Chloe, moins amoureuse de la petite ville que ses sœurs.

— Pourquoi faire des heures de route alors que nous avons tout ce qu'il nous faut ici ? protesta Annabelle en riant. Venez plutôt voir cette chemise que j'ai repérée pour Dawson, ajouta-t-elle en les entraînant dans le magasin de vêtements.

Comme elle déambulait dans les allées de l'établissement, TJ aperçut soudain son ancien professeur d'anglais de lycée en train d'examiner des écharpes. Pour éviter de la croiser, elle passa rapidement derrière le rayon de robes. À ce jour, Mme Brown avait sans doute terminé son livre. TJ n'avait aucune envie de discuter de ses fautes de grammaire avec elle. Ester Brown faisait partie de ces professeurs incapables de cesser d'enseigner, même une fois à la retraite.

Annabelle brandit une chemise à carreaux bleus.

— Alors ? Qu'en pensez-vous ?

— C'est tout à fait le style de Dawson, dit TJ.

— Pour ma part, je vais lui offrir une corde. Il va en avoir besoin, une fois marié avec toi, plaisanta Chloe.

— Qu'est-ce que ça veut dire ? demanda Annabelle en fronçant les sourcils. Qu'il aura envie de se pendre ou qu'il sera obligé de m'attacher pour me garder au ranch ?

— Je n'avais pensé à aucune de ces options mais tu as raison, déclara Chloe. Je vais réfléchir à une autre idée. En tout cas, toi, achète-lui cette chemise. De toute façon, il t'adore, et tout ce que tu lui donneras, il l'adorera.

Annabelle avait toujours l'air sceptique. Elle reporta son regard sur TJ qui sourit et hocha la tête.

— Le seul cadeau qu'il espère vraiment pour Noël, c'est toi.

— Je dois faire un saut à la boutique de souvenirs, annonça Chloe alors qu'elles sortaient du magasin.

Annabelle voulait aussi s'y rendre.

TJ ne souhaitait pas aller dans un endroit où on vendait ses livres, de peur de tomber sur quelqu'un qui voudrait lui parler de son dernier thriller. Elle savait qu'avoir fait mourir Durango allait provoquer la colère de certains de ses lecteurs. Mais elle devait raconter l'histoire de ses personnages, peu importe où ils la menaient.

De plus, elle craignait de croiser Joyce Mason. Elle l'avait imaginée un instant comme True Fan mais ne parvenait pas à se la représenter se donnant la peine de lui écrire des lettres de menaces. Joyce était plutôt du genre à assener ses quatre vérités à quelqu'un en face.

— Je vais prendre un café, dit TJ. Pourquoi ne pas m'y retrouver quand vous aurez fini ?

Elles se séparèrent. TJ inspira une bouffée d'air frais, ses pensées revenant instantanément à Silas. Comme elle se demandait avec inquiétude ce qui lui arrivait, elle ne remarqua pas la silhouette qui sortait d'une ruelle jusqu'au moment où quelqu'un lui saisit le bras.

Une voix rauque murmura alors à son oreille :

— Ne crie pas. Ce n'est que moi, ton plus grand fan.

14

Silas remonta la rue principale et se gara à proximité du parc municipal. Au siècle dernier, Whitehorse s'était développée autour de sa gare. Désormais, la voie ferrée traversait toujours la ville mais les trains ne s'y arrêtaient plus. L'ancienne gare était restée et constituait un but de promenade pour les habitants.

Les sens en alerte, Silas bondit de son pick-up et inspecta les environs d'un regard circulaire. À quelques jours de Noël, la petite ville était très animée. DeAngelo n'aurait pas pu choisir meilleure période pour débarquer à Whitehorse. À une autre époque de l'année, un grand brun habillé en costume aurait fait tache au milieu de la population locale et aurait été plus facile à repérer.

DeAngelo portait toujours des vêtements de qualité et des mocassins noirs bien cirés. Il était obsédé par les chaussures, et il lui arrivait souvent de s'arrêter au milieu du trottoir pour essuyer une tache sur le cuir.

Voilà plus d'un an que Silas s'attendait à le voir surgir à tout moment. Il imaginait qu'il le découvrirait un beau matin devant son immeuble à New York. Ou peut-être même à l'intérieur de son appartement. Par prudence, il avait pris l'habitude de coller un morceau de scotch sur sa porte en sortant pour être capable de détecter une éventuelle intrusion avant de rentrer chez lui. En tout cas, il était sûr que tôt ou tard ils se retrouveraient face à face.

Et à ce moment-là, il n'aurait alors que quelques instants pour réagir, il le savait. En vérité, il n'aurait probablement pas de temps du tout. DeAngelo le connaissait trop bien. De plus, ils n'avaient plus rien à se dire. Tout avait été dit au tribunal, au cours du procès des autres policiers corrompus, quand DeAngelo avait dit :

— Tu es un homme mort, Silas.

Mais voilà plus d'un an que les charges contre DeAngelo avaient été abandonnées, que l'ex-chef de patrouille circulait librement dans les rues, et Silas ne voyait toujours rien venir. Il avait donc fini par croire que son ancien coéquipier avait renoncé à se venger.

Silas aurait dû se douter qu'il n'en était rien.

Et maintenant, DeAngelo était non seulement dans le Montana pour lui faire la peau mais il y débarquait au pire moment. Silas venait de rencontrer TJ et lui avait promis de l'aider. Il en était tombé amoureux… Et il envisageait réellement un avenir avec elle.

Il prenait à présent conscience de son erreur. Tant qu'il y aurait des DeAngelo sur terre, il ne trouverait jamais la paix.

Il laissa passer quelques voitures puis traversa la rue pour rejoindre le dernier endroit où il avait vu son ancien coéquipier. Poussant la porte du Mint, il entra, aussitôt happé par la pénombre et l'atmosphère chargée de bière.

Avec un hurlement, TJ se débattit, donnant des coups de pied pour tenter d'échapper à l'homme qui lui avait saisi le bras.

Ce dernier réagit aussitôt :

— Eh ! tu es folle ou quoi ? Qu'est-ce qui te prend ? Pourquoi me frapper ?

Comme elle se retournait, TJ se retrouva nez à nez avec Tommy Harwood. Quand elle le vit se frotter le tibia en grimaçant, elle regretta sa violence.

— C'est toi qui es malade de sauter ainsi sur les gens par-derrière, répliqua-t-elle, furieuse.

— Je voulais seulement attirer ton attention.

Eh bien, il avait réussi.

Il se redressa, se balançant d'un pied sur l'autre, visiblement mal à l'aise.

— Je pensais que… Aimerais-tu prendre un café avec moi ?

Après tout, pourquoi pas ? se dit-elle. Elle avait justement l'intention d'en boire un. En outre, ne voulait-elle pas interroger Tommy au sujet des rames de papier qu'il avait achetées, l'été dernier ?

— Je te l'offre, dit-elle. Pour me faire pardonner.

Il accepta et la suivit dans la brasserie voisine.

— Ne travailles-tu pas aujourd'hui ? demanda-t-elle après s'être installée avec lui à une table et avoir commandé deux cafés noirs.

— Je suis sorti tôt.

Leur entrevue pourrait durer longtemps si la conversation continuait à ce rythme, se dit-elle. Elle décida d'aller droit au but.

— Je souhaitais justement te parler du papier que tu as acheté l'été dernier lors d'un vide-greniers à domicile.

Il sembla surpris par le sujet mais répondit :

— Chez Melinda Holmes.

— Exactement.

Comme il n'ajoutait rien et détournait la tête, elle poursuivit :

— Possèdes-tu une machine à écrire manuelle ?

Il leva les yeux vers elle, manifestement ennuyé.

— As-tu vraiment envie de discuter de ça ?

— J'en cherche une, prétendit-elle.

— Et tu pensais que j'en avais une ? Non, non. Pourquoi ne voulais-tu pas sortir avec moi quand nous étions au lycée ?

— Au lycée ? C'est de ça dont *tu* souhaites parler ?

— Oui. Tu savais que j'avais le béguin pour toi. Tu n'étais même pas célèbre, à l'époque. Ni même très populaire. Alors pourquoi me snobais-tu ainsi ?

Il espérait une réponse honnête ? Très bien.

— Comme, apparemment, tu me suivais tous les jours jusqu'à la maison après la classe, tu avais dû remarquer que je ne fréquentais pas beaucoup les garçons. De plus, tu me regardais toujours fixement, cela me faisait peur. Et la seule fois où tu m'as demandé de sortir avec toi, tu l'as fait en plein cours de sciences naturelles. Tu n'imaginais sûrement pas que je répondrais oui devant tout le monde ?

— Ce n'était pas le moment idéal, j'en conviens, mais tu aurais pu m'en reparler plus tard.

— Je n'étais pas intéressée. Ni par toi ni par un autre. À l'époque, je n'avais pas envie de fréquenter un garçon.

— Tu étais quand même sortie avec Darwin…

— C'était pour me rendre au bal de promo. Chloe m'avait forcée à y aller.

TJ se souvint de la robe dans laquelle elle se trouvait engoncée, des hauts talons inconfortables, de la soirée interminable et du baiser bâclé de Darwin devant chez elle. Ce souvenir la fit frémir.

— C'était une erreur que je n'avais pas l'intention de réitérer.

— Tu étais timide, mal à l'aise en société. Comme moi. Et pourtant, tu ne m'as même pas donné une chance.

— Tommy…

— Tom.

— C'est de l'histoire ancienne tout ça. Je ne peux plus rien y faire, ni revenir en arrière. Si j'avais la possibilité de tout recommencer, je ne serais jamais sortie avec Darwin, d'accord ?

— Et avec moi ?

Sans répondre à sa question, elle reprit :

— Alors, possèdes-tu ou non une machine à écrire manuelle ?

— Et si j'en avais une ? demanda-t-il d'un air de défi.

— Alors, j'aimerais la voir.

L'intérieur du bar était si sombre que Silas était quasiment obligé de se coller aux consommateurs pour réussir à distinguer leurs visages. Il avait cru qu'il reconnaîtrait DeAngelo immédiatement sans aucun problème. Il se trompait. L'homme qui se retourna sur son haut tabouret avait changé. Il était presque chauve, à présent. Son visage était pâle, et il avait beaucoup maigri. Il n'avait pas l'air en bonne santé. Il ne semblait pas dangereux.

— Il t'en a fallu du temps, lança DeAngelo. Je t'ai vu larguer ta petite amie avant de me rejoindre. Sage décision. Assieds-toi et commande quelque chose. Nous avons des choses à nous dire.

Silas n'avait aucune envie de prendre un verre avec son ancien coéquipier du NYPD. Ils n'avaient rien en commun, il l'avait compris depuis le début. Silas respectait les ordres. DeAngelo faisait fi des règles. Et pourtant, à l'époque où il avait fait sa connaissance,

Silas n'aurait jamais imaginé que DeAngelo puisse être à ce point corrompu.

— Nous avons des choses à nous dire ? répéta-t-il sans bouger.

— Arrête ton cirque, protesta son ancien partenaire. Tu as toujours été aussi têtu qu'une bourrique. Assieds-toi.

Il baissa la voix et ajouta :

— Si j'étais ici pour te tuer, tu serais déjà mort, et nous le savons tous les deux.

Il avait raison sur ce point, pensa Silas. Pour l'avoir côtoyé des années, pour avoir travaillé si longtemps avec lui, il était bien placé pour mesurer à quel point cet homme était dangereux. Quelque part, il était soulagé que DeAngelo ne souhaite que lui parler. Ces derniers temps, Silas avait relâché sa garde. Il était devenu trop confiant, trop décontracté. Une erreur. DeAngelo étant en face de lui, Silas aurait dû être mort. Alors, pourquoi son ancien coéquipier n'avait-il pas encore vidé son chargeur sur lui ?

S'installant sur le tabouret de bar, il fit signe au barman pour lui faire comprendre qu'il voulait la même chose que son « ami ». Quelques instants plus tard, deux chopes furent posées devant eux.

— Je ne t'avais encore jamais vu boire une bière, remarqua Silas. Autrefois, tu préférais les alcools forts.

— J'ai peut-être changé.

Silas n'en aurait pas mis sa main à couper mais il ne dit rien et se contenta de hocher la tête.

— Que fais-tu ici, Nathan ?

Tommy aurait voulu que TJ monte dans son pick-up avec lui, mais elle insista pour le retrouver chez lui. Elle le laissa penser qu'elle avait sa propre voiture. Elle lui précisa également qu'elle tenait à prévenir ses sœurs de l'endroit où elle se rendait, car elle était censée faire les courses avec elles.

— D'accord, dit-il en se dirigeant vers son véhicule garé en haut de la rue. À tout de suite.

TJ attendit qu'il parte pour rejoindre la boutique de cadeaux et dire à ses sœurs où elle allait. Mieux valait prendre quelques protections, assurer ses arrières. Si Tommy était True Fan, elle n'avait pas envie de se retrouver seule chez lui sans que personne sache où elle était. Elle fut donc heureuse de tomber sur Annabelle.

— Je viens de rencontrer Tommy Harwood, dit-elle. Je passe voir quelque chose chez lui et je reviens vite. Que dirais-tu d'aller ensuite manger un morceau quelque part, avant de rentrer à la maison ?

— Willie nous a invitées à dîner, tu t'en souviens ? protesta Annabelle. Tu n'as pas oublié qui était Willie, la mère de Dawson, j'espère. Elle a très envie de vous revoir.

— D'accord, d'accord. Je ne serai pas longue. Et en cas de besoin, j'ai mon portable.

Sur ces mots, elle quitta Annabelle qui colla aussitôt le nez à une vitrine de bijoux. Manifestement, sa sœur avait déjà oublié son existence.

La maison de Tommy était située le long de la voie ferrée. Un panneau indiquait encore le nombre de kilomètres avant la ville de Glasgow. L'employé qui, à l'époque de la construction du chemin de fer, avait été chargé de nommer les agglomérations où passerait le train ne s'était pas fatigué à inventer de nouveaux noms. Il avait pris un atlas et l'avait ouvert au hasard. C'était la raison pour laquelle plusieurs villes portaient des noms comme Malte, Zürich, Le Havre ou Glasgow.

Le pick-up de Tommy était garé devant un petit pavillon d'aspect bien entretenu. Lorsque TJ arriva devant la porte, il lui ouvrit comme s'il l'avait guettée par la fenêtre.

— Tu es finalement venue à pied ?

— J'ai décidé de laisser la voiture à mes sœurs. Par une si belle journée, j'avais envie marcher.

Il secoua la tête et retourna dans la maison. Elle le suivit. L'endroit était aussi propre à l'intérieur qu'à l'extérieur. Elle se demanda si Tommy y avait eu un jour une femme dans sa vie. Annabelle ne lui avait-elle pas dit qu'il avait vécu avec sa mère jusqu'à sa mort ?

— Puis-je t'offrir quelque chose à boire ? proposa-t-il.

En voyant à quel point il était nerveux, elle sentit instantanément sa propre angoisse grimper d'un cran. Venir ici avait probablement été une erreur. Connaissant Annabelle, elle serait sans doute incapable de se rappeler où sa sœur avait dit qu'elle allait.

— Je suis seulement venue jeter un œil à la machine à écrire, dit-elle, regrettant de paraître grossière mais ne voulant pas lui donner l'impression qu'elle espérait autre chose. J'aimerais en offrir une à ma sœur Chloe pour Noël.

— Oui, la fameuse machine à écrire, dit-il d'un air morose. Suis-moi, elle est par ici.

Comme il l'entraînait dans la maison, TJ promena les yeux autour d'elle à la recherche d'armes possibles qu'elle pourrait utiliser pour se défendre, si nécessaire. Tommy n'était pas grand mais il avait l'air fort. Il l'était certainement plus qu'elle.

Ils atteignaient la cuisine. À la vue de l'escalier qui menait au sous-sol, TJ décida qu'elle n'y descendrait pas, sous aucun prétexte. Elle commençait à se demander si Tommy possédait vraiment une machine à écrire ou s'il l'avait prétendu dans le seul but de l'attirer chez lui. Mais dans ce cas, il ne serait pas True Fan.

— Elle est là, dit-il.

TJ suivit son regard et découvrit une vieille machine manuelle Royal, posée par terre devant une porte qui donnait sur la véranda.

— Je l'utilise comme butoir. Elle pèse une tonne, dit-il.

TJ s'avança pour l'examiner. À en juger par la poussière sur les touches, elle n'avait pas été utilisée depuis des années.

— C'est la seule que tu aies ?

Il la dévisagea d'un air incrédule.

— Tu n'es pas venue ici pour acheter une machine à écrire, TJ. Je le sais. J'ai lu ton livre.

Elle retint son souffle, toujours méfiante comme chaque fois que quelqu'un commençait une discussion avec ces mots : « J'ai lu ton – ou votre – livre. » Parfois, la personne n'ajoutait rien.

Mais TJ avait le sentiment que Tommy avait beaucoup plus que cela à dire.

15

— Écoute, dit Nathan DeAngelo après avoir avalé une longue gorgée de sa bière.

Silas devinait qu'il en avait déjà bu plusieurs.

— Je ne te reproche pas ce que tu as fait, poursuivit DeAngelo. Depuis le début, j'ai toujours su qui tu étais. Un policier avec un sens aigu du devoir, un serviteur de l'État respectueux des règles et des lois, un homme droit dans ses bottes.

Il leva la main pour empêcher Silas de l'interrompre.

— Ne te méprends pas, vieux. En nous dénonçant aux bœuf-carottes, en nous faisant tous tomber, tu as fait ce que tu estimais devoir faire, je l'ai bien compris. Mais la plupart des autres – des copains que tu as trahis – ne sont pas aussi… disons… compréhensifs que moi.

— Ce n'est pas un scoop, répondit Silas.

Tout en sirotant sa bière, il se demandait ce qui avait réellement poussé son ancien coéquipier à se déplacer jusque dans le Montana. Il n'avait certainement pas parcouru tant de kilomètres pour lui confier quelque chose que Silas savait déjà.

— Voilà un moment que j'ai tourné la page et que je suis passé à autre chose, poursuivit DeAngelo. Un ami m'a trouvé un bon poste dans une entreprise de sécurité, dit-il avec un haussement d'épaules. Je me suis rangé des voitures, tu vois. Mais les collègues du NYPD et moi avons bien retenu la leçon. Il n'est pas question de réitérer nos erreurs, de nous faire pincer de nouveau. Voilà pourquoi les copains se sont cotisés pour recruter un tueur à gages. Ils tiennent à te buter mais n'ont évidemment pas très envie que ton assassinat leur coûte dix ou quinze ans de taule. Alors ils ont chargé un professionnel de te descendre. Pour que personne n'ait la possibilité de remonter la piste jusqu'à eux.

Silas se rendit compte qu'il parlait sérieusement.

— Et tu es venu ici pour me prévenir...

— Comme je te l'ai dit, je t'ai pardonné. Nous avons longtemps travaillé ensemble, tous les deux. Les autres n'arrivent pas à croire ni même à comprendre que tu aies été capable de balancer tes collègues, y compris ton propre coéquipier. Mais j'ai toujours su que tu le ferais. Pour tout te dire, je me doutais que tu menais l'enquête, que tu réunissais des preuves pour nous faire tomber.

Silas secoua la tête.

— Ta générosité à mon égard me surprend, Nathan. Tu ne m'avais pas habitué à une telle grandeur d'âme.

DeAngelo haussa les épaules et vida sa chope.

— Je ne me l'explique pas moi-même. Peut-être que je vieillis.

En tout cas, il avait l'air diminué. Visiblement, son nouveau métier ne le maintenait pas en aussi bonne forme que lorsqu'il travaillait dans la police. Mais peut-être ne parvenait-il plus à se procurer les drogues qu'il subtilisait aux Stups, autrefois.

— Comme tu l'as remarqué tout à l'heure, tu aurais eu la possibilité de me tuer, Nathan puis de quitter la ville en sautant dans le premier avion. Ni vu ni connu, personne ne l'aurait su. Pourquoi embaucher quelqu'un pour faire le boulot ?

— Faire appel à un professionnel semblait plus sage. Pour minimiser les effets retour, si tu vois ce que je veux dire.

Silas voyait très bien.

— Quand le tueur à gages va-t-il passer à l'action ?

Son ancien partenaire se mit à rire.

— Pourquoi te le dirais-je ? Ce ne serait pas drôle.

Il tapota l'épaule de Silas.

— Merci pour la bière. Comme dans le bon vieux temps. Ou presque.

— Une dernière chose avant de te laisser. As-tu toi aussi cotisé avec les autres pour financer le tueur ?

DeAngelo rit de plus belle.

— Tu sais très bien que je l'ai fait. Bien sûr. Si j'avais refusé, les autres auraient été tentés de me descendre, moi aussi, par la suite. Contrairement à la plupart d'entre eux, je ne ferai pas de vieux os. Mes jours sont comptés maintenant alors j'y tiens. Et avant que tu me poses la question, je te réponds : non, personne n'est au courant de ma démarche. Personne ne se doute que je suis venu jusqu'ici pour t'avertir. Cela paraît peut-être fou mais c'est ma façon de t'exprimer mes regrets. Si tu n'avais pas été aussi vieux jeu, nous aurions pu être amis, tous les deux, qui sait. De grands amis.

— Je n'étais pas vieux jeu. Mais la corruption n'a jamais été ma tasse de thé, voilà tout.

Le sourire de DeAngelo s'élargit.

— Et c'est dommage. Ton sens de l'honnêteté te coûtera sans doute la vie... Bonne chance quand même, vieux.

Sur ces mots, il s'en alla.

— Je suis désolée mais je ne comprends pas du tout à quoi tu fais allusion, dit TJ, qui avait surtout hâte de quitter cette maison et Tommy. Maintenant que tu as lu mon livre, que crois-tu savoir ?

— Durango... Je sais pourquoi tu l'as tué.

TJ n'avait aucune envie de lui poser la question mais s'y sentit un peu obligée.

— Pourquoi ?

— Parce qu'il ne correspondait plus au genre d'hommes qui t'intéressent, à présent.

— Tommy...

— Tom.

— Je ne suis pas Constance. Durango est mort parce qu'il devenait trop sûr de lui. Il se sentait invincible. Il avait oublié qu'il était mortel. Cette erreur lui a coûté la vie.

Il était mort aussi parce que Constance devait se débarrasser de lui. Elle avait besoin d'un autre héros, avec peut-être moins de défauts que Durango. Ou peut-être avec plus de défauts. Elle ne le saurait qu'après avoir écrit la suite.

— Durango était un ersatz de Marc, le type avec qui tu t'étais fiancée quand tu étais à l'université, poursuivait Tommy.

TJ sentit son visage s'enflammer de colère. C'était l'éternel problème dans les petites villes. Les gens vous connaissaient et s'intéressaient à vos affaires, même si vous ne viviez plus dans la région depuis longtemps. Elle n'avait pas à s'expliquer, à se justifier. Elle n'avait aucun compte à rendre à Tommy.

— Je n'ai vraiment pas envie de discuter du sujet avec toi, dit-elle en consultant sa montre.

Ses sœurs avaient certainement terminé leurs achats maintenant et, en tout cas, elles devaient avoir faim.

— Ce n'est pas grave si tu refuses de le reconnaître, poursuivit-il. Mais si tu cessais de faire les mêmes erreurs avec les hommes, tu...

Traversée par une intuition fulgurante, TJ se sentit blêmir. True Fan ne cessait de l'abreuver de conseils d'écriture, il lui expliquait à longueur de lettres comment devait évoluer l'intrigue, comment devaient se comporter ses personnages... Et maintenant, Tommy se croyait autorisé à lui dire comment gérer sa vie amoureuse ?

— Qui es-tu pour m'expliquer avec qui je devrais sortir ? demanda-t-elle, furieuse.

— Je suis le garçon qui t'a vue réitérer inlassablement les mêmes erreurs depuis le lycée, répondit-il, imperturbable.

— Mêle-toi donc de tes affaires, Tommy. Sur ce, je m'en vais, ajouta-t-elle.

Et, tournant les talons, elle prit la porte.

Marcher pour retourner dans le centre-ville lui fit du bien, même s'il faisait de plus en plus froid. Il allait certainement neiger. Elle avait entendu dire qu'une autre tempête se préparait.

L'hiver dans le Montana était vraiment glacial, pensa-t-elle en resserrant les pans de son manteau contre elle.

Elle avançait d'un bon pas quand un coup de klaxon derrière elle la fit sursauter. Elle n'avait pas entendu le véhicule arriver.

Si c'est Tommy, se dit-elle en se retournant, *je donnerai un coup de pied dans l'une de ses portières.*

Mais comme la voiture approchait, elle reconnut au volant son ancien professeur d'anglais, Ester Brown.

Super, il ne manquait plus qu'elle, pensa-t-elle en regardant Ester baisser sa vitre.

— Montez donc ! dit-elle d'un ton autoritaire. Il est dangereux de marcher sur cette route.

TJ se hérissa. Elle commençait à trouver que beaucoup trop de gens s'octroyaient le droit de lui dire ce qu'elle devait faire. Elle en avait assez. Elle n'était plus l'élève de cette femme.

— Merci mais, non. J'ai envie de prendre l'air. Et j'aime vivre dangereusement.

Comme elle se remettait en marche, elle entendit Mme Brown marmonner derrière elle :

— Toujours aussi têtue !

Puis elle accéléra.

Heureusement, TJ arrivait à destination. Elle retrouva ses sœurs qui sortaient du drugstore, chargées de paquets. TJ se rendit compte qu'elle aussi devrait s'occuper des cadeaux. Mais elle ne parvenait pas à se mettre dans l'ambiance de Noël – pas avec True Fan si proche.

— Où étais-tu ? demanda Chloe avec son air soupçonneux habituel.

— Annabelle ne te l'a pas dit ?

Annabelle, qui venait d'examiner le contenu de l'un de ses sacs, leva les yeux.

— Quelqu'un m'appelle ?

— Pourquoi n'as-tu pas dit à Chloe où j'étais allée ? la réprimanda TJ. Et si Tommy avait été True Fan ? Et s'il m'avait attachée et bâillonnée dans son sous-sol avant de me faire la peau ?

— Oups ! désolée.

Annabelle se tourna vers Chloe et ajouta :

— Elle était chez Tommy Harwood.

— Renseignement très utile, maintenant que je suis revenue, ironisa TJ.

— Pourquoi t'es-tu rendue chez lui ? s'emporta Chloe. Tu es folle ou quoi ?

— Je pensais qu'il pourrait être True Fan, répondit-elle, soudain fatiguée.

Ester Brown passa alors près d'elles. Avant de s'éloigner, elle dévisagea TJ en secouant la tête comme si elle l'estimait irrécupérable. TJ se remémora toutes les raisons pour lesquelles elle avait quitté Whitehorse en se jurant de plus jamais y remettre les pieds.

— Tommy m'a fait un sermon. D'après lui, je réitère les mêmes erreurs dans le domaine amoureux depuis toujours parce que je suis incapable de repérer l'homme qu'il me faudrait.

— De quoi se mêle-t-il ? s'exclama Chloe, outrée.

— Je meurs de faim, dit rapidement Annabelle, espérant sûrement changer de sujet et calmer les esprits. Allons grignoter quelque chose au Great Northern.

TJ aperçut alors Silas qui sortait du Mint. Il la vit, lui aussi, et s'immobilisa avant de se balancer d'un pied sur l'autre comme s'il ne savait pas quoi faire.

— Allez-y, dit-elle à ses sœurs. Je n'ai pas faim pour le moment. Je pense que je vais rentrer à la maison.

Elle se dirigea vers Silas.

La simple vue de TJ remplit Silas de joie. Il se sentit aussitôt allégé et oublia instantanément Nathan DeAngelo. Ce type était un incorrigible menteur. Pourtant, cette fois, Silas l'avait cru. Au fil des ans, il avait découvert que les policiers véreux avaient souvent un sens de l'honneur mal placé mais réel. Il savait surtout que DeAngelo avait longtemps espéré le corrompre.

— Rebonjour, dit TJ en s'approchant.

Elle fronçait les sourcils.

Elle l'avait vu sortir du bar. Elle avait également surpris sa réaction tout à l'heure quand il avait vu DeAngelo traverser la rue pour se rendre au Mint. Elle était trop fine pour ne pas avoir relié les deux faits.

En la regardant, il sut qu'il devait la tenir à distance de cette sombre histoire. La protéger. Que DeAngelo l'ait vu avec TJ l'ennuyait beaucoup. Il n'était pas question que DeAngelo ou les autres flics ripoux se servent de TJ pour l'atteindre, lui. Mais en même temps, il ne pouvait pas la laisser tomber sans cérémonie alors qu'il lui avait promis de l'aider.

Il se rendit compte qu'il se comportait comme s'ils étaient en couple, ce qui n'était pas le cas. Mais il lui avait promis de l'aider à démasquer True Fan, et il s'était toujours efforcé de tenir ses promesses.

Cela dit, il n'avait pas non plus envie de la mettre en danger, il n'était pas question qu'elle se retrouve entraînée dans cette sale histoire et devienne une victime collatérale.

Pourtant, en la voyant, il comprit qu'il ne rêvait que de l'emmener quelque part, dans un endroit où ils ne seraient que tous les deux, et de lui faire toucher le ciel.

Il se sentait déchiré. Il savait qu'il ne devait pas s'approcher d'elle afin de la protéger, mais ce n'était ni le lieu ni le moment de lui expliquer la situation.

Des flocons commençaient à virevolter autour d'eux. De la vapeur blanche sortait de leurs bouches.

— Connaissez-vous un coin où nous pourrions parler ? demanda-t-il. Seul à seul ?

Elle hocha la tête et le laissa prendre son bras jusqu'à son pick-up. Une fois à l'intérieur, il démarra et attendit que le chauffage chasse le froid qui régnait dans l'habitacle. TJ n'avait rien dit depuis qu'elle s'était assise sur le siège passager. Dehors, il neigeait de plus en plus fort.

— Je vais vous guider jusqu'à l'un de mes endroits préférés, dit-elle, brisant enfin le silence. Il faut sortir de la ville mais vous ne regretterez pas le détour.

Il la dévisagea. Il avait beau se répéter toutes les raisons pour lesquelles passer un moment avec elle était une mauvaise idée, il était incapable de s'éloigner de TJ. L'air chaud faisait fondre le givre sur le pare-brise, et maintenant il y avait assez de visibilité pour avancer.

Passant la première, il démarra. Il suivit ses instructions et quitta le centre pour se diriger vers le nord. Ni l'un ni l'autre ne parlèrent pendant le trajet. Les flocons dansaient autour d'eux. Ils avaient un effet hypnotique. Silas devait se concentrer pour garder le pick-up sur la route verglacée.

Ils roulaient depuis un bon moment quand elle lui indiqua de tourner à gauche, au carrefour suivant. Il jeta au passage un œil dans son rétroviseur. Il l'avait fait à plusieurs reprises depuis qu'ils avaient quitté la ville pour s'assurer qu'ils n'avaient pas été suivis. Il ne le croyait pas. C'était bien le problème dans un village. Personne n'avait aucune raison de les suivre. Pour le descendre, le tueur à gages n'avait qu'à l'attendre. Il lui serait facile de trouver son chalet. Même un amateur serait capable d'effectuer ce genre de repérages.

TJ lui indiqua alors une petite route. En approchant, il se rendit compte qu'il s'agissait en réalité d'un lac gelé. Il remarqua des tables de pique-nique couvertes de neige sous les arbres et des panneaux indiquant la proximité de terrains de camping.

Il s'arrêta mais laissa le moteur tourner, sachant à quelle vitesse l'habitacle se refroidirait s'il coupait le chauffage. Il aimait l'intimité du moment. Ils auraient presque pu se croire seuls au monde, les deux seules personnes sur terre dans le cocon chaud du pick-up.

— Vous avez des ennuis, n'est-ce pas ? dit TJ après quelques instants. De graves ennuis ?

Il hocha simplement la tête.

— Je ne veux pas vous y entraîner avec moi, alors je vais me tenir éloigné de vous pendant un moment.

— Et si ce n'était pas ce que je voulais ? demanda-t-elle d'une voix brisée.

— Je n'en ai aucune envie, moi non plus, mais il le faut. Je sais que je vous avais promis de vous aider à trouver True Fan, et ne pas tenir cette promesse m'ennuie, mais...

— Est-ce la seule raison de votre contrariété ?

— Vous savez bien que non.

Laissant échapper un soupir de frustration, il repoussa tendrement une mèche de ses cheveux blonds.

TJ ferma les yeux, savourant la caresse des doigts de Silas sur sa joue.

— Tessa Jane, murmura-t-il d'une voix empreinte d'émotion. Je ne cesse de penser à vous. Vous m'avez complètement envoûté.

Ouvrant les yeux, elle surprit son regard bleu sur elle. Soudain, il l'attira à lui pour la prendre dans ses bras. Elle sentit une bouffée de plaisir l'envahir quand il captura ses lèvres pour l'embrasser avec passion. Sa bouche était douce et chaude.

— Je rêve de t'embrasser depuis la première fois que je t'ai vue, dit-il en se reculant pour admirer son visage.

Pour toute réponse, elle lui rendit ses baisers avec fougue, s'enivrant de son odeur d'homme. Un désir impérieux la soulevait. Elle ne se souciait plus de ce que Tommy ou ses sœurs pensaient ou lui avaient dit. Silas lui plaisait. Elle se sentait en sécurité entre ses bras puissants et n'aspirait qu'à se perdre en lui.

Il l'embrassa à nouveau, cette fois plus lentement. Il finit par l'installer sur ses genoux. Elle ouvrit son manteau et entreprit de déboutonner sa chemise pour presser ses paumes contre son torse. Comme elle glissait les doigts dans sa toison, elle le sentit frissonner et se plaqua contre lui, en proie à un désir croissant.

À son tour, Silas écarta les pans du manteau de TJ et passa les mains sous son pull pour caresser ses seins. Lorsqu'il glissa la main dans son pantalon et sa culotte, elle retint son souffle. Elle jouit presque immédiatement.

Tandis qu'elle s'affalait sur lui, haletante, il l'étreignit contre lui. Elle voulut l'exciter à son tour, s'emparer de son sexe pour l'apprivoiser et jouer avec lui mais Silas l'en empêcha et l'embrassa tendrement.

— Je n'avais pas l'intention d'aller aussi loin, excuse-moi. Je refuse de te faire l'amour pour la première fois sur la banquette de mon pick-up. Nous nous retrouverons bientôt ailleurs...

Les yeux brillants, il lui effleura la joue. Il gémit et retira sa main.

— Nous devrions rentrer, ajouta-t-il en se redressant.

Elle remit ses vêtements en place, referma son manteau. Malgré le chauffage, les vitres étaient glacées et embuées. Contrairement à elle. Elle brûlait de désir. Elle ne connaissait qu'à peine cet homme et déjà s'abandonnait à ses baisers, à ses caresses. C'était le genre de choses que Constance aurait fait. Cela la fit sourire.

Silas se réinstalla au volant et poussa le chauffage.

— Je ne vais pas pouvoir te voir pendant un moment.

— Et tu ne veux pas m'en parler, m'expliquer à quel genre de problèmes tu es confronté ?

Il secoua la tête.

— Je ne peux pas te dire à quel point il me coûte de ne pouvoir partager mes soucis avec toi. Et surtout d'être obligé de me tenir éloigné de toi, d'autant que je suis inquiet pour toi. True Fan rôde dans les parages, j'en suis persuadé, et il risque de mettre ses menaces à exécution à tout moment. Mais te laisser t'afficher avec moi ces jours-ci serait très risqué pour toi. Vraiment dangereux.

— Ne t'inquiète pas pour moi, dit-elle. Par ailleurs, j'ai discuté avec Tommy Harwood, aujourd'hui. Il n'est pas True Fan, ajouta-t-elle en secouant la tête. C'était une fausse piste.

— Tant mieux mais nous sommes revenus au point de départ, répondit-il. Je pensais avancer en suivant la piste du papier mais elle ne nous a menés nulle part. Je suis désolé.

Elle opina.

— Beaucoup de gens auraient pu se procurer certaines rames de ce papier même s'ils n'avaient pas assisté à la vente de Melinda Holmes. Mais je pense que tu as raison. True Fan est un lâche.

Elle se tourna vers Silas.

— Veille sur toi, prends soin de toi et ne t'inquiète pas pour moi.

— Ce ne sera pas facile, dit-il en démarrant le pick-up.

Elle perçut l'inquiétude qui perçait dans sa voix et comprit que les problèmes de Silas étaient très graves.

16

Le pick-up garé devant chez elle, TJ voyait bien que Silas n'avait pas plus envie de la laisser qu'elle de le quitter. Leurs sentiments l'un pour l'autre s'étaient enflammés très rapidement. En prendre conscience lui faisait un peu peur. Mais la grisait aussi. Pour la première fois de sa vie, elle se sentait aventureuse, audacieuse. Cela lui faisait du bien.

Elle se remémora les baisers qu'ils avaient échangés. C'était merveilleux.

Il lui caressa la joue.

— Je ne sais pas quand je te reverrai, dit-il d'une voix rauque. Mais sois sûre que je ne cesserai pas de penser à toi.

Elle avait envie de lui demander si ses ennuis étaient très graves mais au fond de son cœur elle le savait. Elle avait vu sa peur lorsqu'il avait reconnu cet homme dans la rue. S'agissait-il de quelqu'un surgi de son passé ? De quelqu'un qu'il avait mis en prison autrefois ? En tout cas, ce type était dangereux.

Son cœur se serra. Tous deux venaient de se rencontrer, et ils étaient déjà contraints de rester éloignés l'un de l'autre… Ils avaient chacun dans leur vie quelqu'un qui menaçait de leur faire du mal.

Tout à l'heure, au bord du lac, un sentiment de catastrophe imminente les avait poussés dans les bras l'un de l'autre plus vite qu'ils ne l'avaient souhaité.

Mais l'alchimie entre eux était indéniable. Des liens s'étaient noués entre eux au chalet. Elle se rappela leurs parties de cartes jusque tard dans la nuit tandis que la tempête de neige se déchaînait à l'extérieur et se demanda avec angoisse si elle reverrait un jour Silas.

— C'est lié à ces flics ripoux que tu as dénoncés, n'est-ce pas ? demanda-t-elle.

Il la regarda. Visiblement, il hésitait à tout lui raconter.

— Cet homme que nous avons vu tout à l'heure... Est-il descendu en ville pour te tuer ? insista-t-elle.

— Non. Pour me mettre en garde.

Un gros poids tomba sur la poitrine de TJ.

— Tu ne peux pas en parler au shérif ?

Il secoua la tête.

— Je dois régler cette histoire moi-même.

— Oh ! Silas ! dit-elle en se tordant les mains.

De nouveau, il lui caressa la joue.

— Promets-moi d'être prudente.

— Toi aussi.

Les yeux dans les yeux, ils se regardèrent un long moment avant qu'elle ouvre la portière. Il n'y avait rien à ajouter.

Le cœur lourd, elle monta les marches du porche et pénétra dans la maison. Ses sœurs étaient dans le salon, en train d'ouvrir une bouteille de vin. Toutes deux levèrent les yeux vers elle alors qu'elle accrochait son manteau.

— Oh non ! tu n'as pas fait ça ! s'exclama Chloe.

TJ sentit son visage s'embraser même si elle le nia.

— Quoi ? Nous nous sommes embrassés et...

Sa sœur gémit.

— Oh ! laisse-la s'amuser, dit Annabelle.

TJ les rejoignit et se servit un verre. Elle se sentait au bord des larmes, tant elle était inquiète.

— Je l'aime.

— Nous l'avions bien compris, grommela Chloe.

— Tu devrais l'inviter au bal de Noël qui aura lieu à l'ancien gymnase, proposa Annabelle. Toute la ville sera là. Dawson et moi y allons, ajouta-t-elle en souriant.

— Vous me tuez, toutes les deux, avec vos amoureux, dit Chloe.

— Il n'y a donc aucun homme qui t'intéresse à ton journal ? demanda Annabelle.

Leur sœur haussa les épaules.

— Je suis sortie avec deux ou trois collègues, mais non, je n'ai pas encore rencontré l'élu, mon prince charmant...

— Qu'en sais-tu ? répliqua Annabelle en se retournant vers elle. Regarde Dawson et moi. Je l'ai quitté alors qu'il m'avait acheté une bague et qu'il avait demandé ma main. Je pensais qu'il ne me pardonnerait jamais de lui avoir brisé le cœur. Et puis...

Des larmes inondèrent ses yeux bleus.

— Et puis, nous nous sommes retrouvés, reprit-elle. Le destin nous a finalement réunis. Et toi, as-tu des nouvelles de Justin Calhoun, ton ancien amoureux ?

Visiblement mal à l'aise, Chloe se tortilla sur son siège.

— Il n'était pas exactement mon amoureux. En tout cas, beaucoup d'eau a coulé sous les ponts depuis cette époque. N'a-t-il pas épousé... Comment s'appelait-elle déjà ?

— Nicole Kent, répondit Annabelle. Mais il ne l'a pas épousée, finalement. Ils s'étaient fiancés mais ont rompu. Elle s'est mariée avec quelqu'un d'autre avant de divorcer, quelques années plus tard. Désormais, elle habite Whitehorse avec ses sœurs et leurs enfants.

— Tu es très au courant des potins locaux, constata TJ, en buvant une gorgée de son vin. Dis-moi, est-ce que Tommy n'a pas longtemps vécu avec sa mère ?

— Si. Elle est morte il y a quelques années. Il a vendu sa maison et en a acheté une autre près de la voie ferrée.

TJ regarda Chloe. Elle semblait perdue dans ses pensées. Songeait-elle à Justin ? Tous deux semblaient alors faits l'un pour l'autre mais Chloe était partie à l'université. La vie les avait séparés. Cela dit, TJ s'était toujours demandé si Nicole Kent n'avait pas été la raison pour laquelle ils ne s'étaient pas revus par la suite. Cette fille avait toujours été un problème entre eux.

Elles sursautèrent quand quelqu'un frappa à la porte. Cette fois, TJ se leva pour aller ouvrir.

— Vous devriez vraiment installer une boîte aux lettres, TJ, dit Carol en lui tendant une lettre. Je vais finir par avoir des ennuis.

— Merci de me l'avoir apportée mais si vous en recevez d'autres...

— Ne vous inquiétez pas, je vous les apporterai à chaque fois...

Comme Carol tournait les talons pour regagner son véhicule, TJ regarda l'enveloppe et s'aperçut que sa main tremblait.

— Laisse-moi l'ouvrir, dit Chloe en la lui prenant d'autorité.

Elle la déchira et en sortit un feuillet grisâtre.

Cette fois, True Fan ne se fatiguait plus à l'appeler par son nom.

J'ai essayé de ne pas le prendre personnellement. Mais vous avez sciemment ignoré tous mes conseils. Vous semblez penser que vous êtes plus intelligente que moi. Vous refusez mon aide.

Toutes mes tentatives pour améliorer vos livres n'ont servi à rien. Vous n'avez rien voulu entendre. Vous me considérez sans doute comme une gêne dont vous ne savez pas comment vous débarrasser. Eh bien, nous n'aurons plus longtemps à nous supporter. La fin est proche. Bien plus que vous ne l'imaginez. Dieu m'est témoin que j'ai tenté de laisser tomber, de me désintéresser de vous. Mais en toute conscience, je ne peux pas vous laisser continuer à écrire de telles sornettes.

Je ne me considère pas comme une personne méchante. Mais quelqu'un doit vous arrêter. Cette fois, vous êtes allée trop loin. Vous auriez rendu service au monde en vous supprimant, mais je vais devoir m'en occuper moi-même. Il n'y a apparemment personne d'autre qui soit capable de le faire.

True Fan n'avait pas jugé utile de signer.

Chloe jeta la feuille, dégoûtée.

— Ce cinglé dépasse les bornes. Je pense qu'il est temps d'en parler au shérif.

Elle se leva.

— As-tu gardé les autres lettres qui sont arrivées depuis que nous sommes ici ?

TJ acquiesça. La violence qui teintait cette dernière missive l'effrayait. À croire que True Fan avait atteint un point de non-retour.

Annabelle ramassa les verres et les emporta à la cuisine. Elle finissait de les laver quand on frappa à la porte.

Silas Walker se sentait rarement pris au dépourvu. Sa présence d'esprit et sa réactivité lui avaient plus d'une fois sauvé la vie. Mais maintenant, il se sentait perdu. Il se demandait qui était l'homme que ses anciens collègues avaient payé pour le tuer – à supposer que ce détail ait une quelconque importance.

Il aurait aimé croire que DeAngelo avait exagéré, que le tueur à gages n'était pas forcément un professionnel. Il espérait qu'il aurait affaire à un amateur. Ou du moins à quelqu'un qui lui donnerait une chance de s'en tirer, quelqu'un qui pourrait le rater. Mais il se doutait qu'il se berçait d'illusions.

Tout en roulant au milieu des flocons de neige, Silas considéra ses options. Il pouvait retourner à New York. Ou tenter sa chance au chalet. Il ne parvenait pas à chasser TJ de son esprit. Pourtant, en ce moment, il n'aurait dû ne penser qu'à sa survie.

Tout à l'heure, ils avaient failli faire l'amour dans son pick-up. Il l'avait désirée comme il n'avait jamais désiré une femme. TJ comptait plus à ses yeux que sa propre vie. La rencontrer maintenant, alors que sa vie n'avait jamais été à ce point menacée, semblait une blague cruelle du destin. Mais renforçait encore sa détermination à se défendre.

Il s'arrêta sur le tronçon de route où il savait pouvoir bénéficier d'une bonne couverture réseau pour son téléphone portable et appela son ami et patron.

— Je viens de recevoir une visite de mon ancien coéquipier du NYPD, dit-il. Les policiers corrompus que j'ai fait tomber ont embauché un tueur à gages pour me descendre.

Cal poussa un juron.

— Comment puis-je t'aider ?

— J'ai besoin de savoir qui est ce gars et s'il est déjà dans le Montana.

— D'accord, je vais me renseigner, voir ce que je peux trouver. Tes anciens collègues ne sont-ils pas en cabane ?

— Pas tous. Quelques-uns ont été remis en liberté mais la plupart sont toujours derrière les barreaux, oui. Pourquoi ?

— Ils connaissaient des petits délinquants, les truands ordinaires qu'ils arrêtaient régulièrement dans les rues de New York. Mais pas de tueurs professionnels. À mon avis, ils ont fait la connaissance du tueur à gages en prison et l'ont contacté à sa sortie de taule pour le charger du boulot. Laisse-moi regarder qui, parmi les gars qui ont l'habitude de tuer pour de l'argent, a récemment été libéré. Je te rappelle.

Plutôt que de retourner au chalet en espérant réussir à se connecter à un hypothétique réseau, Silas se rendit à Zortman, au bar, même s'il n'avait aucune envie de boire. Il se gara.

Le temps s'était dégradé. Silas dut affronter un violent blizzard pour atteindre l'établissement. L'endroit était bondé. Il dénicha une petite table près de la porte et s'assit de façon à pouvoir voir les gens entrer. Lorsque la serveuse s'approcha, il lui commanda une bière et un hamburger, se rendant compte qu'il n'avait rien mangé de la journée.

Il finissait son assiette quand Cal le rappela. Le volume du jukebox interdisait toute conversation téléphonique, c'est pourquoi il se leva. Il laissa un billet sur la table et gagna le couloir vers les toilettes pour avoir la possibilité de parler tranquillement.

Cal alla droit au but :

— Le directeur du pénitencier local est un ami. Il m'a expliqué que tes ex-collègues véreux ont tous été enfermés dans des cellules situées au dernier étage de la prison. Ils se retrouvent dans la cour à l'heure de la promenade mais n'ont presque aucun contact avec les autres détenus. Cependant, les gardiens ont surpris certains d'entre eux en grande discussion avec un dénommé Little Huey, qui a été récemment libéré. Ce truand a un casier long comme le bras, mais il n'est encore jamais tombé pour meurtre. Son vrai nom est Herbert Jones. Caucasien, un mètre quatre-vingts, il ne pèse pas soixante-dix kilos tout mouillé et est corrompu jusqu'à la moelle.

— Son petit gabarit doit lui poser des problèmes dans la rue. Il évite sans doute les attaques frontales. Si c'est lui que mes anciens collègues ont engagé, il essayera de me tirer une balle dans le dos. Il est certainement du genre à faire les coups par en dessous, pas à affronter sa cible en face.

— Je le pense aussi. Tu ne le verras pas venir.

Le shérif McCall Crawford lut deux fois les lettres de True Fan avant de les remettre dans leurs enveloppes.

— Vous dites qu'il y en a eu d'autres ?

TJ hocha la tête.

— J'en ai reçu une douzaine au cours des six derniers mois.

— Aussi menaçantes que celles-ci ? demanda le shérif.

— Pas toutes. Au début, True Fan était charmant mais petit à petit son ton a changé. Il ne me pardonne pas de ne pas suivre ses conseils concernant l'intrigue ou le comportement de mes personnages.

— Et il a fini par vous suggérer de vous suicider ? demanda McCall.

— Fortement conseillé, oui. Pour rendre service à l'humanité. Une fois morte, je n'écrirai plus de livres, et le monde s'en portera mieux, voilà en tout cas son raisonnement, déclara TJ.

— Et mis à part le cachet de la poste, qu'est-ce qui vous fait penser que cette personne est du coin ?

TJ lui parla des rames de papier que Melinda Holmes avait vendues et qui de blanc étaient devenues grisâtres après avoir été stockées des années dans son sous-sol. Elle lui donna le nom de Nellie, de Dot et de Tommy, des personnes qui avaient acheté le papier dont Melinda se souvenait.

— Cette couleur est assez particulière et serait difficile à imiter, ajouta-t-elle.

— Je suis d'accord. À votre avis, votre fan est un homme ou une femme ?

— Parfois, je penche plutôt pour un homme. D'autres fois, pour une femme. Bref, je n'en ai aucune idée.

— Vous avez participé à une séance de dédicaces, l'autre jour. Au cours de cette séance, quelqu'un vous a-t-il paru suspect ?

TJ se mit à rire.

— Tout le monde m'a paru suspect. Mais je pense que True Fan a également des liens avec New York puisqu'il m'a envoyé une photo prise du trottoir en face de mon immeuble. Sans doute pour que je mesure bien à quel point il est proche.

Elle hésita à évoquer l'épisode sur le trottoir. Elle avait été poussée par quelqu'un et avait failli se faire écraser. Mais l'incident était peut-être accidentel, comme le croyait Silas. Elle décida donc de ne pas y faire allusion.

— Certaines personnes viennent à Whitehorse pour les vacances mais vivent à New York ou, au contraire, travaillent là-bas mais habitent ici, poursuivit pensivement McCall. D'autres se rendent à New York pour y faire du tourisme. Il serait intéressant de savoir qui aurait pu demander à quelqu'un de photographier votre immeuble. Votre adresse est-elle une information connue du grand public ?

— Non, mais comme Silas l'a suggéré, quelqu'un aurait pu me suivre à New York à la fin d'une séance de dédicaces. J'en ai fait quelques-unes près de chez moi et je suis rentrée ensuite directement. Je ne me méfiais pas. N'importe qui aurait pu me filer à mon insu, attendre dans la rue et me voir fermer mes rideaux et allumer la lumière au troisième étage.

Le shérif acquiesça.

— J'ai remarqué sur votre blog une photo de l'intérieur de votre appartement. Les rideaux étaient ouverts, et je pouvais voir non seulement votre salon mais aussi l'immeuble voisin du vôtre. Il ne faudrait sans doute pas longtemps à quelqu'un connaissant bien New York pour vous trouver.

TJ sentit un frisson glacé lui parcourir l'échine. Dans ses thrillers, elle mettait en scène des assassins qui pistaient leurs victimes avant de les tuer. Mais à présent, elle était devenue elle-même la proie d'un fou. Et penser qu'elle avait sans doute facilité les recherches de True Fan pour la localiser avec ses livres lui donnait la nausée.

— Ça vous ennuie-t-il de me laisser ces lettres quelques jours ? demanda McCall alors qu'elle se levait.

— S'il vous plaît, gardez-les, dit TJ. Vous partagez mon avis sur le fait qu'il s'agit de quelqu'un de Whitehorse, n'est-ce pas ?

— Cela semble très probable, oui. Donnez-moi un peu de temps pour voir ce que je peux faire. Si vous en recevez de nouvelles ou si vous pensez à autre chose, contactez-moi immédiatement, dit le shérif.

— Promis, merci.

TJ la raccompagna à la porte et resta sous le porche pour se protéger de la tempête.

Alors qu'elle commençait à retourner à l'intérieur, elle regarda derrière elle en se demandant si elle n'était pas, en ce moment même, surveillée par True Fan.

À la fin de sa conversation téléphonique, Silas renonça à traverser le bar bondé pour gagner l'entrée principale. Sortir par l'arrière semblait préférable pour éviter la cohue. Une fois dehors, il fit le tour de l'établissement pour rejoindre son pick-up. En attendant l'appel de Cal, il avait inspecté du regard les clients du bar, et aucun ne lui avait paru suspect. Little Huey ne s'y trouvait pas, il en était sûr. Il avait cherché un homme assis seul devant un verre. Même si Little Huey essayait de se fondre dans le paysage, il ferait forcément tache dans le Montana.

Silas l'avait compris dès la première fois où il était venu à Whitehorse. Même lorsqu'il était en jean et coiffé d'un stetson, on devinait facilement qu'il n'était pas d'ici.

Voilà pourquoi il savait que son assassin serait assis seul devant un verre. S'il était déjà arrivé en ville.

Alors qu'il sortait dans la neige, Silas essayait de se mettre dans la tête d'un tueur à gages, de raisonner comme un tueur. S'il pourchassait un homme comme lui dans un État qu'il ne connaissait pas, par où commencerait-il ?

Il se rendrait en avion jusqu'au Montana et, de l'aéroport, louerait un 4x4 ou un pick-up pour parcourir les trois heures de route qui séparaient Billings de Whitehorse.

Et ensuite ? Si un inconnu les bombardait de questions, les gens du coin s'en étonneraient et le signaleraient peut-être aux autorités. Il était donc indispensable pour le tueur de venir non seulement bardé d'armes mais aussi d'informations sur sa cible. Il s'était évidemment renseigné sur Silas pour ne pas avoir à interroger qui que ce soit.

Le tueur à gages savait donc que Silas vivait dans la montagne, à l'extérieur de la ville. D'ailleurs, la boîte aux lettres à son nom l'aiderait à ne pas se tromper d'adresse. TJ non plus n'avait pas eu beaucoup de mal à trouver son chalet, et en pleine tempête de neige. Silas regretta d'avoir ainsi facilité le travail du type qui allait le descendre.

Il grimpa dans son pick-up, démarra mais laissa le moteur tourner. La neige s'était posée en couche épaisse sur le pare-brise et avait gelé. Ses essuie-glaces étaient recouverts de glace. Il laissa le dégivrage opérer tout en réfléchissant.

Son futur tueur devait être prêt à affronter la météo. Un défi qui pourrait se révéler plus difficile à relever qu'il n'y paraissait. Il fallait s'être un jour retrouvé au milieu d'une tempête de neige dans le Montana pour le comprendre. Il n'était pas rare que la visibilité soit nulle dans le blizzard, sans parler des routes verglacées et du froid polaire. Le type avait dû acheter de bonnes bottes, un épais manteau, un chapeau, des lunettes de protection. Et malgré ces précautions, il risquait de se perdre dans la neige et de mourir de froid.

Pour être parés à tout, au pire, la plupart des gens du coin gardaient en réserve dans le coffre de leur voiture de la nourriture, de l'eau, des couvertures et des allumettes. Silas avait un sac de couchage à l'arrière de son pick-up. Il ne savait pas s'il n'en aurait pas un jour besoin mais préférait être prudent. Il avait également un fusil à pompe derrière lui et un pistolet sous son siège.

Qui ne le protégeraient pas si Little Huey lui tirait dans le dos.

Il s'aperçut qu'une partie de la neige avait fondu sur le pare-brise mais qu'il avait intérêt à gratter les vitres pour aider à la manœuvre. Il s'apprêtait à ouvrir sa portière quand il aperçut un homme qui sautait de son 4x4 pour se diriger vers l'entrée du bar.

Silas sentit son cœur se serrer.

Ses anciens collègues n'avaient pas engagé Little Huey.

17

Kenny Harrington, surnommé « Mad Dog » – le Chien Enragé – s'apprêtait à entrer dans le bar. Silas hésita à le héler et à mettre un terme à toute cette histoire. Grâce à la neige et à la glace qui recouvraient le pare-brise, Kenny n'avait pas remarqué sa présence.

Silas resta un instant immobile avant d'activer ses essuie-glaces. Ils chassèrent suffisamment de neige pour lui permettre de rouler.

Tout en quittant la ville, il ne cessait de regarder dans son rétroviseur. Mad Dog était-il déjà monté au chalet pour faire des repérages ? se demandait-il. Il le saurait bien assez tôt. En route, il s'efforça de réfléchir. Little Huey l'aurait attendu, dissimulé derrière les arbres pour lui tendre une embuscade et lui tirer dans le dos. Mad Dog était un criminel d'une tout autre trempe. Il attaquait ses cibles de front. Pour espérer arrêter ce fou furieux, Silas avait besoin de l'artillerie lourde.

Comme il s'engageait sur le chemin forestier qui menait chez lui, il remarqua les traces. Quatre traces de pneus dans la neige. Quelqu'un était venu et reparti. Mad Dog était bien monté au chalet. Ce qui signifiait qu'il reviendrait. Silas n'avait aucune idée du temps dont il disposait pour se préparer à affronter le tueur.

Il serra le volant. Ses neurones fonctionnaient à plein régime. Il gardait toujours un œil sur le rétroviseur mais pour le moment Mad Dog n'était nulle part en vue. Peut-être prendrait-il plusieurs verres au Mint avant de s'enfermer dans les toilettes pour sniffer quelques lignes de coke ou s'injecter des amphétamines. Silas savait à quel point il était difficile de neutraliser un drogué. Même criblé de balles, un junkie de la taille de Mad Dog serait presque impossible à maîtriser, surtout déterminé comme il l'était. Mais Silas n'avait pas le choix. À moins que…

Comme il arrivait au chalet, un plan commença à germer dans son esprit. Un plan plutôt risqué et même totalement fou. Mais cela valait le coup d'essayer, se dit-il en se garant. Il lui fallait faire vite. Il avait un atout dans son jeu : Mad Dog n'était pas très intelligent. De plus, il neigeait si fort que ses propres traces de pneus seraient rapidement effacées.

L'inquiétude de TJ pour Silas croissait d'heure en heure. L'imaginer seul dans sa cabane de rondins perdue en pleine montagne pour affronter un tueur la rendait folle d'angoisse. Pour se rassurer, elle se répétait qu'un ex-policier était certainement capable de se défendre.

— Peux-tu rester tranquille cinq minutes, à la fin ? la sermonna Chloe qui tentait en vain de lire. C'est Silas Walker qui te met dans cet état, n'est-ce pas ? Pourquoi es-tu si nerveuse ?

TJ n'avait pas l'intention de l'expliquer à Chloe. Sa sœur pensait déjà que Silas n'était pas pour elle. Si elle se doutait du danger auquel il était confronté en ce moment…

— Quelque chose est… dans l'air, répondit-elle avec sincérité. Et Silas ne ressemble pas à Marc, ajouta-t-elle sur la défensive.

— Pas du tout, en effet, précisa sa sœur, sarcastique.

— À propos de quoi vous disputez-vous, toutes les deux ? demanda Annabelle en entrant dans le salon avec une assiette de biscuits. Quelqu'un aimerait-il du lait chaud ?

— Laisse-le pour le Père Noël, plaisanta Chloe. Et pour répondre à ta question, nous nous disputions à propos des hommes…

— Alors, qui est celui qui te rendra heureuse ? demanda Annabelle à Chloe. Qui est ton prince charmant ?

— Justin, évidemment, lança TJ, soulagée de changer de sujet. Vit-il toujours par ici ? Le sais-tu, Annabelle ?

— Malheureusement, il a quitté Whitehorse après avoir convolé en justes noces avec une star de cinéma aussi riche que célèbre.

Ravie de sa blague, Annabelle faillit s'étouffer de rire avant de recouvrer son sérieux.

— Non, je plaisante. En réalité, lorsque Nicole a rompu pour se marier avec un autre, Justin est resté longtemps célibataire. Mais il y a environ cinq ans, il a épousé Margie Taylor. Tous deux se sont installés à Bismarck, dans le Dakota du Nord, pour exploiter la ferme du père de Margie. Mais le mariage n'a pas duré.

TJ leva un sourcil.

— Je suis étonnée que tu sois déjà au courant de tous les potins du coin alors que tu n'es revenue vivre dans le Montana que depuis quelques semaines.

Chloe poussa un gémissement.

— Revenons à nos moutons. Nous ne parlions pas du désert de ma vie amoureuse. Mais de Silas Walker.

La sonnerie du téléphone portable de TJ se fit alors entendre, et elle se leva.

— Désolée, je dois absolument prendre cet appel.

— Sauvée par le gong ! s'exclama Chloe.

TJ regagna sa chambre pour répondre à son agent.

— Comment vas-tu ? demanda Clara.

— Bien, merci. Et toi ?

— Je voulais d'abord savoir comment s'était passée la séance de dédicaces. Y avait-il du monde ?

— Pas mal, oui.

— Super. Je t'appelle pour t'annoncer que tu es sur la liste des best-sellers du *New York Times* !

— Formidable, répondit-elle.

TJ savait qu'elle aurait dû paraître plus enthousiaste.

— Tu es moins bien placée dans le classement que la dernière fois mais ton roman vient tout juste de sortir. Les ventes vont progresser dans les jours à venir, j'en suis sûre.

TJ fut sidérée de l'indifférence avec laquelle elle accueillait ces nouvelles.

— Oui, c'est probable.

— Ton True Fan est-il revenu te tourmenter ?

— J'ai reçu de nouvelles lettres, mais je vais bien.

— Tu ne me sembles pourtant pas au mieux de ta forme, remarqua Clara. Espérons que ce cinglé te laissera tranquille pendant les fêtes. Quand rentres-tu à New York ?

— Je ne sais pas encore.

TJ n'avait pas pris de vol aller-retour. Trouver une place dans un avion pourrait se révéler difficile à cette époque de l'année. Mais cela ne l'inquiétait pas non plus.

— D'accord, je te laisse en décider. Mais si tu as besoin de quoi que ce soit...

— Je t'appellerai. Je te souhaite un très joyeux Noël, Clara.

En raccrochant, TJ se rendit compte qu'elle n'avait même pas demandé la place de son livre sur la liste du Times. « Moins bien placée que la dernière fois. » Cela lui suffisait comme information. Elle n'avait même pas la curiosité de consulter cette fameuse liste sur Internet. Alors que normalement elle étudiait de près la progression des ventes de ses romans au moment de leur sortie.

Quand TJ redescendit, Dawson Rogers, le fiancé d'Annabelle, était assis dans le salon. Il se leva pour l'embrasser. Lorsqu'il leur demanda si elles étaient prêtes à partir, elle se souvint qu'elles étaient invitées à dîner chez la mère de Dawson.

— Je suis passé vous chercher, dit-il. Je préfère vous conduire moi-même au ranch parce que, avec la tempête de neige, la visibilité est mauvaise et les routes très glissantes.

Un coup d'œil vers la fenêtre permit à TJ de mesurer la gravité de la situation.

— Je déteste jouer les rabat-joie, répondit-elle, mais je vais décliner cette invitation. Dawson, s'il te plaît, remercie ta mère et excuse-moi auprès d'elle de lui faire faux bond. Dis-lui que je passerai lui rendre visite dans la semaine.

Contrariées, ses sœurs protestèrent mais comprirent vite que TJ ne changerait pas d'avis. Elle avait l'estomac noué tant elle s'inquiétait pour Silas et ne s'imaginait pas dîner et converser poliment comme si de rien n'était.

Comme Dawson entraînait Annabelle et Chloe dehors, TJ remarqua qu'Annabelle avait laissé les clés de son 4x4 sur la commode de l'entrée. Sortir au milieu de ce blizzard était plus que risqué et pourrait même s'avérer suicidaire. Et se rendre au chalet de Silas alors qu'il avait manifestement un tueur à ses trousses était pire encore.

Elle hésita à appeler le shérif. Mais pour lui dire quoi ? Que des anciens collègues policiers de Silas projetaient de le tuer ? McCall ne pourrait rien faire. En tout cas, rien de plus que TJ.

Soudain, elle prit sa décision. Elle allait monter au chalet. Elle devait passer à l'action. Mais avant tout, il lui fallait s'habiller pour affronter le blizzard et surtout s'armer...

Tu te comportes comme Constance Ryan dans l'un de tes livres, se dit-elle en montant se changer.

Silas travaillait aussi vite qu'il le pouvait, compte tenu de la météo. Une nouvelle tempête de neige s'était abattue sur la montagne. Les flocons tournoyaient autour de lui, une bise glacée mordait sa peau, mais il ne ressentait que l'urgence de mettre en place de quoi se défendre. Lorsqu'il avait acheté ce terrain dans les Little Rockies et construit ce chalet de ses mains, il avait eu l'idée de sécuriser les lieux, d'installer des pièges pour être en mesure de faire face à une éventuelle attaque.

À l'époque, il s'inquiétait beaucoup de la réaction de ses anciens collègues. Il se doutait que, tôt ou tard, ils voudraient se venger. Par la suite, il s'était détendu. Il avait désamorcé ses pièges, craignant qu'un randonneur égaré ou un chasseur n'y tombe. Il aurait alors risqué des ennuis, un procès ou peut-être pire. De toute façon, il n'avait pas envie de vivre comme un fugitif traqué, toujours sur le qui-vive.

Il s'était dit qu'il serait toujours temps de s'inquiéter s'il voyait ses ex-collègues dans les parages. Il tenterait d'abord de discuter avec eux, de les raisonner, de les dissuader de le tuer. Et au fil des mois, il avait fini par cesser de s'en soucier. Le Montana avait cet effet sur lui. Il s'y sentait en sécurité. Il appréciait cette quiétude, tout en sachant que la situation pouvait se détériorer à tout moment.

Dès qu'il eut fini de poser le dernier piège, Silas tendit l'oreille. Le vent qui hurlait dans les pins empêchait d'entendre quoi que ce soit, et avec les flocons de neige qui tombaient de plus en plus fort et le ciel gris et bas, il était impossible de distinguer quoi que ce soit.

Mad Dog serait confronté au même problème.

Silas n'avait pas chômé depuis qu'il était revenu chez lui. Il se doutait qu'il n'avait pas beaucoup de temps devant lui. Lorsqu'il était monté au chalet pour faire ses repérages, Mad Dog avait certainement examiné les lieux et décidé de la manière dont il allait l'attaquer.

Maintenant, il ne restait plus à Silas qu'à attendre. La question était : où allait-il se cacher ? L'intérieur de la cabane était exclu. Il y serait une cible trop facile pour le tueur.

Ses pièges ne parviendraient certainement pas à bloquer Mad Dog. Mais il espérait que l'un d'entre eux le retarderait assez longtemps pour lui permettre de prendre la main.

TJ démarra le 4x4, mais alors qu'elle s'apprêtait à enclencher la première, elle se rendit compte qu'elle avait oublié de se munir d'une lampe-torche. Elle en avait besoin. Il ferait sombre quand elle arriverait au chalet. Laissant le moteur tourner, elle rouvrit la portière et retourna à la hâte dans la maison.

Son cœur battait la chamade. Elle était sur le point de se lancer dans une aventure qui se révélerait peut-être stupide et très risquée. Mais elle était la proie d'un mauvais pressentiment. Elle sentait que Silas avait besoin d'elle.

Elle trouva la lampe-torche. Comme elle refermait la porte, elle hésita à envoyer un texto à Silas pour lui annoncer sa venue mais il essayerait certainement de la dissuader d'agir, et maintenant elle tenait à aller jusqu'au bout.

Lorsqu'elle revint au 4x4, elle fut ravie de constater qu'une partie de la glace sur le pare-brise avait fondu. De sa main gantée, elle dégagea le reste. Les flocons tombaient de plus en plus fort.

Elle s'installa au volant, poussa le chauffage à fond et actionna les essuie-glaces avant de quitter la propriété.

Le chalet n'était pas si loin, se disait-elle. Une fois certaine que tout allait bien pour Silas, elle redescendrait à Whitehorse...

Envoie-lui un texto, lui soufflait une petite voix dans sa tête. *Ne t'aventure pas dans la montagne avec ce temps. En plus, Silas préfère que tu restes à l'écart pendant qu'il règle ses problèmes.*

Elle pensa à Marc. Quand elle l'avait supplié d'abréger sa mission, de rentrer aux États-Unis au plus vite, il avait refusé. Il s'amusait trop, lui avait-il expliqué. Il aimait frôler la mort, les décharges d'adrénaline provoquées par le danger. TJ l'avait entendu dans sa voix. Risquer sa peau le grisait.

Silas était différent. Il ne jouait pas avec sa vie. Elle se rappelait la peur sur son visage, un peu plus tôt.

Il sait qu'il est mortel, comprit-elle. *Il est fort, courageux, mais il ne cherche pas les ennuis.*

Elle arrivait à Zortman. Comme elle commençait à ralentir pour traverser le village, elle entendit du bruit sur la banquette derrière elle. Glacée de peur, elle vit Tommy se faufiler entre les sièges pour venir s'asseoir à côté d'elle.

TJ hurla. Le 4x4 dérapa de manière incontrôlée.

— Ne freine pas ! cria Tommy. Tu vas nous tuer ! Il ne faut jamais freiner sur du verglas.

Heureusement, il n'y avait pas d'autres véhicules sur la route, et TJ parvint à reprendre la maîtrise de sa voiture.

— Qu'est-ce que tu fais ici ? demanda-t-elle. Depuis combien de temps es-tu là ?

— Je suis monté quand tu es rentrée dans la maison pour y prendre ta lampe. J'étais certain que tu aurais besoin de mes conseils avisés et... manifestement, je ne me trompais pas.

— Tu étais assis à l'arrière tout ce temps et tu ne disais rien ? demanda-t-elle, furieuse.

— J'attendais de voir où tu te rendais, dit Tommy. Et je crois que je l'ai deviné...

— Qu'est-ce que tu veux ?

Il la dévisagea avec un calme surprenant.

— Pourquoi te risques-tu à rouler dans cette tempête ? Pourquoi t'aventurer dans la montagne par ce temps ? Parce que tu es inquiète. Tu penses qu'il est avec une autre femme dans son chalet, c'est ça ?

— Mais non, pas du tout ! Je suis sûre qu'il a des problèmes. C'est pourquoi tu n'aurais pas dû monter dans ce 4x4. Tu as tout gâché.

— Attends. Tu crois qu'un ex-policier a des problèmes et tu as décidé d'aller à sa rescousse ?

Tommy regarda le contenu du sac qu'elle avait apporté et, à la vue des armes de fortune qui s'y trouvaient, il secoua la tête.

— Je n'ai rien gâché, dit-il. Au contraire, c'est une vraie chance pour toi que je sois là.

— Qu'en sais-tu ?

Elle ne voulait pas l'entendre lui déclarer que venir jusqu'ici était une erreur. C'était peut-être la vérité mais elle ne supportait qu'il la lui dise.

En prendre conscience l'émut aux larmes. Elle les essuya avec colère avant de s'arrêter sur le bas-côté.

— Qu'est-ce que tu fais ? demanda Tommy.

— Demi-tour. Je te reconduis en ville.

Il posa la main sur son bras.

— Ne fais pas ça. Je peux t'aider.

Elle le regarda sans chercher à dissimuler son scepticisme.

Il insista :

— Je suis assez bien entraîné pour ce genre de situations.

— Vraiment ?

— Tu sais que j'ai fait l'armée, non ?

Le savait-elle ?

— Dis-moi juste une chose, poursuivit-il. Qui veut le tuer ? Les flics corrompus qu'il a dénoncés et mis en prison ?

Qu'il soit à ce point au courant la surprit. Elle se demanda si l'intérêt de Tommy pour Silas datait du retour de TJ à Whitehorse ou remontait à plus loin.

— J'en suis persuadée, répondit-elle. Un tueur à gages est en ville, chargé de le descendre.

Il opina.

— J'aurais préféré le savoir avant mais il n'est pas trop tard, ne t'inquiète pas. Fais demi-tour. J'ai un ami dans le coin. Nous allons nous arrêter chez lui pour lui emprunter des armes, de vraies armes. Sais-tu te servir d'un pistolet ?

Tout en manœuvrant, elle secoua la tête. Que Tommy prenne part à cette histoire la confortait dans sa démarche mais elle était consciente d'être mal préparée.

Tommy la guida dans Zortman.

— Arrête-toi ici et attends-moi. Je reviens.

Au moment où elle coupa le contact, il lui prit les clés.

— Ne m'en veux pas, dit-il.

Elle attendit, se demandant dans quoi elle s'était embarquée. Si

Silas n'était pas en danger… Ou même s'il l'était, que penserait-il en la voyant arriver avec Tommy ?

Il revint avec deux armes de poing, un fusil et d'autres armes dissimulées sous son manteau. Il les jeta dans le 4x4 et se glissa à nouveau à côté d'elle, sur le siège passager.

— Allons-y, dit-il en lui rendant les clés. Je connais un raccourci.

TJ le dévisagea un moment, prenant conscience qu'elle ne connaissait pas ce Tommy-là.

18

Mad Dog surgit d'un bosquet et se précipita vers le chalet comme le fou furieux qu'il était. Il atteignait presque la porte quand il heurta le fil qui déclencha le premier piège. Une hachette le frappa à la cuisse, ratant son torse, ciblé au départ.

Lorsque la lame se planta profondément dans sa chair, il poussa un cri de douleur et se mit à saigner abondamment. Mais loin de l'arrêter, cette blessure ne fit qu'attiser sa rage. En rugissant, il chargea le porche, déclenchant le second piège qui fonctionna mieux encore que le premier. Un nœud coulant se referma sur sa cheville, et Mad Dog se retrouva suspendu, la tête en bas, au-dessus du sol. Silas apparut à ce moment mais n'eut pas le temps de brandir son fusil. Mad Dog ouvrait déjà le feu.

Une balle érafla la tête de Silas qui s'accroupit et se réfugia derrière le chalet. L'autre tirait tous azimuts en hurlant comme un forcené. Calmement, Silas visa et fit feu à son tour. Mad Dog riposta aussitôt, arrosant le secteur de balles.

La plaie à la tête de Silas saignait beaucoup. Mad Dog perdait du sang, lui aussi, mais pas autant que lui. Même pendu par les pieds, il ne cessait de canarder les alentours.

Silas recula pour s'abriter de nouveau derrière le chalet. Comme il essuyait ses tempes d'un revers du bras, il fut soudain pris d'un malaise. Il se sentait au bord de l'évanouissement. Des ombres se rapprochaient, menaçant de l'engloutir. Il fallait en finir d'une manière ou d'une autre, se dit-il.

Il entendit alors un bruit de chute et comprit que Mad Dog venait de couper la corde qui le retenait en l'air. Après avoir été touché autant de fois, il aurait dû être mort. Mais avec les drogues qu'il avait prises, il ne ressentait sans doute aucune douleur. Silas se demanda s'il parviendrait à l'abattre avant que Mad Dog le tue.

La nuit tombait. Peu à peu, les ténèbres envahissaient la montagne, diminuant encore la visibilité. Silas s'efforçait de rester debout. Mais il avait perdu beaucoup de sang et faiblissait rapidement. S'il ne réussissait pas à neutraliser très vite son adversaire...

Tommy ordonna à TJ de couper le contact.

— Nous descendons ici. Inutile d'annoncer notre arrivée.

Dehors, la tempête faisait rage, et TJ frissonna.

— Peut-être préfères-tu rester dans la voiture, dit-il. Je reviendrai te tenir au courant des événements.

Elle secoua la tête. Elle n'était pas allée si loin pour demeurer en arrière. Et maintenant qu'elle avait impliqué Tom, il n'était pas question de le laisser seul en première ligne.

Elle commençait à l'appeler Tom – et non Tommy, constata-t-elle.

Quand il lui tendit un revolver, elle refusa :

— Je ne suis pas très douée avec les armes à feu. Je risque de me tirer une balle dans le pied.

Elle se saisit d'une de ses armes à elle, simples à utiliser, prête à affronter ce qui les attendait.

Ils sortirent du véhicule, et Tom l'entraîna à travers les bois, lui recommandant d'être aussi silencieuse que possible. Elle n'entendait que le vent dans les pins et les battements de son cœur. Autour d'eux, le blizzard avait encore forci. Son instinct lui soufflait que Silas avait besoin d'aide. Mais si elle se trompait ? Ou s'il était trop tard ?

Projetés par le vent, des flocons glacés lui fouettaient le visage et s'insinuaient dans son cou. Elle enfonça son chapeau plus profondément sur son crâne. Lorsqu'ils aperçurent le toit du chalet à travers les arbres, Tom lui fit signe de rester derrière lui.

Ils atteignaient le cabanon des toilettes. Tom en fit le tour, TJ sur les talons. Elle repéra Silas la première. Il était affalé contre la cabane de rondins. À cette distance, elle n'aurait pu dire s'il était mort ou vivant mais la neige était rouge autour de lui. Comme elle s'apprêtait à s'élancer vers lui pour lui porter secours, Tom la retint.

Elle vit alors un type immense, énorme, un vrai géant, surgir de nulle part, un fusil à la main. Il s'approcha de Silas et se pencha vers lui. Au moment où il levait son arme pour l'achever, Tom fit feu. Il s'avança vers le tueur tout en continuant de tirer. Mais l'autre se retourna et se mit aussitôt à riposter.

Touché, Tom s'écroula. Comme le géant se dirigeait vers lui, TJ remarqua que lui-même était blessé et saignait beaucoup. Mais il était toujours debout et continuait de marcher, manifestement décidé à tuer les deux hommes.

Comme il s'apprêtait à tirer, TJ fit quelque chose que même Constance, son héroïne, n'aurait jamais fait.

Elle chargea.

Silas reprit connaissance et se rendit compte qu'il était assis dans la neige, son fusil à côté de lui. Il ignorait s'il était chargé ou non. Des flocons tombaient du ciel pour s'écraser mollement sur son visage. Il tourna la tête, se demandant s'il était victime d'hallucinations. Il avait du mal à en croire ses yeux.

À quelques mètres de lui, Mad Dog se tenait au-dessus d'un jeune homme étendu dans la neige. Alors que le tueur s'apprêtait à achever sa victime d'une balle dans le crâne, une silhouette surgit soudain en hurlant. Stupéfait, Silas reconnut TJ. Elle brandissait une batte de base-ball.

Se retournant lentement comme s'il n'était pas aussi assuré qu'il ne le paraissait, Mad Dog la regarda d'un air perplexe. Silas eut la même sensation. Elle semblait si petite, comparée à lui.

Silas tenta de s'asseoir mais sentit aussitôt sa tête tourner, alors il se rallongea. Retirer son arme de son holster à l'épaule lui demanda un tel effort qu'il faillit s'évanouir à nouveau.

Il parvint finalement à s'en emparer au moment précis où TJ balançait sa batte à la figure de Kenny. Elle le frappa de toutes ses forces. Un bruit d'os brisé se fit entendre. Du sang jaillit de la bouche de Mad Dog et se répandit sur la neige, laissant une traînée rouge vif.

Silas visa et vida son chargeur sur lui.

Pendant un long moment, Mad Dog ne bougea pas. TJ leva de nouveau sa batte, prête à lui assener un autre coup si nécessaire. Le voyant se préparer à la prendre pour cible, Silas cria son nom pour l'exhorter à se protéger. Mais comme il tentait de se lever, les ténèbres l'engloutirent, et il perdit de nouveau connaissance.

TJ comprit ce que le géant s'apprêtait à faire. Silas se vidait de son sang à l'angle du chalet. Tom était étendu dans la neige, un peu plus loin, gravement blessé. Plantant les yeux dans ceux du tueur, elle y vit briller tant de haine et de folie qu'elle frissonna. Quand il la visa et pressa la détente, elle sut qu'elle allait mourir.

Il y a eu un clic, puis un autre, suivi de deux autres, mais aucun coup de feu. L'homme baissa les yeux sur l'arme qu'il tenait à la main, aussi surpris que TJ.

Le cœur de cette dernière battait la chamade. Elle avait vu la mort en face. Maintenant, elle n'avait plus peur de rien. Avec une violence qui l'étonna elle-même, elle le frappa de sa batte de base-ball. Cette fois, elle l'atteignit à la tempe. Il tomba comme un sac. Prête à lui assener un nouveau coup si nécessaire, elle retint son souffle. Elle tremblait si fort qu'elle tenait à peine sur ses jambes.

Mais le géant resta étendu dans la neige, les yeux ouverts, et après quelques instants elle lâcha son arme et sortit son portable. Comme elle composait le numéro des secours, elle entendit des sirènes. Comment était-ce possible ?

Elle se précipita vers Tom et Silas. Ils étaient blessés, en sang, mais respiraient. Ils étaient vivants !

Tom se redressa.

— J'avais appelé le shérif quand je suis allé chercher des armes chez mon ami, dit-il.

Puis il sourit.

— Tu as vraiment le courage de Constance, TJ.

19

La force de caractère de Constance, son héroïne, avait-elle vraiment fini par déteindre sur elle ? C'est la question que se posait TJ.

Elle eut largement le temps d'y réfléchir tandis qu'elle tournait en rond dans le hall de l'hôpital, attendant des nouvelles de Tom et de Silas. Elle n'arrivait toujours pas à croire ce qu'elle avait fait. Poussée par ses instincts, elle avait attaqué un fou furieux au risque de se faire tuer. Elle avait frôlé la mort. Si le tueur à gages ne s'était pas brusquement retrouvé à court de munitions…

Ses sœurs surgirent au bout du couloir et, dès qu'elles l'aperçurent, se hâtèrent à sa rencontre. Comme elles l'interpellaient avec bruit, elles se firent réprimander par l'infirmière en chef qui leur rappela qu'elles devaient respecter le repos des malades. En s'excusant, elles entraînèrent TJ dans une salle d'attente.

À la vue du sang sur les mains de leur sœur, Annabelle et Chloe écarquillèrent les yeux.

— Que s'est-il passé ? Que t'est-il arrivé ?

— C'est une longue histoire, commença TJ.

Elle leur raconta que des policiers corrompus du NYPD dont Silas avait dénoncé les agissements avaient engagé un tueur à gages pour le descendre. Et que, certaine que Silas avait des ennuis et besoin d'elle, elle avait décidé de monter au chalet pour lui porter secours.

— Es-tu folle ou quoi ? s'exclama Chloe, catastrophée.

— Je venais de m'engager sur la route de Zortman quand j'ai vu Tom à l'arrière du 4x4. Il y était monté et s'y était caché, attendant de comprendre où j'allais.

— Tom ? répéta Chloe.

— Il m'a dit qu'il avait fait l'armée et qu'il refusait de me laisser partir seule. Je lui avais expliqué pourquoi je tenais à aller aider Silas.

Glacée, TJ se remémora le géant, un vrai fou furieux, prenant Silas pour cible et Tom tirant sur lui.

— Si Tom n'avait pas été là, Silas serait mort à l'heure qu'il est. Tom s'est comporté en héros. Bizarrement, alors que le tueur était criblé de balles, il continuait à faire feu. Les urgentistes m'ont expliqué que sous l'emprise des drogues qu'ils s'injectent avant de passer à l'action, ces types ne sentent plus rien, ni douleur ni peur, et qu'il devient alors impossible de les arrêter…

Sa voix se brisa.

— Tom a été gravement blessé. Il est au bloc opératoire.

— Et toi ? demanda Chloe en prenant les mains de TJ dans les siennes. Le shérif nous a parlé d'une batte de base-ball.

TJ hocha la tête. En se remémorant la scène, elle avait presque l'impression que Constance Ryan avait sauté des pages de ses livres pour s'emparer de cette batte et frapper le géant.

— Le tueur à gages nous aurait tous descendus sans états d'âme, j'en suis certaine. Il m'a braquée. J'ai vu le canon pointé sur moi, son regard haineux…

Elle frissonna à ce souvenir.

— Mais son chargeur était vide. Il a pressé la détente encore et encore, mais aucune balle ne sortait. Il n'y avait que des *clic, clic*…

— Alors qu'as-tu fait ? demanda Annabelle, crispée au bord de son siège.

— Je lui avais déjà balancé ma batte de base-ball sur la tête une fois mais j'avais l'impression qu'il l'avait à peine sentie. Alors je l'ai frappé à nouveau de toutes mes forces, et cette fois… il s'est écroulé et ne s'est pas relevé. Tom avait appelé le shérif quand nous nous étions arrêtés chez un de ses amis à Zortman pour lui emprunter des armes à feu. Tom a fait preuve d'un sang-froid et d'une présence d'esprit incroyables. Je ne l'en aurais jamais imaginé capable.

— Et Silas ? demanda Chloe.

— Il va s'en tirer. Il a été blessé à la tête et a perdu beaucoup de sang mais le chirurgien m'a assuré que tout irait bien. En réalité, je m'inquiète surtout pour Tom. J'espère qu'il va s'en tirer. Je me sens responsable. S'il n'était pas venu avec moi, si je ne l'avais pas entraîné dans cette histoire, il ne lui serait rien arrivé...

Elle explosa en sanglots.

Ses sœurs la prirent dans leurs bras pour la réconforter au moment où le médecin apparaissait pour leur annoncer que Tom Harwood était sorti du bloc et se portait bien.

Silas battit des paupières. La pièce semblait trop blanche, trop lumineuse. Était-il mort ? Il promena les yeux autour de lui. Une chambre d'hôpital, il se trouvait dans une chambre d'hôpital. Pendant un instant, il fut incapable de se souvenir de ce qui s'était passé. Il toucha son crâne. Il était bandé et douloureux. Son regard tomba soudain sur TJ. Elle avait rapproché sa chaise du lit et s'était endormie, la tête sur ses couvertures.

Comme il la contemplait, des bribes des événements remontèrent peu à peu à sa mémoire, et il eut soudain peur pour elle. Était-elle vraiment venue au chalet, armée d'une batte de base-ball ? Ou avait-il rêvé la scène ? Il passa de nouveau la main sur son pansement et TJ se réveilla.

Ouvrant les yeux, elle repoussa des mèches blondes de son visage.

— Tu es réveillé. Comment te sens-tu ?

— Vivant. Je crois que c'est grâce à toi.

— En fait, c'est à Tom Harwood que tu dois la vie. Je te raconterai plus tard ses exploits, mais dans l'immédiat tes médecins m'ont bien recommandé de ne pas trop te parler, de te laisser te reposer.

— Il s'est passé quelque chose avec une batte de base-ball, non ? demanda-t-il, cherchant à comprendre les images qui remontaient à sa mémoire.

— Ne t'en soucie pas maintenant, dit-elle en évitant son regard.

— J'ai oublié le pourquoi du comment mais j'ai conscience que tu m'as sauvé. Et je t'en remercie. Je te dois tout.

Elle mêla leurs doigts et lui sourit.

— Nous en reparlerons plus tard, dit-elle. Dors.

TJ n'avait pas décoré de sapin de Noël depuis une éternité. À New York, elle se contentait de sortir d'un placard un petit arbre en plastique et d'y suspendre une guirlande lumineuse.

Elle se surprenait parfois à rêver aux Noëls de son enfance à Whitehorse. Elle se remémorait avec plaisir les descentes en luge, les batailles de boules de neige avec les garçons du quartier, le chocolat chaud que leur grand-mère leur préparait dans la cuisine et même le sapin en plastique hideux qu'elle installait chaque année dans la bibliothèque.

Aujourd'hui, la maison de Frannie embaumait des fragrances des biscuits au gingembre confectionnés par Annabelle. Celle-ci semblait incapable d'arrêter de cuisiner. Ses sœurs avaient dressé l'arbre rapporté des Little Rockies au milieu du salon. Instantanément, TJ avait eu l'impression d'être à nouveau dans la montagne, dans les bois. Dans le chalet de Silas.

— Tu t'exerces pour la vie conjugale ? avait demandé Chloe, moqueuse, quand elles avaient trouvé Annabelle en train de s'activer dans la cuisine.

Des odeurs de gingembre et de cannelle leur chatouillaient les narines, et TJ s'en enivrait avec délice.

Assises autour de la table de la cuisine, les trois sœurs se remémorèrent les Noëls de leur enfance et leur grand-mère avant de décider qu'il était temps de s'attaquer à la décoration de l'arbre.

TJ avait été la première debout. Avant même le lever du soleil, elle était passée à l'hôpital prendre des nouvelles de Tom. Il était réveillé et avait repris des couleurs. Il semblait en bien meilleure forme que la première fois qu'elle l'avait vu, à la sortie du bloc.

— Comment te sens-tu ? avait-elle demandé.

— Pas mal.

Il avait souri et ajouté :

— Tu as été formidable, TJ !

Elle s'était mise à rire.

— Je pourrais en dire autant de toi. Tu as sauvé ma vie et celle de Silas.

Il avait eu un haussement d'épaules, embarrassé.

— Ce n'était rien.

— C'était énorme ! Merci, Tom.

— Tom, avait-il remarqué en souriant. Tommy est-il donc derrière nous ?

— Définitivement, assura-t-elle.

— Je me demandais si tu étais amoureuse de cet ancien policier mais je n'en ai plus aucun doute désormais et je n'ai donc plus besoin de te poser la question. Cela signifie-t-il que tu vas rester à Whitehorse ? J'aimerais que nous soyons amis. Seulement amis.

— Je ne sais pas encore ce que je vais faire. L'avenir est un peu flou, en ce moment. Mais je serais ravie d'être ton amie.

Revenant au présent, TJ recula de deux pas pour admirer le magnifique sapin que ses sœurs avaient rapporté des montagnes. Une bonne odeur de résine emplissait la maison. Les branches étaient naturellement décorées de minuscules pommes de pin.

— Je suis si heureuse que tu n'aies pas jeté les décorations de Noël de grand-mère, dit TJ en fouillant dans les boîtes.

Elle brandit un ange en papier.

— Te souviens-tu de celui-là, Annabelle ? Tu l'avais découpé. Je te revois, tirant la langue en t'appliquant...

Chaque ornement ravivait un souvenir pour l'une ou pour l'autre. Voilà pourquoi il leur avait fallu tant de temps pour décorer l'arbre.

Comme quelqu'un frappait à la porte, elles se regardèrent avec inquiétude.

— J'y vais, dit TJ en se dirigeant vers la porte, s'attendant à y voir Carol du bureau de poste.

Mais ce n'était pas Carol.

— Silas ? Je pensais que tu ne serais pas autorisé à quitter l'hôpital avant demain.

— J'ai demandé au médecin de me laisser sortir plus tôt. Je devais te voir.

TJ le fit entrer dans le salon. Silas boitait, son crâne était orné d'un gros pansement mais il souriait et éclatait de vie. Ses sœurs lui dirent bonjour, prirent des nouvelles de sa santé avant de monter dans leurs chambres, par discrétion.

Dès qu'ils furent seuls, ils s'embrassèrent mais Silas ne tenait pas bien sur ses jambes, et TJ lui offrit un siège.

— Le shérif m'a raconté ce qui s'était passé, dit-il en s'asseyant. TJ, tu aurais pu te faire tuer ! ajouta-t-il, livide. Avais-tu perdu la tête ?

— Je sentais que tu étais en difficulté et que je devais venir t'aider. Ce sentiment était si fort qu'il était impossible de l'ignorer.

Il lui prit les mains.

— Je ne sais pas comment te remercier mais je t'en prie, promets-moi de ne jamais recommencer.

Elle sourit.

— Je ne peux pas te le promettre. Si je sens à nouveau que tu as besoin de moi...

Il se leva et la prit dans ses bras.

— J'ai besoin de toi, TJ. Mais qu'est-ce que je vais bien pouvoir faire de toi ?

— Je suis sûre que tu vas trouver, répondit-elle en riant.

L'étreignant avec force, il l'embrassa. Elle avait besoin de sentir son corps contre le sien.

— Es-tu d'accord pour m'accompagner au bal de Noël, TJ ?

Elle se mit à rire.

— Je n'ai pas dansé depuis des années, tu sais.

— Moi non plus. Mais il paraît qu'il y aura du gui...

— Es-tu sûr d'être capable de danser ? Tu sors à peine de l'hôpital...

Un grand sourire éclaira le visage de Silas.

— Je suis certain de pouvoir danser et faire bien davantage.

À ce moment, Annabelle dévala l'escalier pour se précipiter dans la cuisine d'où s'échappait de la fumée.

— J'ai oublié mes cookies dans le four ! cria-t-elle en les faisant rire.

Silas attira TJ à lui et l'embrassa, la plaquant contre le mur. Son regard se riva au sien.

TJ ne se rappelait pas avoir été un jour aussi heureuse. Elle avait envie de se pincer pour s'assurer qu'elle ne rêvait pas. Quand Silas la dévorait des yeux ainsi, elle en oubliait presque True Fan. Presque.

Dans l'ancien gymnase, décoré de guirlandes lumineuses et d'étoiles phosphorescentes, la fête battait son plein. La musique parvenait à peine à couvrir le brouhaha des conversations et des rires. Le bal de Noël était un événement majeur à Whitehorse. Toute la ville y assistait. Certaines personnes – les plus âgées –, restaient assises sur les gradins pour regarder les autres enchaîner des slows langoureux et des rocks endiablés.

Silas enlaça la taille de TJ pour la serrer contre lui.

Au début, Chloe n'avait pas voulu venir.

— Vous serez tous les deux avec vos amoureux. Je n'ai aucune envie de tenir la chandelle.

— Viens, lui avait dit Annabelle. Je te promets que tu t'amuseras.

Chloe avait finalement accepté de se rendre au gymnase au moins pour un petit moment. TJ l'avait vue danser avec trois cow-boys avec lesquels elles étaient allées au lycée.

Comme l'orchestre entamait une vieille ballade country, Silas entraîna TJ sur la piste. La tête sur son épaule, elle ferma les paupières. Elle aimait son odeur d'homme. Tandis qu'ils se balançaient au rythme lent de la musique, il l'étreignit plus fort. Elle était tellement bien dans ses bras qu'elle poussa un soupir de bien-être. Serrée contre lui, elle se sentait en sécurité mais aussi comblée, apaisée, pleinement heureuse.

Elle n'avait jamais pensé vivre un jour ce qui lui arrivait. Depuis l'enfance, elle était une solitaire. Elle n'en souffrait pas. Depuis toujours, elle n'avait jamais aspiré qu'à écrire.

Mais à présent, Silas lui donnait envie de davantage. Ouvrant les yeux, elle regarda autour d'elle et éprouva pour la première fois un sentiment d'appartenance à cette communauté. Les membres d'une petite ville étaient unis comme une grande famille.

À la fin de la chanson, quelqu'un la poussa violemment contre Silas. TJ se retourna et vit Joyce trébucher sur ses talons aiguilles avant de s'éloigner en la fusillant du regard. Visiblement, elle avait trop bu.

Silas surprit son expression.

— Tu la connais ?

— Je suis allée à l'école avec elle.

— Que lui as-tu fait ? demanda-t-il en riant.

— Rien dont je me souvienne. Parfois, je pense qu'elle fait erreur sur la personne.

Alors qu'ils regardaient tous deux Joyce fendre la foule et disparaître, TJ se demanda si Joyce pouvait être True Fan. Était-ce elle qui lui écrivait les lettres de menaces ? Elle semblait tellement la détester...

— Aimerais-tu boire un verre ? proposa Silas alors qu'ils quittaient la piste de danse.

Sa jambe devait le faire souffrir mais quand elle lui posa la question, il lui assura que non.

— D'accord, répondit-elle. Asseyons-nous quelque part.

Il lui sourit, caressant sa joue, les yeux dans les siens.

— Je vais chercher des bières, dit-il. Après cette fête, j'espère que nous trouverons un moment pour être tous les deux, en tête à tête.

Le cœur de TJ accéléra dans sa poitrine quand elle pensa au fait d'être seule avec lui. Elle en avait tellement envie ! La gorge serrée par l'émotion, elle ne réussit qu'à acquiescer. Elle le regarda s'éloigner. Manifestement, il s'efforçait de ne pas boiter.

Elle se dirigea vers l'endroit où ses sœurs se trouvaient.

— Avec qui dansais-tu ? demanda-t-elle à Chloe.

— Avec Cooper Lawson.

— Le meilleur ami de Justin au lycée, ajouta Annabelle.

— N'en tirez aucune conclusion, vous deux, d'accord ?

TJ se mit à rire.

— Ne lui as-tu pas au moins demandé ce que devenait Justin ?

Chloe lui lança un regard noir, mais TJ remarqua que sa sœur semblait plus heureuse qu'elle ne l'avait été depuis longtemps.

— Où est Dawson ? demanda-t-elle à Annabelle.

— Au bar.

TJ se tourna dans cette direction mais elle ne vit pas Silas.

— Oh non ! regardez qui vient d'arriver : Mme Brown !

Ester Brown se tenait en effet à la porte. Leur ancien professeur tapota son manteau pour retirer les flocons de neige qui y étaient accrochés.

— J'ai entendu dire qu'elle avait souffert de plusieurs petits AVC ces derniers mois, des AVC qui ont altéré sa personnalité, dit Annabelle.

— Peut-être est-elle devenue moins grincheuse qu'avant, dit Chloe en riant.

— Mais peut-être l'est-elle encore plus, répliqua Annabelle.

— Je me souviens que je l'énervais beaucoup en classe, poursuivit

Chloe. Un jour, alors qu'elle s'apprêtait à écrire quelque chose au tableau, elle avait brisé sa craie et me l'avait jetée au visage avec un cri de fureur. Plus tard, je l'avais vue dans la salle des professeurs, en larmes. J'étais vraiment sa tête de turc, son souffre-douleur.

— Pas étonnant qu'elle ait été aussi désagréable avec moi par la suite, grommela TJ. Je suis persuadée qu'elle me confondait avec vous deux. Elle se montrait agressive alors que je travaillais bien. J'étais bonne élève.

Silas revint et lui demanda une dernière danse, car il s'agissait d'un slow.

— J'aime tant te serrer dans mes bras, dit-il en l'attirant à lui. L'idée de te laisser repartir à New York sans que nous ayons rien décidé pour la suite m'ennuie.

Il planta les yeux dans les siens.

— Je me demandais si tu aimerais passer quelques jours avec moi au chalet, après Noël.

— J'en serais ravie.

Il laissa échapper un soupir de soulagement comme s'il avait craint qu'elle refuse et lui sourit.

— Je pourrais même décorer le chalet pour l'occasion.

— Inutile. Il est parfait comme il est.

— Il te plaît, vraiment ? demanda-t-il, semblant un peu surpris.

Elle fronça les sourcils.

— Bien sûr. J'ai de si bons souvenirs… Je n'y ai passé qu'une nuit mais je me sentais comme si…

Le sourire de Silas s'élargit.

— Comme si nous nous connaissions depuis longtemps, depuis toujours. J'éprouvais la même chose. Je n'avais encore jamais ressenti cela. Avant toi, me préparer à un rendez-vous galant était toujours une épreuve…

— Particulièrement stressante, oui, et chaque fois je me disais que jamais je ne recommencerais.

— Exactement. Mais avec toi, tout a été différent… Comme une évidence.

À la fin de la chanson, il se pencha pour l'embrasser. Dans

les bras l'un de l'autre, ils restaient sur la piste alors que les gens commençaient à s'éloigner. Silas finit par s'écarter d'elle comme s'il prenait conscience que la danse était terminée.

— Je vais chercher nos manteaux, dit-il, la voix rauque de désir.

TJ se dirigea vers les gradins où ses sœurs se tenaient avec Dawson et quelques amis. Ils avaient envie de se rendre dans l'un des bars de la ville pour y prendre un dernier verre. Mais elle préférait rentrer avec Silas.

TJ arrivait presque à leur hauteur quand quelqu'un lui attrapa le bras.

— Ma chère, cela vous ennuierait-il de me reconduire jusqu'à ma voiture ? demanda Ester Brown en lui serrant le poignet de ses doigts osseux. Je crains de ne pas y arriver seule.

TJ regarda le vestiaire et la longue file d'attente. Il faudrait du temps à Silas pour obtenir leurs manteaux. Ester Brown n'avait apparemment pas retiré le sien.

— Je me suis garée à deux pas, lui assura-t-elle, comme si elle devinait son hésitation. Ça ne vous prendra qu'un instant.

Elle tira le bras de TJ, et toutes deux se dirigèrent vers la porte.

TJ jeta un coup d'œil par-dessus son épaule vers ses sœurs. D'un geste de la main, elle attira l'attention d'Annabelle et lui lança :

— Dis à Silas que je reviens tout de suite.

— Silas, répéta Mme Brown alors qu'elles atteignaient la sortie. Est-il votre amoureux, maintenant ?

L'était-il ? Sans doute. Mais elle n'avait pas envie d'en parler avec son ancien professeur.

— Non, c'est juste un ami.

— Bien. Ma voiture est là-bas.

Elles traversèrent le parking dans l'air froid de la nuit. Contrairement à Mme Brown, qui était emmitouflée dans un épais manteau et chaussée de bottes fourrées, TJ ne portait qu'une robe de soirée et des talons hauts.

En sortant, TJ aperçut Joyce à l'ombre du bâtiment qui fumait une cigarette. Son ancienne camarade darda ses yeux noirs sur elle.

— Cette femme ne vous aime pas, remarqua Ester Brown en suivant son regard.

Elle serrait toujours le bras de TJ.

— Je ne comprends pas pourquoi.

Ester Brown se mit à rire.

— Peut-être lit-elle vos romans...

TJ se tourna vers elle, se demandant s'il s'agissait d'un échantillon de son humour.

Heureusement, Mme Brown ne semblait pas fatiguée au point de ne pouvoir marcher et parler en même temps. TJ pensait que son ancien professeur voudrait discuter de ses livres. Après tout, elle avait été son professeur de littérature. Mais elle n'y fit aucune allusion. Apparemment, elle était en bonne forme, malgré les petits AVC dont elle avait souffert. Cela dit, elle semblait essoufflée lorsqu'elles atteignirent sa voiture.

— Vous savez, je ne me sens pas vraiment en état de conduire, dit-elle. Je déteste m'imposer, mais cela vous ennuierait-il de me reconduire chez moi, ma chère ? Bien entendu, vous reviendrez au volant de ma voiture. Elle est à votre disposition.

— Je peux marcher. Ce n'est pas un problème.

TJ était déjà gelée mais comment refuser de l'aide à une vieille dame manifestement épuisée ? Et si elle était sur le point d'avoir un autre accident vasculaire cérébral ? TJ ne voulait pas lui laisser le volant.

— Vous êtes adorable, dit Ester Brown tandis que TJ l'aidait à prendre place du côté passager.

La maison d'Ester Brown se trouvait à quelques rues de là. Les flocons dansaient dans les airs pendant qu'elles roulaient dans la nuit claire et froide. TJ avait hâte de la déposer chez elle et de retourner à l'ancienne salle de sport pour retrouver Silas. Elle rêvait de retrouver ses bras chauds et musclés.

Elle pensait laisser la voiture dans l'allée mais Mme Brown avait déjà enclenché l'ouverture automatique de son garage.

— Je préfère la laisser à l'intérieur, dit-elle alors que la porte s'ouvrait.

TJ rentra le véhicule, surprise que Mme Brown referme aussitôt le battant roulant derrière elles. Elle coupa le contact et se tourna vers la vieille femme.

À la vue de ce qu'elle tenait à la main, elle sentit son cœur s'accélérer dans sa poitrine.

— Mais… ? Que… ?

— Pour une femme qui se prétend écrivain, vous manquez plutôt de vocabulaire, ma chère, jeta son ancien professeur d'anglais en agitant son arme.

Ester Brown semblait toujours respirer avec difficulté mais tout à fait capable de presser la détente.

— Au cas où vous vous poseriez la question, je sais me servir de ce pistolet. Je tire à la perfection. Sortez de la voiture. Je ne veux pas vous tuer dans mon garage mais je le ferai sans hésiter si vous ne faites pas exactement ce que je dis. Ce sera une première pour vous.

— Pourquoi faites-vous ça ? cria TJ.

— Parce que je ne peux pas vous laisser écrire un autre de vos horribles livres, répondit Ester Brown. Vous étiez pourtant pleine de promesses. Quel gâchis !

Elle secoua la tête.

— Au fil des ans, les parents de mes élèves me reprochaient de plus en plus d'être dure avec les enfants. Mais les élèves ont besoin d'honnêteté. C'est d'ailleurs ce que j'ai essayé de vous donner : des conseils sincères. M'avez-vous écoutée ? Bien sûr que non.

TJ la regarda fixement.

— Vous êtes True Fan.

— Plus maintenant, répondit la vieille femme. J'ai dit que je le serais jusqu'à la fin. Eh bien, l'heure de mettre un point final à vos histoires a sonné. Maintenant, sortez de la voiture, Tessa Jane. Si vous aviez suivi mes cours avec un peu plus d'assiduité… Mais il est trop tard pour les regrets, n'est-ce pas ? Vous ne m'ennuierez plus.

Ester Brown enfonça le canon de son arme dans le dos de TJ et la poussa vers la maison.

Tout en traversant la cuisine pour rejoindre le salon, TJ réfléchissait à toute vitesse. Qu'est-ce que Mme Brown avait l'intention de faire ? Elle avait dit qu'elle ne pouvait pas la laisser écrire un autre livre. Avait-elle l'intention de la tuer ?

Tout en avançant, elle chercha quelque chose qu'elle pourrait utiliser comme arme. Mais elle ne vit rien qui puisse lui permettre de se défendre ou de désarmer la vieille femme.

Elle essaya de se calmer, se répétant que ses sœurs finiraient par se rendre compte qu'elle ne revenait pas. Silas était allé prendre leurs manteaux. Quand elles lui diraient ce qu'elle était allée faire, il partirait à sa recherche. Pourvu qu'Annabelle se souvienne de ce qu'elle lui avait dit en partant. Elle voulait croire qu'ils la retrouveraient – que quelqu'un la retrouverait avant qu'il soit trop tard.

Ester Brown lui indiqua une porte devant elles.

— Maintenant, nous allons descendre au sous-sol.

TJ sut qu'elle devait faire quelque chose. Discrètement, elle enleva son bracelet d'argent. Silas l'avait admiré, tout à l'heure. Il était gravé de minuscules sapins. Elle l'avait acheté la veille, car il lui rappelait le chalet de Silas dans les bois.

— Mme Brown, vous ne pouvez pas faire ça, dit-elle assez fort pour couvrir le son de la chute du bijou qui tomba à côté d'une des chaises du salon.

Si quelqu'un découvrait le bracelet, il saurait que TJ était dans la maison.

— Je l'ai déjà fait ! cria Ester Brown en ouvrant la porte qui menait au sous-sol.

Avant que TJ puisse réagir, Ester Brown la poussa en avant, et TJ bascula dans l'escalier en poussant un hurlement de terreur.

20

Quand Silas revint avec leurs manteaux, il chercha TJ des yeux mais elle n'était en vue nulle part. Ses sœurs bavardaient près des gradins. La plupart des gens étaient déjà partis, mais certains traînaient encore dans l'ancien gymnase.

— Nous avons envie d'aller prendre un dernier verre en ville, annonça Annabelle en le voyant. Vous voulez vous joindre à nous, TJ et vous ?

Silas, qui rêvait de passer un peu de temps en tête à tête avec TJ, chercha un prétexte pour refuser sans blesser personne. Il demanda :

— Où est TJ ?

— Elle est sortie raccompagner notre ancien professeur d'anglais jusqu'à sa voiture, répondit Chloe. Venez avec nous au Mint, poursuivit-elle. Cela nous donnera la possibilité de faire davantage connaissance.

Silas faillit éclater de rire. Il savait que Chloe se méfiait de lui et qu'elle aurait préféré que TJ tombe amoureuse de quelqu'un d'autre. Sa proposition était donc plutôt ironique.

— Je suis amoureux de TJ, dit-il.

Chloe secoua la tête comme si elle n'y croyait pas.

— Je l'aime et je veux l'épouser, insista-t-il. Je pensais lui demander sa main à la Saint-Sylvestre, poursuivit-il. Mais peut-être est-ce trop tôt. Je ne veux pas lui faire peur.

— Vous songez sérieusement à l'épouser ? Mais vous vous connaissez à peine ! protesta Chloe.

— Je la connaissais à travers ses livres avant même de la rencontrer.

Chloe secoua la tête.

— Vous croyez que Constance Ryan est le clone de TJ ? Vous vous trompez. Contrairement à son héroïne, TJ est réservée, craintive, pudique. Elle est surtout...

— Elle est plus courageuse que vous ne le pensez, répliqua-t-il, se remémorant la femme qui lui avait sauvé la vie. Constance et elle ont beaucoup en commun.

— TJ a déjà souffert à cause d'un homme qui aimait le danger.

— Elle m'a parlé de Marc. Je n'ai rien à voir avec lui.

Il se rendit compte qu'il tenait toujours leurs manteaux. Il regarda vers les portes du gymnase.

— Elle devrait être revenue, maintenant, vous ne croyez pas ?

— Mme Brown est probablement en train de lui reprocher ses tournures de phrases ou des fautes de grammaire qu'elle a repérées dans l'un de ses livres, répondit Annabelle. Vous souvenez-vous de toutes ces règles de grammaire qu'elle nous obligeait à retenir ? Qu'Ester Brown lise ses romans n'est pas drôle pour TJ. Et pourtant, elle était l'une de ses meilleures élèves autrefois. Elle doit être fière que TJ soit devenue écrivain et vive de sa plume.

Silas se tourna vers Annabelle, en proie à une soudaine inquiétude.

— Depuis combien de temps sont-elles parties ?

— Depuis pas mal de temps, répondit Chloe en fronçant les sourcils. Nous ferions mieux d'aller à sa rencontre.

Silas enfila son manteau et, prenant celui de TJ sous le bras, lança par-dessus son épaule :

— Je vais les rejoindre sur le parking. Pendant ce temps, allez jeter un coup d'œil au bar, au cas où.

Il se dirigea vers la sortie mais s'immobilisa soudain pour demander :

— Quel type de voiture Ester Brown conduit-elle ?

— Je ne sais pas mais c'est un vieux modèle. Aussi gros qu'un tank, répondit Annabelle. Et bleu, je crois.

Silas avait beau se répéter que TJ allait bien et ne risquait rien en compagnie de son ancien professeur, tous ses instincts lui disaient le contraire. Il se souvint des rames de vieux papier grisâtre. Melinda Holmes leur avait dit qu'elle avait vendu l'une d'elles à quelqu'un de l'école. Mais à qui ? À l'un des enseignants actuels ? À un ancien professeur ?

Une fois dehors, il regarda autour de lui. Quelques personnes allaient et venaient. Il ne repéra aucune voiture bleue. TJ avait-elle décidé de reconduire Mme Brown chez elle ? Il retourna en courant dans l'ancien gymnase demander à Annabelle l'adresse de cette dernière. Dès qu'il obtint le renseignement, il fonça vers son pick-up.

Il tentait de se persuader que TJ serait capable de maîtriser une vieille femme comme Ester Brown si cette dernière devenait menaçante. Mais encore fallait-il qu'elle ait la possibilité de voir venir l'attaque...

Lorsqu'elle reçut un verre d'eau froide à la figure, TJ poussa un cri. Elle ignorait combien de temps elle était restée assommée. Elle avait mal partout et poussa un gémissement. Comme elle reprenait peu à peu conscience, elle se rendit compte qu'elle était ficelée sur une chaise. Ester Brown lui avait attaché les chevilles et les mains avec de la corde. Une ampoule se balançait au plafond, distillant une lumière lugubre. Ses bras et l'un de ses genoux saignaient.

Elle leva les yeux vers le visage fermé de son ancien professeur, sans parvenir à croire ce qui venait de se passer. Mme Brown l'avait poussée dans l'escalier du sous-sol. C'était un miracle qu'elle ne se soit pas tuée dans sa chute. Pourtant, Ester Brown ne semblait pas le moins du monde inquiète. Probablement parce qu'elle prévoyait de la tuer à la fin, de toute façon.

TJ promena le regard autour d'elle. Elle se sentait toujours sonnée. Elle repéra un petit bureau sur lequel trônait une vieille machine à écrire manuelle. À côté, il y avait un bloc ouvert de feuilles grisâtres. Mme Brown était bien l'enseignante qui avait acheté ce vieux papier en prétendant en avoir besoin pour ses élèves.

Elle écrivait donc dans son sous-sol les lettres qu'elle signait du nom de True Fan. Mais TJ comprit vite que son ancien professeur ne se servait pas uniquement de cette machine pour ses lettres de menaces. À la vue de dizaines de feuillets dactylographiés, elle devina qu'elle rédigeait également un livre. Travaillait-elle sur un roman ? Pourquoi écrire ici et pas en haut, dans de meilleures conditions ? Pourquoi garder secrètes ces activités littéraires ?

En voyant qu'elle nettoyait les marches de l'escalier, sans doute pour effacer les traces de sang, TJ se sentit blêmir. Combien de temps allait-elle la garder dans ce sous-sol ? Avait-elle l'intention de la tuer et de l'enterrer ici ? Elle se doutait forcément qu'elle n'avait aucune chance de s'en tirer. Tôt ou tard, elle serait démasquée et devrait rendre des comptes à la justice.

En proie à une panique croissante, TJ s'efforça de se libérer des liens qui lui emprisonnaient les poignets. Par chance, Ester Brown n'avait pas bien serré les nœuds. Si elle réussissait à glisser son doigt sous la dernière boucle…

Comme Mme Brown s'approchait d'elle, TJ vit briller dans ses yeux la folie qui l'habitait. Elle ne s'inquiétait pas de s'en tirer ou pas. La tuer pour l'empêcher de publier d'autres thrillers était la seule chose qui lui importait.

— Saviez-vous que j'écrivais moi-même ? lança-t-elle soudain.

TJ la dévisagea, se demandant si elle ne rêvait pas.

— Je l'ignorais, réussit-elle à balbutier.

— Évidemment. Moi, j'avais du talent mais je n'ai jamais eu la possibilité d'écrire. Je devais gagner ma vie.

Son ton était amer, teinté de douleur et de regret.

— Je rêvais de vivre de ma plume et de devenir célèbre comme vous, ajouta-t-elle.

Sa voix se brisa sur ses derniers mots.

TJ ne savait pas quoi dire.

— Maintenant que vous êtes à la retraite, rien ne vous empêche de…

Ester Brown secoua la tête.

— C'est trop tard.

TJ préféra ne pas lui faire remarquer qu'elle aurait eu la possibilité d'écrire lorsqu'elle était professeur. Si elle avait vraiment été motivée, elle aurait trouvé le temps de rédiger un roman.

Mais visiblement, Ester Brown avait envie de faire porter le chapeau à TJ. Si elle n'avait pas pu devenir écrivain, riche et célèbre comme elle en avait toujours rêvé, TJ en était l'unique responsable. Tout était sa faute.

TJ se remémora l'époque où, pour gagner sa vie, elle avait dû accepter un emploi de dactylo. Alors qu'elle n'aspirait qu'à écrire. Mais dès qu'elle rentrait chez elle, elle s'installait devant sa machine et travaillait sur son roman. Écrire lui était aussi indispensable que respirer.

Pendant des mois, des années, elle se levait tôt le matin pour rédiger un chapitre avant de partir au bureau. Elle travaillait aussi la nuit sur ses textes. Ils n'étaient pas toujours formidables. Elle avait conscience de ses lourdeurs de style, de ses répétitions, des longueurs inutiles de certains passages. Mais elle s'était accrochée. Puis elle se dépêchait pour arriver à l'heure. Son emploi l'ennuyait à mourir mais tant qu'elle ne vivrait pas de sa plume, il lui fallait gagner sa vie.

— Voilà pourquoi vous êtes tellement en colère contre moi, dit TJ.

Tessa Jane Clementine avait eu l'audace de devenir romancière alors qu'elle n'en avait pas eu la possibilité, empêchée, croyait-elle, par ses responsabilités de professeur.

— J'avais du talent, répéta Ester Brown. Lorsque j'enseignais, j'ai essayé de faire profiter mes élèves de mes dons. Des élèves comme vous ou vos sœurs. Mais vous vous en moquiez. Mes conseils ne vous intéressaient pas. Quand je vous ai envoyé ces lettres, je me doutais que vous ne les prendriez pas au sérieux si vous saviez qu'elles émanaient de moi. Voilà pourquoi je ne les signais pas. J'espérais seulement vous aider...

Ainsi, au lieu d'écrire ses propres livres, elle avait espéré réécrire ceux de TJ.

TJ devina qu'elle devait répondre quelque chose. Mais quoi ? Ester Brown semblait confuse, comme si maintenant qu'elle l'avait enfermée, elle ne savait pas très bien quoi faire d'elle. Avait-elle uniquement voulu lui apprendre la vérité ?

— Madame Brown, je suis contente que vous m'ayez finalement dit que ces lettres venaient de vous. Je n'avais pas compris que vous essayiez de m'aider.

Ester Brown la regardait fixement.

— Comment avez-vous pu ne pas le comprendre ? True Fan était très clair et...

— Mais comment aurais-je pu faire confiance à ce True Fan dont je ne savais rien, que je ne connaissais pas ?

— Comme si vous m'auriez écoutée, si vous aviez su qu'il s'agissait de moi ! Déjà en classe, autrefois, vous n'écoutiez rien.

— Vous me confondez avec ma sœur Chloe, ou peut-être avec Annabelle. Madame Brown...

— Cessez de m'embrouiller. J'ai besoin de réfléchir.

Soudain, elle semblait agitée. La main qui tenait l'arme tremblait.

— En vérité, vous ne voulez pas me faire du mal, poursuivait TJ. Laissez-moi partir, et oublions, l'une et l'autre, ce moment d'égarement. Vous avez mené avec brio votre carrière d'enseignante. Ne gâchez pas tout.

Ester Brown gémit.

— À quelle reconnaissance ai-je eu droit après tant d'années de bons et loyaux services, après tant de dévouement ? Personne ne s'est cotisé pour m'offrir un cadeau d'adieu. Le directeur s'est contenté de me proposer un pot de départ. Minable. Et j'ai été remplacée par un jeune enseignant qui ne connaît pas la grammaire et qui se fiche de ses élèves.

— Je suis désolée, balbutia TJ, ne sachant pas quoi dire de plus.

Toute sa vie, Ester Brown avait eu l'impression de ne compter pour personne.

— Je vous dois beaucoup, vous savez, poursuivit TJ. J'ai beaucoup appris dans vos cours. Je n'aurais pas tant de succès sans vous et vos précieux enseignements.

Ester Brown pencha la tête comme si elle essayait de deviner si TJ était sincère.

Tout en parlant, cette dernière s'efforçait toujours de se libérer de la corde qui liait ses poignets.

— J'adorais les sujets des rédactions que vous nous donniez autrefois, poursuivit-elle, tentant de se remémorer certains d'entre eux qu'Ester Brown pourrait également avoir gardés en mémoire.

Les années de lycée remontaient à loin mais pas pour Ester Brown qui enseignait encore, quelques mois auparavant. Il n'était pas étonnant qu'elle ait fini par confondre ses élèves avec le temps, d'autant que TJ ressemblait beaucoup à ses sœurs.

Annabelle lui avait dit qu'elle avait souffert de petits AVC, dernièrement. Ils expliquaient peut-être son étrange comportement.

— Je me rappelle qu'un jour vous nous aviez demandé de rédiger un texte mettant en scène des personnages d'un roman que nous avions étudié en classe… Mais dans un autre contexte. J'avais beaucoup aimé ce travail. Vous en souvenez-vous ?

— Bien sûr, répondit son ancien professeur. Je donnais ce sujet dans toutes mes classes. C'est un excellent exercice.

— J'aimais tellement écrire ces dialogues que je vous en avais rendu deux alors que vous n'en demandiez qu'un. Et vous aviez lu mes copies en classe. J'étais fière, bien sûr. Vous êtes la première à m'avoir fait comprendre que je pouvais réussir dans le domaine de l'écriture.

Ester Brown sourit, et TJ reprit espoir, même si son ancien professeur visait toujours son cœur de son arme.

— Je m'en souviens, déclara-t-elle.

De nouveau, elle paraissait un peu perdue.

Son regard croisa celui de TJ.

— Tessa Jane Clementine, vous étiez l'une de mes meilleures élèves, oui.

— J'ai toujours voulu écrire, et en lisant mes rédactions en classe, en soulignant les qualités de mes textes, vous m'avez encouragée, donné confiance et espoir. Je vous en serai éternellement reconnaissante.

Ester Brown hocha la tête, les larmes aux yeux.

— Moi aussi, je rêvais d'écrire, de vivre de ma plume.

— Il n'est pas trop tard, croyez-moi. Mais maintenant, laissez-moi partir. Vous ne me voulez aucun mal, en réalité. Il s'agit d'un malheureux malentendu.

Mais Ester Brown secoua la tête.

— Je ne peux pas.

Ester Brown habitait à quelques pâtés de maisons de l'ancien gymnase. Lorsque Silas s'arrêta devant le pavillon, il ne remarqua aucune lumière à l'intérieur. Ni aucune voiture bleue dans la rue. Mais un garage se trouvait devant le bâtiment.

Silas n'était même pas certain que TJ soit avec son ancien professeur. Cela dit, Annabelle et Chloe l'avaient vue partir avec Ester. Et TJ était si gentille qu'elle avait pu l'emmener à la station-service faire le plein. Ou même à l'épicerie pour lui acheter du lait et du pain.

Pourtant, les petites antennes de Silas lui soufflaient qu'il n'en était rien. En proie à une angoisse grandissante, il sauta du pick-up et courut vers le garage. Il jeta un coup d'œil à l'intérieur et y découvrit une berline bleue. Il monta les marches du perron, sonna et frappa la porte du poing. Comme il n'obtenait aucune réponse, il essaya de l'ouvrir. Elle était fermée à clé.

Où diable étaient-elles passées ?

Il s'efforça de se calmer. Mais quelque chose n'allait pas, il le sentait. Il avait appris à faire confiance à son instinct.

Ramassant une pierre, il la jeta contre la vitre de la porte pour la briser. Il glissa alors un bras à l'intérieur pour déverrouiller la serrure.

Au son du verre brisé, Ester Brown sursauta et, craignant qu'elle ne presse accidentellement la détente, TJ enfonça la tête dans les épaules. Toutes deux tendirent l'oreille, retenant leur souffle. Quelqu'un pénétrait dans la maison.

Esther Brown lui fit signe de se taire sous la menace de son arme. Elle la bâillonna ensuite rapidement avec du ruban adhésif.

— Restez ici, ordonna-t-elle avant de gagner l'escalier, l'arme au poing.

Comme si TJ avait la possibilité de s'en aller ! Mais elle avait réussi à desserrer la corde sur ses poignets. Elle attendit qu'Ester Brown disparaisse en haut des marches pour s'activer frénétiquement sur ses liens. La personne qui était entrée – pour la sauver, certainement – ne s'attendait pas qu'Ester Brown soit armée.

Silas pénétrait prudemment dans la maison quand Ester Brown apparut. Elle était toujours vêtue de son manteau comme si elle venait de rentrer chez elle. Elle avait les mains enfoncées dans ses poches.

— Que faites-vous ici ? demanda-t-elle d'une voix qui rappela à Silas un professeur qu'il avait eu au collège.

— Où est TJ ? répliqua-t-il.

— TJ ? répéta-t-elle en fronçant les sourcils comme si ce nom ne lui disait rien.

— Tessa Jane. Elle vous a aidée à regagner votre voiture, peut-être vous a-t-elle également reconduite chez vous ?

— Eh bien, oui, mais la dernière fois que je l'ai vue, elle était sur le parking en train de bavarder avec Joyce Mason.

Silas se remémora Joyce Mason qui avait heurté TJ, sans doute intentionnellement, alors que celle-ci dansait dans ses bras. Il avait vu l'expression de Joyce, la haine qu'elle éprouvait à l'encontre de TJ. Déstabilisé, il se demanda s'il ne s'était pas trompé de coupable. Mais comme il posait les yeux par terre en se grattant la nuque, il remarqua un bracelet d'argent sur le tapis. Il le reconnut aussitôt. Il s'agissait de celui de TJ.

Ester Brown, qui avait suivi son regard, comprit qu'il l'avait démasquée. Son visage s'empourpra de colère.

— Partez ! ordonna-t-elle.

Au lieu d'obéir, il la saisit par le bras.

— Qu'avez-vous fait de TJ ?

Il se mit à crier :

— TJ ? TJ ? M'entends-tu ?

— Elle ne peut pas vous entendre.

Il s'apprêtait à passer devant elle quand elle brandit un pistolet. L'arme semblait tellement incongrue dans sa main maigre et ridée qu'un bref instant il crut à une blague.

Mais en croisant son regard, il comprit vite qu'elle ne plaisantait pas. Son cœur se serra, alors qu'il imaginait déjà le pire.

— Comme je l'ai dit à Tessa Jane, poursuivit-elle. Je sais me servir de ce pistolet et je n'hésiterai pas à tirer.

Sa voix était si calme qu'il se pétrifia. Il n'était pas assez proche d'elle pour espérer la désarmer. Et elle ferait feu si elle se sentait menacée, il en était certain.

— Où est TJ ? répéta-t-il.

— Vous la verrez bientôt, répondit-elle. Fermez la porte. Vous devrez me dédommager pour cette vitre que vous avez cassée. Sauf si vous êtes mort, bien sûr.

TJ avait entendu Silas l'appeler. La peur la saisit, et elle sentit des larmes brouiller sa vue. Quand elle était montée, Ester Brown avait son pistolet à la main. Son ancien professeur était petite et fluette. Elle semblait vulnérable, fragile. Silas ne l'imaginerait certainement pas armée et déterminée à tuer.

TJ avait sous-estimé Ester Brown. Mais s'il commettait la même erreur, Silas ne bénéficierait pas d'une seconde chance.

Et moi non plus, pensa-t-elle, le cœur battant.

Elle tendit l'oreille mais ne perçut aucun bruit en haut de l'escalier. Pas de coup de feu. Ester Brown ne l'avait pas tué. Pas encore.

De nouveau, TJ s'activa à tenter de se libérer des liens qui emprisonnaient ses poignets. Elle tirait dessus avec énergie, devinant que le temps était compté. Tout à l'heure, elle avait entendu quelqu'un sonner à la porte plusieurs fois et une vitre se briser.

Silas, avait-elle pensé, certaine qu'il venait la sauver. Bien sûr, il venait la chercher.

Ce qui la terrifiait était qu'Ester Brown paraissait savoir qu'elle ne s'en tirerait pas mais semblait aussi s'en moquer. Elle se comportait comme si elle avait décidé de tuer TJ et Silas avant de mourir. Mme Brown avait l'air déterminée à aller jusqu'au bout de sa folie, même si cela n'avait aucun sens.

TJ avait perçu la colère dans les lettres de True Fan. Ester Brown en voulait au monde entier mais sa fureur avait fini par se cristalliser sur TJ.

Enfin, elle réussit à se libérer de ses liens. Ses bras saignaient, ses poignets lui faisaient mal mais elle n'y prêta pas attention. Un sentiment d'urgence la tenaillait.

Arrachant son bâillon, elle hésita à crier, à appeler Silas pour le prévenir du danger mais comprit qu'une telle initiative risquait de l'exposer davantage.

Mais si Ester Brown lui disait qu'elle n'était pas là ? Et qu'il la croyait ? Et s'il partait ?

Elle défit rapidement les liens qui retenaient ses chevilles et se releva, cherchant des yeux quelque chose qui pourrait lui servir d'arme avant de se précipiter vers l'escalier. Elle grimpa les marches quatre à quatre.

Ester Brown semblait essoufflée, mais elle tenait toujours le pistolet d'une main ferme et paraissait capable de tirer et de le tuer. Silas sentait qu'il avait compliqué le plan que Mme Brown avait ourdi pour se débarrasser de TJ. Il voyait presque les rouages de son cerveau se mettre en branle tandis qu'elle lui faisait signe de suivre le couloir.

— Où allons-nous ? demanda-t-il, marchant lentement.

— Vous le verrez bien, dit-elle. Continuez d'avancer.

Il aperçut une porte à gauche, la cuisine ouverte à droite. La tension était à son comble.

Manifestement, Ester Brown réfléchissait à plein régime, ce qui rendait Silas nerveux.

Il parvenait presque au bout du couloir lorsqu'il entendit des pas. Quelqu'un montait l'escalier du sous-sol.

Ouvrant la porte, TJ fit soudain irruption.

Silas n'eut qu'un instant pour décider de ce qu'il devait faire. Se retournant brusquement, il lança son pied vers Mme Brown, frappant violemment sa main. Tout se passa très vite, mais elle tenait le pistolet avec une telle force qu'il ne parvint qu'à détourner le canon.

Un coup de feu claqua.

Jouant le tout pour le tout, Silas se jeta sur elle et lui tordit le bras. Il l'entendit crier et accentua sa prise dans l'espoir qu'elle lâcherait son arme. Mais elle ne desserrait pas les doigts. Elle était beaucoup plus forte que ce à quoi il s'attendait. Il était difficile de la maîtriser. Il réussit finalement à la plaquer brutalement contre le mur. Sa tête heurta la cloison et, sonnée, elle resta un instant immobile. Il en profita pour la désarmer.

Il se rendit compte alors qu'il n'avait pas entendu TJ dire un mot. Sans quitter Mme Brown des yeux, il lança :

— TJ ?

Pas de réponse.

Repoussant Ester Brown, il se précipita dans le couloir. Il découvrit la femme dont il était tombé amoureux, affalée par terre. Elle avait une main sur le côté, du sang coulait entre ses doigts.

— TJ ! cria-t-il.

Il se jeta à côté d'elle, tout en sortant son téléphone portable pour appeler les secours. Tout en donnant l'adresse à l'opérateur, il s'efforça de juguler l'hémorragie.

— Tout ira bien, continua-t-il à répéter, priant pour que ce soit vrai. Tout ira bien, mon amour.

Il la serrait dans ses bras quand des hurlements de sirènes remplirent l'air.

21

Après avoir été prise pour cible, TJ perdit connaissance. Par la suite, elle ne se rappela pas grand-chose, sauf les bras de Silas qui l'enserraient dans la maison d'Ester Brown, leurs doigts mêlés dans l'ambulance. Elle garda aussi en mémoire le hurlement des sirènes, le sang, la certitude que tout était fini, que personne n'en sortirait vivant. Toutes ces images semblaient extraites d'un mauvais rêve. Ou des dernières pages de l'un de ses livres.

Dans un état second, elle aperçut vaguement ses sœurs à son arrivée à l'hôpital. Toutes deux pleuraient. Chloe la suppliait de ne pas mourir. Annabelle lui disait quelque chose à propos de Noël. À côté d'elle, Silas avait le visage crispé. Mais TJ n'avait pas la force de leur dire un mot. Et des aides-soignants poussaient déjà son brancard jusqu'au bloc opératoire où l'attendaient le chirurgien et l'anesthésiste.

Lorsqu'elle se réveilla au milieu de la nuit, une infirmière se penchait vers elle.

— Tout va bien, lui dit-elle. Vous êtes en sécurité ici.

Plongée dans un semi-coma, TJ ne savait plus où finissait le rêve et où commençait la réalité. À un moment, elle devina la présence d'un chirurgien dans sa chambre d'hôpital. Il parlait à quelqu'un, à Silas. Elle sentit sa main prendre la sienne et retomba dans l'inconscience.

Quand elle sortit de nouveau de sa torpeur, il faisait encore sombre, et elle entendit Chloe se disputer avec l'infirmière devant sa porte sans comprendre pourquoi.

Mais peut-être avait-elle tout rêvé. Lorsqu'elle refit finalement surface, il faisait jour, et TJ pensa que toute l'histoire n'avait été qu'un cauchemar. Mais elle était allongée dans un lit d'hôpital, assommée de médicaments, et elle souffrait. Elle savait donc que ses blessures étaient bien réelles et que Mme Brown avait bien tiré sur elle.

Silas était assis sur une chaise près de son lit. Quand il vit qu'elle était réveillée, il se leva et s'approcha d'elle.

— Comment te sens-tu ?

Elle essaya de parler mais sa bouche était sèche. Il lui offrit un peu d'eau et une paille pour boire plus facilement. Le chirurgien entra alors dans la chambre et demanda à Silas de sortir pour lui permettre d'examiner sa patiente.

— Je serai à côté, dans le couloir, dit Silas avant de partir.

— Vous avez eu beaucoup de chance, dit le médecin après avoir défait ses pansements pour regarder sa blessure. J'ai réussi à extraire la balle. Elle n'avait touché aucun organe majeur. Un vrai miracle. Avec du temps et de la patience, vous devriez vous rétablir. Des questions ?

TJ secoua la tête parce qu'elle en avait trop à lui poser. Certains de ses souvenirs étaient remontés à sa mémoire, mais elle avait oublié ce qui s'était passé après qu'Ester lui avait tiré dessus. Tout s'était déroulé si vite...

Peu après le départ du chirurgien, ses sœurs firent irruption dans la chambre. L'infirmière vint les avertir qu'elles ne pourraient pas rester longtemps pour laisser TJ se reposer. Chloe debout d'un côté du lit, Annabelle de l'autre ; toutes deux la dévisagèrent avec inquiétude.

— TJ, ça va ?

— Oui, je vais bien, répondit-elle dans un murmure.

— Cette vieille folle de Madame Brown, reprit Chloe. Qui aurait imaginé qu'elle était la coupable ?

— Elle était si méchante avec moi en cours d'anglais que j'aurais dû le comprendre plus tôt, se reprochait Annabelle. J'avais peur d'elle au lycée.

— Elle ne tournait pas rond, dit TJ.

— Elle aurait surtout pu te tuer, dit Chloe. Si Silas n'était pas arrivé à temps... Mais tu ne risques plus rien. Tu es en sécurité maintenant, et toute cette sombre histoire est derrière toi.

— D'après le médecin, tu sortiras de l'hôpital avant Noël, poursuivit Annabelle. Mais s'il décidait de te garder quelques jours supplémentaires, nous retarderions évidemment Noël de façon à le fêter avec toi à la maison.

— Cesse de lui parler de Noël, idiote ! s'emporta Chloe. Elle s'en moque comme de l'an quarante. Elle vient d'échapper à la mort. Crois-tu vraiment qu'elle a envie de parler foie gras et champagne ? Regarde-la. As-tu mal, TJ ?

Elle souffrait mais secoua la tête pour ne pas les inquiéter inutilement.

— Si tu as mal, il te suffit d'appuyer sur ce bouton, reprit Annabelle. Le personnel soignant te l'a dit, non ?

Peut-être l'avait-il fait. TJ ne s'en souvenait pas. Épuisée, elle luttait pour garder les yeux ouverts.

Comme si elle l'avait deviné, une infirmière apparut à la porte pour chasser ses sœurs de la chambre.

— Il faut la laisser se reposer, maintenant, dit-elle.

TJ baissa les paupières. Quelques instants plus tard, elle entendit la porte s'ouvrir et se fermer doucement. Elle sut qui était là avant même qu'il mêle les doigts aux siens. S'abandonnant à la chaleur de sa main, elle se laissa happer de nouveau par l'obscurité.

Les médecins insistèrent pour que Silas rentre chez lui et dorme. Il finit par céder. Il avait besoin de se doucher, de se raser et d'enfiler des vêtements propres. Il avait aussi besoin de quelques heures de sommeil. Il n'avait pas dormi depuis deux jours.

Mais dès qu'il fermait les yeux, il entendait les coups de feu, il revoyait en boucle la scène chez Ester Brown, TJ dans une mare de sang. Il ne parvenait pas à sortir de ce cauchemar.

Ces images terrifiantes l'empêchaient de s'assoupir.

Il n'avait jamais eu aussi peur de toute sa vie. Même Mad Dog ne l'avait pas effrayé comme Ester Brown l'avait fait. Lorsqu'il l'avait regardée en face, il avait compris qu'elle était folle et n'avait plus rien à perdre. Elle avait l'intention de les abattre tous les deux, cette nuit-là. Et d'ailleurs, elle avait failli tuer TJ.

Mis au courant de l'affaire, Cal l'avait appelé.

— Sais-tu quand tu vas revenir à New York ? lui avait demandé son ami à la fin de leur conversation.

— Je n'en ai aucune idée et, honnêtement, je ne suis même pas sûr de rentrer un jour.

— As-tu peur que les policiers corrompus que tu as dénoncés engagent un autre tueur à gages pour te descendre ?

— Non, cela ne risque pas de se produire. Mad Dog m'a rendu service sans le vouloir, dit Silas avec un petit rire.

Il avait enregistré leurs conversations concernant mon assassinat, y compris ses échanges avec mon ancien coéquipier de NYPD. Kenny Harrington était peut-être fou mais il était moins bête qu'ils ne le pensaient. Mad Dog craignait qu'ils ne se débarrassent de lui. En effet, s'il avait été arrêté par la suite pour un autre crime, il les aurait dénoncés sans états d'âme pour obtenir du juge une remise de peine. Mad Dog se disait avec raison que ses donneurs d'ordre l'auraient fait assassiner tôt ou tard pour minimiser les risques.

— Mais puisque Mad Dog est mort, comment as-tu appris l'existence de ces enregistrements ?

— Il en avait fait plusieurs copies et s'était assuré que l'une d'elles me revienne. Il me l'avait laissée au chalet. Je ne l'ai découverte qu'en rentrant chez moi. Apparemment, il voulait que je sache qui l'avait engagé pour me tuer. Ainsi, si jamais mes ex-collègues de NYPD s'amusent à tenter quoi que ce soit contre moi, les bandes d'enregistrement referont automatiquement surface. J'en ai fait moi aussi des copies que j'ai déposées dans plusieurs endroits sûrs. Elles me servent d'assurance-vie. Je t'en ai envoyé une, d'ailleurs, ajouta Silas. J'ai mis bien sûr mes anciens collègues au courant. Ils ont intérêt à se tenir à carreaux s'ils ne veulent pas retourner en prison, non pour corruption mais pour tentative de meurtre, cette fois.

— Tu t'es donné beaucoup de mal pour assurer ta tranquillité, remarqua Cal. Je suppose que tous ces efforts sont liés à une femme. Non ?

Silas se mit à rire.

— N'est-ce pas toujours le cas ?

Lorsque TJ se réveilla, elle trouva le shérif McCall Crawford assis près de son lit.

— Le médecin m'a autorisée à vous poser quelques questions, si vous êtes d'accord.

Elle opina.

— Ester Brown ?

Avant même d'entendre la réponse, elle comprit en voyant l'expression de McCall.

— Elle a eu une attaque. Elle n'a pas survécu.

TJ en éprouva une profonde tristesse. Certes, cette femme l'avait terrorisée pendant des mois et avait failli la tuer, mais elle se sentait pourtant désolée pour elle.

— Toute sa vie, elle a eu le sentiment de n'avoir jamais été appréciée à sa juste valeur, d'avoir dû sacrifier ses rêves dans l'indifférence générale... D'où sa colère.

Le shérif sortit son carnet et son magnétophone.

— Pourquoi ne pas me raconter ce qui s'est passé ?

TJ lui résuma tout ce dont elle se souvenait mais lui expliqua que dès qu'une balle l'avait touchée, elle avait perdu connaissance.

Lorsqu'elle termina son récit, McCall referma son calepin et éteignit l'appareil.

— Nous avons trouvé la machine à écrire manuelle et le papier dans son sous-sol. Ester Brown était bien la personne qui vous envoyait les lettres de menaces.

TJ hocha la tête.

— Je sais, elle me l'a dit. Vous avez dû découvrir aussi d'autres feuillets dactylographiés. Elle rédigeait un roman. Serait-il possible que je récupère son manuscrit ?

Le shérif hésita.

— En principe, il doit revenir à ses proches. Cela dit, j'ai essayé de retrouver des membres de sa famille. En vain, jusqu'à présent.

— Ester Brown rêvait plus que tout d'être publiée, déclara TJ. Je ne sais pas si elle a même terminé le livre sur lequel elle travaillait mais si oui, j'aimerais m'en charger pour elle.

McCall sourit.

— Je veillerai à ce que tout ce qu'il y avait dans son sous-sol vous soit remis, comptez sur moi.

22

TJ rentra à la maison pour Noël. Elle était encore faible et, avant de la laisser partir, le chirurgien lui avait fait promettre de se ménager. Mais elle était heureuse de passer le réveillon en famille. À Noël, Annabelle était toujours comme une gamine dans une boutique de bonbons. Elle avait confectionné des dizaines de gâteaux, et sa future belle-mère avait apporté de quoi nourrir un régiment.

— Willie m'apprend à cuisiner, avait expliqué Annabelle. Mais j'ai du chemin à faire avant d'être capable de servir des plats aux êtres humains. En attendant, les cochons au ranch adorent ma cuisine, ajouta-t-elle en riant.

— Attendez, dit TJ, se rappelant tout à coup une réflexion de sa petite sœur. Belle, tu ne devais pas épouser Dawson à Noël ?

Annabelle secoua la tête.

— Pas question de me marier sans toi.

— Je ne veux pas que tu repousses tes noces à cause de moi, protesta TJ. Je sais à quel point Dawson et toi avez hâte de vous passer la bague au doigt.

— Ce n'est pas si grave. Nous convolerons le jour du Nouvel An, ce sera très bien aussi. Nous avons prévu une cérémonie intime, avec quelques proches, rien d'extravagant. Willie insiste pour que la réception ait lieu au ranch. Elle tient à s'occuper de tout. J'ai la belle-mère la plus formidable de tous les temps.

Heureuses d'être réunies, les trois sœurs se régalèrent d'un délicieux repas pour le réveillon, échangèrent des cadeaux et se mirent à évoquer le bon vieux temps, les Noëls d'autrefois avec leur grand-mère.

— J'aimerais que Frannie soit là, soupira TJ.

— Moi aussi. J'aurais quelques questions à lui poser, dit Annabelle.

Chloe se leva pour ajuster l'une des guirlandes du sapin.

— Ce qu'Annabelle a découvert sur Frannie, comme ce que TJ a subi de la part de Mme Brown, prouve qu'on ne connaît jamais vraiment les gens. Qui sait quels secrets cachent les autres habitants de cette ville ?

— Et voilà comment je gagne ma vie, déclara TJ. Comme tout le monde a des secrets, je ne manque pas d'idées de roman.

— As-tu lu celui de Mme Brown ? demanda Chloe.

— Oui, oui. Le shérif m'a dit qu'aucun parent ne s'était présenté. Elle n'avait plus aucune famille. Alors, une fois sa succession réglée, je serai autorisée à publier son livre sous son nom.

— Est-il bon ? demanda Annabelle.

TJ hésita, déclenchant l'hilarité de Chloe.

— Sens-toi libre de dire qu'il est nul !

— Après tout, elle a essayé de te tuer, ajouta Annabelle, qui fut rapidement réprimandée par Chloe pour avoir évoqué le sujet, la veille de Noël. S'il n'y avait pas eu Silas, TJ serait...

— Son thriller n'est pas très bon, c'est vrai, mais c'était son premier, rappela TJ.

— Et son dernier, constata Chloe.

— Vous trouvez sans doute idiot que je le publie.

— Non, répondit Annabelle. C'est sympa de ta part, surtout. Cette vieille chipie n'en mérite pas tant.

— Et toi, TJ ? Es-tu prête à écrire la suite des aventures de Constance ? demanda Chloe.

— Je le serai bientôt.

Annabelle sourit.

— Je crois que, dans l'immédiat, TJ a d'autres choses en tête...

— À propos de Silas, déclara Chloe. J'espère que vous deux avez prévu de passer un peu de temps ensemble... pour mieux vous connaître avant d'envisager d'aller plus loin.

TJ se mit à rire.

— D'aller plus loin ? Que veux-tu dire ?

— Laisse-la tranquille, intervint Annabelle. Elle fait ce qu'elle veut. C'est sa vie, et Silas est...

— À la porte, dit TJ en entendant frapper.

Elle alla le chercher.

— Bonsoir, dit-il en entrant dans le salon. Je ne veux pas vous déranger.

— Vous ne nous dérangez pas, répondit Annabelle, se levant et faisant signe à Chloe de la suivre. Nous étions sur le point de monter.

Elle entraîna Chloe dans l'escalier.

— Je ne voulais pas les chasser, dit Silas en s'asseyant.

— Ne t'inquiète pas. Nous venons de terminer l'ouverture de nos cadeaux. Elles commençaient à me dire ce que je devais faire, et ça m'agaçait.

— Alors c'est bien que je sois arrivé, dit-il avec un sourire. Comment te sens-tu ?

— Encore un peu fatiguée mais d'après le médecin je cicatrise bien.

— Et moralement ? Tu as subi des épreuves, ces derniers jours... De quoi être traumatisée, lui rappela-t-il.

— Ce n'était pas rien, c'est sûr, mais désormais je ne recevrai plus de lettres de True Fan. Je ne vais donc pas tarder à me remettre à travailler, d'autant que la date de remise de mon manuscrit approche à grands pas...

Silas prit ses mains dans les siennes.

— Es-tu assez en forme pour envisager de passer quelques jours au chalet avec moi ?

Elle sourit.

— Avec toi pour prendre soin de moi, je ne peux que me rétablir.

— Je viendrai te chercher demain matin. Disons, à 9 heures ? Tes sœurs seront d'accord ?

— Je n'ai pas besoin de leur permission.

— Et de leur bénédiction ? En tout cas, j'aimerais leur plaire parce que... Bon, à demain, ajouta-t-il sans en dire plus.

Elle le reconduisit à la porte et lui fit signe de la main tandis qu'il s'éloignait. L'idée de passer quelques jours avec lui, dans les montagnes, loin du monde, la rendait follement heureuse.

Elle s'approcha du pied de l'escalier pour crier à ses sœurs :

— Vous pouvez descendre !

Elle savait qu'Annabelle et Chloe n'avaient pas perdu une miette de leur échange.

Toutes deux semblaient excitées comme des puces.

— Il espère nous plaire parce qu'il veut t'épouser, dit Annabelle. J'en suis sûre.

— Pour vivre à deux dans un chalet d'une pièce ? répliqua Chloe en levant les yeux au ciel. C'est une plaisanterie !

TJ secoua la tête.

— Mêlez-vous de vos affaires et cessez de faire des plans sur la comète.

Ses sœurs éclatèrent de rire.

— Alors pourquoi rougis-tu ? demanda Annabelle. Tu es amoureuse de lui, et il est fou de toi. Mais assure-toi d'être revenue le 1er janvier pour mon mariage.

— Je ne manquerais cet événement pour rien au monde.

23

TJ faillit ne pas reconnaître Silas quand il vint la chercher. Il s'était rasé la barbe et coupé les cheveux. Il ne ressemblait plus à un homme des montagnes.

— Tu vas bientôt repartir travailler à New York ? demanda-t-elle, croyant que c'était pour cela qu'il avait changé d'apparence.

Il secoua la tête.

— J'ai seulement pensé que tu aimerais peut-être voir à quoi je ressemblais vraiment.

Elle se mit à rire, stupéfaite qu'il puisse être encore plus beau, rasé de près. Elle lui caressa tendrement la joue.

— Quel que soit ton look, tu me plais tel que tu es.

Il sourit en l'embrassant.

— C'est exactement ce que j'espérais entendre.

Il l'attira vers lui.

— Prête à passer quelques jours au chalet avec moi ?

— Plus que prête ! Enchantée !

Silas conduisit son pick-up à travers le paysage enneigé des Little Rockies. La journée était belle comme l'étaient souvent les matins d'hiver dans le Montana. Pas un nuage n'obscurcissait le ciel bleu, le soleil brillait, et sous ses rayons la neige étincelait comme un champ de diamants.

TJ se sentait bien, détendue. Elle était revenue à Whitehorse dans l'espoir d'échapper à True Fan et de se réconcilier avec ses sœurs. Au lieu de quoi, elle s'était jetée dans la gueule du loup. True Fan l'attendait dans le Montana. Le shérif lui avait dit qu'Ester Brown avait demandé à certains de ses anciens élèves, vivant à présent aux quatre coins du pays, de poster ses lettres, et en particulier à une jeune femme qui habitait maintenant New York.

— C'est elle qui a pris la photo de votre appartement, lui avait dit McCall. En pensant qu'Ester Brown était simplement fan de son auteur de thrillers préféré.

Quand elle songeait à Mme Brown, TJ ne ressentait à présent qu'une immense tristesse.

— Quel gâchis ! avait confié TJ au shérif. Et le pire est que j'étais sincère en lui disant qu'elle m'avait aidée à devenir écrivain. Elle avait le sentiment qu'elle n'avait jamais été utile à personne alors qu'elle a joué un rôle majeur dans mon histoire. Je regrette de ne pas l'avoir remerciée de ce qu'elle avait fait pour moi avant qu'il soit trop tard.

— Mais vous le lui avez dit, avait protesté McCall. Heureusement, tout s'est bien terminé. Vous auriez pu être tuée. D'après le médecin, les AVC dont elle avait été victime ces derniers temps expliquaient en partie son comportement. Elle n'avait sans doute pas bien conscience de ce qu'elle faisait.

Revenant au présent, TJ admira le paysage féerique de la montagne sous la neige, soulagée que toutes ces épreuves soient derrière elle. Elle avait passé un merveilleux Noël avec ses sœurs dont elle se sentait plus proche que jamais. Comme elle observait Silas à la dérobée, elle dut convenir qu'Annabelle avait vu juste. Elle était amoureuse de cet homme hors du commun.

— Je ne pense pas que je retournerai à New York, poursuivit-il en se tournant vers elle. Financièrement, je suis à l'abri du besoin et je rêve désormais de me consacrer à l'écriture. Pour te dire la vérité, je n'ai plus aucune envie de quitter le Montana.

TJ se mit à rire parce qu'elle-même renâclait à retourner à New York.

— Je te comprends très bien. J'adore être ici. Et comme tu me l'as fait remarquer un jour, j'ai la chance d'avoir un métier que je peux exercer partout. Je vais rendre mon appartement de New York. Chloe y retournera bientôt pour reprendre son travail. Quant à Annabelle, elle se mariera le jour du Nouvel An et emménagera ensuite au ranch de Dawson. La maison de notre grand-mère sera donc vide, et Annabelle est d'accord pour que je m'y installe quelque temps.

Il lui sourit.

— Tu n'imagines pas à quel point ta décision me rend heureux.

Il semblait soulagé.

— Je compte passer le plus de temps possible au chalet, mais je pense l'agrandir ou en construire un autre à côté, plus grand.

— Mais tu ne vendras pas le tien, n'est-ce pas ? demanda-t-elle.

— Non. Jamais. Depuis que tu m'y as rejoint une nuit, en pleine tempête de neige, il est devenu pour moi un endroit mythique.

Alors que Silas s'engageait sur le chemin forestier qui montait à sa cabane de rondins, TJ vit qu'il avait allumé le poêle à bois avant de descendre la chercher. En effet, de la fumée s'échappait de la cheminée et se promenait entre les pins couverts de neige. Elle avait hâte d'entrer. Mais alors qu'elle ouvrait la portière de son pick-up, Silas l'arrêta.

— Il y a quelque chose que j'aimerais faire d'abord, dit-il, en tirant un écrin de la poche de son manteau.

TJ sentit son cœur tressaillir de joie.

Il planta les yeux dans les siens.

— Je sais que c'est idiot mais dès que nous serons à l'intérieur, avec le lit au milieu de la pièce, j'aurai envie de te faire l'amour et j'oublierai le reste, poursuivit-il. Je suis peut-être vieux jeu mais je préfère faire les choses correctement.

Il se déplaça dans l'étroit habitacle pour trouver un moyen de se mettre à genoux.

— Tessa Jane Clementine, veux-tu m'épouser ?

Un grand sourire éclaira le visage de TJ tandis que des larmes brûlaient ses paupières.

— Oui. Oh oui !

Quand Silas glissa la bague à son doigt, TJ admira, émerveillée, le diamant qui étincelait de mille feux. Elle se jeta dans ses bras pour l'embrasser avec passion. Ce baiser symbolisait la vie qui les attendait. À s'aimer, à s'endormir blottis dans les bras l'un de l'autre, à disputer des parties de cartes, à se régaler de petits pains faits maison, à être l'un pour l'autre des amis, des amants, des époux que seule la mort séparerait un jour.

Mais aujourd'hui, TJ ne rêvait que de se serrer contre lui en écoutant le vent souffler dans les grands pins et le craquement du feu dans le poêle. Elle se sentait chez elle dans ce petit chalet perdu dans la montagne avec cet homme merveilleux à ses côtés.